근대계몽기 잡지의 로컬리티와 문학

지은이

전은경 全恩璥, Jun Eun-kyung

경북대학교 국어국문학과를 졸업하고 동대학원에서 2006년에 「1910년대 번안소설 연구-독자와의 상호소통성을 중심으로」로 문학박사학위를 취득하였다. 이후 경북대학교 기초교육원 초빙교수를 거쳐 현재 경일대학교 후지오네칼리지 교양학부에 교수로 재직 중이다. 저서로는『근대계몽기 문학과 독자의 발견』(역락, 2009·2010년도 대한민국학술원 기초학문육성 우수학술도서 선정),『한국 현대 대중문학과 대중문화』(역락, 2012),『미디어의 출현과 근대소설 독자』(소명출판, 2017·2018 세종도서 학술부문 선정), 공저로『1910년대 문학과 근대』(도서출판 월인, 2005),『우리 영화 속 문학 읽기(증보판)』(도서출판 월인, 2006),『한국 근대문학과 신문』(동국대 출판부, 2012) 등이 있다.

근대계몽기 잡지의 로컬리티와 문학

초판발행   2025년 4월 30일

지은이   전은경

펴낸이   박성모
펴낸곳   소명출판
출판등록   제1998-000017호
주소   서울시 서초구 사임당로14길 15 서광빌딩 2층
전화   02-585-7840
팩스   02-585-7848
이메일   somyungbooks@daum.net
홈페이지   www.somyong.co.kr

ISBN   979-11-5905-489-1 93810
정가   43,000원

ⓒ 전은경, 2025

이 저서는 2020년 대한민국 교육부와 한국연구재단의 저술출판지원사업의 지원을 받아 수행된 연구임
(NRF-2020S1A6A4047241).

근대계몽기
잡지의
로컬리티와
문학

The Locality and
Literature of Modern
Enlightenment Magazines

전은경 **지음**

예전에는 수도권인 서울, 경기 지역을 제외한 나머지 지역을 '지방'이라고 부르는 경우가 흔했다. 물론 요즘은 '지방'이라는 단어를 이전만큼 많이 사용하지는 않지만, 지금도 여전히 '지방'이라는 용어를 사용하는 경우를 보고는 한다. '지방'이라는 말에는 '중앙'과 차별되는 이데올로기적인 의미가 내포된다. 즉 '지방'이라는 개념에는 중앙보다 열등한 위치라는 비교 의식이 내재되어 있는 것이다. 중앙 혹은 중심부가 모든 가치의 핵심을 이루는 반면, 지방은 중심부에서 떨어져 있는, 혹은 열등한 존재로서 변방이라는 의미를 지니고 있다.

만약 '지방'이라는 용어 대신 '지역'이라는 용어를 사용하게 된다면, 이러한 우열에 대한 비교 개념은 사라질 수 있다. 각각의 지역이 가진 특징, 언어 문화적 환경과 상황이 그저 동등하게 나열될 뿐이다. 물론 각 지역의 특성에 따라 조금 더 발전을 이루거나, 그보다 못한 경우가 발생할 수는 있다. 그러나 적어도 중앙과 지방에 대한 우월과 열등이라는 이분법적 해석에서는 벗어나게 된다. 그렇다면, 중앙에 대한 일괄적으로 열등한 지방이라는 개념 대신 각각의 특징을 지닌 지역이라는 개념은 언제 어떻게 형성되기 시작한 것일까? 이에 대한 해답을 찾는 과정에서 이 책은 시작되었다.

근대계몽기에 가장 큰 변화는 바로 근대 미디어의 출현을 꼽을 수 있다. 그 가운데 잡지는 신문과는 또 다른 특징을 지니고 있었다. 일반적으로 신문은 훨씬 더 대중적이면서 공공의 영역으로 확장된 미디어라 할 수 있다. 이에 반해 잡지는 보다 소수의 개인들을 위한 공간에서 소수 독자들의 참여로 이루어지는 닫힌 미디어로 볼 수 있다. 그러나 근대계몽기 등장한 학회지들은 이러한 신문과 잡지의 중간 형태를 띠고 있다. 소수의 개인적인 회원들의 참여로 이루어지지만, 또 한편으로는 공공의 참여와 집단적 형태로 확장하려는 시도를 하고 있기 때문이다. 국가의 위기 앞에서 근대 초기 당대 지식인들은 '지금, 여기'에 대한 고민을 드러낼 수밖에 없었다. 이들은 "무엇을 해야 할 것인가"라는 질문을 던지며, 이에 대한 실천적 해답으로서 '잡지'를 출간하기에 이르렀던 것이다.

이 책은 1900년대 잡지 매체, 특히 각 지역을 기반으로 한 잡지를 대상으로 당대 지식인들의 고민과 행보를 담아보고자 하였다. 처음 그들이 발견한 지역은 서울에서 바라본, 자신들의 출신 지역이었다. 이들이 일본으로 유학을 갔을 때는, 국내의 출신 지역뿐만 아니라, 더 확장된 형태의 한국이 바로 지역화된다. 따라서 이들 지식인들이 '지역'을 어떻게 발견하고 있는지, 물리적 거리가 자신의 지역을 새로운 지역으로 어떻게 변화시켜나가는지 살펴보고자 한다. '거리두기'는 지역의 문제를 객관화하여 다르게 보기, 새롭게 보기를 가능하게 하여 새로운 해결책을 제시하게도 한다. 새롭게 창조해내고 생산하는 공간으로서 자신의 지역을 발견하게 만드는 것이다.

따라서 근대계몽기에 등장한 지역 중심 학회지는 매우 흥미롭다. 잡지는 자신의 출신 지역을 보다 객관화시켜 바라보게 하며, 또 새롭게 구성된 사회적 공간으로 자신의 지역에 여전히 속하게 해준다. 개별적인 지역적 특징, 즉 로컬리티가 살아 있으면서도 중앙으로부터 여전히 연계됨으로써 새로운 망으로 이어지게 한다. 여기에서 근대 미디어의 네트워크가 형성되고 있다. 결국 이러한 과정속에서 잡지라는 미디어 내부에서는 지역을 발견하고, 지역을 객관화하며, 또 한편으로 지역을 재개념화하여 새로운 사회적 공간을 형성한다. 또한 이렇게 발견된 지역은 문학의 영역 속에서 새롭게 변이되고 있다.

이러한 근대 초기의 지역성과 문학을 살펴보기 위해 이 책은 총 5장으로 구성하였다. 제1장은 근대 미디어인 잡지와 로컬리티 연구를 통해 지역 학회지를 이해해보고자 하였다. 제2장은 근대계몽기 국내 지역 학회지 즉 총 5개 지역 학회지의 매체적 특징과 서사 문예를 정리하였다. 제3장과 제4장은 일본에 유학을 떠난 유학생들의 학회지를 집중적으로 다루었는데, 제3장은 일본 유학생회의 잡지 중 출신 지역을 기반으로 한 잡지를, 제4장은 일본 유학생회의 연합 및 통합을 추구한 잡지의 특징과 서사 문예를 다루었다. 마지막으로 제5장은 국내 학회지와 일본 유학생회 잡지를 각각 정리하며, 근대 지식인들이 고민한 '로컬리티'와 새로운 문학적 실험에 대해 논의해 보았다.

현대의 관점에서 완벽한 지역문학이라 말할 수는 없을지라도, 이러한 지역에 대한 발견이 새로운 근대의 망을 형성하고, 사회적 공간으로 전이되며, 그 속에서 실천으로서의 문학이 어떠한 역할을 하고 있는지 집중해보고자 한다. 결국 이러한 작업을 통해서 근대계몽기에 발견된 지역과, 지역에 대한 고민, 지역이 담긴 문학의 최초의 형태에 대해 점검할 수 있게 해주며, 더불어 그러한 지역의 발견이 근대문학의 여정에 어떠한 영향을 미치고 있는지까지 살펴볼 수 있게 해줄 것이라 믿는다.

마지막으로 이렇게 부족한 논의를 책으로 엮을 수 있도록 도움을 주신 분들께 감사드린다. 경북대학교 대학원 현대문학 은사님들과 대학원의 선후배, 동학들, 또 2012년부터 꾸준히 함께 세미나를 하며 고전문학 전공의 지혜를 빌려주신 창원대 박지애 선생님께 감사의 인사를 드린다. 더불어 흔쾌히 출판을 허락해주신 소명출판과, 엄청난 분량을 편집하시느라 고생하신 김나희 선생님, 이정민 선생님, 소명출판 편집부에도 감사드린다. 인생의 동반자이자 한결같은 모습으로 지지해주는 남편과, 내 인생 최고의 선물인 딸 유현이에게도 고마움과 사랑의 마음을 전한다. 이 책을 집필하는 동안, 천국으로 떠나셔서 아버지와 함께 계실 어머니께도 감사와 사랑의 마음을 전해드린다. 무엇보다 내 삶의 목적이 되시는 하늘에 계신 우리 아버지께 감사드린다.

2025년 4월
하양 가마실길에서
전은경

차례

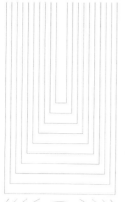

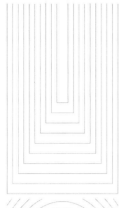

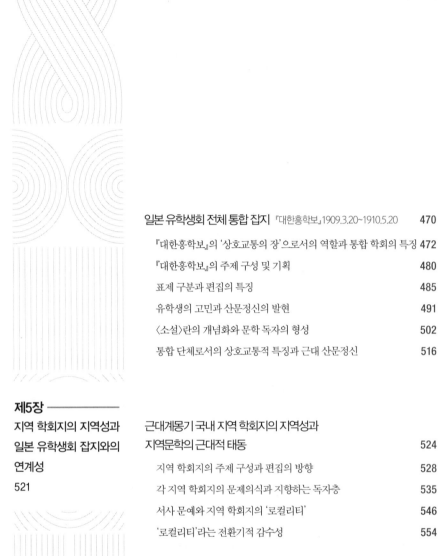
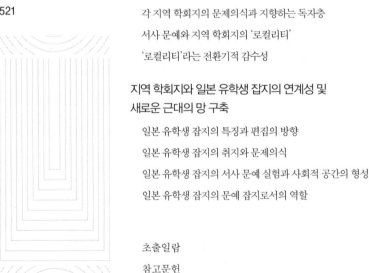

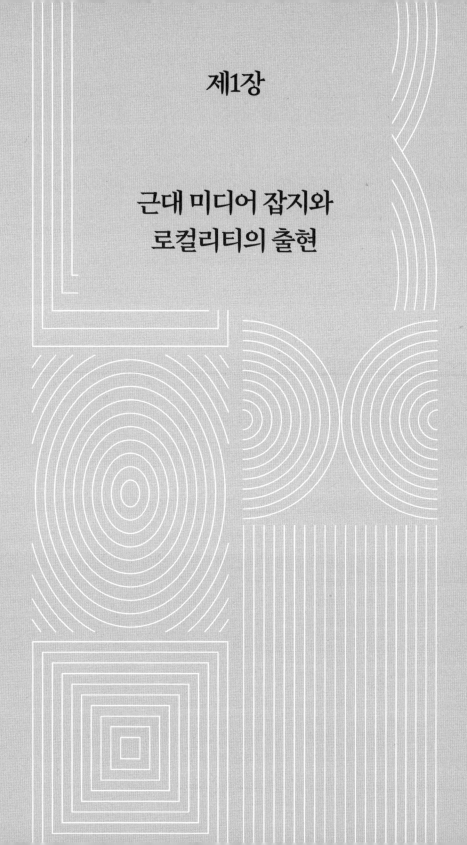

제1장

근대 미디어 잡지와
로컬리티의 출현

근대계몽기의 가장 큰 특징은 바로 근대 미디어의 출현이라 할 수 있을 것이다. 그 가운데 공공의 영역을 담당했던 신문과는 달리, 잡지는 개인과 소수의 영역을 담당하고 있었다. 그런데 근대계몽기의 잡지는 집단적 형태인 신문과, 개인의 고백의 형태인 잡지 사이에 존재한다. 즉 공통점을 가진 소수가 모이면서도 공공의 영역으로 확장하여 계몽의 형태를 드러내고 있기 때문이다. 이는 국가의 위기를 마주한 지식인들이 '지금, 이곳에서, 어떤 역할을 해야 하는가'라는 화두를 던졌고, 당대 지식인들이 스스로 답을 실천하는 매개체로 '잡지'가 활용되었기 때문이기도 하다. 국내의 지식인들은 출신 지역을 토대로 학회를 결성하고 잡지 매체를 활용하여 다양한 메시지를 전달하기 시작했다. 이러한 과정 속에서 이들은 지금까지와는 다른 새로운 '지역'을 발견하게 된다. 제1장에서는 근대계몽기 출신 지역을 토대로 한 학회와, 그 학회가 발간한 잡지를 보다 명확하게 바라볼 수 있도록 하는 방법론에 대해 논의할 것이다. 근대계몽기 지식인들이 새롭게 발견한 '로컬리티'는 무엇이며, 이 '로컬리티'를 당대 지식인들은 어떻게 바라보고, 어떠한 특징을 보여주며, 이를 지역 학회지에 담아내고 있는지 보다 정치하게 살펴보려 한다. 이를 위해 미디어, 로컬리티, 독자라는 3가지 키워드로 근대계몽기의 잡지와 문학을 해석해보고자 한다.

1. 미디어로서의 잡지 읽기의 필요성

1) 커뮤니케이션의 장으로서의 잡지 읽기

마샬 맥루언은 "미디어는 메시지"라고 설명한 바 있다. 또한 그는 "모든 미디어는 경험을 새로운 형식들로 번역하는 힘을 가졌다는 점에서 적극적인 은유"라고 표현하고 있다.[1] 모든 미디어에는 누군가의 의도와 주제가 담겨 있으며, 우리가 경험하는 세계를 소통의 매개체인 '미디어' 속에서 새롭게 구성하고 번역하고 있다는 의미이다. 또한 그 새로운 형식이라는 번역에는 그 매체를 주도적으로 이끄는 이들에 의해서 개입되고 변형되며 새롭게 창조된 수많은 메시지들이 존재하게 된다.

물론 미디어를 주도하는 이들, 즉 편집인들이 자신들의 이야기를 일방통행적으로만 전달하고 있다고 보기는 어렵다. 근대 미디어는 매체의 주도자인 편집진들과 전달체인 미디어 자체, 그리고 그 미디어 속에서 끊임없이 자신의 존재를 드러내고 있는 독자들이 함께 만들어가는 새로운 공간이기 때문이다. 따라서 미디어를 읽는다는 것은, 그 미디어라는 공간 내부에서의 역학관계 자체를 이해하고 읽는 것이라 할 수 있다.

그렇다면, 근대계몽기 잡지를 왜 연구해야 하는 것일까? 또한 잡지 미디어는 어떤 특징을 지니고 있는 것일까? 이에 대해 베르너 파울슈티히는 매체와 사회의 밀접한 연관성에 대해서 설명하고 있다. 파울슈티히에 의하면, 모든 사회 변화는 동시에 매체의 변화이다. 따라서 우리의 질문은 "어느 특정한 시기의 문화적, 사회적 변화 과정에서 어떤 매체가 어떤 방식으로 어떤 기능을 발휘했느냐"[2]에 닿아 있어야 한다. 왜냐하면 "사회적 변화는 그 상당 부분이 명백히 매체의 변화를 통해 촉진되었을 뿐만 아니라 심지어 매체의 변화를 통해 비로소 초래"되

---

1   마샬 맥루언, 김성기·이한우 역, 『미디어의 이해』, 민음사, 2011, 35·103쪽.
2   베르너 파울슈티히, 황대현 역, 『근대 초기 매체의 역사』, 지식의풍경, 2007, 14쪽.

었기 때문이다.[3] 이렇게 보면, 결국 매체의 변화를 읽는 것이, 사회적 변화, 문화적 변화를 모두 읽어내는 일이기도 하다.

이 책에서는 미디어 이론을 적용하여 커뮤니케이션의 장으로서의 잡지 매체를 분석하고 이러한 텍스트 내부에서 문학이 어떻게 작동하는지 살펴보고자 한다. 기존 연구를 보면, 잡지에 대한 서지학적 연구와 문학 텍스트에 대한 연구가 서로 분리되어 진행된 경우가 많았다. 미디어의 체계 내부 즉 커뮤니케이션의 장 내부에서 잡지 매체의 의사소통 체계를 분석하여 이를 문학적인 텍스트에 적용해 본다면, 문학 텍스트의 외면과 내면화된 개념 역시 훨씬 더 중층적이고 복합적으로 해석해 낼 수 있다. 잡지 내부에서 작동하는 편집 체계와 텍스트 배치, 텍스트 내부에 담긴 담론과 독자들의 다양한 목소리들은 잡지 매체마다 다른 특징을 지니고 있다. 이는 잡지 매체라는 의사소통체계 내부에서 다양한 집단들의 영향 관계, 그리고 독자 전략 등이 중층적으로 얽히면서 형성되는 것이다.

근대계몽기의 학회지는 하나의 견해를 제공하는 소수 집단의 고백임과 동시에, 공공의 참여와 계몽의 역할을 담당하고자 했다는 점에서 매우 독특한 위치를 차지하고 있다. 이러한 근대계몽기 학회지의 기능과 역할, 또 텍스트 내부의 의미와 독자와의 상호관계를 파악하기 위해서는 이러한 학회지의 내부의 의사소통체계를 이해하고 그 내부에서 텍스트를 살펴볼 필요가 있다. 하나의 텍스트는 개별적이고 독립된 것이 아니라, 미디어 내부의 여러 의사소통체계의 영향 관계 속에서 다양한 참여가 만들어내는 하나의 작용이기 때문이다. 따라서 서지학적 매체 연구와 문학 연구를 구분해서는 안 되며, 미디어 이론을 적용하여 그 의사소통체계 내에서 잡지 매체와 문학 연구를 동시에 다루어야 한다.

또한 더불어 이 책에서는 미디어와 지역성, 그리고 마지막으로 독자 계보학적 방법을 활용하고자 한다. 미디어라는 커뮤니케이션의 의사소통체계 내부에서

---

3   베르너 파울슈티히, 위의 책, 462쪽.

제1장_ 근대 미디어 잡지와 로컬리티의 출현   15

가장 문제적이면서 역동적인 존재가 바로 독자이다. 루이스 M, 로젠블렛은 "특정한 독자와 텍스트 사이에 작품이 존재하며 특정한 시간에 특정한 사회적, 문화적 환경에서 발생하는 관계의 양상 속에서 텍스트를 이해해야 한다"라고 설명한다.[4] '상호교통' 즉 저자, 독자, 텍스트를 각각 분리하는 것이 아니라 이들 간의 '관계'에 집중하는 것이다. 잡지의 편집진, 텍스트와 독자가 모두 새로운 문학의 공간이자 문화의 공간을 형성하며 서로 간섭하고 창조적으로 접합되고 있다고 보아야 한다.

이러한 의사소통적 관계와 문화적 관계를 확장하여 계보학적으로 접근할 필요도 있다. 권력 관계의 변이, 매체 속에서의 문학과 독자의 상관관계의 변천 과정을 함께 고찰해야 하는 것이다. 그러한 차원에서 좀 더 계보학적으로 접근하기 위한 미시적 연구가 필요하다. 잡지 데이터 자료를 통해 산술적, 통계적으로 접근함과 동시에 권력 관계에 대한 사회·문화적인 체계 속에서 텍스트와 독자를 바라보아야 하는 것이다.

이러한 시작은 결국 근대문학이 형성되는 데 적극적으로 개입하며 새로운 문학을 받아들일 토대를 마련한 독자사讀者史의 변천을 계보학적으로 연구할 수 있게 한다. 더불어 지역문학사의 태동을 이 지역 학회지를 통해 살펴봄으로써 지역문학의 발전과 함께하는 근대문학사를 발견할 수 있게 하며 우리의 문학사를 좀 더 다양하고 입체적으로 규명할 수 있는 계기가 될 수 있을 것이다.

근대계몽기의 가장 큰 특징은 매스미디어의 등장을 꼽을 수 있다. 이전까지의 미디어와 달리 공공적이고 공개적이면서 소통이 가능한 근대 미디어의 등장으로 수많은 사회적 변화가 야기되었다. 신문은 공공적인 영역에서 "집단적 이미지의 형태"로 독자의 참여를 유발한다. 따라서 "공공의 참여를 제공하는 집단적 고백의 형태"를 띤다. 반면 책은 "하나의 견해를 제공하는 개인적인 고백의 형

---

4   루이스 M. 로젠블렛, 김혜리·엄혜영 역, 『독자, 텍스트, 시문학─작품의 상호교통 이론』, 한국문화사, 2008, 308~309쪽.

태"를 띠고 있다. 책의 형식인 잡지의 형식은 집단적인 이미지가 아니라 "사적인 소리"를 보여준다.[5]

흥미로운 것은 우리의 근대계몽기 학회지들은 이 신문의 영역과 잡지의 영역 그 사이 어디쯤 위치하고 있다는 점이다. 하나의 견해를 제공하면서도, 집단의 이미지와 집단적 고백의 형태를 띠고 있었다. 완전히 개인적이지도 않으면서 그 학회지 내부의 특징을 고스란히 담지한 채로 공공의 참여로 확대하고자 하며 개인적인 고백의 형태보다는 공공의 집단적 고백의 형태를 지향했다.

이렇게 볼 때, 우리의 근대계몽기의 문화적, 사회적 변화 과정에서 지역기반 학회지가 어떤 방식으로 어떤 기능을 발휘했는지 우리는 보다 깊게 천착해볼 필요가 있다. 이를 읽는 것은 결국 당대의 역사와 문학, 문화의 변화 양상을 읽는 것과 같은 의미이기 때문이다. 따라서 이 책에서는 근대계몽기 지역 학회지가 어떤 방식으로 잡지를 구성하고, 어떤 의도를 가지고 편집 전략을 펼치고 있는지 또 그러한 전략들이 어떤 기능을 하고 있는지 살펴보고자 한다. 이것이 근대문학을 어떻게 추동해 내며, 그 가운데 지역성이 어떻게 발현되고, 근대문학이 그 속에서 어떻게 서서히 꿈틀대고 있었는지 그 기저를 밝혀보고자 한다. 따라서 이 책의 저술 목적은 다음 세 가지로 요약해 볼 수 있다.

(1) 근대계몽기 잡지 매체와 지역문학을 통한 근대문학의 성립 과정

먼저 이 책은 근대계몽기 매체가 출현하면서 근대문학이 이 매체 속에서 어떻게 탄생하고 형성되는지 밝히는 것을 목적으로 한다. 근대계몽기는 근대 미디어가 적극적으로 유입되면서 새로운 커뮤니케이션 환경이 형성된 시기이다. 이러한 새로운 커뮤니케이션 환경 속에서 잡지 매체가 근대문학의 탄생에 직접적으로 어떻게 영향을 미치게 되는지 분석해 보고자 한다. 근대계몽기에 새로 등

---

5   마샬 맥루한, 앞의 책, 288·297쪽.

장한 신문이나 잡지에 대한 연구가 어느 정도 진행되어 온 것은 사실이나, 이를 독자의 관점에서 재해석하고 근대문학의 탄생의 추동력을 확인해보지는 못했다. 특히 잡지 매체의 경우, 잡지의 구독자이자 독자이면서 동시에 그 잡지의 구성원으로 참여하고 있다는 점에서 독자의 역할은 신문 매체의 상황과는 또 다른 부분이 있다. 누구에게나 열린 매체라고 할 수 있는 신문 매체보다는 잡지 매체의 경우, 그 구성원들간의 소통이 더 강화되고, 참여 역시 더 적극적일 수 있었다. 따라서 이 연구는 잡지 매체를 통해 지역문학의 출현과 근대문학을 살펴봄으로써, 그 당대 근대문학의 탄생과 더불어 이를 추동시킨 독자들의 역할까지 확인할 수 있을 것이다.

(2) 지역 학회지의 출현과 지역문학의 가능성

다음으로 이 책은 근대계몽기에 등장한 지역 학회지의 특징을 분석하고 각 지역 학회지에 담긴 지역문학으로서의 가능성을 재구해내는 것을 목적으로 한다. 근대계몽기에는 유학생들의 친목회 잡지나 애국계몽 단체의 학회지, 또 각 지역을 중심으로 한 잡지들이 성행했다. 이 가운데에서도 먼저 평안남북도와 황해도를 중심으로 한 『서우』1906.12.1~1908.5.1와, 이후 한북학회와 통합되면서 함경도 지역까지 포함하는 서북을 중심으로 한 『서북학회월보』1908.6.1~1910.7.1, 호남 지역을 중심으로 한 『호남학보』1908.6.25~1909.3.25, 서울을 포함한 경기 지역과 충청남북도를 중심으로 한 『기호흥학회월보』1908.8.25~1909.7.25, 경상도 지역을 중심으로 한 『교남교육회잡지』1909.4.25~1910.5.25 등이 출간되었다.[6] 지역을 토대로 한 지식인들이 애국계몽적인 교육을 담당하면서 동시에 학회지를 편찬한 것인데, 이는 지역문

---

6 강원도 지역을 중심으로 한 관동학회도 있었으나 관동학회만 유일하게 학회지를 발간하지 않았기 때문에 이를 제외한 나머지 지역 학회지를 중심으로 연구를 진행하고자 한다. 또한 이러한 지역 학회지와 동시시대에 출간되었던 타학회지와 비교 대조하여 그 특징적인 부분을 변별할 것이다. 더 나아가 일본 유학생 잡지와의 지역적 상관관계 역시 밝혀보고자 한다.

학적 특징을 살펴볼 수 있는 매우 귀중한 자료이다. 이러한 지역을 토대로 계몽운동과 더불어 새로운 지역문학을 형성하고자 했기 때문이다. 따라서 본 연구에서는 지역을 토대로 한 학회운동이 지역문학을 형성하는 데 어떠한 영향을 미치는지, 또 지역문학은 어떠한 방식으로 성장하게 되는지 살펴보고자 한다. 무엇보다 이러한 지역문학의 가능성이 근대문학으로 이어지며 새로운 문학을 형성하는 데 기저가 된다는 점에서 지역 학회지에 대한 연구는 매우 중요하다

(3) 지역문학과 주체로서의 문학 독자 성립의 역학 관계

마지막으로 이 책은 매체라는 의사소통적 구조 속에서 매체·문학·독자의 상관관계를 분석하여 독자들이 새롭게 등장한 '문학'을 어떻게 받아들이며 자기화하는지 살펴보고 이러한 지식인 독자의 능동적인 개입에 대해서 적극적으로 해석하고자 한다. 새로운 문학을 받아들이고 그 개념을 새롭게 정립해 가는 가운데, 근대계몽기 지식인 독자들은 이러한 문학을 어떻게 받아들였고, 또 이를 어떻게 변형하게 되는지 그 과정 자체를 미시적으로 접근해볼 필요가 있다. 이러한 미시적 접근은 바로 저자와 독자의 경계를 넘어서서 그 당대의 지식인들이 어떻게 문학에 참여하고 만들어 가는지 밝혀낼 수 있기 때문이다. 잡지 매체에 참여한 지식인들은 '쓰는 자'이면서 동시에 '읽는 자'이기도 했다. 이를 넓은 개념에서 문학을 받아들이고 읽는 독자로 설정했을 때, 이 지식인들이 서양과 일본을 모방하면서도 스스로 개념을 정립하고 받아들이는 가운데 지역문학과 근대문학의 등장을 좀 더 정치하게 설명할 수 있을 것이다.

2) 근대계몽기 잡지 연구 동향

본 책에서 집중적으로 다루고자 하는 근대계몽기 잡지에 대한 연구는 크게 보면, 문학 개념에 관한 연구, 일본 유학생과의 국내 관계에 관한 연구, 잡지 및 인물 연구 등으로 나누어 볼 수 있다.

먼저 문학 개념에 관한 연구로는 김동식과 권보드래의 논의를 들 수 있다. 김동식은 한국의 근대적 문학 개념이 1910년대 이전까지는 계몽 교육의 일환이었지, 시, 소설 등의 특수한 글쓰기 양식은 아니었다고 설명한다. 이러한 근대적인 문학이 제도화되고 개념화되는 것은 1915년 이후로 보았다.[7] 권보드래는 문文의 영역을 통해 소설에 대해 설명하고 있는데 1900년대에 국문 시가와 산문을 함께 일컫는 용어로 문文이 쓰이고 있음에 주목하고 있다. 즉 이 시기 문文은 한문에서 국문을 포함하는 개념으로, 또 한문 글쓰기 전반을 가리키는 데서 글쓰기의 특정한 종류를 지칭하는 데로 나아가고 있다고 설명한다.[8]

다음으로 일본 유학생과의 국내 관계에 관한 연구로는 김영민과 구장률의 논의를 들 수 있다. 김영민은 『태극학보』의 인물고와 『조양보』, 『서우』에 실린 인물고 및 역사 전기 소설이 실리던 시기와 중첩되는 데 주목하여 태극학회와 서우학회 사이에 교류가 있었을 것으로 설명한다.[9] 구장률은 장응진, 최남선, 이광수와 같은 일본유학생들을 비교하면서 1900년대 후반 일본 유학생들 사이에서 문학은 근대지식으로 사유되었다는 점을 강조한다.[10]

마지막으로 잡지 및 인물에 대한 연구의 대표적인 논의로 잡지와 연관된 연구,[11] 학회지에 등장하는 인물에 관한 연구,[12] 지역성에 바탕을 둔 연구[13] 등을 들

7　김동식, 「한국의 근대적 문학 개념 형성과정 연구」, 서울대 박사논문, 1999.
8　권보드래, 「한국 근대의 '소설' 범주 형성에 관한 연구」, 서울대 박사논문, 2000.
9　김영민, 「근대 유학제도의 확립과 해외 유학생의 문학·문화 활동 연구」, 『현대문학의 연구』 32, 한국문학연구학회, 2007, 297~338쪽.
10　구장률, 「근대지식의 수용과 문학의 위치-1900년대 후반 일본유학생들의 문학관을 중심으로」, 『대동문화연구』 67, 성균관대 대동문화연구원, 2015.9, 327~363쪽.
11　개화기 학회지와 관련한 주목해볼 연구로는 국한문체에 관련한 연구(임상석, 『20세기 국한문체의 형성과정』, 지식산업사, 2008)와 잡지에 드러난 서사물에 관한 연구(문한별, 「근대전환기 학회지의 서사체 투영 양상-『서우』, 『서북학회월보』를 중심으로」, 『우리어문연구』 35, 우리어문학회, 2009, 431~456쪽; 「근대전환기 서사의 양식적 혼재와 변용 양상」, 『국제어문』 52, 국제어문학회, 2011, 177~203쪽; 손성준, 「근대 동아시아의 크롬웰 변주」, 『대동문화연구』 78, 성균관대 대동문화연구원, 2012, 213~260쪽) 등이 있다. 또한 『기호흥학회월보』 관련 논의로는 서형범의 「근대적 인쇄매체를 통한 계몽의 담론화와 호명의 서술전략의 정합성에 대한 연구」(『한

수 있다. 이러한 연구들은 잡지 자체에 대해서 천착하거나, 당대 잡지의 주요한 인물, 또는 잡지의 서사물을 토대로 연구를 진행했다. 또한 서북의 지역성과 연관하여 논의를 진행한 경우도 있었다.

이처럼 근대계몽기 잡지에 관한 연구는 다양한 형태로 진행되어 왔다.[14] 그러나 아직 매체적인 차원에서 근대문학을 형성하는 데 독자가 어떻게 참여하고 있는지에 관한 미시적인 연구와 사적史的으로 체계화하는 연구, 또 지역 학회지의 특징을 비교 분석하여 이러한 지역 학회지가 근대문학에 어떠한 영향을 주고 있는지에 관한 연구 등에 대해서는 미흡한 상황이다. 지역성과 연관한 논의가 진행되고는 있으나『서우』,『서북학회월보』,『기호흥학회월보』등 서북 지역이나 수도권 지역에 연구의 범위가 한정되어 있다는 한계가 있다.

지역 학회지에 대해서는 각 지역별 차이와 참여하는 지식인들, 또 지역적 토대의 문화적 차이가 고려되어야 하는데, 이러한 고려 없이 지역 학회지는 모두 비슷하다는 일반론적인 상황으로 받아들이고 있는 실정이다. 또한 잡지 문헌 자체에 대한 연구나 서지학적 연구에 많이 치우쳐 있다 보니 지역 학회지가 가지고 있는 내적 특징이나 편집 전략에 대한 해석, 또 텍스트 내부에 등장하는 서사성이나 문예에 대한 논의는 많이 미흡하다. 정리해 보면, 근대계몽기 학회지 전

민족어문학』70, 한민족어문학회, 2015, 387~422쪽)와 송민호의「동농 이해조와 운양 김윤식 (1)」(『국어국문학』173, 국어국문학회, 2015, 181~206쪽)을 들 수 있다.『호남학보』관련 논의 는 임상석의「근대계몽기 가정학의 번역과 수용」(『한국고전여성문학연구』27, 한국고전여성문 학연구회, 2013, 151~171쪽)과 정훈의「근대계몽기 호남학회월보의 특성 연구」(『국어문학』71, 국어문학회, 2019.7, 301~328쪽) 등을 들 수 있다.『교남교육회잡지』는 거의 서지학적 연구 위 주로 이루어졌는데, 정관의「교남교육회에 대하여」(『역사교육논집』10, 역사교육학회, 1987, 95~124쪽)와 채휘균의「교남교육회의 활동 연구」(『교육철학』28, 한국교육철학회, 2005, 89~110쪽)가 대표적이다.

12 김윤재,「백악춘사 장응진 연구」,『민족문학사연구』12, 민족문학사학회, 1998.
13 서북과 관련한 지역성을 중점적으로 연구한 논의로 장유승의「조선후기 서북 지역 문인 연구」 (서울대 박사논문, 2010)와 정주아의『서북문학과 로컬리티』(소명출판, 2014)를 들 수 있다.
14 각 잡지에 대한 연구는 각 장에서 설명하는 잡지별로 따로 정리하였다.

반에 대한 비교와 문학적 가능성에 대한 연구는 거의 이루어지지 못했다.

　따라서 이 책에서는 이러한 지역 학회지의 개별성과 지역 토대 문화와의 관계에 집중하여 살펴보고 이를 바탕으로 이러한 지역 학회지가 어떻게 지역문학을 새롭게 형성해 가는지 그 과정에 집중해 보고자 한다. 이를 위해 매체 자체에 대한 연구를 문학 연구와 별개로 두지 않고 융합·접목하여, 매체를 수동적인 매개체가 아니라 능동적이고 복합적인 문화의 장으로 해석하고자 한다. 또한 매체·문학·독자의 상호교통의 과정 속에서 새롭게 형성해 가는 과정을 짚음으로써 근대문학을 좀 더 넓은 시각에서 바라볼 것이다. 더 나아가 근대적인 문학 개념이 유입되는 가운데 중층적인 영향 관계를 밝히면서, 이를 토대로 지식인 독자가 이러한 의사소통적 구조 속에 주체적으로 참여하여 문학을 어떻게 구분하고 배제하며 분류하는지 체계화하고, 또한 이 가운데 나타나는 다양한 변용들을 미시적으로 분석하여 계보학적 연구로 나아가고자 한다.

2. 근대계몽기 잡지와 새로운 발견으로서의 로컬리티

1) 사회적 네트워크와 로컬리티의 발견

　공간이라는 개념은 매우 양면적인 속성을 지니고 있다. 공간은 생활 속에서 구체적으로 표상될 수도 있지만, 한편으로는 경험을 벗어나는 추상적인 개념 역시 포괄한다.[15] 마르쿠스 슈뢰르에 따르면, '공간'의 개념은 인간의 활동과 상관없이 미리 전제되는 절대적 공간과, 인간 활동에 의해 창조되는 상대적 공간으로 구분할 수 있다. 절대적 공간은 인간의 활동이나 의지와 상관없이 미리 전제되어 있는 공간이다. 따라서 공간은 물체적 대상에 영향을 미치더라도, 그 대상

15　마르쿠스 슈뢰르, 정인모·배정희 역,『공간, 장소, 경계―공간의 사회학 이론 정립을 위하여』, 에코리브르, 2010, 10쪽.

들은 공간에 어떤 반작용도 하지 못하고 영향을 미치지도 못한다. 이에 반해, 상대적 공간은 인간의 활동과 의지가 반영되는 창조가 가능한 공간이다. 따라서 상대적 공간은 인간의 창조적 활동에 의해 구성되고 만들어지며, 인간과의 관계를 통해서 변화하는 공간이다.[16]

이러한 구체적이면서 추상적일 수 있는 공간의 양면적인 성격은 근대의 발전 속에서 '사회적 공간'[17]이라는 새로운 개념을 탄생시켰다. 르페브르에 따르면, 사회적 생산물인 사회적 공간이라는 것은 끊임없이 확장되면서 발전되며, 여러 개의 사회적 공간이 서로 침투하고 포개지며 중첩된다.[18] 즉 "사회적 공간은 텅 빈 추상적, 절대적 공간이 아니라 사회적으로 생산, 재생산된 공간이며, (재)생산을 둘러싼 복합적 관계들이 상호교차하고 중첩되는 사회적 네트워크 내지 관계망"[19]이라 할 수 있다. 다시 말해 공간은 생산양식과 더불어 변화하며 각각의 사회는 자신의 공간을 만들어 가고 있다는 것이다.

따라서 이러한 사회적 공간은 바로 새롭게 생성되는 공간으로 재정의내릴 수 있다. 이 가운데 로컬리티는 바로 이러한 공간의 생산적, 창조적 의미를 함축한다. "기본적으로 전체인 글로벌의 일부분이라는 국지성의 의미는 물론이고, 중심과 대립되는 주변부라는 확장적 의미"[20]도 포함한다. 이렇게 형성된 새로운 공간은 중심부라는 국가적인 것과, 요소이자 주변부인 지역적인 것을 결합하고 해체시키면서 끊임없이 새로운 공간을 형성한다.[21] 따라서 중심과 대립되는 개념

---

16 하용삼, 「사적·공적 공간의 분할과 통합 그리고 기능의 잠재태로서의 공간」, 류지석 편, 『공간의 사유와 공간이론의 사회적 전유』, 소명출판, 2013, 79~80쪽.
17 한나 아렌트는 근대의 사회적 공간이 사적 공간과 공적 공간을 모두 포함하고 있으며, 생산과 소비의 공간으로서 경제적인 공간이라고 설명한다. (하용삼, 위의 책, 91쪽)
18 앙리 르페브르, 양영란 역, 『공간의 생산』, 에코리브르, 2011, 71·133·152~153쪽.
19 류지석, 「사회적 공간과 로컬리티」, 류지석 편, 『공간의 사유와 공간이론의 사회적 전유』, 소명출판, 2013, 143쪽.
20 류지석, 위의 책, 140쪽.
21 앙리 르페브르, 앞의 책, 34쪽.

으로서 주변부라는 로컬리티를 인식하는 것이 아니라, 때로는 대립되기도 하고, 때로는 다양한 근대의 망으로부터 관계 맺으며 새롭게 형성되는 로컬리티, 지역성으로 이해하는 것이 보다 바람직할 것이다.

근대 이전에는 가까이 있는 거리, 공간 안에서만 관계를 맺고 그 안에서 네트워크를 형성하는 데 그쳤다. 그러나 근대 이후 매체의 발달과 다양한 시스템의 구축은 새로운 네트워크를 형성하며 중심과 주변부를 엮고 얽으면서 관계의 새로운 패러다임을 생성하기에 이르렀다. 다시 말해 근대의 '망'은 관계를 형성하는 공간이며, 이것이 바로 사회적 공간이 되는 것으로 하나의 사회적 공간이 아니라 다양한 여러 개의 사회적 공간이 존재하게 된다.[22] 다양한 관계가 네트워크를 구축하면서 새로운 사회적 공간이 무한히, 동시다발적으로 만들어진다는 것이다.

또한 근대의 역동성은 물리적으로도 새로운 공간의 개척으로 이루어졌으며, 새로운 공간을 발견하기 위해 주어진 공간을 탈피해 나가기 시작했다.[23] 그 물리적 형태가 바로 신대륙의 발견과 식민지 개척이 될 것이다. 그러나 이러한 물리적 공간의 발견뿐만 아니라, 새로운 개념의 발견으로서 공간이 다시 발견될 수도 있었다. 이는 바로 생각의 전환으로서의 공간의 발견이라 할 수 있다.

기든스에 따르면 적극적인 공간 만들기의 기회는 공간 조직화를 행위자의 도처에 편재하는 자원으로 간주하지 않고, 능동적인 공간 형상화의 기회는 "자발적인 대화'의 테두리 내"에서만 주어진다는 것이다. 대화 상대자가 너무 가까이 혹은 너무 멀리 있는 것도 상호작용의 조절과 배치에 대한 행위자의 영향력 발휘를 방해한다. 두 경우에 상호작용은 오히려 공간 배열 자체에 의해 조정당해버린다. 상호작용 행위자들의 시선 접촉을 물리적인 장애물이 방해하거나 또 상황의 협소성이 쌍방의 육체적 대면을

22   앙리 르페브르, 앞의 책, 152쪽.
23   마르쿠스 슈뢰르, 앞의 책, 22쪽.

방해하지 않을 만큼 그 정도로 당사자들 간의 간격이 충분히 가깝거나 혹은 멀 때, 오로지 그런 장소에서 공간적 배치에 대한 행위자의 영향력이 보장된다.[24]

마르쿠스 슈뢰르는 기든스의 사회학의 공간 개념을 통해 능동적인 공간의 형성에 대해서 설명한다. 멀거나, 가까울 때 차라리 그러한 공간 배치가 그 공간에 대한 행위자의 영향력을 보장하게 만든다는 것이다. 바로 그 공간 속에 있지 않더라도, 충분히 멀리 떨어질 때 그 공간에 대한 새로운 발견과 더불어 그 공간에 대한 행위자의 영향력 역시 확대될 수 있다. 객관적인 공간에 대한 발견이자, 행위자가 변화시키고자 하는 새로운 공간으로 재발견될 수 있는 것이다.

근대계몽기 국내 학회지에서도 이와 같은 분위기가 형성되었다. 즉 중앙인 서울에 모인 지식인들이 자신들의 지역 출신 학회지를 중앙에서 만들기 시작한 것이다. 지역 출신 학회 역시 이전과는 다른 새로운 공간으로서 자신들의 출신 '지역'을 선정한다. 이것이 바로 다시 발견된 '로컬리티'인 것이다.

국내 지역 학회지의 경우도, 지역을 타자화할 수 있는 거리인 서울에서 바라볼 때, 떨어져 있으나 타자화시키고, 물리적인 공간을 벗어났기 때문에 보다 자유롭게 자신의 '지역'을 품게 된다. 이는 새로운 권력 구도, 새로운 헤게모니를 보여주는 것이기도 하다. 먼 거리에서 자신의 '지역'을 타자화시키면서 중심인 서울에서 주변부인 지역이라는 권력 구도를 형성하게 한다.

또한 이러한 '거리 두기'는 지역의 문제를 객관화하여 '다르게 보기', '새롭게 보기'를 가능하게 하여 새로운 해결책을 제시하게도 한다. 이는 결국 새롭게 창조해내고 생산하는 공간으로서 자신의 '지역'을 발견해내게 하는 것이다.

이러한 의미에서 국내 지역 학회지라는 미디어는 매우 흥미롭다. 지역으로부터 물리적으로 떨어져 그 지역을 타자화시키며 거리를 두게 되지만, 잡지라는

---

24 마르쿠스 슈뢰르, 앞의 책, 130쪽.

미디어의 등장이 그 사회적 공간인 자신의 '지역'에 여전히 속할 수 있게 해주기 때문이다. 개별적인 지역적 특징, 즉 로컬리티가 살아 있으면서도 중앙으로부터의 연계가 새로운 근대의 '망'으로 이어지면서, 근대 미디어의 네트워크를 형성하고 있는 것이다.

결국 국내 지역 학회지는 지역을 기반으로 설립되었지만, 지역에 위치하지 않고 서울에 위치함으로써 발생한 독특한 상황이 양가적 특징을 지니게 만들었다. 중앙에 있으면서 지역을 바라보는 관점에서 중심과 지역의 권력 구도와 더불어, 지역의 문제를 객관적이자 다르게 볼 수 있는 시각 역시 제공할 수 있게 한 것이다. 그렇기 때문에 국내 지역 학회지에서 드러나는 '로컬리티'는 매우 다양한 방식의 시각들이 녹아들 수밖에 없었던 것이다.

2) 로컬리티 연구를 통한 지역 학회지의 이해

그렇다면, 지역성 즉 '로컬리티'의 개념에 대해서 좀 더 깊이 있게 살펴볼 필요가 있다. '로컬리티'는 상대적 개념으로서 "글로벌리티가 보편성이나 일반성을 지향하고, 내셔널리티는 대외적으로 구별되면서 대내적으로는 통합성을 지닌, 이른바 배제와 동일성의 속성을 가지고 있듯이, 로컬리티는 실지성, 현장성, 다양성, 소수성 등의 가치들을 내포"한다고 할 수 있다. 또한 "로컬에 작동하고 있는 권력성 및 근대성의 중심성을 해체"하면서 "기존의 탈근대 담론과 맥락이 닿아"있기도 한다.[25]

이러한 '로컬리티'의 개념은 끊임없이 확장되고 변화되고 있는 추세이다. 이렇게 볼 때, '로컬리티' 개념을 대략적으로 정리해 본다면, 중심주의에 대한 해체이자 현장과 '새로운 삶터'에 대한 재해석으로 볼 수 있다. 따라서 '로컬리티'는 권력에 대한 해체, 중심부에 대한 타자의 저항, 그리고 변화를 내재한 개념으로

---

25 이재봉 외, 「로컬리티의 안과 밖, 소통과 확장」, 『로컬리티 인문학』 1, 부산대 한국민족문화연구소, 2009.4, 5~38쪽.

이해해볼 수 있다.

이렇게 '로컬리티'의 일반적인 개념에 적용해 본다면, 근대계몽기 지역 학회지에 등장하는 로컬리티는 매우 모호하거나 역행하는 듯이 보일 수 있다. 실제로 이 시기의 지역 학회지의 성향으로 보면, 이러한 로컬리티는 새로운 근대 국가의 국민으로 소환하고 호명하기 위한 중심주의의 한 방법으로 보일 수도 있기 때문이다.

그러나 이러한 지역 학회지 운동의 중심에는 각 지역적 토대와 지리적인 지역을 바탕으로 그 지역적 특징이 드러나고 있다. 즉 근대계몽기에 새로운 근대 국가를 건설하여 외세의 위협으로부터 국가를 지키고자 했던 그 의도의 내면에는 각 지역 출신의 지식인들이 각 지역의 특성과 경향에 맞추어 고민하고 성찰하며 그 지역에 맞는 계몽운동을 펼치고 있었던 것이다.

따라서 근대계몽기 지역 학회지에서 로컬리티 즉 지역성의 개념은 1930년대나 해방 이후처럼 중심주의를 향한 지역 주체들의 비판성을 나타낸다거나 혹은 지역의 고유성을 드러내고 찾아가려는 의도로 해석하기는 어렵다. 적극적인 개념의 저항이나 중심부의 해체로서의 운동적인 차원에서 해석하는 것이 아니라, 공간에 대한 발견과 지역을 드러냄으로써 중심부와 지역 간의 새로운 관계를 형성해내고 있으며, 이를 통해 변화가 모색되는 과정에 주목해보아야 한다.

근대계몽기의 로컬리티 개념은 사실 국가 중심, 민족 중심주의로 호명하려는 움직임 속에서 이해할 필요가 있다. 즉 민족의 계몽을 위해 각 지역별 토대를 기반으로 하여 그 지역의 인물들을 국가로 소환하고자 하는 의도 내부에서 도리어 그 지역 토대가 드러나고 그 지역성이 대두되고 있다는 데 주안점을 둔다. 아이러니하게도 국민 중심주의로 소환하는 가운데, 각 지역의 토대와 그 지역 내부의 고민이 드러나고 있다는 것이다.

근대 매체를 통해 드러나고 있는 지역적 특징이 초기 형태이기는 해도 그 지역 토대의 지식인들의 고민이 담겨 있다는 점에서, 또 그 고민이 그 지역 독자들을 향한 소통과 외침으로 해석될 수 있다는 점에서 당대의 로컬리티, 지역성은 역설적이지만 미세하게 드러나고 있었다. 이 책에서는 바로 이 지점에 주목하고자 한다. 계몽의 프레임 속에 있다 하더라도 각 지역을 위해 고민하고 성찰하며, 그 지역의 특징과 독자층을 의식하며 지역 학회지를 이끌어온 바로 그 지점에 자연스럽게 스며들고 있는 로컬리티, 지역성에 주목하고자 하는 것이다. 이러한 근대계몽기 지역성에 주목하여 그 초기의 형태를 분석하고 지역성의 계보학적 연구의 단초를 마련하고자 한다.

더 나아가 이 '로컬리티' 개념을 좀 더 확장하여 지리문화학적인 관점에서 해석해 보고자 한다.[26] 지역성 속에 가장 크게 자리하고 있는 공간이라는 개념이 역사적 시간을 통과하면서 자연스럽게 내면화되어, 각 지역적 공간 속에 정치적, 경제적, 역사적, 문화적으로 차이를 내재하고 있으며, 이러한 차이가 근대계몽기 지역 학회지에 조금씩 드러나고 있다는 점에 천착하여 논의를 진행해볼 것이다. 무엇보다 이러한 근대계몽기에 발견되기 시작하는 '로컬리티'가 국내와 일본 유학생들 사이에 다시 섞여들고 영향을 주고 받으면서, 새로운 문학을 탄생시키고 있는 그 실험적 모색에 주목하여 한국 근대계몽기의 문학의 발생 과정을 깊이 있게 궁구해보고자 한다.

---

26 '로컬리티'의 개념은 "상대적인 개념"이며, "절대적 개념은 없고 끊임없이 상대화시켜 나가야"하는 개념이라 할 수 있다. "로컬리티는 이처럼 끊임없이 반복되는 상대성 속에서 존재하는 것"이므로 관점에 따라 확장하고 확대될 수 있는 개념으로 이해해야 한다. (김승환, 「로컬리티의 안과 밖, 소통과 확장」, 앞의 글, 11~12쪽)

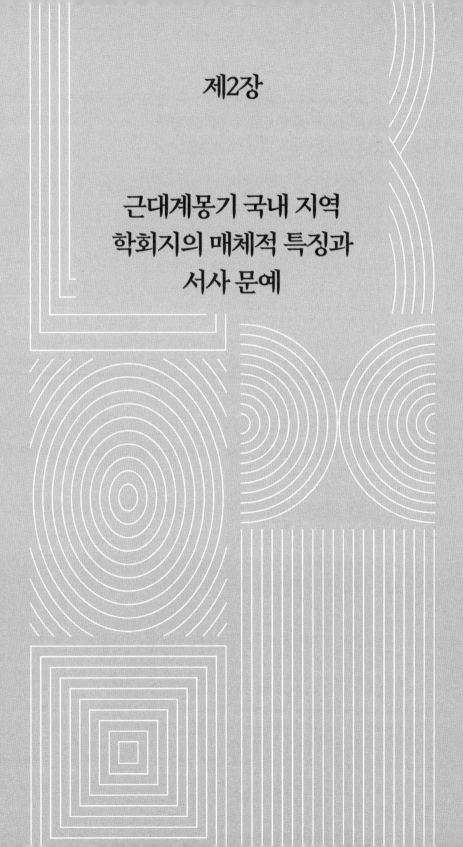

제2장

근대계몽기 국내 지역 학회지의 매체적 특징과 서사 문예

근대계몽기에는 애국계몽운동의 일환으로 다양한 학회가 결성되었고, 그에 따른 학회지와 잡지가 등장했다. 유학생들의 친목회 잡지나 애국계몽 단체의 학회지, 또 각 지역을 중심으로 한 잡지들이 성행하기 시작한 것이다. 이 가운데에서도 국내에는 각 지역을 중심으로 학회를 세우고, 지역 기반의 학회지가 간행되기에 이르렀다. 먼저 평안남북도와 황해도 중심으로 한 『서우』1906.12.1~1908.5.1와 이후 한북학회와 통합되면서 함경도 지역까지 포함하여 서북을 중심으로 한 『서북학회월보』1908.6.1~1910.7.1, 호남 지역을 중심으로 한 『호남학보』1908.6.25~1909.3.25, 서울을 포함한 경기 지역과 충청도 지역을 중심으로 한 『기호흥학회월보』1908.8.25~1909.7.25, 경상도 지역을 중심으로 한 『교남교육회잡지』1909.4.25~1910.5.25 등이 출간되었다. 사실 이들 지역 학회지들은 비슷한 시기에 등장하여 애국 계몽적 성격을 띠고 교육의 중요성을 강조하는 등 유사하다는 평가를 받아왔다. 그러나 각 학회지를 미시적으로 분석해보면, 지역 학회지들은 국내 지역을 기반으로 하기에 각 지역의 특징을 담아내고 있었으며, 출신 지역에 대한 인식과 반응, 향후 방향에 대한 당대 지식인들의 고민과 생각을 엿볼 수 있다. 따라서 제2장에서는 국내의 지역 기반 학회지의 성향과 특징을 살펴보고, 각 지역의 로컬리티를 내포한 서사 문예의 경향에 대해서 살펴보고자 한다.

1. 평안남북도와 황해도 지역 학회지 – 『서우』^{1906.12.1~1908.5.1}

근대계몽기의 가장 큰 특징은 새로운 근대적 미디어가 등장한 데 있다. 이 중 잡지 매체는 신문 매체와 더불어 새로운 의사소통 체계의 하나로서 근대계몽기의 변화를 추동하는 패러다임의 산실이라 할 수 있다. 특히 근대계몽기 잡지는 공적인 영역에서 열린 매체로 기능하는 신문 매체와, 사적인 영역에서 닫힌 매체로 기능하는 잡지 매체의 사이에 존재하는 중간적인 매체 경향을 보이고 있다.[1]

이러한 구분은 독자를 상정하는 매체의 태도에서 비롯된다. 신문 매체의 경우는 독자가 특수한 개인에 한정된 것이 아니라 일반 공공의 독자들로 그 영역을 넓힌다는 차원에서 공적인 매체, 혹은 열린 매체라고 볼 수 있다. 이에 반해 잡지 매체는 회원들 내부를 독자로 상정하고 있기 때문에 신문보다 상대적으로 독자 선정이 폐쇄적일 수 있어서, 이를 사적인 매체, 혹은 닫힌 매체라고 상정할 수 있을 것이다. 그러나 근대계몽기 잡지는 개인 회원들을 집중 대상으로 하지만, 또 독자 상정에 있어서는 신문처럼 좀 더 독자층을 넓히려는 시도들을 하고 있다. 따라서 독자 상정에 있어서는 잡지라는 사적인 매체의 성향을 가지면서 동시에 신문처럼 공적인 매체의 경향 역시 함께 담지하게 되는 것이다. 따라서 이러한 근대계몽기 잡지를 분석하는 것은 그 당대 지식인들이 잡지라는 매체를 통해서 근대를 어떻게 받아들이는지, 또 이러한 영향 관계 속에서 근대문학은 어떻게 그 모태를 생성하게 되는지를 살필 수 있게 한다.

---

1   마셜 맥루한은 책의 형태와 신문의 형태를 구분하여 설명한다. 그에 따르면 "신문은 공공의 참여를 제공하는 집단적 고백의 형태"로서 "집단적 이미지의 형태"이면서 동시에 깊은 참여를 요하는 공동체적이고, 포괄적인 성격으로 설명한다. 이에 반해 책은 "개인적인 고백의 형태"이면서 "공공의 모자이크 즉 집단적인 이미지가 아니라 사적인 소리"로 명명한다. 이렇게 볼 때, 근대계몽기의 잡지 경향은 매우 독특한 위치라는 것을 확인할 수 있다. 즉 사적인 고백의 형태로 매체적 특징을 가지고 있으면서도 공적인, 집단적인 계몽성을 담지하고자 했기 때문이다. 따라서 근대계몽기 잡지는 이 두 가지를 모두 포괄하는 중간적인 매체로 명명할 수 있을 것이다. (마셜 맥루한, 김성기·이한우 역, 『미디어의 이해』, 민음사, 2011, 288·297~298쪽)

〈사진 1〉『서우』 창간호의 표지와 차례

    그러나 이러한 잡지에 사용되는 문체, 편집, 배치 등과 더불어 다양한 종류의 글 양식들을 잡지 편집진만의 것으로 오인해서는 안 된다. 이는 잡지 매체라는 의사소통체계 내에서 다양한 집단들의 영향 관계, 그리고 독자 전략 등이 복합적으로 이루어지는 것으로 보아야 한다. 특히 근대계몽기 잡지는 학회의 성격을 띠고 있으면서 동시에 독자들을 향한 열린 매체적 기능을 하려 했다는 점에서 매우 복합적이다. 또한 이러한 관계가 편집진에 의해서 일방적으로 이루어지기 보다는 독자와의 교감과 소통 속에서 이루어졌다고 보아야 한다. 즉 이 근대계몽기 잡지는 매체와 문학, 독자가 서로 교감을 이루는 하나의 의사소통체계 구조 내에서 관찰할 때, 실제 근대문학의 태동을 제대로 파악할 수 있다.

    따라서 근대계몽기 매체의 의사소통체계 내부 구조 속에서 편집진과 텍스트, 독자가 어떻게 상호교류하고 있으며, 그것이 근대문학이 배태되어 가는 과정에 어떠한 영향을 주고 있는지 살펴보아야 한다. 즉 이는 권력 관계의 변이, 매체 속에서의 문학과 독자의 상관관계의 변천과정을 함께 고찰해야 하는 것이다. 이렇게 계보학적으로 접근하기 위해서는 좀 더 미시적인 연구가 필요하다. 즉 의도하지 않았던 상황이라 할지라도, 독자들이 잡지 매체 속에서 새로운 형식의 새로운 글쓰기가 등장할 수 있기 때문이며, 이러한 글쓰기가 바로 근대계몽기에 다양한 서사물이 등장할 수 있었던 계기가 되기 때문이다.

제1절에서는 근대계몽기 잡지 가운데에서도 국내 지역 토대 잡지를 살펴볼 것이다. 특히 가장 먼저 발간된 『서우』를 중심으로 평안남북도와 황해도 출신 지식인들의 글을 통해 그들의 고민과 서사 문예에 대해 알아보고자 한다. 사실 『서우』와 관련한 문학 연구는 보통 박은식 문학에 관련 연구나, 서사체 관련 연구로 이루어졌다.[2] 이러한 기연구를 바탕으로 『서우』의 의사소통체계 내부의 구조를 살펴보고, 편집진과 텍스트, 독자가 어떻게 상호 교류하며, 새로운 문학을 배태하고 있는지 분석해보고자 한다.

1) 『서우』의 민족운동의 교두보로서의 역할과 보통 교육의 강조

『서우』는 서우학회에서 발간한 학회지로서 1906년 12월 1일에 창간호가 발간된 이래 총 14호[1908.1.1]까지 발행되었다. 이후 1908년 2월 1일부터는 『서북학회월보』로 통합 발간되기에 이른다. 그러나 15호부터 17호까지는 『서북학회월보』로 학회지 이름을 표기하고는 있으나, 여전히 발행소는 서우학회였고, 17호 이후 1908년 6월에 출간된 학회지부터 『서북학회월보』 제1권 1호로 설명하고

---

2   박은식 문학에 관한 대표적인 연구로는 류양선, 「박은식의 사상과 문학」, 『국어국문학』 91, 국어국문학회, 1984.5; 이경선, 박은식의 역사·전기소설, 『동아시아문화연구』 8호, 한양대 한국학연구소, 1985를 들 수 있다. 서사체 관련 대표적인 연구로는 조상우, 「애국계몽기 한문산문의 의식지향 연구」, 고려대 박사논문, 2002; 문한별, 「근대전환기 학회지의 서사체 투영 양상—『서우』, 『서북학회월보』를 중심으로」, 『우리어문연구』 35, 우리어문학회, 2009.9; 「근대전환기 언론 매체에 수용된 서사체 비교 연구」, 『한국근대문학연구』 20, 한국근대문학회, 2009.10 등을 들 수 있다. 이 외 서북 지역과 그 문학을 연구한 장유승의 「조선후기 서북 지역 문인 연구」(서울대 박사논문, 2010)와 정주아의 『서북문학과 로컬리티』(소명출판, 2013)도 주목해볼 논의이다.

있다. 이렇게 볼 때, 총 17호까지는 학회지 『서우』로서 발간된 것으로 보는 것이 합리적일 것이다.[3]

『서우』는 국내학회지 중 가장 먼저 시작된 학회지이자, 가장 오래 출간된 학회지였다.[4] 서우학회는 "서도西道인 평안남북도와 황해도 인사를 중심으로 한 학회"[5]였다. 특히 박은식 외 11명의 명의로 조직되었으며 회장에 정운복, 부회장 겸 총무원에 김명준, 평의장 강화석, 평의원 박은식 외 14명의 기타 회원 중에는 한말의 독립투사였던 이갑, 유동설, 노백린 등이 참가하고, 뒤에 미국에서 합류한 안창호까지 가입하면서 민족운동을 위한 교두보로서의 역할을 담당했다.[6]

『서우』의 실제 발간 상황을 보면 1906년 12월 1일 첫 호를 발간한 이후 17호까지 1908년 4월 1일을 제외하면 매월 1일에 규칙적으로 발간되었다. 『서우』에 게재된 글의 평균 개수는 약 23개 정도였고, 평균 면수는 뒷면 및 광고를 포함하여 55면 정도였다. 전반적으로 20개 이상의 글이 실렸으나 서북학회로 통합되기 직전인 14호의 경우, 글이 13편으로 가장 적었다. 그러나 서북학회로 통합되고 나서는 다시 처음과 같은 글 개수를 유지하고 있다. 이렇게 규칙적으로 또 평균적인 분량을 유지하며 꾸준히 계속될 수 있었던 것은 그만큼 『서우』를 구독하는 독자 회원들이 꾸준히 확보되고 있었다는 것을 의미한다.

---

3   백순재는 서북학회로 통합하여 『서우』를 『서북학회월보』로 개칭하여 사용해 왔지만, 통권은 17호까지 그대로 이어가고 있기 때문에 『서우』는 17호까지 출판된 것으로 보고, 1908년 6월부터 『서북학회월보』가 시작된 것으로 설명한다. (백순재, 앞의 글, 6쪽)

4   애국계몽운동의 일환으로 학회운동이 진행되었는데, 그 중 가장 먼저 시작한 지역단위 학회가 서우학회와 한북학회로, 이들이 통합하여 서북학회를 설립한 이래 각 지역을 근거로 지역 단위 학회가 연이어 설립되었다. "전라도를 근거로 한 호남학회(湖南學會), 경기도를 근거로 한 기호흥학회(畿湖興學會), 경상도를 근거로 한 교남교육회(嶠南敎育會), 그리고 강원도를 근거로 한 관동학회(關東學會) 등이 차례로 설립"되었으며 『기호흥학회월보』, 『호남학보』, 『교남교육회잡지』는 총 12호씩 간행되었고, 관동학회와 호서학회는 학회지를 발간하지 않았다고 한다. (「조현욱, 서북학회의 애국계몽운동(1)─〈서우〉·〈서북학회월보〉의 내용과 현실인식」, 『한국학연구』 5집, 숙명여대, 1995, 48·67쪽)

5   백순재, 한국학문헌연구소 편, 「서우 해제」, 『한국개화기 학술지 5』, 아세아문화사, 1976, 5쪽.

6   백순재, 위의 글, 5쪽.

처음 『서우』를 발행할 때, 회원명부를 보면 회원 수는 총 170명이었다.[7] 5호에서는 신입회원 수만 250명으로 늘어나 기존회원 수와 통합하면 총 420명까지 증가했다.[8] 그 후 서우학회와 한북학회가 서북학회로 통합된 이후에는 회원 수가 총 985명까지 증가하게 된다.[9] 서우학회와 한북학회의 수가 함께 통합되었다고 해도 985명은 대단한 숫자임은 틀림없으며, 『서우』 학회지 발간이 매우 활성화되어 있었음을 짐작하게 한다.

실제 발간 부수를 보면, "本會月報를 三千部 刊出 ᄒᄂᄃᆡ 本會員과 各處發送인즉 一千五百部에 不過ᄒ니 自八號로ᄂᆞ 二千部만 刊公ᄒᄌ"[10]라고 회록에 적혀 있는 것으로 보아, 초반에는 삼천 부를 발간했는데, 본 회원과 각처에 발송한 실제 수는 일천오백 부 정도였던 것으로 보인다. 따라서 8호부터 2천 부 정도로 발송하자는 회의 결의로 미루어 볼 때 대략 1,500부에서 2천 부가량 발행되었다는 것을 확인할 수 있다.

이러한 『서우』의 학회지적 성격은 「본회취지서」에 잘 나타나 있다.

(가) 만물이 홀로 있으면 위태롭고, 무리 지어 있으면 강하며, 함께하면 성취되고, 떨어져 있으면 패배하는 것은 당연한 이치이다. 하물며 지금 이 세계에 생존 경쟁은 천연天演의 결과이다. 우승열패는 일반적인 사실이라 일컫는 고로 사회의 단체 성패로써 문명함과 야만스러움을 분별하며 존망을 판단하나니, 오늘날 우리는 이와 같이 극렬한 풍조를 맞부딪쳐, 큰 것은 국가와 작은 것은 가정의 스스로 자보자전自保自全의 전략을 강구하면 우리 동포 청년들의 교육을 개도하고 면려하여 인재를 양성하며, 여러 사람

---

7   회장 정운복, 부회장 김명준, 총무원 3명, 평의원 박은식 외 16명 등 총 회원 수는 170명이었다.(「會員名簿」, 『서우』 1호, 1906.12.1, 47~49쪽)

8   「新入會員氏名」, 『서우』 5회, 1907.4.1, 43~46쪽.

9   「會報」, 『서우』 16호, 1908.3.1, 38~46쪽.

10   〈會錄〉「第十回 通常會會錄」, 『서우』 8호, 1907.7.1, 47쪽.

의 지혜를 계발함이 곧 국권을 회복하고 인권을 신장하는 기초라.[11]

 (나) 그러나 이러한 중대 사업을 진행하고 확장하고자 한다면, 대중의 단체력을 반드시 갖추어야 할 것이니, 이는 금일 서우학회가 시작한 이유이다. 대개 나라의 중심에 위치하여 평안과 황해의 양도를 양서兩西라 칭하나니 우리 양서의 학회를 왜 한성 중앙에 설치하겠느냐고 생각해본다면, 최근 몇 년간 우리 양서의 우시애국憂時愛國의 인사들이 시대적인 의무를 주의하여 소재 학교가 서로 연계하여 부흥하니 다른 지방과 비교하면 나아간 경지가 다르다 하나

 그 실상을 관찰하면 혹 교과의 서적도 획일한 과정이 아직 세워지지 않았으며 혹 경비의 자금도 오랫동안 버틸 예산이 이어지지 못해서 초기에만 있고 마치는 것은 드물며, 조선을 떠나 유학하는 청년들은 뜻과 열정이 있다고 칭할 수 있는 사람은 없지 않으나 간혹 시간과 자원을 낭비하며 외국인들의 비웃음을 받을 수도 있으니 이는 중앙에서 주도하고 견인하는 기관이 세워지지 않은 연고라. 이 본회의 위치가 한성 중앙에 있어 각 사립의 교무校務를 찬성하며 유학 청년을 지도하고 장려함이오.[12]

---

11 인용문은 번역한 것으로 원문은 다음과 같다. "凡物이 孤ᄒᆞ면 危ᄒᆞ고 群ᄒᆞ면 強ᄒᆞ며 合ᄒᆞ면 成ᄒᆞ고 離ᄒᆞ면 敗홈은 固然之理라. 矧今世界에 生存競爭은 天演이오. 優勝劣敗ᄂᆞᆫ 公例라 謂ᄒᆞᄂᆞᆫ 故로 社會의 團體成否로써 文野를 別ᄒᆞ며 存亡을 判ᄒᆞᄂᆞ니 今日 吾人이 如此히 劇烈ᄒᆞᆫ 風潮를 撞着ᄒᆞ야 大而國家와 小而身家의 自保自全之策을 講究ᄒᆞ면 我同胞靑年의 敎育을 開導 勉勵ᄒᆞ야 人才를 養成ᄒᆞ며 衆智를 啓發홈이 卽 是國權을 恢復ᄒᆞ고 人權을 伸張ᄒᆞᄂᆞᆫ 基礎라."(「本會趣旨書」, 『서우』 1호, 1906.12.1, 1쪽)

12 "然이나 此 重大事業을 振起擴張코즈 ᄒᆞ면 公衆의 團體力을 必資홀지니 此ᄂᆞᆫ 今日 西友學會의 發起ᄒᆞᆫ 所以라. 蓋 域於國中ᄒᆞ야 平安과 黃海의 兩道를 兩西라 謂ᄒᆞᄂᆞ니 吾兩西의 士友學會를 胡爲乎漢城中央에 竊嘗觀之컨딕 年來吾兩西의 憂時愛國之士가 注意時務ᄒᆞ야 所在 學校가 相繼而興ᄒᆞ니 比諸他方ᄒᆞ면 差有進境이나 其 實相을 觀察ᄒᆞ면 或 敎科의 書籍도 畵一ᄒᆞᆫ 課程이 未立ᄒᆞ며 或 經費의 資金도 持久홀 預算이 不敷ᄒᆞ야 有初鮮終을 不免ᄒᆞᄂᆞᆫ 者도 有ᄒᆞ며 出洋 遊學ᄒᆞᄂᆞᆫ 靑年들은 有志熱心이 非無可稱者나 間或 昨往 今來에 徒糜資斧홀 쑨더러 外人의 笑柄을 作ᄒᆞᄂᆞᆫ 者도 有ᄒᆞ니 此ᄂᆞᆫ 中央一位의 鼓動掇引ᄒᆞᄂᆞᆫ 機關이 不立ᄒᆞᆫ 緣故니 此 本會의 位置가 漢城中央에 在ᄒᆞ야 各 私立의 校務를 贊成ᄒᆞ며 遊學靑年을 導率 獎勵홈이오."(「本會趣旨書」, 『서우』 1호, 1906.12.1, 1쪽)

(다) 게다가 자녀 교육을 근본적으로 발전시키고자 한다면, 먼저 그들의 부모와 형제의 열정을 불러일으켜야 한다. 배고픈 사람에게는 음식을 주고 목마른 사람에게는 마실 것을 주듯이 이를 얻으면 살고, 그렇지 못하면 죽는다는 사실을 인식시킨 후에야 자녀 교육을 위해 고생을 두려워하지 않고 돈을 아끼지 않고 최선을 다하여 진행해야 한다. 이것이 본회에서 매월 잡지를 발간하여 학령기를 이미 넘은 사람들에게 정보를 제공하여 보통지식을 널리 보급하고자 하는 이유이다. 이것도 서울 중심부에 위치한 우리 협회에게는 서양의 지식과 경험을 받아들여 편리하다.[13]

『서우』창간호에 실린 「본회취지서」에 보면, 먼저 당대에 대한 이해가 등장한다. 즉 생존 경쟁과 우승열패의 시대에 살면서 국가가 살아남기 위해서 교육과 인재 양성이 가장 중요한 일임을 강조한다. 그러면서 이러한 위태로운 시기에 오로지 뭉쳐야 살 수 있음을 서두인 (가)에서 밝히고 있다.

(나)와 (다)에서는 단체를 만들어야 하는 이유와, 그 단체가 왜 서울에 소재해야 하는지를 설명한다. 서우학회를 시작해야 하는 이유는 첫째, 교육과 인재 양성을 위해 대중의 단체력을 갖추기 위함이었다. 둘째는 국내 평안도와 황해도에 있는 학교를 관리하기 위함이었다. 평안과 황해 양도의 학교가 부흥하고는 있으나 여전히 교과의 서적이나 과정이 아직 체계적이지 못한데, 이를 중앙에서 관리하기 위함이었다. 셋째는 유학생에 대해 관리 감독하기 위함이었다. 조선을 떠나 유학하는 청년들은 많으나 시간과 자원을 낭비하며 외국인들의 비웃음을 얻는 경우도 있어서 이러한 유학 청년들에 대해 지도하고 장려하기 위해 서울에 학회를 세웠다고 설명한다. 넷째로는 자녀 교육을 위해 부모와 형제의 지원하기

---

13 "且子弟敎育을 到底發達코즈 흐면 先히 其 父兄의 熱心을 激起흐야 飢者의 食과 渴者의 飮과 如히 得此則活흐고 不得此則死홀쥴로 認知케 흔 然後에 子弟敎育을 爲흐야 不憚勞不吝財흐고 竭力做去 흘지니 所以로 本會에서 每月 雜誌를 發刊흐야 學齡己過흔 人員의 購覽을 供給흐야 普通知識을 開牖코져 홈이니 此도 漢城中央에서 西方見聞을 接受흐야 輯成印行ㅎ는 것이 便宜ㅎ도다."(「本會趣旨書」,『서우』1호, 1906.12.1, 1~2쪽)

위한 목적이었다. 그와 더불어 학령기를 넘은 사람들에게도 정보를 제공하여 보통 지식을 널리 보급하고자 매월 잡지를 발행한다고 언급하고 있다. 이는 자녀교육의 지원자인 부모부터 교육의 필요성을 알게 하여 스스로 새로운 지식을 습득함과 동시에 자녀들의 교육도 물심양면으로 지원하게 하기 위함이었다. 다섯째로 서우학회가 서울 중심부에 위치하고 있기 때문에 서양의 지식과 경험을 받아들이기 편리하다는 점을 강조한다. 새로운 지식과 학문을 받아들이는 것이 가장 급선무임을 나타내주는 것이라 할 수 있다.

(라) 그런즉 사회의 조직은 대중의 역량을 연합하여 사업 경영의 성과를 얻고자 함이니 이에 주력할진대 아한我韓의 전국 13도로 일개 대단체를 결합하여 통합 교육을 일런 확장하는 것이 완미한 사업인데 어찌 양서兩西를 군이 구분하여 구구한 소범위에 그치리오마는 눈앞의 아한我韓의 상황이 개방된 곳은 극소한 부분이오 아직 개방하지 않은 곳이 여전히 대다수를 차지하니 전국 단체는 갑자기 성립하기 어려운지라. 대저 풍습이 초기에 반드시 먼저 일어나는 거점이 있으니 기타 방면으로 유통되고 꿰뚫나니.[14]

(마) 옛 단군과 기자의 시기에 오직 우리 관서가 인문의 땅을 첫 번째로 열었음이라. 금일 또한 개명신의 초두인즉 국가 내부의 신문화의 창기가 반드시 여기에서부터 시작됨이라. 그러므로 일조의 광선이 이미 그 끝을 드러내었거니와 지금 학회의 성립이 또한 어찌 우연일 수 있으리오. 즉 전국 진보의 기점이 됨이니 이로 인하여 국민들의 이목이 보고 들음에 높아져 서로 하겠다는 의지와 이기고자 하는 뜻으로 내일 삼남에 학회가 생기고 또 내일 동북에 학회가 일어나 백맥일기百脈一氣와 무류일원衆流一源으로

---

14 "然則 社會의 組織은 公衆의 力量을 聯合ᄒ야 事業 經營의 好果를 欲得홈이니 此에 注力홀진딕 我韓全國十三道로 一個大團體를 結合ᄒ야 通同敎育을 一例擴張ᄒᄂᆫ 것이 完美혼 事業인딕 何必兩西를 界限ᄒ야 區區혼 小範圍에 止ᄒ리오마ᄂᆫ 目下 我韓 情形이 利開者ᄂᆫ 尙屬小部分이오 未開者가 尙占多數ᄒ니 全國團體ᄂᆫ 遽然히 成立키 難흔지라. 大抵 風氣初開에 必先起點處가 有ᄒ야 其他 方面으로 流通貫注ᄒᄂᆫ니." (「本會趣旨書」, 『서우』 1호, 1906.12.1, 2쪽)

전국 대단체가 성립함은 우리의 일대 희망이니 이 목적을 달하자면 본 학회가 완전히 견고하게 실효를 나타내어 타지역의 표준을 건립함에 있으니 오직 우리 사우社友의 책임이 더욱 중대함이라. 그것을 생각하고 그것을 힘써야 할지어다.[15]

(라)와 (마)에서는 이러한 지역 학회지가 평안도와 황해도만의 학회지가 아님을 강조한다. 전국 13도의 단체로 결합하여 통합 교육으로 확장하는 것이 목적이라고 주장하면서 이를 위한 첫 번째 단계로서 서우학회가 설립되었다고 설명하고 있다. 즉 전국 단체가 갑자기 성립되기는 어려우므로, 이렇게 단계적으로 지역 학회가 설립되고, 이러한 단체들이 서로 연합하여 통합될 때 전국의 교육 역시 세워질 수 있다고 여기는 것이다. 따라서 현재 서우학회는 그러한 타지역의 표준과 거점이 되어야 함을 거듭 강조하고 있다.

이렇게 본회취지서를 살펴보면, 무엇보다 교육과 인재 양성의 필요성, 단체의 중요성을 강조한다고 할 수 있다. 또한 이러한 역할을 담당해야 할 서우학회가 서울 중앙에 위치해야 할 이유 역시 교육의 체계화와 유학생에 대한 관리 지도를 들고 있다. 여기에 더하여 자녀를 양육하는 부모들에 대한 교육 역시 강조한다. 새로운 서양의 학문을 접하기에 서울이 가장 유리하다고 그 지역적 위치를 설명하면서 동시에 이러한 새로운 학문을 부모들 역시 받아들이고 배우는 것이 중요하다고 생각하고 있는 것이다. 이처럼 "보통 지식을 널리 보급"하고자 잡지를 발간한다고 하는데 이는 주필 박은식의 의지와도 깊이 연관된다.

---

15 "在昔檀箕之世에 惟我關西가 首開人文之地라. 今日 又 是開明維新之初頭인 則 國中新文化之倡起가 其 必自此而始焉故로 一條光線이 旣己現出其端緒어니와 今玆學會의 成立이 亦 豈偶然哉사 卽是全國 進步之起點이니 此로 由ᄒᆞ야 邦人耳目이 聳其觀聽ᄒᆞ야 互相 感發心과 爭勝意로 明日 三南에 學會가 起ᄒᆞ며 又 明日東北에 學會가 起ᄒᆞ야 百脈一氣와 衆流一源으로 全國大團體가 成立홈은 吾人의 一大 希望이니 此 目的을 達ᄒᆞ즌면 本學會가 完全 鞏固히 著其實效ᄒᆞ야 他方의 標準을 建立홈에 在ᄒᆞ니 惟我社友의 責任이 愈其重大라 念之勉之어다."(「本會趣旨書」, 『서우』 1호, 1906. 12. 1, 2쪽)

북양의 풍조가 열림에 관하여 최근 상황을 보도한 사람이 있으니, 현재 텐진의 하층 사회 중 소상인과 인력거꾼들이 자주 휴식 시간에 그 모임에서 백화보를 꺼내 읽고, 또는 삼오 명이 함께 읽으면서 시사를 논하니, 그들이 논하는 내용의 식견이 어떠하며, 그 뜻이 무엇인지는 잠시 논하지 않더라도, 당년에 미신을 논하고 유언비어를 만들던 자들과 비교하면 그 정도가 하늘과 땅 차이이다. 이는 과연 하층 사회가 스스로 개명한 것인가? 그렇지 않다. 이는 깨우친 사람이 있는 것이다.

본 기자가 일찍이 신문사에 있으면서 항상 두세 동지와 함께 일반적인 진화의 방침을 논의했는데, 풍조의 개화는 마땅히 하층 사회로부터 기초해야 한다고 했다. 현재 우리나라 중에 국문 신문은 제국신문사 하나만 있으니 어찌 적지 않겠는가. 이제 더욱 국문 신문을 확장하여 하층 사회의 지식을 계도한다면 그 일반적인 효과가 단지 한자 신문으로 문학이 있는 자에게만 공급하는 것보다 더욱 크리라고 하였으나, 다만 자금의 마련이 어려워 뜻을 이루지 못하여 항상 안타까워하고 있었다. 지금 텐진 신문의 논의를 근거로 하면 그 효과가 어떠한지가 확실히 명백하니, 세상에서 소통에 주의를 기울이는 자들은 이 일에 또한 도움을 줄 것이 아닌가.[16]

위의 예문은 『서우』 5호에 실린 박은식의 「청보호재후식淸報護載後識」이라는 중국 관련 소식을 전하는 글이다. 이 글을 보면, 청나라에서는 소상인이나 인력거

---

16 "北洋風氣之開에 關ᄒᆞ야 最近 情事를 報道혼 者가 有ᄒᆞ니 目下 天津의 下等社會 中 人의 作小販者와 後人力車者들 每每於休息之餘에 其 會中의 白話報(卽 國語報)를 輒出ᄒᆞ야 讀之ᄒᆞ고 其 三五相讀者로 더부러 時事를 談ᄒᆞ니 其 所談者의 識見如何와 宗旨何在ᄂᆞᆫ 姑勿論ᄒᆞ고 當年에 迷信을 談ᄒᆞ고 謠言을 造ᄒᆞ든 者에 比ᄒᆞ면 其 程度가 相去天淵이라. 此 果若輩의 下等社會가 自能開通乎아 非也라 是ᄂᆞᆫ 啓發혼 者가 有혼지라. (…중략…) 本記者ㅣ 嘗在報舘ᄒᆞ야 每與二三同志로 普通 進化의 方針을 講求ᄒᆞ되 風氣之開ᄂᆞᆫ 맛당히 下等社會로 부터 基혼지라. 現 我國 中에 國文報ᄂᆞᆫ 只一帝國社가 有ᄒᆞ니 豈不零星哉아 今에 更히 國文報를 擴張ᄒᆞ야 下等社會의 知識을 啓導ᄒᆞ면 其 普通效力이 但히 漢字報로써 文學이 有혼 者의게만 供給ᄒᆞᄂᆞᆫ 것보다 尤爲多大ᄒᆞ리라 ᄒᆞ엿스니 但 資金의 難辦으로 有意未就ᄒᆞ야 恒拘欷歎터니 玆에 天津報所論을 據한 則 其效果의 如何가 確有明証ᄒᆞ니 世之注意開通者ᄂᆞᆫ 其 亦帮助此舉也否아."(會員 朴殷植, 〈別報〉「淸報護載後識」,『서우』 5호, 1907. 4. 1, 3~5쪽)

꾼 등이 휴식시간에 모여서 백화보 즉 국어보로 쓰인 신문 등을 읽고 시사적인 것들을 서로 대담한다는 내용이다. 그 전에 미신이나 유언비어 등을 만들어 옮기던 하층들이 어렵지 않은 백화보로 적힌 글들을 읽으면서 정치적, 사회적 견해를 가지기 시작했다는 것이다. 이러한 상황은 그 이전과는 하늘과 땅 차이로 벌어진 일이라며 놀라움을 금치 못하고 있다.

따라서 박은식은 청처럼 우리도 하층 계급을 위한 지식을 계도해야 한다고 주장한다. 또한 하층 계급들이 제대로 지식을 쌓고 정치적, 사회적 견해를 가지게 하려면 하층 계급을 위한 신문 즉 국문보가 필요함을 역설하고 있다. 이는 한자보로 문학이 있는 자에게만 지식을 공급하는 것보다 국문보로 하층 사회의 지식을 계도하는 것이 바람직하다는 것이다.

하층 사회에 지식을 공급하여 교육한다는 박은식의 의식은 앞서 살펴본 『서우』 1호 「본회취지서」와 그대로 연결되어 있다. "優勝劣敗는 公例라 謂ᄒᄂᆞᆫ 故로 社會의 團體成否로써 文野를 別ᄒᄆᆞᅌ 存亡을 判ᄒᄂᆞᄂᆞ니 今日 吾人이 如此히 劇烈ᄒᆞᆫ 風潮를 撞着ᄒᆞ야 大而國家와 小而身家의 自保自全之策을 講究ᄒᆞ면 我同胞青年의 教育을 開導 勉勵ᄒᆞ야 人才를 養成ᄒᆞᄆᆞ 衆智를 啓發홈이 即 是國權을 恢復ᄒᆞ고 人權을 伸張ᄒᄂᆞᆫ 基礎라"[17]라고 하면서 우승열패의 시대에 국권을 회복하고 자강할 수 있는 길이 바로 동포청년 교육이라 설명하고 있다. 또한 서우학회의 설립은 전국 진보의 기점이며, 서우학회를 필두로 전국으로 이러한 교육단체가 성립되어야 한다고 희망하고 있다.[18]

이는 위의 취지서를 발기한 서우학회 회원들과 주필 박은식이 서우학회를 어떤 목적으로 설립했는지 엿볼 수 있는 부분이다. 학회지 『서우』를 발행하여 교육

---

17 〈趣旨〉「本會趣旨書」, 『서우』 1, 1906.12.1, 1쪽.

18 "今妓學會의 成立이 亦 豈偶然哉아 即是全國進步之起點이니 此로 由ᄒᆞ야 邦人耳目이 聳其觀聽ᄒᆞ야 互相 感發心과 爭勝意로 明日 三南에 學會가 起ᄒᆞ며 又 明日東北에 學會가 起ᄒᆞ야 百脈一氣와 衆流一源으로 全國大團體가 成立홈은 吾人의 一大希望이니."(위의 글, 2쪽)

구국 사상과 민족 자강 사상을 교육하고자 하는 것인데, 이는 근대적 국민교육, 즉 의무교육으로서 보통교육을 실시하고자 한 취지였다고 할 수 있다.[19] 박은식은 역사 교육과 보통 교육을 시행하여 당대 청년들을 교육하고자 했으며, 유교적 입장에서 신사상을 포괄하고자 한 근대적 교육을 주장하고 있다고도 할 수 있을 것이다.[20]

2) 『서우』의 주제 구성 및 기획

『서우』는 가장 오래 발간된 지역 학회지답게 총 17호가 출판되었는데, 학회 관련 내용이나 교육의 중요성을 강조하는 글, 또 현 정치에 대한 생각이나 새로운 학문 등을 소개하는 글들이 많이 등장하였다. 또한 문예 관련 글들도 상당히 많이 실려 있었다. 이를 주제별로 분류해보면 〈표 1〉과 같다.

〈표 1〉은 1호[1906.12.1]부터 17호[1908.5.1]까지 실린 글을 주제별로 분류한 것이다. 전체 주제 중에서는 회록, 회보, 회계원 보고 등이 들어가기 때문에 서우학회와 관련된 부분이 가장 많았다. 이를 제외하면 문예 관련이 77개, 약 19.8%로 많은 수를 차지하고 있다. 이는 『서우』가 문예 영역에 대해서 상당히 관심을 가지고 전략적으로 배치하고 있음을 의미한다. 다음으로는 교육이 약 15.7%를 차지했으며, 정치나 헌법 관련이 약 11.6%로 그 뒤를 이었다.

이 중 외국 및 한국 역사 관련이 총 17개이지만, 문학 중 역사 전기물 등 역사 관련이 많기 때문에 이를 합하면 총 64개, 약 16.5%를 차지하고 있다. 따라서 문학, 역사, 교육 등에 많은 초점이 놓여 있음을 알 수 있다. 이는 『서우』에 상당히 문학적인 글들이 실려 있다는 것을 확인할 수 있음과 동시에 그러한 글들은 대

---

19 권영신, 「한말 서우학회의 교육구국 활동」, 『교육문화연구』 11, 인하대 교육연구소, 2005, 61~72쪽.
20 장유승은 박은식이 유학자적 입장에서 문명개화와 교육계몽을 달성하기 위해 유학의 개신(改新)을 지향하였다고 설명한다. (장유승, 「조선후기 서북 지역 문인 연구」, 서울대 박사논문, 2010, 205~206쪽) 또한 정주아도 박은식이 유림 세력을 기반으로 한 근대화운동을 진행했다고 논의하고 있다. (정주아, 『서북문학과 로컬리티』, 소명출판, 2013, 45~46쪽)

〈표 1〉『서우』 주제별 분류

주제	세부항목	세부항목 개수	개수
서우학회 관련	서우학회 관련	85	85
문예	산문류	49	77
	시가류	28	
교육	일반 교육	40	61
	아동, 소아 교육	11	
	외국교육	6	
	여성교육	4	
정치, 헌법, 국가, 관리	정치, 국가, 관리	32	46
	헌법, 법률	14	
신사상, 산업	신사상	24	38
	산업	14	
외국 및 한국 역사	외국역사	9	17
	한국역사	8	
위생	위생	17	17
애국, 독립	애국, 독립	10	10
유학생, 청년	유학생, 청년	10	10
제국주의, 우승열패	제국주의, 우승열패	8	8
구습타파	구습타파	5	5
인물 관련, 조문 등	인물 관련, 조문 등	5	5
신문	신문	3	3
유학 사상 관련	유학 사상 관련	3	3
한자 관련	한자 관련	3	3
총계		388(개)	

〈표 2〉『서우』 문체별 개수

문체종류		개수
한문체(103)	한문	68
	현토한문	33
	한문+현토한문	2
구절형 국한문체 (82)	구절형 국한문	68
	구절형+현토한문	12
	구절형+한문	2
단어형 국한문체 (201)	단어형 국한문	173
	단어형+구절형	25
	단어형+현토한문	2
	단어형+한문	1
한글체	한글	2
총계		388(개)

체로 역사와 연관되어 있다는 것을 파악할 수 있다.

『서우』에 실린 문체별 개수[21]를 보면, 가장 많은 수를 차지하고 있는 문체는 단어형 국한문체로 전체 388개의 글 중 201개로 약 44.6%를 나타내고 있다. 그 다음이 한문체였는데 이는 총 103개로 약 26.5%를 차지한다. 다음으로는 구절형 국한문체로 총 82개이며, 약 21.1%였다. 단어형 국한문체의 경우 단어만 한자로 적혀 있고, 문장은 한글의 구성으로 되어 있으므로, 단어형 국한문체와 한글을 합친 국문체의 비율로 볼 때는 총 52.3%가 국문체임을 알 수 있다. 이러한 면을 통해 잡지 『서우』가 완전한 한문보다는 국한문체 특히 단어형 국한문체를 활용하여 이전 한문이나 현토한문에서 조금은 탈피하고자 한다는 것을 확인할 수 있다.[22]

앞서 하층을 위한 국문보에 대한 중요성을 언급하고 있지만, 문체적인 차원에서 볼 때, 우선 서북 지역의 한문을 익힌 지식인 계층을 위주로 『서우』의 독자층이 이루어져 있음을 알 수 있다. 단, 완전한 한문이나 현토한문체보다는 단어형 국한문혼용이나 구절형 국한문혼용을 사용함으로써 한문적 지식이 많이 없어도 읽을 수 있도록 배려하고 있다.

---

21   본 책에서 데이터화한 표들은 『서우』 1호(1906.12.1)부터 17호(1908.5.1)까지 실린 글 전체를 대상으로 삼았다. 15호부터는 서북학회로 통합되면서 잡지명이 『서우』에서 『서북학회월보』로 바뀌고는 있으나 통권 17호로 계속 이어오고 있고, 1908년 6월부터 『서북학회월보』 1권 1호로 바뀌고 있기 때문에 17호까지를 『서우』로 간주하였다.

22   본 책에서 다루는 문체 구분은 임상석이 '한문 문장체', '한문 구절체', '한문 단어체'로 구분하여 사용한 논의와, 김재영이 '구절형 한문해체문', '단어형 한문해체문' 등으로 구분하여 사용한 논의를 참고하여 사용하였다. (임상석, 『20세기 국한문체의 형성과정』, 지식산업사, 2008; 김재영, 「『대한민보』의 문체 상황과 독자층에 대한 연구」, 『한국 근대문학과 신문』, 동국대 출판부, 2012) 따라서 본 책에서는 한문 구절에 한글 토만 단 경우를 현토한문체로, 현토한문체보다는 한글 토를 더 사용하면서도 어순은 여전히 한문일 경우를 구절형 국한문체로, 단어와 서술부 모두 한글의 순서로 모두 해체하여 사용한 경우를 단어형 국한문체로 구분하여 사용하였다. 또 단어형 국한문체와 구절형 국한문체가 섞여 있더라도 단어형 국한문체가 월등히 많은 양을 차지할 경우는 단어형 국한문체로 표기하였다.

3) 표제 구분과 편집의 특징

『서우』는 1호부터 각 글에 표제를 활용하여 글의 종류를 구분했다. 『서우』의 표제는 〈축사祝辭〉, 〈논설論說〉, 〈사설社說〉, 〈교육부敎育部〉, 〈위생부衛生部〉, 〈잡조雜俎〉, 〈아동고사我東古事〉, 〈인물고人物考〉, 〈애국정신담愛國精神談〉, 〈사조詞藻〉, 〈문원文苑〉, 〈시보時報〉, 〈별보別報〉, 〈회록會錄〉, 〈회보會報〉, 〈기함寄函〉 등 다양하게 등장하고 있다. 〈축사〉, 〈논설〉, 〈사설〉, 〈문원〉은 논설 및 사설로 정치와 연관된 글이었고, 〈시보〉, 〈별보〉는 국내외 정세를 알려주는 글들이었다. 〈교육부〉, 〈위생부〉, 〈잡조〉에서는 근대 학문과 연관된 내용들이 주류를 이루었고, 〈아동고사〉, 〈인물고〉, 〈애국정신담〉, 〈사조〉에는 좀 더 문예적인 내용들로 채워졌다. 〈인물고〉는 주로 과거 우리 역사에서 중요한 인물의 전기를 다루고 있고, 〈아동고사〉에

〈표3〉『서우』표제별 분류

유형	표제	개수	유형별 총 개수
문예(산문과 시) 및 일반 산문	잡조(雜俎)	78	167
	사조(詞藻)	28	
	아동고사(我東古事)	24	
	문원(文苑)	17	
문예(산문과 시) 및 일반 산문	인물고(人物考)	16	167
	애국정신담(愛國精神談)	4	
교육 및 학술	교육부(敎育部)	49	66
	위생부(衛生部)	17	
학회 관련	회보(會報)	39	65
	축사(祝辭)	22	
	회록(會錄)	4	
논설 및 정치	논설(論說)	18	44
	시보(時報)	14	
	별보(別報)	7	
	사설(社說)	5	
기타(국채보상문제(4), 기함(1), 기서(1))			6
표제 없음			40
총계			388

는 전해 오는 전설이나 고적 등에 대한 이야기를 싣고 있다. 〈애국정신담〉은 주로 외국의 사례나 역사 이야기에 대한 번역이 실려 있었다. 〈사조〉는 주로 한시 등의 시 계열이 실렸다.

표제별 전체 분포를 보면, 크게 볼 때 문학 또는 일반 산문이 총 167개로 가장 많았고, 교육 및 학술 분야가 66개, 학회 관련 글이 65개, 논설 및 정치 관련 글이 44개를 차지하고 있다. 또한 각 표제별로는 〈잡조〉가 78개로 가장 많았고, 다음이 〈교육부〉 49개, 〈회보〉 39개로 이어지고 있다. 한시나 한문 문장으로 이루어진 〈사조〉와 〈문원〉 등의 경우를 제외하면, 대부분의 일반적인 글들이 〈잡조〉라는 표제 아래 실리고 있다고 볼 수 있다. 즉 〈잡조〉는 다양한 산문을 포함하는 글로 아직까지 구체적으로 세분화되지는 못한 상황이었다. 이러한 표제별 분포를 호차별로 살펴보면 〈표 4〉와 같다.

전체적으로 볼 때, 꾸준히 이어지고 있는 표제는 〈논설〉, 〈교육부〉, 〈위생부〉, 〈잡조〉, 〈아동고사〉, 〈인물고〉, 〈사조〉, 〈시보〉, 〈회보〉 등이다. 이 가운데 〈아동고사〉와 〈인물고〉는 이후 『서북학회월보』에서는 〈인물고〉로 통합된다. 또한 〈시보〉는 국내외 정세를 알려주는 신문과 같은 역할이었는데, 이 또한 『서북학회월보』에서는 사라지게 된다.[23] 사실 『서우』에서 연재될 때는 〈아동고사〉가 총 24개, 〈인물고〉가 총 16개로, 〈아동고사〉가 훨씬 많이 연재되었다. 이렇게 볼 때 〈아동고사〉와 〈인물고〉를 구분하여 연재한 점, 또 국내외 정세를 신문처럼 알려주는 점 등은 『서우』의 특징이라고 할 수 있을 것이다.

또한 『서우』에는 〈기함〉과 〈기서〉란이 존재하는데, 『서우』 3호에는 〈별보〉란에 기함이 6편 실리게 된다. 이후 4호에서는 〈기함〉을 표제로 하여 따로 두게 된다. 다시 9호의 경우, 〈공함〉 1편이 〈회보〉에 실려 있고, "교우기서"라는 이름으로 〈기서〉 1편이 〈잡조〉에 실린 이후, 12호에는 〈기서〉가 표제로 등장하게 된다.

---

23 『서북학회월보』 관련 표제 내용은 조현욱(앞의 글) 69쪽 표 참조.

〈표 4〉 『서우』 호차별 표제 분류[24]

호	축사	사설	논설	별보	교육부	위생부	애국정신담	잡조	국채보상문제	아동고사	인물고	사조	문원	시보	회록	회보	기함	기서	없음	총계
1	4	1	1		3	3		5		1	1	1	2	1	4				2	29
2	3	2	1		2	1		6		1	1	3	1	1		3			1	26
3			1	1	3	1				2	1	2	1	1		8	(6)		5	26
4			2		4			5		1	4	1	1			4	1		3	28
5	1		1	1	7	1		4		1	1	1	1	1		2			2	24
6	2	1		3	2	1		3	4	1	1	1	1	1		2			2	25
7			3	1	2	1	1	9		1	4	1		2		2			0	27
8			1		2	2	1	3		1		2	3	1		4			0	21
9	1		1		3	1	1	6		2	1	2	1	1		3	(1)	(1)	2	25
10	1		1				1	3		2	1	2	2			1			2	18
11			1		2	1		3		1	1	1	1	1		1			3	16
12			1	1	1	1		3		1		1	1	1		1		1	3	16
13			1		1	1		10		2				1					1	19
14			1		1			5		2	1			1		1			1	13
15	10	1			6			1			2	1		1		1	(2)		5	28
16			1		5			5				1				1			5	21
17			1		3	1		7		3		3				5	(1)		3	26
총계	22	5	18	7	49	17	4	78	4	24	16	28	17	14	4	39	1	1	40	388

또한 15호에는 표제 없이 2편의 공함이 실리고, 17호의 경우는 대한학회공함에 대한 답이 〈별보〉에 실리고 있다. 이러한 면은 독자들과 소통하고자 하는 의도가 드러난 것이다. 독자들이 기함이나 공함으로 글을 많이 보내오자, 〈기함〉이나 〈기서〉란을 따로 두어 이러한 독자들의 의도를 포함하고자 했다.

---

24   조현욱이 「서북학회의 애국계몽운동(I)」(앞의 글, 61쪽)에서 『서우』를 표제별로 분류하고 있는데 모든 항목을 세분화하여 표현한 것이 아니기 때문에 본 책에서는 목차에 나와 있는 표제 모두

<표 5> 『서우』 문학 관련 분류

분류	세부 항목	개수
서사류 (49)	역사 전기	36
	전설	5
	서사체	3
	우화	2
	대화체	1
	몽유	1
시가류 (28)	한시계열(한시 및 문장)	25
	시가, 가사	3
총계		76

　이러한 가운데 문학과 연관된 서사류들은 전체 48편이 실려 있다. 이 가운데 역사 전기류가 36편, 전설이 5편, 서사체가 3편, 우화가 2편, 대화체가 1편, 몽유류가 1편이었다. 이 서사류들은 〈아동고사〉, 〈인물고〉 등에 대체로 실렸고, 그 외에 〈애국정신담〉 4편, 〈잡조〉에 우화류 1편, 몽유류 1편, 〈교육부〉에 우화류 1편이 실려 있다. 시가류의 경우에는 〈축사〉에 실린 가사 1편을 제외하고는 모두 〈사조〉란에 실려 있다. 이러한 시가류는 대체로 한시, 문장류가 25편으로 대다수를 차지했고, 가사, 시가류가 총 3편 실려 있다. 여기에는 신년축가, 서우학도가, 서북학회 축사가 등이 실려 있다.[25]

　이는 『서우』가 문학과 연관된 요소를 전략적으로 활용하고 있음을 의미한다. 서사류와 시가류는 모든 면에서 다양하게 활용되고 있는데, 특히 서사류와 연관된 표제가 많았다. 이에 대한 자세한 논의는 다음 절에서 살펴보도록 하겠다.

　를 검토하여 분류표로 작성하였다. 또한 〈기함〉과 〈기서〉의 경우는 표제에 맞게 들어와 있는 경우는 아니나 〈기함〉 또는 〈기서〉라고 본 글에 표시되어 있는 경우, 〈표 4〉에 괄호로 표시하였다. 〈기함〉과 〈기서〉를 제외하면 위의 표에 제시된 표제의 차례는 실제 『서우』에서 배치된 순서이다.

25　『서우』 3호(1907.2.1) 〈사조〉란에 회원 송재엽이 "新年祝歌"를, 4호(1907.3.1) 〈사조〉란에 회원 김유탁이 "西友師範學校徒歌"를, 15호(1908.2.1) 〈축사〉란에 회원 류춘형이 "서북학회 축사"를 싣고 있다.

4) 『서우』의 서사 문예 특징

(1) 역사의 서사화 아동고사 / 인물고

① 전설과 역사의 장면화 〈아동고사〉

앞서 박은식은 하층을 위한 읽을거리, 즉 민지의 계몽을 위한 국문보의 필요성을 역설하면서 『서우』 내에서 서사를 활용한 쉬운 읽을거리들을 전략적으로 싣고 있다. 이것이 두드러진 것이 바로 서사의 활용인데, 민지를 계몽하면서 역사 의식을 고취시키고 동시에 독자들의 흥미를 유발할 수 있는 방법으로 〈아동고사我東古事〉, 〈인물고人物考〉를 활용한다. 〈아동고사〉가 유적이나 전설 등에 대한 고적을 다루고 있다면, 〈인물고〉는 역사 전기적 인물을 '전傳'의 형태로 소개하고 있다.

〈표 6〉『서우』에 실린 〈아동고사〉

호수	날짜	제목	분류	서술형태	내용	문체
1호	1906.12.1	三聖祠	역사	설명	단군관련	구절형
2호	1907.1.1	我東古事	역사	설명	조선, 韓의 이름 관련	현토+한문
3호	1907.2.1	東明聖王의 遺蹟	전기	일화	고구려 시조 동명성왕	단어형
3호	1907.2.1	傳疑錄	역사	설명	아동의 불교	구절형
4호	1907.3.1	新羅始祖	전기	일화	신라 시조	단어+구절
5호	1907.4.1	耽羅國	역사	설명	탐라국	단어형
6호	1907.5.1	我東古事	서사	서사	연오랑 세오녀	구절형
7호	1907.6.1.	嘉俳節	서사	설명	가배절(신라 유리왕)	단어형
8호	1907.7.1	善德聖王	전기	일화, 대화	선덕여왕(무향꽃)	구절형
9호	1907.8.1	花郎	역사	설명	화랑	현토한문
9호	1907.8.1	萬波息笛	전설, 일화	일화	만파식적 유래(전설)	구절+현토
10호	1907.9.1	竹長陵	전설(설명)	설명	죽장릉 전설	단어+구절
10호	1907.9.1	書出池	전설(대화)	대화	서출지 전설	단어+구절
11호	1907.10.1	京城古塔	전설	설명	경성고탑 전설	구절
12호	1907.11.1	義娘岩	역사, 일화	일화	논개와 적장	단어
13호	1907.12.1	濊貊	역사	설명	예맥 역사 설명	단어+한문(한시)
13호	1907.12.1	公無渡河曲	시	일화	공무도하가 일화	단어+한문(한시)

호수	날짜	제목	분류	서술형태	내용	문체
14호	1908.1.1	溟州曲	서사	대화, 서사	명주곡에 얽힌 서생과 여자의 일	단어+현토
14호	1908.1.1	慶源蕃胡	역사	설명	경원 관련 고사	구절
16호	1908.3.1	趙沖傳	전기	일화	조충전	구절+현토
16호	1908.3.1	滄海力士黎君傳	전기	일화	려군전	단어+구절
17호	1908.5.1	遯庵鮮于浹先生傳	전기	일화	선우협 선생전	현토+구절
17호	1908.5.1	白頭山古蹟	역사	설명	백두산 고적	현토+한문

〈아동고사〉는 총 22개가 실려 있는데 15호를 제외하면 매호 실려 있다. 9호부터는 거의 2개씩 실리기도 했다. 15호의 경우, 목차에는 〈아동고사〉로 적혀 있으나, 본문 내용에서 〈인물고〉로 바뀌어 있었다. 또한 이 〈인물고〉는 15회까지 실리고, 16회부터는 실리지 않는다. 〈아동고사〉에 실린 내용을 보면, 다양한 전설이나 유래가 담겨 있다. 혹은 시와 연관된 일화 등을 싣기도 했다.

우리 선조 임금 때 임진년 가을에 일본 선봉장 고니시 유키나가小西攝津가 진주성을 함락시켰다. 성은 남쪽으로 강을 끼고 있었고, 주위가 약 15리에 걸쳐 있었다. 성 내의 촉석루는 뛰어난 두 층의 누각으로, 아래로는 100리까지 펼쳐진 물결을 바라볼 수 있고, 광활한 들판이 아득하여 눈앞에 끝이 없었다. 위로 멀리 있는 산봉우리를 바라보면, 구름 낀 산들이 겹겹이 쌓여 머리카락 하나도 지나갈 틈이 없으니, 이것이 바로 영남의 제일 경치였다. 누각 위에는 유람객과 시인들이 발길이 끊이지 않아 잔과 접시가 어지럽게 널려 있었고, 노래 부르는 자와 춤추는 자, 꽃처럼 아름다운 기생들이 일생의 즐거움을 이곳에서 다 누렸다. 그러나 어느 날 갑자기 피가 솟고 살이 날아다니며, 여러 구의 시체가 선혈 속에 떠다녀 그 참혹한 광경을 차마 눈으로 볼 수 없었다.

강의 남쪽 기슭에 돌출한 한 절벽은 바위가 깎은 듯이 험준하고, 급류가 바위를 물어뜯으며 아래에 맑은 물이 고여 있고 작은 물고기들이 뛰놀며 물결이 그림처럼 일렁인다. 절벽 위에 서 있는 한 여인은 깊은 검은 머리카락이 어깨에 드리워져 있고, 오색의

윗옷과 넓고 화려한 치마를 입고 있으며, 그 모습은 백옥처럼 맑고 아름다워 하늘에서 내려온 선녀 같았다. 그녀는 누구일까? 바로 성 안에서 유명한 일색 논개라 하는 기생으로, 많은 군 기생 중에 성주의 사랑을 가장 많이 받던 사람이었다. 그러나 성이 함락되며 성주는 죽고 평소에 친하게 지내던 사람들도 모두 어디론가 도망가 그림자조차 보이지 않았다. 논개는 절벽 위로 달려가 물에 몸을 던지려 했으나, 한 일본 무사가 말을 타고 날아와 긴 팔로 그녀를 끌어안았다. 논개는 그 손을 풀려고 했으나 힘이 약해할 수 없었고, 말로 해도 외국인이라 알아듣지 못했다. 논개는 그저 목 놓아 울었다. 원래 무사는 만 명의 창병이 몰려와도 동요하지 않지만, 아름다움에는 동요하지 않기 어려운 법이다. 논개의 이러한 모습을 보고 무사는 연민을 느껴 어쩔 줄 몰랐다. 그때 온 나라가 짓밟혀 많은 동포들이 학살당하고, 논개의 아버지도 난리 중에 죽었으며, 오랫동안 그녀를 보살펴주던 성주도 죽었다. 논개는 복수할 마음이 간절하여 슬픔을 억누르고 거짓으로 기뻐하는 척하며 보내는 눈길에 한없는 가을 물결을 담아내고, 붙잡은 손을 떨치지 않으며 무한한 사랑을 표현하니, 무사는 크게 기뻐하여 어쩔 줄 몰랐다. 논개는 그 순간을 틈타 무사의 허리를 꽉 껴안고 수십 척 되는 절벽에서 뛰어내려 맑은 물에 몸을 던졌다. 후에 그녀의 절개를 기리기 위해 절벽 위에 사당을 세우고 '의기사義妓祠'라 이름하고, 바위를 '의랑암義娘岩'이라 하였다.[26]

---

26 "我 宣廟朝時 壬辰秋에 日本先鋒 小西攝津이 晉州城을 陷ㅎ니 城이 南으로 江을 控ㅎ고 周圍가 約
十五里에 亘ㅎ얏는딕 城內의 矗石樓는 傑檻二層이라 俯ㅎ야 百里鏡波를 眺ㅎ고 曠野渺茫ㅎ야 眼
界無窮ㅎ고 仰ㅎ야 遠峰을 遙望홈에 雲山이 疊疊ㅎ야 一髮을 不容ㅎ니 正是嶺南의 第一觀이라. 樓
上에 遊人騷客이 踵을 接ㅎ야 杯盤이 狼藉ㅎ고 歌者와 舞者와 如花흔 郡妓가 一世의 歡을 此에서
盡ㅎ더니 一朝에 血湧肉飛ㅎ야 屢屢흔 死屍가 鮮血에 漂ㅎ야 慘狀을 不忍目見이러라.
江의 南岸에 突出흔 一崖는 岩峭如削에 奔流가 岩을 嚙ㅎ고 下에 潭水가 淡淀ㅎ고 細魚가 躍躍ㅎ야 波
紋이 如畵인딕 崖上에 佇立ㅎ야 深黑흔 髮이 肩에 垂ㅎ고 五色의上衣와 長廣ㅎ고 侈麗흔 裳을 着ㅎ
고 色은 白す야 玲瓏흔 白玉을 欺ㅎ얏스되 天이 降홈 仙女로 思홀지라. 彼何人 斯오 乃有名흔 城中
의 一色論介라 ㅎ는 妓生인딕 多數흔 郡妓中에 城主의 寵愛가 最深ㅎ더니 城이 陷落홈에 城主가 死
ㅎ고 且 平時에 相善ㅎ던 諸人도 何處에 逃亡ㅎ엿는지 影響도 無홈으로 論介가 岩上으로 走來ㅎ야
潭水에 投코져 ㅎ더니 日本一武가 馳馬飛來ㅎ야 猿臂를 伸ㅎ야 抱ㅎ니 論介가 抱흔 手를 解코져
호되 力이 纖弱ㅎ야 能치 못ㅎ고 口로 言ㅎ야도 異國人이 解키 不得이라. 論介가 只放聲叫泣ㅎ니
元來 武士가 萬鎗이 簇來ㅎ야도 動치 안이ㅎ기는 易ㅎ고 色界上에 動치 안이ㅎ기는 難흔지라 論

위의 글은 『서우』 12호에 실린 「의랑암義娘岩」이라는 글로 논개의 충정에 대한 이야기를 '의랑암'이라는 바위와 연관하여 적고 있다. 이는 일화 방식으로 전개하고 있는데 논개와 일본 장수의 상황을 자세히 묘사하면서 흥미를 유발한다. 절벽에 대한 묘사나 논개에 대한 묘사는 마치 실제 눈으로 보고 있는 듯이 설명한다. 주관적 감정을 담은 묘사는 서사를 가미하여, 아름다운 기생인 논개가 울고 있는 모습과 그 모습에 반한 일본 적장의 모습을 묘사하고 있다. 또한 성주와 아버지의 죽음으로 망연자실한 논개의 마음을 표현하며, 논개가 어떤 마음으로 적장을 안고 절벽에서 뛰어내렸는지 생생하게 드러내고 있다. 단순한 역사적 사실의 나열이 아니라, 문학적 허구성을 가미하여 서사성을 확장하여 독자들의 흥미를 유발하고 있는 것이다. 또한 이를 실제 있는 '의랑암'이라는 바위의 유래와 연관하여 더욱 관심을 끌어들인다. 또한 이 글 자체도 단어형 국한문체로 전개되어, 한문체나 현토한문체에 비해서 비교적 쉽게 읽을 수 있다.

고려사 악지에 명주곡이 있어, 세상에 전해지는 이야기가 있다. 한 서생이 유학을 하다가 명주에 이르러 한 양가의 여인을 보았는데, 그 여인은 자색이 아름답고 글도 좀 아는 사람이었다. 서생이 시로써 그녀를 유혹하니, 여인이 말하기를 '여인은 함부로 사람을 따르지 않는다. 서생이 과거에 급제하여 부모의 명이 있으면 일이 이루어질 것이다'라고 하였다. 서생은 곧바로 수도로 돌아가서 과거 공부를 하였다.

그러던 중 여인의 집에서 장차 사위를 맞이하려 하였는데, 여인은 평소에 연못에서 물고기를 기르곤 하였다. 물고기는 여인이 기침 소리만 내도 반드시 와서 먹이를 먹었

介의 如此홈을 見호고 哀戀홈을 已키 不能이러라. 時에 全國이 蹂躪을 被호야 幾多혼 同胞가 屠홈이 됨에 論介의 父親이 亂車中에 斃호고 論介를 多年見顧호던 城主도 致死혼지라. 論介가 一片復讐홀 心이 切호야 遂悽然收淚호고 佯爲歡喜호야 送호는 眼에 無量혼 秋波를 寄호며 捉호인 手를 拂치 안이호야 無限혼 濃情을 表示호니 武士가 大喜호야 不知所爲어늘 論介가 時를 乘호야 武士의 腰를 緊抱호고 數十尺되는 崖에 墜호야 潭水에 入혼지라. 後에 其節를 賞호야 崖上에 祠를 建호고 義妓祠라 命名호고 岩을 義娘岩이라 호다."(〈我東古事〉, 「義娘岩」, 『서우』 12, 1907. 11. 1, 29~31쪽)

다. 이에 여인이 물고기에게 먹이를 주며 '내가 너를 오래도록 길렀으니 내 뜻을 알아야 한다'라고 말하고 비단 조각에 글을 써서 던졌다. 한 큰 물고기가 있어 뛰어올라 비단 글을 물고 유유히 사라졌다. 이때 서생은 수도에 있어 부모님께 드릴 음식을 준비하려고 시장에서 물고기를 사서 돌아가다 물고기를 손질하니 비단 글을 발견하였다. 서생은 놀라서 즉시 비단 글을 가지고 여인의 집으로 갔다. 이미 사위 될 자가 문 앞에 이르렀다. 서생이 비단 글을 여인의 집에 보여주고 곧 그 곡을 부르니, 여인의 부모가 놀라며 '이는 정성으로 감응된 것이지 사람의 힘으로 된 것이 아니다'라고 하고, 그 사위될 자를 돌려보내고 서생을 맞아들여 사위로 삼았다.[27]

위의 글은 『서우』 14호에 실린 「명주곡溟州曲」이라는 글로, 이 노래의 전설을 이야기 방식, 특히 일화와 대화체를 활용하여 서술하고 있다. 서생이 한 여인을 만나 한눈에 반하지만, 그 여인은 자신은 부모를 따를 뿐이라며 부모의 허락을 받아야 한다고 거절한다. 여인의 부모는 이 상황에서 다른 사위를 구하여 딸을 혼인시키려 하고 있었다. 서생은 여인이 물고기에게 던져 준 비단 글을 얻게 되고, 이를 토대로 명주곡이라는 노래를 여인의 부모 앞에서 부르자, 그 여인의 부모가 그 서생을 사위로 삼았다는 이야기이다. 이러한 글들은 결국 서사적 장치를 활용함으로써 흥미를 유발하고 있음을 보여주는 것이다.

이는 국문으로 문학을 역사적으로 새롭게 정리하고자 한 것으로 보인다. 「만파식적萬波息笛」, 「공무도하곡公無渡河曲」, 「명주곡溟州曲」 등 시가류와 관련된 원류를

---

27 "高麗史樂誌에 溟州曲이 有ᄒᆞ니 世傳書生이 遊學ᄒᆞ다가 溟州에 至ᄒᆞ야 見一良家女가 姿色이 美ᄒᆞ고 頗知書라. 生이 以詩挑之ᄒᆞᆫ딕 女曰 婦人은 不妄從人이라. 待生擢第ᄒᆞ야 父母有命則事可諧矣니라. 生이 卽 歸京師ᄒᆞ야 習擧子業이러니 女家ㅣ 將納婚ᄒᆞᆯᄉᆡ 女ㅣ 平日에 臨池養魚라. 魚聞女之警咳면 必來就食ᄒᆞ더니 至是ᄒᆞ야 女ㅣ 魚를 餌ᄒᆞ고 謂曰 吾養汝久矣니. 宜知我意라 ᄒᆞ고 帛書를 投ᄒᆞ니 一大魚가 有ᄒᆞ야 跳躍含書ᄒᆞ고 悠然而逝러라. 是時에 生이 京師에 在ᄒᆞ야 欲爲父母具饌ᄒᆞ야 市魚而歸ᄒᆞ야 剝之得帛書라. 生이 驚異ᄒᆞ야 卽 持帛書ᄒᆞ고 徑詣女家ᄒᆞ니 婚已 及 門이라. 生이 以書示女家ᄒᆞ고 遂歌此曲ᄒᆞ니 女의 父母가 異之曰此ᄂᆞᆫ 精誠所感이오 非人力所致也라 ᄒᆞ고 其婚를 遣ᄒᆞ고 生을 納ᄒᆞ야 婿를 삼으니라."(〈我東古事〉, 「溟州曲」, 『서우』 14, 1908.1.1, 28쪽)

살피고 정리하고 있음에 주목해 볼 수 있다. 또한 〈인물고〉에 실린 「을지문덕전」에서도 5언시의 원조에 대한 언급 역시 나오고 있다는 점에서 『서우』는 우리나라의 역사뿐만 아니라 우리 문학에 대한 관심 역시 보여주고 있으며, 동시에 이를 전설 등의 요소와 결합하여 독자들의 구미를 당기고 있다.

② '전' 양식의 차용과 단편화 〈인물고〉

이러한 〈아동고사〉와 함께 역사적 인물의 전기를 싣고 있는 〈인물고〉라는 난이 있었다. 이 〈인물고〉의 저자 역시 무기명으로 되어 있는 것으로 보아 주필인 박은식이 대부분 쓴 것으로 추정된다. 역사를 서사화하는 과정에서 전 양식을 차용하여 역사를 단편적으로 서술하고 있는 것이다.

〈표7〉 『서우』에 실린 〈人物考〉 목록

호수	날짜	제목	분류	내용	문체
1호	1906.12.1	人物考	역사	고구려 역사 및 인물	구절형
2호	1907.1.1	乙支文德傳	역사 전기	을지문덕전	구절형
3호	1907.2.1	梁萬春傳	역사 전기	양만춘전	현토+구절
4호	1907.3.1	金庾信傳	역사 전기	김유신전	단어+구절
5호	1907.4.1	金庾信傳	역사 전기	김유신전	단어+구절
6호	1907.5.1	金庾信傳	역사 전기	김유신전	단어+구절
7호	1907.6.1	金庾信傳	역사 전기	김유신전	단어+구절
8호	1907.7.1	金庾信傳	역사 전기	김유신전	단어+구절
9호	1907.8.1	溫達傳	역사 전기	온달전	구절형
10호	1907.9.1	張保皐와 鄭年傳	역사 전기	장보고와 정년전	단어+구절
11호	1907.10.1	姜邯贊	역사 전기	강감찬전	현토한문
12호	1907.11.1	金富軾	역사 전기	김부식전	단어형
13호	1907.12.1	金富軾	역사 전기	김부식전	단어+구절
14호	1908.1.1	李舜臣	역사 전기	이순신전	현토한문
15호	1908.2.1	庾黔弼傳	역사 전기	유검필전	단어
15호	1908.2.1	金堅益傳	역사 전기	김견익전	한문

〈인물고〉는 『서우』를 통틀어 16개가 실렸고, 16호와 17호를 제외하면 매호 실려 있다. 1호에서는 고구려의 인물을 대략적으로 보여주었다면, 2호부터는 처음부터 '전'이라고 표기하며 역사적 인물을 전기적 형태로 서술하고 있다. 실제로 전의 형태로 등장하는 인물은 11명이었다. 또한 「을지문덕전」, 「김유신전」, 「온달전」, 「장보고」 등은 『삼국사기』의 열전편의 내용을 요약·발췌한 형태로 내용이 유사하다.

온달은 고구려 평원왕 시기의 사람이다. 용모는 우스꽝스러워 웃음을 자아내나, 마음은 밝고 맑았다. 집이 매우 가난하여 항상 음식을 구걸해서 어머니를 봉양했는데, 찢어진 옷과 해진 신발을 신고 시장 사이를 오가니, 당시 사람들이 그를 가리켜 '어리석은 온달'이라 불렀다.

평원왕의 어린 딸이 울기를 좋아하니, 왕이 농담으로 말하기를 '너는 항상 울어 내귀를 시끄럽게 하니, 커서 사대부의 아내가 되지 못하고, 반드시 어리석은 온달의 아내가 되어야 할 것이다'라고 하였다. 딸이 16세가 되었을 때, 상부 고씨에게 시집보내려 하였다. 공주가 말하기를 '대왕께서 항상 말씀하시기를 너는 반드시 온달의 아내가 될 것이라고 하셨는데, 이제 왜 전에 하신 말씀을 바꾸십니까? 비천한 사람도 말한 것을 번복하지 않거늘, 하물며 지존인 왕께서야 더더욱 그렇지 않겠습니까? 그래서 왕에게는 농담이 없다고 하니, 이제 대왕의 명이 잘못된 것입니다. 저는 감히 이를 따르지 못하겠습니다'라고 하였다.

왕이 화를 내며 말하기를 '네가 내 말을 따르지 않는다면 내 딸이 될 수 없으니, 어찌 함께 살 수 있겠느냐. 네가 가고 싶은 곳으로 가거라' 하였다. 이에 공주는 보물 팔찌 수십 개를 팔꿈치에 묶어 들고, 궁을 나와 홀로 걸어가다가 한 사람을 만나 온달의 집을 물어, 그 집에 이르러 눈먼 노모를 보고 가까이 가서 절하며 그 아들이 어디에 있는지를 물었다. 노모가 대답하여 말하기를 '내 아들은 가난하고 초라하여 귀한 사람이 가까이 할 수 없소이다. 지금 당신의 냄새를 맡으니 향기가 유달리 뛰어나고, 당신의 손을 잡으니 부드럽기가 솜 같으니, 반드시 천하의 귀한 사람일 것이오. 누구의 농담으로 여기까지 이르게 되었소? 내 아들은 배고픔을 참지 못해 산림에서 느릅나무 껍질을 구하러 갔다가 오래도록 돌아오지 않고 있소'라고 하였다.

공주는 산 아래로 가서 온달이 느릅나무 껍질을 짊어지고 오는 것을 보고, 온달과 말을 나누려 했으나, 온달이 화를 내며 '이는 어린 여자가 다닐 곳이 아니니, 분명 사람이 아니라 여우나 귀신일 것이다. 나를 괴롭히지 말라'라고 하고는, 뒤돌아보지 않고 가버렸다. 공주는 혼자 돌아와 초가집 문 아래에서 잠을 자고, 다음 날 아침 다시 들어가서 어머니와 아들에게 자세히 이야기했다. 온달은 망설이며 결정을 내리지 못했다. 그의 어머니가 말하기를 '내 아들은 너무 초라하여 귀한 사람과 짝이 될 수 없고, 우리 집은 너무 가난하여 귀한 사람이 머물 수 없다'라며 거절하였다. 공주가 대답하여 '옛사람이 말하기를 한 되의 쌀로도 봄을 날 수 있고, 한 자의 천으로도 옷을 지을 수 있다고 하였으니, 진심으로 한 마음이 된다면 어찌 부귀한 후에야 함께할 수 있겠습니까' 하고, 금팔찌를 팔아 논밭과 집, 노비, 소, 말, 도구들을 사서 생활에 필요한 것을 완비했다.

처음에 말을 살 때 공주가 온달에게 말하기를 '시장에서 파는 말을 사지 말고 나라의 병들고 마른 말을 골라 교환하라' 하였다. 온달이 그 말을 따르니, 공주가 정성껏 돌봐주어 말이 날마다 살찌고 튼튼해졌다. 고구려는 항상 봄 3월 3일에 낙랑 언덕에서 사냥 대회를 열어 잡은 멧돼지와 사슴으로 천신과 산천신에게 제사를 지냈다. 그날이 되어 왕이 사냥을 나가자 군신들과 오부의 병사들이 모두 따랐다. 온달이 기른 말을 타고 따라가서, 말을 몰아 항상 앞에 있었고 잡은 것도 많아 다른 사람들보다 나았다. 왕이 불러서 이름을 물어보고 놀라며 신기하게 여겼다. 그때 후주 무제가 군사를 내어 요동을 치러 나왔는데, 왕이 군대를 이끌고 시산의 들판에서 싸웠을 때 온달이 선봉으로 나서 맹렬히 싸워 수십 명의 적을 베니, 모든 군사들이 승세를 타고 맹렬히 공격하여 크게 이겼다. 공을 논할 때 모두가 온달을 으뜸으로 여겼다. 왕이 기뻐하며 '이는 내 사위다'라고 하며 예를 갖춰 맞아들이고, 작위를 내려 대형으로 삼았다. 이로 인해 특별히 사랑과 영예를 받으며 권세가 날로 커졌다.

양강왕이 즉위하자, 온달이 아뢰기를 '신라가 우리 한북의 땅을 빼앗아 군현으로 삼아 백성들이 이를 원망하며 부모의 나라를 잊지 않고 있으니, 대왕께서 군사를 맡겨 주신다면 한 번 나아가 반드시 우리 땅을 되찾아오겠습니다' 하였다. 왕이 이를 허락하였다. 출발할 때 온달이 맹세하여 말하기를 '계립현과 죽령 서쪽이 우리에게 돌아오지 않으면 돌아오지 않겠다' 하고는 떠나 아단성 아래에서 신라 군사와 싸우다 화살에 맞아 길에서 죽었다. 장사지내려 했으나 관이 움직이지 않았다. 공주가 와서 관을 어루만지며 '죽고 사는 것이 이미 결정되었으니, 아, 돌아가자' 하니, 관이 움직여 장사지낼 수 있었다. 대왕이 이 소식을 듣고 슬퍼하며 통곡하였다.[28]

---

28 "溫達은 高句麗 平岡王時人이라. 容貌는 龍鐘可笑ㅎ나 中心은 曉然ㅎ지라. 家甚貧ㅎ야 常乞食以養母홀식 破衫弊履로 往來於市井間ㅎ니 時人이 目之ㅎ야 爲愚溫達이러라. 平岡王의 少女兒가 好啼ㅎ니 王이 戱ㅎ되 汝常啼眡我耳ㅎ니 長에 必不得爲士大夫妻요 當歸之愚溫達이라 ㅎ더니 及女年二八에 上部 高氏의게 下嫁코져 ㅎ난지라. 公主ㅣ 曰 大王이 常語ㅎ사되 汝必爲溫達之婦라 ㅎ시더니 今에 何故로 改前言乎잇가. 匹夫도 猶不食言커든 況至尊乎잇가 故로 曰 王者는 無戱言이라. 今大王之命이 謬矣니 妾이 不敢祗承이로소이다. 王이 怒曰 汝不從我ㅎ올진된 不得爲吾女니 安用同居리오 從汝所適ㅎ라. 於是에 公主ㅣ 以寶釧數十枚로 繫肘後ㅎ고 出宮獨行ㅎ야 絡遇一人ㅎ야 問溫達之家ㅎ고 行至其家ㅎ야 見盲老母ㅎ고 近前拜ㅎ야 問其子所在흔딘 老母 對曰 吾子貧且陋ㅎ니 非貴人所可近이라. 今聞子之臭ㅎ니 芬馥이 異常ㅎ고 接子之手ㅎ니 柔滑이 如綿일식 必天下之貴人也라. 因誰之佑ㅎ야 以至此乎아 惟我息은 不忍饑ㅎ야 取楡皮於山林ㅎ야 久而未還이라 ㅎ는지라.

公主出行至山下ㅎ야 見溫達이 負楡皮而來ㅎ고 公主與之言懷흔딘 溫達이 勃然 曰 此 非幼女子의 所宜行이니 必非人也오 狐鬼也니 勿迫我ㅎ라 ㅎ고 遂行不顧여늘 公主ㅣ 獨歸ㅎ야 宿柴門下ㅎ고 明朝更入ㅎ야 對母子備言之흔딘 溫達이 依違未決이라. 其 母 曰 吾息이 至陋ㅎ야 不足爲貴人匹이오 吾家ㅣ 至褻ㅎ야 固不宜貴人居니라. 公主對曰 古人이 言ㅎ되 一斗粟도 猶可舂이오 一尺布도 猶可縫이라 ㅎ니 苟爲同心이면 何必富貴然後에 可共乎잇가 ㅎ고 乃賣金釧ㅎ야 田宅과 奴婢와 牛馬와 器物을 買得ㅎ야 資用이 完具흔지라. 初에 買馬홀식 公主ㅣ 語溫達曰 愼勿買市人馬ㅎ고 須擇國馬病瘦而見放者ㅎ야 換之ㅎ라. 溫達이 如其言ㅎ니 公主ㅣ 養飼甚勤ㅎ야 馬ㅣ 日肥且壯흔지라. 高句麗ㅣ 常以春三月三日로 會獵樂浪之邱ㅎ야 以所獲猪鹿으로 天神과 山川神을 祭ㅎ는지라. 其日에 至ㅎ야 王이 出獵홀식 群臣及五部兵士ㅣ 皆從이라. 於是의 溫達이 以所養之馬로 隨行ㅎ야 馳騁이 常在前ㅎ고 所獲이 亦多ㅎ야 他無若者라. 王이 召來ㅎ야 問姓名ㅎ고 驚且異ㅎ러니 時에 後周武帝가 出師伐遼東이어를 王이 領軍ㅎ야 戰於肄山之野홀식 溫達이 爲先鋒疾鬪ㅎ야 斬數十餘級ㅎ니 諸軍이 乘勝奮擊ㅎ야 大克ㅎ고 及論功에 無不以溫達로 爲第一이라. 王이 嘉歎之曰 是는 吾에 女壻라 ㅎ고 備禮迎之ㅎ야 賜爵爲大兄ㅎ니 由此로 寵榮이 尤渥ㅎ고 威權이 日盛터니

及陽岡王이 卽位ㅎ야는 溫達이 奏曰 新羅가 割我漢北之地ㅎ야 爲郡縣ㅎ니 百姓이 痛恨ㅎ야 未嘗忘父母之國ㅎ느니 願大王은 授之以兵ㅎ시면 一往에 必還吾地ㅎ리다. 王이 許焉ㅎ신딘 臨行에 誓曰

위의 예문은 『서우』 15호에 실린 「온달전溫達傳」의 내용이다. 고구려 평강왕 때 장수인 온달과 공주의 이야기와 더불어 온달의 용맹했던 싸움을 서술하고 있다. 다른 인물들에 비해서 온달전은 흥미적인 부분이 더 부각되고 있다. 평강 공주의 심지 굳은 면이나, 온달의 거부, 이후 평강 공주와 함께 변화되는 온달의 모습이 각 에피소드별로 구체적으로 제시된다. 이러한 면들은 역사 전기적인 부분을 통해 민족 의식을 계몽하려는 의지를 보여준 것이면서, 이를 위해 독자들이 좀더 흥미로워하는 부분을 전략적으로 활용하고 있다고 할 수 있다.

이러한 인물에 대한 전을 실을 때는 나라를 위해 싸운 영웅들이 등장하는데 특히 이 가운데 서북 지역과 연관된 영웅들을 선택하고 있다. 즉 〈인물고〉에 실린 인물들은 단군, 기자, 부여, 고구려 등 서북 지역의 인물로 학회지의 지역적 특성을 살리고 있다고 할 수 있다.[29] 또한 이 중 다양한 에피소드와 대화체로 이루어진 이야기들을 선택하고 있다는 점에 주목해 보아야 한다. 한문으로 쓰인 『삼국사기』를 구절형 혹은 단어형 국한문체로 풀어 씀으로써 읽기 쉽게 독자들에게 보여주고 있다는 점도 흥미유발의 측면에서 분명 유효한 전략으로 쓰였을 것으로 보인다. 또한 이러한 〈인물고〉는 『서북학회월보』에까지 이어져 매호 빠짐없이 진행되었던 것으로 보아 이에 대한 독자들의 호응도도 높았을 것이라는 점도 어느 정도 추측해 볼 수 있다.[30]

鷄立峴과 竹嶺以西가 不歸於我則不返이라 ㅎ고 遂行ㅎ야 與羅軍으로 戰於阿旦城之下라가 爲流矢所中ㅎ야 死於路ㅎ니 欲葬에 柩不肯動이라. 公主來ㅎ야 撫棺曰 死生이 決矣니 於乎歸矣라 ㅎ고 遂擧而窆ㅎ니 大王이 聞之悲慟ㅎ시다.”(〈人物考〉「溫達傳」,『서우』9, 1907.8.1, 37~39쪽)

29 장유승은 〈인물고〉에 실린 인물들이 지역사적 맥락에서 선택되었다고 설명한다. 등장하는 인물들이 대부분 단군, 기자조선, 고구려인들이고, 모두 한반도 북부 지역에서 전공을 세운 인물들이었다. 또한 김유신의 경우도 서북 지역 지식인들의 북방역사관을 자극하는 등의 맥락에서, 김부식도 묘청의 난과 연관된 부분을 서술하여 역시 역사적 맥락, 지역적 정체성과 깊이 연관되어 있음에 주목한다. (장유승, 앞의 글, 226~227쪽)

30 이러한 독자 인식은 주필인 박은식의 사상과 연관이 깊을 것이다. 류양선은 박은식이 “대중은 감동이 빠르므로 새로운 교육은 마땅히 대중사회(하등사회)에서부터 이루어져야 한다고 생각”했다고 설명하고 있다. (류양선, 앞의 글, 101쪽)

결국 이러한 면들은 역사를 서사화하는 과정에서 드러난 것으로 구국교육과 보통교육이라는 차원에서 역사가 주요한 소재로 사용되고 있었음을 보여주는 것이다. 그렇다면 이 『삼국사기』라는 역사물이 〈인물고〉라는 '전'의 형태로 변형되는 과정, 또 이에 더 나아가 단형서사물인 몽유록의 형태로 변주되는 과정에 대해서 다음 절에서 상세히 살펴보도록 하겠다.

(2) 몽유적 구조와 역사의 근대적 변용

〈인물고人物考〉의 「을지문덕전乙支文德傳」과 〈잡조雜俎〉의 「몽배을지장군기夢拜乙支將軍記」

『서우』에는 을지문덕과 연관된 서사물이 두 가지 실려 있는데 그 하나는 〈인물고〉에 실린 「을지문덕전乙支文德傳」[31]이고 다른 하나는 〈잡조〉에 실린 「몽배을지장군기夢拜乙支將軍記」[32]이다. 이 두 작품을 통해 『서우』에서 어떠한 역사의 서사화 과정이 전개되고 있는지 분석해 보고자 한다.

〈인물고〉에 실린 「을지문덕전」은 앞서 설명한 바와 같이 『삼국사기』의 내용과 유사하다. 『삼국사기』 권 제20권 고구려본기 제9권, 영양왕 23년, 24년의 내용과 더불어 『삼국사기』 권 제44권 열전 제4권 을지문덕편의 내용을 요약·정리하고 있다. 〈표 8〉은 〈인물고〉의 「을지문덕전」과 『삼국사기』[33]의 내용을 비교하여 분류한 표이다.

〈표 8〉을 보면, 〈인물고〉에 실은 「을지문덕전」과 『삼국사기』의 내용이 매우 유사하다. 『삼국사기』 중 고구려본기 영양왕편과 열전편 중 을지문덕편의 내용을 요약하여 구절형 국한문체로 실었음을 확인할 수 있다. 이 가운데 『삼국사기』 중 비어있는 곳은 『삼국사기』에는 나오지 않는 부분으로 저자가 직접 넣은 부분으

31 　〈人物考〉「乙支文德傳」, 『서우』 2, 1907. 1. 1, 36~37쪽.

32 　大痴子, 〈雜俎〉「夢拜乙支將軍記」, 『서우』 16, 1908. 3. 1, 25~27쪽.

33 　『삼국사기』는 한국의 지식콘텐츠 사이트에서 제공하는 한국사사료연구소의 『삼국사기』(표점 교감본, 허성도 역)를 인용하였다. (http://www.krpia.co.kr)

로 추측된다. 을지문덕을 소개하는 부분 두 곳과 오언시의 시조를 밝히는 부분,
또 충무사와 세연지 고적을 말하는 부분 등이 그것이다.

〈표8〉「을지문덕전」과 『삼국사기』 비교 분류표

〈인물고〉「을지문덕전」한글번역	〈인물고〉「을지문덕전」원본	『삼국사기』
을지문덕은 평양군 석다산(石多山)의 사람이니	乙支文德은 平壤郡 石多山의 人이니	×
침착하고 굳세며 지략이 있으니	沈毅有智略ᄒ야	資沈鷙有智數 (제44권 을지문덕편)
고구려 영양왕조의 대신이라.	高句麗 嬰陽王朝의 大臣이라.	×
지나 수양제 대업 8년에 고구려를 치려 할 적에, 24군을 좌우도로 나누어 나오니 무릇 일백삼십만 삼천팔백 인인데 호(號)를 이백만이라 하고 궤수자(饋輸者)가 그 갑절이라.	支那 隋煬帝 大業 八年에 高句麗를 伐호시 二十四軍을 左右道로 分ᄒ야 出ᄒ니 凡 一百十三萬 三千八百人인듸 號를 二百萬이라 ᄒ고 饋輸者ㅣ 倍之라.	凡一百隋開皇(大業)1490)中, 煬帝下詔征高句麗. (제44권 을지문덕편) 十三萬三千八百人, 號二百萬. 其饋輸者倍之. (제20권 영양왕편)
좌익위 대장군 우문술(宇文述)은 부여로 출동하고, 우익위 대장군 우중문(于中文)은 낙랑으로 출동하고, 아홉 군대와 더불어 압록강에서 모이도록 하고 또 대장군 내호아(來護兒)는 강회의 수군을 이끌고 바다를 통하여 패강으로 들어오니 수륙 병진할 적에 공부 상서 우문개(宇文愷)와 소부감(少府監) 하조(何稠) 등은 요수에 부교를 만들어 요동성을 둘러싸며 나아가니 요동이 성을 둘러싸고 굳게 방어하였다.	左翊衛 大將軍 宇文述은 出扶餘道ᄒ고 右翊衛 大將軍 于中文은 出樂浪道ᄒ야 與九軍으로 期 會於鴨綠江ᄒ고 又 大將軍 來護兒는 江淮水軍을 率ᄒ고 浮海先入浿江ᄒ야 水陸 竝進호시 工部 尙書 宇文愷와 少府監 何稠等은 造浮橋於遼水ᄒ야 進圍遼東城ᄒ니 遼東이 嬰城固守라	左翊衛大將軍宇文述, 出扶餘道, 右翊衛大將軍于仲文, 出樂浪道, 與九軍至鴨淥水. (제44권 을지문덕편) 左翊衛大將軍來護兒 帥江淮水軍 舳艫數百里 浮海先入 自浿水 (…중략…) 帝命工部尙書宇文愷, 造浮橋三道於遼水西岸 (…중략…) 進圍遼東城, (…중략…) 遼東數出戰不利, 乃嬰城固守. (제20권 영양왕편)
영양왕이 을지문덕을 보내어 그 진영에 나가 거짓 항복하니 그 허실을 보기 위함이라. 그 때에 우중문이 수제의 밀지를 받았는데 만약 고구려 왕과 을지문덕이 온다면 반드시 그를 잡아두라고 한지라. 중문이 그를 잡아두려 하니 위무사, 상서우승 유사룡이 굳이 말려서 그만 을지문덕을 돌아가게 하니 중문이 곧 그것을 후회하여 사람을 보내 문덕에게 말하기를 다시 어떤 말을 할 것이 있으니 되돌아오라 하되 문덕이 돌아보지 않고 드디어 압록강을 건너가니 수나라의 장수가 문덕을 추격했더라.	嬰陽王이 乙支文德을 遣ᄒ야 詣其營詐降은 欲觀虛實이라. 時에 于仲文이 隋帝의 密旨를 奉ᄒ엿스되 若 高句麗王 及 乙支文德이 來者면 必擒之ᄒ라 ᄒ지라. 仲文이 將執之러니 慰撫使尙書右丞劉土龍이 固止之ᄒ야 遂聽文德還이러니 仲文이 旣而悔之ᄒ야 遣人給文德曰更有可言者ᄒ니 復來ᄒ라 호딕 文德이 不顧ᄒ고 還渡鴨水ᄒ니 隋將이 遂追文德이라.	王遣大臣乙支文德 詣其營詐降 實欲觀虛實 于仲文先奉密旨 若遇王及文德來者 必擒之 仲文將執之 尙書右丞劉土龍 爲慰撫使 固止之 仲文遂聽文德還 旣而悔之 遣人給文德曰 更欲有言 可復來 文德不顧 濟鴨綠水而去 (…중략…) 與諸將 渡水追文德 (제20권 영양왕편)

〈인물고〉 「을지문덕전」 한글번역	〈인물고〉 「을지문덕전」 원본	『삼국사기』
문덕이 수나라 군의 굶주린 기색이 있음을 보고 피로하게 하고자 하여 매번 전투 때마다 도주하니 수나라 장수가 하루 동안에 7번 싸워 모두 이긴지라. 이미 여러 번 이긴 것을 믿고 동쪽으로 진격하여 살수를 건너 평양성까지 30리 되는 지점에서 산에 의지하여 진을 쳤거늘,	文德이 隋軍의 飢이 有홈을 見ᄒ고 欲引而疲之ᄒ야 每戰輒走ᄒ니 隋將이 一日之中에 七戰皆捷이라 恃其驟勝ᄒ고 東濟薩水ᄒ야 去平壤三十里에 因山爲營이어늘	文德見述軍士有饑色 故欲疲之 每戰輒走 述一日之中 七戰皆捷 旣恃驟勝 又逼群議 於是 遂進東濟薩水 去平壤城三十里 因山爲營 (제20권 영양왕편)
문덕이 중문에게 시를 지어 보내어 말하기를 신묘한 책략은 천문의 이치를 다하고, 뛰어난 계산은 지리의 이치를 극진히 하네. 전쟁에서 승리를 거둔 공이 이미 높으니, 만족할 줄 알고 그만두기를 바라노라.	文德이 遺仲文詩曰 神策究天文이오 妙算窮地理라 戰勝功旣高ᄒ니 知足願云止라 ᄒ니	文德遣仲文詩曰 "神策究天文, 妙算窮地理, 戰勝功旣高, 知足願云止." (제44권 을지문덕편)
이는 아동(我東)의 오언시의 시조라.	此ᄂ 我東五言詩의 祖라	×
문덕이 다시 사자를 보내어 거짓 항복하고, 말하기를 만약 군사를 돌려서 가면 왕을 모시고 제의 행재소에 가서 직접 뵙겠다 한데	文德이 復遣使詐降 曰 若旋師면 當奉王ᄒ야 帝의 行在所에 朝ᄒ리라 ᄒ딕	文德復遣使詐降 請於述曰 若旋師 當奉王 朝行在所 (제20권 영양왕편)
수나라 장수가 병사들이 피로하고 고달파하는 것을 보고 더 싸울 수 없음이오 또 평양성이 견고하여 함락시키기 어려움이라. 마침내 군이 돌아갈새, 방진(方陣)으로 편성하여 행군하거늘 문덕이 군사를 내어 습격하니	隋將이 見士卒이 疲弊ᄒ야 不可復戰ᄒ야 又 平壤城固ᄒ야 度難猝拔이라 遂班師ᄒ식 爲方陣而行이어늘 文德이 出軍鈔擊ᄒ야	述見士卒疲弊 不可復戰 又平壤城險固 度難猝拔 遂因其詐而還 述等爲方陣而行 我軍四面鈔擊 述等且戰且行 (제20권 영양왕편)
살수에 이르러 수나라 병사들이 반쯤 건넜더라. 고구려군이 그 후미를 공격하여 장군 신세웅이 전사하니 여러 군들이 함께 무너지고 장수와 군사가 달아나면서 돌아오니 밤낮 하루 동안에 압록강에 도달하니 450리를 갔더라.	至薩水에 隋兵이 半渡라. 麗軍이 尾擊ᄒ야 將軍辛世雄이 戰死ᄒ니 諸軍이 俱潰ᄒ고 將士奔還ᄒ야 一日一夜에 至鴨水ᄒ니 行四百五十里라.	至薩水 軍半濟 我軍自後擊 其後軍 右屯衛將軍辛世雄戰死 於是諸軍俱潰 不可禁止 將士奔還 一日一夜 至鴨綠水 行四百五十里 (제20권 영양왕편)
내호아도 또한 고구려군이 유인한 바 되어 크게 패하니 겨우 몸만 빠져나왔더라. 처음에 요하를 건넜을 때에는 무릇 일백만오천 명이러니 요동으로 되돌아간 자는 다만 이천칠백 명이었다. 수만에 달하는 군량과 군사 기재들이 탕실되었다.	來護兒도 亦爲麗軍所誘引ᄒ야 大敗ᄒ니 僅以身免이라. 初에 隋軍渡遼者ᄂ 凡一百五萬이러니 及還至遼東에 只二千七百人이오 資糧器械의 蕩失이 巨萬計라.	來護兒聞述等敗 亦引還 (…중략…) 初 九軍度遼 凡三十萬五千 及還至遼東城唯二千七百人 資儲器械巨萬計 (제20권 영양왕편)
후에 나라 사람이 평양에 사당을 짓고 문덕을 제사하여 이르기를 忠武祠라 하고 지금 평양에 돈(頓) 씨가 그 후손이요 석다산 아래에 세연지(洗硯池)가 있으니 곧 공의 수학하던 곳이라 말하더라.	後에 國人이 建祠於 平壤ᄒ야 以祀文德ᄒ니 曰 忠武祠라 ᄒ고 今 平壤에 頓氏가 其遺裔요 石多山下에 洗硯池가 有ᄒ니 卽公의 修學ᄒᄂ 處라 云ᄒ더라	×

특히 「을지문덕전」에서는 나라를 구한 영웅의 행동뿐만 아니라 영웅이 적장에게 보낸 시에 대해서도 원문 그대로 실으며 집중하고 있다. '신묘한 책략은 천

문의 이치를 다하고, 뛰어난 계산은 지리의 이치를 극진히 하네. 전쟁에서 승리를 거둔 공이 이미 높으니, 만족할 줄 알고 그만두기를 바라노라'하니 이는 아동我東의 오언시의 시조라"[34]라는 부분에 주목해볼 필요가 있다. 오언시의 시조로 적장에게 보낸 시에서 찾고 있다는 점, 또한 이를 문학적인 부분에서 환원하고 있다는 것은 「을지문덕전」을 통해서 문학적인 원류를 발견하고자 하는 의도로 볼 수 있다. 또한 이후 충무사와 세연지라는 실제 고적을 통해 그 배경을 설명하고 있는 것도 고적에 서사를 담고자 하는 의도로 읽힌다. 이처럼 「을지문덕전」은 『삼국사기』의 역사적인 상황에 대한 나열에서 더 나아가, 문학적 가치를 재발견하고, 또 고적과 역사에 서사를 덧입히고 있음을 확인할 수 있다. 결국 이는 중국이나 서양을 통해서 이입된 문학이 아니라, 우리 고유의 자생적 문학에 대한 의식을 엿볼 수 있는 것이다.

이러한 「을지문덕전」은 뒤에 16호에서는 〈잡조〉에 실린 「몽배을지장군기」로 변주된다. 「몽배을지장군기」는 몽유록체의 서사물로 "입몽 → 몽유 → 각몽의 전통적 형식"을 따르고 있다.[35]

내가 전날에 경의열차로 평양에 도착하여 지금과 옛적을 굽어보고 우러러 볼 적에, 고구려 시대에 굳세고 강한 패업이며 을지문덕공의 위대한 공적을 상상하매 천년의 세월 아래 문득 눈에 어린다. 나 여기에 개연히 한탄하여 이르기를 점치는 이가 말하되 나라에 한 사람이 있으면 그 나라가 망하지 않으리라 하니 어찌 믿지 못하겠는가. 고구

---

34 文德이 遺仲文詩曰神策究天文이오 妙算窮地理라 戰勝功旣高ᄒ니 知足願云止라 ᄒ니 此ᄂ 我東五言詩의 祖라(「을지문덕전」, 『서우』 2, 1907.1.1, 36쪽)

35 「몽배을지장군기」에 대한 논의는 거의 이루어지지 못했으나, 그 중 류양선과 문한별의 논의를 들 수 있다. 류양선은 「몽배을지장군기」가 전통적 형식인 몽유록의 형태를 다르고 있으며, 박은식의 「몽배금태조」와 같이 교육구국론을 강조하고 있다고 설명한다. 특히 「몽배을지장군기」는 「몽배금태조」를 예비하고 있던 작품으로 보고 있다. (류양선, 앞의 글, 112쪽) 문한별은 「몽배을지장군기」에서 몽유록체의 특성상 액자 구조를 형성하고 있다고 설명한다. (문한별, 「근대전환기 학회지의 서사체 투영 양상」, 『우리어문연구』 35, 우리어문학회, 2009.9, 450쪽)

려가 작은 지방으로써 수나라의 백만 대중을 격파하고 독립을 공고케 한 자는 을지공 일인의 공이니 우리나라 현재에도 을지공으로 있게 한다면 독립의 패업이 족히 열강을 능가할지니 금일 비참한 지경이 어찌 있으리오 하고 인물의 강함과 쇠함을 한탄하여 한숨을 지으며 눈물을 흘리러니.[36]

입몽에 해당하는 첫 부분은 꿈을 꾸게 된 개연성이 부여되고 있다. 즉 '나'는 경의열차를 타고 평양에 도착하여 고구려 시대의 공적을 살펴보게 된다. 그러면서 살수대첩은 을지문덕이라는 영웅의 힘이라 여기며 안타까워한다. 이 부분은 『삼국사기』 제44권 열전 제4권 을지문덕 편에 나와 있는 역사관과 유사하다. "양제의 요동 전역은, 출동 병력이 전례가 없을 만큼 거대하였다. 고구려가 한 모퉁이에 있는 조그마한 나라로서 능히 이를 방어하고 스스로를 보전하였을 뿐만 아니라 그 군사를 거의 섬멸해버릴 수 있었던 것은 문덕 한 사람의 힘이었다. 전에 이르기를 '군자가 없으면 어찌 나라를 다스릴 수 있으리오?'라고 하였는데 참으로 옳은 말이다"[37]라고 을지문덕 편 말미에 적혀 있다. 즉 『삼국사기』의 역사관에서는 한 명의 영웅이 나라를 구하는 것으로 이는 영웅인 한 개인에게 의지하는 것을 보여준다.

그 밤 꿈에 충무사 터를 찾아가니 한 대장군이 장검을 품고 나를 불러 앞에서 말하

---

36 "余가 日昨에 京義列車로 平壤에 至ㅎ야 今古를 俯仰홀시 高句麗時代에 雄强한 覇業이며 乙支文德公의 偉大흔 功蹟을 想像ㅎ미 千載之下에 恍然在目이라. 余於是에 慨然發嘆曰占人이 云ㅎ되 國有一人이면 其 國이 不亡이라 ㅎ니 豈不信哉아 高句麗가 以偏小之邦으로 隋의 百萬大衆을 擊破ㅎ고 獨立을 鞏固케 흔 者는 乙支公一人의 功이니 我韓 今日에도 使乙支公而在者면 獨立의 覇業이 足히 列强을 凌駕홀지니 엇지 今日慘境이 有ㅎ리오 ㅎ고 人物의 降衰를 嘆ㅎ야 獻欷泣下러니."(大痴子, 〈잡조〉「몽배을지장군기」, 『서우』16, 1908. 3. 1, 25~26쪽)

37 "論曰 煬帝遼東之役, 出師之盛, 前古未之有也, 高句麗一偏方小國, 而能拒之, 不唯自保而已, 滅其軍幾盡者, 文德一人之力也. 『傳』曰 "不有君子, 其能國乎." 信哉."(김부식, 『삼국사기』 제44권, 열전 제4(표점 교감본, 허성도 역), 한국사사료연구소, 한국의 지식콘텐츠, http://www.krpia.co.kr)

기를 네가 고구려의 패업으로써 일개 나 을지문덕의 공으로 인식하는가. 그렇지 않다. 당시 고구려의 민족은 천하에 극히 용맹한 민족이라. 그래서 저 양광^{수나라 양제 양광}의 백만 대중이 수륙병진하여 국경으로 압박해 오는데 전국 인민이 털끝 하나도 겁내지 않고 각자 분노를 떨치며 싸우자 하여 대적을 보고도 없는 듯이 여기니 이는 내가 손을 빌려 성공한 이유라. 내가 수천의 매우 날쌔고 용맹스러운 기병을 거느리고 적의 백만 대중을 추격할 때에 일당백의 용기를 갖지 않는 사람이 없었으니 우리 민족이 용맹하지 않았다면 어찌 이와 같을 수 있겠는가. 고구려 민족으로 하여금 오늘날 대한 민족과 같이 나약하고 물러난다면 을지문덕이 두 명이라 해도 어찌 이와 같으리오. 그러나 오늘날 대한 민족이 즉 고구려 민족이라. 예전에 어찌 저와 같이 용맹하고, 지금 어찌 이와 같이 나약하리오. 하면 오직 그 교육 여하에 있는지라.³⁸

저자는 꿈에 을지문덕 장군의 사당인 평양 충무사 터에 찾아간다. 그곳에서 만난 을지문덕 장군은 저자가 낮에 떠올렸던 영웅 사상에 대해서 정면으로 반박한다. 살수대첩의 대업은 일개 한 사람의 공, 즉 을지문덕 자신의 공으로 치부될 수 없는, 고구려 민족 전체의 노력으로 이루어진 과업이라 주장한다. 즉 한 나라를 지키는 것은 단 한 명의 영웅으로서는 역부족으로 민족 전체의 방어와 용맹이 아니고서는 불가능하다는 것이다. 입몽의 과정, 즉 먼저 터를 둘러보며 을지문덕에 대해 기리던 그 마음을, 실제 꿈속에서 반박 당하며 새로운 깨달음을 얻고 있다. 영웅이 없음을 한탄할 것이 아니라 옛 고구려 민족의 피가 흐르는 현재 대한의 민족을 교육으로 살려내라는 당부가 이어진다.

---

38 "是夕之夢에 忠武祠故址를 尋往ᄒ니 一大將이 長劍을 伏ᄒ고 招余而前曰爾가 高句麗의 覇業으로써 一個余乙支文德의 功으로 認ᄒ는가 不然ᄒ다. 當時 高句麗의 民族은 天下에 最히 勁悍ᄒ 民族이라 所以로 彼楊廣의 百萬大衆이 水陸並進ᄒ야 壓於境上ᄒ되 全國人民이 毫不畏怵ᄒ고 各自奮憤欲戰ᄒ야 視大敵如無ᄒ니 此는 余所以藉手成功者라 余가 數千精騎를 率ᄒ고 敵의 百萬大衆을 追擊홀 時에 無不以一當百ᄒ얏스니 非其民族之勁悍이면 能如是乎아 向使高句麗民族으로 今日大韓民族과 如히 懦劣退縮ᄒ면 二個乙支文德이 其如之何오 雖然이나 今日 大韓民族이 卽 高句麗民族이라 昔何 勁悍如彼며 今何懦劣如此오 ᄒ면 惟其敎育如何에 在ᄒ지라"(「몽배을지장군기」, 26쪽)

(가) 내가 석다산 중에 일개 선비로 영양왕조의 불세의 은혜를 입어 대신의 직을 맡으니 그 때에 양광이 광대한 강토를 점유하고 풍부한 기업을 업신여겨 호시탐탐 악한 마음이 끝이 없으니 우리나라가 그 침략을 피치 못할 상황이라. 이 때문에 장차 대적을 방어하여 나의 강토 인민을 보전할 방책을 궁구하니 억조의 멀어진 마음億兆離心 십신十臣의 동덕同德은 상주商周시대에 대적하지 못하는 바라. 이 때에 나의 군민을 주야로 훈련하여 용맹용감한 성질과 동심동덕의 단체를 양성하니 저 무리가 비록 우리보다 백배이나 그 기가 주리고, 그 마음이 떠나니 어찌 능히 우리를 대적하리오.[39]

(나) 오늘날 대한이 경쟁의 시대에 처하여, 악한 마음을 품은 다른 민족이 끊이지 않고 계속해서 몰려와 밤낮으로 우리를 엿보며 우리를 침략하여 삼키려는 형세가 눈앞에 닥쳤으나, 조정의 신하들의 맡은 직무를 게을리 함이 날이 갈수록 심하고 민족의 교활함과 나태함이 태연하여 마루와 처마가 타버릴 지경임에도棟宇將焚 제비와 참새가鷰雀 서로 즐거워하는 태도를 지으니 어찌 오늘날 비참한 지경을 면할 수 있으리오. 비록 그러하나 이는 우리 민족의 교육이 결핍한 연고요 고유한 성질의 죄는 아니라. 두려워하며 경계할 것이거늘 기왕에 놓쳤거니와 수유收楡의 도[40]를 장래에 마땅히 힘쓸지라.[41]

---

39 "余가 石多山中에 一士子로 嬰陽王朝의 不世之遇를 被ᄒ야 大臣의 職을 擔ᄒ니 是時에 楊廣이 廣大ᄒᆫ 疆宇를 據有ᄒ고 豊富ᄒᆫ 基業을 藉ᄒ야 虎視耽耽에 狼心이 無壓ᄒ니 我國이 其 侵略을 不免홀 勢라. 是以로 將次大敵을 捍禦ᄒ야 我의 疆土人民을 保全홀 籌策을 講究ᄒ니 億兆離心과 十臣同德은 商周의 不敵홀 바라 於是에 我의 軍民을 日夜訓鍊ᄒ야 勁悍勇敢의 性質과 同心同德의 團體를 養成ᄒ니 彼衆이 雖百倍於我나 其 氣가 餒ᄒ고 其 心이 離ᄒ니 烏能敵我哉리오."(「몽배을지장군기」, 26~27쪽)

40 중국 고사에서 유래한 것으로 뽕나무를 잃었지만, 늦게라도 느릅나무를 심어 보완하려는 계획을 의미한다.

41 "今日 大韓이 處在競爭時代ᄒ야 狼心殊族이 陸續而至ᄒ야 日夜로 我를 窺伺ᄒ며 我를 侵凌ᄒ야 呑噬之勢가 迫在垂眉호되 朝臣의 恬嬉가 日甚ᄒ고 民族의 嫺惰가 自若ᄒ야 棟宇將焚에 鷰雀이 相樂ᄒᄂᆫ 態度를 作ᄒ얏스니 엇지 今日 慘境을 得免ᄒ리오. 雖然이나 此ᄂᆫ 我邦民族의 敎育이 缺乏ᄒᆫ 緣故오 固有ᄒᆫ 性質의 罪는 아니라 惕號之戒늘 己失於旣往이어니와 收楡之圖를 宜勉於將來라."(「몽배을지장군기」, 27쪽)

교육에 대한 당부 다음에 이어지는 말은 주나라 무왕의 태서에 나왔던 "億兆離心 同心同德"이다. 이는 주나라 무왕이 은나라를 치면서 군사들을 독려하며 했던 말로서, 비록 은나라 왕 수에게 신하가 억조라 해도, 이미 떠난 마음이라 자신의 어진 신하 열 사람만 같지 않다고 말한 바 있다. 즉 그 나라의 힘은 그 숫자에 있는 것이 아니라 그 마음에 있음을 말하고 있는 것이다.

이러한 당부는 (나)에서 우화와 연결된다. "棟宇將焚에 鷰雀이 相樂ᄒᆞᄂᆞ 態度를 作ᄒᆞ얏스니"라는 말은 공자와 그 제자들의 언행을 모은 『공총자孔叢子』의 「논세편論勢篇」에 나오는 말로서, 이는 제비와 참새가 안채의 처마에 둥지를 틀고 있으면서燕雀處堂 부엌에서 불꽃이 피어올리竈突炎上 마루와 처마가 타버릴 지경인데도棟宇將焚 얼굴빛도 변하지 않으며 화가 장차 미칠 것임을 모른다燕雀顔色不變, 不知禍之將及也는 내용의 우화이다. 즉 풍전등화의 상황 속에서도 조정 신료들은 이를 감지하지 못한다며 정치를 비판하며 풍자하고 있는 것이다.

즉 지금부터 일반 사회에 교육을 면려하여 용맹용감의 성질과 동심동덕의 단체를 양성하면 청년자제 중에 무수한 을지문덕이 배출되어 국권을 회복하고 국위를 오르게 하리니 자제들에게 그 공부를 장려하라 하고 이로 인하여 일편 붉은 종이에 여덟 글자를 수여하거늘 내가 거듭 절을 하며 받고 꿇어앉아 그것을 읽으니 그 글에 말하기를, '국성국혈이 강하게 이르면 적이 없다'이러라. 내가 이에 몸이 변하여 깨어나니 땀이 흘러 등을 적셨더라. 이에 그 일을 기록하여 우리 청년제군에게 고하느니라.[42]

각몽 부분에서는 앞서 조정을 풍자하며 비판했던 태도에서 벗어나, 이제 의지

42　卽 自今日로 一般社會에 敎育을 勉勵ᄒᆞ야 勁悍勇敢의 性質과 同心同德의 團體를 養成ᄒᆞ면 靑年子弟 中에 無數혼 乙支文德이 輩出ᄒᆞ야 國權를 復ᄒᆞ고 國威롤 揚ᄒᆞ리니 子其勉之ᄒᆞ라 ᄒᆞ고 因ᄒᆞ야 一片 絳色紙에 八個字를 授與ᄒᆞ거늘 余가 再拜而受ᄒᆞ고 跪而讀之ᄒᆞ니 其 書에 曰 國性國血至强無敵이러라. 余乃轉身而覺ᄒᆞ니 汗流浹背라 乃記其事ᄒᆞ야 告我靑年諸君ᄒᆞ느라."(「몽배을지장군기」, 27쪽)

하고 믿을 대상은 청년들이며, 이 청년들을 교육하여 수많은 을지문덕을 배출하는 길만이 나라를 살리는 길임을 분명히 한다. 그러면서 "국성국혈지강무적國性國血至强無敵"이라는 여덟 글자를 내려주는 것으로 끝을 맺고 꿈에서 깨어나게 된다. 이 꿈을 우리 청년제군에게 고하고자 이렇게 글을 쓴다는 말로 마무리하고 있다.

이렇게 볼 때, 「몽배을지장군기」는 입몽→몽유→각몽의 상황이 이어지는 가운데 서사적 매커니즘을 이루고 있다. 즉 '꿈을 꾸기 전 나의 생각→을지문덕의 반박→교육과 동심동덕을 통한 대안→우화를 통한 정치 비판→청년에게 고함'으로 이어지는 구조이다. 내화인 꿈의 내용에서 을지문덕 혼자만의 일방적인 말이 아니라, 사실은 외화에서의 '나'의 의견, 혹은 『삼국사기』 등에 나오는 역사관에 대한 대화와 반박을 하고 있다는 것이다.

물론 이러한 몽유적인 변형은 청년을 교육시키고자 하는 대전제를 기본으로 하여 진행되고 있다. 즉 이러한 대전제를 위해 몽유적인 변형, 서사적인 반향이 이루어지고 있다는 것이다. 단순한 설명이나 선언이 아니라 역사를 '서사화'하여 변형하고 변주하고 있다는 점에 주목해야 한다. 조선 시대 서사 장르가 근대계몽기에 문면화하며 그 위치가 격상하게 된 것은 바로 이러한 교육의 목적성이 큰 역할을 하고 있었다고도 할 수 있다. 즉 계몽과 교육을 위해 기존 서사물에 대한 근대적 변형이 필요했고, 또한 역사적 사실을 그 목적에 맞추어 활용하게 되었다는 것이다.

이러한 근대적 변용은 서사물에 대한 위상을 격상시키면서 지식인 독자들을 서사물로 이끄는 견인차 역할을 하고 있었다. 또한 이를 『서우』라는 학회 잡지에서도 활용하고 있다. 그러한 점에서 볼 때, 『삼국사기』 등의 역사물은 선택, 발췌, 강조, 첨가 등의 편집에 의해 역사 전기류의 '전'으로 변형되었다가, 이는 다시 몽유록이라는 조선 시대의 서사류에 '지금, 여기'의 문제라는 시의성이 가미되면서 새로운 창작물로 변주하고 있는 것이다.

다시 말해서 중세의 가치인 '영웅'의 서사에서 '개인'의 서사로, 근대의 의미를 덧입혀 새로운 단편 양식이 등장하게 된 것이다. 이렇게 단편 양식이 등장하게 된 데에는 새롭게 등장한 잡지 매체라는 영향 역시 간과할 수 없다. 연재물이 아니라 단편서사물의 형식으로, 지식인 독자들과 '지금, 여기'의 공통감을 형성하며 새로운 서사가 쓰이고 있었다고 할 수 있을 것이다.[43]

(3) 〈기서〉독자 글쓰기 '쓰기'의 장으로서의 『서우』

① '읽기'로부터 '쓰기'로

『서우』는 또한 교류의 장으로서 기능하여 일본 유학생들과 국내 지식인들이 대거 참여할 수 있는 다양한 공간을 제공하고 있었다. 이 공간 안에 참여한 이들은 기존의 국내 지식인과 국외 유학생, 또 어린 학생들까지 다양하게 분포되어 있었다. 이와 더불어 독자들이 참여할 수 있도록 『서우』는 '쓰기'의 장, 즉 참여의 장을 제공했다.

사실 이러한 면은 『서우』의 정체성과도 연계되는 부분이다. 박은식의 「교육敎育이 불흥不興이면 생존生存을 부득不得」이라는 글에 보면, "一心注意로 子弟敎育을 振起ᄒ야 所在學校가 相繼而興ᄒ면 其設備之規模와 敎導之方法은 卽本學會之責任也오. 對此雜誌之發行ᄒ야 千言萬語가 皆吾儕의 嘔吐心血ᄒ 者니"[44]라고 하면서 학회의 책임을 설명한다. 즉 물심양면으로 학교들이 서로 연계하여 그 설비의 규모와 교육의 방법을 모색하고 구상하는 것은 본 학회의 책임이라고 설명하고 있는 것이다. 이러한 책임을 다하기 위해서 발행된 것이 바로 잡지라며 『서우』의 교육적 기능, 즉 수직적 계몽이라는 정체성을 명확히 규명하고 있다. 따라서 『서우』가 독자들의 글쓰기에 주목하며 독자와 상호소통할 수 있는 편집을 진행하

---

43 『서우』에 실린 서사류들은 아직 〈문예〉라는 의미로 분류되지 못하고 〈잡조〉에 일반 산문과 함께 실려 있었다. 그러나 이러한 서사류들은 이후 『서북학회월보』로 바뀌며 또한 주필 역시 박은식에서 일본 유학생 태극학회 회원이었던 김원극으로 교체되면서 다양한 변화가 시도되었으며, 그때부터 〈문예〉로 분리 배치하게 된다.

44 박은식, 〈論說〉「敎育이 不興이면 生存을 不得」, 『서우』1호, 1906.12.1, 10쪽.

고 있는 것은 이러한 『서우』의 정체성과 연관된다고 보아야 할 것이다.

실제로 독자들이 '읽기'로부터 '쓰기'로 등장하는 것은 〈축사祝辭〉나 〈사조詞藻〉 등의 난이었다. 즉 짧게 축하하는 글이나 격려하는 글, 혹은 한시 등을 통해서 회한이나 감정을 드러내 놓고 있기도 하다. 대부분이 한시이지만, 애국가나 학도가처럼 단어형 국한문체인 애국가류 가사들도 등장하고 있다.

新年 一月一日 朝에 喜消息이 들니도다
西友 漢北 兩學會가 一部 團合되야시니
우리 團體 進步홈이 新年 第一 慶事로세
今日 西北 合會ᄒ고 明日 東南 合會ᄒ야
東西 南北 合會ᄒ면 全國 團體이 아닌가
全國 團體되고 보면 自由 人權도라 오네
自由 人權 찾는 날에 國家獨立못될 손가
進步ᄒ세 進步ᄒ세 어서 밧비 進步ᄒ세
團體 進步ᄒᄂ 方法 親和力이 第一일세
親和力이 生ᄒ랴면 一已之私벌일셰라
서로 猜疑ᄒ지 마오 離心之本이 아닌가
서로 驕傲ᄒ지 마오 喪身之斧이 아닌가

猜疑말고 親仁ᄒ며 驕傲말고 敬愛ᄒ여
高明師友 崇拜ᄒ고 幼稚同胞 善導ᄒ여
二千萬口 우리 生靈 各其 義務 擔負ᄒ여
愛國血誠 쓸ᄂ 곳에 強親和力싱기도다
힘써 보세 힘써 보세 強親和力 힘써 보세
強親和力안이고ᄂ 團體 實效 難望이라
도라 보소 도라 보소 我國 形便도라 보소
含羞忍辱 우리 國民 團體 밧게 쏘 잇ᄂ가
世界列邦壯ᄒ 團體 愛國 思想엇덧턴가
어화우리 閭巷同胞 鼾鼻春夢 그만자고
新年 今日 此 時代에 會合 團體일너 보세
어화우리 社會同胞 舌端形式 그만두고
ᄒ와 갓치 精神싈와 強親和力 힘써 보세[45]

위의 애국가류 가사는 회원 류춘형이 보내온 것으로 서우학회와 한북학회가 연합한 데 대해 축하하며 쓴 글이다. 축사로 보내온 글들 대부분이 한시이거나 짧은 문장인데 반해, 이 글은 애국가류 가사를 통해서 연합을 축하하고, 교육에 더욱 정진하자는 계몽사상을 담고 있다. 내용으로 보면, 양 학회의 단합하게 된 것이 서북 연합이고, 동남, 동서, 남북 모두 합회하여 전국 단체가 되어 국가 독립으로 나아가자고 설득하고 있다.[46]

이 외에도 『몽견제갈량』을 저술한 밀회자 유원표가 『서우』를 읽고 난 뒤 감상

---

45 會員 柳春馨, 〈祝辭〉「祝辭」, 『서우』 15호, 1908. 2. 1, 4~5쪽.

46 이러한 애국가류 가사는 회원 송재엽이 쓴 "新年祝歌"도 있었다. (會員 宋在燁, 〈詞藻〉「新年祝歌」, 『서우』 3호, 1907. 2. 1, 33~34쪽)

을 적어 「독서우회보감기이작讀西友會報感起而作」이라는 제목으로 보내기도 했다. "개명開明하고 진보進步하는 것은 서림西林에서 시작되어, 명성이 높고 일찍부터 깊이 뿌리내렸다. 그늘에서 쉬는 것이 어찌 큰 나무를 옮길 수 있으랴, 그 자취를 의탁하려고 같은 산에 기대고자 한다. 등불 앞에서 자세히 읽으며 자주 눈이 놀라고, 필사하면서도 문제에 대해 고민하게 된다. 지혜로운 자와 어리석은 자의 거리는 삼십 리라지만, 누가 그 속에서 진리를 찾으려 하겠는가"[47]라고 하여 서림西林 즉 서우학회의 회원들이 개명진보하여 더욱 나아가는 데 반해, 나라에 대한 걱정과 번민에 대해서 소회를 풀어놓고 있다.

이와 같이 독자들은 『서우』를 읽고 난 후의 감회나 소감을 적어 보내기도 하고, 회원들끼리 서로 격려하는 글들을 나누기도 했다. 이러한 글들이 실리게 된 것은 『서우』의 편집진들의 의도이기도 하다. 앞서 〈공함〉과 〈기함〉을 통해 교육과 연관된 독자들의 생각이나 기부금을 받고, 또 한편 〈축사〉나 〈사조〉 등을 통해 독자들의 감회나 감정을 담은 짧은 소품들을 실어 편집자와 독자가 서로 소통하면서 동시에 독자와 독자 사이에도 소통할 수 있도록 기회를 제공하고 있었음을 알 수 있다. 또한 이는 수직적인 계몽, 즉 일방적인 계몽운동을 넘어서려는 『서우』 잡지의 노력으로 보아야 할 것이다.

② 학생 독자의 글쓰기 실험과 서사적 차용

앞서 본 것처럼 『서우』는 다양한 독자들의 글을 실어 독자들의 소회를 담아내면서 동시에 서우학교에 재학 중인 학생들의 글쓰기 연습의 장이 되기도 했다.

〈표9〉『서우』에 실린 학생 독자 글쓰기

호	날짜	표제	저자	제목	주제	문체
16	1908.3.1	敎育部	本校學員 金奎承	今日之急務ᄂᆞᆫ 當何先고	교육	단어+구절
16	1908.3.1	敎育部	本校學員 崔潤植	今日之急務ᄂᆞᆫ 當何先고	교육	단어형

47 "開明進步自西林傾慕華譽一往深 息蔭何能移大樹寄蹤欲與托同岺 燈前細閱頻驚眼筆 下問題亦嘔心 相去智愚三十里誰將物色此中尋"(蜜啞子, 〈詞藻〉「讀西友會報感起而作」, 『서우』4호, 1907.3.1, 37~38쪽)

호	날짜	표제	저자	제목	주제	문체
16	1908.3.1	敎育部	本校學員 姜振遠	困難者는 嚴正之敎師	교육	구절형
16	1908.3.1	敎育部	本校學員 李炳觀	困難者는 嚴正之敎師	교육	단어형
16	1908.3.1	雜組	本校學員 朴漢榮	新聞의 效力	신문	구절형

서우학교의 학생 글은 16호에 총 5편의 글이 실려 있다. "금일지급무今日之急務
는 당하선當何先고"라는 제목으로 본교학원 김규승, 본교학원 최윤식이 작문한 것
을 보냈고, "곤란자困難者 는 엄정지교사嚴正之敎師"라는 제목으로 본교학원 강진원,
본교학원 이병관 등이 글을 실었다. 그 외 〈잡조〉에 본교학원 박한영이 쓴 "신문
新聞의 효력效力"이 실려 있다. 이들 글에는 "一時間作文"이라는 문구가 모두 첨가
되어 있고, 같은 제목이 있는 경우도 있어, 작문 수업 시간에 썼던 내용을 『서우』
에 투고한 것으로 보인다. 내용상으로 보면, 교육을 통해서 국제 정세와 민족의
미래를 바꿀 수 있다는 계몽적인 내용이 주류를 이루고 있다.

어떻게 하면 편안하고, 즐겁고, 우월하며, 강해질 수 있을지를 연구할 때, 급한 것은
먼저 하고, 덜 급한 것은 나중에 해야 한다.

어떤 이는 말하기를, "군사력을 갖추어 방어하고 공격할 수 있으면 강해질 것이니,
군비 확충이 가장 시급한 일이다" 하고, 어떤 이는 말하기를, "정치와 법률을 정비하여
내정을 다스리고 외교를 잘하면 나라가 안정될 것이니, 정치와 법률이 가장 시급한 일
이다" 하고, 어떤 이는 말하기를, "국민이 단결하여 외세를 방어할 수 있으면 우월해질
것이니, 단결이 가장 시급한 일이다" 하고, 어떤 이는 말하기를, "실업실업을 발전시켜
생산을 늘릴 수 있으면 국민이 즐거워질 것이니, 실업이 가장 시급한 일이다" 하였다.

위에서 말한 주장들은 모두 필요한 것이지만, 나는 이것을 조정하여 교육이 가장 시
급한 일이라고 생각한다. 군사력이 완전하더라도 교육이 없으면, 자기 몸을 아끼지 않
고 충성을 다할 수 없을 것이며, 설령 정치와 법률이 개선되더라도 교육이 없으면 백성
을 착취하고 나라를 팔아넘기는 행위가 생길 것이며, 국민이 단결할 수 있더라도 교육

이 없으면 완전히 굳건해질 수 없을 것이며, 실업이 발전하더라도 교육이 없으면 자기 사익만을 추구하고 국가의 공익을 도모하지 않을 것이기 때문이다. 그리고 군사력, 정치와 법률, 단결, 실업은 모두 어디에서 비롯되는가? 반드시 교육에서 비롯된다. 그러므로 교육은 어떤 사업이든지 가장 시급한 것이며, 오늘날에는 더욱 그러하다.

그러므로 먼저 교육을 보급하여, 자식이 되어 부모에게 효도하고, 신하가 되어 임금에게 충성하며, 백성이 되어 나라를 사랑하고, 관리가 되어 백성을 사랑하는 등의 도덕을 기른 후에, 각자의 직무에 나아가야 비로소 그 목적을 이룰 수 있을 것이다.

위험이 변하여 편안함安이 되고, 비참함이 변하여 즐거움樂이 되며, 열등함이 변하여 우월함優이 되고, 약함이 변하여 강함强이 될 것이니, 오늘날 가장 시급한 것은 첫째도 교육이며, 모든 국민은 이를 최우선으로 삼아야 한다.[48]

위의 글은 김규승이 쓴 「금일지급무今日之急務는 당하선當何先고」라는 글이다. 이 글을 보면, 이 제목에 대한 답을 하기 위해서 질문을 던지고 답을 하는 일종의 문답체 형식, 혹은 여러 사람과 대화를 하는 듯한 대화체를 사용하고 있음을 알 수 있다. 가장 급무가 무엇이냐는 물음에 대해서 각자 무기 준비, 정치법률, 단체 조

---

48 "如히 安ᄒ며 樂ᄒ며 優ᄒ며 强홀 方針을 硏究홀시 急者는 當先ᄒ고 緩者는 當後홀지라 或曰 武備로써 鎭守攻伐을 能히 ᄒ면 强ᄒ리니 武備가 急務라 ᄒ고 或曰 政治法律로 內治外交를 能히 ᄒ면 安ᄒ리니 政治法律이 急務라 ᄒ고 或曰 衆人을 團體ᄒ야 外人을 能禦ᄒ면 優ᄒ리니 團體가 急務라 ᄒ고 或曰 實業을 發達ᄒ야 殖産을 能히 ᄒ면 樂ᄒ리니 實業이 急務라 ᄒ니 右項 諸論이 皆其 必要ᄒ나 余는 此를 折衷ᄒ야 敎育이 急務라 ᄒ노니 雖武備가 完全ᄒ나 敎育이 無ᄒ면 其身을 不惜ᄒ야 其忠을 克盡키 不能홀 것이오, 設或政治法律은 改善ᄒ나 敎育이 無ᄒ면 魚肉生民과 販賣君國ᄒ는 行爲가 有홀 것이오. 團體는 能爲ᄒ나 敎育이 無ᄒ면 完全鞏固이 不能홀 것이오 實業은 發達ᄒ나 敎育이 無ᄒ면 自己의 私益만 思ᄒ고 國家의 公益을 不圖홀 것이오 且 武備와 政治法律과 團體와 實業은 何로부터 生ᄒ느뇨. 必敎育으로부터 生혼다 홀지로다. 然則敎育은 如何혼 事業에든지 急務라 今日에 在ᄒ야는 尤爲急務니 故로 先히 敎育을 普及케 ᄒ야 子가 되야 父의게 孝ᄒ며 臣이 되야 君의게 忠ᄒ며 民이 되야 國을 愛ᄒ며 官이 되야 民을 愛ᄒ는 等 道德을 養成흔 後에 各各其業務에 就ᄒ여야 能히 其 目的에 達홀지오 危가 變ᄒ야 安이 되며 慘이 變ᄒ야 樂이 되며 劣이 變ᄒ야 優가 되며 弱이 變ᄒ야 强이 되리니 今日 急務는 第一敎育이니 一般國民은 此를 當先홀지니라."(本校學員 金奎承, 〈敎育部〉「今日之急務는 當何先고, 一時間作文」, 『서우』 16호, 1908.3.1, 10~11쪽)

직, 실업 발달 등 혹자들의 답을 던지고 있다. 그러나 필자는 교육이 먼저라 대답하며 교육을 먼저 보급하여 자식이 부모에게, 신하가 임금에게, 백성이 나라를, 관리가 백성을 향해 각각 그 업무를 능히 할 수 있다고 그 근거를 들고 있다. 이는 결국 보통 교육의 확대를 의미하는 것으로 아래로부터 위로의 교육을 주장한다고 볼 수 있다.

(가) 옛사람이 말하기를 '고통은 즐거움의 씨앗이요, 부귀는 게으름의 어머니이다'라고 했으니 참으로 뜻깊은 말이로다. 우리들은 실로 마음에 새겨 명심해야 할 말이다. 사람이 이 세상에 살아가면서 부귀와 빈천, 안일함과 고난의 처지가 각각 다르기 때문에 게으름과 부지런함의 마음가짐과 강건함과 유연함의 체질도 또한 다르다. 한번 살펴보건대, 부귀한 집의 자제는 어릴 때부터 자라기까지 좋은 맛있는 음식이 그 입을 즐겁게 하고, 가볍고 따뜻한 옷이 그 몸을 편안하게 하여, 여유롭고 안일하게 지내며 문벌을 자랑하고 재산을 믿어 교만하고 자족하게 되니, 마음가짐이 게으르고 체질이 유약하여 아무 일도 하지 않고 일생을 허송세월하니 어찌 인격의 성취가 있겠는가. 반면 빈천하고 고난 속에서 자란 사람은 많은 경험이 그 마음을 견고하게 하고, 체질을 강건하게 하여, 추운 겨울의 소나무와 잣나무와 같고 여러 번 단련한 쇠와 같아서 백 번 꺾여도 굽히지 않고, 만 번 꺾여도 돌아서지 않아 완전한 인격을 이루고 비상한 사업을 펼치게 되니, 고난이란 우리에게 엄정한 스승임을 인정하는 바이다.[49]

---

49 "古人이 有言曰苦者는 樂之種이요 富貴는 懈怠之母라 ᄒ니 旨哉라 此言이여 吾人이 實銘心佩服ᄒ을 者로다. 人生斯世ᄒ야 富貴貧賤과 安逸困難의 境遇가 各自不同홈으로 懈惰勤勉의 心志와 剛勁柔軟의 體質이 亦異ᄒ지라. 試觀ᄒ건딕 富貴家의 子弟는 自幼至長에 甘旨之味가 其口를 悅케 ᄒ며 輕暖之衣가 其身을 便케 ᄒ야 優遊度日에 安逸을 自適ᄒ고 且其門閥을 誇ᄒ며 財産을 恃ᄒ야 驕傲自足ᄒ니 心志가 懈惰ᄒ고 體質이 柔軟ᄒ야 一事를 不做ᄒ고 一生을 虛送ᄒ니 엇지 人格의 成績이 有ᄒ리오 若夫貧賤困苦中에 生長ᄒ 者는 許多經歷이 其心志를 堅固케 ᄒ며 其體質을 剛勁케 홈이 歲寒의 松柏과 百鍊의 金鐵과 如ᄒ야 百挫不屈ᄒ고 萬折不回로 完全ᄒ 人格을 成ᄒ고 非常ᄒ 事業을 發表ᄒᄂ 故로 困難者는 吾人에 對ᄒ야 嚴正ᄒ 敎師인 쥴노 認ᄒ노라."(本校學員 姜振遠, 〈敎育部〉「困難者는 嚴正之敎師, 一時間作文」, 『서우』 16호, 1908. 3. 1, 13쪽)

(나) 나무는 서리와 눈을 겪은 후에 큰 재목이 되고, 쇠는 단련을 거친 후에 좋은 기구가 되나니, 우리들의 재능과 기질의 성취도 반드시 고난의 경험을 통해서 이루어질 것이다. 대개 안일함은 사람의 본성에 즐거운 것이고, 고난은 사람의 본성에 싫은 것이지만, 안일함에 길들여지면 사람의 마음가짐이 게을러지고, 체질이 나약해져서 학문에 있어서는 힘써 공부하려 하지 않으며, 사업에 있어서는 위험을 무릅쓰고 용감하게 나아가지 못하게 된다. 그렇다면 안일함은 사람을 해치는 독약이라 할 것이다. 고금의 역사를 살펴보건대, 학문가의 현철이나 공명의 영웅들이 모두 많은 고난을 겪은 후에 비상한 성과를 나타냈으니, 소진蘇秦은 허벅지를 찌르며 피를 흘리는 고난을 통해 여섯 나라를 연합하게 하는 명성을 얻었고, 범중엄范仲淹은 죽을 쑤어 먹으며 생계를 이어가는 고난을 통해 천하를 경세하는 공적을 세웠으며, 저 서양 여러 나라의 정치가와 철학가의 역사를 보더라도 그들 중 젊었을 때 구두 만드는 천한 일을 한 자도 있고, 혹은 인쇄노동의 고역을 겪은 자도 있으며, 혹은 들판에서 양을 치며 일어난 자도 있다. 이는 일생의 고난이 그들의 의지를 견고하게 하고, 지식을 증가시킨 효과이니, 그러므로 고난이란 우리를 독려하고 만들어주는 엄정한 스승이라 하노라.[50]

(가)와 (나)는 「곤란자困難者는 엄정지교사嚴正之敎師」라는 같은 제목의 글로, (가)는 본교학생 강진원이, (나)는 본교학생 이병관이 저자이다. 역시 앞서와 마찬가

---

50 "夫木은 霜雪을 經き 後에 大材를 成き고 鐵은 鍛鍊을 經き 後에 良器를 成き느니 吾人의 材器成就도 반다시 困難의 經歷을 由き지라 蓋安逸은 人情의 所樂者오 困難은 人情의 所惡者이나 安逸之習은 人의 心志를 懈怠케 き며 體質을 軟弱케 き야 學問上에는 刻苦工夫를 不肯き며 事業上에는 冒險勇進을 不能き느니 然則 安逸者는 害人의 鴆毒이라 謂き지로다. 歷觀古今컨딘 學問家의 賢哲이며 功名家의 英雄이 皆 許多困難을 經歷き 後에 非常き 成蹟을 發表き야스니 蘇秦은 刺股流血의 困難으로 由き야 合從六國의 聲譽를 博得き고 范仲淹은 畫粥糊口의 困難으로 由き야 經濟天下의 功業을 成立き얏스며 彼西洋諸國에 政治家와 哲學家의 歷史를 觀き지라도 其 微少時에 或 靴工의 賤業을 執き 者도 有き며 或活版의 苦役을 服き 者도 有き며 或牧羊田間에서 崛起き 者도 有き니 此는 一生經歷의 困難이 其 志氣를 堅剛케 き며 其 智識을 增長케 き 效力이니 故로 曰 困難者는 吾人을 益督き며 鑄造き는 嚴正之敎師라 き노라."(本校學員 李炳觀, 〈敎育部〉「困難者는 嚴正之敎師, 一時間作文」, 『서우』 16호, 1908.3.1, 13~14쪽)

지로 "一時間作文"이라 표기되어 있어서 같은 주제로 수업 시간에 작문을 한 것으로 보인다. 이 두 글에서 필자들은 각각 서사적 방식을 활용하고 있다. (가)에서는 부귀한 집안과 가난한 집안의 비유를 들고 있고, (나)에서는 역사 상황에 빗대어 설명한다. 즉 자신의 논지를 위해 비유나 예화 등을 활용하고 있는 것이다.

(가)에서는 부귀한 집의 자제를 통해 그들이 부유한 집안에서 자라 제대로 얻는 것도 없고, 배움도 적은 데 반해, 가난한 집의 자제는 그 허다한 경험 속에서 의지가 굳어지고 굳건하여져서 단련된다고 설명한다. 즉 두 집안의 비유를 통해 대조하며 결국 지금 겪는 나라의 곤란은 자신들을 더욱 강하게 해줄 교사임을 설명하고 있는 것이다.

(나)의 경우에는 다양한 역사적 인물의 예를 가지고 와서 고난과 어려움을 당하며 성장한 경우를 설명하고 있다. 소진蘇秦은 중국 전국시대의 정치가로 진나라에 대항하기 위해 나머지 여섯 개의 국가가 연합해야 한다는 '합종설'을 주장했다. 범중엄范仲淹은 중국 남북조 시대의 북송의 정치가였다. 소진과 범중엄의 예를 들어 힘든 역경을 극복하고 국가를 위해 일한 인물들을 내세우고 있다. 또한 서양제국들의 정치가, 철학가의 역사를 보더라도 어린 시절 구두공의 천한 직업을 가진 자도 있고, 활판의 고역을 한 자도 있으며, 소와 양을 키우며 성공하여 이름을 떨친 자들도 있다며, 이러한 고난이 소년을 성장하게 한다고 설명한다.

이러한 예들을 살펴보면, 『서우』는 유학생과 같은 지식 독자층뿐만 아니라, 서우학회가 개설한 서우학교에서 공부하는 어린 학생들의 글까지 실어줌으로써 독자와의 소통을 도모하고 있다. 또한 이 학생들의 글쓰기 연습에는 대화체, 비유, 예화 등 다양한 서사적 장치들을 활용하고 있음을 확인할 수 있다. 결국 이러한 면은 『서우』라는 학회지가 역사, 문학적인 다양한 글을 싣고 있으면서 동시에 이러한 글을 통해 '읽기'를 교육함과 동시에 '글쓰기' 역시 연습시키고 있었다는 것을 확인할 수 있다. 또한 이러한 '읽기'의 연습과 '글쓰기'의 실험은 새로운 문학이 태동할 때 그 준비 과정으로서 존재하며 새로운 독자들 역시 준비시키고 있었음을 짐작할 수 있게 한다. 이는 『서우』가 교육운동을 실현화하는 과정에서 새로운 교육의 효과와 방법, 규모를 고민하고 있었음을 반증하는 결과이기도 하다. 즉 1호에서 박은식이 언급했던 『서우』의 잡지적 역할에 대해 『서우』 스스로 그 방법을 모색하고 있었음을 보여주고 있다.

(4) 자기 고백의 서사와 계몽의 경계

그렇다면 『서우』의 정체성, 즉 수직적 계몽운동과 수평적 소통에 대한 방법의 탐구라는 노력 속에서 서사 장르는 어떻게 잡지 속에 스며들고 있는지 살펴볼 필요가 있다. 『서우』 1호에서 17호까지는 아직까지 서사 장르를 다루는 부분이 따로 존재하지 않았다. 그러나 『서우』와 비슷한 시기에 발간되고 있던 서북 지역 출신의 일본 유학생들이 만든 태극학회의 학회지 『태극학보』의 경우는 12호 1907.7.24부터 〈문예〉란이 생기면서 일반적인 산문과 문예가 분리되고 있었다.[51] 사실 『서우』에는 따로 문예란이 있기보다는 〈인물고〉를 통해 역사 전기를 다루거나 〈아동고사〉 등을 통해 고적이나 전설 등을 싣고 있었다. 그 외의 일반 산문 혹은 서사 관련 글들은 대체로 〈잡조〉란에 실렸다.

『서우』 1호에서 17호까지 실린 글의 전체 개수는 총 788개였다. 그 중 〈잡조〉는 가장 많은 글이 실렸는데, 총 78편의 글이 게재되었다. 문학과 연관된 표제의 글 개수를 보면, 〈사조〉가 28편, 〈아동고사〉가 24편, 〈문원〉 17편, 〈인물고〉 16편, 〈애국정신담〉 4편 등이 실렸다. 78편이 실린 〈잡조〉의 경우, 주제별 분류를 보면, 신사상이나 정치, 헌법 등에 관련한 사항들이 가장 많았다. 그 다음으로 교육과 연관한 내용이 총 11편이었다. 이 외에도 서사적인 글과 연관된 글도 5편이 실려 있다.

서사 관련 글은 위의 표와 같이 총 5편이다. 우화 1편, 몽유 1편, 대화체 2편, 외

---

51 『태극학보』에서 처음 〈문예〉란이 생긴 시기는 『서우』 8호(1907.7.1)가 간행된 시기와 유사하다.

<표 10> 『서우』〈잡조〉란의 주제별 분류

주제	개수
신사상	15
정치, 헌법	15
교육, 구습타파	11
산업	7
유학생, 청년	5
서사 관련	5
제국주의	4
애국계몽	4
외국 역사	4
국문, 한자 관련	3
서우학회 관련	2
신문	2
한국 역사	1
총계	78

국 전기 1편이지만, 대화체는 연재된 것이기 때문에 실제로는 총 4편으로 보아야 한다. 이 가운데 일본유학생 김병억의 글에서 『서우』가 중간적인 매체, 즉 개인적인 고백의 형태와 집단적 고백의 형태를 모두 담지한 특징을 엿볼 수 있다. 이는 김병억이 일본 유학생이면서 『태극학보』에도 글을 실었던 인물이기 때문이다. 특히 김병억은 앞서 유학생과의 소통에서 언급했던 이달원이 『태극학보』를 읽고 보내온 글과 연관된 인물이었다. 즉 정부의 지원이 끊어진 상황에서 고학생들이 죽을지언정 끝까지 공부를 계속하겠다는 결의서에 이름을 올린 18명 중 한 사람이기도 했다.[52]

실제로 『서우』에 유학생의 글이 실릴 수 있었던 것은 앞서 언급한 대로, 독자 글쓰기를 통해 독자와 소통하고자 했던 『서우』의 잡지 편집과 연관이 있다. 처음부터 『서우』는 수직적 계몽운동의 한 방법으로 국내 교육의 연계와 국외 교육에 대한 장려를 그 정체성으로 삼았다. 『서우』 잡지 안에는 국내 회원들이 유학생에 대한 염려나 기대를 담은 글을 싣기도 했고, 유학생 스스로 자신의 입장을 보내오기도 했다. 혹은 국내 학생의 졸업이나, 유학을 회원 소식이나 학계소식으로 알리기도 했다. 이러한 학회의 편집 분위기에서 유학생들 스스로 『서우』에 글을 보내오는 것은 매우 당연한 일이었을 것이다.

아, 하늘이 내린 백성 중 먼저 깨우친 자와 큰 꿈에서 먼저 깨어난 자는 옛날의 이윤伊尹과 공명孔明의 위대한 사업이었으나, 지금의 시국 상황의 위태롭고 어려움은 오히려

---

52   〈雜纂〉, 「苦學生同盟趣旨書」, 『태극학보』, 12호, 1907.7.24, 52쪽.

〈표 11〉〈잡조〉란 서사 관련

호	발간일	표제	저자	제목	문체	서사유형
7	1907.6.1	雜俎	會員 恩岡生 鄭秉善	梅柳의 競爭論	구절형	우화
13	1907.12.1	雜俎	日本留學生 金炳億	看病論으로 憶同胞兄弟	구절형	대화체
14	1908.1.1	雜俎	日本留學生 金炳億	看病論으로 憶同胞兄弟(續)	현토+구절	대화체
14	1908.1.1	雜俎	長風生	米國大統領류스벨트氏	단어형	외국전기
16	1908.3.1	雜俎	大痴子	夢拜乙支將軍記	구절형	몽유

이윤과 공명의 시대보다 더 심하며, 혼란스러운 길과 긴 밤에 선각의 사업은 더욱 급박하니, 이는 서우西友 여러 군자들이 책임이 크고 중대한 것을 이윤과 공명의 업적과 비교해 보더라도, 과연 어느 시대가 더 어렵다고 할 수 있을지 알 수 없구나. 나는 졸렬한 지식과 얕은 견문도 없고, 두더지 걸음에 두더지 뱃속과 같은 지식도 부족하여 만 리 밖에서 몸을 부치며 다만 아름다운 노래와 버드나무 가지의 노래를 기대하며 하늘 끝 한쪽에서 방황하다가 종자기가 만나지 못함을 탄식하면 백아가 평생 다시 거문고를 타지 않았다는 말처럼, 슬픈 눈물과 깊은 감정을 이기지 못하여 한 자의 종이에 멀리서 나의 속마음을 전한다. [53]

김병억은 9호에도 〈잡조〉란에 「유학생留學生 기서寄書」라는 글을 싣고 있다. 현재의 상황을 이윤이나 공명의 시대와 비교하고 있다. 즉, 지금 이 시국의 상황이 이윤과 제갈량이 일하던 그 혼란했던 시대와 유사하다며 서우 회원들에게 나라를 위해 이윤과 제갈량처럼 일해주길 촉구한다. 그리고 스스로에 대해서는 견문도 지식도 없는 자가 시국을 슬퍼하고 방황하다가 개탄하는 마음을 이기지 못하

---

53 "噫라 天民先覺과 大夢先覺은 古之伊尹孔明의 一大事業이로되 而今時局情況에 茇業艱難은 猶浮於 伊尹孔明之世ᄒ고 昏儒長夜에 先覺事業은 愈急於伊尹孔明之作ᄒ니 此는 西友諸君子이 責任조重을 較之於伊尹孔明之列컨딘 未知誰古誰今也로다. 生은 菅豹酉鑫의 聞見도 無ᄒ고 鴟步臕腹에 知識도 難호무로 萍水萬里에 形骸을 寓ᄒ야 但望美之歌와 榛菩之曲으로 彷徨乎天涯一方타가 嘆鍾子期不遇 면 伯牙終身不復鼓琴이라 ᄒ야 慷慨之淚와 感發之情을 自不能勝일ᄉ 尺楮細縷로 遞達蘊私ᄒ노이 다."(留學生 金炳億, 〈雜俎〉「留學生 寄書」, 『서우』9호, 1907.8.1, 23~24쪽)

여 글을 보내어 서우학회가 더욱 확장되길 바란다.

사실 이 글도 개인적 소회와 감회가 적혀 있기는 하지만, 마지막 부분에서 자신을 소개하며 간략하게 언급되고 있고, 전체적인 내용으로는 교육을 통해 나라를 제대로 세우자는 것이 주된 요지였다. 그러나 13호와 14호에 걸쳐 실린 「간병론看病論으로 억동포형제憶同胞兄弟」라는 글에서는 좀 더 서사적인 영역으로 확장된다. 이 글의 내용은 크게 보면, '야스쿠니 신사 방문→병에 걸림→의사의 진찰→의사와 대화 및 처방→깨달음, 동포에게 고함'으로 이어진다. 이는 완전하다고 할 수는 없으나, 서사적 구성 즉 발단, 전개, 위기, 절정, 결말의 구조를 어느 정도 이루고 있다.

지난해 가을에 나는 휴업의 여유를 얻어 여관 근처에 소재한 야스쿠니 신사靖國神社 — 야스쿠니신사는 일본동경 국정구 내에 있는 일본 역대 장군과 대신들을 기리는 사당의 이름이라 — 에 산책하며 거니는데 사방을 돌아보니 귤나무, 매화, 보리수, 등자나무橘梅榕橙에 얽혀 있는 종려나무는 안개를 뚫고 탑에 푸른 그늘을 드리우고, 연꽃 물결과 부들 사이에 숨었다 나타나는 큰 자라鼇鱉는 분수돌을 넘어 날아 맑은 물가에서 춤을 추는지라. 내가 그 기이한 광경에 취하여 파초, 녹나무, 오동나무, 비파나무의 숲을 헤치고, 구기자꽃, 국화, 나팔꽃, 목련의 향을 맡으며 대나무 아래 소나무 길을 따라 신사 전당에 이르렀다. 새벽에 내리는 서리에 검과 벽에 달린 동판과 철주먹이 눈을 부릅뜨고 날카롭게 쏘아보며, 산을 넘고 바다를 건너는 기상이 있는 자들은 그 풍운 백전승패간에 아주 어렵고 힘에 겨운 수난을 당하여赴湯焰火 나라를 위하고 몸을 다한 문무의 장군들이며, 마두삼쟁馬頭森鐺에 연기가 개지 않고 용의 껍질 같은 철판으로 만든 갑옷龍鱗寶甲에 혈흔이 아직 마르지 않은 것은 그 험한 산속 호랑이 굴, 가을의 떨어지는 나무 속에서 번개처럼 달려가 바람처럼 쫓아가 사냥을 하여 잡은 큰 사냥꾼의 날카로운 무기라.[54]

---

54 "余於客秋之月에 休業의 暇를 乘ᄒ여 旅館近邊地의 所在혼 靖國神社에 ―靖國神社ᄂᆫ 日本東京麴町區 內에 在혼 日本 歷朝將相의 遺像社名이라― 散步逍遙홀세 眸를 騁ᄒ야 四를 顧ᄒ니 橘梅榕橙에

「간병론으로 억동포형제」라는 글 서두, 즉 〈발단〉 부분에서는 지난 해 가을 휴업을 한 후, 야스쿠니 신사靖國神社를 방문한 내용이 서술되어 있다. 그 당시 야스쿠니 신사는 전범 인물들이 합사되기 전, 메이지 유신을 위해 목숨을 바쳤던 인물들을 제사 지내기 위해 세운 신사였다. 즉 '나'는 야스쿠니 신사에 있는 일본의 개화와 개혁을 위해 목숨을 바쳤던 인물들을 만나게 된 것이다. 험난한 시대에 나라를 위해 목숨을 바친 인물들의 기상과 여전히 묻어 있는 갑옷에 혈흔을 보

繆錯훈 棕榴노 薛蘿雲을 直射ᄒ야 浮屠塔에 靑遮ᄒ고 蓮波蒲沫에 隱見훈 鰲鱉은 噴水石을 飛越ᄒ야 淸流壁에 抃舞ᄒᄂ지라 余가 其 奇觀에 味ᄒ야 芭蕉樟梧枇杷의 林을 披ᄒ며 杞菊朝顔木蘭의 香을 襲ᄒ야 竹下松逕으로 神社殿에 至ᄒ니 曉霜釰壁에 銅額鐵拳으로 張目疾視ᄒ야 先人奪人에 挾山超海의 氣象이 有훈 者ᄂ 彼風雲百戰勝敗間에 赴湯熖火ᄒ야 爲國輸身훈 文武班의 將相이오 馬頭森鎗에 腥烟이 不需ᄒ고 龍鱗寶甲에 血痕이 未乾者ᄂ 彼窮山虎穴落木秋에 逐電追風ᄒ야 擊射擒捕훈 大獵手에 銳器也라"(日本留學生 金炳億, 〈雜組〉「看病論으로 憶同胞兄弟」, 『서우』13호, 1907.12.1, 33~34쪽)

며, 날이 저물 때까지 '나'는 나라를 구하는 대장부의 기상을 느끼게 된다.

(가) 유리반 팔각상에 몸에 좋은 반찬을 대함에 삼시일미가 입이 쓰고 이가 시려 쓸개를 맛보는 것과 비슷하매, 밥을 물리고 책상에 의지하여 서쪽을 바라보니, 비상한 사상은 머릿속에서 교전하고 맹렬하고 격렬한 헛된 마음의 열기가 기운 사이에서 허망하게 일어나 끝내 그것을 떨쳐버릴 수 없으니,

그만 탄식하며 노래를 부르며 스스로 돌아보고 말하기를, '바가지로 물을 마시고 밭을 갈아 음식을 먹는 데 천제^{天帝}의 힘을 알지 못하니, 나는 요순^{堯舜} 시대의 백성인가? 남가^{南柯}와 개미굴의 봄꿈이 아직 끝나지 않았으니, 혹시 나 또한 무위^{烏有}의 백성인가?' 하네. 하늘을 우러러보며 평생 근심을 안고 살아도 죽은 후에는 어리석은 사람의 이름을 면치 못할 것이요, 관이오^{管夷吾}의 수단으로 속임수를 써서 세상을 구제할 계책을 시도하더라도 대포 한 발 소리에 왕도^{王道}와 패도^{覇道}가 땅에 떨어지고, 소진^{蘇秦}의 합종술^{合縱術}로 산동^{山東} 나라에서 유세하여 형제의 이름을 동맹단에 쓰더라도 이미 끝났구나.[55]

(나) 우연히 하늘을 우러러 크게 웃다가 홀연히 방성통곡하며 또한 다시 일어나니 건곤에 의지하여 길게 읊조리다가 숙연히 땅에 넘어져 엎드려 몸부림치며 미친 듯이^{癲狂} 밤에 울고 괴로워하며 글을 쓰기를 일주일이나 하였다. 사람의 생사가 때로는 태산보다 무겁기도 하고, 때로는 기러기 깃털보다 가볍기도 하니 나 같은 보잘것없는 존재는 아홉 마리 소 중의 하나의 털에 불과하고 백 개의 그림자 중의 하나의 잎사귀와 같다.[56]

---

55 "琉璃盤八角床에 滋養膳을 對홈에 三匙一味가 口苦齒酸ᄒᆞ야 酷肖嘗膽일ᄉᆡ 退食靠案ᄒᆞ야 怊悵西望ᄒᆞ니 得得沒沒에 非常ᄒᆞᆫ 思想은 靈臺上에 交戰ᄒᆞ고 烈烈熖熖에 浮虛ᄒᆞᆫ 心熱은 氣宇間에 妄作ᄒᆞ야 終不能遺之中이라 仍嗚呼而歌ᄒᆞ야 自顧自謂曰鑿飮耕食에 帝力을 不知ᄒᆞ니 我是堯舜之氓歟아 南柯蟻穴에 春夢을 未罷ᄒᆞ니 抑亦烏有之民歟아 仰戴杞天ᄒᆞ야 終身抱憂라도 死而後ᄂᆞᆫ 愚夫의 名을 未免이오 管夷吾의 手段으로 挾詐詭遇ᄒᆞ야 匡濟策을 試홀지라도 大砲一聲에 王伯之道墜地ᄒᆞ고 蘇秦의 合縱術로 山東國에 遊說ᄒᆞ야 兄弟의 名을 同盟壇에 書홀지라도 已矣라"(「看病論으로 憶同胞兄弟」, 34쪽)

56 "偶然히 仰天大笑라가 卒然히 放聲痛哭ᄒᆞ며 又 從而起ᄒᆞ야 倚乾坤而長嘯라가 倏然히 搏地臕伏ᄒᆞ야

〈전개〉 부분에서는 '나'가 병에 걸리는 내용이 등장한다. 야스쿠니 신사를 다녀온 후, '나'는 전광癲狂 즉 신경 쇠약 혹은 정신 광증에 걸리고 만다. 쓸개를 맛보는 듯해서 식음을 전폐하며 더욱더 병증이 심해지게 된다. 그러나 이것은 단순한 병증이 아니라 〈발단〉 부분에서 나온 야스쿠니 신사 방문과 밀접한 관계가 있다. "西望"과 "帝力을 不知하니"라는 말들은 결국 나라를 걱정하는 마음에서 비롯된 것이다. 결국 자신은 미약할 뿐, 이리 근심한다 해도 보잘것없는 존재일 뿐이라며 스스로를 자학하고 있다. 이는 시대에 대한 불만과 근심, 그리고 스스로 큰일을 해내지 못하고 있는 데 대한 자학이 결합하여 만든 병인 것이다.

비록 한 번의 삶도 없이 만 번의 죽음만 있을지라도 세상에 경함과 중함이 없고 타인에 손실과 이익이 없건마는 구구정욕이 그 죽음을 미워하여 그 삶을 구하는 것은 어찌 타인을 위하여 일하다 죽을지언정, 금일 병중으로 죽을 수는 없다 하여 몸을 돌려 포복하야 의원을 사방에서 구하고자 할새, 의원이 진찰하고 부침하여 수차례 맥을 짚으며 표리의 근본을 관련하여 거울로 비추고 묵언양구 하다가 나를 돌아보고 말하기를 나는 일찍이 유학하여 의학에 입문하여 청낭보결靑囊寶訣:중국 후한 말기의 이름난 의사인 화타가 지은 의서 수세壽世하는 면과 단사령액丹砂靈液에 장생하는 기술을 끊이지 않고 연구하고 태서 열방에 수차례 유학하여 각 대가 스승의 오묘한 이치와 해부 및 골절을 잇는 비밀한 도구에 대한 기초를 쌓고 궁구하야 이에 종사한 지가 이제 오십여 년이 되었으며, 병자의 경험이 천만이로되 동서양 어디에도 없는 별종의 증상은 지금 군에게서 처음 보는 것이다.(미완)[57]

至於癲狂에 晝夜叫苦가 乃一週間이라 夫人之死生이 或 有重於泰山하고 亦有輕於鴻毛하니 如我無似者는 乃九牛之一毛요 百影之一葉이라"(「看病論으로 憶同胞兄弟」, 35쪽)

57 "雖無一生而有萬死라도 於世에 不爲輕重이오 於人에 不爲損益이연마는 然區區情欲이 惡其死하야 要其生하는 寧爲他日事上死연뎡 不爲今日病中死라 하야 轉身匍匐하야 就醫求方홀세 醫者也診察浮沉數澁之脈하며 鑑照表裡膜本之關하고 默然良久라가 顧余而言曰余甞遊學醫門하야 靑囊寶訣에 壽世하는 万과 丹砂靈液에 長生하는 術를 無遺研究하고 泰西列邦에 廿載遊學하야 名師大家에 奧妙흔 理致와 解腦續骨에 秘密흔 器用을 築底揣悉하야 從事于玆가 伊今五十餘年에 病者之經驗이 千且萬焉이로

〈위기〉 부분에서는 '나'가 살기 위해 의사를 찾는 내용이 등장한다. 거의 죽어가는 와중에 타인을 위한 죽음이면 몰라도 병사할 수는 없다는 생각에 결국 의사를 찾게 된다. 그런데 이 의원은 의학에 입문한 지 오십여 년으로 유학까지 하며 신의학을 공부한 사람이었다. 태서 열방에 가서 유학하며 공부하고, 온갖 이치를 궁구하여 실제로 병자를 경험한 것이 천만 명이라고 설명한다. 그러한 의원조차 '나'의 병증은 처음 보는 것으로 별종이라 칭한다. 즉 이 부분까지만 보면, '나'가 타국에서 유학하다가 병을 얻어 죽는 것으로 분위기를 몰아가는 듯이 보이기도 한다.

흥미로운 것은 이 부분에서 "미완未完" 표시와 함께 내용이 끊어지고 다음 호에서 계속되고 있다는 점이다. 연재를 의도하고 이어졌는지는 알 수 없으나, 절묘하게 끊어지고 있는 것으로 볼 때, 어느 정도 의도성이 있는 것으로 보인다. 즉 다 죽어가는 유학생의 모습으로 첫 편이 마무리되고, 이를 통해 일종의 반전을 경험하게 하는 것이다. 어떤 의미에서 병이 위중하며, 오십여 년 동안 천만 건 이상의 환자를 본 실력 있는 의사가 처음 보는 별종의 병이라는 것은 더 이상 가망이 없다는 분위기를 보여주는 것이기도 하다. 분명 독자들이 흥미롭게 읽어나갈 수 있는 부분이라 할 수 있다. 특히 그 당시 서우학회의 출신 지역 학생들이 일본에 유학을 많이 갔던 상황을 본다면, 남의 일이 아닐 수도 있다. 따라서 이는 '다음 호의 계속' 기법처럼 궁금증을 유도하고 있다고도 할 수 있다.

(다) 내가 말하기를 그러하다. 무릇 동서종횡 천만 리와 한열 온도 차이가 삼백 도(도수가 삼백 도라고 이른 것은 그 수를 이룬 것을 들어 말한 것이다)에 산천이 서로 다르고 산천이 서로 다르므로 풍기가 같지 않고 풍기가 같지 않으므로 인수人數가 같지 않고 인수가 같지 않으므로 그 음식, 의복, 궁실의 거처가 각기 서로 같지 않고 음식 의복 궁실의 거

되 東西에 絶無호 別種의 症崇는 今於君에 初見이로라. (未完)"(「看病論으로 憶同胞兄弟」, 35쪽)

주가 각기 서로 같지 않으므로 풍한서습風寒暑濕에 감촉의 정과 위비폐장胃脾肺臟에 소체 消滯: 체한 음식물을 삭여 내려가게 함의 증상이 또한 큰 차이가 있으니 이는 형세요, 이치라. 그러한 즉 지금 내가 병을 얻은 것은 어찌 임무불복이 아니고, 고통이 독을 얻은 데 이른 것이 아니겠는가.[58]

(라) 의사가 말하기를 아니라. 이런 이유가 아니다. 내가 말하기를 그러한즉 청하기를 선생의 간증으로써 완전한 좋은 약제를 빌리고자 하나이다. 의사가 말하기를 아니라. 벗어나 화련으로 다시 소생하여 인삼과 감초, 대포환에 쓸개, 담, 뇌에 약제를 더하고 구증구포九蒸曝로 오래 복용할지라도 다만 그 약을 버리는 것이요 반드시 무익할 뿐이리라. 보건대 군의 병이 군에게 있으매 약 또한 군의 몸에 있으니 군은 그 병이 나음을 구하고 스스로 다스릴지어다 하고 오직 진찰금 십 원으로 내게 빚을 갚고 물리라.[59]

(다)와 (라)의 내용은 「간병론으로 억동포형제(속)」으로 다음 호 즉 14호에 연재된 부분이다. 이 부분은 앞 호에 연계되어 〈위기〉 부분이 계속 전개되고 있는데, '나'는 자신의 병이 유학, 즉 타국으로 와서 얻은 병, 다시 말해 지역이 낯선 곳이고 음식이 몸에 맞지 않아 생긴 병으로 알고 설명한다. 그러나 (라)의 의사의 말을 보면, 그것이 아니라고 대답한다. 의사의 말을 듣고서도 '나'는 좋은 약제로 치료해 달라고 하지만, 의사는 아무리 좋은 약도 듣지 않고, 무용지물이라

---

58 "余曰 然ᄒ다 夫東西縱橫千萬里와 寒熱相迫三百度(度數之云三百度ᄂ 舉其成數而言耳)에 山川이 相殊ᄒ고 山川이 相殊홈으로 風氣不同ᄒ고 風氣不同홈으로 人數不齊ᄒ고 人數不齊홈으로 其 飮食 衣服 宮室之居가 各有相左ᄒ고 飮食 衣服 宮室之居가 各有相左홈으로 風寒暑濕에 感觸之情과 胃脾肺臟에 消滯之症이 亦有逕庭ᄒᄂ니 此ᄂ 勢也며 理也라 然則今余之所以得崇者ᄂ 豈非壬戊不服에 苦致受毒者與아"(日本留學生 金炳億, 〈雜組〉「看病論으로 憶同胞兄弟(續)」, 『서우』14호, 1908.1.1, 25쪽)

59 "醫者曰否라 非此之由也니라. 余曰 然則 請以先生之看症으로 一借萬全之良劑ᄒ노이다. 醫者曰否라. 脫使華扁으로 復生ᄒ야 人蔘甘草大補丸에 膽竺砂腦加減劑로 九蒸曝而長服이라도 徒能棄其藥이요 必徒無益이리라. 竊觀컨딘 君之病이 在於君에 藥亦在於君之身ᄒ니 君其求諸已而自治焉이어다 ᄒ고 惟以診察金 十圓으로 責余而推之라."(「看病論으로 憶同胞兄弟(續)」, 25쪽)

며 이 역시 거절한다. 그러면서 '나' 안에 병도 약도 모두 있으니 스스로 다스려 나으라며, 진찰료 십 원을 내고 가라는 선문답과 같은 대답을 던진다.

이는 〈위기〉의 단계에서 보통 등장하게 되는 반전이라 볼 수 있다. 첫 편에서는 50여 년만에 처음 보는 별종의 병이라 했으나, 그 다음 편에서는 스스로 다스릴 수 있다며, 진찰료만 받고 약은 주지 않겠다고 한다. 이는 결국 전편을 본 독자들의 기대와 어긋나면서 다양한 흥미를 유발하는 부분이라고도 할 수 있다.

(마) 나는 본국에 있을 때부터 약성본초에 반 줄도 읽지 않은 자라. 감히 청하노니 그 병증의 여하와 스스로 치료하는 방법을 상세히 듣기를 원하노라. 의사가 말하기를 좋다. 군의 병세가 오늘에 이르렀으되 그 기원은 멀리 있다. 무릇 천황씨 지황씨 흥하고 성하는 것은 군의 견문을 식견이 좁게 만들고, 주나라의 명령과 경고는 군의 문장을 난삽하고 굽게 했으며, "원형리정 천도지상元亨利貞 天道之常"은 군의 사상을 일어나지 못하게 했다. 시부詩賦와 표책表策의 바람과 달 도끼는 군의 정신을 깎아내고, 신구약新舊約의 어둠은 공자왈, 맹자왈에 이단을 배척하는 오래된 풍습이며, (…중략…) 걸음을 내딛을 때 사람들이 코를 막는 것은 모공자와 모공손에 새롭고 오래된 향의 썩은 냄새이며, 보아도 보지 않고 들어도 듣지 못하는 것은 큰 목과 강한 혀가 가장 싫어하는 것으로, 자신보다 나은 자를 싫어하고 나와 다른 자를 배척하는 자만자의 고질병이며, 호흡이 고르지 않고 앉고 일어설 때 다리가 항상 떨리는 것은 권력과 재력을 가진 집안의 붉은 문 아래에서 받은 억압의 독이 남은 것이며, 눈썹과 속눈썹이 항상 떠 있고 눈동자가 바르지 않은 것은 서울과 고향의 관문 사이를 드나들며 분쟁하는 자들의 악습이라.[60]

---

60 "余는 自在本國으로 藥性本草에 半行書도 不讀훈 者라 敢請ㅎ노니 其 症崇之如何와 自治之方法을 詳細願聞ㅎ노라. 醫者曰 然ㅎ다. 君之病勢ㅣ作於今日이로되 其 所從來遠矣라. 夫天皇氏地皇氏興也賦也눈 君의 聞見을 鄙陋케 ㅎ고 周誥康誥盤庚洛誥눈 君의 聱牙를 拮屈케 ㅎ고 元亨利貞 天道之常은 君의 思想을 不起케 ㅎ고 詩賦表策의 風斤月斧눈 君의 精神을 割剝케 ㅎ고 新舊約에 瞽盲됨은 孔子曰 孟子曰에 闢異端之舊風이오 (…중략…) 出脚에 人掩鼻눈 某公孫某公泒에 新舊鄕之腐臭오 視不見聽不聞에 大頭强舌最所憎은 勝己者를 嫌ㅎ고 非我者를 斥ㅎ눈 自慢者의 痼瘼이오 呼吸에 氣不平ㅎ고 坐作에 足常栗은 權利勢家朱門下에 受壓制之餘毒이오 眉睫이 常浮ㅎ고 眸子不正은 出入

(바) 그러한즉 군의 이 증상은 역절담체癃節痰滯에 이상이 오고 곽란증癨亂:체하여 심장, 배가 아프며, 구토가 나고 춥고 열이 나 어지러운 병이 온 것은 습관에 뿌리가 있어 겸하여 의지하는 병이 재차 바뀌어 절망병이 된 것이니 현금 신세계에 몸조리를 잘하지 못하여 생긴 통증이요 또 그 종류 성질이 일신의 상해를 할 뿐 아니라 미류에 이르러서는 전염으로 바뀌어 세계에 큰 병이 되니니 군은 매우 깊이 반성하여 조치하라. 무릇 이 병을 스스로 치료하는 방법은 가루약 중에서 구할 필요가 없고 마땅히 여관으로 돌아가 차가운 수석 위에 진피의 티끌을 세척하고 책상에 무용한 옛 책을 파하고 뭉근하고 세찬 불에 태운 후에 바람을 막고 머물러 그 마음을 평안케 하라.[61]

(마)와 (바)는 〈절정〉 부분에 해당하는 것으로 '나'가 의원의 답에 황망해 하는 장면이 제시된다. '나'는 의원의 말에 한참 침묵했다가 결국 재차 묻는다. 답해 달라는 말에 의원은 그 병증의 중심을 구습, 혹은 오랜 유교적 관습과 교육에 있다고 본다. 따라서 공자왈 맹자왈이 '나'를 병들게 하고, 만물의 생성과 변화의 기본 원칙인 "원형리정 천도지상元亨利貞 天道之常" 등의 유교적 교육이 '나'의 사상을 키우지 못하고 억압하고 있다고 설명하는 것이다. 그러면서 그러한 모든 구습과 폐단이 '나'의 온몸 구석구석 병으로 자리잡고 있다고 하나하나 짚어내려 간다.

마침내 의원은 (바)에서 스스로 치료하는 법을 알려준다. 예전 교육과 구습이 만든 절망병을 없애기 위해서는 약이 필요한 것이 아니라 그 구습과 폐단을 직접 없애는 방법을 택하라고 한다. 즉 옛 서적을 없애고, 불에 태워버린 후 마음에

京鄕官門間에 粉競輩之惡習이라."(「看病論으로 憶同胞兄弟(續)」, 26쪽)

61 "然則 君之此症은 異於癃節痰滯之疾而根於習慣ᄒ야 兼依賴之崇而再轉而爲絶望病也니 現今 新世界에 失攝之回痛이오 且其種類性質이 不啻爲一身之傷害라 至於未流ᄒ야ᄂ 易於傳染ᄒ야 爲世大患ᄒ리니 君其猛省而調治焉ᄒ라. 夫此症之自治方法은 不必求於刀圭之間이오 當歸旅館ᄒ야 寒水石上에 洗滌陳皮之積塵ᄒ고 蛇床子에 無用호 破故紙를 文武火로 燒之後에 防風而處ᄒ야 以安其心ᄒ라."(「看病論으로 憶同胞兄弟(續)」, 27쪽)

평안을 누리라고 해답을 제시한다. 결국 당대 청년을 병들게 하는 것은 유교적 교육과 구습, 폐단이었고, 그 때문에 유학생들과 청년들이 병이 들 수밖에 없다는 것이다.

이 말을 듣고 깨닫게 된 '나'는 "良哉라. 醫師여. 賢哉라. 醫師여. 高明哉라 醫師여"라며 그의 말에 카타르시스를 느끼면서 감격적인 응답을 한다. 진실로 정확하게 자신의 병증을 맞추었고, 또 해결 역시 확실하다고 보며 현명한 의원이라며 극찬을 마지않는 것이다. "陳謝退館ᄒ야 踐行醫言에 越三日而庶幾平復ᄒ니 然則 余는 先病者라"[62]라고 하여 이후 여관으로 돌아가 의원의 말대로 실천하자 사흘 후 건강을 회복했다며, 자신이 병을 먼저 앓은 자였다고 고백한다. 이는 다시 말해, 이 병을 앓은 선배로 자신을 위치지움으로써, 다른 일본 유학생들에 앞서 자신이 이 병을 앓았다고 그 경험을 나누고 있는 것이다.

들자 하니 국내에 이른바 이 병이 간혹 유행하고 있다고 하니, 과연 사실이겠는가, 아니면 전한 이가 잘못 전한 것인가? 만약 그렇다면 병은 동포에게 있지만, 그 아픔은 내 마음에 있다. 구름과 산이 만 리나 떨어져 있으나, 정이 간절히 얽매여 있어, 이에 '안심탕安心湯' 한 처방을 보내며 먼 곳에서나마 동포를 걱정하는 마음을 전하노라. 부디 우리 동포들은 한 번 시험 삼아 사용해 보시고, 날씨가 점점 추워지니, 아무쪼록 몸을 잘 돌보시어 순탄평안하여 건강하옵소서. 우리 동포를 생각함이여, 즐거워도 또한 동포이며, 근심해도 또한 동포이며, 멀리 있어도 또한 동포이며, 가까이 있어도 또한 동포이며, 귀해도 또한 동포이며, 천해도 또한 동포이며, 부해도 또한 동포이며, 가난해도 또한 동포이며, 현명해도 또한 동포이며, 어리석어도 또한 동포이니 동포 동포 우리 동포를 생각함이여 이리 가더라도 그와 더불어 같고 이리 오더라도 그와 더불어 같을지어다. 아아 우리 동포여 옛적에 그 병 후에 송유가 말하기를 병든 뒤에 약을 구하기보

---

62 「看病論으로 憶同胞兄弟(續)」, 27쪽.

다 병들기 전에 스스로 막는 것이 더 낫다고 하였으니 이 말이 심히 가까운지라. 나는 오로지 이를 깊이 바라느니라. 아 우리 동포여 천만 진중이어다.(완)**63**

사실 앞서 인용했던 〈절정〉 부분에서 마무리 짓게 된다면 이 글은 '개인적 고백의 서사', 즉 자기 고백으로 끝을 맺을 수도 있었을 것이다. 자신이 겪은 일, 혹은 한 개인, 한 유학생이 겪은 일과 사건의 발생, 그리고 의사와의 대화를 통해서 깨닫게 된 상황까지 그 당대 유학생 단편들과 유사한 면을 보여주기도 한다.

그런데 이 글에서는 위의 인용문처럼 〈결말〉 부분이 좀 더 등장한다. 이러한 병증이 자신만의 것이 아니라는 자각, 즉 〈절정〉 끝부분에서 설명했던 "선병자先病者"에 대한 대답이 바로 이 〈결말〉 부분인 것이다. 즉 '개인적 고백의 서사'에서 끝이 나는 것이 아니라 국내의 청년들까지 그 범위를 확장시키고 있다. 국내에도 이 병증이 유행하고 있다며, 고국에 있는 동포를 생각하며 자신의 깨달음을 전하고 있는 것이다. 심지어 이 병의 치유약을 스스로 "안심탕安心湯"이라 칭하며 이러한 마음의 병을 치유하라고 알려주고 있다.

이는 바로 개인의 고백으로부터 집단의 고백 즉 계몽으로 이어지는 중간적 매체로서의 특징을 그대로 보여주는 것이라 할 수 있다. 개인의 고백의 서사는 개인의 사적인 영역이라 할 수 있다. 이는 잡지의 특징이라 할 수 있으나, 근대계몽기 잡지는 특정 개인들만의 닫힌 공간이 아니었다. 즉 신문처럼 공공의 영역으로 확장하고자 하는 의지 역시 함께 담지하고 있었다는 점이다. 따라서 개인적 고백의 서사라는 개인적인 영역에서 계몽이라는 공공의 영역으로 확장하며 이

---

63 "比聞國內에 所謂 此症이 間或流行이라 ᄒᆞ니 其 果然歟아 抑亦傳之者誤耶아 若爾則病在同胞에 痛在余心이라. 雲山萬里에 情係戀戀일시 玆以安心湯一方으로 遠表相憐ᄒᆞ노니 惟我同胞는 一次試用ᄒᆞ시고 際此天氣漸寒에 仟萬珍重ᄒᆞ샤 順攝健强ᄒᆞᆸ쇼셔 惟我同胞여 樂亦同胞며 憂亦同胞며 遠亦同胞며 近亦同胞며 貴亦同胞며 賤亦同胞며 富亦同胞며 貧亦同胞며 賢亦同胞며 愚亦同胞니 同胞 同胞 惟我同胞여 往之라도 與之同ᄒᆞ고 來之라도 與之同홀지어다. 嗟我同胞여 昔에 宋儒曰 與其病後能求藥으론 孰若病前選自防고 ᄒᆞ얏스니 此說이 甚爲近似라. 余ᄂᆞᆫ 專此厚望ᄒᆞ노이다. 唯我同胞여 千萬珍重이어다. (完)"(「看病論으로 憶同胞兄弟(續)」, 27~28쪽)

러한 경계의 서사를 보여주고 있는 것이다.

이러한 면은 『서우』라는 매체의 특징과도 병행되는 면이다. 개인적 고백의 서사와 공공의 참여를 제공하는 중간 매체로서의 그 경계의 역할을 『서우』가 담당하고 있었기 때문에 가능한 것이다. 자기 고백과 계몽의 경계, 사적인 영역과 공적인 영역이 섞여 드는 서사가 가능했던 이유, 다시 말해서 계몽의 영역, 공공에 머무르지 않고 개인적 고백의 서사가 개입될 수 있었던 이유는 유학생들의 서사가 직접 끼어들 수 있었기 때문이다. 이는 『서우』의 편집 전략, 혹은 정체성과도 이어지는 부분이다. 회원이 아닌 독자들의 글도 기서의 형태로 싣기 시작하면서, 또 독자와의 소통을 잡지가 적극적으로 지원하면서 부수적으로 얻게 된 효과이기도 하다.

또한 이는 서우학회의 지역적 특징과 일본 유학생회인 태극학회 학생들의 지역적 동일성에서 일차적인 접점을 찾을 수 있다. 이와 동시에 같은 지역의 인물들이 고국에서 타국으로 유학을 가거나, 혹은 유학을 갔다가 다시 자신의 지역으로 돌아오면서 이러한 서사가 혼성되는 것 역시 간과할 수 없다. 이것은 단순히 유학생 한 사람의 글이라고 치부될 것이 아니라 중간적 매체라는 근대계몽기 잡지 매체의 특징과 유학생들의 글쓰기가 끼어들면서 새로운 서사의 형태가 태동하게 된 것이라 할 수 있다. 완전한 근대문학이라 할 수는 없다 할지라도 근대문학으로 이행되는 과정에 놓여 있는, 또 그것을 향유하는 독자들이 생성되기 시작하는 하나의 도정으로서 이해될 수 있을 것이다.

실제로 『태극학보』 14호[1907.10.24] 〈문예〉에 실린 김낙영의 「한」이나 뒤에 『대한흥학보』 7호[1909.12.20] 〈소설〉란에 실린 진학문의 「요죠오한四疊半」 등의 글과 어느 정도 상통하는 면이 있다. 김병억의 글이 아직 소설이라 칭할 수는 없다고 해도, 개인의 고백적 서사와 공공의 집단적 계몽 사이 그 경계에 머묾으로써 근대문학이 태동하고 있는 그 사이에 존재하고 있다고 할 수도 있을 것이다. 이후 이러한 개인의 고백적 서사가 강화되면서 유학생 단편소설들이 등장하게 된다고 볼 때,

우리의 근대문학, 근대소설은 이러한 과도기와 경계의 과정을 거쳐 형성되고 있었음을 확인해 볼 수 있다. 개인의 고백적 서사는 일상이라는 이름의 서사적 허구성과도 연계될 수 있다. 이것은 근대 초기 단편들에서 많이 발견되는 양식이기도 하다. 『서우』라는 국내 잡지 속에서 한 인물의 일상 혹은 허구가 서사적으로 스며들고 있다는 것, 이러한 과도기의 서사물이 발견되고 있다는 것은, 근대의 서사물로 발전되는 과정, 혹은 근대문학으로 이행되는 과정을 여실히 보여주고 있다는 점에서 매우 중요하다고 할 수 있다.

5) 서사를 통한 역사 교육과 당대 현실 인식

『서우』는 근대계몽기 최초의 지역 학회지로서 민족운동과 교육운동을 함께 진행해 왔다. 또한 『서우』에서 『서북학회월보』로 이어지면서 1906년 12월 1일부터 발간하여 1910년 1월 1일까지 발행을 이어 간 가장 오랫동안 발간된 학회지이기도 하다. 『서우』는 잡지이면서도 근대계몽기 잡지의 특징, 즉 공공의 참여를 제공하는 집단적 의미의 신문 매체와, 개인적인 고백의 형태를 담지한 사적인 영역의 잡지 매체 사이라는 중간 매체적 특징을 지니고 있었다. 즉 학회 구성원을 통해서 학회지를 운영하면서 동시에 공공의 영역까지 확대하여 계몽하고 교육하고자 했던 것이다.

이러한 차원에서 『서우』는 다양한 편집 전략을 펴게 되는데, 그 가운데 특히 역사의 서사화라는 차원에서 다양한 방법을 전개하고 있다. 전설과 역사를 장면화한 〈아동고사〉를 통해 유적지와 전설을 서사화하여 독자의 흥미를 유발하는 한편, 역사에 대한 자긍심을 키워주고자 했다. 또한 〈인물고〉를 통해 '전' 양식을 차용하여 역사를 새롭게 편집하고 있기도 하다. 이는 선택, 발췌, 강조, 첨가 등의 편집에 의해 역사 전기류의 '전'으로 변형된 것인데, 저자의 의도에 따라 '역사'가 '서사'의 영역 속에서 재편집되고 있다.

특히 〈인물고〉에 실린 「을지문덕전」과 이후 〈잡조〉에 실린 「몽배을지장군기

夢拜乙支將軍記」를 비교해 보면, 역사에서 역사전기류로 다시 몽유록적 변형으로 변주되고 있음을 확인할 수 있다. 이러한 변주는 중세의 가치인 '영웅'적 역사관에서 근대의 가치인 '개인'의 중요성을 강조한 서사물로 전이되고 있음을 보여준다. 역사를 선택, 발췌, 강조, 첨가하는 편집을 통해 새로운 서사물로 변형시키다가, 여기에 '지금, 여기'라는 문제를 몽유의 형태로 첨가하며, 우의라는 형식으로 풍자와 비판을 담지하며 근대의 새로운 단형서사물로 스스로 위치지우고 있는 것이다.

이러한 면은 결국 『서우』라는 매체가 학회의 회원, 즉 지식인 독자층을 대상으로 하면서 동시에 공공적 영역까지 확장하여 다양한 독자들을 포괄하고자 하는 의지에서 등장한 것이라 할 수 있다. 역사의 '서사화'를 통해서 역사를 교육함과 동시에 역사를 통해서 현재를 바라보고자 한 당대의 현실 인식을 확인할 수 있는 것이다. 서우학회와 박은식이 『서우』를 통해서 역사구국운동과 보통 교육을 시행하고자 했던 차원에서 볼 때, 역사의 서사화 과정은 당연한 것일 수 있다. 역사를 서사화하여 독자들에게 좀 더 쉽게 교육적으로 접근할 수 있었던 것은 자명한 사실이다. 이에 더하여 현재적 문제를 담지하면서 역사의 서사화는 새로운 양상으로 전개된다.

따라서 『서우』는 당대 개화기의 단형서사물, 특히 역사 서사물과 몽유록계의 발전 가능태를 볼 수 있는 잡지라고 할 수 있다. 이는 주필 박은식의 역사 의식과 교육 의도가 반영된 것이기도 한데, 역사를 교육하기 위해서 영웅의 '전' 형태로 서사화하고, 이를 다시 몽유의 형태로 변환하면서 새로운 풍자와 그 당대의 현실을 품는 서사물이 탄생하도록 만든 것이다. 또한 이것은 잡지 매체인 『서우』에 그 역사의 서사화 과정이 그대로 담지되어 있다는 점에서 서책으로 나왔던 단행본과는 또 다른 의미가 있다. 이 과정은 바로 잡지 매체의 특징인 독자와 직접적으로 상호작용하는 가운데 형성된 것이기 때문이다. 결국 이러한 역사의 '서사화'는 새로운 단형서사, 혹은 근대계몽기의 다양한 서사물에 동참하며 그 당대의 특징으로 자리매김하고 있었다고 할 수 있을 것이다.

이와 더불어 『서우』 학회지는 소통의 장으로서의 역할을 하면서 다양한 독자들의 글들도 등장했다. 이는 편집진들이 〈공함〉 및 〈기함〉을 통해서 다양한 독자들과 교류하는 장을 열어두었기 때문이기도 했다. 이러한 상호교통의 방법은 『서우』 스스로 처음부터 상정했던 잡지의 정체성과 연관된다. 창간호에서 밝히고 있듯이 국내 학교의 부흥과 유학의 장려를 위해, 수직적인 계몽운동을 펼치면서도 수평적인 독자 교류라는 방법을 제시하고자 했던 『서우』는 교육의 발전을 위해 잡지가 만들어졌으며, 잡지 스스로가 교육 방법의 진흥을 위해 그 방법을 모색해야 한다고 스스로 다짐했던 것이다.

처음의 다짐대로 『서우』는 교류할 수 있는 다양한 방법을 상정했고, 개인 혹은 학교 등의 단체 독자들이 서우학회를 격려하거나 기부를 하는 등 후원회 같은 분위기로 형성되었다. 또한 〈기서〉란을 마련하고 유학생들의 글이나 한북학회, 또 교남학회 회원들의 글도 받으면서 탈학회적인, 공공적인 영역으로 확장하고자 했다. 즉 단순히 지엽적이고 사적인 공간이 아니라 신문과 같이 좀 더 공공의 장으로서의 역할을 담당하고자 했던 것이다.

사적인 공간과 공적인 공간이 결합된 중간적인 매체로서, 『서우』는 독자들의 다양한 글들의 실험이 이루어지게 된다. 또한 이러한 실험은 문학적인 영역 특히 '서사'와 매우 밀접한 연관성을 가지고 있었다. 독자들의 글쓰기가 활발해지면서 독자들은 '읽기'로부터 '쓰기'의 영역으로 좀 더 다양하게 등장하게 된다. 애국가 가사류의 글을 지어보내기도 하고, 학회원들끼리 소통하거나 『서우』에 실린 글들을 보고 감회를 적어 보내기도 한다. 특히 서우 학교 학생들은 "一時間作文"이라는 이름으로 글을 실으면서 결국 학생들의 글쓰기 연습의 장이 되기도 했다. 이 가운데 학생들은 질문과 답을 이어가는 대화체 형식의 글, 비유 및 예화를 활용한 글 등 다양한 서사적 장치들을 활용하고 있었다. 이는 '읽기'의 연습과 '글쓰기'의 실험이 새로운 문학이 태동할 때 그 준비의 과정으로 존재하면서 독자들 역시 준비시키고 있었음을 짐작할 수 있게 한다.

　여기에 더 나아가 김병억이라는 유학생은 개인적 고백의 서사를 싣기도 했다. 서사적 구성을 담지한 이 글은 2회에 걸쳐서 연재되는데, 특이한 것은 위기의 부분에서 마치 "다음 호의 계속" 기법처럼 끊어 쓰고 있다는 점이다. 또한 이후 내용 구성상에서 개인적 고백의 서사에 다시 공공의 계몽이 첨가되어 중간매체적인 성격을 그대로 보여주고 있다. 즉 개인적 감회의 글과 함께 동포와 나라를 걱정하며 계몽적 성격까지 담지하면서 개인적 고백의 서사와 공공의 영역 사이에서 그 경계적인 위치를 차지하고 있는 것이다.

　이러한 측면에서 볼 때, 개인적 고백의 서사와 공공적인 영역의 계몽이 서로 혼성되며 얽혀드는 것은 근대계몽기 문학의 특징이라고도 할 수 있다. 또한 이는 당대 학회지의 성격을 그대로 보여주는 것이기도 하다. 또한 이 개인적 고백의 서사가 강화되는 점은 이후 유학생 잡지 『대한흥학보』 등에 등장한 진학문과 이광수의 단편들에서 확인할 수 있다. 따라서 이러한 중간적인 매체, 또 그 가운데 개인적 고백의 서사와 공공의 계몽이라는 경계에 서 있는 서사들이 이후 근대문학이 태동하게 되는 그 과정 속에 등장한 것이라 볼 수 있을 것이다. 또한 이 가운데 독자들 역시 이 경계 속에서 근대독자로 준비되고 연습되고 있었다고 할 수 있을 것이다.

　결국 첫째, 『서우』가 서북 지역을 토대로 한 잡지였던 점, 둘째, 서북 지역의 지식인들이 유학생으로서 일본에서 활발하게 학회활동을 했던 점, 셋째, 계몽적인 잡지로서 국내 지식인들을 교육하고자 했던 점, 넷째, 잡지의 역할이라는 차원에서 독자들, 필자들의 글을 실을 수 있도록 다양한 방법으로 창구를 열어둔 점 등이 이러한 새로운 서사물을 탄생시킬 수 있게 만들었다. 또한 이러한 다양한 서사물의 등장은 바로 근대계몽기 문학적 특징이라고도 할 수 있다. 외국 문학을 접한 유학생들의 글들이 유입되고 이전부터 계승되어 온 글쓰기와 섞여들면서 수많은 새로운 양식의 서사물들이 등장하게 된 것이다. 이 가운데 『서우』는 서북 지역을 토대로 했기 때문에 더욱더 유학생들과의 교류가 활발했으며, 또한 국내와 일본 사이에서 교두보적 역할 역시 담당하고 있었음을 확인할 수 있다.

또한 '읽기'와 '쓰기'가 완전히 분화되기 전, '읽는 이'가 '쓰는 이'가 될 수 있었던 바로 그 시기에 잡지 매체는 그러한 통로가 되었으며, 『서우』 역시 수많은 서사물들을 배태하고 있었다. 이렇게 근대계몽기에 양산된 다양한 서사물들은 새로운 문학, 근대문학을 추동해내는 역할을 담당하고 있었고, 다양한 글쓰기를 할 수 있었던 잡지 매체라는 공간을 통해서 '읽기'로부터 '쓰기'가, '읽는 이'로부터 '쓰는 이'가 서서히 분화되어 가기 시작했다고 볼 수 있을 것이다.

2. 함경도와 서북 지역 학회지 – 『서북학회월보』[1908.6.1~1910.7.1]

서양의 근대문학이 일본을 통해서 중역의 방식으로 우리에게 전해진 것은 자명한 사실이다. 그러나 이 과정 속에서 서양의 문학 개념과 일본이 받아들인 문학 개념을 우리가 그대로 답습하고 있다고 볼 수만은 없다. 결과론적으로 접근할 것이 아니라, 그 새로운 '문학' 개념을 당대 지식인들은 어떻게 받아들였고, 또 이를 어떻게 변형하게 되는지 그 과정 자체를 미시적으로 접근해야 하는 것이다. 이는 아직 근대적인 '문학' 또는 '소설' 개념이 정립되지 않은 모호함 가운데 있기 때문에 가능한 일이기도 하다. 즉 근대계몽기는 근대문학의 개념, 혹은 서양적인 근대문학의 개념이 명확하게 정립되기 전이었다. 서양을 모방하며 근대적 문학 개념을 성립해 가기 시작한 일본을 통해서 지식인들은 그 수용된 개념을 자기화하는 과정에서 '문학'의 개념을 새롭게 정의하고, 또 그 개념은 또다시 국내로 유입되며 다양한 형태로 변형되었을 것이다. 따라서 그러한 유입과 변형의 과정을 주체의 능동적인 개입으로 해석해보고자 한다.

무엇보다 매체라는 의사소통적 구조 속에서 매체·문학·독자라는 상호연관

관계와 '독자'들의 능동적인 개입에 대해 적극적으로 해석할 필요가 있다. 독자를 좀 더 능동적으로 해석한다면, 유학생 잡지를 이끌었던 일본 유학생들도 사실은 가장 최전선에서 근대를 배워온 적극적인 독자로 볼 수 있다. 또한 이러한 일본 유학생들이 국내 지식인들과 연합하는 과정에서 새로운 문학적 가능성들이 배태될 수 있다. 이러한 주체적이고 적극적인 독자들이 '문학' 개념을 어떻게 받아들이고, 또 만들어 가는지 확인한다면, 근대문학의 지평 속에 근대 독자로 변화해가는 추이 역시 분석해 볼 수 있을 것이라 기대한다. 근대문학의 형성 과정에 매체가 지대한 영향을 미치고 있듯이 또 한편 그러한 근대문학의 형성에 독자 역시 지대한 영향을 미치고 있다고 할 수 있다.

따라서 매체 자체에 대한 연구를 문학 연구와 접목하여, 매체를 수동적인 매개체가 아니라 능동적이고 복합적인 문화의 장으로 해석하고자 한다. 또한 매체·문학·독자의 상호교통의 과정 속에서 새롭게 형성해 가는 과정을 짚음으로써 근대문학을 좀 더 넓은 시각에서 바라볼 것이다. 더 나아가 근대적인 문학 개념이 유입되는 가운데 중층적인 영향 관계를 밝히면서, 이를 토대로 지식인 독자가 이를 어떻게 구분하고 배제하며 분류하는지 체계화하고, 또한 이 가운데 나타나는 다양한 변용들을 미시적으로 분석하여 계보학적 연구로 나아가고자 한다.

이를 위해 제2절에서는 『서북학회월보』를 중심으로 분석하고자 한다.[64] 국내 학회지 『서우』에서 확대 발전된 『서북학회월보』가 유학생 잡지 『태극학보』, 『대한흥학보』와 어떠한 영향 관계를 지니는지 살펴볼 것이다. 『서우』, 『서북학회월보』와 『태극학보』의 회원들의 출신 지역이 일치하고 있기 때문에 필진이나 독자

64　이러한 서북지역의 문학에 대한 대표적인 연구로는 김영민의 「근대 유학제도의 확립과 해외 유학생의 문학·문화 활동 연구」(『현대문학의 연구』 32, 한국문학연구학회, 2007), 문한별의 「근대 전환기 학회지의 서사체 투영 양상-『서우』, 『서북학회월보』를 중심으로」(『우리어문연구』 35, 우리어문학회, 2009), 장유승의 「조선후기 서북 지역 문인 연구」(서울대 박사논문, 2010), 정주아의 『서북문학과 로컬리티』(소명출판, 2014) 등을 들 수 있다.

（左側ページ、縦書き目次）

西北學會月報第一卷第一號要目

論說　賀吾同門諸友
教育部　教育方法必隨其國程度
　　　林政爲富國之機關
衛生部　男女及小兒衛生의 注意
壯蠐養殖法
國家의 概念
雜組　大條帝國의 價値　國語文
　　　大概念의 法律에 在홈　今日吾人의 國家에 對호 義務及權利
詞藻漢城旦暮　和松祠
人物考　休菴大士傳
會報
會計報告
法令摘要
續

들이 상당수 겹치고 있는 경우가 많았다. 또한 일본 유학생회의 통합 잡지였던 『대한흥학보』의 경우에도 『태극학보』의 회원들이 대거 포함되어 활동하고 있었기 때문에 국내 국외 지식인들의 상호소통과 그 영향 관계를 살피기에 용이하다. 따라서 서북 지역의 잡지의 편집 체계의 전략을 살펴보고 유학생 잡지와의 연관 관계를 밝혀보고자 한다. 이러한 영향관계를 통해 지식인들이 새로운 문학을 어떻게 받아들이게 되는지 그 미시적인 부분에 초점을 맞추어 분석해볼 것이다.

1) 서북 지역 출신 국내 학회지와 유학생 잡지의 교류

근대계몽기 대한제국 일본 유학생 상황을 보면, 일본 유학생 수가 1905년 260명, 1906년 449명, 1907년 853명, 1908년 735명, 1909년 805명, 1910년 886명으로 1906년부터 급속도로 증가하고 있다. 또한 이 유학생들은 1908년 7월부터 귀국하기 시작했으나 통감부가 일본인 위주로 보직을 임명했기 때문에 일자리를 얻기는 어려웠다고 한다.[65] 일본 유학생 중 서북 지역인들이 상당히 많았는데, 이들은 태극학회를 조직하고 1906년 8월 24일부터 1908년 12월 24일까지 학회지 『태극학보』 총권 27호를 발행하기도 했다. 또한 뒤에 태극학회, 대한학회, 공진회, 연구회 등 총 4개의 유학생회가 대한흥학회로 통합된 뒤 1909년 3월 20일부터 1910년 5월 20일까지 『대한흥학보』 총 13호를 간행했다.[66]

서우학회와 한북학회는 1908년 1월에 통합하여 서북학회를 창립했는데, 서북학회를 창립한 이후인 17호^{1908.5.1}까지는 『서우』의 이름으로 학회지를 출간하였다. 이후 1908년 6월 1일부터 『서북학회월보』로 제호를 변경하여 간행하였다. 흥미로운 것은 서우학회에서 서북학회로 변화하면서 서북에 대한 정체성이 더 강조되고 있다는 점이다.

그러나 고구려의 옛 강역은 결여되었을지라도, 그 민족의 굳세고 용감한 풍기는 아직 남아 있었으니, 국가에서 상무 교육으로 지도하고 배양했더라면 충분히 자강自强의 형세를 잃지 않았을 것이다. 그런데 본조 500년 동안 문文을 숭상하고 무武를 억제하는 정치로 오로지 동남의 문학을 장려하고 서북의 무강武强을 배척하여 연월燕越처럼 대우하였기에 굳세고 용감한 성질이 완전히 소멸되었으니, 이는 나라를 쇠약하게 만든 큰 원인 중 하나다. 상로商路로 말하자면, 서쪽 길은 연경燕京의 수레길과 등주登州의 뱃길이 서로 통하고, 북쪽 길은 길림吉林과 포염浦鹽,블라디보스토크에 밀접해 있었으니, 국민의 자유로운 상업을 허용했더라면 충분히 민생을 부유하게 할 수 있었을 것이다. 그러나 조정에서 엄격한 금령을 세워 두만강이나 압록강을 몰래 건너는 자가 있으면 범월죄인犯越罪人이라 칭하고 사형에 처했으니, 이러한 속박하에서 국민의 생업이 어떻게 발전할 수

---

65 이계형, 「1904~1910년 대한제국 관비 일본유학생의 성격 변화」, 『한국독립운동사연구』 31, 독립기념관 한국독립운동사연구소, 2008, 211~217쪽.

66 백순재, 「『대한흥학보』 해제」, 한국학문헌연구회 편 『한국개화기학술지』 21, 아세아문화사, 1978, 5~6쪽.

있겠는가? 이는 나라를 빈곤하게 만든 최대의 가혹한 정치이다.[67]

위의 예문은 「서북제도西北諸道의 역사론歷史論」이라는 제목으로 『서우』의 편집 진이 실은 글로 보인다. 이 글에서는 현 국가의 문제를 고구려 정신을 잃어버렸기 때문에 발생한 것으로 설명한다. 이러한 문제는 조선 시대의 문을 숭상하고, 무를 억제하는 정치에서 유발된 것으로 보면서, 서북의 군세고 용감한 성질이 모두 소멸되어 나라가 약해졌다는 것이다. 결국 현재 국가의 위험과 빈곤은 무예의 발달과 상업의 발전을 막은 조선 시대 정치에 있음을 천명한다.

게다가 몇백 년 동안 크고 작은 관리들이 우리 서북 사람들을 노예처럼 대하고 희생양으로 여겨, 백성 중에서 검소하게 입고 먹으며 열심히 농사 짓고 장사하여 약간의 자산을 가진 자가 있으면 불효부제不孝不悌, 간음 등의 죄목을 억지로 씌워 감옥에 가두고 혹독한 매질을 가했으며, 마을 관리들이 조세나 공과금을 걷는 등의 일로 전 가족을 체포하여 가산을 몰수하니, 몇십 년 동안 애써 모은 자본과 몇십 명의 입을 힘들게 먹여 살리는 자금이 하루아침에 탐욕스러운 관리의 주머니를 채우고, 형틀 아래 피가 흐르며 감옥 안에서 목숨을 끊으니 원한이 하늘에 닿고 한 맺힌 눈물이 땅에 스며들었다. 이로 인해 일반 백성들이 농우耕牛 한 마리를 화를 불러오는 물건으로 여기고, 작은 논밭 열 마지기를 집안을 망치는 재산으로 여기는데, 백성들의 생산이 어떻게 증식할 수 있었겠는가? 이는 나라를 잔멸시키는 극심한 해로운 적이다.

---

67 "然이나 高句麗의 舊疆은 缺ᄒ얏슬지라도 其 民族의 勁悍勇敢ᄒ 風氣는 尙存ᄒ얏스니 國家에서 尙武敎有으로 指導 培養ᄒ얏스면 足히 自强의 形勢를 不失홀지어늘 本朝 五百年에 崇文抑武의 政治로 偏히 東南의 文雅를 獎用ᄒ고 西北의 武强을 摘斥ᄒ야 燕越로 待遇ᄒ미 勁悍勇敢의 性質이 消融以盡ᄒ얏스니 此는 國을 衰弱케 ᄒ 一大原因이오. 以商路로 言之ᄒ면 西道는 燕京의 車轍과 登萊의 舟楫이 交通ᄒ고 北道는 吉林과 浦鹽을 密接ᄒ얏스니 人民의 自由 商業을 放任ᄒ얏스면 足히 民産의 富盛을 致홀지어늘 朝家의 廣禁이 嚴密ᄒ야 豆滿工이나 鴨絲江을 潛自渡越ᄒᄂ 者가 有ᄒ면 犯越罪人이라 稱ᄒ고 死刑에 處ᄒ얏스니 如此ᄒ 束縛下에 人民의 營業이 何由而敎達乎아 此는 國을 貧瘠케 ᄒ 最大苛政이라."(「西北諸道의 歷史論」, 『서우』17호, 1908.5.1, 2쪽)

〈표1〉『태극학보』에 실린 김원극의 글

호수	날짜	표제	저자	제목	문체	주제	내용
22	1908.6.24	論壇	松南	法律學生界의 觀念	구절형 국한문	법률	
22	1908.6.24	文藝	松南	送留學生歸國	한문	한시(문장)	유학생 고국으로 배웅
22	1908.6.24	文藝	金源極	送農學士金鎭初氏之本國	구절형 국한문	산문(수필)	김진초를 고국으로 배웅
22	1908.6.24	詞藻	松南春夢人	遊上野公園	한문	한시(7언)	우에노 공원 거닐며
22	1908.6.24	詞藻	松南春夢人	觀動物園	한문	한시(7언)	동물원 관람 느낌
22	1908.6.24	詞藻	松南春夢人	懸○丹山人生韻	한문	한시(7언)	김수철에 대하여
23	1908.7.24	論壇	松南	竊爲我咸南紳士同胞放聲大哭	구절형 국한문	유학생	청년이 힘
23	1908.7.24	詞藻	松南金源極	謝金甲淳盛意	한문	한시(7언)	김갑순에게 감사 / 유학생우의
23	1908.7.24	詞藻	松南春夢	贈逸見嘉兵衛	한문	한시(7언)	문명국
23	1908.7.24	詞藻	松南金源極	送○丹山人金壽哲還國	한문	한시(7언)	유학생 김수철 송별
23	1908.7.24	文藝	松南 春夢	遊淺草公園記	단어+구절	산문(수필)	아사쿠사공원 거닐며
23	1908.7.24	文藝	松南金源極	送本會의 支會視察員 金洛泳君	단어형 국한문	산문(수필)	태극학회 / 지회 시찰
24	1908.9.24	論壇	松南	舊染汚俗咸與維新	구절형 국한문	구습타파	노인들의 문제, 조선의 교육의 폐해 등
24	1908.9.24	學園	金源極	吊金泰淵文(八月三十一日)	한문	유학생	추모글
24	1908.9.24	學園	金源極	吊崔時健文	한문	유학생	추모글
24	1908.9.24	學園	金源極	聞李寅枸哀音有淚 九月一日	구절형 국한문	유학생	추모글
24	1908.9.24	學園	春夢子	遊日比谷公園	구절형 국한문	산문(수필)	히비야공원 거닐며
24	1908.9.24	詞藻	金源極	大皇帝陛下 卽位紀念日 祝賀韻	한문	한시(7언)	우국충정 / 황제폐하즉위
24	1908.9.24	詞藻	金源極	又(大皇帝陛下 卽位紀念日 祝賀韻)	한문	한시(7언)	우국충정 / 황제폐하즉위
25	1908.10.24	論壇	松南	平壤의 中學校 消息	구절형 국한문	교육	국내 평양 중학교
25	1908.10.24	論壇	松南生	內地에서 日本留學生 歡迎 及 餞別會의 消息	단어형 국한문	유학생 소식	귀국한 유학생들 환영회함, 서북학회등
25	1908.10.24	文藝	金源極	送楊性春歸國	구절형 국한문	구습타파	친구 송별

호수	날짜	표제	저자	제목	문체	주제	내용
25	1908.10.24	詞藻	松南	又(和)	한글	한글시가	독립
25	1908.10.24	詞藻	松南秋醒	秋夜偶吟	한문	한시(7언)	병서를 읽음(우국)
25	1908.10.24	詞藻	金源極	賀贈鄭錫酒君韻	한문	한시(7언)	정석내 군 축하
25	1908.10.24	詞藻	松南	知李于岡別紅友韻	한문	한시(7언)	친구 송별
25	1908.10.24	詞藻	金源極	和贈楊性春 二首	한문	한시(7언)	송별
25	1908.10.24	詞藻	金源極	送別朴徠均追懷	한문	한시(7언)	친구 송별
26	1908.11.24	論壇	松南	我國學生諸氏여	구절형 국한문	교육	학생 당부
26	1908.11.24	文藝	松南子	送鄭益魯氏 歸國	구절형 국한문	유학생	친구 송별
26	1908.11.24	詞藻	松南金源極	和	한문	한시(7언)	영웅
26	1908.11.24	詞藻	松南子	慰韓東初弧辰韻	한문	한시(7언)	벗

오, 우리가 이미 지나간 역사를 되돌아보면 꿈에서 놀라 깨고 잠자리에서 두려워하듯이 마음이 서늘하고 뼛속까지 차가워진다. 그러나 오늘에 이르러 전국의 동포가 모두 같은 배에서 물에 빠지고 같은 집에서 불타는 일을 당하였으니, 과거에 쌓였던 원한은 모두 풀어버리고 동일한 애국 사상으로 서로 친밀히 하고 서로 도와서 큰 단체의 힘으로 교육 및 공익 등의 사업에 관하여 마음을 합쳐 힘쓰며, 함께 무예를 닦고 함께 나아가 전국 문명에 선도자의 빛을 드러내는 것이 우리 서북 사람들의 책임이라 하노니, 힘쓰고 힘쓸지어다.[68]

---

68 "加之幾百年來에 大小官吏가 我西北人을 奴隷로 待遇ᄒ고 犧牲으로 認定ᄒ야 人民中에 菑衣節食ᄒ고 力農經商ᄒ야 資産이 稍有意 者면 不孝不悌奸淫等罪目을 勒加ᄒ야 牢獄에 拘ᄒ고 猛杖을 施ᄒ며 鄕逋吏逋科逋等事로 全族을 逮捕ᄒ야 家産을 剝奪ᄒ니 幾十年拮据成立意 資本과 幾十口辛勤仰哺ᄒᄂ 調度가 一朝에 貪虐官吏의 囊橐을 充ᄒ고 桁楊之下에 流血이 狼藉ᄒ며 囹圄之中에 生命을 自盡ᄒ니 寃氣가 徹天ᄒ고 恨淚가 入地라. 由是로 一般 人民이 耕牛一隻을 禍身의 物로 認ᄒ고 薄田十頃을 殃家의 資로 謂ᄒ니 民産이 何由而增殖乎아 此ᄂ 國을 殘滅케 意 劇甚盍賊이로다. 嗚呼라 吾儕가 旣往 歷史를 追想ᄒ면 夢驚而寢愕이오, 心寒而骨冷ᄒ나 到于今日ᄒ야ᄂ 全國同胞가 學皆同舟의 溺과 同室의 焚을 値ᄒ얏스니 過去 宿憾은 一切 渙釋ᄒ고 同一意 愛國思想으로 互相 親睦ᄒ며 互相 扶助ᄒ야 一大團體力으로 敎育及公益 等 事業에 關ᄒ야 協心 勉勵ᄒ며 聯武齊進ᄒ야 全國 文明에 先導者의 光輝를 顯揚홈이 我西北人上의 責任이라 ᄒ노니 勉之勉之어다."(앞의 글, 2~3쪽)

앞서 고구려 정신을 잃게 만든 조선 500년의 역사에서 더 나아가, 수백 년 동안 이어온 서북에 대한 차별과 탐관오리들의 횡포에 대해서 매우 적나라하게 고발하며 비판한다. 정부의 관리들은 서북 사람들을 노예처럼 여겼고, 민간의 재산을 약탈한 일상을 세세하게 나열하고 있다. 오랜 시간 억압받았던 서북 지역인들이 출신 지역 학회지를 통해서 그 억울함과 서러움을 폭발하듯이 쏟아내고 있는 것이다. 다만, 모두 지나간 일이고 현재는 함께 국난을 겪는 중이니 마음을 합쳐 힘쓰고, 무예를 닦아 전국의 선도자로서 서북 지역이 책임지고 나가야 함을 주장한다. 이는 서북 지역 차별에 대한 부당함을 토로하는 것과 동시에, 당대 서북 지역이 담당해야 할 선도자이자 지도자로서의 역할을 보다 강조하고 있다고 할 수 있다.

또한 서북 지역인들은 국내외 출신 지역인들과도 끊임없이 소통하기도 했다. 특히 서북 지역인들은 『서우』와 『서북학회월보』 등의 지역 학회지를 발행하고 있었기 때문에 서북 지역 출신인 일본 유학생들이 만든 『태극학보』나 이후 통합되어 간행된 『대한흥학보』 등과의 연관성이 높을 수밖에 없었다. 같은 지역 출신이기도 했고, 『태극학보』나 『대한흥학보』 등은 국내에도 지회를 두고 활발히 교류하기도 했다.[69] 유학생 잡지와 국내 학회지에 모두 글을 실은 인물로는 김원극, 경세생, 김수철, 한광호, 이장자 등을 들 수 있다.

김원극이 『태극학보』에 실은 글은 총 32편으로 1908년 6월 24일부터 1908년 11월 24일에 집중되어 있다. 이 중 〈문예〉란에 실은 글은 총 6편이었다.[70] 김원극은 이처럼 유학생 잡지에 매우 적극적으로 글을 싣고 있는데, 『태극학보』 측의 자료를 보면 김원극을 『태극학보』 주필로 설명하고 있다. "是日은 何日也오. 卽 隆熙 二年 六月 二十一日也라. 本會 諸員이 本報 主筆 金源極氏의 歡迎會를 設行ㅎ

---

69 『태극학보』의 경우, 영유군 지회, 영흥군 지회, 용의군 지회, 평남 성천군 지회, 동래부 지회 등 국내에서도 다양한 지회가 설립되었다.

70 『태극학보』에서 〈文藝〉란은 12호(1907.8.5)부터 시작되었다.

눈딕 臨時會館은 神田區順天中學校 內로 定ㅎ엿더라"[71]라고 하면서 본보 주필인 김원극의 환영회를 열겠다는 내용이 실려 있다. 또한 함남 영흥부 동명학교 감독 이달현과 강염백, 교사 홍재헌이『태극학보』에 주필 김원극을 칭찬하는 내용의 글을 보내오기도 했다.[72] 이 외에도 김원극은『대한흥학보』에서 편찬부에 소속되어 있음을 확인할 수 있다.[73] 국내 학회 중『대동학회월보』의 영흥군지회 총무를 역임[74]했고,『대한협회회보』에서는 영흥지회 평의원[75]이기도 했기 때문에 태극학회 영흥지부 사람들과 긴밀한 연관이 있었을 것으로 보인다.[76]

『서북학회월보』제1권 2호에는 우강생이「송송남김군동유일본送松南金君東遊日本」이라는 글에서 "余友 金松南은 白南高士라. 利器를 懷抱ㅎ고 世와 相違ㅎ야 鬱鬱不得志ㅎ야 京師에 來遊라가 因ㅎ야 海外遊覽의 行을 作ㅎ는지라"[77]라고 하여 김원극이 일본 유람을 결심한 것에 대한 축하를 보내고 있기도 하다.[78] 따라서 김원극은 1908년 6월 동경으로 유학을 간 이후에도『서북학회월보』등에 "동경유객 김원극"이라는 명칭으로 글을 싣고 있기도 하다. 즉『태극학보』,『대한흥학보』등의 유학생 잡지에서 활동을 하면서도 국내 잡지『서북학회월보』등에서도 꾸준히 활동을 해 온 것이다.

그 외에도 1908년 10월 한광호 등이 일본 유학을 떠났다고 하는데, 한광호는 유학생 잡지『대한흥학보』와 국내 잡지『서북학회월보』모두에서 활동하고 있

---

71 ○丹山人(김수철),「是日也에 滿心興感」,『태극학보』22호, 1908.6.24, 52쪽.

72 咸南 永興郡 東明學校 監督 李達鉉, 姜念伯, 敎師 洪在憲,「恭呈于太極學報 主筆 金源極 閣下」,『태극학보』26호, 1908.11.24, 52쪽.

73 「第一回 臨時評議會」,『대한흥학보』1호, 1909.3.20, 79쪽.

74 「會員錄(續)」,『대동학회월보』7호, 1908.8.25, 62쪽.

75 「會員名簿」,『대한협회회보』1호, 1908.4.25, 59쪽.

76 김원극은 일본 유학 후 돌아와 1908년 영흥군 주사가 되기도 했다. (이계형, 앞의 글, 218쪽)

77 于岡生,〈雜俎〉「送松南金君東遊日本」,『서북학회월보』제1권 2호, 1908.7.1, 22쪽.

78 김원극이 1908년 7월 일본에서 유학을 마치고 귀국했다는 논의도 있으나, 실제로 김원극이 일본으로 유학을 떠난 것이 1908년 7월이었다. 또한 이후『서북학회월보』의 주필이 된 것이 1909년 8월 19일 임시통상회를 통해서였으므로, 김원극은 일본에서 대략 1년가량 머물렀던 것으로 보인다.

었다.[79] 일본 유학을 간 이후에도 『서북학회월보』에 "유학생 한광호", "재일본 동초 한광호" 등의 명칭으로 「답라석기권면서答羅錫璂勸勉書」『서북학회월보』제1권 10호, 1909.3.1 와 「자주독립은 위인의 본색自主獨行은 偉人의 本色」『서북학회월보』제1권 11호, 1909.4.1 등의 글을 싣기도 했다.

<표 2> 『서북학회월보』에 실린 이장자의 글

호수	날짜	표제	저자	제목	문체	유형	내용
16	1909.10.1	雜俎 [談叢]	耳長子	甲乙問答	단어형+한글	대화체	양반 비판
17	1909.11.1	談叢	耳長子	街談	한글	대화체	양반 축첩 비판, 풍자
19	1910.1.1	談叢	耳長子	街談-甲乙問答	한글	대화체	교육에 무지한 숭고파 풍자 비판
19	1910.1.1	談叢	耳長子	뒤장이 酬酌	한글	대화체	경성 여학생들 비판

또한 『태극학보』〈문예〉란에 「항설巷說」[80]이라는 대화체 서사물을 실었던 '이장자耳長子'라는 인물은 『서북학회월보』에도 이와 유사한 대화체 서사물을 싣고 있다. 특히 이장자는 대화체의 한글 서사물을 싣고 있는데 이는 『태극학보』에 실렸던 글과 형식상 매우 유사하다. 그 외에도 식물 관련 글을 실은 경세생 등 다양한 인물들이 유학생 잡지인 『태극학보』, 『대한흥학보』와 국내 잡지인 『서북학회월보』에 동시에 글을 싣고 있었다.

그 외에도 유학을 마치고 돌아온 인물들과의 유대 역시 『서북학회월보』에서 엿볼 수 있다. 필산몽인 이석룡筆山夢人 李錫龍이 보낸 「축하서북학회내농림강습소祝賀西北學會內農林講習所」[81]라는 글에서는 농학사 김진초, 김지간, 원훈상 등 3인의 졸업을 축하하며, 이들이 농림강습소를 세운 데 대해 기대감을 보여주고 있다. 즉 일본 유학생들이 다시 고향으로 돌아오면서 이들이 국내 지식인들과 함께 학교

---

79 한광호는 『대한흥학보』에 「祝辭」(『대한흥학보』 1호, 1909.3.20), 「向上的 精神으로 知者에게 一言」(『대한흥학보』 2호, 1909.4.2), 「春日遊園有思」(『대한흥학보』 4호, 1909.6.20) 등의 글을 실었다.

80 耳長子,〈文藝〉「巷說」, 『태극학보』 23호, 1908.7.24.

81 筆山夢人 李錫龍, 「祝賀西北學會內農林講習所」, 『서북학회월보』 제1권 16호, 1909.10.1.

등 강습소를 열고 교류를 이어가고 있었음을 확인할 수 있다. 결국 이러한 모습들은 국내의 지식인과 그 지역 출신의 일본 유학생들의 교류가 매우 활발했으며, 학회지를 통해 다양하게 소통하고 있었음을 확인할 수 있다.[82]

2) 『서북학회월보』의 주제 구성 및 기획

근대계몽기 학회 잡지 중 가장 오랜 시간 발간된 것이 『서우』와 『서북학회월보』이다. 『서북학회월보』의 주제 구성 및 기획을 살펴보기 위해서는 그 모태가 되는 서우학회의 상황부터 짚어 보아야 한다. 서우학회는 1906년 10월 박은식 등이 조직한 것으로 평안남북도와 황해도 인사를 중심으로 설립되었다. 이 서우학회를 필두로 기호학회, 한북학회, 관동학회, 교남학회 등의 출신 지역 중심의 학회가 조직되었다.[83] 이후 1908년 1월 서우학회와 한북학회가 연합하여 서북학회를 창립하게 되는데 서북학회는 평안남북도, 함경남북도, 황해도 등 총 5도를 통합한 학회였다. 따라서 『서우』는 서우학회에서 1906년 12월 1일부터 1908년 1월 1일까지 총 14호가 발간되었고, 이후 서북학회로 통합된 후에도 1908년 5월 1일 제17호까지는 『서우』 이름 그대로 발간되었다.[84] 1908년 6월 1일부터 『서북학회월보』로 바뀌어 제1권 1호를 발행했고 25호까지 간행되었다.[85]

82 　장유승은 서북학회가 지역성이 농후한 학회였으며, 그 구성원들 역시 지역정체성이 뚜렷했다고 설명하고 있다. (장유승, 「조선후기 서북 지역 문인 연구」, 서울대 박사논문, 2010, 230쪽) 따라서 이 지역 지식인들의 지역정체성이 뚜렷했기 때문에 국내 학회지와 유학생 잡지의 교류가 더욱더 활발했을 확률이 높다.

83 　백순재, 「서우 해제」, 한국학문헌연구소편 『한국개화기학술지』 5, 아세아문화사, 1976, 5쪽.

84 　조현욱은 한북학회가 학회지를 발간하지 못했던 상황을 들어, 서북학회로 통합되고 나서도 「서북학회월보」가 『서우』의 체제와 내용을 그대로 계승했기 때문에 사실상 동일한 잡지라고 설명한다. (조현욱, 「서북학회의 애국계몽운동(I)」, 『한국학 연구』 5, 숙명여대, 1995, 48쪽)

85 　백순재는 「서북학회월보 해제」(한국학문헌연구소편 『한국개화기학술지』 7, 아세아문화사, 1976, 6쪽)에서 실제로 전해지는 것은 제1권 19호까지라고 설명하고 있으나, 제20호, 제22호, 제25호 (종간호)가 서울대 도서관에 귀중본으로 남아 있다. 따라서 제2절에서는 영인본 『서북학회월보』와 서울대 소장본 제20호, 제22호, 제25호를 연구의 대상으로 삼아 논의하고자 한다.

서우학회의 회장은 정운복, 부회장 겸 총무원이 김명준이었는데, 김명준은 『서우』의 편집 겸 발행을 맡았고, 주필은 박은식이었다.[86] 이후 『서우』 8호부터는 편집 겸 발행을 김달하가 맡으면서 『서북학회월보』 제1권 19호까지 이어진다. 주필은 박은식이 『서북학회월보』 제1권 15호까지 맡았다가 제1권 16호부터 김원극으로 바뀌게 된다.[87] 따라서 『서우』에서 『서북학회월보』로 이어지는 동안, 어느 정도 비슷하게 계승되는 면도 있으나, 주필이 바뀌면서 새로운 면들이 발생하기도 했다. 『서우』와 『서북학회월보』의 주제별 내용은 〈표 3〉과 같다.

『서우』의 주제는 서우학회 관련이 85개, 문학 및 문예[88] 관련이 77개, 교육 관련이 61개 순으로 이어졌다. 『서북학회월보』의 주제를 살펴보면, 문학 및 문예 계열이 가장 많았는데 141개로 약 27.2%를 차지했다. 다음으로 서북학회 관련 글이 103개로 약 19.8%, 신사상과 산업 관련 글이 개로 약 14.5%로 이어졌다. 『서우』에 비해 많이 등장하는 주제는 외국 및 한국 역사, 유학생 및 학생 관련 글, 유학 사상 관련 글 등이었다. 이는 차례대로 약 5.78%, 약 4.05%, 약 3.47%를 차지했다. 『서북학회월보』에 들어오면서 유학생들의 글이 앞서 『서우』 때의 10편보다 늘어나 총 21편이었다.

그만큼 국내 학회가 유학생들에게 관심이 많았고, 교류가 활발했음을 확인해 볼 수 있다. 유학 사상 관련 글도 18편으로 유학 사상 개조에 관한 논의가 활발하게 이루어졌음을 알 수 있다.

---

86 〈會錄〉「會員名簿」, 『서우』 1호, 1906.12.1, 47·53쪽.

87 "本會月報主筆 朴殷植氏 辭免請願書를 公佈ᄒᆞ미 崔在學氏 動議ᄒᆞ기를 該 請願이 寔出於會務發展인즉 接受許免ᄒᆞᄌ ᄒᆞ미 金漄炳氏 再請으로 可決되다. (…중략…) 崔在學氏 特請ᄒᆞ기를 本 會報 主筆 事務가 時急인즉 當會에서 選定ᄒᆞᄌ ᄒᆞ미 異議가 無ᄒᆞ야 主筆은 金源極氏 從多數被選ᄒᆞ다." 1909년 8월 19일에 임시통상회를 개최했는데, 이때 주필 박은식이 辭免請願書를 제출하게 되고, 그 주필 자리에 김원극이 피선되었다. (〈會事記要〉「會事記要」, 『서북학회월보』 제1권 16호, 1909.10.1, 63~64쪽)

88 이 책에서 문학 및 문예 관련이라는 용어는 근대적인 의미의 '문학' 개념이 아니라 일반적인 용어로서 시가와 서사 장르를 포함하는 의미로 사용했음을 밝혀둔다.

89 『서우』의 주제별 분류는 전은경의 「근대계몽기 잡지의 매체적 특징과 역사의 서사화 과정」(『한국현대문학연구』 50, 한국현대문학회, 2016.12) 13쪽 〈표 1〉 참고.

〈표 3〉「서우」와『서북학회월보』의 주제별 분류[89]

『서우』의 주제	개수	『서북학회월보』의 주제	개수
서우학회 관련	85	문학, 문예 계열	141
문학, 문예 계열	77	서북학회 관련	103
교육	61	신사상, 산업	75
정치, 헌법, 국가, 국민의식	46	정치, 헌법, 국가, 국민의식	50
신사상, 산업	38	교육	49
외국 및 한국 역사	17	외국 및 한국 역사	30
위생	17	유학생, 학생, 청년	21
애국, 독립	10	유학 사상 관련	18
유학생, 학생, 청년	10	위생	16
제국주의, 우승열패	8	애국, 독립	6
구습타파	5	구습타파	5
인물 관련, 조문 등	5	제국주의, 우승열패	2
신문	3	왕실 관련	1
유학 사상 관련	3	국한문 문체	1
한자 관련	3	인물	1
총계	388(개)	총계	519(개)

〈표 4〉『서북학회월보』문체별 개수

문체 종류		전체 개수(1~19, 20,22,25)	16호 이후 개수(16~19, 20,22,25)
한문체 (총 144)	한문	121	69
	현토한문	23	6
구절형 국한문체 (총 109)	구절형 국한문	105	29
	구절형+한문	4	1
단어형 국한문체 (총 249)	단어형 국한문	231	86
	단어형+구절형	13	6
	단어형+한문	4	2
	단어형+현토한문	1	1
한글체 (총 17)	한글	13	11
	한글+단어형	4	3
총계		519	214

『서우』에서 『서북학회월보』로 통합 진행되면서 가장 크게 변화를 겪은 것 중 하나는 바로 문체이다. 『서우』로 발간되었을 때는 전체 388개의 글 중 단어형 국한문체가 201개로 약 51.8%, 한문체가 103개로 26.5%, 구절형 국한문체가 82개로 21.1%, 한글체가 2개로 0.5%였다.[90] 『서북학회월보』로 오면서는 전체 519개의 글 가운데 단어형 국한문체가 249개로 약 48%, 한문체가 144개로 약 27.7%, 구절형 국한문체가 109개로 약 21%, 한글체가 17개로 약 3.3%로 나타났다. 『서우』와 『서북학회월보』의 주된 문체는 단어형 국한문체였다. 『서북학회월보』로 간행되면서 한문체 수가 증가한 것은 〈사조〉 등에서 한시가 다량 게재되었기 때문이다. 또한 한글체가 증가한 것도 큰 변화 중 하나이다.[91] 『서우』에서는 한글체가 2편 정도밖에 게재되지 않았는 데 반해, 『서북학회월보』에서는 17편까지 늘어나게 된다.

문체별 전체 개수와 16호 이후 개수를 비교해 보면, 실제 변화를 가늠하기 쉬워진다. 단어형 국한문체의 경우, 전체 48%에서 16호 이후는 44.4%로, 한문체는 전체 27.7%에서 35%로, 구절형 국한문체는 21%에서 14%로, 한글체는 3.3%에서 6.54%로 변화했다. 눈에 띄는 변화는 단어형 국한문체와 한글이 확대된 것인데, 구절형은 상대적으로 훨씬 감소하게 되었다. 한문체의 경우는 짧은 한시가 여러 편 게재되었기 때문에 개수가 증가했을 뿐, 실제 학회지 구성상으로 본다면, 단어형과 한글이 확대된 것이 가장 뚜렷한 변화였다.

<표 5> 『서북학회월보』 한글 문체

호수	날짜	표제	저자	제목	문체	유형
10	1909.3.1	詞藻	少年子輯(卞季良,成三問)	古人詩歌	한글	시조
15	1909.8.1	詞藻	畔世少年	農夫歌	한글	한글시가
16	1909.10.1	文藝	滑稽生	狡猾흔猿猩(교활흔 원성)	한글	우화
16	1909.10.1	雜俎	春夢子	聞童謠	한글	대화체

---

90 『서우』에 실린 문체별 개수에 관한 자세한 논의는 전은경 위의 글 12~13쪽 참고.

91 조현욱은 서북학회가 국문 사용을 주장하면서도 국한문체나 한문체를 고수하다가 순국문으로 기사를 수록하고 있다는 것은 매우 이례적이라고 평가한다. (조현욱, 앞의 글, 82쪽)

호수	날짜	표제	저자	제목	문체	유형
17	1909.11.1	歌叢	春夢子	(연재)巷謠(前續)	한글	대화체
17	1909.11.1	談叢	耳長子	街談	한글	대화체
17	1909.11.1	談叢	憂時子	田舍의歎-甲乙問答	한글	대화체
18	1909.12.1	街談		인력거군수작	한글	대화체
18	1909.12.1	歌調	春夢者	(연재)巷謠(前續)	한글	대화체
19	1910.1.1	歌調		양산도화타령	한글	대화체
19	1910.1.1	談叢	耳長子	街談-甲乙問答	한글	대화체
19	1910.1.1	談叢	耳長子	뒤장이 酬酌	한글	대화체
20	1910.2.1	雜組	三和維新婦人會會長李히팔씨	三和維新婦人會公函	한글	공함(여성)
9	1909.2.1			愚癡흔 人生	단어형+한글	격언
16	1909.10.1	雜組 [談叢]	耳長子	甲乙問答	단어형+한글	대화체
18	1909.12.1	談叢	知言子	崇古生開化生問答	단어형+한글	대화체
20	1910.2.1	歌調	峨洋于	童謠二章	단어형+한글	한글시가

『서북학회월보』에 한글체로 실린 글을 살펴 보면, 3편을 제외하고는 모두 16호 이후에 실린 글임을 알 수 있다. 1권 16호부터 주필이 김원극으로 바뀌게 되는데 그때부터 한글체의 글이 증가하고 있다. 또한 한글체는 대부분 문학 및 문예적인 글과 연관되어 있었으며, 대화체 서사가 11편, 시조 1편, 한글시가 2편, 우화 1편, 격언 1편, 여성 공함 1편이었다. 이는『서북학회월보』16호부터 주필이 바뀌면서 새롭게 등장한 특징이라 할 수 있다.

3) 표제 구분과 편집의 특징

『서우』에서는 〈논설論說〉, 〈교육부敎育部〉, 〈위생부衛生部〉, 〈잡조雜組〉, 〈아동고사我東古事〉, 〈인물고人物考〉, 〈사조詞藻〉, 〈시보時報〉, 〈회보會報〉 등의 표제가 꾸준히 이어졌다. 그 외에 〈축사祝辭〉, 〈사설社說〉, 〈별보別報〉, 〈문원文苑〉, 〈기서寄書〉 등이 등장하기도 했다.[92] 『서북학회월보』의 경우에는 제1권 1호에서 15호까지는『서우』

92　『서우』의 〈표제〉에 관련한 자세한 논의는 전은경, 「근대계몽기 잡지의 매체적 특징과 역사의 서사화 과정」, 앞의 글, 14~17쪽 참고.

<표 6> 『서북학회월보』 표제별 분류

유형	표제	개수	유형별 총 개수
논설	논설(論說)	42	47
	별보(別報)	1	
	축사(祝辭)	4	
교육 관련	교육부(敎育部)	33	84
	위생부(衛生部)	16	
	연단(演壇)	2	
	강단(講壇)	17	
	학원(學園)	16	
산문 및 서사	잡조(雜組)	134	206
	인물고(人物考)	15	
	문원(文苑)	10	
	문예(文藝)	22	
산문 및 서사	담총(談叢))	12	206
	가담(街談)	1	
	기서(寄書)	1	
	*잡찬(雜纂)(25호에 등장)	11	
한시 및 시가	사조(詞藻)	60	66
	가총(歌叢)	2	
	가조(歌調)	4	
회보 / 학회관련	회보(會報) / 회사요록(會事要錄)	9	63
	회사기요(會事記要)	31	
	학계소식(學界消息)	1	
	회계원보고(會計員報告)	22	
관보(법) 관련	관보적요(官報摘要)	10	20
	부칙(附則)	3	
	설명(說明)	1	
	특별등재(特別謄載)	1	
	학부훈칙(學部訓飭)	1	
	특별의연(特別義捐)	1	
	특별경고(特別警告)	1	
	통신일속(通信一束)	1	
	잡록(雜錄)	1	
표제 없음			33
총계			519

의 이러한 기본적인 틀을 그대로 가져와 〈표제〉로 활용하고 있다. 이는 박은식이 계속 주필을 이어갔기 때문일 것으로 보인다. 그러나 제1권 16호부터 김원극으로 주필이 바뀌면서 표제면에서 상당히 변화가 일어난다.

표제별 전체 배치를 보면, 논설, 교육 관련, 산문 및 서사, 한시 및 시가, 회보 또는 학회 관련, 관보나 법 관련 내용 순으로 전개되었다. 논설 등과 연관된 글들은 〈논설〉, 〈별보〉, 〈축사〉 등이 포함될 수 있었고, 교육 관련으로는 1호에서 16호까지는 〈교육부〉, 〈위생부〉가 담당했다면, 17호부터는 〈연단〉, 〈강단〉, 〈학원〉 등의 표제로 변화되었다. 산문 및 서사류는 16호까지 〈잡조〉, 〈인물고〉, 〈문원〉 등이 담당했는데, 16호부터 〈문예〉란이 생기고, 17호에는 〈담총〉, 〈가담〉 등으로 조금씩 분화가 일어났다. 22호부터는 〈잡찬〉란이 새로 신설되기도 했다. 또한 한시 및 시가의 표제는 대체로 〈사조〉가 담당했으나 17호부터 〈가총〉, 〈가조〉 등으로 분화되었다. 회보 및 학회 관련 글은 〈회보〉, 〈회사요록〉, 〈회사기요〉, 〈학계소식〉, 〈회계원보고〉 등의 표제가 달렸다. 관보 및 법 관련 글은 대체로 〈관보적요〉로 달렸으며, 이 외에 〈부칙〉 등 필요한 상황에 따라 새롭게 표제를 붙이기도 했다.

이를 호별로 구분해 보면, 〈표 7〉과 같다. 『서우』와 『서북학회월보』 제1권 15호까지의 〈표제〉 방식은 매우 비슷했고, 거의 그대로 이어졌다. 논설류에서는 제1권 16호부터 〈논설〉의 분량이 4개로 확장되었다. 또한 16호까지 꾸준히 이어지던 〈교육부〉와 〈위생부〉는 17호에서 〈교육부〉와 〈연단〉으로, 18호에서는 〈교육부〉가 사라지고 〈강단〉, 〈학원〉으로 바뀌게 되었다. 또한 16호부터 〈문예〉면이 새로 등장하게 되고, 17호부터는 〈담총〉이 새롭게 신설되었는 데 반해 『서우』에서부터 계속 이어지던 〈인물고〉는 사라졌다. 이는 여러 종류의 산문을 담당하던 〈잡조〉를 분화하여 〈문예〉, 〈담총〉 등으로 나누어 배치했음을 의미한다. 시가에 있어서도 한시를 주로 싣던 〈사조〉에서 〈가총〉, 〈가조〉 등을 신설하여 한글

호	논설	별보	축사	교육부	위생부	연단	강단	학원	잡조	인물고	문원	문예	담총	기담	잡찬	사조
1	1			2	1				5	1						2
2	2			2	1				7	1						2
3	1			2	1				10	1						2
4	1			3	1				4	1						2
5	1			1	1				2	1						
6		1		2	1				4	1						
7	1			4	1				4	1						
8	1			1	1				12		4					2
9			3	1	1				9	1						1
10	1			1	1				8	1						2
11	1			1	1				6	1	1					1
12			1	1	1				10	1						1
13	1			2	1				14	1						1
14	1			1	1				10	1						1
15	1			2					5	1						2
16	4			3	2				12	1		7				4
17	4			4		2			7			3	3			8
18	4						2	5	1			5	1	1		9
19	4						3	1				3	3			9
20	4						3	4	4			4	2			1
22	5						3	3			2				5	3
25	4						6	3			3		3		6	7
총계	42	1	4	33	16	2	17	16	134	15	10	22	12	1	11	60

시가 등을 싣고 있기도 하다.

　이러한 변화가 일어난 이유는 물론 주필이 바뀌기도 하고 학회 내외적으로 압박을 받고 있었기 때문에 체계가 일정하지 못하고 내적인 동요가 있었던 것[94]으로 볼 수도 있으나, 이를 잡지의 교류적 차원에서 본다면 유학생 잡지와의 연계성에서 그 이유를 찾을 수도 있다. 1909년 8월 19일 서북학회 임시통상회에서 주필로 선임된 김원극에 대해서 살펴볼 필요가 있다. 그는 1908년 6월부터 1908년 8월 임시통상회에 참여하기 전까지 일본에 유학 혹은 유람을 갔던 것

93　조현욱이 「서북학회의 애국계몽운동(I)」(앞의 글, 69·79쪽)에서 『서북학회월보』를 표제별로 분류하고 있으나, 이는 모든 항목을 세분화하여 표현한 것이 아니기 때문에 본 책에서는 목차와 본문 내용에 나와 있는 모든 표제를 검토하여 분류표로 작성하였다.

94　조현욱, 위의 글, 75~76쪽.

가총	가조	회보/회사요록	회사기요	학계소식	회계원보고	관보적요	부칙/설명	특별등재	학부훈칙	기서	특별의연	특별경고	통신일속	잡록	없음	총계
		1			1		1								2	17
		3			1		1								0	20
		2			1		1								0	21
		2			1	1									2	18
			1		1										2	11
			1		1										0	12
			3		1	1	1								0	17
			3		1	1		1							2	29
			4		1	1									4	26
			1		1										2	18
			1		1				1						3	18
			4		1	1									2	23
			4		1	1									2	28
			3		1										3	22
			2		1	2									9	25
			1		1											35
2			2	1	1						1	1	1			40
	1				1								1		0	31
	1				2									1	0	27
	2				1											25
	1				1											23
		1			1											33
2	4	9	31	1	22	10	4	1	1	1	1	1	1	1	33	519

을 상기해 본다면, 유학생 잡지와의 연관성은 충분히 떠올릴 수 있다. 1908년 6월에는 일본에 유학 온 관서 지방 학생들이 『태극학보』 22호를 펴냈던 상황이었다. 이후 『태극학보』는 『대한흥학보』로 통합되어 간행될 때까지 1908년 11월 24일에 『태극학보』 26호를 발행하게 된다. 이때는 앞서 살펴본 바대로 김원극이 『태극학보』의 주필로 불리던 기간과 같으며, 이 기간 동안 김원극은 『태극학보』에 집중적으로 글을 실어 총 32편의 글을 게재하고 있다. 또한 이후 『대한흥학보』로 통합된 이후에도 대한흥학회의 편찬부에 소속되기도 했고, 『대한흥학보』 1호[1909.3.20]에 글을 2편 싣고 있다. 따라서 김원극은 『태극학보』나 『대한흥학보』의 체제에 매우 익숙했다고도 볼 수 있다.

〈표 8〉 김원극 활동 당시 『태극학보』 호차별 표제 분류(22~26호)[95]

호	날짜	강단	학원	잡록	강단학원	논단	문예	기서	사조	집조	가조	설원
22	1908.6.24	5	5	1		6	4		10			
23	1908.7.24	4	5	1		5	6		12	2		
24	1908.9.24	5	10	1		4		1	17	2		
25	1908.10.24	9	1	1		6	3	3	17		1	
26	1908.11.24			2	7	6	2		5	5	2	1

　김원극이 활동했던 시기인 『태극학보』 22호의 표제를 보면, 〈강단〉, 〈학원〉, 〈잡록〉, 〈논단〉, 〈문예〉, 〈사조〉 등이 등장한다. 흥미로운 것은 『태극학보』에는 〈사조〉란이 22호부터 최초로 등장하고 있다는 점이다. 〈사조〉란은 사실 국내 잡지 『서우』 제1호[1906.12.1]부터 꾸준히 실리고 있었으며, 그 이전 『대한자강회월보』에서도 제2호[1906.8.25]부터 〈사조〉란이 등장하고 있었다. 김원극이 『태극학보』에 어느 정도 관여했는지 명확하게 알 수는 없으나 주필이라는 이름으로 불린 것으로 보면, 회보를 편찬하는 데 상당히 연관이 있었을 것으로 보인다. 『서북학회월보』의 주필이 된 후 〈사조〉란의 분량이 급격히 증가한 것으로 볼 때, 『태극학보』에 〈사조〉란이 출현하는 데 어느 정도 역할을 한 것이 아닌지 미루어 짐작해 볼 수 있다.[96] 또한 『태극학보』에는 12호부터 〈문예〉란이 꾸준히 게재되는데, 이 중 한시를 〈사조〉로 구분하고, 25호부터는 〈가조〉를 두어 한글 시가를 실음으로써 한시와 한글 시가를 분리하기에 이른다.

　이처럼 김원극이 『서북학회월보』에 주필이 되면서 등장한 다양한 표제와 유학생 잡지 『태극학보』와 『대한흥학보』의 표제를 비교해 보면, 그 유사성을 발견

95　이 표는 전은경의 논문 「『태극학보』의 표제 기획과 소설 개념의 정립 과정」(『국어국문학』 171, 국어국문학회, 2015.6, 616쪽)의 〈표 5〉 중 일부를 발췌한 것임.

96　『태극학보』에 〈사조〉란이 등장한 이후, 김원극은 22호에 3편, 23호에 3편, 24호 2편, 25호 6편, 26호 2편 등 〈사조〉란에 총 16편의 글을 싣기도 했다. 김원극은 〈사조〉 관련 글을 상당히 많이 투고했으며, 꾸준히 관심을 갖고 있었음을 알 수 있다. 이렇게 볼 때, 김원극이 직접적으로 영향을 준 것은 아니라고 하더라도 국내 학회지에서 활발히 등장했던 〈사조〉란이 국내 학회지가 유학생 잡지에 영향을 준 것으로 이해해 볼 수도 있을 것이다.

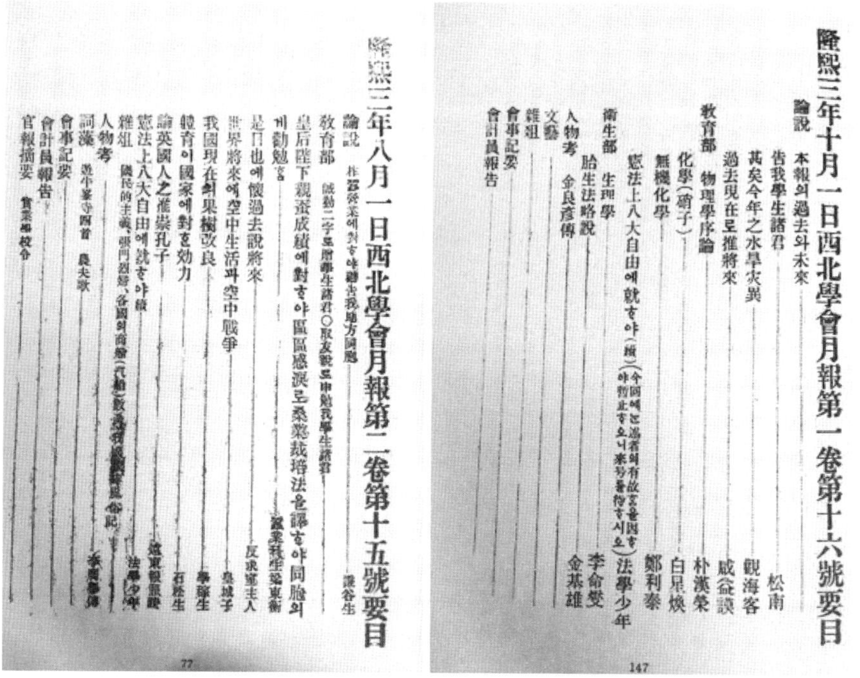

〈사진 4〉『서북학회월보』제1권 15호(좌)와 16호(우)의 차례

할 수 있다. 〈사진 4〉처럼 『서북학회월보』제1권 16호를 15호와 비교해 보면, 차례 가운데 〈표제〉 부분이 선명해지는 것을 알 수 있다. 〈논설〉, 〈교육부〉, 〈위생부〉, 〈인물고〉, 〈문예〉, 〈잡조〉, 〈회사기요〉, 〈회계원보고〉로 이어지고 있는데, 앞서 15호의 경우에는 표제와 글 제목이 구분 없이 나열되어 있었다면, 16호에서는 표제를 뚜렷이 밝히고, 그 하위 항목으로 글 제목을 두어 이제까지와는 달리 표제를 매우 분명하게 구분하고 있다. 이렇게 표제를 명확히 구분하여 표시하는 것은 유학생 잡지에 익숙한 주필 김원극이 유학생 잡지처럼 표제를 상위로 두고 그 하위 항목으로 글을 배치했다고 보는 것이 타당할 것이다.

제1권 17호에서는 표제가 더욱더 다양해진다. 〈논설〉, 〈교육부〉, 〈강단〉, 〈문예〉, 〈사조〉, 〈연단〉, 〈가총〉, 〈담총〉, 〈잡조〉, 〈회사요록〉, 〈회계보고〉 등으로 나뉘고 있다. 또한 〈교육부〉 아래 〈강단〉, 〈학설〉 등으로 하위 표제를 두고 있기도 하다. 17호에서는 〈교육부〉에 대한 고민이 있었던 것으로 보이며, 이를 『태극학보』의 방식처럼 〈강단〉, 〈학설〉 등으로 표기하고자 했을 것이다. 또한 『대한흥학보』에서처럼 〈연단〉이라는 표제를 만들어 연설 또는 강연 등을 싣고 있다.[97]

이후 18호에서는 유학생 잡지 표제와 거의 유사해진다. 〈강단〉, 〈학원〉, 〈잡조〉, 〈문예〉, 〈담총〉, 〈가담〉, 〈사조〉, 〈가조〉, 〈회계원보고〉, 〈통신일속〉 등으로 이어진다. 즉 이전부터 있어온 〈논설〉, 〈교육부〉는 모두 사라지고, 유학생 잡지 『태극학보』처럼 〈강단〉과 〈학원〉으로 바꾸어 〈강단〉에는 논설류를, 〈학원〉에는 신사상 내용들을 남게 된 것이다. 특히 〈학원〉의 등장은 학교원의 준말로, 『서북학회월보』가 학교의 역할을 하고 있었다는 측면에서 설명될 수 있다. 이는 김원극이 쓴 것으로 추정되는 16호 논설에서 "本報의 創刊혼 本意는 卽 一月 一回로 學術과 技藝上의 新知新見을 發表ᄒ야 我西北同胞로 더부러 知識을 交換ᄒ며 精神을 聯絡코자 홈인즉 本報의 名義는 卽 月報오 性質은 卽 學報라"[98]라고 말한 것에서 추론해 볼 수 있다. 즉 한 달에 1회 학술 및 기술 관련 지식을 교환하는 것이 목적으로 국민에게 지식을 보급하고자 한다며, 다시 한번 학보의 정체성을 언급하고 있는 것이다. 이는 정치적인 회보가 아니라 교육적인 회보라는 점을 강조함으로써 그 당시 출판법 등 삼엄했던 검열로부터 피해가고자 한 의도였을 것이다. 이러한 내외적인 상황에서 『서북학회월보』는 일본 유학생 잡지의 영향을 받지 않을 수 없었을 것으로 보인다.

4) 국내 지식인의 문학 개념 수용과 정립 과정 – 모방과 변이의 경계

앞서 국내 학회지 『서북학회월보』가 국내외의 서북 지역 학생들과 적극적으로 교류하면서, 일본 유학생 잡지 『태극학보』와 『대한흥학보』의 영향을 받고 있

---

97 『대한흥학보』에서는 1호(1909.3.20)에서 7호(1909.11.20)까지 〈연단〉이라는 표제를 두고 연설 등을 싣고 있다.

98 一記者, 〈論說〉 「本報의 過去와 未來」, 『서북학회월보』 제1권 16호, 1909.10.1, 1쪽.

〈표 9〉 『서우』 및 『서북학회월보』 문학 및 문예 관련 분류

분류	『서우』 문학 관련 세부 항목	개수	분류	『서북학회월보』 문학 관련 세부 항목	개수
서사류 (49)	역사 전기	35	서사류 (65)	역사 전기 / 인물	24
	전설	5		대화체	16
	서사체	3		격언	10
	대화체	3		산문	9
	우화	2		서사(인물)	2
	몽유	1		우화	2
				기행문	1
				문학 잡지	1
시가류 (28)	한시계열	25	시가류 (76)	한시계열	69
	시가, 가사	3		시가, 한글시가	6
				시사(詩史)	1
총계		77	총계		141

〈표 10〉 『서북학회월보』에 게재된 대화체 서사

호	날짜	표제	저자	제목	문체	유형	내용
2	1908.7.1	論說	박은식 謙谷散人	對客問	단어+구절	대화체	교육 관련객과 기자(박은식)의 대화
2	1908.7.1	雜俎	于岡生	送松南金君東遊日本	단어형	대화체	유학생 송남 김원극을 보냄 우강생과 송남의 대화
3	1908.8.1	論說	栩然子	對童子論史	구절형	대화체	한국역사 허연자와 일동자의대화
16	1909.10.1	文藝	達觀生	演劇場主人에게	단어형	대화체	연극장(연흥사) 비판
16	1909.10.1	雜俎	김원극	聞童謠	한글	대화체	한글시가 개량
16	1909.10.1	雜俎 [談叢]	耳長子	甲乙問答	단어형+한글	대화체	구습타파 / 양반비판
17	1909.11.1	歌叢	김원극	(연재)巷謠(前續)	한글	대화체	독립 / 대화체 방식의 노래
17	1909.11.1	談叢	漆篌浩歎	質問隨意	단어형	대화체	일본 비판 관련 출판(책) 관련
17	1909.11.1	談叢	耳長子	街談	한글	대화체	양반 축첩 비판
17	1909.11.1	談叢	憂時子	田舍의歎-甲乙問答	한글	대화체	양반,지방 관리 비판
18	1909.12.1	街談		인력거군수작	한글	대화체	현실비판 인력거군들의 대화
18	1909.12.1	歌調	김원극	(연재)巷謠(前續)	한글	대화체	민요 노래 수정
18	1909.12.1	談叢	知言子	崇古生開化生問答	단어형+한글	대화체	구습타파 / 풍자적 신구문답
19	1910.1.1	歌調		양산도화타령	한글	대화체	한글 시가
19	1910.1.1	談叢	耳長子	街談-甲乙問答	한글	대화체	교육에 무지한 숭고생 풍자 비판
19	1910.1.1	談叢	耳長子	뒤장이 酬酌	한글	대화체	경성 여학생들 비판

다는 것을 살펴보았다. 그렇다면 이러한 표제를 활용하면서 국내 지식인들은 새로운 문학 개념을 어떻게 받아들이고 있는지 알아본다면, 그 과정 속에서 모방과 변이가 어떻게 전개되는지 확인해볼 수 있을 것이다.

『서우』에 실린 문학 및 문예 관련 글은 서사류가 49개, 시가류가 28개로 서사류가 전체 문학 관련 글의 약 63.6%를 차지했다. 그 중 가장 많은 수가 역사 전기물이었고, 대화체 서사는 3편 정도였다. 그런데 『서북학회월보』는 서사류가 65개, 시가류가 76개로 시가류가 좀 더 많은 분량을 차지하고 있다. 이는 제1권 16호부터 〈사조〉란이 확장되어 나타난 결과이기도 하다. 서사류의 경우에도 역사 전기류는 24편으로 대폭 줄었고, 대신 대화체 서사물이 16편으로 상당히 많이 증가했다. 이 외에도 외국 인물이나 외국의 유명한 격언 등을 실은 경우가 새롭게 등장하고 있다.

『서북학회월보』에는 대화체 서사가 총 16편 실려 있는데, 그 중 3편을 제외하고는 모두 김원극이 주필이 된 이후 등장했다. 2호, 3호에 실린 대화체 서사가 구절형 국한문체에 가까웠다면, 이후 실린 대화체 서사는 단어형 국한문체가 섞여 있기는 하지만 거의 한글체였다. 내용상으로 보면, 양반 및 옛것만을 고집하는 숭고파崇古派에 대한 비판이나 현실 비판, 또 한글 시가 개량에 관한 이야기가 실리고 있다. 대화체 서사가 실린 표제를 보면, 〈담총〉이 6개로 가장 많았고, 〈잡조〉가 3개, 〈논설〉과 〈가조〉가 2개, 〈가담〉, 〈가총〉, 〈문예〉가 각 1개였다. 한글 시가를 개량하자는 내용의 대화체의 경우는 주제가 한글 시가이기 때문에 〈가총〉에서 다시 〈가조〉로 바꾸어 싣게 된다. 산문 중 한글체인 대화체 서사를 가장 많이 담고 있는 것이 바로 〈담총〉이라는 표제였다. 또한 이는 세부 항목에서 〈가담〉으로 지칭되기도 했다. 즉 한글체 대화체 서사는 〈담총〉과 〈가담〉의 표제를 활용했음을 알 수 있다.

사실 이 〈담총〉과 〈가담〉이라는 용어는 『담총외편』이나 『가담항설』 등의 책이 존재하는 것처럼 조선시대 한문단편에서 활용했던 것이다. 이러한 한문단편은

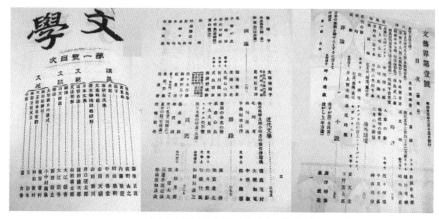

〈사진 5〉일본 메이지(明治) 시대 문학 잡지『文學』과『文藝界』의 제1호 차례

"한자문화권 안에서 보편적인 양식 개념"이기도 했지만, "한국에서 18세기 이래 특징적으로 발전했던 한문단편의 경우 야담이라는 우리 고유의 서사형태를 기반으로 성립한 것"이다.[99] 즉 〈담총〉 또는 〈가담〉이라는 표제를 활용한 데는 조선 후기 야담, 특히 한문단편의 영향이라고도 볼 수 있다.[100]

이러한 〈담총〉, 〈가담〉 등의 표지는 일본 메이지明治 문학 잡지에서도 확인해 볼 수 있다. 1896년明治 29년 2월 제1호를 펴낸『문학文學』잡지에는 〈강의講義〉, 〈문범文範〉, 〈문담文談〉, 〈문원文苑〉 등의 표제를 활용하면서 〈문담〉이라는 용어를 쓰고 있다. 1902년 3월 제1호를 펴낸『문예계文藝界』잡지에는 〈평론評論〉 〈시평時評〉, 〈해외소단海外騷壇〉, 〈소설小說〉, 〈사조詞藻〉, 〈근대문학近代文學〉, 〈잡록雜錄〉, 〈담총談叢〉 등의 표제를 활용하고 있는데 이 중 〈담총〉을 사용하고 있음을 확인할 수 있다. 일본에서도 한문 단편에서 활용하던 표제를 근대적인 문학 잡지의 표제로

---

99 임형택,「『동패낙송』연구-야담의 기록화과정과 한문단편의 성립」,『한국한문학연구』23, 한국 한문학회, 1999, 307쪽.

100 김영민은 서사적 논설이 개화기에 갑자기 등장한 것이 아니라 "조선후기 서사문학 양식의 시대적 변용물"로서 "조선후기 야담, 그 가운데서도 특히 한문단편의 연장선상에서 파악할 수 있는 요소들이 많다"라고 설명하고 있다. (김영민,「한국 근대소설 발생 과정 연구-조선후기 야담과 개화기 문학 양식의 연관성을 중심으로」, 국어국문학, 127, 국어국문학회, 2000, 316쪽)

도 활용하고 있었던 것이다. 1910년 2월에 발간된 유학생 잡지 『대한흥학보』 10호에도 보면 〈담총〉이 처음으로 등장하고 있기도 하다.[101]

글에 표제를 붙이고 하위 항목을 배치한다는 것은 초기 단계이기는 하지만, 새로운 문학 및 문예에 대한 시각이 있었다는 것을 의미한다. 그런 의미에서 새롭게 등장한 〈문예〉, 〈담총〉, 〈가담〉을 어떤 의미로 활용하고 있는지 살펴볼 필요가 있다.

『서북학회월보』 제1권 16호부터 등장한 〈문예〉란은 『태극학보』의 영향이라 말할 수 있을 것이다. 〈문예〉란에 실린 글은 총 22편이었는데, 한문체 산문이 6편, 논설류가 5편, 일반 산문이 5편, 대화체 서사 1편, 역사 전기 1편, 우화 1편, 기행문 1편, 축하 1편, 취지서 1편 등으로 구성되었다. 이는 〈문예〉라는 표제를 달고 있지만, 실제로는 아직 문학 및 문예적인 글보다는 논설류나 한문체 산문, 그 외 취지서 등이 상당히 많은 분량을 차지하고 있었다. 실제 문예라고 할 수 있는 글은 대화체 서사 1편, 역사 전기 1편, 우화 1편이 전부였다. 김원극이 게재한 「의蟻의 습성習性」이라는 글은 개미의 습성 등을 설명한 신사상을 담은 지식적인 글이었는데 〈문예〉에 실려 있으며, 하위 표제로 〈담총〉이 붙어 있다. 또한 대화체 서사인 이장자耳長子의 「갑을문답甲乙問答」은 〈잡조〉란에 실려 있으며, 역시 하위에 〈담총〉이라는 표제가 달려 있다. 이는 16호에서는 〈문예〉면을 신설하고는 있으나 아직 어떠한 글을 〈문예〉면에 실을지 명확하게 구분되지 않았던 상황이라 할 수 있다. 또한 〈담총〉이라는 하위 표제가 신사상을 설명하는 글과 대화체 서사 모두에 붙어 있다는 것 역시 표제 개념이 모호했다는 것을 보여준다.

그런데 17호부터는 이에 대해 좀 더 분명해진다. 유학생 잡지 『태극학보』에서는 유학생들의 다양한 산문이나 문학, 문예적인 글을 실었던 〈문예〉란이 『서북

---

101 『서북학회월보』에서 〈담총〉을 사용한 것은 제1권 16호(1909.10.1)이었으므로 『대한흥학보』보다 빨랐다. 또한 『대한흥학보』에서는 〈담총〉이 편집자 후기 방식을 담고 있어서 『서북학회월보』의 〈담총〉과는 그 성격이 달랐다.

학회월보』에서는 조금 다르게 설정된다. 실제 문학 혹은 문예적인 글이라기보다
는 한문체 산문류나 논설류, 취지서 등의 내용을 〈문예〉란에 싣게 된 것이다. 즉
강의나 논설류의 〈강단〉이나 신지식을 설명하는 〈학원〉 등에 배치될 수 없는 일
반 산문류나 논설류를 〈문예〉란에 싣기 시작한 것이다. 이와 동시에 〈담총〉란을
분리해서 새롭게 표제로 정립하기에 이른다.

〈표 12〉를 보면, 〈담총〉에 실린 글은 12개, 〈가담〉에 실린 글이 1개인데, 사실
〈가담〉 역시 〈담총〉 표제와 섞어 쓰고 있다는 점에서 이를 모두 〈담총〉란으로 묶
어 볼 수 있다. 이렇게 보면, 〈담총〉란의 글은 대부분 한글이었고, 대화체 서사류
가 실리고 있었음을 알 수 있다. 19호에 나석기의 연설문이 〈담총〉에 실리고 있
기는 하지만, 이는 17호에 있던 〈연단〉란이 삭제되면서 배치상 〈담총〉란에 넣은
것으로 보인다. 또한 25호의 한문체의 경우, 한문체 산문 등을 싣던 〈문예〉란이
22호부터 보이지 않으면서 이를 〈담총〉에 배치한 것일 수도 있을 것이다. 어쨌
든 이러한 한문체의 경우에도 내용상 좌우명 등 격언에 가깝기 때문에 유형으로
볼 때 〈담총〉에 배분했을 것으로 보인다.

〈표 12〉『서북학회월보』의 〈담총〉과 〈가담〉에 실린 글

호	날짜	표제	저자	제목	문체	유형	내용
17	1909.11.1	談叢	漆楚浩歎	質問隨意	단어형	대화체	일본 비판 관련 출판(책) 관련
17	1909.11.1	談叢	耳長子	街談	한글	대화체	양반 축첩 비판
17	1909.11.1	談叢	憂時子	田舍의歎-甲乙問答	한글	대화체	양반,지방 관리 비판
18	1909.12.1	談叢	知言子	崇古生開化生問答	단어형 +한글	대화체	구습타파 / 풍자적 신구문답
18	1909.12.1	街談		인력거군수작	한글	대화체	현실비판 인력거군들의 대화.
19	1910.1.1	談叢	耳長子	街談-甲乙問答	한글	대화체	교육에 무지한 숭고파 풍자 비판.
19	1910.1.1	談叢	耳長子	뒤장이 酬酌	한글	대화체	경성 여학생들 비판
19	1910.1.1	談叢	栢軒 羅錫琪	爲師之道는知新이勝 於溫故-靑年會館演說	구절형	대화체	유학개량,온고지신

호	날짜	표제	저자	제목	문체	유형	내용
20	1910.2.1	談叢	崇古子	兩班傳-"第一무던흔 宋書房"	단어형	서사	양반비판, 양반전
20	1910.2.1	談叢	崇古子	兩班傳-"兩班鄭哥의 村俗"	단어형	서사	양반비판, 양반전
25	1910.7.1	談叢		東西金言	단어형	격언	동서격언
25	1910.7.1	談叢	金源極	演說-宗敎의效力	단어형	신사상 (종교)	제국주의
25	1910.7.1	談叢		宜人人座右銘	한문	격언	좌우명

따라서 한글로 쓴 대화체 서사는 처음 〈잡조〉나 〈문예〉란에 실렸다가 다시 이를 구분하여 〈담총〉 및 〈가담〉에 싣고 있다는 것을 알 수 있다. 사실 유학생 잡지 『태극학보』에서는 〈문예〉란에 유학생의 사적인 감정을 담은 산문류들이 실렸고, 이러한 글들이 다시 〈소설〉로 이어지는 동력이 되었다. 즉 〈문예〉에서 〈소설〉로 분화할 수 있도록 그 기반을 마련했던 것이다. 그러나 『서북학회월보』는 이러한 인식을 보여주고 있지는 못했다. 『태극학보』의 영향으로 〈문예〉면을 신설하기는 했으나, 다양한 글들이 혼재했다. 이후 〈문예〉란에는 좀 더 논설류나 한문적인 산문 위주의 글을 싣고, 〈담총〉, 〈가담〉에는 한글류의 대화체 서사를 실음으로써 새로운 서사물에 대한 구분이 이루어지기 시작했다. 즉 〈문예〉 안에서 근대적인 새로운 문학을 상상하지는 못했으나 〈문예〉란과 〈담총〉, 〈가담〉란을 서로 구분하여 배치함으로써 새로운 서사물에 대한 시각을 보여주고 있는 것이다.

사실 이러한 면은 유학생 잡지 『태극학보』와 국내 학회지 『서북학회월보』의 상관관계에서 모방하고 또 변이되는 과정을 살펴볼 수 있다.

> 차랑 두말 마시오. 지금까지도 지방 소동이니 뭐니 하는 것들이 전혀 봉건시대의 사고방식이지, 오늘날이 실력의 세계라는 걸 전혀 모르고 있소.
> 태랑 허허, 그러면 그 사람들이 기차나 기선, 전선電線이나 전화電話가 어떻게 발명된 것이라고 생각하는지 아시오?

차랑 허허, 우습지 않소. 어떤 사람은 요술이라고 하고, 또 어떤 사람은 귀신의 조화
　　　라고 하면서, 아무 날이나 이것저것 안 되는 날이 있다고 엉뚱한 소리를 늘어
　　　놓으니 말이오.

태랑 과연 상고시대의 유치한 사람들이로군. 그런 기계적 발명이 철저히 학문적 실
　　　력에서 나온 것이라는 걸 모르니, 이런 상태에서 교육이 제대로 될 수 있겠소?

차랑 그중에서도 제일 한심한 자들은 재산가나 문벌가들인데, 공익사업이나 사회
　　　문제에는 전혀 관심도 없고, 그저 하늘의 운수만 믿고 빈둥거리니, 가만히 누
　　　워 있다가 배가 떨어져 절로 입으로 들어갈 줄 아는 것이오.

태랑 아, 참으로 가련한 일이로군. 다 말하려면 동쪽 하늘이 이미 밝아올 터이니, 오
　　　늘 밤 다시 만나 이야기를 마저 나누기로 하고, 서로 작별하더라. 마침 닭 울음
　　　소리가 사방에서 울려 퍼지더라.[102]

위의 글은 이장자가 『태극학보』 23호에 실은 「항설巷說」이라는 글이다.[103] 이는
차랑과 태랑이 서로 만나 이야기를 나누는 글인데, 차랑이 중국과 한국을 다녀

102　"(차랑) 두물마오. 尙今까지도 地方소동이니 무어시니 ᄒᆞᄂᆞᆫ 것이 專혀 封建時代의 思想이지 今日
　　이 實力世界인 줄 全혀 몰나요.
　　(퇴랑) 허허 그러면 그 人民덜이 汽車汽船이나 電線電話ᄂᆞᆫ 엇더키 發明된 거인 줄노 아나뇨.
　　(차랑) 허허 우습지. 或 엇던 人民은 妖術이라고도 ᄒᆞ고 或 엇던 人民은 鬼神의 造化라고도 ᄒᆞ면
　　셔 아모날이라도 거다 못쓰ᄂᆞᆫ 날이 잇다고 橫說竪說ᄒᆞᄂᆞᆫ 것.
　　(퇴랑) 果然 上古時代의 幼穉ᄒᆞᆫ 人物들이로고. 그런 機械的 發明이 尙稽學問上 實力으로 난은 거인
　　줄을 몰으니 敎育이 敎育될 슈 잇나요.
　　(차랑) 其 中에 제일 망할 놈들은 財産家 門閥家데 公益事業에나 社會 注意에 夢想이 不到ᄒᆞ고 天運
　　打令만 ᄒᆞ고 누어스니 빅가 써러져 절로 입으로 드러갈싸.
　　(퇴랑) 아 참 가련한 일이로세. 몰 다 하자면 東方이 旣白홀 터이니 今夜에 다시 相逢ᄒᆞ야 談話를
　　畢ᄒᆞ자고 彼此에 告別ᄒᆞ더라. 맛츰 鷄鳴聲이 四方으로 環注홀너라."(耳長子, 〈文藝〉「巷說」, 『태극
　　학보』 23호, 1908.7.24, 53~54쪽)
103　이장자가 『태극학보』에 실은 대화체 서사는 1편으로 「항설」이 유일하다. 같은 호에 실린 「노이
　　불사(老而不死)」가 이장자의 글로 잘못 알려졌는데, 이 「노이불사」는 십육세숙성인 김찬영(十六
　　歲夙成人 金瓚永)이 쓴 글이다.

제2장_ 근대계몽기 국내 지역 학회지의 매체적 특징과 서사 문예　　123

와서 태랑이 그 사정을 묻는 내용이다. 한국을 다녀와 그 사정을 설명하는 가운데, 실제 실력을 키우지 못하고, 어리석은 행동만 하는 한국인들과 재산가, 양반들에 대한 비판이 매우 신랄하게 펼쳐진다. 대화체 서사 형식을 빌려 현실의 모습을 비판하고 풍자하고 있는 것이다. 결국 현실의 문제를 대화체 서사의 문학적 장치를 통해서 드러내고 풍자하여 현실감을 획득하고 있다.

이러한 이장자의 글이 『태극학보』에서는 〈문예〉면에 실렸는데, 『서북학회월보』에서는 16호에서 〈잡조〉에 실렸다가 17호부터 〈담총〉에 실리고 있다.

갑 그래, 그렇지 않은 학문은 구학문을 배운 사람보다 나을 게 뭐 있겠나? 내 보기에는 교육이란 걸 한 지 거의 십 년이 되어도 나라가 점점 망한다는 말만 들리지, 점점 흥한다는 말은 듣지 못했네. 그 신학문이라는 게 대체 뭐요? 대체 무엇이란 말인가?

을 이 사람, 참 완고하기 짝이 없군. 신학문을 배우지 않고서 오늘날 나라가 나라답게 유지될 수 있으며, 백성들이 생활할 수 있겠나? 그런 말은 하지 말게.

갑 신학문에 무슨 뜻이 있는지는 모르겠지만, 분명치 않은 말들만 잔뜩 외우더군. 무슨 추상적이니, 구체적이니, 문명적이니, 필요니, 난장이니 하는 것들 말이야. 신학문 속에는 온통 그런 말들뿐인가?

을 이 사람, 그건 일본 사람들이 서양 서적을 번역했기 때문에 우리나라 문자와 조금 다를 뿐이지, 뜻은 한가지일세. 자네가 보듯이, 요즘 기선汽船이나 기차汽車를 만드는 학문이 구학문에 있었나? 그뿐인가? 각종 기계를 이용해 오늘날 백성들의 생활을 편리하게 만드는 방법이 모두 신학문에 있는 것이 아닌가? 그렇기 때문에 신학문을 배워야 한다는 것이네.

갑 아이, 이 사람, 그런 말 하지 말게. 우리 이웃 김 동지의 아들과 이 첨지의 손자는 소학교 3학년생이라는데, 기선이나 기차는 말할 것도 없고, 당장 등잔 하나도 못 만들던데. 이래 가지고 세상에 못할 일이 어디 있겠나?

을 자네 말은 참 어처구니가 없군. 교육이라는 것은 차츰 등급을 밟아가는 것인데, 어떻게 한걸음에 천 리, 만 리를 뛸 수 있겠나? 소학교 3학년 학생이 어떻게 당장 제조업에 착수할 수 있겠는가?[104]

이장자가 쓴 위의 글은 〈담총〉란에 실린 「가담街談-갑을문답甲乙問荅」이라는 대화체 서사이다. 이장자는 16호에 1편, 17호에 1편, 19호에 2편 등 총 4편의 대화체 서사물을 『서북학회월보』에 싣고 있다. 글 내용은 현재 양반을 비판하는 글이 2편, 교육에 무지한 숭고파崇古派를 비판하는 글이 1편, 경성 여학생들 비판하는 글이 1편이었다. 이 중 위의 글은 신학문을 반대하는 인물을 비판하는 글로서 앞서 『태극학보』에 실은 글의 내용과 일맥상통하고 있다. 새로운 문물이나 기선, 기차 등 신문물에 무지한 한국에 대한 비판이 이 글에서도 그대로 이어진다. 신학문을 해도 달라질 것이 없다는 '갑'의 말에 '을'은 제대로 신학문을 해야 하며, 일본 등에서 신학문을 배워야 한다는 것을 강조한다. 결국 이러한 내용들은 근

---

104 "(甲) 그리 그럿치 아니훈 학문은 구학문 빅인 사름보다 별일 잇나 늬 보기는 교육훈다는지 근 십년이라도 나라이 漸漸 망호다는 말만 잇지 점점 흥훈다는 말 듯지 못호엿네. 그 신학문이라 호는 것이 소위 무엇 말나쥭은 것인가.

(乙) 이 사름 참 완固로세 신학문 안빈이고 오놀랄 나라은 나라질호며 인민은 싱활훌 수 잇나 그런 소리 호지 말게.

(甲) 新학문에 무슴 뜻이 잇는지는 모르지마는 별듯지안든 소리는 만이 외우데 무슴 츄상적이니 구체적이니 文明적이니 필요니 난장이니 新學問속에는 전혀 그 싸위 말만 잇나.

(乙) 이 사름 그것은 릴본사름들이 서양서적을 번역훈 까둙에 우리나라 문자과는 좀 달지마는 뜻은 한가지니 자늬 보는 것과 갓치 요식 汽船汽車를 제조호는 학문이 구학문에 잇나 그쌘인가 各種 機械로 오놀랄 편리호게 인민싱활을 보조호는 법이 다 신학문에 잇는 것이 아닌가. 그러훈 고로 신학문을 빅와야 훈다고 호는 것이로세.

(甲) 아 l 이 스름 그런말 말게 우리 이웃에 김동지의 아들과 리僉知의 손자는 소학교 삼년싱이라나 호는듸 汽船汽車는 차치물론호고 당셕양한앗토 못망글데 말갓하여서야 세상에 못훌 일 어듸 잇나.

(乙) 자늬 말은 과연 天痴로 나오는 말이로세. 敎육이라는 것이 차졔 등급이 잇는 것이지 엇지 한거름에 천리만리를 쮜는 법 잇나 소학校 삼연싱이 웃지 製造品을 착수호여."

(耳長子, 〈談叢〉「街談-甲乙問荅」, 『서북학회월보』 제1권 19호, 1910.1.1, 40~41쪽)

대의 문물과 신지식의 필요성을 역설하면서 현실성을 획득하고 있는 것이다. 이러한 '지금, 여기'에 관한 이야기는 그 이전의 이야기들과는 다르게 인식할 수밖에 없었을 것이다. 또한 이장자의 글이 『태극학보』에서 〈문예〉란에 실렸었고, 이후 『서북학회월보』에서는 〈잡조〉에 실렸다가 다시 〈담총〉을 새로 개편하여 싣고 있다는 것은 이러한 '다름'에 대한 인식을 반영한 것이다.

또 한 인력거꾼 하는 말이 나는 어제 교동병문에서 새문 밖까지 가시는 양반을 태우고 오십전을 작정하여 받고 오는 길에 종로 향랑 뒷골로 지나노라니 약주냄새는 코를 찌르고 속에서 회는 동하여 목젖이 지랄질하데. 다만 주머니 속에 있는 시재는 오십전뿐이라. 겨우 저녁 쌀가마니나 되거나 말거나 할 것을 술 한잔 사먹으면 저녁밥은 낭패될 터이나 참새 방앗간으로 거져 지날 수 있나. 백통 두 푼을 뽈끈 내여 쥐고 술집에 들어가서 한 잔 내구내라 하여 두어 번 홀떡 하더니 백통 두 푼이 간 곳 없고 석량은 두껍이 팔이 한 마리 잡아 먹은 것 한 가지대. 또 주머니를 다시 풀고 한 잔 더 먹고 그만두려고 하였더니 또 한 잔 먹고 입이 간지러워서 또 한 잔 먹고 또 한 잔 먹고 나니 춥던 몸은 좀 녹았으나 주머니는 어언간 가뿐하였데. 시재는 어떻게 되든지 돈 아까운 생각 없어지기 딱 알맞게 되어 여보 술집 따르고 따르오 먹고 나서서 회계를 보니까 오십전 다 털고도 오히려 백통 서푼이 외상이데 그려. 그시는 얼큰한 김에 쾌락히 집에 돌아가 대문에 들어서면서 여보 마누라 저녁밥 어찌 되었나. 그 마누라얼굴빛이 추풍 맞은 배 잎사귀 같아 대답하는 말이 여보 또 한잔 잡수셨구려. 저녁인지 밤참인지 시랑에 비하여 두었습더니까 들어오시면 돈 푼 생길 줄 알고 가마 가신 후 어둡도록 고대하였더니 등살이 부러지도록 애쓰고 돈푼 벌면 집에서야 먹든지 굶든지 생각하나. 술집만 갔다 깨알 바치듯 하지. 참 남편이라고 믿고 살 만하오. 허허 그 말 들으니 귓구멍이 딱 막혀서 할 말 없데. (…중략…)
또 한 인력거꾼 하는 말이 자네는 마누라나 있으니 먹으나 굶으나 서로 세나같이 빨아도 재미있는 일 더러 있겠네. 나는 시골에서 처음 서울 구경차 올라왔더니 돌아갈 노자나 얻으려고 인력거 하나 삯으로 얻어가지고 운수 잘 만나는 날이면 한 양반 만나 태우고 어떤 날이면 병문에서 낮잠이나 자더니만 어제 어떠한 손이 바로 샌님같이 차리고 건가래 침을 곤두세우면서 인력거야 하기에 자던 눈을 번쩍 뜨고 맞아 태우고 동부련동 등지에까지 갔더니 그 손이 집으로 들어가는 한 시간이 넘도록 소식도 없더니 그 마누라로 하여금 주제넘게 잠옷 씌워서 밥벌이 전당 잡히러 가는 모양이대. 한참 이따가 그 마누라가 들어오더니 인력거삯이라고 백통 두 푼을 겨우 주대. 이십전가량은 받을 터인데 백통 두 푼 가지고 그 내외간에 제말 적선하라고 사정하니 나도 또한 사람이라. 그 마누라 인정이 불쌍하여 그냥 받아가지고 돌아왔네. 허리 부러진 놈들은 서울에만 모여 있대. 밥벌이 잡힐 형세에 허기지고 똥쌀 놈의 인력거는 무슨 인력거야. 별의별 놈들 다 보겠대. 사람이 운수가 사나우니 자빠져도 코가 상할 일이야.[105]

---

105 "쏘 한 인력거군 ᄒᆞᄂᆞᆫ 말이 나는 어제 교동병문에서 싀문 밧까지 가시ᄂᆞᆫ 량반을 태이고 오십전을 작뎡ᄒᆞ여 밧고 오난 길에 종로향랑 뒷골노 지나노ᄅᆞ니 약쥬ᄂᆞ님ᄉᆞᆫ 코를 씨으고 속에서 회ᄂᆞᆫ 동ᄒᆞ여 목젓이 질알질ᄒᆞ데 다못 주면이 속에 잇ᄂᆞᆫ 시직ᄂᆞᆫ 오십젼쌘이라 게오젼역 쓸가암이 나 되거나 말거나 홀 것을 술 한잔 사먹으면 젼역밥은 랑픾될 터이나 참식 방아간으로 거져 지날 수잇ᄂᆞ 빅통두푼을 쏠신ᄂᆞ여 쥐고 술집에 들어가서 한 잔 ᄂᆞ구ᄂᆞ라 ᄒᆞ야 두어번 홀덕ᄒᆞ더니 빅통두푼이 간곳 업고 석략은 둑겁이 팔이 한마리 잡아 먹은 것 한가지데 쏘 주면이를 다시풀고 한 잔 더먹고 그만두랴고 ᄒᆞ얏더니 쏘 한잔먹고 입이 간즐어워서 쏘 한잔먹고 쏘 한잔먹고 나니 춥든 몸은 좀 녹앗스나 주면이ᄂᆞᆫ 어언간 겁분ᄒᆞ엿데 시직ᄂᆞᆫ 엇더케 되든지 돈 앗가온 싱각업서지기 싹 알맛게 되야 여보 술집쓸으고 쓸으ᄋᆞ 먹고 나서셔 회계를 보니간 오십젼 다 털고도 오히려 빅통서푼이 외상이데 글려 그시ᄂᆞᆫ 얼큰ᄒᆞᆫ 김에 쾌락히 집에 도라가 딕문에 들어서면서 여보 마누라 젼역밥 엇지 되얏나 그 마누라 얼굴빗치 추풍마즌 비입사귀 ᄀᆞᆺᄒᆞ야 딕답ᄒᆞᄂᆞᆫ 말이 여보 쏘 한잔 잡숫시구려 젼역인지 밤참인지 시랑에 비ᄒᆞ여 두엇숩ᄂᆞᆫ이까 들어오시면 돈푼싱길줄 알고 가마가신 후 어둡도록 고딕 ᄒᆞ엿더이 등살이 부러지도록 이쓰고 돈푼벌면 집에서야 먹든지 굼던지 싱각ᄒᆞ나 술집만 갓다 씨알 밧치듯 ᄒᆞ지 참 남편이라고 밋고 살만ᄒᆞ오 허허 그말 드르니 귓구멍이 싹막혀서 할말업데 (…중략…) 쏘 흔 인력거군 ᄒᆞᄂᆞᆫ 말이 자네ᄂᆞᆫ 마누라나 잇스니 먹으나 무굴나 서로 세나ᄀᆞ치 쎌씨아도 자미잇ᄂᆞᆫ 일 더러 잇겟네 나는 시골서 처음 서울 구경ᄎᆞ 올나 왓더니 도라갈 노자ᄂᆞ 엇으랴고 인력거 한아삯으로 엇더 가지고 운수 잘맛ᄂᆞᆫ 날이면 한량반 맛나 틱이고 엇던 날이면 병문에서 낮잠이나 자던이만 어제 엇더흔 손이 발우 신님ᄀᆞᆺ치 찰이고 건가릭 침을 곤두세우면서 인력거야 ᄒᆞ기에 자든 눈을 번젹쓰고 마자 틱이고 동부련동 등지에 까지 갓던이 그 손이 집으로 들어가서ᄂᆞᆫ 일시간이 남도록 소식도 업더니 그 마누라로 ᄒᆞ야곰 주제넘게 장옷씨워서 밥발이 젼당 잡히려 가는 모양이데. 흔참 잇다가 그 마누라가 드러오더니 인력거삭이라고 빅통두푼을 게오 주데 헐처밧아도 이십젼가량은 밧을 터인디 빅통두푼가지고 그 ᄂᆡ외간에 제발 젹

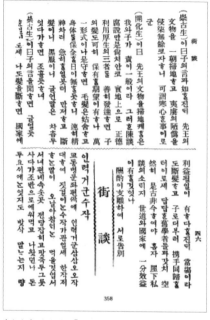

〈사진 6〉작자 미상 「인력거군수작」

위의 글은 작자 미상의 대화체 서사로 〈가담〉에 실린 「인력거군수작」이라는 글이다. 두 인력거꾼의 대화로 이루어진 이 글은 마치 현진건의 「운수 좋은 날」을 떠올리게 한다.[106] 한 인력거꾼은 타는 사람이 없어 굶어 죽을 지경인데 돈이 조금이라도 생기면 술집에 가서 술을 먹는데 집에 들어갔다가 마누라 얼굴 보기가 힘들었다는 내용을 담고 있다. 방에 불도 넣을 수 없는데, 아내는 그 추운 방에 앉아 근심하고 있더라는 내용이 덧붙여진다. 다른 인력거꾼 역시 벌이가 신통치 않은데, 겨우 손님을 태웠으나 그 손님이 돈이 없어 제대로 받지도 못했다

선흐라고 사정흐니 나도 또흔 사람이라. 그 마누라 인정이 불상흐여 그냥 밧아가지고 돌아왓네 허리부러진 놈들은 서울에만 뫼여잇데 밥발이 잡힐 형세에 허기지고 똥쏠놈의 인력거는 무슨 인력거야 별에 별놈들 다 보깃데 사람이 운수가 사나오니 잡바저도 코이 상할 일이야."(〈街談〉「인력거군수작」,『서북학회월보』제1권 18호, 1909.12.1, 47~49쪽)

106 이유미는 「1910년대 지식인의 현실인식과 글쓰기 방식의 상관성 연구」(문학과사상연구회 편 『근대계몽기 문학의 재인식』, 소명출판, 2007, 113~114쪽)에서 「인력거군 수작」이 인력거꾼들의 경험담을 통해 당시 서울의 세태를 고발하는 단편 서사물로 현진건의 「운수좋은 날」의 몇몇 장면을 연상시킨다고 평가하고 있다.

는 이야기가 전개된다. 서울에서 올라와 시골로 돌아갈 노자를 얻으려고 인력거꾼을 시작했는데 "운수 잘 맛ᄂ는 날"에는 제대로 벌 수 있으나, 그 외에는 돈 받기가 어렵다고 하소연을 한다. 흥미로운 점은 "운수 잘 맛ᄂ는 날", "운수가 사나"운 날에 대해 구체적으로 언급하고 있다는 것이다. 비록 이 글이 대화체 서사로 이루어져 있지만, 이러한 내용은 20년대 근대 단편 소설의 소재가 되고 있다는 점에서 그 가치를 다시 생각해 볼 수 있다.

이처럼 『서북학회월보』의 〈담총〉, 〈가담〉으로 분류된 글들은 대화체 서사를 싣고 있으면, 그 가운데 근대계몽기의 삶과 현실을 구체적으로 언급하고 있었다. 이전 한문 단편이 이러한 〈담총〉이나 대화체 서사에 영향을 준 것도 사실이나 '지금, 여기'의 삶을 담은 글은 점점 더 현실을 비판하고 풍자할 수밖에 없다. 또한 근대의 문물과 교육에 대한 고민과 필요를 느끼면서 동시에 완고한 양반들에 대한 비판 역시 드러나고 있다. 즉 '지금, 여기'의 현실을 담은 글, 시대에 대한 고민으로 현실에 대한 비판과 풍자를 이루어내는 글들에 대해서는 이전에 전해오던 글과 구분해내면서 〈담총〉이라는 새로운 표제를 통해 담아내게 되고 새로운 문학의 가능성을 담지하기 시작했던 것이다. 결국 국내 학회지를 이끌었던 지식인들은 유학생 잡지의 영향을 받아 모방하면서도 동시에 스스로 변형하여 새롭게 문학 혹은 문예의 개념을 잡아가고 있었음을 알 수 있다.

5) 국내 학회지와 일본 유학생 잡지의 교류가 배태한 새로운 문학의 가능성

근대계몽기 학회 잡지 중 가장 오랜 시간 발간된 『서우』와 『서북학회월보』는 평안남북도와 황해도 인사들을 중심으로 설립되었다가 뒤에 다시 한북학회와 연합하여 평안남북도, 함경남북도, 황해도 등 총 5도의 인물들이 회원이 되어 이끌어갔던 학회지였다. 또한 이 지역 출신의 일본 유학생들이 간행했던 유학생 잡지 『태극학보』와 이후 네 개의 유학생 학회가 통합하여 만든 『대한흥학보』 등의 잡지가 국내 학회지와 서로 교류하며 새로운 문학적 개념을 서서히 정립해

갔다. 이는 같은 지역의 인물들이 일본으로 유학 간 이후 지역 출신 학회지에서 활동했고, 동시에 국내 학회지에서도 함께 활동했기 때문에 이 교류의 상황은 더욱더 긴밀했다.

특히『서북학회월보』는 제1권 16호부터 주필이 김원극으로 바뀌게 되면서 전체적인 편집 체계가 변화하게 되었다.『서우』1호부터『서북학회월보』제1권 15호까지 박은식이 주필을 맡았다가 일본 유학을 다녀온 김원극으로 넘어오면서 김원극은 유학생 잡지『태극학보』와『대한흥학보』의 표제 체제를 상당히 끌고 오기도 했다. 이전 〈교육부〉, 〈위생부〉 등을『태극학보』의 체계처럼 〈강단〉, 〈학원〉 등으로 바꾸어 지식 보급과 교육을 좀 더 강화했다. 또한『태극학보』의 〈문예〉면을 가져와 새롭게 표제로 삼기도 했다. 이 가운데 〈문예〉면에 대한 활용은 『태극학보』에서의 상황과는 다르게 전개되었다.『태극학보』에서 〈문예〉면은 좀 더 산문정신이 가미되고 유학생들의 사적인 감정이 배태되는 통로였다면,『서북학회월보』에서 〈문예〉면은 〈잡조〉에서 파생되었지만 논설류, 한문체 산문, 일반 산문, 취지문, 대화체 서사 등 매우 다양한 글들이 포함되었다. 이는 김원극이 유학생 잡지의 영향을 받았다고는 하지만, 완전한 근대문학의 개념을 정립하지 못했음을 의미하기도 한다.

『서북학회월보』제1권 17호부터는 〈담총〉란이 새롭게 개설되는데 이는 〈문예〉면에서 대화체 서사만 따로 분리하여 포함한 것이었다. 이는 대화체 서사에 대한 편집진의 생각을 엿볼 수 있게 한다. 즉 이전 한문 단편이나 다른 글들과 이 대화체 서사를 구분해 내고 있다는 것이다. 〈담총〉, 〈가담〉 표제에 포함된 글은 '지금, 여기'의 문제를 반영하면서 현실의 구체적인 상황을 짚어낸다. 또한 그 가운데 근대의 문물과 새로운 지식의 필요성을 당위적으로 녹아내고 있기도 하다. 양반 및 구지식인에 대한 비판과 신학문에 대한 강조, 또 그 당대를 살아가고 있는 일반인들의 고민과 힘든 삶을 그대로 재현해냄으로써 새로운 문학의 가능성을 보여주고 있기도 했다.

따라서 국내 학회지는 유학생 잡지와의 교류를 통해 새로운 문학적 장치과 편집 체계를 받아들이고 있음을 알 수 있다. 또한 이 가운데 그대로 모방만을 하는 것이 아니라 스스로 그 개념을 정립하고자 하는 노력을 보여주고 있다. 〈문예〉면에는 한문체 산문이나 논설류 등을 포함시키고, 〈담총〉, 〈가담〉에는 새로운 문학적 가능성이 보이는 글을 포함하고 있는 것이다. 이러한 구분은 국내 지식인들 스스로 이전 글과 대화체 서사 등의 글이 '다르다'라고 인식하고 있었기 때문에 가능한 것이었다. 또한 이러한 '다름'에 대한 인식은 이들이 유학생들과 교류하며, 유학생 잡지에 직접 참여했기 때문에 가능한 일이었다. 근대문학의 성립은 한순간 갑자기 일어난 것이 아니라, 이러한 새로움에 대한 발견과 '다름'에 대해 인식할 수 있는 시각을 정립해 가면서 가능했던 것이다.

3. 호남 지역 학회지 −『호남학보』 1908.6.25~1909.3.25

근대계몽기에는 구국운동과 애국 계몽운동의 일환으로 다양한 학회가 형성되었고, 이러한 학회들은 학회지를 발행하여 백성을 계몽하고 국난을 겪고 있는 나라를 구하고자 노력하였다. 그러한 다양한 학회들 중 특히 각 지역에 지역 학회지가 출현하게 되는데, 이는 그 지역 출신의 인물들이 서울에 와서 유학하는 가운데 학회를 설립하고 학회지를 출판한 것이다. 각 지역 학회지 중 가장 먼저 출현한 것은『서우』였고, 이후 확대 통합된『서우학회월보』로 이어진다. 그 다음이『호남학보』,『기호흥학회월보』,『교남교육회잡지』가 차례로 창간되었다. 지역별로 보면,『서우』는 평안남북도와 황해도 중심,『서우학회월보』는 기존 서우학회의 지역에 함경도까지 통합된 지역,『호남학보』는 전라남북도,『기호흥학회월보』는 서울, 경기, 충청남북도,『교남교육회잡지』는 경상남북도 지역을 중심으로 출간하였다. 강원도 지역을 중심으로 한 관동학회의 경우는 학회지를 출간하지 않았으므로 실제 지역 학회지는 앞서 말한 5개의 학회지가 이 시기에 등장하였다.

이 학회지들은 모두 비슷한 체제로 구성되어 있었다. 대체로 논설, 교육 및 학술, 산문 및 서사류, 한시 및 시가, 학회 관련 회록 및 회보, 관보 및 부칙, 시보 등의 내용이 실려 있었다. 구성이 이러하다 보니, 대부분의 내용은 계몽과 교육에 집중될 수밖에 없었고, 그러한 부분들 때문에 이 시기 학회지는 모두 비슷하다는 평가를 받게 되었다. 사실 크게 보면, 이러한 기존 평가들이 당연하게 받아들여지기도 한다. 비슷한 내용의 논설과 교육, 계몽 의식들을 담고 있기 때문에 당대 지역 학회지라는 하나의 색깔을 띠고 있다고 평가할 수도 있을 것이다. 그런데 지역 학회지마다 그 내부를 천착해보면, 조금씩 달라지는 지점을 발견해볼수 있다. 그것은 편집진의 의도에 따라, 또 독자 지향에 따라 면밀하게 차이를 보이고 있는 것이다.

호남학회에서 발간한 『호남학보』 역시 이러한 편집진의 의도와 독자 지향에 따라 다른 지역 학회지와는 다른 특징을 보여준다. 『호남학보』에 대한 기존 연구는 다른 학회지에 비해 상당히 많이 이루어져 왔다. 가장 많은 연구가 『호남학보』의 편집인이자 발행인이었던 이기李沂에 대한 논의이다. 이기가 『대한자강회월보』에서도 활동하면서 이와 관련한 연구들도 활발히 이루어졌다. 특히 이기의 한문 인식에 대한 연구나 해학적인 글쓰기 관련 연구들이 많았다.[107] 이 외에 『호남학보』의 특성이나 구성과 연관한 논의들도 이루어졌는데, 가정학 번역이나 서지학적 차원, 교육 관련 논의들이 이어졌다.[108] 그러나 여전히 『호남학보』 텍스트

---

107 이와 관련해서는 이기의 사상과 글쓰기에 관한 연구들이 주목되는데 이와 연관한 논의로는 조상우, 「해학 이기의 계몽사상과 해학적 글쓰기」, 『동양고전연구』 26, 동양고전학회, 2007; 홍인숙·정출헌, 「『대한자강회월보』의 운동성과 지향연구」, 『동양한문학연구』 30, 동양한문학회, 2010; 김진균, 「근대계몽기 해학 이기의 한문인식」, 『반교어문연구』 32, 반교어문학회, 2012; 정충권, 「전통지식인이 바라본 근대계몽기의 교육과 문학 – 해학 이기를 중심으로」, 『문학교육학』 39, 한국문학교육학회, 2012 등을 들 수 있다.

108 이러한 논문들 중 주목해볼 논의로는 김희태, 「한말 호남학회에 관한 고찰」, 동국대 석사논문, 1983; 이현종, 「호남학회에 대하여」, 『진단학보』 33, 진단학회, 1972; 임상석, 「근대계몽기 가정

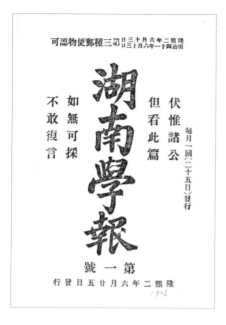

〈사진 7〉『호남학회』창간호의 표지와 차례

와 문학적 글쓰기와의 소통성을 드러낸다거나『호남학보』내부의 다양한 글쓰기 방식과 잡지적 특징을 명확하게 천착한 연구들은 아직 이루어지지 못하고 있다. 또한 다른 지역 학회지와의 차별적인 부분, 특히 독자 전략적 차원에서『호남학보』의 구체적 대응 방식과 전략은 무엇인지 아직 규명해내지 못하였다.

따라서 제3절에서는 '지역성'과 '잡지'라는 두 가지 키워드를 통해서『호남학보』를 집중적으로 탐색해보고자 한다. 전체 일반인을 대상으로 하는 잡지가 아니라 특정 지역을 대표하는 지역 학회지라는 의미를 띠게 될 때, 이는 당대 동시적인 잡지들 가운데에서도 조금은 다른 양상을 보여주게 된다. 그 잡지의 지역성 안에는 그 잡지가 겨냥하고 있는 독자 개념이 스며들어 있기 때문이다. 또한 이러한 지역성을 잡지라는 근대의 매체를 활용하여 전파하고자 할 때, 새로운

학의 번역과 수용」,『한국고전여성문학연구』27, 한국고전여성문학연구회, 2013; 정훈, 「근대계몽기『호남학회월보』의 특성 연구」,『국어문학』71, 국어문학회, 2019; 황태묵, 「근대전환기 호남의 공론장과 유학적 관계망─호남학회와『호남학보』를 중심으로」,『한국융합인문학』7(4), 한국융합인문학회, 2019 등을 들 수 있다.

편집의 기술 또한 개입하게 된다.

이러한 문제의식을 기반으로 하여 먼저『호남학보』의 편집적 특징을 살펴보고 이를 토대로 편집의 방법과 내용 구성을 분석해보고자 한다. 또한 잡지 매체로서『호남학보』의 전략은 무엇인지 살펴보고 편집진의 의도와 잡지 구성의 연계성에 천착해볼 것이다. 더 나아가 이러한『호남학보』의 독자 전략이 문학적인 방법, 즉 서사문학적으로 어떻게 발현되고 시도되는지 구체적으로 분석하고자 한다. 이를 통해 근대계몽기 지역 학회지가 근대의 잡지 매체로서 어떠한 역할을 했는지 살펴보고, 당대 다양한 지역 학회지들이 서사 문예를 어떻게 생산하고 있었는지 또 이러한 서사문예가 근대계몽기의 새로운 서사문학에 어떠한 영향을 끼치게 되는지 밝혀보고자 한다.

1)『호남학보』의 이중 언어 정책과 독자 전략

『호남학보』의 가장 큰 특징은 편차부문의 구분이 명확하고 표제마다 꾸준히 글을 구성하여 배치하고 있다는 점이다. 이러한 각 편차부문들 즉 표제들은 사실『호남학보』가 생각하는 독자층에 대한 전략이 담겨 있었다. 이 가운데 교육과 연관한 논설을 많이 실었던 〈교육변론〉과 구체적인 독자를 상대로 신사상을 가르치고 소개한 〈각학요령〉, 역사 전기 인물을 전傳의 형태로 소개한 〈명인언행〉에 실렸던 문체 비율을 살펴보도록 하겠다.

〈표 1〉 편차부문별 문체 현황

편차부문	문체	개수	비율
교육변론 (총 38개)	현토한문	29	약 76.3%
	구절형 국한문체	5	약 13.2%
	단어형 국한문체	4	약 10.5%
각학요령 (총 43개)	단어형 국한문체	21	약 48.8%
	단어형+한글	9	약 20.9%
	현토한문	11	약 25.6%
	구절형 국한문체	2	약 4.7%
명인언행(총 50개)	단어형 국한문체	50	100%

〈교육변론〉에 실린 글은 거의 논설이었고, 교육과 계몽에 대한 주장이 많이 담겨 있었다. 특히 호남 지역의 학부모나 유학자들을 향한 호소와 비판, 자기반성이 많았기 때문에 실제 문체 역시 현토한문체가 29개로 약 76.3%를 차지했다. 즉 기존 유학자들과 새로운 신사상을 받아들인 지식인들이 편하게 사용할 수 있었던 한문을 활용한 것으로 보인다. 구절형 국한문체의 경우도 한문의 구절형을 그대로 유지하고 있으므로 현토한문체와 구절형 국한문체를 모두 합쳐서 보면, 약 89.5%의 글이 한문체였음을 알 수 있다. 이렇게 보면, 〈교육변론〉은 유학자들과 기존 지식인들을 위한 구성이었음을 확인할 수 있다.

〈각학요령〉의 경우는 신학문을 소개하고 가르치고자 의도한 부문이기 때문에 어떤 학문을 소개하느냐에 따라 문체가 다양하게 분포했다. 단어형 국한문체가 총 21개로 약 48.8%를 차지했고, 한글이 섞여 있는 경우가 9개로 약 20.9%를 차지했다. 단어형이 한글에 가깝게 해체된 문체로 본다면, 총 약 69.8%가 단어형 국한문체이거나 한글체였다. 그러나 또한 현토한문체 역시 11편으로 약 25.6%, 구절형 국한문체가 2편으로 약 4.7%에 해당하여 한문체가 약 30.2% 정도를 차지하고 있었다.

〈각학요령〉은 특히 새로운 학문을 소개하고 가르치는 표제였기 때문에 『호남학보』에서 그만큼 매우 중요한 위치를 차지하고 있기도 했다. 흥미로운 것은 분과학문에 따라 문체를 달리 하고 있으며, 이를 통해 주요 독자층을 구분하고 있다는 점이다.

胎育의 關係

健兒를 得코져 ᄒ면 먼저 其 母의 壯健을 要ᄒ고 賢子를 得코져 ᄒ면 몬져 其 母가 其 精神을 敎育ᄒ지라. 故로 婦人이 姙ᄒ면 먼져 起居와 身體와 耳目의 感觸ᄒᄂ 바를 愼ᄒ야 母儀의 責이 有홈을 忘홈이 不可ᄒ니 大槪 胎兒와 母가 其 感動이 同ᄒ고 쏘 母의 體質을 繼承ᄒ야 其 關係가 繁ᄒ고 密接ᄒ 故로 姙婦가 不可不 精神을 振作ᄒ며

時時로 適宜히 運動ᄒ야 其 肢體을 活潑게 ᄒ야 分娩의 期을 靜待홀지니 元來 分娩은 이에 婦人의 大事로 産前産後에 不謹ᄒ면 天年을 傷ᄒ기 易ᄒ고 或은 不治의 病을 罹ᄒᄂ니 然이나 姙娠과 分娩은 本히 天授의 職으로 他諸病에 比홀 비 아니니 産前에 攝養에 加意ᄒ고 産後에ᄂ 調攝을 勿怠ᄒ면 可恐혼 비 無ᄒ니라.

강건흔 아해를 낫코자 홀진ᄃᆡ 먼저 강건흔 어미를 둘지며 어진 아해를 낫고저 홀진ᄃᆡ 그 어미가 먼저 그 정신을 교육홀지라. 그런고로 잉부된 디위는 곳 아해의 쟝래 성취홀 디위이니 듯고 보고 움직이고 굿침을 경홀치 못홀지라. 이럼으로 부인이 아해를 잉ᄐᆡ홈에 곳 어미된 의무를 당홀지니 ᄃᆡ져 ᄐᆡ중 아해ᄂ 어미의 감동으로 더부러 갓ᄒ며 어미의 지각으로 더부러 통ᄒ야 어미의 신체와 셩질이 젼ᄒᄂ 것이라. 고로 잉부ᄂ 반다시 먼저 그 정신을 상활케 ᄒ며 의복과 거쳐와 음식 등에 항상 쥬의ᄒ야 마음과 몸이 안정케 ᄒ며 운동을 젹당케 ᄒ야 순산홈을 기다릴지라. 해산ᄒ야 길음은 세계에 부인의 당연흔 직칙이오 다른 질병과 갓지 아니홈이니 만일 포ᄐᆡ흔 ᄯᆡ와 산전산후에 위싱에 쥬의치 아니ᄒ면 반다시 쵹수홀 념여와 난치홀 병에 걸이여 종종흔 위험이 됨을 어리석은 자이 알지 못ᄒ니 참 슬푸도다. 만일 평시에 그 신체를 보호ᄒ야 산후에 능히 됴리홀지면 결단코 이런 념여가 업스리라.[109]

이기李沂는 가정학을 매우 중요하게 생각해서 건강한 아이를 기르기 위해 강건한 어머니 교육이 필요하다고 여겼다. "故로 遂取家政學書ᄒ야 照謄於此ᄒ고 又以國文으로 次于其下ᄒ니 幸諸公開時에 向燈一覽ᄒ고 而且使家中婦人으로 每以炊爨針繭之暇로 必加讀習ᄒ고 其 不解國文者ᄂ 其 家長이 爲之演說ᄒ야 而從傍聽講이면 則其爲益이 復何如哉아"[110]라고 하여 국문을 따로 병기하는 이유를 설명한다. 즉 국문으로 보여주니 부인들이 이를 반드시 읽고 익히며, 국문을 이해하지 못

---

109 李沂, 「家政學說」, 『호남학보』 제1호, 1908.6.25, 36~37쪽.
110 李沂, 위의 글, 28쪽.

하는 자는 가장이 연설하여 경청하라고 당부하였다.[111] 즉 국문으로 표기하는 이유가 여성들을 독자 대상으로 삼아 교육하기 위함이었던 것이다.[112] 독자 대상이 여성이었던 만큼 한글 번역을 함께 실어 여성들이 쉽게 읽을 수 있도록 했다는 점은 『호남학보』의 가장 독특한 지점이기도 하다.

(가) 이기李沂 –국가학설國家學說

국가라는 것은 나라의 집을 말하는 것이 아니고, 나라가 곧 집이라는 것이다. 이 국가란 우리 부모, 아내, 자식과 형제, 친척, 친구, 손님이 함께 사는 하나의 큰 집이다. 또한 우리에게는 밭과 땅이 있어 농사를 짓고, 산과 강이 있어 보호받으며, 군주가 있어 다스리는 하나의 큰 집안일이다. 그러므로 옛날의 군자는 반드시 나라를 집으로 삼아 국가라는 칭호가 여기서 비롯되었다.

진한 시대부터 전제 정치가 시행되면서, 군주는 백성을 가족처럼 대하지 않았고 백성도 군주를 가장처럼 대하지 않아서 결국 국가의 집과 나의 집이 구별되게 되었다. 이에 간사한 일이 일어나고 혼란이 생겨 군주를 속이는 자는 실제로 가장을 속이는 것이고, 나라를 파는 자는 실제로 자기 집을 파는 것과 같다. 그 속이고 파는 죄를 묻자면 모두 국가의 의미를 모르기 때문이었다. 그러므로 오늘날 교육은 반드시 국가 학문을 급선무로 삼아야 하지만, 또한 반드시 그 국가 시대가 어디에 있는지 알아야만 일을 할 수 있다.

---

111 이기의 「가정학설」은 시모다 우타코의 『신선가정학』을 번역한 것으로 알려져 있으며, "그 당대 주요 현안인 사회교육의 차원에서도 가정과 여자교육이 주요"했고, 그렇기 때문에 이기가 가정학 서문에서 부인들에게 읽히고 가장이 읽어주라고 강조했다고 보았다. (임상석, 「근대계몽기의 가정학의 번역과 수용」, 앞의 글, 152~155쪽)

112 여성에 대한 교육 관련 내용은 이외에도 〈隨事規諷〉에도 실려 있다. 『호남학보』에는 시가가 실려 있지 않지만, 유일하게 1편이 〈수사규풍〉에 실려 있다. 이는 『대한매일신보』에서 가져온 "愛子歌"라는 민요로, 아이가 잠이 오지 않을 때 불러주라며 민요를 싣고 있다. "金子童아 玉子童아 人生壹世萬事中에 忠君愛國第一이라 一身富貴貪得ㅎ야 賣國賊은 되지 말고 經國濟民ㅎ야볼까 어화둥둥 닉 아달"(『호남학보』 제5호, 1908.10.25)이라는 민요로 이러한 민요를 통해서도 여성과 아이 교육에 대한 생각을 읽을 수 있다.

사람과 사물이 존재해 온 지도 이미 오래되었다. 태고의 혼몽한 시초는 내가 알 수 없으나, 지혜와 기술이 날로 발전하고 경쟁이 날로 치열해지면서 천하의 형세도 따라서 변해왔다. 예를 들어 중국을 보면 요순은 국가 시대였고, 춘추는 패자 시대였으며, 진한 이후는 군주 시대였고, 오늘날은 정법 시대이다. 그 시대를 알고 그 시대에 맞게 행동하는 자는 반드시 강하게 살아남고, 그 시대를 모르고 그 시대에 맞게 행동하지 않는 자는 반드시 약해져서 멸망하니 그 강약존망의 응답이 그림자가 형체에 따르고 소리에 응답하는 것과 같다. 그러므로 여러분이 읽을 때 반드시 그 국가가 어느 시대에 있는지를 생각해야 비로소 효과가 있을 것이다.[113]

(나) 현채玄采 – 국가학國家學 단군조선檀君朝鮮

단군의 이름은 왕검이니, 우리 동방에서 처음으로 국가를 세운 왕이다. 조상은 환인이고 아버지는 환웅이다. 태백산(영변 묘향산) 단목 아래에서 왕을 탄생시키니 성덕이 있었다. 나라 사람들이 추대하여 왕으로 삼으니 지금과의 거리가 4,239년 전(광무 10년 계산을 따름)이다.

국호를 세워 '조선'이라 하였으니, 이는 국경이 동방에 있어 해가 뜨면 만물이 선명해진다는 뜻이다. 평양에 도읍을 정하고 비서갑의 여자를 세워 후로 봉하고 국경을 정

---

113 "國家云者는 非謂國之家也오 謂國卽家也라. 夫此 國家는 是吾父母妻子와 兄弟族黨과 朋友賓客所共居之一大屋宅也오. 又是吾有田土而耕稼焉ᄒ며 有山川而藩蔽焉ᄒ며 有君長而管理焉之一大家事也라. 故로 古之君子ㅣ 必以國爲家ᄒ야 國家之稱이 蓋起於此矣라. 降自秦漢專制之行으로 君不以家人으로 待其民ᄒ고 民不以家長으로 待其君ᄒ야 遂有國之家吾之家之別ᄒ니 於是예 奸究作而禍亂이 生ᄒ야 欺其君者는 實自欺家長也오. 賣其國者는 實自賣家庄也니 而問其欺賣之罪면 則皆出於不知國家之義故耳라. 故로 今日敎育이 必以國家學으로 爲急務나 然亦須識其國家時代之所在而後에야 可與從事也라. 夫人物之生이 亦己久矣라. 太古鴻濛之初는 則吾不知己어니와 至於智巧ㅣ 日進ᄒ고 競爭이 日盛ᄒ야며 天下之勢亦隨而變ᄒ야는 試以支那觀之컨딕 堯舜은 是有國時代也오 春秋는 是覇者時代也오 秦漢已下는 是君主時代也오 今日은 是政法時代니 知其時代ᄒ고 而行其時代者는 必强而存ᄒ며 不知其時代ᄒ고 而不行其時代者는 必弱而亡ᄒ느니 其强弱存亡之應이 有如影響之於形聲也라. 則諸公臨讀之時에 必思其國家ㅣ 在何時代라야 庶乎其有效果矣라."(李沂, 「國家學說」, 『호남학보』 제1호, 1908.6.25, 37~38쪽)

하니, 동쪽은 대해, 서쪽은 중국의 북경과 황해가 연결되고, 남쪽은 조령, 북쪽은 중국의 흑룡강성과 접하였다.

백성들로 하여금 머리를 땋아 머리를 덮게 하고, 강화 마니산에 행차하여 하늘에 제사하고 왕자 세 사람을 명하여 성을 쌓게 하니 곧 삼랑성이다. 문화 구월산으로 천도하고 태자 부루를 중국 하우의 토산회에 보내어 여러 나라와 옥백보물과 비단으로 서로 만나게 하였다.

그 후에 자손들이 천여 년을 전하다가 기자가 동쪽으로 온 후 그 자리를 물려주고 부여로 천도하니, 단군릉이 지금의 강동군에 있다.[114]

〈각학요령〉에 한글로 가정학을 싣고 있기도 했지만, 또 한편으로는 다양한 새로운 학문들을 소개하고 있기도 했다. 그중 하나가 (가)의 「국가학」이다. 이 「국가학」은 제1호부터 꾸준히 연재되었는데, 이기가 제1호에 실은 「국가학」은 현토한문체로 기존 한문에 토만 한글로 달려있을 뿐이다. 이기는 (가)의 글에서 국가를 "非謂國之家也오 謂國卽家也라. 夫此 國家는 是吾父母妻子와 兄弟族黨과 朋友賓客所共居之一大屋宅也오. 又是吾有田土而耕稼焉ᄒ며 有山川而藩蔽焉ᄒ며 有君長而管理焉之一大家事也라. 故로 古之君子ㅣ 必以國爲家ᄒ야 國家之稱이 蓋起於此矣라"라고 설명한다. 즉 '국가'라는 개념이 국가의 가정(집)을 지칭하는 것이 아니라 국가가 바로 집이라는 뜻으로 설명한다. 또한 이 개념을 서양적인 국가관으

---

114 "檀君의 名은 王儉이니 我東方에 처음으로 國家를 建立ᄒ신 王이라. 祖는 桓因이오 父雄이 太白山(寧邊妙香山)檀木下에서 王을 誕生홈이 聖德이 有ᄒ지라. 國人이 推戴ᄒ야 王을 숨으니 卽수과 相距가 四千二百三十九年前(光武 十年 計下倣此)이오이다. 國號를 建ᄒ야 曰 朝鮮이라 ᄒ니 此는 國境이 東方에 在홈이 朝日이 出ᄒ면 萬物이 鮮明ᄒ다 홈이오 平壤에 立都ᄒ고 非西岬의 女를 立ᄒ야 后를 封ᄒ고 國界를 定ᄒ니 東은 大海오 西는 支那盛京省과 黃海를 連ᄒ고 南은 鳥嶺이오 北은 支那黑龍江省을 接ᄒ고 人民으로 ᄒ야곰 髮을 編ᄒ야 首를 蓋ᄒ며 江華摩尼山에 幸行ᄒ야 天의 際ᄒ고 王子 三人을 命ᄒ야 城을 築ᄒ니 곳 三郞城이오 文化九月山에 遷都ᄒ고 太子 扶婁를 支那 夏禹塗山會에 遣ᄒ야 各國과 玉帛으로 相見ᄒ고 其 後에 子孫이 千餘年을 傳ᄒ다가 箕子가 東來흔 後 其 位를 遜ᄒ고 扶餘에 遷都ᄒ니 檀君陵이 卽今 江東郡에 在ᄒ오이다."(玄采 譯述,「國家學 續 (國家之歷史)」,『호남학보』제5호, 1908.10.25, 20~21쪽)

로 해석하기보다는 유교적 관점으로 제시하고 있다. 이러한 「국가학」을 제4호까지 연재하는 동안 현토한문체로 간행했는데, 결국 이는 이전 유학자들이나 어느 정도 한문을 읽을 수 있는 지식인층을 대상으로 했음을 알 수 있다.

그런데 (나)의 경우는 5호부터 번역, 연재하기 시작한 현채玄采의 글로 이때부터는 현토한문체가 아니라 단어형 국한문체로 바뀌고 있다. 국가학 중에서도 국가의 역사를 담당하게 되면서 이를 단어만 한문을 사용하고 거의 문장은 한글 방식으로 해체하여 연재하고 있다. 가장 먼저 "단군조선"부터 시작하는데, 이는 국가학이라고 하기보다는 역사에 더 가까운 것으로 보인다. 5호부터 9호까지 계속 「국가학」은 현채가 단어형 국한문체로 번역하여 싣게 된다. 이로 볼 때, 이 「국가학」을 읽는 독자가 일반 유학자들이나 이전 한문에 익숙한 지식인보다는 그 연령층에서도 상당히 내려온 것으로 보인다.[115]

이러한 역사적인 면에 대한 내용은 〈명인언행〉과도 연결된다. 〈명인언행〉은 역사적인 인물을 짧게 소개하는 글로 전체 50편 모두 단어형 국한문체로 되어 있다. 즉 그만큼 어린 유소년층을 독자 대상으로 삼고 있음을 방증하는 것이다. 이러한 역사 전기물이나 농학, 종식학, 법학 등 새로운 학문을 소개하는 글들은 대부분 단어형 국한문체로 되어 있는 것으로 볼 때, 『호남학보』가 유소년들을 위한 학교를 세우고 교육을 일으키고자 했음을 명확하게 파악할 수 있다.

이처럼 『호남학보』는 이중적인 언어정책을 취하며 독자 전략을 세우고 있었다. 일반 유학자와 호남의 부모 세대를 위해 현토한문체 등의 문체를 활용하고 있었다면, 여성을 위해서는 한글을, 또 가장 핵심 독자 대상이었던 유소년층을 위해서는 단어형 국한문체를 활용하고 있었다. 이렇게 보면, 『호남학보』는 다른

---

115 이기의 「학비학문(學非學文)」이라는 글에 보면, 지인의 아들인 13살 소년이 학교를 다니지 않고 집에서 한문으로 공부하는데, 한문은 쓰기 어렵고 잊기 쉽다고 힘들어하는 부분이 실려 있다. 따라서 이기는 소학이나 유소년층이 한문보다는 조금 더 쉽게 이해할 수 있도록 단어형 국한문체를 활용한 것으로 보인다. (이기, 〈教育緒論〉 「學非學文」, 『호남학보』 제7호, 1908.12.25, 4쪽)

지역 학회지보다 여성 교육과 유소년 교육에 더 심혈을 기울였고, 이러한 면이
『호남학보』만의 특징이 되고 있음을 확인할 수 있다.

2) 『호남학보』의 주제 구성 및 기획

『호남학보』 또는 『호남학회월보』는 1908년 6월 25일 창간호를 발간한 이
후, 1909년 3월 25일에 제9호로 종간되었다. 호남학회는 그보다 앞서 1907년
7월 6일에 호남학회 발기인 강엽姜曄, 백인기白寅基, 고정주高鼎柱, 윤경중尹敬重, 이
간李侃, 박영철朴榮喆, 최우락崔禹洛 등과 호남인사 120명이 모인 가운데 성립되었
다.[116] 또한 1908년 6월 25일 창간호를 발간하게 되는데, 편집 및 발행인은 이
기李沂였다.

「본회규칙」

제1조 본회는 호남학회라 명명함.

제2조 본회는 호남의 교육을 발달하게 함을 목적으로 함.

제3조 본회 소재지는 경성에 두고, 지회는 도내 지원인의 청원을 따라 필요한 지역
    에 설치함. (…중략…)

제14조 전조의 목적을 관철하기 위하여 신문과 잡지를 간행하며, 한성 및 도내 각
    지방에 학교를 적절히 설립함.[117]

---

116 백순재, 「『호남학회월보』 해제」, 『한국개화기학술지』 17(한국학문헌연구소 편), 아세아문화사,
    1976, 6쪽.
117 "本會規則
    第一條 本會는 湖南學會라 命名홈.
    第二條 本會는 湖南의 敎育發達호기로 目的홈.
    第三條 本會所는 京城에 置호고 支會는 道內 志願人의 請願을 因호야 必要地에 設홈.
    (…중략…)
    第十四條 前條 目的을 貫徹호기 爲호야 新聞雜誌를 刊行호며 漢城 及 道內 各 地方에 學校를 隨宜 設
    立홈."(「本會規則」, 『호남학보』 제1호, 1908.6.25, 52~53·57쪽)

「본회세칙」

　제1장 교육의 목적

　제1조 본회 내에 보통학교, 중학교, 전문학교 및 강습소를 적절히 설립함.

　제2조 신문과 잡지를 적절히 발간하되, 학술 및 기예의 성질을 띠도록 함.

　제3조 본도 남북 각 군에도 편의를 따라 제1조를 준행함.

　제4조 도내 각 군에 현재 존재하는 사립학교를 조사하여 강사의 초빙과 교과서의
　　　　청구에 응함.

　제5조 도내 인사 중 경성 또는 외국에 유학하고자 하는 자가 있을 시, 학업 및 기숙
　　　　의 편의를 도모하는 방법을 본회에서 주선함.[118]

　　다른 지역 학회들과 마찬가지로 호남학회 역시 교육을 목적으로 설립하였다.
위의 「본회규칙」과 「본회세칙」을 보면 모두 호남의 교육발달을 위해서 설립하
였음을 명시하고 있다. 본회 자체는 서울에 있지만, 지회는 호남의 지역으로 규
정하고 있으며, 또 학회의 목적인 교육을 위해 학교를 설립하고자 함을 주창한
다. 덧붙여 교육을 위한 신문 잡지 간행에 대해서도 언급하고 있다. 위의 「본회
규칙」14조를 보면 교육의 목적을 달성하기 위해 신문잡지를 간행하고, 한성과
호남 각 지방에 학교를 설립하고자 한다고 명확히 제시한다. 호남 지역에 현재
사립학교를 조사하고 교사의 청빙과 교과서 청구 등에 대해서도 요구에 응하고
자 했다. 여기에 더 나아가 서울이나 외국에 유학하고자 하는 학생들에 대해서

---

118 "本會細則

　　第一章 敎育의 目的

　　第一條 本會內에 普通, 中學, 專門學校 及 講習所를 隨宜設立홈.

　　第二條 新聞, 雜誌를 隨宜發刊ᄒ되 學術, 技藝의 性質로 홈.

　　第三條 本道 南北 各 郡에도 便宜을 從ᄒ야 第一條를 依홈.

　　第四條 道內 各 郡에 現在홈 私立學校를 調査ᄒ야 講師의 延聘과 敎科書의 請求를 酬應홈.

　　第五條 道內 人士 中 京城 或 外國에 留學코자 ᄒᄂ 者ㅣ 有홈 時ᄂ 八學 及 寄宿의 便利方法을 本會
　　　　에셔 周旋홈."(「本會細則」, 『호남학보』 제2호, 1908.7.25, 50쪽)

도 입학 및 기숙 등을 호남학회에서 직접 도와주고자 했음을 「본회세칙」에서 확인할 수 있다.

무엇보다 이러한 학회의 활동이 호남 지역에 여러 학교를 세우고 지역 학생들을 교육하고자 했음을 알 수 있다. 또 호남 지역에서 서울이나 외국으로 유학을 가고자 하는 학생을 실질적으로 도울 수 있는 지역 학생들을 위한 중추적 역할을 하고자 했음을 확인할 수 있다. 이러한 학회의 목적의식은 『호남학회』에 실린 글에서도 드러난다.

〈표 2〉『호남학보』의 주제별 분류

주제	세부항목	세부항목 개수	개수
호남학회	학회 관련	61	67
	공함	6	
문예	산문	53	54
	시가	1	
교육	교육	37	47
	여성 관련 교육	10	
신사상	신사상	30	30
구습타파	구습타파	11	11
정치, 헌법	정치, 헌법	7	7
한국 역사	한국 역사	4	4
국한문 문체	국한문 문체	3	3
우승열패	우승열패	1	1
개화	개화	1	1
유학(논어)	유학(논어)	1	1
총계		226	

『호남학보』에 실린 글을 주제별로 분류해 보면, 호남학회 관련 내용이 가장 많이 등장했으며, 전체의 약 29.6%를 차지했다. 또 다른 지역 학회지들과 마찬가지로 그 다음으로 많은 부분이 문예 관련 글이었는데, 전체의 약 23.9%를 차지했으며, 교육이 약 20.8%, 신사상이 약 13.3%, 구습타파가 약 4.9%로 그 다음을 잇고 있다. 이렇게 보면, 근대계몽기 지역 학회지들의 주제별 구성과 크게 차이가 나는 듯이 보이지는 않는다.

이 가운데『호남학보』에 좀 더 드러나는 주제는 여성 교육이라는 부분과 구습 타파 내용이다. 여성 교육은 일반 교육과 비교했을 때도 상당한 비율로 등장하고 있는데, 이러한 부분은『호남학보』가 대상으로 삼았던 독자가 누구인지 짐작해 볼 수 있게 한다. 여러 독자들 중에서도 여성 독자들을『호남학보』의 대상으로 삼고자 했음을 알 수 있다.

또한 구습타파의 경우는 다른 지역 학회지보다 더 강조하고 있기도 하다. 예를 들어,『서우』에 등장하는 구습타파를 주제로 한 글은 총 388편의 글 중 5편이었고,『기호흥학회월보』는 총 469편 중 3편,『교남교육회잡지』는 총 307편 중 5편이었다.『호남학보』는 총 편수 226편 중 11편을 차지하고 있다는 점에서 호남학회에서 상당히 중요하게 생각한 주제가 구습타파였음을 알 수 있다. 이러한 구습타파는 바로 호남 지역에 대한 자아비판이자 각성을 촉구하는 부분이라 할 수 있다.

실제로『호남학보』창간호에 등장하는 「본회취지」를 보면, "此先哲王敎育之大法而自秦火以後로 寢廢不擧ㅣ 二千有餘年에 敎不同規ᄒ고 學不同門ᄒ야 支離分裂 ᄒ야 竟致今日之腐敗而在東洋則我韓이 爲尤甚焉이오 在我韓則湖南이 爲尤甚焉"[119] 이라고 설명한다. 즉 공자의 교육과 큰 법이 이천여 년이 지나오면서 교육과 학문이 예전과 같지 않고 지리분열하여 지금의 부패한 지경에 이르렀는데, 동양에서도 아한이 가장 심하다 할 수 있고, 아한에 있어서 호남이 가장 심하다고 스스로를 비판하고 있다. 이러한 면들은 호남지역을 계몽하고 교육시키고자 했던 호남학회의 인사들, 또한『호남학보』를 통해서 이러한 계몽과 교육을 이끌어가기 위한 고민이 드러나고 있었다고 볼 수 있다.[120]

---

119 강엽 외 발기인 6인, 「本會趣旨」,『호남학보』1호, 1908.6.25, 53쪽.

120 이현종은 호남학회에 대해서 "학파가 지리분열(至理分裂)하여 오늘에 이르렀는데 호남이 가장 심하다고 겸손하게 전제하면서 국권이 망했다 상존했다는 말은 양편이 다 일리 있음을 시인하고 국운만회(國運挽回)와 기초의 견고화는 오직 교육에 있다고 전제하면서 거기에 희망을" 걸고 있었다고 평가하고 있다. (이현종, 앞의 글, 63~64쪽)

<표 3> 『호남학보』 문체별 개수

문체종류		개수	총계
한문체	한문	16	92
	현토한문	74	
	현토한문+한문	1	2
	현토한문+구절형	1	
구절형 국한문체	구절형	15	15
단어형 국한문체	단어형	105	110
	단어형+구절형	5	
한글체	한글+단어형	9	9
총계		226	

『호남학보』에 실린 글에 대해 문체별 개수를 알아보면, 한문체가 총 93개로 약 40.7%를 차지했고, 단어형 국한문체가 110개로 약 48.7%를 차지했다. 또한 한글체의 경우는 4%를 차지했는데, 당대 지역 학회지에서 한글체가 4%를 차지하는 것은 유일했다.[121] 『호남학보』의 이러한 문체는 당대 지역 학회지와 비교해 보았을 때 매우 특이한 경우였다.

근대계몽기 지역 학회지는 『서우』, 『서북학회월보』, 『호남학보』, 『기호흥학회월보』 모두 단어형 국한문체의 비율이 45% 이상을 넘는 등 비슷한 양상을 보였다. 『교남교육회잡지』만 한문체가 절반을 월등히 넘어 이전 유교 지식인 독자들을 겨냥하고 있었음을 확인할 수 있다. 『호남학보』와 『기호흥학회월보』만 특이하게도 한문체와 단어형 국한문체가 같이 비슷하게 높은 비율을 차지했다. 또 『기호흥학회월보』는 한글체가 단 1편에 불과했던 데 반해, 『호남학보』는 한글체가 9편이나 차지하고 있었다. 이러한 문체는 『호남학보』가 이중적 독자 정책을 가지고 있었음을 시사한다. 즉 한문체를 통해서 기존의 유교적 지식인을 포섭함

---

121 『서우』, 『기호흥학회월보』의 한글체는 각각 0.5%, 0.2%였으며, 『교남교육회잡지』는 아예 한글체가 없었다. 『서북학회월보』의 경우는 한글체는 3.3%를 차지했으나, 단어형 국한문체가 전체의 절반가량을 차지하고 있었다. (전은경, 「근대계몽기 지역 학회지와 지역문학의 근대적 태동」, 『어문학』 146, 한국어문학회, 2019, 238쪽)

과 동시에 단어형 국한문체와 한글체를 통해서 여성 혹은 젊은 유소년층 독자들에 대해서도 독자로 포섭하고자 했음을 알 수 있다.

3) 표제 구분과 편집의 특징

『호남학보』의 표제 체계는 매우 뚜렷하게 구분되어 있다. 특히『호남학보』는 다른 지역 학회지에서는 등장하지 않았던 표제 구분에 대한 안내를 제시하고 있다는 점에서 특이하다. 『호남학보』 제1호에서는 「편차부문編次部門」이라는 글을 따로 두고 "教育辨論 第一, 各學要領 第二, 隨事規諷 第三, 名人言行 第四, 本會記事 第五, 會員名氏 第六"[122] 으로 차례 순서에 따라 제시하고 있다. 그 외에도 "본보축사本報祝辭"가 있었는데, 이는 매번 나오는 것이 아니어서 "보補"라고 표시하며 나머지는 제일第一에서 제육第六까지 권호를 보여주듯이 표제를 나누어 표시하였다.

"〈교육변론教育辯論〉 제일第一"은 교육과 관련된 논설이나 주장이 실리고 있다. 특히 구학문만 강조하는 인물들에 대한 비판이 매우 강하게 드러난다. "〈각학요령各學要領〉 제이第二"에는 실제 교육 내용이 실리는데, 가정학, 국가학, 정치학, 법학, 농학 등이 실리고 있다. 특히 가정학의 경우는 소아 교육과 연관된 내용이 나오는데 특이하게도 단어형 국한문체와 이를 번역한 한글체가 함께 실리고 있다. 그만큼 여성 교육을 위해 여성들이 직접 읽을 수 있도록 배려한 것으로 보인다.

"〈수사규풍隨事規諷〉 제삼第三"에는 교육뿐만 아니라 산문적인 글들이 실리는 부분이다. 주로 구습비판이나 학문을 제대로 공부하자는 짧은 산문들이 실리고, 뒤로 갈수록 공함들이 실리기도 한다. 또 공함이 실릴 때는 학회지 차원에서 답글을 공식적으로 내는 것도 특징이다. "〈명인언행名人言行〉 제사第四"는 『서우』로 비유해 보면, 〈인물고〉에 해당한다. 나라를 위했던 국가적 영웅들에 대해서 짧게 싣고 있는데, 한 호에 상당히 많은 인물들이 실리고 있다. 제1호에 보면, "유년필

---

122 「編次部門」,『호남학보』 1호, 1908. 6. 25, 3쪽.

유형	표제	개수	유형별 총 개수
논설	교육변론(教育辯論)	38	57
	본보축사(本報祝辭)	16	
	월보발간서(月報發刊書)	1	
	본보독법(本報讀法)	1	
	편차부문(編次部門)	1	
교육	각학요령(各學要領)	43	43
산문 및 서사	명인언행(名人言行)	50	88
	수사규풍(隨事規諷)	38	
회보 / 학회 관련	본회기사(本會記事)	26	38
	본회회록(本會會錄)	3	
	회원명씨(會員名氏) / 씨명(氏名)	9	
*관보(법) 관련	각학요령(各學要領)	3	*7
	수사규풍(隨事規諷)	3	
	교육변론(教育辯論)	1	
총계			226

〈표 5〉『호남학보』 호차별 표제 분류

호	월보간행서	편차부문	본보독법	본보축사	교육변론	각학요령	수사규풍	명인언행	본회기사	본회회록	회원명씨	총계
1	1	1	1	7	4	2	6	2	4		1	29
2					5	3	8	4	4		1	25
3				1	4	3	6	11	2		1	28
4				3	7	4	5	6	1		1	27
5				1	4	5	9	10			1	30
6				2	5	5	4	13		3	1	33
7				1	6	7	1	2	2		1	20
8				2	3	7	1	2	2		1	18
9					3	8	2	1	1		1	16
총계	1	1	1	16	38	43	38	50	26	3	9	226

독서초幼年必讀書抄"라고 적혀 있는 것으로 보아 유소년들을 위한 장으로 만들어둔 것 같다. 특히 유소년들은 반드시 읽고 베껴 적으라고 한 것은 가정학이 여성 독자를 위한 장이었던 것처럼, "명인언행"은 유소년 독자들을 위한 장이 마련되어 있었음을 알 수 있다.

"〈본회기사本會記事〉 제오第五"는 호남학회의 회의록이나 회계기록이, "〈회원명씨 會員名氏〉 제육第六"에서는 회원 명부 및 지회 회원 명부가 실리고 있었다.

편차부문의 표제에 따라 분류를 해보면, 〈표 4〉와 같다. 가장 많이 실렸던 것은 〈명인언행〉으로 총 50편의 글이 실려서 약 22.1%의 비율을 차지했다. 다음으로는 〈각학요령〉이 43편으로 약 19%를 차지했으며, 〈교육변론〉과 〈수사규풍〉은 각 38편으로 약 16.8%를 차지했다. 따라서 『호남학보』는 시가류에 대한 표제가 없는 대신, 〈명인언행〉의 역사 전기류나, 〈각학요령〉의 교육 관련 실제 신사상의 내용, 〈교육변론〉의 교육과 연관한 논설, 〈수사규풍〉의 산문이나 공함 등이 주로 실렸음을 알 수 있다.

각 호차별로 표제마다 실린 개수를 보면 〈표 5〉와 같다. 앞서 설명한 것처럼 창간호의 경우, 다양한 표제들이 실려 있으나 이는 창간호에 잠깐 등장하는 것일 뿐, 〈편차부문〉의 여섯 가지 항목이 꾸준히 실리고 있음을 알 수 있다. 교육에 대한 논설이나 실제 신사상 등 교육 내용에 대해서는 꾸준히 등장하고 있었다. 〈수사규풍〉의 경우, 산문 등을 실었으나 표제의 정체성이 모호해지면서 공함이나 관보 등이 실리는 정도에 그치고 줄어드는 경향을 보였다. 〈명인언행〉의 경우는 점점 늘어나는 추세였으나, 역시 뒤로 갈수록 줄어들었다.

그러나 전반적으로 봤을 때, 『호남학보』는 처음부터 표제를 구분하고 〈편차부문〉으로 나누어 편집을 진행하면서, 잡지 구성을 명확하게 지켜내고 있었다. 또한 이러한 〈편차부문〉의 표제에 맞게 각 항목들을 꾸준히 싣고 있다는 것도 하

---

123 관보(법)는 〈각학요령〉, 〈수사규풍〉, 〈교육변론〉에 포함되어 있음. 따라서 총계에는 포함하지 않음.

나의 특징이다. 덧붙여 각 〈편차부문〉 즉 표제들은 각 독자층을 겨냥한 전략이
담겨 있었다.

4) '대담' 형식의 기법과 서사 문예면의 활용

(1) 잡지 기법의 활용과 '대담' 형식

『호남학보』는 앞서 살펴본 것처럼 독자층을 나누고 각 독자층에 맞추어 문체
를 다양화하여 접근하고자 했다. 유학자뿐만 아니라, 여성, 유소년층을 위한 교
육까지 담당하고자 하면서『호남학보』는 잡지 매체 안에서 다양한 방법들을 활
용하고 있다. 사실 지역 학회지들은 일반 잡지라고 하기보다는 각 학회의 기관
지에 가까웠다. 또 지역 학회지들은 그 지역인들을 교육시키고 계몽하고자 하는
의도가 훨씬 더 강했다. 그럼에도 불구하고, 종합잡지와 학회지라는 애매한 정
체성 속에서 교육과 계몽을 위한 하나의 도구로 서사면이 활용되고 있었음에 주
목해볼 필요가 있다.

근대계몽기 잡지들에서 대화체 형식의 서사물들을 많이 찾아볼 수 있다. 그런
데『호남학보』에서는 일반 대화체 형식에서 조금 더 나아가 조금 더 잡지 매체
적인 형식을 취하는 서사물을 발견할 수 있다.

> 찬瓚은 이덕헌과 지내는 곳은 멀지만 교제한 지 오래되어 회시槐市에서 과거 시험을
> 치를 때 함께하며, 꽃이 피는 아침에 시를 읊는 자리에서 마음을 터놓고 깊이 논의하였
> 다. 정직한 성품과 강개한 뜻을 서로 공감하며, 서로를 이해하는 벗으로 여겼으니, 어
> 찌 서로의 집안이 부유한지 가난한지를 알지 못하겠는가. (…중략…)
> 올해 봄에 이군이 10석의 논을 경기 호서의 두 학회에 기부하였고, 올해 여름에는
> 기호·교남·관동 세 학회와 고아원까지 각각 1석의 논으로 의연금을 주었다고 하여 각
> 신문에 모두 게재되며, 각 사회에서 칭송하지 않는 곳이 없었다. 찬이 이군을 찾아가서
> 물어보며 말하였다.

"최근에 각 신문에 게재된 것을 보며, 각 사회에서 칭송하는 것을 들었소. 그대의 충성스럽고 자애로운 생각과 자선의 덕성을 군이 존경하오. 하지만 기호는 그대의 조상들이 묻힌 고향이자 종족이 거주하는 지역이므로 기호의 문명을 창도함은 말할 수 있으나, 기호 이외에 그대가 맡을 직무도 없고 기부할 의리도 없는데 광범위하게 하는 비난과 직책을 넘어서는 혐의가 있소. 명예를 구걸하고 명성을 낚으려는 것이 아니겠소. 삼십 명의 가솔이 백 석의 가을 수확으로 양식을 마련하고 옷을 지어 입으며 수입과 지출을 계산하는데도 오히려 부족함을 걱정하는데, 창고를 비우고 금고를 텅 비우면 하루아침에 빈곤하게 되어 처자가 불평하고 친척들이 비웃을 것이니 어리석지 않다면 미친 것이 아니겠소. 자식과 조카 중 한두 명을 해외로 유학 보내어 농상공학과를 졸업하고 귀국하게 하였으면 몸을 지키고 가문을 보전했을 텐데, 그렇게 하지 않고 재산을 낭비하니 몸과 집안을 잊은 것이 아니겠소. 국내에 유명하고 도내에 우등된 재산가가 국가의 존망을 고려하지 않고, 백성 교육을 꿈속에서도 생각하지 않고, 오직 돈을 지키는 생각만 할 뿐이오. 나라가 망하면 그대 혼자 죽고 백성이 흥하면 그대 혼자 살겠소?

부유한 상인들이 오직 이익을 쫓아 비단을 많이 거래하고 쌀을 사고 팔며, 시세의 유무를 살피고 가치의 오름내림을 평가하여 털끝만큼이라도 분명히 나누며, 세밀하게 분석하여 수십 배 이익을 앉아서 거두나니, 그대가 약간의 논 10여 석을 여러 학회에 기부한 것이 진평陳平이 고기를 나눠주던 방법이 능숙하고 보살이 고통을 구제하던 도력이 나타나 13도 월보에 소무蘇武를 그림 끝에 그리고, 2천만 인구에 평원에 수놓듯 하여 이름을 천추에 전하고 향기를 백세에 남기니, 가치로 말하고 이익으로 논하면 수십 배가 아니라 천만 배를 초과하니 대사업가를 하는 것이 아니겠소. 백인 식민지를 개척하던 리빙스턴의 단독 탐험과 젊은 이탈리아를 회복하던 마치니의 비밀결사를 만든 대호걸을 하는 것이 아니겠소?"[124]

위의 예시는 윤주찬이 쓴 「덕헌 이희직 시호 문답惠軒 李熙直 詩號 問答」이라는 글이다. 윤주찬은 『호남학보』에서 이기, 최동식 다음으로 글을 많이 게재한 인물이었다.[125] 윤주찬은 덕헌 이희직이라는 인물에 대해서 사는 곳은 멀지만, 오랫동안 교류해온 지인으로 소개한다. 위의 글에 따르면, 이희직은 금년 봄에 기호학회와 서북학회에 기부하고, 금년 여름에는 호남, 교남, 관동 세 학회와 고아원에까지 전답을 기부하였다. 그런 이희직과 교분이 있었던 윤주찬이 그를 방문하여 문답을 하는 내용이다.

이렇게만 본다면, 근대계몽기 잡지에 많이 등장하는 대화체 서사물이나 문답체 방식과 달라 보이지 않는다. 그런데 여기에서 주목할 것은 윤주찬이 단순히 아는 사람을 만나러 간 것이 아니라 그 당시 굉장히 유명했던, 또 잡지에 자주 등장했던 인물을 만나러 갔다는 사실이다. 사실 이희직은 그 당시 지역 학회지에서 매우 유명했던 인물이었다.『서북학회월보』제2호에 실린 "忠淸北道 有志紳士

---

124 "贊이 與李君惠軒으로 所居는 地遠호나 所交는 年久호야 槐市射策의 場에 逐逐히 聯袂호고 花朝吟詩의 席에 密密히 論襟호야 戇直혼 性質과 慷慨혼 志氣를 臭蘭同心으로 許호며 尺桐知音으로 期호비니 家勢의 貧富를 엇지 不識타 호리오. (…중략…) 今年春에 李君이 十石落 畓土로 畿湖西北 兩學會에 寄附호엿고 今年夏에 湖嶠關三學會와 孤兒院까지 各一石落 畓으로 又爲義助라 호야 各新報에 無不揭布호며 各 社會에 莫不讚頌이어늘 贊이 往訪李君호고 問호여 曰 近日에 各 新聞에 揭布를 見호며 各 社會에 讚誦을 聞호고 君의 忠愛혼 思想과 慈善혼 德性을 固所欽服이어니와 蓋畿湖는 君의 祖先所葬의 鄉이오 宗族所居의 地인즉 畿湖의 文明을 倡導홈이 猶可說也어니와 畿湖以外에 君의 擔負혼 職務도 無호고 捐助혼 義理도 無호는디 廣幅호는 譏와 越俎호는 嫌이 有호다 홀지니 沽名釣譽에 不近홈인가. 三十名 家眷이 一百石 秋收가 穀腹絲身에 量入計出이 猶患不足이어늘 傾困倒庫호야 一朝暴貧호면 妻子가 詳語호고 親戚이 嘲笑홀 터이니 非愚則狂이 아닌가. 子侄中 一二人으로 海外에 遊學호야 農商工學科에 卒業歸國호엿스면 衛身保族혼 터인디 不此之爲호고 財額을 浪費호니 忘身忘家가 아닌가. 國內에 有名호고 道內에 優等된 財産家가 國家存亡을 度外서 遠置호며 人民敎育을 夢中에도 不思호야 守錢虜만 作홀 뿐이어늘 國家가 亡호면 君이 獨히 死호며 人民이 興호면 君이 獨히 生홈인가. 富商大賈가 惟利是趨호야 綾帛을 懸遷호고 米穀을 權耀호야 時勢의 有無를 察호며 價値의 高歇을 詳홈이 毫로 分호며 縷로 析호야 十百倍利益을 坐收호는니 君이 略干 薄畓 十餘石落으로 各 學會에 陳平의 分肉호던 手段이 慣熟호고 菩薩의 救苦호던 道力이 出現호야 十三道月報에 蘇武를 未畵호고 二千萬 人口에 平原을 盡繡호야 名으로 千秋에 傳호며 芳으로 百世에 遺호니 價値로 論호며 利益으로 言호면 十百倍가 아니라 千萬倍에 超過호니 大商業家를 作홈인가. 白人殖民地를 開通호던 立溫斯敦의 隻手探險과 少年意大利를 回復호던 馬志尼의 秘密結社혼 大豪傑을 做홈인가."(尹柱瓚,〈隨事規諷〉「惠軒 李熙直 詩號 問答」,『호남학보』제6호, 1908.11.25, 45~47쪽)

125 『호남학보』의 필진은 정훈의 앞의 글, 308~309쪽 참조.

李熙直氏가 本會의 敎育事業을 維持ᄒ기 爲ᄒ야 所有畓 百斗落를 寄付ᄒ 公函이 如左"[126]라는 글이나『기호흥학회월보』제1호에 실린「본회기사本會記事」에서 "本日에 會員 李熙直氏가 本會에 田土百斗落을 寄附ᄒ다"[127]라는 글, 또 이후『교남교육회잡지』제1호에 실린 "기부공함寄付公函"[128]을 보면, 이희직이라는 인물이 당대 지역 학회지에 기부를 상당히 많이 하고 있음을 알 수 있다.

이러한 지역 학회에서 유명한 인물인 이희직을 만나러 갔다는 것은 단순한 문답형 형식이라거나 일반적인 대화체 형식의 글이라 보기는 어렵다. 도리어 1920년대『별건곤』등의 대중 잡지에서 유행했던 인터뷰나 대담 형식의 글의 원류라고 보는 것이 더 합당할 것이다. 비록 근대계몽기 잡지 매체를 활용하고 있다고 해도 학회 월보 정도에 불과했고, 인터뷰나 대담이라고 하기에는 매우 미흡한 수준이기는 했다. 그러나 지역 학회의 회원이라면 누구나 알 수 있는 인물을 찾아서 대담을 나누고 있다는 것은 부인할 수 없는 사실이다.

거기에 더해 충청북도 제천 유지였던 이희직에게 왜 기호학회 외에 아무 연고도 없는 다른 지역 학회까지 돕느냐는 질문은 어쩌면 당대 지역 학회의 회원이라면 누구나 궁금해 했을 내용을 대신 질문한 것일 수도 있다. 실제로 충청북도는 기호흥학회 소속이었다. 따라서 윤주찬의 말처럼 자신의 연고인 기호흥학회만 도우면 되는데, 조상 대대로 내려온 전답을 팔아 다른 지역 학회와 고아원까지 돕고 있으니, 누구나 궁금할 수밖에 없었을 것이다. 또 여기에 더해 그 돈으로 스스로 해외에 유학을 하여 배우고 돌아오면, 그 또한 국가를 흥하게 할 수 있는 일인데 왜 그렇게 하지 않았는지, 또 이렇게 기부하는 이유가 이름을 알리고, 대호걸로서 명성을 드높이기 위함인지 촌철살인과 같은 질문을 던진다.

---

126 「忠淸北道 有志紳士 李熙直氏가 本會의 敎育事業을 維持ᄒ기 爲ᄒ야 所有畓 百斗落를 寄付ᄒ 公函이 如左」,『서북학회월보』제2호, 1908.7.1, 42~43쪽.

127 「本會記事」,『기호흥학회월보』제1호, 1908.8.25, 47쪽.

128 堤川紳士 李熙直,「寄付公函」,『교남교육회잡지』제1호, 1909.4.25.

이군李君이 한숨을 쉬며 탄식하여 말하길, "그대는 나의 얼굴은 알지만 나의 마음은 알지 못하는구나. 우리 한국은 땅이 작아 동서구의 강대국들과 비교하면 바다의 외딴 섬과 같고, 큰 창고 속의 한 알의 좁쌀과 같은데 만약 기호畿湖가 문명하고 나머지 열두 도가 야만스럽든지, 나머지 열두 도가 문명하고 기호가 야만스럽다면 흩어지는 형세와 분열하는 모습이 되어 나라가 국권을 지키기 어렵고, 사람이 인권을 되찾기도 어렵게 될 것이다. 13도의 각 도가 한마음으로 단결하고 2천만 동포가 한 걸음으로 전진해야 북과 남이 한 배를 탄 것 같은 마음을 품고, 유럽과 미국과 나란히 할 사업을 만들 것이니 어찌 광범위하게 직책을 넘어서는 비난을 하며 하루아침에 빈곤해져 처자가 불평하고 친척들이 비웃더라도 나의 작은 공익으로 큰 공익을 이루는 사람이 나오고, 나의 작은 자선으로 큰 자선을 행하는 집안이 생길 것이다. 내 외모가 수척해지니 전국이 반드시 풍요로워질 것이며, 내 집안이 가난해지나 전국이 반드시 부유해질 것이다. 자식과 조카 중 한두 명이 해외 유학하여 졸업하는 시기가 6~7년 후에 있을 텐데, 한 나무로 어떻게 큰 집을 받칠 수 있겠으며 7년 동안 쑥을 구하는 것이 또한 늦다고 하지 않겠는가. 이는 사사로운 사랑과 사사로운 이익이 아니겠는가.

한 사람이 하나의 가족을 이루고 하나의 가족이 하나의 나라를 조직하니 나도 또한 우리 국가의 한 구성원이다. 국가의 한 구성원이 된 의무만을 행할 뿐이니 다른 사람의 돈을 지키는 노예가 나와 무슨 상관이 있겠으며, 약간의 논으로 천만 배의 이익을 취한다는 말은 하늘을 우러러 부끄럽고 땅을 굽어보아도 부끄럽다. 국가가 만약 폐허가 되면 가치를 누가 알 것이며, 민족이 만약 멸망하면 이익을 누구에게서 취하겠는가. 리빙스턴과 마치니 같은 대호걸은 말할 것도 없고, 나는 명예도 바라지 않으며, 어리석음과 미침도 따지지 않으며, 생사도 돌보지 않으며, 이익도 생각하지 않으며, 호걸도 바라지 않는다. 다만 지극히 급하고 지극히 험한 위기가 눈앞에 닥치고, 지극히 슬프고 지극히 아픈 피눈물이 마음속에 가득하니 그대를 위해 한마디 하노니 그대는 이를 아는가? 기호 사람들이 이를 아는가? 다른 열두 도 사람들이 또한 이를 아는가? 아, 슬프다.

오늘 우리 한국의 교육계를 보면 학교가 비록 있으나 몇 군데에 불과하고, 학회가 비록 일어났으나 전진할 힘이 전혀 없으며, 교과서와 서적은 완전하지 않고, 교사를 초빙하는 데 자격을 갖추기 어렵다. 20세기 경쟁의 무대에서 이런 나라가 어찌 망하지 않겠으며, 이런 사람들이 어찌 죽지 않겠는가. (…중략…)

교육계의 공익을 위해 한 팔을 도왔다가 13도의 각 학교 청년 중에서 다행히 큰 정치가와 큰 외교가와 큰 농공상업가가 무수히 배출되면, 그때 우리 국운을 회복하고 우리 민족을 구제할 것이니, 이는 하나의 희망적인 일로 나아가는 것이다." 찬瓚이 일어나 절하고 예예 하며 물러났다.[129]

그에 대해 이희직은 위의 글처럼 대답을 한다. 즉 한 사람이 유학을 갔다 오기 위해서는 6~7년은 더 걸리는데 언제 나라를 위해 일할 수 있겠느냐고 도리어 반문한다. 그러면서 현재 학회가 부흥하며 학교를 설립하려 하는데, 교과서

129 "李君이 嘘唏而歎曰 子ㅣ 我의 面을 知ᄒᆞ나 我의 心은 不知ᄒᆞ도다. 我韓이 壤地偏小ᄒᆞ야 東西球强大列邦으로 援而比例ᄒᆞ면 滄海에 孤島와 如ᄒᆞ며 太倉에 一粟과 類ᄒᆞᄂᆞᆫᄃᆡ 만일 畿湖가 文明ᄒᆞ고 外他十道가 野昧ᄒᆞ던지 外他十道가 文明ᄒᆞ고 畿湖가 野昧ᄒᆞ면 七零八落ᄒᆞᄂᆞᆫ 勢와 三分五裂ᄒᆞᄂᆞᆫ 像이니 國이 國權을 保ᄒᆞ기 難ᄒᆞ고 人이 人權을 復ᄒᆞ기 亦難ᄒᆞᆯ지니 十三道 各省이 一心으로 團結ᄒᆞ고 二千萬 同胞가 一步로 前進ᄒᆞ여야 胡越이 同舟ᄒᆞᄂᆞᆫ 意想을 抱ᄒᆞ며 歐美와 幷駕ᄒᆞᆯ 事業을 造ᄒᆞᆯ지니 엇지 廣幅越俎라 ᄒᆞ며 一朝에 暴貧ᄒᆞ야 妻子가 誶語ᄒᆞ고 親戚이 嘲笑ᄒᆞ더라도 我의 小公益으로 大公益ᄒᆞᄂᆞᆫ 人이 出ᄒᆞ고 我의 小慈善으로 大慈善ᄒᆞᄂᆞᆫ 家이 起ᄒᆞ며 我貌가 瘦ᄒᆞ니 全國이 必肥ᄒᆞᆯ터이오 我家가 貧ᄒᆞ나 全國이 必富ᄒᆞᆯ지며 子侄一二人이 海外游學ᄒᆞ야 卒業ᄒᆞᄂᆞᆫ 限이 六七年 後에 잇슬터이니 一木扶厦를 何以期之며 七年求艾가 亦云晩矣니 此ᄂᆞᆫ 私愛와 私益이 아닌가. 一個人으로 一家族이 成ᄒᆞ고 一家族으로 一國을 組織ᄒᆞᆷ인즉 我도 亦我國家의 一分子라. 國家의 一分子된 義務만 行ᄒᆞᆯ ᄲᅮᆫ이니 他人의 守錢虜가 我의게 無關이며 略干薄庄으로 千萬倍利益을 取ᄒᆞᆫ다ᄂᆞᆫ 說은 仰而愧天ᄒᆞ고 俯而怍地로ᄃᆡ 國家가 若邱墟면 價値를 誰가 知ᄒᆞ며 人種이 若滅亡이면 利益을 誰의게 取ᄒᆞ깃스며 立溫斯敦瑪志尼갓흔 大豪傑이야 尙矣勿論에 仰望不及이어니와 我ᄂᆞᆫ 名譽도 不願이오 愚狂도 不較오 生死도 不顧오 利益도 不思오 豪傑도 不望이오. 但 至急至險ᄒᆞᆫ 危境이 在前ᄒᆞ고 極哀極痛ᄒᆞᆫ 血淚가 骿中ᄒᆞ니 君을 爲ᄒᆞ야 一陳ᄒᆞ노니 君이 其知否아 畿湖人이 知否아 外他 十道人이 亦知否아. 嗚呼 噫哉라. 今日 我韓의 教育界를 試觀ᄒᆞ면 學校가 雖存이나 幾個所에 不過ᄒᆞ고 學會가 雖起나 前進力이 頓無ᄒᆞ며 教科書籍은 完全을 不見ᄒᆞ고 教師延聘에 資格이 難備ᄒᆞ니 二十世紀競爭舞臺에 如此ᄒᆞᆫ 國이 엇지 亡치 아니ᄒᆞ며 如此ᄒᆞᆫ 人이 엇지 死치 아니ᄒᆞ리오.(…중략…) 教育界公益上에 一臂를 助ᄒᆞ엿다가 十三道 各學校 青年中에 幸히 大政治家와 大外交家와 大農工商業家가 無數히 産出ᄒᆞ면 於是乎 我國運을 挽回ᄒᆞ며 我民族을 拯濟ᄒᆞᆯ터이니 一段希望的에 出ᄒᆞᄂᆞᆫ ᄇᆡ로라. 瓚이 起而拜ᄒᆞ고 唯唯而退ᄒᆞ다."(尹柱瓚, 위의 글, 47~49쪽)

<표 6> 〈명인언행〉에 실린 역사 전기물 목록

호수	연도	개수	제목	문체
1(2편)	1908.6.25	1	을지문덕(乙支文德)	단어형 국한문체
		2	양만춘(楊萬春)	단어형 국한문체
2(4편)	1908.7.25	1	김유신(金庾信)	단어형 국한문체
		2	강감찬(姜邯贊)	단어형 국한문체
		3	유검필(庾黔弼)	단어형 국한문체
		4	서희(徐熙)	단어형 국한문체
3(11편)	1908.8.25	1	성충(成忠)	단어형 국한문체
		2	찬덕(讚德)	단어형 국한문체
		3	죽죽(竹竹)	단어형 국한문체
		4	김후직(金后稷)	단어형 국한문체
		5	실혜(實兮)	단어형 국한문체
		6	강수(強首)	단어형 국한문체
		7	설총(薛聰)	단어형 국한문체
		8	김생(金生)	단어형 국한문체
		9	김양(金陽)	단어형 국한문체
		10	장보고(張保皐)	단어형 국한문체
		11	정년(鄭年)	단어형 국한문체
4(6편)	1908.9.25	1	이제현(李齊賢)	단어형 국한문체
		2	서필(徐弼)	단어형 국한문체
		3	최항(崔沆)	단어형 국한문체
		4	최충(崔冲)	단어형 국한문체
		5	김부식(金富軾)	단어형 국한문체
		6	문극겸(文克謙)	단어형 국한문체
5(9편)	1908.10.25	1	조충(趙冲)	단어형 국한문체
		2	김취려(金就礪)	단어형 국한문체
		3	박서(朴犀)	단어형 국한문체
		4	최춘명(崔椿命)	단어형 국한문체
5(9편)	1908.10.25	5	김경손(金慶孫)	단어형 국한문체
		6	김윤후(金允候)	단어형 국한문체
		7	원충갑(元冲甲)	단어형 국한문체
		8	안우(安祐)	단어형 국한문체
		9	이방실(李芳實)	단어형 국한문체

호수	연도	개수	제목	문체
6(13편)	1908.11.25	1	최영(崔瑩)	단어형 국한문체
		2	정습명(鄭襲明)	단어형 국한문체
6(13편)	1908.11.25	3	우탁(禹倬)	단어형 국한문체
		4	이존오(李存吾)	단어형 국한문체
		5	신숭겸(申崇謙)	단어형 국한문체
		6	하공진(河拱辰)	단어형 국한문체
		7	유응규(庾應圭)	단어형 국한문체
		8	유석(庾碩)	단어형 국한문체
		9	서릉(徐稜)	단어형 국한문체
		10	황수(黃守)	단어형 국한문체
		11	정승우(鄭承雨)	단어형 국한문체
		12	이자현(李資玄)	단어형 국한문체
		13	곽여(郭輿)	단어형 국한문체
7(2편)	1908.12.25	1	이색(李穡)	단어형 국한문체
		2	길재(吉再)	단어형 국한문체
8(2편)	1909.1.25	1	맹사성(孟思誠)	단어형 국한문체
		2	황희(黃喜)	단어형 국한문체
9(1편)	1909.3.25	1	허조(許稠)	단어형 국한문체

도 부족하고, 교사 자격을 갖춘 이도 부족하니, 나라와 민족을 위해서 13도의 각 학교 청년을 교육하고 이들 중에서 큰 정치가와 대농공상업가가 무수히 나오면 국운이 돌아오고 민족을 부흥하게 할 수 있다고 설명한다. 개인의 이득이나 욕심이 전혀 없는, 오로지 국가의 생사만을 생각하는 충심의 말을 들은 윤주찬은 이에 감복하고 더 이상 어떤 말도 하지 못한 채 절한 후 돌아왔다고 마무리 짓고 있다.

어쩌면 각 지역 학회가 가장 하고 싶어하는 목적이자, 필요한 이야기였을지도 모른다. 또 동시에 독자들이 궁금해 했던 지방의 유지에 대해 알아 볼 수 있는 시간이기도 했다. 따라서 비록 초기적인 형태일지라도 독자들에게는 흥미와 계몽을 모두 줄 수 있는 '대담' 형식을 활용함으로써 잡지 매체라는 새로운 형식을 만들어가고 있었음을 알 수 있다.

(2) 유소년 독자층과 역사 전기의 활용

『호남학보』에서 서사 문예를 활용한 것으로 가장 두드러진 특징은 바로 역사 전기물을 창간호부터 제9호까지 빠짐없이 싣고 있다는 점이다. 이러한 〈명인언행〉의 표제에는 "유년필독서초幼年必讀書抄"라는 말이 붙어 있는데, 이는 유소년들이 반드시 이 글을 읽고 베껴 쓰라는 뜻이다.[130] 즉 〈명인언행〉에서 겨냥한 독자층은 유소년층이었고, 이들의 역사 교육을 위해서 역사 전기 서사물을 활용하게 되었던 것이다. 역사를 앎과 동시에 그 역사 속에서 나라를 구한 인물들을 통해서 유소년들도 지금의 어려운 시대 속에서 나라를 구하는 인물로 성장해나가길 바라는 마음일 것이다. 총 9호에 걸쳐서 실린 〈명인언행〉의 목록을 정리해 보면, 다음과 같다.

〈명인언행〉이 가장 많이 실린 호는 제6호로 총 13편이 실렸으며, 제일 적게 실린 호는 가장 마지막 호인 제9호로, 1편만 실렸다. 평균적으로 보면, 5~6편의 글이 꾸준히 실리고 있었다고 볼 수 있다. 앞서 유소년들이 반드시 읽고 베껴 쓰라고 강조했던 만큼, 이러한 부분이『호남학보』의 〈명인언행〉의 특징이 되고 있다. 베껴 쓸 정도의 분량이어야 하고, 유소년들이 충분히 읽고 이해할 수 있는 내용이어야 한다는 뜻이기 때문이다.

사실 지역 학회지에서 이러한 역사 전기물을 실은 것은『서우』였다.『서우』에는 〈인물고〉라는 표제로 총 16개의 역사 전기물을 싣고 있다. 실린 인물을 보면,

---

130 "유년필독서초(幼年必讀書抄)"라는 말은 좀더 중의적으로 해석해볼 수도 있다. 한문 그대로라면 위의 내용처럼 해석할 수도 있지만,『유년필독』이라는 교과서와 연계하여 쓰였을 수도 있다. 1907년에 현채가 편찬한 교과서『유년필독』과 제목에서 유사성이 있기 때문이다. 특히 현채는 3장에서 살펴본 것처럼『호남학보』에『국가학』을 연재하기도 했다. 〈명인언행〉과『유년필독』의 연관성에 대해서는 아직 명확하게 알 수는 없으나, 〈명인언행〉이 유소년층 독자들을 겨냥하고 있었음은 확인할 수 있다.

고구려 역사 및 인물, 을지문덕, 양만춘, 김유신, 온달, 장보고와 정년, 강감찬, 김부식, 이순신, 유검필, 김겸익 등 총 12명이었다. 이 중 온달과 이순신, 김겸익을 제외한 나머지 인물들은 모두 『호남학보』에도 나오는 인물들이다. 『서우』의 〈인물고〉에 단편으로 실린 경우는 『호남학보』의 〈명인언행〉의 길이가 비슷한 경우도 있었지만, 역사 전기물이 조금 더 길게 연재되기도 했다. 예를 들어 『서우』에서 「김유신전」이 총 5회, 「김부식전」이 총 2회 연재되면서 좀 더 자세하고 길게 실렸으며, 문체의 경우도 구절형 국한문체이거나 현토한문체 등이 많았다.

그런데 『호남학보』의 〈명인언행〉은 이보다 길이도 짧고, 문체도 단어형 국한문체로 해체되어 있어서 『서우』에 실렸던 〈인물고〉보다는 훨씬 더 쉽게 읽고 쓸 수 있는 정도였다. 예를 들어, 『서우』의 제2호에 실린 「을지문덕전」에서는 "一日一夜에 至鴨水ᄒ니"[131]로 쓰여 있는 부분이 『호남학보』의 제1호에 실린 「을지문덕」에서는 "一日一夜에 鴨水에 至ᄒ니"[132]라는 방식으로 쓰여 있어 단어형 국한문체로 해체하여 풀어쓰고 있음을 알 수 있다. 조금 더 쉽게 번역되고 있었던 것이다.

(다) 『서우』 - 「김유신전金庾信傳」

김유신金庾信은 신라의 왕경王京 출신으로, 가락국 수로왕의 15세손이다. 그의 할아버지 무력은 신라의 신주도행군총관新州道行軍總管이 되어 군사를 이끌고 백제왕을 사로잡고 수만 명을 베었던 인물이다. 아버지는 서현舒玄으로 소판蘇判까지 관직이 올랐고, 어머니는 만명萬明으로 갈문왕葛文王 자숙길종肅訖宗의 딸이다.

서현은 경진년 밤에 형혹성熒惑과 진성鎭星이 자신에게 내려오는 꿈을 꾸었고, 만명은 동자가 금갑을 입고 구름을 타고 집안으로 들어오는 꿈을 꾸었다. 이윽고 만명은 임신을 하여 20개월 만에 유신을 낳았는데, 이는 진평왕 건복 12년 을묘년에 해당한다.

---

131 〈人物考〉, 「乙支文德傳」, 『서우』 제2호, 1907.1.1, 37쪽.
132 〈名人言行〉 「乙支文德-幼年必讀書抄」, 『호남학보』 제1호, 1908.6.25, 49쪽.

장차 이름을 정할 때, 서현은 부인에게 말하길 "내가 경진년 밤의 길몽으로 이 아이를 얻었으니 마땅히 이름을 지어야 한다. 예에 따르면 일월明月로 이름을 짓지 않으니, '경庚'은 '유庚'와 글자가 비슷하고 '진辰'은 '신信'과 음이 가까우며, 옛사람 중에 유신庚信이라는 이름이 있기에, 마침내 유신으로 이름을 지었다"라고 했다.

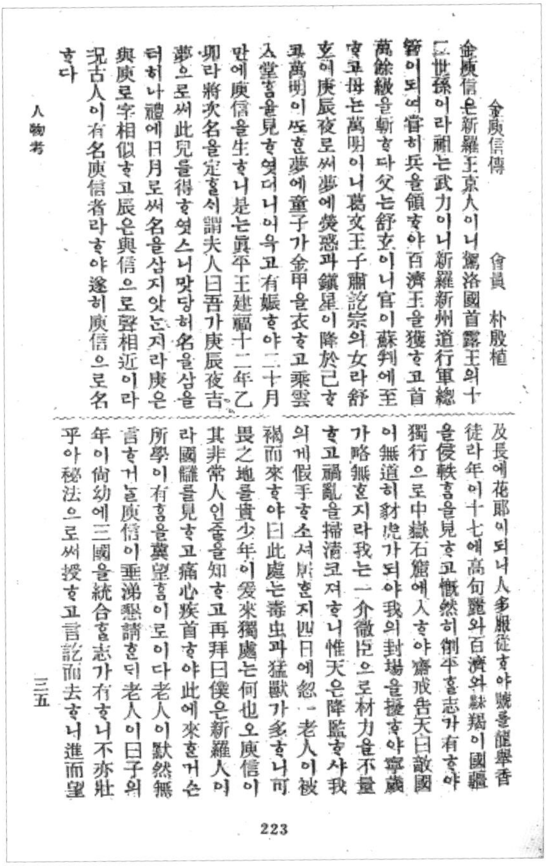

김유신은 자라서 화랑이 되었는데, 많은 사람들이 그를 따랐고 호를 용거향도龍擧香徒라 했다. 나이 17세에 고구려와 백제, 말갈이 나라의 경계를 침범하는 것을 보고, 마음속으로 이를 평정할 뜻을 품어 홀로 중악석굴中嶽石窟에 들어가 재계하고 하늘에 고하며 말하길 "적국이 무도하게도 승냥이와 호랑이가 되어 우리 땅을 어지럽혀 평온한 해가 거의 없다"라고 하였다.[133]

〈사진 8〉 『서우』-「김유신전」

---

133 "金庾信은 新羅王京人이니 駕洛國 首露王의 十五世孫이라. 祖는 武力이니 新羅新州道行軍總管이 되여 嘗히 兵을 領ᄒᆞ야 百濟王을 獲ᄒᆞ고 數萬餘級을 斬ᄒᆞ다. 父는 舒玄이니 官이 蘇判에 至ᄒᆞ고 母는 萬明이니 葛文王子肅訖宗의 女라. 舒玄이 庚辰夜로써 夢에 熒惑과 鎭星이 降於己ᄒᆞ고 萬明이 ᄯᅩ흔 夢에 童子가 金甲을 衣ᄒᆞ고 乘雲入堂홈을 見ᄒᆞ엿더니 이윽고 有娠ᄒᆞ야 二十月만에 庚信을 生ᄒᆞ니 是는 眞平王 建幅十二年乙卯라. 將次名을 定홀ᄉᆡ 謂夫人曰吾가 庚辰夜 吉夢으로써 此兒를 得ᄒᆞ엿스니 맛당히 名을 삼을 터이나 禮에 日月로써 名을 삼지 앗ᄂᆞᆫ지라. 庚은 與庚로 字相似ᄒᆞ고 辰은 與信으로 聲相近이라. 況 古人이 有名庚信者라 ᄒᆞ야 遂히 庚信으로 名ᄒᆞ다. 及長에 花郞이 되니 人

(라) 『호남학보』 - 「김유신金庾信」

김유신은 신라 태종 무열왕 때, 지금으로부터 약 1,250년 전의 인물이며, 가락국 시조 김수로왕의 12세손이다. 어릴 때 어머니가 매우 엄하게 훈육하여 친구 관계를 잊지 않도록 하였다. 어느 날 우연히 기생의 집에 머물렀는데 어머니가 화내며 꾸짖기를, "내가 말하길 네가 자라면 공명을 세울 줄 알았는데, 지금은 어린아이들과 놀기만 하니, 내가 소망이 없구나" 하였다. 김유신은 곧 어머니 앞에서 맹세하고 다시는 그 기생의 집에 가지 않았다. 어느 날 술에 취해 집으로 돌아갈 때 타고 있던 말이 옛 길을 따라 가다가 그 기생의 집에 잘못 이르게 되었다. 김유신은 말을 베고 안장을 버리고 집으로 돌아갔다.

당시 고구려와 백제가 신라를 침범하자, 김유신은 이를 평정할 뜻을 품고 월생산(지금의 단석산, 경주에 있음)에 들어가 하늘에 맹세하며 말하기를, "적국이 무도하여 우리 국경을 침범하니, 제가 재능과 힘을 헤아리지 않고 화란을 평정하고자 합니다. 바라건대 하늘이 이를 살펴주소서" 하였다. 그러던 중 갑자기 한 노인이 와서 "귀한 젊은이가 이곳에 온 이유가 무엇이오?" 하고 비결을 전하며, "함부로 사용하지 말라. 만일 불의에 사용하면 그 재앙을 더 크게 받을 것이다" 하고 말이 끝나자 보이지 않았다.

김유신은 또 보검을 가지고 연박산(경주에 있음)에 들어가 하늘에 다시 맹세하였다. 이후 당나라 군사와 합세하여 백제와 고구려를 멸하고 공명을 이루었다. 그러나 후에 병이 심해지자 문무왕이 친히 와서 문병하며 말하기를, "만일 공이 돌아가신다면 백성과 사직을 어떻게 해야 할 것인가?" 하니, 김유신이 대답하기를, "바라건대 대왕께서는 군자를 가까이하고 소인을 멀리하여 조정이 위에서 화합하고 신민이 아래에서 편안하게 하시면, 제가 죽어도 한이 없습니다" 하였다. 왕은 감동하여 눈물을 흘렸다.

김유신은 79세의 나이로 세상을 떠났다. 그의 지위는 장상將相을 겸하였고, 몸으로

多服從ᄒᆞ야 號를 龍華香徒라. 年이 十七에 高句麗와 百濟와 靺鞨이 國疆을 侵軼홈을 見ᄒᆞ고 慨然히 削平홀 志가 有ᄒᆞ야 獨行으로 中嶽石窟에 入ᄒᆞ야 齋戒告天曰敵國이 無道히 豺虎가 되야 我의 封場을 擾ᄒᆞ야 寧歲가 略無ᄒᆞ지라"(박은식, 〈人物考〉「乙支文德傳」, 『서우』 제4호, 1907.3.1, 35쪽)

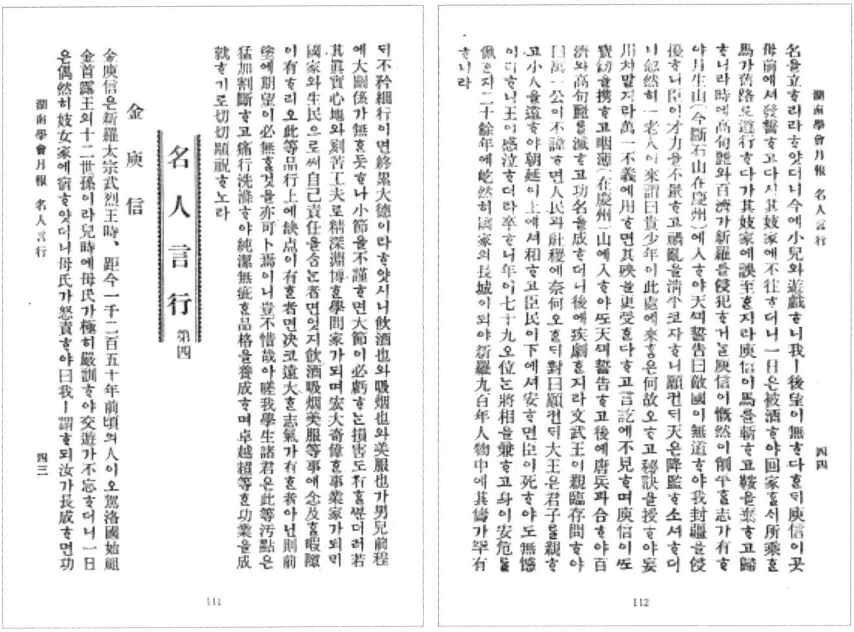
되不矜細行이면終累大德이라ᄒᆞ얏시니飲酒也와吸烟也와美服也가男兒前程에大關係가無ᄒᆞᆫ듯ᄒᆞ나小節을不謹ᄒᆞ면大節이必虧ᄒᆞᄂᆞᆫ損害도有ᄒᆞᆯ뿐더러若其眞實心地와刻苦工夫로精深淵博ᄒᆞᆫ學問家가되며宏大奇偉ᄒᆞᆫ事業家가되며國家와生民으로써自己責任을삼ᄂᆞᆫ者면엇지飲酒吸烟美服等事에念及ᄒᆞᆯ暇隙이有ᄒᆞ리오此等品行上에缺点이有ᄒᆞᆫ者면決코遠大ᄒᆞᆫ志氣가有ᄒᆞᆫ者아닌則前途에期望이必無ᄒᆞᆯ것을亦可卜焉이니豈不惜哉아嗟我學生諸君은此等汚點은猛加割斷ᄒᆞ고痛行洗滌ᄒᆞ야純潔無疵ᄒᆞᆫ品格을養成ᄒᆞ며卓越超等ᄒᆞᆫ功業을成就ᄒᆞ기로切切顒祝ᄒᆞ노라

名人言行 第四

金庾信

金庾信은新羅太宗武烈王時、距今一千二百五十年前頃의人이오駕洛國始祖金首露王의十二世孫이라兒時에母氏가極히嚴訓ᄒᆞ야交遊가不忘ᄒᆞ더니一日은偶然히妓女家에宿ᄒᆞ얏더니母氏가怒責ᄒᆞ야曰我ㅣ謂ᄒᆞ되汝가長成ᄒᆞ면功

湖南學會月報 名人言行 四三

111

湖南學會月報 名人言行 四四

名을立ᄒᆞ리라ᄒᆞ얏더니今에小兒와遊戲ᄒᆞ니我ㅣ後望이無ᄒᆞ다ᄒᆞᆫᄃᆡ庾信이곳母前에서發誓ᄒᆞ고다시其妓家에不往ᄒᆞ더니一日은被酒ᄒᆞ야回家ᄒᆞᆯ시所乘ᄒᆞᆫ馬가舊路로遵行ᄒᆞ다가其妓家에誤至ᄒᆞᆫ지라庾信이馬를斬ᄒᆞ고鞍을棄ᄒᆞ고歸ᄒᆞ니라時에高句麗와百濟가新羅를侵犯ᄒᆞ거ᄂᆞᆯ庾信이慨然이削平ᄒᆞᆯ志가有ᄒᆞ야月生山(今斷石山在慶州)에入ᄒᆞ야天씌誓告曰敵國이無道ᄒᆞ야我封疆을侵擾ᄒᆞ니臣이才力을不量ᄒᆞ고禍亂을淸코자ᄒᆞ니願컨ᄃᆡ天은降監ᄒᆞ소서ᄒᆞ더니忽然히一老人이來謂曰貴少年이此處에來ᄒᆞᆷ은何故오ᄒᆞ고秘訣을授ᄒᆞ야妄用치말지라萬一不義에用ᄒᆞ면其殃을更受ᄒᆞ다ᄒᆞ고言訖에不見ᄒᆞ며庾信이또寶劒을携ᄒᆞ고咽薄(在慶州)山에入ᄒᆞ야또天씌誓告ᄒᆞ고後에唐兵과合ᄒᆞ야百濟와高句麗를滅ᄒᆞ고功名을成ᄒᆞ더니後에疾劇ᄒᆞᆫ지라文武王이親臨存問ᄒᆞ야曰萬一公이不諱ᄒᆞ면人民과社稷에奈何오ᄒᆞᆫᄃᆡ對曰願컨ᄃᆡ大王은君子를親ᄒᆞ고小人을遠ᄒᆞ야朝廷이上에서和ᄒᆞ고臣民이下에서安ᄒᆞ면臣이死ᄒᆞ야도無憾이라ᄒᆞ니王이感泣ᄒᆞ더라卒ᄒᆞ니年이七十九오位ᄂᆞᆫ將相을兼ᄒᆞ고身이安危를佩ᄒᆞᆫ지二十餘年에屹然히國家의長城이되야新羅九百年人物中에其儔가罕有ᄒᆞ니라

112

〈사진 9〉『호남학보』 – 「김유신」

국가의 안위를 지킨 지 20여 년 동안 굳건히 나라의 성벽이 되어 신라 900년 인물 중 그와 견줄 자가 드물었다.[134]

(다)는 『서우』 제4호에 실린 「김유신전金庾信傳」의 일부이다. 실제로 『서우』에는 「김유신전」이 총 5회에 걸쳐서 실리고 있다. 그만큼 김유신의 업적이 매우 상세하게 나열되어 있다. 위의 내용은 제4호에 실린 내용으로 「김유신전」의 앞 부분에 해당한다. 그런데 보면 김유신의 부모에 대한 소개와 화랑으로서 뛰어난 인물이었던 김유신에 대해 요약적 설명으로 넘어가고 있다. 즉 어렸을 때의 부분은 생략되고, 이후 총 5회에 걸쳐서 김유신의 업적에 대해서 자세하게 설명되어 있는 것이다.

134 "金庾信은 新羅太宗武烈王時 距今一千二百五十年前頃의 人이오 駕洛國 始祖 金首露王의 十二世孫이라. 兒時에 母氏가 極히 嚴訓ᄒᆞ야 交遊가 不忘ᄒᆞ더니 一日은 偶然히 妓女家에 宿ᄒᆞ얏더니 母氏가

(라)는 『호남학보』 제2호에 실린 「김유신金庾信」의 전문이다. 실제로 분량이 매우 적으며, 김유신의 행적에 대해서 매우 간략하게 요약되어 있다. 그런데 『서우』와 비교해볼 때 현저히 차이 나는 부분을 발견할 수 있다. 『서우』에서는 김유신의 어릴 때의 일화가 생략되고 요약식으로 누구의 자식 정도로만 설명되고 있는 반면, 『호남학보』에서는 짧은 글임에도 불구하고 김유신의 어릴 때의 일화가 설명되고 있다. 특히 어린 시절 김유신이 기방의 기생에게 빠져 학업을 게을리하는 것을 보고 모친이 훈계한 이후 김유신이 기방에 완전히 발을 끊은 점, 또 말이 스스로 기방으로 향해서 찾아가자 그 말의 목을 쳐서 죽여버린 점 등을 상세하게 설명하고 있다. 즉 이러한 부분은 이 〈명인언행〉의 글이 당대 유소년들을 대상으로 하고 있으며, 이들이 쉽게 유혹에 넘어가지 않도록 훈계하고 교훈을 주고자 쓰였음을 알 수 있게 하는 대목이다.

이처럼 『호남학보』는 지역 학회지라는 틀 안에서도 다양한 방식으로 서사 문예면을 활용하고 있었음을 확인할 수 있다. 이러한 서사 문예면의 활용에는 유소년 독자층을 향한 교육적이고 계몽적인 의도가 숨어 있었다. 근대계몽기에 교육과 계몽을 위한 방편으로 서사 문예면이 다양하게 활용되었고, 이러한 서사 문예면은 새로운 문학으로 나아가는 발판이 되기도 했다. 잡지 매체 속에서 독

怒責ᄒ야曰 我ㅣ謂ᄒ되 汝가 長成ᄒ면 功名을 立ᄒ리라 ᄒ얏더니 今에 小兒와 遊戱ᄒ니 我ㅣ 後望이 無ᄒ다 ᄒ되 庾信이 곳 母前에서 發誓ᄒ고 다시 其 妓家에 不往ᄒ더니 一日은 被酒ᄒ야 回家ᄒᆯ식 所乘ᄒᆫ 馬가 舊路로 遵行ᄒ다가 其 妓家에 誤至ᄒ지라. 庾信이 馬를 斬ᄒ고 鞍을 棄ᄒ고 歸ᄒ니라. 時에 高句麗와 百濟가 新羅를 侵犯ᄒ거ᄂᆯ 庾信이 慨然이 削平ᄒᆯ 志가 有ᄒ야 月生山(今斷石山在慶州)에 入ᄒ야 天ᄭ 誓告曰 敵國이 無道ᄒ야 我封疆을 侵擾ᄒ니 臣이 才力을 不量ᄒ고 禍亂을 淸平코자 ᄒ니 願컨딘 天은 降監ᄒ소서 ᄒ더니 忽然히 一老人이 來謂曰 貴少年이 此 處에 來홈은 何故오 ᄒ고 秘訣을 授ᄒ야 妄用치 말지라. 萬一 不義에 用ᄒ면 其 殃을 更受ᄒ다 ᄒ고 言訖에 不見ᄒ며 庾信이 ᄯᅩ 寶劍을 携ᄒ고 咽薄(在慶州)山에 入ᄒ야 ᄯᅩ 天ᄭ 誓告ᄒ고 後에 唐兵과 合ᄒ야 百濟와 高句麗를 滅ᄒ고 功名을 成ᄒ더니 後에 疾劇ᄒ지라. 文武王이 親臨存問ᄒ야 曰 萬一 公이 不諱ᄒ면 人民과 社稷에 奈何오 ᄒ되 對曰 願컨딘 大王은 君子를 親ᄒ고 小人을 遠ᄒ야 朝廷이 上에서 和ᄒ고 臣民이 下에서 安ᄒ면 臣이 死ᄒ야도 無憾이라 ᄒ니 王이 感泣ᄒ더라. 卒ᄒ니 年이 七十九오 位ᄂᆫ 將相을 兼ᄒ고 身이 安危를 佩ᄒ지 二十餘年에 屹然히 國家의 長城이 되야 新羅九百年 人物中에 其 儔가 罕有ᄒ니라." (《名人言行》, 「金庾信」, 제2호 1908. 7. 25, 43~44쪽)

자 전략으로써 활용되며, 독자를 고민하며 함께 문예면을 구성해나갔다는 점에서 새로운 문학적 커뮤니케이션을 형성하고 있었음을 확인할 수 있다.

5) 호남 지역 독자층에 따른 전략적 배치

근대계몽기에는 다양한 지역 학회지가 등장했고, 이러한 지역 학회지는 구한말의 국가의 위기를 바로잡기 위한 방편으로써 다양한 역할들을 감당하고 있었다. 특히 교육과 계몽이라는 각 지역 학회지의 근본적인 목표 아래에서 각 학회지는 그 지역별로 특징적이고 차별적인 구성을 마련하고 있었다.

이 가운데 『호남학보』는 「편차부문」 등을 명확하게 구분하였고, 또 처음부터 그 표제의 명칭에 맞게 글을 배치하였다. 또 『호남학보』는 다양한 독자층을 대상으로 각 편차부문, 즉 표제들마다 다른 독자 전략을 구상하기도 했다. 문체적인 면에서도 구지식인과 유소년층, 여성들로 나누어 배치하였으며, 각 독자층에 맞게 문체와 내용을 구성하기도 했다.

『호남학보』 안에서 교육과 연관한 논설을 많이 실었던 〈교육변론〉은 유학자들과 구지식인들에 대한 비판과 반성, 촉구 등이 많이 담기면서 문체 역시 현토한문체 등의 한문체가 주로 쓰였다. 또 구체적인 독자를 상대로 신사상을 가르치고 소개한 〈각학요령〉에는 유소년층을 대상으로 한 역사물이나 새로운 학문에 대해서는 단어형 국한문체로, 또 여성 교육을 위한 글에는 한글 번역을 병행하여 여성들도 쉽게 글을 읽을 수 있게 하였다. 또 〈명인언행〉에서는 역사 전기 인물을 전(傳)의 형태로 소개하면서 특히 유소년층이 반드시 읽고 베껴 쓸 수 있도록 단어형 국한문체로 쉬우면서도 짧은 글을 위주로 실었다.

이처럼 『호남학보』는 독자층에 따라 다양한 전략을 펼치고 있었다. 또한 이러한 독자층을 겨냥하면서 다양한 서사적 전략을 활용하고 있기도 하다. 대담을 활용하여 인터뷰처럼 한 인물을 찾아가 그 인물에게 질문하고 답변을 적기도 했으며, 〈명인언행〉처럼 역사 전기물을 짧게 요약하고, 유소년층이 재미있게 읽으면서도 교육적으로도 도움이 되는 일화들을 싣기도 했다.

이렇게 볼 때, 호남 지역을 중심으로 발간된『호남학보』는 다른 지역 학회지와 동일한 목적의식을 가지고 출판하면서도 호남 지역에 맞게 전략을 짜서 활용하고 있었음을 확인할 수 있다. 학부형을 위한 한문체를 활용하고, 유소년층을 위한 단어형 국한문체, 여성 교육을 위한 한글체 등을 다양하게 구사하면서 호남 지역의 독자들을 계몽하고자 하였다. 이는『호남학보』의 편집진의 전략이기도 하지만, 또 한편으로는 호남 지역에 대한 호남인들의 고민과 의식이 담겨 있는 것으로 해석해 볼 수 있다. 따라서『호남학보』는 잡지 매체로서의 새로운 서사적 전략을 활용하여 근대계몽기의 다양한 서사물의 등장에 동참하고 있었다고 할 수 있을 것이다.

4. 서울·경기와 충청도 지역 학회지
—『기호흥학회월보』1908.8.25~1909.7.25

근대계몽기에는 유학생들의 친목회 잡지나 애국계몽 단체의 학회지, 또 각 지역을 중심으로 한 학회지들이 성행했다. 특히 지식인들의 민족운동은 지역별 학회지의 성장과도 밀접한 연관이 있다. 이 중 기호흥학회는 여러 지역 학회 중 후발 주자였다. 기호흥학회는 가장 먼저 지역 학회지를 발간한 평안남북도, 황해도 중심의『서우』와 이후 함경도 지역까지 포괄하여 확대 개편된『서우학회월보』, 호남 지역을 토대로 한『호남학보』다음으로 등장한 것이다.

이미『서우』와『서우학회월보』가 활발히 활동하고 있었기 때문에 기호흥학회는 자신들의 정체성과 역할을 찾고자 노력했다. 또한 서울, 경기, 충청을 중점으로 하는 학회였기에, 모든 지역 학회들 사이에서 중심으로서의 역할을 고민하고 있기도 했다. 이 때문에 서북 지역 학회지와 어느 정도 선의의 경쟁을 하면서 지역 학회지의 부흥을 이끌어 간 『기호흥학회월보』를 살펴보는 것은 지역 학회지의 역할과 문학의 생산의 장으로서 학회지를 살펴볼 수 있게 만들 것이다.[135]

따라서 제4절에서는 근대계몽기에 등장한 지역학회로서의 『기호흥학회월보』의 내용을 정리하고, 이를 토대로 다양한 서사적 실험들을 재구해내는 것을 목적으로 한다. 먼저 타 학회와 구별되는 차이점을 점검하여 기호흥학회의 정체성을 살펴볼 것이다. 또한 『기호흥학회월보』의 편집 방법과 내용 구성에 대해 구체적으로 살펴 이를 통해 『기호흥학회월보』만의 특징을 재구해 낼 것이다. 이러한 학회지의 특징을 기반으로 서사적 활용 및 실험에 대해서 조사하여 문학적 지평을 분석해 볼 것이다. 이는 근대계몽기 다양한 서사문학의 탄생과 근대문학으로 이행되는 그 과정을 면밀히 살펴 근대문학의 형성에 배경과 토대가 된 서사문학을 정리하기 위함이다. 결국 이 글이 근대계몽기 학회지가 지역성과 그 지역문학의 가능성을 지니고 있음을 밝혀내는 서설이 될 수 있기를 기대한다.

---

135 『기호흥학회월보』와 관련한 논의는 많지는 않으나 주목해볼 논의로는 이해조의 기호흥학회 관련 행적을 설명하고 있는 최성윤의 「〈조선일보〉 첫 연재소설 관해생의 〈춘몽〉 고찰」(『정신문화연구』 35(3), 한국학중앙연구소, 2012, 121~143쪽), 『기호흥학회월보』의 지식인 글쓰기를 분석하여 계몽담론과 교육론이 지닌 담화구조의 특징과 한계를 살핀 서형범의 「근대적 인쇄매체를 통한 계몽의 담론화와 呼名의 서술전략의 정합성에 대한 연구」(『한민족어문학』 70, 한민족어문학회, 2015, 387~422쪽), 기호흥학회에서의 김윤식과 이해조의 사상적 영향 관계에 집중하여 당대의 상황과 인물들의 관계를 정치하게 살핀 송민호의 「동농 이해조와 운양 김윤식(1)」(『국어국문학』 173, 국어국문학회, 2015, 181~206쪽) 등을 들 수 있다. 제4절에서는 이러한 선행연구를 토대로 『기호흥학회월보』에 실린 글을 모두 정리하고 서사적 실험에 대하여 논의해 보고자 한다.

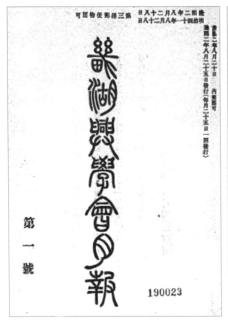
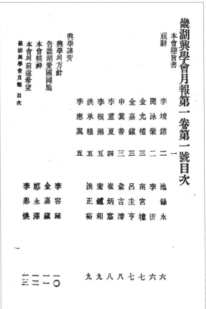

〈사진 10〉 『기호흥학회월보』 창간호의 표지와 차례

1) 『기호흥학회월보』의 '흥학興學'과 기호畿湖의 정체성

기호흥학회는 정영택鄭永澤, 이우규李禹珪, 이광종李光鍾 등이 중심이 되어 조직된 학회로, 서울을 포함한 경기도와 충청남북도 삼도의 지역을 기반으로 한 학회였다.[136] 기호흥학회의 개회식은 1908년 1월 19일에 보성소학교普成學校에서 열렸는데 회장은 이용직李容稙, 부회장은 지석영池錫永, 총무는 정영택鄭永澤이 선출되었다.[137] 『기호흥학회월보』 1호 회원명부를 보면, 각 지방 지회회원들을 모두 포함하여 총 813명의 이름이 나열되어 있어, 상당히 큰 학회였음을 알 수 있다. 발행인은 이규동, 편집인은 이해조였으며, 이는 12호 끝까지 이어지고 있다.

---

136 백순재, 한국학문헌연구소 편, 「『기호흥학회월보』 해제」, 『한국개화기학술지』 10, 아세아문화사, 1976, 5쪽.

137 송민호, 앞의 글, 189쪽.

(一) 본 협회 정신은 국가적이며 비기호적非畿湖的이다.

교육의 깃발을 들어 나라 안에서 크게 외쳐 이르기를, '내가 장차 전국의 학문을 진흥하리라' 라고 하면 그 포부는 비록 존경받을 만하나, 그 일은 매우 어려울 것이다. 이 문화 번영의 시대에서는 업무를 나누고 협력하는 원리를 따르지 않고 무모하게 혼자의 약한 힘만으로 넓고도 깊은 사업을 감당하려 한다면, 그것은 또한 자신의 능력을 헤아리지 못하는 것이다. 우리는 이렇게 생각해보건대, 전국 학문 발전 사업에 참여하여 그 일감 중 한 부분의 힘이라도 분담하고자 한다. 이 정신은 명백히 '국가' 두 글자를 벗어나지 않는다. 어찌 감히 파벌을 만들거나 다른 집단을 차별하려는 뜻이 있겠는가.

(二) 본 협회 정신은 교육적이며 정치적이지 않다.

나라가 어떤 이유로 번영하는가. 교육이 있기 때문이며, 나라가 어찌하여 망하는가. 교육이 없기 때문이다. 그것은 교육이 있음으로 말한다. 크다! 교육이여! 우리는 이 시대에 있어 교육이라는 두 글자를 버리고 어디로 돌아갈 수 있겠는가? 반드시 교육을 실시하고 진흥시켜 교육의 아름다운 결과를 기대할 것이니, 이것이 우리의 최고의 소망이며 본 협회의 정신이다. 만약 정부를 비판하거나 현안에 대해 논평하여 교육 발전의 범위를 넘어서 한 나라의 정당을 세우려는 것이라면, 그것은 본 협회의 목적이 아니다.

위에서 제시한 바에 따르면, 본 협회의 정신은 결국 교육적인 국가 정신을 벗어나지 않는다. 아, 우리 동포여, 어서 보고 느껴 힘차게 일어서자![138]

---

138 "(一) 本會 精神은 是國家的이오 非畿湖的이라.
揭敎育之幟ᄒ고 大呼於國之中日 亞將振興全國之學問ᄒ리라 하면 其志ᄂ 雖日 可敬이나 其事ᄂ 豈不甚難哉아 當此文化煩劇之時代ᄒ야 不遵分業合力(始也分業ᄒ고 終焉合力)之原理ᄒ고 貿然以單勢薄力으로 欲獨當浩瀚無涯之事業則其亦不知量者矣로다 吾等이 如是思量에 以此起見ᄒ야 就全國興學之事業而思欲分擔其一方之力ᄒ노니 其 精神은 斷斷然不外乎國家二字也ㅣ라 豈敢有分門別戶에 歧視他方之意思哉아.
(二) 本會 精神은 是敎育的이오 非政治的이라.
國何以興고 曰 有敎育故며 國何以亡고 曰 無敎育故ㅣ니 大哉라 敎育이여 吾等이 當此之時ᄒ야 捨敎育 二字ᄒ고 其將何歸리오 必當實施敎育ᄒ고 振興敎育ᄒ야 期獲敎育之美果홀지니 是乃吾等之至願也며 正本會之精神也라 若非排擊政府ᄒ고 評論時事ᄒ야 軼出興學之範圍에 思作一國之政黨者則非

기호흥학회가 설립된 취지를 보면 "本會 精神은 是國家的이오 非畿湖的"이며, "是教育的이오 非政治的"이라 설명한다. 전 국가적이며 기호적畿湖的이지 않고, 교육적이되 정치적이지 않다는 것이다. 이는 기호 지역에만 국한된 학회지가 아니라 전국가를 위해 애국계몽의 일환으로서 학회를 설립했음을 천명하는 것이다. 또한 교육을 위한 것이지 정치적인 것은 아니라고 하여 사립학교령 및 검열에 주의하고 있음을 확인할 수 있다.

내가 두 살 때부터 걷기를 배웠지만 이제 자동차와 경주를 하려고 하니 다리가 비틀거려도 할 수 없으며 (…중략…) '흥학'이라는 두 글자로 깃발을 내걸고 여기서 일어나 한 도끼로 수백 년의 어둠을 깨부수고 문명을 배우며 강인함을 배우며 개혁을 배우며 독립을 배워 20세기 오늘 이 시기에 태어난 우리들이 나아가 외국인을 대할 때 한국인이라 칭함에 부끄럽지 않고, 물러나 안팎의 동포를 대할 때 기호인이라 칭함에 부끄럽지 않아 넓고 큰 하늘 아래에서 우리의 얼굴과 우리의 손발로 우리가 자립하고 자주하며 자유롭고 자주적인 큰 소원을 품고 이에 우리 흥학회를 조직하노라.[139]

기호흥학회의 취지에서 말하는 교육, 즉 '흥학'이 무엇인지는 위의 신채호의 글에서 좀 더 엿볼 수 있다. 위의 글에 따르면 2살부터 걸음마를 배웠다 하더라도 기차와 경쟁하려 하면 불가능하다는 것이다. 따라서 '흥학'이라는 두 자 아래

本會所目的也夫 l져.
據上所陳ㅎ면 本會之精神이 不外乎教育的國家精神也 l 라. 嗟我同胞여 其亟觀感而奮起哉어다."(鄭永澤, 〈興學講究〉「本會 精神」, 『기호흥학회월보』 1호, 1908.8.25, 12쪽)

139 "我가 二歲브터 步를 學ㅎ얏건만 今에 汽車와 競步ㅎ랴 흔즉 脚이 蹶ㅎ야도 不能할지며 (…중략…) 興學二字로 幟를 揭ㅎ고 斯에 起ㅎ야 一斧에 數百年 暗黑方面을 打破ㅎ고 文明을 學ㅎ며 强毅를 學ㅎ며 維新을 學ㅎ며 獨立을 學ㅎ야 二十世紀 今日 此時에 生흔 我輩가 進ㅎ야 外國人을 對ㅎ미 韓國人이라 稱ㅎ기 無愧ㅎ며 退ㅎ야 內外同胞를 對ㅎ미 畿湖人이라 稱ㅎ기 無愧ㅎ야 恢恢廣大흔 天地에 我의 面目과 我의 手足으로 我가 自立自行ㅎ며 自由自主흘 浩願을 抱ㅎ고 於是乎 我興學會를 組織ㅎ노라."(申采浩, 〈興學講究〉「畿湖興學會는 何由로 起ㅎ얏는가」, 『기호흥학회월보』 1호, 1908.8.25, 14~15쪽)

로 기치를 높게 걸고 이에 일으켜서 이전의 수백 년 암흑의 시대를 타파하고 문명과 강의를 배우며 유신과 독립을 배워 자립자행, 자유자주를 쟁취하기 위해 흥학회를 조직했다고 설명한다. 결국 새로운 학문, 서양의 학문을 배워 세계인과 어깨를 나란히 하자는 취지이며, 이를 통해 독립을 이루고자 하는 간접적인 의도를 내비치고 있는 것이다.

그런데 사실 이러한 '흥학'에 대한 목표는 다른 학회지와 크게 다를 바가 없는 듯이 보인다. 교육을 통해 민족을 계몽하고 독립을 쟁취하고자 하는 의도는 모든 학회지가 동일하게 가지고 있는 목표이기도 하다. 기호흥학회는 이러한 여러 지역 학회지 가운데에서도 후발주자였던 만큼 자신들만의 정체성을 찾고자 한다.[140] 이러한 기호흥학회의 정체성은 타 지역 학회와의 차별성과 서북학회에 대한 비교 의식, 다른 지역 학회나 구세대 학교에 대한 비판 등에서 살펴볼 수 있다.

학회의 명칭이 지역에 따라 각각 다르면 형식적으로 각기 독립된 것이 되어 분파의 심리에 자연스럽게 환영될 것이니, 자기 학회에 대한 성심은 다른 사람에게 양보하지 않을 것이며, 각기 양보하지 않는 열정으로 호남, 영남과 관동의 인사들은 기호 지역에 양보하지 않으며, 기호 지역의 인사들은 서북에 양보하지 않는 것은 당연한 이치니, 이처럼 서로 간에 양보하지 않는 결과로 그 학회의 목적이 진보할 것이다. 어느 학회든지 그 목적은 신선한 학문으로 지식을 개발하여 국가와 개인의 관계를 알게 하는 것이니, 각 학회가 진보하면 그 복리는 국가에 돌아가는 것이다. (…중략…) 기호 지역의 인사들이여, 과거와 미래의 망국도 기호 지역 인사들의 죄이며 흥국도 기호 지역 인사들의 공이다. (…중략…) 나는 태어난 곳으로 인해 서북 학회의 일원이고, 거주하는 곳으로 인해 기호학회의 일원이지만, 실제로 실천하며 본뜻을 관철하는 학회는 나에게 있어

---

140 서형범은 기호흥학회에서 말하는 '흥학'으로 표상되는 계몽담론에 대해 "'학(學)'을 '새로운 지식을 배우다'와 '후속 세대에게 가르치다'로 사용하며 이를 다시 '일반 대중을 가르치다'와 '공동체의 민도(民度)를 높이다'로 확장"하고 있다고 설명한다. (서형범, 앞의 글, 411쪽)

서 영광으로 생각하노니, 회원 여러분께서는 더욱더 힘쓰시고 방탕한 젊은이를 잘 인도하시면 국가의 독립 기초가 이 학회로부터 시작될 것임을 확신하며, 회보 제1권 편두에 예언을 발표하나이다.[141]

위의 인용문은 이종호라는 인물이 투고한 「각학회各學會의 필요급본회必要及本會의 특별책임特別責任」이라는 글로 기호흥학회에 대해 어떠한 정체성을 가지고 있는지 확연히 보여준다. 글의 서두에서 "國中에 他學會가 林立麻列홀지라도 畿湖의 學會가 惟一이라 ㅎㄴ니"[142]라고 언급하는데, 이는 완고한 백성들이 국가적 정신으로만 단합하기가 어려운데, 이러할 때 지역 단위로 소속이 되면 훨씬 더 수월하게 단합을 이룰 수 있다고 설명한다. 즉 각 지역의 이름을 달고 있는 학회가 그 지역의 유일한 학회이며, 그런 의미에서 기호흥학회 역시 기호 지역의 유일한 학회라는 의미이다. 그렇기 때문에 각 지역 학회의 열심은 다른 지역에 양보할 수 없다고 주장한다. 따라서 호남, 교남, 관동의 인사들이 기호에 양보할 수 없고, 기호의 인사 역시 서북에 양보할 수 없다고 언급하는 것이다. 또한 이 필자의 경우, 성장한 곳은 서북이라 서북학회의 일원이지만, 현재 거주하는 곳은 기호이기 때문에 기호학회의 일원이라고 자신을 소개한다.[143] 그러면서 국가의 독

---

141 "學會의 名稱이 地方을 隨ㅎ야 各異ㅎ면 形式的은 各立홀 故로 分派의 腦裡에 自然歡迎될지니 自會에 對혼 誠心은 他人에 不讓홀지오 各其 讓步치 아니ㅎㄴ 熱誠으로 湖南, 嶠南과 關東의 人士는 畿湖에 不讓步ㅎ며 畿湖의 人士는 西北에 不讓步홈은 固然혼 理致니 如斯히 互相 間에 不讓步ㅎㄴ 結果에는 其 學會의 目的이 進步홀지라 某 學會던지 其 目的은 新鮮혼 學問으로 知識을 開發ㅎ야 國家와 個人의 關係를 知得케 홈이니 各 學會가 進步ㅎ면 其 福利ㄴ 國家에 歸홈지라 (…중략…) 畿湖人士여 過去와 將來의 亡國도 幾湖人士의 罪오 興國도 畿湖人士의 功이라 (…중략…) 余ㄴ 生長혼 故로 西北學會의 一員이오 住址혼 故로 畿湖學會의 一員이나 實地를 履行ㅎ며 本旨를 貫撤ㅎㄴ 會ㄴ 余의 自身上에 當혼 榮華로 思料ㅎ노니 會員僉君은 益益 勉勵ㅎ시며 浮蕩華子를 善히 引導ㅎ시면 國家의 獨立基礎가 此會로 始홀 줄로 確實히 自信ㅎ고 會報 第一卷 編端에 預言을 佈告ㅎㄴ니다."(李鍾浩, 〈興學講究〉 「各學會의 必要와 本會의 特別責任」, 『기호흥학회월보』 1호, 1908.8.25, 22~24쪽)

142 이종호, 위의 글, 20쪽.

143 서형범은 이러한 서술에 대해 "자신이 기호흥학회를 특별하게 보고 있음을 더욱 강하게 뒷받침

립 기초를 위해 회보를 열심히 보며 알리고 참여하자고 독려한다.

또한 '기호 지역이 유일하다'의 의미를 책임론에서 찾고 있기도 하다. "畿湖人士여 過去와 將來의 亡國도 幾湖人士의 罪오 興國도 畿湖人士의 功이라"라고 하면서 기호인사들의 책임감을 강조한다. 즉 기호학회의 창립은 모범적 지위에 있으며, 모범적 인사가 되어 모범적 사업을 일으켜 국가적 정신으로 교육을 발달시켜야 할 의무와 책임이 있다는 것이다. 이렇게 볼 때 타 학회와의 차별성, 즉 지역학회로의 특별한 의무를 강조하고 있다고 볼 수 있다. 이러한 기호인사의 정체성은 타 학회와의 구분과 전통적인 입지를 통해서 더 확립된다.

그러므로 이 학문을 버리면 정치도 없으며, 이 학문을 버리면 법률도 없으며, 이 학문을 버리면 경제도 없으며, 이 학문을 버리면 농상공업도 없어져 국가는 스스로 설 수 없고, 민은 스스로 다스릴 수 없다. 그러므로 학회는 여러 사회의 어머니라 한다. 열강의 문명 진보가 이를 근본으로 삼지 않았던가? 우리 한국의 학회는 서북에서 시작하여 양남과 관동이 이를 이었고, 기호학회가 비로소 일어났으니, 지리적으로 말하면 기호는 제국 도성의 주변이다. 시와 예의 명문가와 문무 세족이 모두 여기서 나왔으니, 그 백성들의 수준이 표준적인 학계의 선도자가 되는 것이 당연한데도, 이를 제대로 하지 못하고 뒤처진 것은 어찌 된 일인가? (…중략…)

18세기 이후에 비로소 서부와 함께 정치 사상과 문학 기술이 더욱 발전하여 국가 중의 표준이 되었으니, 이제 기호인사들의 한 발짝 늦은 것을 어찌 탓하겠는가? 그러나 남북동서를 나누어 각기 깃발을 세우면 그 영향이 반드시 국민 교육에 어긋나고 당파가 쉽게 생길 것이다. 그러므로 학회의 중요성은 반드시 단체적인 출발로 통일된 조직으로 끝맺음해야 하는 것이니, 이렇게 한 후에야 비로소 제국 중앙 학회라 할 수 있다. 기호학회의 책임이 여기에 있지 않겠는가? 연합 학회의 발걸음을 맞추고 새 교과 과목을 정리

하는 사적 영역의 정서를 노출시킴으로써 자신의 진술에 대한 확신을 드러내는 진술전략"을 사용하고 있다고 평가한다. (서형범, 앞의 글, 405쪽)

하여 하나의 궤도로 돌려 함께 키워서 특색 있는 국민을 만드는 것이 목표이다.[144]

위의 예문은 김성희의 「기호흥학회圻湖興學會의 책임責任」이라는 제목의 글이다. 이 글에서 보면, 학회는 사회의 어머니이며, 학회의 시작은 서북이지만, 지리상으로 봤을 때 기호학회가 제국의 중심부라서 중요하다고 언급한다. 이러한 지리적 위치에 더해 역사적이고 전통적인 부분까지 언급하게 되는데, 정치사상이나 문예, 기예적 측면에서도 18세기부터 기호가 중심이었으므로 기호학회의 책임이 크고 중요하다고 설명한다. 특히 지역적 중앙이라는 부분을 강조하여, 이 지역 학회들의 연합을 기호를 중심으로 모색하고자 한다.

우리 한국의 기호는 삼천 민족의 수도요, 오백 년 사족의 중심이다. (…중략…) 작년에 내가 호서 여러 군을 유람할 때 몇몇 학교를 둘러본 적이 있었는데, 사족士族과 민족民族이 각각 학교를 설립하였으나 사족의 자제는 민족과 함께 같은 반에 있기를 매우 꺼려하고, 민족의 자제는 사족에 참여하기가 어려웠으며, 심지어는 겉으로는 학교를 세웠으나 그 내용은 새로운 학문이 들어올까 걱정하여 방어적으로 옛 학문을 가르치는 학교를 세웠으니, 나는 이에 마음을 달래며 길게 한탄한 바 있다.[145]

---

144 "故로 捨斯學이면 無所謂政治오 捨斯學이면 無所謂法律이오 捨斯學이면 無所謂經濟오 捨斯學이면 無所謂農商工事業而國不能自立이오 民不能自治矣라. 故로 曰 學會는 諸社會之母也라 徵之列强에 文明之進步가 不以是爲本源乎아 夫 我韓之學會는 始自西北起ᄒ야 兩南關東이 繼之而圻湖學會가 始乃興焉ᄒ니 以地理上言之則圻湖는 帝國都府之肘腋也라. 詩禮名家와 文武世族이 皆出於此則宜其人民之程度가 有標準의 學界之先導而顧不能爾爾ᄒ고 瞠若乎後는 何也오 (…중략…) 乃至十八世紀 以後에 始得與西部幷驅而政治思想과 文學技藝가 尤有以上之ᄒ야 爲國中之標準ᄒ니 今 圻湖人士之遲一步를 奚尤乎將來實踐之地乎아 然이나 南北東西에 分割方面ᄒ야 各堅旗幟則其影響이 必有乖於國民的教育而黨派易生矣라 故로 所貴乎學會者는 必以團體의 發軔而終底乎統一的組織이 可也니 夫如是然後에 可以謂帝國中央學會也라 試問圻湖學會之責任이 不在於是耶아 然測所汲汲然者는 聯合諸學會之步武ᄒ고 齊整新敎課之科目ᄒ야 務歸一轍에 共同養成ᄒ야 俾爲特色之國民이 是也云爾라."(金成喜, 〈興學講究〉「圻湖興學會의 責任」,『기호흥학회월보』3호, 1908.10.25, 7~8쪽)

145 "我韓의 畿湖는 三千民族의 首府오 五百年 士族의 冀北也라. (…중략…) 客年에 余가 湖西列郡을 遊覽홀 時에 幾個學校를 閱歷홈이 有矣로니 士族과 民族이 各各 學校를 設立ᄒ얏스되 士族의 子弟

이러한 기호 중심론은 다른 글에서도 발견된다. 위의 예시는 이기현의 「설회홍학設會興學의 원인原因」이라는 글로 기호 지역이 중심이면서 삼천만 민족의 머리이자 수도라는 점을 강조한다. 여기에서 더 나아가 다른 지역과 구분하는 시각도 발견할 수 있다. 이 필자가 호서 지역의 학교를 방문했을 때 신학문이 침입할까 두려워 방비책으로 구학교를 설립하고 있는 예전 선비士族들 혹은 구지식인들에 대해 직접적으로 비판을 가하고 있다. 또한 "西北學會가 首倡의 旗를 揭홈이 東南諸省이 次第啓發호 後에 我畿湖가 終點에 處"하였으며 "今日부터 全國의 精神을 統一호야 團體를 合成홀 時期가 不遠호다"[146]라고 주장한다. 즉 서북학회가 시작하고 기호가 종점에 처하여 책임감을 가지고 전국의 단체를 통일시켜야 함을 강조한다.

이렇게 볼 때, 기호흥학회에서 강조하는 '흥학'은 타 학회와의 차별성을 통해서 그 정체성을 보여주는 개념이라 할 수 있다. 예를 들어 서우학회의 목적을 보면, 근대적 국민교육이나 의무교육으로서 보통 교육을 실시하고자 하였다.[147] 또한 박은식은 역사교육과 보통 교육을 시행하여 당대 청년들을 교육하고 유교적 입장에서 신사상을 포괄하는 근대적 교육을 주장했다.[148] 그렇다면 서우학회는 보통 교육, 청년 교육, 역사 교육에 초점이 맞추어져 있었다고 볼 수 있다.

한편 기호흥학회에서 말하는 '흥학'은 이러한 서우학회에서 주장하는 교육과 조금은 차이를 두는 듯이 보인다. '흥학'의 방향성 역시 청년 교육, 신학문 교육, 서양 학문을 배우자는 취지를 보여준다. 그런데 이러한 '흥학'의 방향은 청년뿐

는 民族과 同列키 重難호고 民族의 子弟는 士族에 參列키 末由호며 甚者는 表面으로 設校호얏스나 其 內容인즉 新學問이 浸入홀가 念慮호야 防禦的으로 舊學校를 設立호얏스니 余ㅣ 於此에 心을 撫호고 長歎홀 바이 有호며"(李璣鉉, 〈興學講究〉 「設會興學의 原因」, 『기호흥학회월보』 3호, 1908.10.25, 9~11쪽)

146 이기현, 위의 글, 11쪽.
147 권영신, 「한말 서우학회의 교육구국 활동」, 『교육문화연구』 11, 인하대 교육연구소, 2005, 61~72쪽.
148 전은경, 「근대계몽기 잡지의 매체적 특징과 역사의 서사화 과정」, 『한국현대문학연구』 50, 한국현대문학회, 2016, 11쪽.

만 아니라 부모들과 노인들, 또 기존 구세대의 유학자들까지 포함하고자 한다. 지방에서 보내온 공함에 "養子不敎는 父母之罪라 ᄒ니" "凡我幾湖人士의 爲人父兄者는 試一思之어다"[149]라는 내용이 나오는데, 자식을 제대로 가르치지 않는 것은 부모의 죄라며 기호 인사의 부모들은 반드시 이를 기억하고 자식을 교육시켜야 한다며, 부모들에 대해 경계하고 있다. 또한 김유제金有濟는「노불가불학老不可不學」이라는 글에서 "一言而斷曰 老年新學은 乃進化의 機關이오 文明의 鑪鞴也라 ᄒ노라. 故로 人則曰 老者는 不必學이라 호딕 愚則曰 老者도 不可不學이라 ᄒ야 以諗于四方有志之君子ᄒ노라"[150]라고 하며, 노인들도 공부해야 함을 설파한다. 단순히 자녀를 교육해야 한다는 차원에서 더 나아가 노인들, 즉 구세대들 스스로도 새로운 학문을 공부해야 한다고 주장하는 것이다.

바로 이러한 지점이 서우학회와 달라지는 '흥학'의 지점이기도 하다. 서우학회가 보통, 의무 교육으로서 민족 교육을 하고자 했다면, 기호흥학회의 '흥학'은 그러한 청년 교육을 넘어서서 노인과 학부모, 구세대들, 유학자들까지 포함하여 새로운 학문을 배우고 익히도록 하고자 한 것이다. 이러한 면은 실제『기호흥학회월보』의 독자층이 바로 기호 지역의 인사였으며, 궁극적인 목적은 이들의 인식을 변화하여 지회와 학교를 설립하고자 했던 데에서 그 이유를 찾아볼 수 있다. 또 기호흥학회와 그 지회의 운영 주체의 대다수가 전직, 현직 관료였다는 사실 역시 '흥학'의 방향성과 그 독자층이 청년을 넘어 그 윗세대들에게까지 미치고 있음을 파악할 수 있게 한다.[151]

따라서 기호흥학회에서 주장하는 '흥학'은 교육의 기치를 걸면서도 서북 지역의 대항마이자 경쟁자로서 자신들을 위치지우며, 지리적인 부분과 역사적인 사

---

149 〈本會記事〉「地方에 發送ᄒ 公函」,『기호흥학회월보』1호, 1908.8.25, 48쪽.

150 金有濟,〈興學講究〉「老不可不學」,『기호흥학회월보』2호, 1908.9.25, 10쪽.

151 김형목,「기호흥학회 경기도 지회 현황과 성격」,『중앙사론』12·13, 중앙대 중앙사학연구소, 1999, 69~70쪽.

실을 통해 기호가 중심임을 끊임없이 설파한다. 또한 전국을 통합해야 하는 의무와 책임을 가지고 중심부로서의 역할을 강조하는 모습으로 드러나고 있다. 이는 호서 등 남부 지역에 분포하고 있는 사족士族으로 대표되는 기성세대들의 구교육에 대해 반발하며 새로운 학문을 배워야 함을 강조하고 있다. 더불어 단순한 보통 교육이나 의무 교육을 넘어서서 부모들과 유학자들을 포함한 기성세대들까지도 새로운 학문을 배워야 함을 주장하고 있다. 이렇게 '흥학'의 방향성이 윗세대에까지 영향을 미치고자 한 것은 결국 지회의 운영과 학교의 설립을 위한 다양한 기부가 필요했기 때문이었다고도 할 수 있을 것이다.

2) 『기호흥학회월보』의 주제 구성 및 기획

『기호흥학회월보』는 기호흥학회에서 1908년 8월 25일부터 1909년 7월 25일까지 총 12호가 발간되었으며 『서우』, 『서북학회월보』, 『호남학보』 다음으로 출간된 서울 및 경기, 충청남북도를 기반으로 한 지역 학회지였다.[152] 후발주자였던 『기호흥학회월보』는 앞서 등장한 지역 학회지와 비슷하면서도 차이점을 보여준다.

〈표1〉『기호흥학회월보』의 주제별 분류

주제	세부항목	세부항목 개수	개수
기호흥학회	기호흥학회	125	125
문학, 문예 계열	문학, 문예 계열	118	118
신사상, 산업	신사상	111	115
	산업	4	
교육	일반 교육	84	92
	여성교육	8	

---

152 실제 지역 학회지의 발간 부수를 보면, 그 당대에 상당한 영향력을 미치고 있었음을 알 수 있다. 그 당대 학회지 중 지역 학회지가 아니었던 『교육월보』가 4,000부, 『대한협회회보』가 2300부 발행되었는데, 지역 학회지인 『서북학회월보』가 1,360부, 『호남학보』가 3,000부, 『기호흥학회월보』가 2,000부가량 발행한 것을 보면, 지역 학회지는 지역민을 대상으로 하고 있지만 그 지역출신 인물들 안에서는 매우 큰 영향력을 가지고 있었음을 알 수 있다. (발간부수는 김형목, 앞의 글, 69쪽 참조)

주제	세부항목	세부항목 개수	개수
정치, 헌법, 국가, 국민의식	정치, 헌법	9	12
	국민의식	3	
구습타파	구습타파	3	3
국한문 문체 관련	국한문 문체	2	2
역사	역사	1	1
유학생, 학생, 청년	학생	1	1
총계			469

우선 『기호흥학회월보』에 실린 글을 주제별로 분류해 보면, 기호흥학회 관련 글이 가장 많았는데, 총 125개로 약 26.7%를 차지했고, 문학, 문예 계열 글이 118개로 25.2%, 신사상 및 산업 관련 글이 115개로 약 24.5%, 교육 관련 글이 92개로 약 19.6%였다. 이렇게 볼 때, 문예 관련 글과 새로운 학문 관련 글, 또 교육 관련 글들이 주류를 이루고 있었음을 알 수 있다. 그 외 정치나 구습타파 관련 글, 국한문체에 대한 논의 등이 등장했다.

〈표 2〉『기호흥학회월보』 문체별 개수

문체 종류		개수	총계
한문체	한문	118	149
	현토한문	31	
구절형 국한문체	구절형 국한문	53	58
	구절형+현토한문	5	
단어형 국한문체	단어형 국한문	201	211
	단어형+구절형	10	
한글체	한글	1	1
기타	명부(名簿)	50	50
총계			469

『기호흥학회월보』에 실린 글의 문체의 경우, 전체 469개의 글 중 50개의 글은 회원 명부나 회계원 보고 관련 글이어서 이 글을 제외하고 총 419개의 글을 대상으로 살펴보았다. 가장 많이 등장한 것은 단어형 국한문체였는데 211개로 약

50.4%를 차지했다. 다음은 한문체가 149개로 약 35.6%, 구절형 국한문체가 58개로 약 13.8%였다. 한글은 단 한 편에 불과했는데, 이는 5호에 실린 '한남녀사'가 보낸 기서였다.

당대 지역 학회지로서『기호흥학회월보』와 양대 구도를 이루었던『서우』나『서북학회월보』와 비교해 보았을 때, 단어형 국한문체의 비율은 비슷했다.[153] 그런데 한문체의 경우가『서우』나『서북학회월보』보다 훨씬 더 많은 분량을 차지했다. 이는 특히 〈사조〉란에 짧은 한시류가 많이 실렸기 때문이기도 하다. 이 〈사조〉란에 한시를 꾸준히 실었던 인물은 기호학교의 교장이었던 운양 김윤식이었다. 또한 현토한문체의 경우도『기호흥학회월보』가『서우』나『서북학회월보』에 비해 훨씬 더 많은 양을 차지하고 있다. 그에 비해 한글은 기서 외에는 전혀 찾아볼 수 없다.

이러한 문체적 특징 역시『기호흥학회월보』의 특징이라 할 수 있는데, 다른 지역 학회들에 비해 고위 관리들이나 높은 지위의 인물들이 대거 참여했기 때문에 드러나는 현상이라 할 수 있다.[154] 또한 한학에 조예가 깊은 인물들이『기호흥학회월보』에 상당히 많이 참여하고 있었음을 확인할 수 있다.

그러나 그렇다고 해서 수구적인 태도만 있었다고 볼 수는 없다.『기호흥학회월보』에는 동서격언이나 일본 복택유길의 〈수신요령〉 등을 번역하여 싣고 있다. 즉 서양의 사상을 배워오기 위한 방편으로서 격언을 번역하여 실을 뿐만 아니라, 메이지 유신에 성공한 일본의 사상가의 글 역시 싣고 있다는 것은 흥미로운 부분이다. 이는 결국 새로운 사상을 배우고 교육하고자 한 의지로 해석해 볼 수 있다.

---

153 『서우』와『서북학회월보』의 문체별 통계는 전은경의「근대계몽기 서북 지역 잡지의 편집 기획과 유학생 잡지의 상관관계」,『국어국문학』183, 국어국문학회, 2018, 238~239쪽 참고.

154 송민호는 1908년 4월 김윤식이 기호흥학회에 들어오면서 다른 고위 각료들도 대거 참여하게 되었다고 설명한다.(송민호, 앞의 글, 190쪽)

3) 표제 구분과 편집의 특징

『기호흥학회월보』의 표제를 살펴보면, 1호의 경우 〈본회취지서本會趣旨書〉, 〈축사祝辭〉, 〈흥학강구興學講究〉, 〈학해집성學海集成〉, 〈예원수록藝苑隨錄〉, 〈학계휘문學界彙聞〉, 〈본회기사本會記事〉로 구성되어 있다. 〈본회취지서〉와 〈축사〉는 창간호였기에 특수한 경우로 등장한 표제였고, 나머지 표제들이 거의 변함없이 등장한다. 〈흥학강구〉는 교육과 연관된 논설 등이 실리고 있었다. 〈학해집성〉은 신사상이나 새로운 학문과 관련한 내용들이 등장하고 있다. 〈예원수록〉은 하위 표제로 〈사조詞藻〉와 〈잡조雜俎〉를 두고 있다. 〈사조〉는 한시나 일반 시 등이 실렸고, 〈잡조〉에는 산문이나 소설, 격언, 미담 등이 실려 있다. 〈잡조〉는 뒤에 1호와 6호에서만 〈예원수록〉의 하위 표제로 들어 있고, 나머지 호에서는 독립되어 상위 표제로 바뀌게 된다. 〈학계휘문〉은 학회나 학교 관련 기사들이 실렸는데, 이 역시 〈잡조〉의 하위 표제로 내려갔다가 다시 상위 표제로 등장한다. 〈본회기사〉는 뒤에 3호부터 〈회중기사〉로 바뀌며 기호흥학회 관련 이야기나 공함, 기호학교, 회원 명부, 회계 관련 글들이 실리고 있다.

〈표 3〉『기호흥학회월보』 표제별 분류

유형	표제	개수	유형별 총 개수
논설	흥학궁구(興學講究)	100	118
	축사(祝辭)	17	
	본회취지서(本會 趣旨書)	1	
교육	학해집성(學海集成)	119	119
산문 및 서사	잡조(雜俎)	44	51
	예원수록(藝苑隨錄) / 잡조(雜俎)	7	
한시 및 시가	예원수록(藝苑隨錄) / 사조(詞藻)	84	84
회보 / 학회 관련	회중기사(會中記事)	61	92
	본회기사(本會記事)	19	
	학계휘문(學界彙聞)	12	
관보(법) 관련	관보초록(官報抄錄)	3	5
	사립학교규칙(私立學校 規則)	2	
총계		469	

표제별 개수 분포를 보면, 교육과 연관된 〈학해집성〉이 119개로 가장 많았고, 전체 글의 약 25.4%를 차지했다. 이와 거의 비슷하게 많이 등장한 표제는 교육과 관련된 논설을 실었던 〈흥학강구〉였는데, 총 100개로 약 21.3%를 차지했다. 회보나 학회 관련 기사를 제외하고 본다면, 그 다음으로는 〈예원수록〉의 〈사조〉란이 84개로 약 17.9%, 〈잡조〉 관련이 51개, 약 10.9%로 이어졌다. 이러한 표제별 분포를 각 호차별로 살펴보면 다음의 표와 같다.

〈표 4〉를 보면, 꾸준히 등장하고 있는 표제는 학회 관련 기사를 제외하고 볼 때 〈흥학강구〉, 〈학해집성〉, 〈예원수록〉, 〈학계휘문〉 등이다. 이러한 표제 구성을 보면 타 지역 학회와 비슷하게 구성하면서도 그 표제의 명칭은 『기호흥학회월보』만의 특징을 보여준다. 다른 지역 학회 역시 논설, 교육, 문예, 별보 및 시보, 회보 등 비슷하게 구성되어 있지만, 학회마다 표제는 모두 다르게 제시되어 있다.

〈표 4〉『기호흥학회월보』 호차별 표제 분류

호	본회 취지서	흥학 궁구	축사	학해 집성	예원 수록 사조	예원 수록 잡조	잡조	학계 휘문	본회 기사	회중 기사	관보 초록	사립 학교 규칙	총계
1	1	12	17	5	5	3		1	11				55
2		15		9	5		5	2	8				44
3		14		7	11		4	2		10			48
4		10		11	9		5	1		6	1		43
5		7		9	11		6	1		5	1		40
6		8		12		4		1		6	1		38
7		5		11	7		5			6		1	35
8		6		11	8		4	1		5		1	36
9		6		9	4		5			10			34
10		6		10	5		3	1		4			29
11		6		13	7		4	1		4			35
12		5		12	6		3	1		5			32
총계	1	100	17	119	84	7	44	12	19	61	3	2	469

예를 들어 『서우』와 『서북학회월보』의 경우는 〈논설論說〉, 〈교육부敎育部〉, 〈위생부衛生部〉, 〈잡조雜俎〉, 〈아동고사我東古事〉, 〈인물고人物考〉, 〈사조詞藻〉, 〈시보時報〉, 〈회록會錄〉 등의 표제가 꾸준히 이어졌고, 『서북학회월보』 16호 이후에는 〈강단講壇〉, 〈학원學園〉, 〈문예文藝〉, 〈담총談叢〉, 〈가담街談〉, 〈잡산雜算〉 등이 추가되기도 했다.[155] 또한 호남지역을 중심으로 한 『호남학보』의 1호를 보면 〈월보발간서月報發刊序〉, 〈편차부문編次部門〉, 〈본보독법本報讀法〉, 〈본보축사本報祝辭〉, 〈교육변론敎育辯論〉, 〈수사규풍隨事規諷〉, 〈각인언행各人言行〉, 〈본회기사本會記事〉, 〈회원명씨會員名氏〉로 표제가 등장하며, 경상도 지역을 중심으로 한 『교남교육회잡지』 1호를 보면, 〈본회취지서本會趣旨書〉, 〈본지간행설本誌刊行說〉, 〈지설誌說〉, 〈휘설彙說〉, 〈축사祝辭〉, 〈잡저雜著〉, 〈사조詞藻〉, 〈회중기사會中記事〉, 〈부록附錄〉, 〈주의注意〉 등이 표제로 등장하고 있다. 이렇게 보면, 지역의 학회지마다 표제를 붙이는 법에 차이를 두어 각자 지역별로 개성을 드러내고 있다고 할 수 있다.

〈논설〉 또는 〈교육〉으로 명시하는 학회가 있는 반면, 『기호흥학회월보』에서는 이러한 보편적인 말 대신에 〈흥학강구興學講究〉, 〈학해집성學海集成〉으로 표현하고 있다. 이러한 표제의 명칭은 『기호흥학회월보』의 정체성을 나타내는 중요한 편집 특징이라 할 수 있다. 〈논설〉로 표현하지 않고 〈흥학강구〉로 표현함으로써 편집진은 이미 교육 즉 '흥학'이라는 핵심어를 통해 전체 글의 내용을 통합하고자 한 의도를 지녔던 것으로 보인다. 따라서 다른 학회지의 〈논설〉 항목의 글과 달리 『기호흥학회월보』에는 '흥학'의 의도에 맞게 교육과 연관된 글들만 실리고 있다는 것도 중요한 특징 중 하나이다. 그러나 그만큼 '흥학'에 초점을 맞추다 보니, 월보가 진행될수록 점점 그 숫자가 줄어들고, 대신 〈학해집성〉이 늘어난다.

---

155 『서우』와 『서북학회월보』〈표제〉에 대한 논의는 전은경, 「근대계몽기 잡지의 매체적 특징과 역사의 서사화 과정」, 『한국현대문학연구』 50, 한국현대문학회, 2016, 14~17쪽; 전은경, 「근대계몽기 서북 지역 잡지의 편집 기획과 유학생 잡지의 상관관계」, 『국어국문학회』 183, 국어국문학회, 2018, 245~252쪽 참고.

또한 〈학해집성〉의 경우에는 학문의 바다를 모두 모아 체계를 이루어낸다는 그 명칭에 걸맞게 다양한 학문을 배치하고 있다. 다른 지역 학회의 교육 관련 내용들은 편집자의 의도가 강하게 들어있다기보다는 투고자의 의도에 따라 실리기도 하고 빠지기도 했다면, 『기호흥학회월보』는 좀 더 기획된 성격이 강하다. 2호부터 체계가 잡히면서 생리학, 정치학, 광물학, 동물학, 식물학, 응용화학, 지구과학, 경제학, 교육학 등 다양한 학문이 등장하며, 12호 끝까지 지리학, 교육학, 정치학, 법학, 행정학, 윤리학, 농학 등 약간의 가감만 있을 뿐 체계대로 진행된다. 이는 편집인 측에서 기획을 하여 실었을 확률이 높아 보인다. 그 때문에 이러한 편집은 편집인이었던 이해조의 영향력이 미친 것으로 유추되기도 한다.[156]

이 중 문예면과 연관된 표제는 〈예원수록〉으로 처음에는 이 표제의 하위항목으로 〈사조〉와 〈잡조〉가 있었다. 그런데 〈사조〉는 끝까지 〈예원수록〉의 하위로 위치되었지만, 〈잡조〉는 1호와 6호를 제외하고는 독립되어 상위 표제로 사용되었다. 〈사조〉의 경우는 평자의 평이 달리면서 어느 정도 필자와 편집진이 함께 소통하는 분위기를 연출하기도 했다. 그러한 면 덕분인지 〈사조〉의 개수도 조금씩 줄고는 있으나 꾸준히 실리고 있었다. 〈잡조〉는 그 수가 많지는 않았지만, 꾸준히 글이 실리고 있었으며, 〈잡조〉 안에 포함된 글에는 다양한 산문들과 여성교육 관련, 기서, 다양한 서사물 등이 있었다.

〈표5〉 『기호흥학회월보』 문예 관련 분류

분류	세부 항목	개수	분류별 개수
서사류	격언	12	33
	역사 전기	10	
	대화체(문답체)	8	
	서사	2	
	풍자소설 / 우화	1	

---

156 임상석은 당대 학회지 중 『기호흥학회월보』가 분과 학문을 가장 체계적으로 갖추었다고 평가한다. 또한 이러한 분과 학문 기사는 기호학교를 운영하던 이해조의 노력이 반영된 것으로 보이며 기호학교의 교재로 쓰였을 확률도 높다고 추측하고 있다. (임상석, 「기호흥학회월보」, 『한국근대문학해제집』II, 국립중앙도서관, 2016, 40~42쪽)

분류	세부 항목	개수	분류별 개수
시가류	한시계열	79	85
	문장	5	
	시	1	
총계		118	

문예 관련 글에 대해 분류해 보면, 〈표 5〉와 같다. 서사류는 대체로 〈잡조〉 또는 〈예원수록〉 하위 〈잡조〉란에 실렸다.[157] 격언은 「동서격언」이라는 이름으로 관해생觀海生[158]이 총 10편, 만운생晚雲生 홍정유가 2, 3호에 총 2편 번역해서 싣고 있다. 역사 전기물의 경우에는 「청구미담」이라는 이름[159]으로 2~4호까지는 관해생이, 나머지는 모두 만운생 홍정유가 실었다. 이렇게 보면, 이 두 가지 부분은 관해생과 만운생이 서로 나누어가며 싣고 있었다는 것을 알 수 있다. 이 외에도 다양한 대화체 혹은 문답체, 골계소설이 실려 있다는 것은 특기할 만하다.

4) 대화체 및 골계소설을 통한 서사적 실험

(1) 대화 및 문답법의 활용

근대계몽기에는 대화체 관련 서사물들이 매우 많이 등장했는데, 『기호흥학회월보』 역시 예외가 아니었다. 이러한 대화체는 총 8편이 실려 있는데, 자신이 말하고자 하는 바를 좀 더 효과적으로 알리거나 비판하기 위해서 사용되었다. 보통 이러한 대화체들은 오해하고 있는 인물에 대해 반박하거나 오해를 수정해 주는 방식, 또 모르는 것을 질문했을 때 알려주는 방식으로 전개되었다.

---

157 대화체의 경우는 〈흥학강구〉나 〈학해집성〉에 활용되어 실린 경우도 있었다.

158 이 관해생을 이해조로 유추하는 경우도 있으나, 아직 명확하게 밝혀지지는 않고 있다.

159 임상석에 따르면 이 「청구미담」은 "1895년 갑오개혁의 일환으로 간행된 최초의 근대적 교과서 『소학독본』을 5호부터 11호까지 계속 연재"한 것이라고 한다. (임상석, 앞의 책, 42쪽)

〈표 6〉 『기호흥학회월보』에 실린 대화체 활용 글 목록

호수	날짜	표제	저자	제목	문체	대화체 유형	주제
1	1908.8.25	興學講究	琴洲山人	甲乙討論	현토한문 +구절	토론	경쟁시대에 교육 필요, 이희직의 기부가 어리석다고 말하는 갑에게 을이 반박
1	1908.8.25	興學講究	李春世	客의 問	구절형	문답	교육과 열강
5	1908.12.25	興學講究	尹商鉉	孔敎問答	단어+구절	토론	교육
8	1909.3.25	雜俎	震庵散人 述兼評	〈短篇小說〉 小說壯元禮	현토한문 +구절	토론	교육 중요 / 학구 선생과 수재(아이)의 대화 / 구 노인에 대한 비판
11	1909.6.25	學海集成	洪正裕	地文問答	단어형	문답	신사상(지구과학)
11	1909.6.25	學海集成	白雲齋	化學答問	단어형	문답	신사상(화학)
12	1909.7.25	學海集成	李範星	化學問答	단어형	문답	신사상(화학)
12	1909.7.25	學海集成	洪正裕	地文問答	단어형	문답	신사상(지구과학)

〈표 6〉은 대화체를 활용한 글의 목록으로 총 8편이었으며, 그 중 교육적인 글에 활용한 경우를 제외하면 4편 정도가 대화체 서사를 활용한 글이라고 볼 수 있다. 또한 지식을 전달하기 위해 사용한 경우에 주로 문답을 활용했으며, 구세대나 현실을 비판하기 위해서는 주로 토론 형태를 활용하였다.

갑이 말하길, "천하의 어리석은 사람 중에 제천의 이희직 씨보다 더 심한 사람이 어디 있겠는가? 옛사람 중에 자신의 털 하나를 뽑아 천하에 이익이 된다 해도 하지 않은 이가 있었으니, 그가 어찌 천하의 이익을 싫어해서였겠는가? 아마도 천하가 아무리 크더라도 내 한 몸의 작음과는 바꿀 수 없기 때문일 것이다. 천하가 모두 기뻐할지라도 나 혼자 괴로우면, 비록 요순 같은 성인이라도 천하의 즐거움으로 내 한 몸의 괴로움을 잊을 수는 없을 것이다. 그러므로 자신의 털 하나를 뽑아 천하에 이익이 된다 해도 하지 않는 것은 천하의 이익을 싫어해서가 아니라, 바로 내 한 몸에 이익이 되지 않을까 두려워서이다. 그런데 이제 이 씨는 그의 재산 삼분의 일을 들어 기호와 서북의 두 학회에 맡겼으니, 이는 비유하자면 자신의 몸 반을 잘라 남에게 준 것과 같다. 어리석도다, 이 씨여, 참으로 영무지寧武子:『논어』에 나오는 인물로, 나라에 도가 있으면 지혜롭고 나라에 도가 없으면 어리석었

던 춘추시대 위나라의 대부(大夫)의 어리석음에 견줄 수 없도다.”

을이 크게 웃으며 말하길, “그대는 귀가 있어도 듣지 못하고, 눈이 있어도 보지 못하며, 마음이 있어도 생각하지 못하는 자로다. 한번 생각해보라. 그대에게 만 경의 전답과 만 곡식이 있다면 그저 편안히 앉아서 먹기만 하겠는가? 그대가 비록 편안히 앉아서 먹고자 하더라도 지금 이 경쟁 시대에 나라가 망하고 종족이 멸한 후에 누군가가 그대의 팔을 꺾고 빼앗아 간다면 그대는 어떻게 하겠는가? 나는 그대가 눈물을 흘리며 슬퍼하는 것을 보고 탄식하며 죽을 것이다.” (…중략…)

아, 전국에 어리석은 자가 많구나. 십 금, 만 금의 재물을 아끼고 또 아껴 학교에 의연하라 하면 한 푼에도 피를 흘리고, 공익을 위해 일하라 하면 반 동전에 손을 떠는구나. 교육이 일어나지 않아서 이 백성이 어리석고 우둔하여 국가가 있음을 알지 못하고 흥망이 있음을 알지 못하여 마침내 혼란의 화를 초래하면, 그들이 이 재산을 가지고 무엇을 하겠는가? 아, 이는 이 씨의 어리석음이 아니다. 이 씨를 어리석다고 하는 자가 바로 어리석은 것이다.[160]

위의 인용문은 금주산인琴洲山人이라는 필자가 「갑을토론」이라는 제목으로 실은 글이다. 토론이라고 되어 있으나 실제로는 갑이 말한 부분에 대해 을이 반박

---

160 "甲曰 天下之愚人이 孰有甚於堤川之李熙直氏哉아. 古之人은 有拔一毛利天下而不爲者ᄒ니 彼豈惡天下之利哉 아마는 天下가 雖 大나 不足以換我一身之小也라. 天下가 皆熙直이라도 我獨苦痛이면 雖堯舜이라도 固不能以天下之樂而忘我一身之若痛也라. 故로 拔一毛利天下而不爲者ᄂ 非惡天下之利也라 卽 恐我一身之不利어늘 今 李氏ᄂ 卽 擧其家産三分之二ᄒ야 以付 畿湖西北兩學會ᄒ니 是ᄂ 譬컨딘 割一身之半ᄒ야 以與人也니 愚哉라 李氏여 眞所謂齎武子之愚를 不可及也로다. 乙이 呀然 大笑曰 子ᄂ 有耳而無聞者也며 有目而無見者也며 有心而無想度者也로다. 試思ᄒ라 子若有田萬頃ᄒ고 有粟萬斛이면 其將晏然而坐食乎아 子雖欲晏然而坐食이ᄂ 今處此競爭時代ᄒ야 國亡種滅之後에 有輇子之臂而奪之者ᄒ면 子將奈何오 吾將見子之涕泣漣漣에 悲嘆而死也로다. (…중략…) 嗚乎라 全國之內에 愚者가 固多矣라 十金黃金之賫를 忍之又忍ᄒ야 學校에 義捐ᄒ라면 一分에 血生ᄒ고 公益에 從事ᄒ라면 半銅에 手戰ᄒ니 未知커라 教育이 不興에 斯民이 愚蠢ᄒ야 不知有國家ᄒ고 不知有興亡ᄒ야 以致淪胥之禍ᄒ면 彼持此財産ᄒ고 將欲何歸오. 嗚乎라 非李氏之愚也라 愚李氏者ㅣ 乃愚也니라."(琴洲山人, 〈興學講究〉「甲乙討論」, 『기호흥학회월보』1호, 1908.8.25, 23~24쪽)

하면서 자신의 생각을 피력하고 있다. 사실 이러한 대화체 서사물은 근대계몽기에 발행한 지역 학회지나 유학생 잡지 등에서 "갑을토론", "갑을문답" 등의 이름으로 굉장히 많이 쓰인 유형이다.

내용을 살펴보면, 갑이 기호 지역의 인물인 이희직李熙直의 기부 이야기를 하면서 시작된다. 특히 갑은 제천에 살고 있는 유지 이희직이라는 인물이 가산의 3분의 2를 기호학회와 서북학회에 기부했다며 이를 어리석다고 평가 내린다. 그러자 을은 이러한 평가를 정면으로 반박하며 귀가 있으나 듣지 못하고 눈이 있으나 보지 못하는 사람이라며 갑을 비웃는다. 이러한 경쟁시대에 처하여 교육하지 않으면 나라가 망하고, 나라가 망하면 모든 자손들 역시 망하는 것과 같다며 교육이 중요함을 설파한다. 그러면서 학교나 교육에 기부하지 않는 전국의 완고한 인물들이 많다며 이희직이 어리석은 것이 아니라, 이희직이 어리석다고 말하는 사람들이 어리석다고 단언한다.

이 글에서 등장하는 이희직李熙直1866~1922은 실제 충청북도 제천의 인물로서 의관議官을 역임하였으며, 사회사업에 힘썼던 인물이었다.[161] 이 이야기에 나오는 기호학회와 서북학회에 기부한 일도 실제 상황이었다. 왜 가산을 팔아서 학회나 학교를 돕느냐는 여러 비판에 대해 이 글의 저자는 정면으로 반대하되 이를 대화체의 방법을 활용하여 적음으로써 좀 더 설득력 있게 독자들에게 자신의 주장을 전달한다.

내가 옥성의숙玉成義塾에서 학생들을 가르치고 있을 때 어떤 이가 배교주의를 품고 와

161　이희직은 신교육이 나라를 구한다고 여러 학회를 적극적으로 후원하였다. 그 중 서북학회와 기호학회에 각각 논 75두락, 호남학회·교남학회·관동학회·경성고아원에 논 15두락씩을 기부하였다. 그 외에도 중앙학교·양정학교·휘문학교 등 10여 개 학교가 도움을 받는 등 교육 및 사회사업에 상당히 큰 도움을 준 인물로 평가되고 있다. (제천문화대전, 한국향토문화전자대전, 한국학중앙연구원, http://jecheon.grandculture.net/Contents?local=jecheon&data Type=01&contents_id=GC03300942)

서 물었다. "우리나라가 어떤 종교의 나라입니까?" 내가 말하길, "옛날에 공자의 가르침을 따르던 나라이다." 그가 말하길, "소위 신학문 과목이란 것이 모두 무엇의 규칙이며 어떤 제도입니까? 그대가 진심으로 이를 주창할 줄은 전혀 예상하지 못했습니다." 내가 웃으며 말하길, "좁도다, 그대의 견해여. 그대는 공자의 책을 읽었을지언정 공자의 진리를 알지 못하는 자로다. (…중략…)

대체로 학교에서 여러 과목은 인생에 반드시 배워야 할 요소라 일일이 설명하기 어려우니, 시세를 헤아린 후 각 과목의 필수 학습 여부를 차근차근 연구해야 한다. 아, 우리나라 삼천리 안에 그대와 같은 산림 유자가 몇이나 있는지, 나를 위해 내 말을 전할지어다. 교육이 시급하니 다 함께 분발하여 일어나 학교를 설립하고 자제를 발전시켜 국가와 민족을 부양하고 생활케 해야 한다. 중용에 이르길 '지금의 세상에 태어나 옛 도를 따르면 재앙이 그 몸에 미친다' 하였고, 맹자가 이르길 '이미 명령할 수 없고 또 명령을 받지 않으면 이는 절대물이다' 하셨으니, 오늘에 당하여 위기와 멸망이 호흡 간에 있구나. 외국어와 단발 양복의 부끄러움은 참으로 작은 일에 불과하다. 아, 우리나라 삼백 년 인사가 공자의 진리를 행하지 않다가 이 지경에 이르렀으니 누구를 원망하랴. 지금에 이르러서는 처세의 요결이 하나 있으니, 공자가 이르시길 '말을 충실하게 하고 행동을 독실하게 하면 오랑캐의 나라에서도 행할 수 있다' 하셨으니, 그대가 학교에 공자의 가르침을 보존할 생각이 있다면 먼저 그대의 언행에서 시작하라." 손님이 일어나 다시 절하며 말하길, "오늘에서야 가리움이 갑자기 열려 앞길을 비로소 알게 되었노라" 하였다.[162]

---

162 "余ㅣ 玉成義塾에서 生徒를 教授ᄒ더니 或이 排校主義를 挾ᄒ야 來問曰 我ㅣ 何宗教의 國이뇨 余ㅣ 曰 古에 孔教의 國이니라 客曰 所謂 新學問科目이 是皆 何物의 規則이며 何樣의 制度이뇨 子의 醇實로 此를 主唱ᄒ 줄은 曾非所望이로라 余ㅣ 笑曰 局哉라 子의 見이여 子는 孔教의 書策은 讀ᄒ얏슬지언뎡 孔教의 眞理는 不知ᄒᄂ 者로다 (…중략…) 大抵 學校에 諸般科目은 人生의 不得不學ᄒ 要素라 一一說明키 難ᄒ니 時勢를 忖度ᄒ 後 各 科目의 必學 不必學을 徐徐히 研究ᄒ지어다. 嗟呼라 我國 三千里 內에 子와 如ᄒ 山林儒者가 幾人이나 有ᄒᄂ지 我를 爲ᄒ야 我言을 傳ᄒ지어다. 教育이 時急ᄒ니 一齊奮發興起ᄒ야 學校를 設立ᄒ고 子弟를 發達케 ᄒ야 國家와 民族을 扶持生活케 ᄒ지어다. 中庸에 曰 生乎今之世ᄒ야 反古之道ㅣ면 災及其身이라 ᄒ며 孟子ㅣ 曰 旣不能令ᄒ고 又不受命이면 是ᄂ 絶物이라 ᄒ시니 今日을 當ᄒ야 危亡이 呼吸에 在ᄒ지라 外國語와 斷髮洋服의 羞愧는 眞所謂總小功의 察이로다. 嗚呼라 我國 三百年 人士가 孔教의 眞理를 不行ᄒ다가 此 地位에 陷落ᄒ

위의 대화체 서사는 『기호흥학회월보』에서 말하는 '흥학' 개념을 그대로 보여주고 있다. 새로운 학문을 배워야 한다는 것과 그것을 가로막는 것은 잘못된 유교관을 가진 유학자들 때문이라며 비판하는 것인데, 위의 대화체 서사에서는 새로운 학문을 배우는 것이 실제 공자의 말을 지키는 것과 같음을 주장한다. 즉 진정으로 공자를 공부한 유학자라면 그 가르침에 따라 당연히 새로운 학문을 배워야 한다는 것이다. 따라서 이러한 대화체 서사는 새로운 서양의 학문을 배워야한다는 주장과 더불어 그것을 거부하는 잘못된 유학자들에게 일침을 가하며 비판하여 그들도 돌이켜 새로운 학문을 배우고 또 지지하여 학교를 세우자는 취지로 이어지고 있다.

태양계

문 태양계란 무엇을 이르는 말이냐?

답 태양계라는 것은 태양을 중심으로 삼고, 그 사방을 돌며 회전하는 행성이 태양에 속한 것과 같은 것을 일컫느니라.

문 태양을 둘러싸고 회전하는 행성의 수가 얼마인가?

답 행성이 여덟이 있으니, 곧 수성, 금성, 지구성, 화성, 목성, 토성, 천왕성, 해왕성이 이것이라. 지구가 그 여덟 별 중 하나이므로 또한 태양계에 속하느니라.

문 지축이란 무엇을 이르는 말이냐?

답 지구의 남북을 곧게 관통하여 지구의 중심을 꿰뚫은 직선을 지축이라 하느니라.

문 궤도란 무엇을 이르는 말이냐?

답 태양을 둘러 회전하는 길을 궤도라 하나니라.

얏스니 誰를 怨尤ᄒᆞ리오 到今ᄒᆞ야ᄂᆞᆫ 處世要訣이 一道가 有ᄒᆞ니 孔子ㅣ 曰ᄒᆞ샤ᄃᆡ 言을 忠信ᄒᆞ며 行을 篤敬ᄒᆞ면 蠻貊의 邦이라도 行矣라 ᄒᆞ시니 子ㅣ 學校에 孔敎扶持홀 思想이 有ᄒᆞ거든 先히 子의 言行으로 始ᄒᆞ라 客이 起ᄒᆞ야 再拜曰 今日에야 茅塞이 頓開ᄒᆞ야 前路를 始知ᄒᆞ노라 ᄒᆞ더라. "(尹商鉉, 〈興學講究〉,「孔敎問答」,『기호흥학회월보』 5호, 1908.12.25, 1~4쪽)

문 자전과 공전은 어떠함을 이르는 것이냐?

답 지구가 매일 자기 축을 따라 회전하는 것을 자전이라 하고, 매년 궤도를 따라 회전하는 것을 공전이라 하느니라.[163]

이러한 대화체는 구세대에 대한 비판뿐만 아니라 새로운 학문을 쉽게 알려주기 위한 방편으로 적용되기도 한다. 11호와 12호에는 지구과학 분야와 화학 관련 부분에 대해 위와 같이 문답법을 통해서 설명한다. 위의 예는 홍정유의 「지문문답地文問答」이라는 글로 지구과학 내용에 대해 문답법을 사용하여 문답으로 보여준다. 태양계에 관련된 내용인데 태양계가 무엇인지, 행성의 수는 몇 개인지, 또 행성에는 무엇이 있는지 등 질문자가 질문을 하면, 이에 대해 짧고 쉽게 대답하고 있다. 10호까지 〈학해집성〉에 등장한 신사상에 관련한 글들에는 이러한 문답류가 사용되지 않았다. 그런데 11호부터 지구과학과 화학 분야에서 이러한 문답을 활용하고 있는 것이다. 지구과학이나 화학 모두 그 이전부터 꾸준히 연재되고 있었는데, 그저 설명하듯이 나열한 것에 비해 문답법은 훨씬 쉽게 접근하고 쉽게 지식을 체득할 수 있다는 점에서 이점이 있었다. 따라서 홍정유洪正裕, 백

---

[163] "太陽系

問 太陽系는 何를 謂흠이뇨.

答 太陽系라는 者는 太陽으로써 中心을 삼고 其 四周를 繞ᄒᆞ야 旋轉ᄒᆞᄂᆞ 行星이 太陽에 系흔 者와 如흔 者를 稱흠이니라.

問 太陽을 繞ᄒᆞ고 旋轉ᄒᆞᄂᆞ 行星의 數가 幾何나 되ᄂᆞ뇨.

答 行星에 八이 有ᄒᆞ니 卽 水星 金星 地球星 火星 木星 土星 天王星 海王星이 是라. 地球가 其八星에 一인 故로 坐흔 太陽系에 屬ᄒᆞ니라.

問 地軸은 何를 稱흠이뇨.

答 地球南北을 直貫ᄒᆞ야 地心을 穿過흔 直綫을 地軸이라 ᄒᆞᄂᆞ니라.

問 軌道는 何를 稱흠이뇨.

答 太陽를 繞行ᄒᆞᄂᆞ 道를 軌道라 ᄒᆞᄂᆞ니라.

問 自轉과 公轉은 如何흠을 指흠이뇨.

答 地球가 每日 本軸을 繞ᄒᆞ야 旋轉ᄒᆞᄂᆞ 者를 自轉이라 稱ᄒᆞ고 每年 軌道를 循ᄒᆞ야 旋轉ᄒᆞᄂᆞ 者를 公轉이라 稱ᄒᆞᄂᆞ니라."(洪正裕, 〈學海集成〉「地文問答」, 『기호흥학회월보』 11호, 1909.6.25, 29쪽)

운재白雲齋 등이 좀 더 쉽게 독자들이 새로운 지식을 알 수 있도록 이러한 문답을 교육적인 글에 활용하였던 것이다. 또한 이러한 문답체는 유학을 공부한 인물들에게 매우 익숙한 형식이기도 하다. 따라서 이는 새로운 학문을 배워야 하는 청년 세대뿐만 아니라, 유학자들에게도 쉽게 새로운 학문을 이해할 수 있도록 특징적인 방법이 될 수 있었다.[164]

이처럼 문답 혹은 대화체의 활용은 독자에게 좀 더 알기 쉽게 가르쳐주기 위한 방편이었던 것으로 보인다. '흥학'이 목표였던 만큼,『기호흥학회월보』는 교육의 중요성이나 교육 내용을 쉽게 전달하기 위해 이러한 대화체 혹은 문답체 서사물을 활용하였고, 이러한 실험들이 또한 근대계몽기 새로운 서사물들을 탄생하도록 하는 여러 발판이 되었을 것으로 보인다.

(2) 고전의 역발상적 차용과 골계소설

『기호흥학회월보』에는 '소설'이라는 부제가 붙은 글이 2편 실려 있는데, 하나는「골계소설 단편滑稽小說 短篇」이라는 이름으로 5호에 실린 성낙윤成樂允의 글이고, 다른 하나는 앞서 대화체 방식을 활용한「〈단편소설短篇小說〉 소설小說 장원례壯元禮」라는 제목으로 8호에 실린 진암산인震庵散人의 글이다. 이 중 골계소설은 서사성을 강화한 풍자서사물이자 우화의 형식을 갖추고 있다.

골계소설의 필자인 성낙윤은 3호의 〈회중기사會中記事〉의 "지회임원급회원명부支會任員及會員名簿"에서 처음 등장하는데, 그는 지회 중에서도 양근군楊根郡의 평의원으로 소개되어 있다.[165] 양근군은 경기도 양평의 예전 호칭이다. 같은 호에 그는「과정지진퇴재어주인옹지냉열課程之進退在於主人翁之冷熱」라는 글을 싣고 있는데,

---

164 실제로『서우』나『서북학회월보』에서는 이러한 신학문에 활용한 문답체는 보이지 않는다. 이렇게 볼 때,『기호흥학회월보』에서 신학문에 활용한 문답체는 이러한 문답체에 익숙한 유학자들까지 포용하고자 한 특징적인 것으로 이해할 수 있을 것이다.

165 〈會中記事〉「支會任員及會員名簿」,『기호흥학회월보』3호, 1908.10.25, 53쪽.

"恒心이 無훈 者는 雖 才ᄒ나 不成ᄒ느니 炊沙成飯과 如ᄒ고 恒心이 有훈 者는 雖 愚나 必成ᄒ느니"라고 하여 주체의 열정의 유무에 진퇴의 과정이 달렸다며 교육에 대해 열정을 가지고 달려 나가라고 설득한다.[166] 이러한 그의 생각은 「골계소설」 안에서도 드러난다.

(가) 사마귀가 매미를 잡아 매미의 몸의 일부가 사마귀의 뱃속으로 들어가니 해산 사양에 광경이 처량하고 벽수누대에 풍운이 적막하도다.[167]

필자가 단편이라고 명시한 대로 짧은 글이기는 하지만, 이 서사물의 내용 구성에는 발단, 전개, 위기, 절정, 결말의 구조가 내재되어 있다. (가)는 발단 부분으로 간단하게 언급된다. 사마귀가 매미를 잡아 입속에 집어넣고, 매미는 죽게 되는 상황이다. 이 상황을 지는 해의 풍경으로 묘사하며 처량하고 안타까움을 표현하고 있다. 다음의 전개 상황은 크게 보면 3가지로 구분된다.

(나) 매미의 족속인 털매미와 쓰르라미들이 오열하며 서로 조문하여 말하기를

천하 날아다니는 족보에 우리 족속을 일종 청족淸族이라 하건마는 우물 안 개구리의 소견으로 바다가 있음을 알지 못하고 나뭇가지 위 개미의 취한 꿈으로 세월을 허비하여 한관의 면류관끈은 영광스러운 길의 경쟁이오, 태루관현秦樓管絃은 희극무대의 풍류라.

청량유호에 비를 준비하지 못하다가 높고 공허한 동우에 재화가 불살라지는구나.

대륙의 풍운이 눈앞을 압박하더니 하늘에서 떨어진 벼락이 뇌수를 부수었도다.

슬프다, 그의 수레바퀴를 막던 위력이 한 번의 배부름을 지나 강건함을 보충하면, 계

---

166 成樂允, 〈興學講究〉 「課程之進退在於主人翁之冷熱」, 『기호흥학회월보』 3호, 1908. 10. 25, 8쪽.

167 실제 원문은 다음과 같다. "蜋이 蟬을 捕ᄒ야 蟬의 一部 軀殼이 蜋腹에 活埋ᄒ니 海山斜陽에 光景이 愁慘ᄒ고 碧樹樓臺에 風韻이 寂寞ᄒ도다."(鳳所生 成樂允, 〈雜俎〉 「滑稽小說」(短篇), 『기호흥학회월보』 5호, 1908. 12. 25, 30~31쪽)이며 이하 「골계소설」로 표기함.

190   근대계몽기 잡지의 로컬리티와 문학

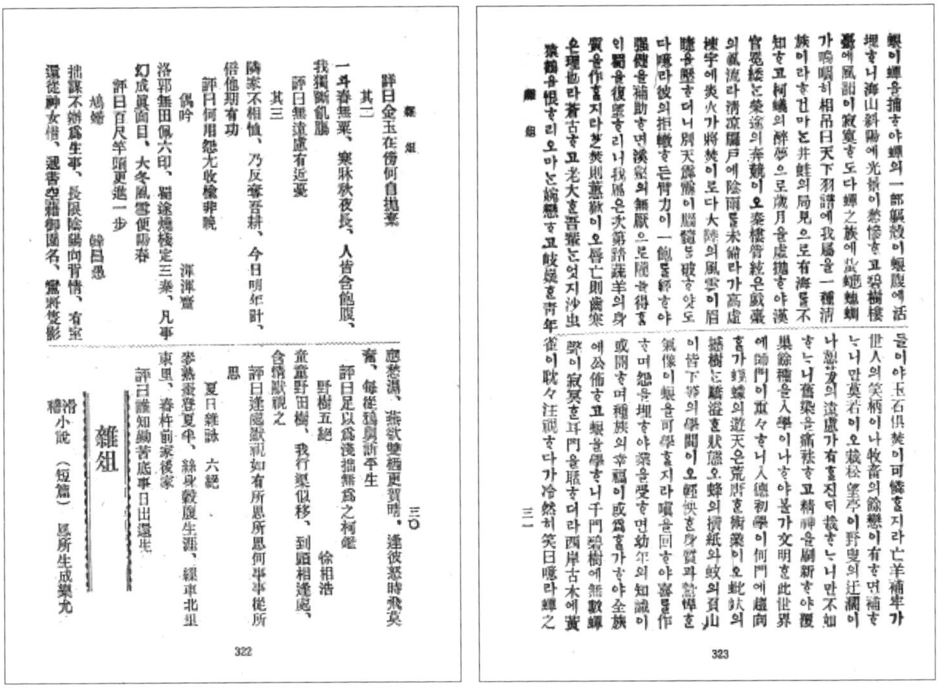

〈사진 11〉 성낙윤의 「골계소설(단편)」

곡과 골짜기의 끝없는 물이 능히 산을 넘으면, 촉을 다시 바랄 수 있으리니, 우리 족속은 밭에서 풀을 먹이는 양과 같이 몸을 만들지라. 지초를 불사른즉 혜담이 한탄하고, 입술이 망한 즉 이가 시린 것은 이치라. 심히 늙은 우리 무리는 어찌 모래, 벌레, 원숭이, 학沙蟲猿鶴을 원망하리오마는 아름답고 그리운 어릴 때부터 지덕이 뛰어난 청년들이야 옥과 돌이 함께 불타 버리는 것착한 사람이나 악한 사람이 함께 망함이 가련할지라.[168]

---

168 蟬之族에 蛩應蟪가 嗚咽히 相吊曰
天下羽譜에 我屬을 一種 淸族이라 ᄒᆞ건마는 井蛙의 局見으로 有海를 不知ᄒᆞ고 柯蟻의 醉夢으로 歲月을 虛抛ᄒᆞ야 漢官冕綬는 榮途의 奔競이오 秦樓管絃은 戱臺의 風流라. 淸涼牖戶에 陰雨를 未備라가 高虛棟宇에 炎火가 將焚이로다. 大陸의 風雲이 眉睫을 壓ᄒᆞ더니 別天霹靂이 腦髓를 破ᄒᆞ앗도다.
噫라 彼의 拒轍ᄒᆞ든 臂力이 一飽를 經ᄒᆞ야 强健을 補助ᄒᆞ면 溪壑의 無厭으로 隴을 得ᄒᆞᆷ이 蜀을 復望ᄒᆞ리니 我屬은 次第 踏蔬羊의 身質을 作ᄒᆞᆯ지라 芝焚則 蕙歎이오 脣亡則 齒寒은 理也라 蒼古ᄒᆞ고 老大ᄒᆞᆫ 吾輩는 엇지 沙蟲猿鶴을 恨ᄒᆞ리오마는 婉戀ᄒᆞ고 岐嶷ᄒᆞᆫ 靑年들이야 玉石俱焚이 可憐ᄒᆞᆯ지라. (「골계소설」, 31쪽)

전개 첫 번째에는 동료 매미나 쓰르라미들이 모여서 죽은 매미를 추모하는 내용으로 이루어져 있다. 죽은 매미에 대한 안타까움이 어릴 때부터 지덕이 뛰어난 청년들에 대한 가련함으로 연결된다. 즉 세상의 풍파 앞에서 약한 청년들의 존재가 망하고 있다며 안타까워하는 것이다.

(다) 양을 잃고 우리를 고치는 것이 세상 사람들의 웃음거리가 되지만, 목축의 남은 것이 있으면 보하는 것은 당연하오. 한 일에 효과를 보기에는 까마득하나^{栽松望亭} 야수의 우활이나 노숙하는 것을 헤아려 볼진대, 심는 것만 같지 못하나니 오래 전부터 배어든 나쁜 풍속을 없애고, 정신을 새롭게 하여 멸망한 집안에서 살아남은 자식을^{覆巢餘卵} 을 입학이나 하여 볼까. 문명한 이 세계에 사문이 중하니 입덕초학이 어느 문에 따라갈까. 진디등에^{蠛蠓}의 유천은 황당한 술업이오 왕개미^{蚍蜉}의 나무를 흔드는 지나치게 교활한 상내요 벌^蜂의 종이를 뚫음과 모기가 산을 진다는 것이 이 모두 하등의 학문이오 가벼이 여기는 신질과 사나운 기상이 사마귀를 가히 배울지라.[169]

(라) 성냄을 돌이켜 기쁨을 만들며 두려움을 묻고 업을 배우면 유년의 지식이 혹 열리며 종족의 행복이 혹 위할까 하여 전 종족이 공표하고 사마귀를 배우니 천문벽수에 무수한 매미의 목소리가 적막한 귀를 떠들썩하게 하더라.[170]

전개 부분의 두 번째 내용인 (다)는 왜 자신들의 족속이 이렇게 약한지 반성하는 부분이다. 실패한 일을 뉘우쳐도 소용없다고 세간에서 비판한다고 해도, 가

---

169 "亡羊補牢가 世人의 笑柄이나 牧畜의 餘戀이 有ᄒ면 補ᄒᄂ니만 莫若이오 栽松望亭이 野叟의 迂闊이나 䰟茂의 遠慮가 有홀진딕 栽ᄒᄂ니만 不如ᄒᄂ니 舊染을 痛祛ᄒ고 精神을 刷新ᄒ야 覆巢餘種을 入學이나 ᄒ야 볼가 文明흔 此 世界에 師門이 重重ᄒ니 入德初學이 何門에 趣向홀가 蠛蠓의 遊天은 荒唐흔 術業이오 蚍蜉의 撼樹ᄂ 驕溢흔 狀態오 蜂의 攢紙와 蚊의 負山이 皆下等의 學問이오 輕快흔 身質과 鷲悍흔 氣像이 螗을 可學홀지라."(「골계소설」, 31쪽).

170 "嗔을 回ᄒ야 喜롤 作ᄒ며 怨을 埋ᄒ야 業을 受ᄒ면 幼年의 知識이 或 開ᄒ며 種族의 幸福이 或 爲홀가 ᄒ야 全族에 公佈ᄒ고 螗을 學ᄒ니 千門碧樹에 無數蟬聲이 寂冥흔 耳門을 聒ᄒ더라."(「골계소설」, 31쪽)

축이 조금이라도 남아 있다면 고치고 보수해야 한다며, 이를 위한 방법으로 사마귀를 배워야 한다고 해결책을 내놓는다. 또한 이러한 결론에 따라 (라)에서는 전 종족에게 공표하여 사마귀를 배우니 온천지에 매미 소리가 시끄럽게 울려 퍼지더라는 내용이다.

> (마) 서안고목의 누런 참새가 즐기며 주시하다가 냉연히 비웃으며 말하기를
> 슬프다 매미의 족속이여 너의 학문을 고사하고 다른 이를 배울 양이면 나의 연목주문도 있고 하늘을 찌를 듯한 큰 그림도 있거늘 현명치 못한 사마귀 선생을 배우고자 하는 것이 성인에 이르신 바 입지를 불고한 하등의 학문이라 복장심腹葬心이 먼저 발하면 정침은頂針恩을 어찌 알릴까. 새로운 하늘을 모르니 복된 땅을 어찌 찾을 수 있으리오
> 조개와 도요새蚌鷸가 나의 음식이니 어옹의 공을 앉아서 얻을 것인가.[171]

위기 부분인 (마)는 이처럼 매미들이 사마귀를 배우고자 시끄럽게 소리를 지르는 사이, 참새가 나타나 이 모습을 매우 가소롭게 웃으면서 이야기하는 장면이다. 참새는 차라리 배우려면, 현명하지 못하고 작은 사마귀를 배울 것이 아니라 참새 자신이나 하늘에 날아다니는 더 큰 존재를 배우라고 질책한다. 즉 새로운 하늘, 새로운 세상을 모르는데 어찌 새롭고 복된 땅을 찾을 수 있겠느냐며 한심해 하고 답답해한다. 그러면서 방휼상지蚌鷸相持 즉 도요새와 조개가 서로 싸우는 사이 제3자인 어부가 그 둘을 모두 취해갔듯이, 자신 또한 어부처럼 이들을 먹이로 취하겠다며 위협을 가한다.

---

171 "西岸古木에 黃雀이 眈眈注視호다가 冷然히 笑曰 噫라 蟬之族이여 爾의 學을 姑舍호고 他를 學而호량이면 我의 橡木呪文도 有호고 衝天遠圖도 有호거늘 必賢치 못호 螗先生을 師호는 것이 聖人에 이르신 바 立志를 不高호 下等의 學問이라 腹葬心이 先發호면 頂針恩을 豈報홀가 新洞天을 不知호니 福地를 豈尋호리오"(「골계소설」, 31~32쪽)

(바) 홀연히 북변 동부에서 사냥꾼의 일성 포향에 누런 참새는 날아가 버리고 사마귀는 몸이 터져버려서 다섯 가지 내장이 모두 떨어져 흩어지니[172]

(사) 황천단부에서 매미가 객객 활출하여 구기청복을 마침내 누리더라고 관세성군이 구부려 살펴보시고 일장의 연극을 동면 성에 글로 써서 동자에게 전하여 펴졌다니 오호라 사마귀 선생 머리 위에 참새 선생이 있고, 참새 선생 머리 위에 사냥꾼 선생이 진정한 선생인가 동자야.[173]

(바)는 절정 부분으로, 앞서 매미를 비웃던 참새가 사냥꾼의 총소리에 놀라 도망가는 장면이 담겼다. 또한 그 때문에 참새는 날아가고, 그 자리에서 사마귀는 온몸이 산산조각이 나서 터져버리고 죽게 되었다.

이러한 한 치 앞도 알 수 없는 상황에서 매미들은 이제 자신들을 위협할 존재가 모두 사라져 마침내 복을 누리더라는 부분이 (사)의 결말 부분이다. 그런데 여기에서 마무리가 되는 것이 아니라 또 다른 외부의 이야기가 하나 더 등장한다. 이 모든 상황을 관세성군觀世星君이 내려다보다가 이를 한 편의 연극으로 써서 동자에게 전했다는 내용이 덧붙여진다. 그러면서 누가 진정한 선생이냐며 우승열패의 상황을 풍자하며 보여주고 있다.

이렇게 볼 때, 매미-사마귀-참새-사냥꾼으로 이어지는 우승열패의 상황이 액자 형식의 내화內話로 존재한다면, 이 모든 상황을 관망하며 지켜보면서 누가 진정한 선생이냐며 동자에게 말을 거는 상황은 서술자의 목소리이면서 동시에 액자 형식의 외화外話로 존재한다. 외화로 자리 잡고 있는 이 서술자의 목소리는 이

---

172 "蚌鷸이 我의 倖來食이니 漁翁의 功을 坐收홀가 忽然히 北邊洞府에서 獵夫의 一聲 砲響에 黃雀은 飛去ᄒᆞ고 螂은 滾身落樹ᄒᆞ야 五內가 迸出ᄒᆞ니."(「골계소설」, 32쪽)
173 "黃天丹府로셔 蟬이 喀喀 活出ᄒᆞ야 舊枝淸福을 終享ᄒᆞ더라고 觀世星君이 俯鑑ᄒᆞ시고 一場劇戲事를 城東挾書童子에게 傳佈ᄒᆞ엿다니 嗚呼라 螂先生 上頭에 雀先生이 有ᄒᆞ고 雀先生 上頭에 獵先生이 眞先生인가 童子야."(「골계소설」, 32쪽)

중적인 의미를 보여준다. 하나는 우승열패라는 먹이사슬 속에서 자신보다 큰 존재를 알지 못하는 인물들에 대한 풍자이고, 다른 하나는 스스로가 큰 자라 여기고 있지만 또 더 큰 자가 있을 수도 있다는 우승열패에 대한 비판일 수 있다. 즉 다시 말해서 서로 먹이사슬로 얽혀 있지만, 결국 물고 물리는 관계 속에서 어부지리를 얻는 것은 더 힘이 세고 큰 존재가 아니라 그 힘 센 자들의 싸움 속에서 살아남은 가장 힘이 약했던 매미라는 점이다. 즉 어떤 의미에서는 우승열패 자체를 비판하고 있는 것이라 볼 수도 있다.

그런데 이 「골계소설」은 사실 그 이야기의 뿌리를 고전에서 찾을 수 있다. 아래 인용문은 "당랑포선螳螂捕蟬"이라는 고사성어의 내용이다.

정원의 나무 위에 한 마리의 매미가 높은 가지에 앉아 이슬을 먹으면서, 한편으로는 청량한 노래를 불러 스스로 편히 지내고 있었다. 그런데 그 뒤쪽에 한 마리의 사마귀가 있어 두 팔을 뻗어 매미를 움켜 잡으려 하였다. 그러나 그 때 또 누가 알았겠는가? 한 마리의 참새가 나타나서 사마귀와 매미를 쪼으려는 순간 나도 모르게 화살로 그 새를 쏘아 버렸다. 이 셋은 모두 자기 눈앞의 이익만을 생각하고 뒤에 닥칠 화를 생각지 않으니 한심한 것들이다.[174]

이 고사성어는 『한시외전』의 〈정간〉에 나오는 내용으로, 『장자』에서도 등장하는 내용이다. 이 고전의 내용에서는 눈앞의 이익만을 탐하고, 뒤에 올 후환이나 화를 생각지 않는다는 것이 핵심이다. 특히 이 내용에서는 강자의 입장이 매우 강조되어 있고, 그 아래에 있는 약자들은 이익만을 쫓는 어리석은 자들로 그려져 있다.

---

174 "園中有樹, 其上有蟬. 蟬高居悲鳴飮露, 不知螳螂在其後也. 螳螂委身曲附, 欲取蟬而不顧知黃雀在其傍也. 黃雀延頸欲啄螳螂而不知彈丸在其下也. 此三者皆務欲得其前利而不顧其後之有患也."《한시외전(韓詩外傳) 〈정간(正諫)〉》; 성원경, 「고사성어 20 : 당랑포선(螳螂捕蟬)」, 『한글한자문화』 24 전국

그런데 앞서 나온 「골계소설」에서는 이러한 내용을 비틀어 역발상적으로 차용하고 있다. 약자들이 무엇을 고민하고 있는지 매미의 목소리를 통해 매우 자세하고 세밀하게 보여주는 것이다. 사실 이 「골계소설」에서 비판하는 대상은 매미가 아니라 자신보다 더 큰 존재가 있다는 걸 간과한 참새였다. 매미의 족속들은 자신들보다 나은 사마귀를 배우려 노력하기도 한다. 물론 그것은 사마귀보다 더 큰 존재인 참새에게 비웃음을 당하기도 한다. 참새의 이야기를 듣고 보면, 우물 안에만 갇혀 넓은 하늘을 보지 못하는 매미들이 당연히 어리석을 수밖에 없다. 그러나 절정과 결말의 이야기가 덧붙여지면서 원래의 의미에서 비틀어진다. 사마귀를 배우고 공부하고자 했던 매미를 비웃던 참새가 결국 도망가고, 실질적으로는 매미만 살아남아 복을 누리며 살더라는 방식으로 역발상을 보여주고 있는 것이다.

앞의 성낙윤의 글과 연결해 보면, 배우려고 하는 자, 성실하게 항상심을 유지하며 열정을 가지고 스스로 노력하는 자는 이 글에서는 매미로 볼 수 있다. 그것이 우물 안이었든, 더 큰 존재가 있든, 그들은 자신보다 나은 존재를 배우려고 한 것이다. 그것이 비웃음을 받는 일이었다고 해도 그들이 자신들의 현실을 깨닫고 안타까워하는 과정은 매우 상세하다. 성낙윤의 「골계소설」은 약자의 입장에서 쓴 그들의 고민과 해결책이었던 것으로 보인다. 비록 낙관할 수 없는 우승열패의 경쟁의 시대이지만, 그렇다고 하더라도 끊임없이 '흥학'으로 정진한다면 반드시 살아남을 수 있다는 것을 성낙윤은 고전을 비틀어 역발상적으로 보여주고 있었던 것이다.

이러한 작품은 근대계몽기의 특징이라 수확이라 할 수 있다. 풍자와 비판, 또 고전의 비틀기를 통해서 역발상적으로 접근하고 있는 것은 바로 그 당대를 표현하는 것이며, 동시에 약자의 입장에서 상황을 관망하고 있는 것이다. 결국 이러한 서사물들이 모여 새로운 시대의 새로운 문예를 만들어 갔고, 근대계몽기는

한자교육추진총연합회, 2001, 100쪽 재인용)

바로 이러한 서사물들이 다양하게 실험되던 문예의 장이었다.

5) 개화기 서사문학의 단초로서의 지역 학회지의 가능성

『기호흥학회월보』는 기호흥학회에서 1908년 8월 25일부터 1909년 7월 25일까지 총 12호가 발간되었으며『서우』,『서북학회월보』,『호남학보』다음으로 출간된 서울 및 경기, 충청남북도를 기반으로 한 지역 학회지였다. 기호흥학회는 '흥학'을 교육의 기치로 걸면서 서북 지역의 대항마이자 경쟁자로서 자신들을 위치 지운다. 또한 지리적인 중심부로서의 자긍심과 역사적인 도읍지로서의 역할을 통해 다른 지역 학회와는 다르다는 것을 끊임없이 강조한다. 또한 호서 등 남부 지역의 경우 사족들로 대표되는 기성세대 혹은 구지식인들의 구교육에 반대하면서 새로운 학문을 배워야 함을 '흥학'을 통해 설파하기도 했다.

이러한『기호흥학회월보』의 전체 글을 주제별로 분류해 보면, 기호흥학회 관련 글이 가장 많았고, 그 다음으로는 문학, 문예 계열 글이 이어졌으며 신사상 및 산업 관련 글, 교육 관련 글들이 다음 순서로 많았다. 이렇게 볼 때, 문예 관련 글과 새로운 학문 관련 글, 또 교육 관련 글들이 주류를 이루고 있었음을 알 수 있다. 그 외 정치나 구습타파 관련 글, 국한문체에 대한 논의들도 등장한다. 문체는 『서우』,『서북학회월보』등과 비교해 볼 때, 단어형 국한문체의 개수는 비슷하나 한문체나 현토한문체가 훨씬 많은 비율을 차지했다. 또한 순수 한글체는 한남녀사가 보낸 기서 단 한 편만 있었다. 이는『기호흥학회월보』의 향유자들이 그만큼 기존 지식인들 혹은 한학 중심의 인물이었음을 반증해준다.

표제를 살펴보면, 〈본회취지서〉와 〈축사〉는 창간호였기에 특수한 경우로 등장한 표제였고, 나머지 표제들이 거의 변함없이 등장한다. 〈흥학강구〉는 교육과 연관된 논설 등이 실리고 있었다. 〈학해집성〉은 신사상이나 새로운 학문과 관련한 내용들이 등장하고 있다. 〈예원수록〉은 하위 표제로 〈사조〉와 〈잡조〉를 두고 있다. 〈사조〉는 한시나 일반 시 등이 실렸고, 〈잡조〉에는 산문이나 소설, 격언, 미담 등이 실려 있다. 〈잡조〉는 뒤에 1호와 6호에서만 〈예원수록〉의 하위 표제로 들어 있고, 나머지 호에서는 독립되어 상위 표제로 바뀌게 된다. 〈학계휘문〉은 학회나 학교 관련 기사들이 실렸는데, 이 역시 〈잡조〉의 하위 표제로 내려갔다가 다시 상위 표제로 등장한다. 〈본회기사〉는 뒤에 3호부터 〈회중기사〉로 바뀌며 기호흥학회 관련 이야기나 공함, 기호학교, 회원 명부, 회계 관련 글들이 실리고 있었다.

문예 관련 글 중 서사물의 경우는 우선 대화체 서사물이 총 8편이 실려 있다. 이러한 대화체들은 자신이 말하고자 하는 바를 좀 더 효과적으로 알리거나 비판하기 위해서 사용되었다. 보통 이러한 대화체들은 오해하고 있는 인물에 대해 반박하거나 오해를 수정해 주는 방식, 또 모르는 것을 질문했을 때 알려주는 방식으로 전개되었다. 따라서 토론을 통해 상대방을 반박하는 방식, 또 새로운 신사상을 쉽게 알려주는 문답 방식으로 대화체를 활용하고 있다.

또한 『기호흥학회월보』에서는 고전을 역발상적으로 차용한 성낙윤의 「골계소설」이 우화의 형식으로 실려 있다. 이는 단편이라 명시되어 있는데 고전인 『한시외전韓詩外傳』의 "당랑포선螳螂捕蟬"을 차용하여 새롭게 해석하고 풍자하고 있다는 점에서 의미가 있다. 특히 고전에서 매미, 사마귀, 참새, 사람의 관계가 작은 것을 탐내다가 뒤의 후환을 피하지 못한다는 내용이었다면, 「골계소설」은 역발상적으로 서사를 비틀고 있다. 우승열패인 것은 맞으나 그 속에서 '매미'라는 약자의 힘듦과 고민을 매우 구체적으로 할애하여 서술한다. 고전에서는 그 상황만을 나열하고 명확한 교훈을 주는 것이 목적이었다면, 이 「골계소설」은 이중적 의미를 내포하며 누가 진정한 승자인가에 대해 물음을 던진다. 자신들의 약함을 한탄하며 더 나은 존재를 공부하고 배우려는 매미는, 가장 약하다 생각되었지만, 사냥꾼이 나타나면서 최종적으로는 자신을 괴롭히던 사마귀나 참새는 모두 죽거나 떠나고 약자인 매미만이 남아 복을 누린다는 것이다. 이는 우물 안에 갇혀 큰 그림을 그리지 못하는 인물을 풍자하는 듯이 보이기도 하지만, 스스로가 강하다고 생각하는 인물에 대해서도 정말 그런가 하며 묻고 있기도 하다.

　근대계몽기에 이러한 서사물들은 다양하게 발표되었다. 근대 매체가 발달하면서 신문이나 잡지, 학회지 등을 통해서 출간되어 더욱더 시너지 효과를 누리며 퍼져 갔을 것이다. 그러한 상황에서 『기호흥학회월보』 등 이러한 지역 학회지는 당대 유행하던 서사물과 유사하면서도 자신의 개성을 보여주고 있기도 하다. 이러한 지역 학회지에 실린 서사물들을 실제로 많이 찾아볼 수는 없다고 해도, 이러한 한 편 한 편들이 모여서 새로운 시대의 새로운 문예를 만들어 갈 수 있었을 것이다. 근대계몽기는 바로 이러한 서사물들이 다양하게 실험되던 문예의 장이었다. 또한 그 가운데 『기호흥학회월보』 역시 기호 지역의 개성을 담지한 서사적 실험들을 담아내고 있었다고 할 수 있을 것이다.

5. 경상도 지역 학회지 ─ 『교남교육회잡지』[1909.4.25~1910.5.25]

　근대계몽기는 수많은 신문과 잡지가 등장하면서 대중과 호흡하는 언론의 역할에 대해 처음으로 인식하게 된 때이다. 이 가운데에도 학회 단체가 발간한 잡지는 각 지역을 기반으로 한 학회가 주축이 되었다. 물론 지역 출신지를 토대로 한 재경在京 인물들이 학회를 이끌어가고 잡지를 발간하였으나, 각 학회가 그 지역 출신지의 특성을 담아내면서 동시에 자신의 지역 출신지에 지부를 설치하고 학교를 세우는 것을 목표로 하며 학회원의 수를 늘려가는 것을 보면, 그 지역과 밀접한 연관성이 있다고 할 수 있다. 또 그 지역을 중심으로 학회원들이 늘어나고 있다는 것도 이러한 학회지가 지역 토대의 잡지로 어렴풋하게나마 자리잡아가고 있다는 것을 확인할 수 있다.

　이러한 학회지에 대한 연구는 사실 많이 이루어지지 못했다. 연구가 진행되었다고는 해도 평안남북도와 황해도 지역을 중심으로 한 『서우』나, 이후 함경도 지역의 한북학회와 통합된 『서북학회월보』, 서울 경기 지역과 충청남북도를 중심으로 한 『기호흥학회월보』에 치중되어 있다. 그 외의 학회지에 대해서는 모두 대동소이하다는 평가 속에서 거의 연구가 되지 못하고 있는 현실이다.[175]

그렇다면 이러한 근대계몽기 학회지들이 모두 대동소이하다고 평가하는 것이 정말 타당할 것인가에 대해서는 재고해 볼 필요가 있다. 물론 기존의 평가대로 "한말의 잡지는 개화와 자강사상을 전파하고 민족이 지향할 방향을 제시하는 민중의 교사"이자 "시대상을 반영하는 거울인 동시에 새로운 사상을 도입하는 창구 역할을 수행"한 것은 자명한 사실이다. 또 이들 학회지들이 모두 "외국의 정치, 문화, 지리, 학문, 서구 문명 등을 소개하고 개화와 자강사상을 전파"하여 애국 독립 사상을 고취하고 국민을 계몽하고자 했던 것은 모든 학회지의 공통된 목표였다.[176]

그러나 이러한 공통점, 혹은 대동소이하다는 학회지의 본연의 목적 속에서도 당대의 로컬리티 즉 지역성[177]은 그 속에 내재되어 있었다. 비슷하고 공통된 목표라 할지라도 그것을 담아내는 토대, 표현하는 주체가 스며들지 않을 수 없기 때문이다. 또한 그러한 면에서 지역성을 담보로 한 이러한 학회지는 각 지역의

---

175 『교남교육회잡지』 자체에 대한 연구는 정관의 「교남교육회에 대하여」(『역사교육논집』 10, 역사교육학회, 1987, 95~124쪽)와 채휘균의 「교남교육회의 활동 연구」(『교육철학』 28, 한국교육철학회, 2005, 89~110쪽)가 대표적이다.

176 정진석, 『한국 잡지 역사』, 커뮤니케이션북스, 2014, 5쪽.

177 근대계몽기 지역 학회지에서 로컬리티 즉 지역성의 개념은 30년대나 해방 이후처럼 중심주의를 향한 지역 주체들의 비판성을 나타낸다거나 혹은 지역의 고유성을 드러내고 찾아가려는 의도로 해석하기는 어렵다. 근대계몽기의 로컬리티 개념은 사실 국가 중심, 민족 중심주의로 호명하려는 움직임 속에서 이해할 필요가 있다. 즉 민족의 계몽을 위해 각 지역별 토대를 기반으로 하여 그 지역의 인물들을 국가로 소환하고자 하는 의도 내부에서 도리어 그 지역 토대가 드러나고 그 지역성이 대두되고 있다는 데 주안점을 둔다. 아이러니하게도 국민 중심주의로 소환하는 가운데, 각 지역의 토대와 그 지역 내부의 고민이 드러나고 있다는 것이다. 근대 매체를 통해 드러나고 있는 지역적 특징이 초기 형태이기는 해도 그 지역 토대의 지식인들의 고민이 담겨 있다는 점에서, 또 그 고민이 그 지역 독자들을 향한 소통과 외침으로 해석될 수 있다는 점에서 당대의 로컬리티, 지역성은 역설적이지만 미세하게 드러나고 있었다. 따라서 이러한 지역성에 주목하여 그 초기의 형태를 분석하고 지역성의 계보학적 연구의 단초를 마련하고자 한다.

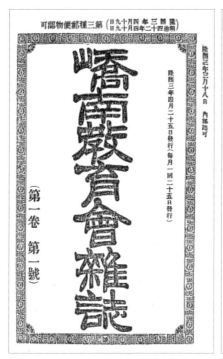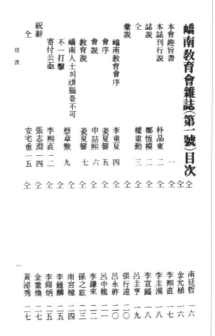

〈사진 12〉『교남교육회잡지』 창간호의 표지와 차례

인물들이 좀 더 손쉽게 접근할 수 있는 매체의 장이었다. 또 이 매체의 장에는 논설, 교육, 서사, 시가 등 다양한 방식으로 그 당대 인물들의 글이 실려 있다. 비록 그 수가 많지 않다 하더라도 그 당대 지역의 매체의 장을 살펴보고 그 당대 지식인들의 고민을 담아낸 다양한 글들을 미시적으로 접근하여 분석해 본다면, 근대계몽기의 지식인들이 받아들인 근대와 또 새롭게 꿈틀대고 있던 새로운 문학에 대해 좀 더 접근해 볼 수 있는 계기가 될 수 있을 것이다.

따라서 제5절에서는 이러한 근대계몽기에 등장한 지역 학회지 연구의 일환으로서 기존에 거의 연구가 되지 못했던 『교남교육회잡지』를 집중적으로 탐색해 보고자 한다. 먼저 다른 지역 학회지와의 차이점을 점검하여 『교남교육회잡지』의 정체성을 살펴볼 것이다. 또 『교남교육회잡지』의 편집 방법과 내용 구성에 대해서 미시적으로 정리하여 이를 토대로 『교남교육회잡지』만의 특징을 재구해보고자 한다. 특히 『교남교육회잡지』에 실린 서사물의 특징과 문예면을 활용하는 방법을 통해 당대 학회지로서 문예면을 어떻게 구성하고 다루고 있는지 살펴보고자 한다. 결국 이는 근대계몽기에 등장한 학회지가 각 지역의 로컬리티를 담지하면서 이러한 지역성이 문예적인 차원에서 어떻게 발현되며 이것이 지역문학과 근대문학에 어떠한 영향을 끼치게 되는지 그 영향관계를 밝혀내는 것을 목적으로 한다.

1) 교남嶠南의 로컬리티 인식과 반성적 사고

근대계몽기에 등장한 지역별 학회지로는 평안남북도와 황해도 지역을 기반으로 한 『서우』1906.12~1908.5, 이후 한북학회와 통합되어 함경도 지역까지 포함한 『서북학회월보』1908.6~1910.7, 호남 지역을 기반으로 한 『호남학보』1908.6~1909.3, 서울 경기 지역과 충청남북도를 기반으로 한 『기호흥학회월보』1908.8~1909.7, 경상도 지역을 기반으로 한 『교남교육회잡지』1909.4~1910.5가 있다. 이 가운데 『교남교육회잡지』는 가장 후발주자로 등장한 지역 학회지였다.

교남교육회는 1908년 3월 14일 발기인 박정동朴晶東, 상호尙灝 등이 중심이 되어 조직된 학회였다. 학회의 임원으로는 회장에 이하영李夏榮, 부회장에 상호尙灝, 총무에 손지현孫之鉉, 그리고 평의원 박정동 등 30명이었다.[178] 이후 교남교육회는 설립된 지 1년 1개월이 지난 1909년 4월에 『교남교육회잡지』를 발간하게 되는데 제12호까지 간행되고 종간되었다.[179] 교남교육회의 활동 목표는 "서울에 사범학교를 설립하는 것과 도내에 면단위 1개교를 설립하는 것, 그리고 회보 등 필요한 서적을 출간하는 것"이었는데 이 중 "사범학교의 설립은 성취하지 못하였고 잡지 발간과 흥학운동"을 중심으로 활동하였다.[180]

---

178 「『교남교육회 잡지』 해제」, 『교남교육회잡지』 영인본, 아세아문화사, 1989, 2쪽.
179 『교남교육회잡지』는 총 12호가 발행되었으나, 현재 확인 가능한 것은 7호와 9호를 제외한 1~6호, 8호, 10~12호까지이다. 따라서 본 책에서는 7호와 9호를 제외하고 나머지 잡지를 대상으로 논의를 진행하였다.
180 정관, 「교남교육회에 대하여」, 『역사교육논집』 10, 역사교육학회, 115쪽.

오늘날 우리가 교육에 힘쓰는 이유는 마치 봄에 씨를 뿌리고 가을에 수확하는 것과 같으니, 적시를 놓치지 않기 위해서이다. (…중략…) 오늘날 우리 지역을 보라, 철도, 전신선, 기차, 증기선이 모두 평소에 상상도 하지 못했던 것들이니, 시대의 변화가 이와 같다. (…중략…) 세계의 학술은 다양한 방면으로 발전하고, 우리의 지력은 무궁무진하기 때문에 더욱 정밀하게 탐구하고 더욱 발전하여 극점에 도달하고 또 극점에 도달하는 것이 오늘날 교육의 경쟁이다. 그러므로 현재 세계 만국이 모두 교육을 통해 국민을 국가의 생명 기관으로 보고 있으며, 부모나 형제, 스승이나 친구 되는 자들도 모두 이것을 첫 번째 사업으로 여기고 있으니, 이것 없이는 나라를 유지할 수 없고, 생명을 보존할 수 없다. 최근 각 도의 뜻있는 사람들이 이를 위해 발기하여 학회를 설립하는 일이 갑자기 일어나고 있다. 그러나 우리 교남은 원래 주나라와 노나라의 명성이 있는 고장이며 또한 영준한 자제들이 많다. 만약 그들이 훌륭한 문학적 자질에 새로운 지식의 교육을 더한다면, 체용이 구비되고 자질이 겸전하여 미래에 무궁한 수요에 대비할 수 있을 것이다. 그러나 낡은 견해를 지키며 시대의 변화를 차차 지연시키고, 인습적으로 미루며 소홀히 하는 동안에 마치 가을에 수확을 바라고 추운 겨울에 옷을 구하는 생각을 하니 어찌 감탄하지 않겠는가.

그러므로 지금 분발하여 우리 선조의 유업을 잃지 않고 보존하는 것이 어찌 우리의 의무가 아니겠는가. 이것이 교남교육회가 설립된 이유이다. 우리 교남 사람들은 모두 각자 한 집안의 일이고 남을 위해 씨를 뿌리고 옷을 짓는 것이 아니니, 협동하여 힘을 합쳐 완성하기를 기원하며, 각자 자녀와 동생을 교육하여 유용한 인재로 키운다면 어찌 우리 지역의 행복이 아니겠으며 어찌 우리나라의 길한 징조가 아니겠는가.[181]

---

181 "今日吾人之所汲汲於敎育之術者는 則亦春耕秋織之爲ㅣ 及時毋失也라. (…중략…) 試觀今日之域中컨되 鐵道 電線과 火車 汽船이 皆平日夢想不到者니 時世之變이 夫如是矣라. (…중략…) 世界之學術이 多方ㅎ고 吾人之智力이 無窮故로 精益求精ㅎ며 進益求進ㅎ야 以底乎極点又極点은 則今日敎育之競爭이라 由時로 現今世界萬國이 無不以敎育人民으로 視做國家之生命機關ㅎ고 爲父兄爲師友者도 莫不以是로 爲第一事業ㅎ나니 盖非此則國無以維持也오 生無以保存也라 近日各道有志之士ㅣ 爲此發起ㅎ야 學會之設이 勃然薨興ㅎ니, 惟我嶠南은 素稱鄒魯之名鄕ㅎ고 亦多英俊之子弟라 苟能以彬彬文學之質로 加之以新智之敎育이면 體用이 其備ㅎ고 質이 兼全ㅎ야 爲異日無窮之 需用也어늘 第以守

교남교육회의 취지서에는 "교육의 의미, 세계정세, 영남의 상황, 신교육의 시급함 등의 내용"이 등장한다.[182] 구체적인 내용을 보면 "오늘날 우리가 교육을 경주해서 춘경추직春耕秋織해야, 때를 당해도 잃음이 없을 것"이라며 교육의 중요성과 필요성을 강조한다. 또한 "교남이 다른 지역에 비해서 학회설립을 몇 년 늦게 시작하고 있음을 경각시키면서 선조의 세업의 실추를 면하는 것만으로 만족해서는 안 된다고 주장"하며 교남의 영준한 자제를 바탕으로 기존 학문에 새로운 지식을 교육하자는 것이 교남교육회 설립의 취지로 설명하고 있다.[183]

교남교육회가 인식한 세계는 신문물을 배우며 교육 경쟁에 힘쓰는 상황이었다. 이러한 교육 경쟁은 비단 국외의 상황이 아니라 국내에서도 일어나고 있었으며 각 지역의 학회들이 이미 교육을 행하고 있었다. 교남 지역 역시 인재가 많았으나, 현재는 옛 것만 지키다가 시대변화를 파악하지 못하고 있는 것이 가장 큰 문제이니 새로운 지식을 받아들이자는 것이 이 취지서의 핵심 사항이라 할 수 있다.

이처럼 다른 학회의 취지서와 비슷해 보이기도 하지만, 좀 더 미시적으로 행간을 들여다 보면, 이 글에서 세 가지 문제의식을 읽을 수 있다. 첫째는 다른 지역 학회지의 성립과 그들의 발전에 고무되면서도 다른 지역 학회지들과 비교하여 경쟁 의식을 느끼고 있다는 점이다. 둘째는 다른 지역에 비해 교남 지역이 수구만 좇아 시대에 뒤떨어지고 있다는 위기 의식이다. 분명 인재가 있으나 앞을

舊之見으로 差遲時變之觀 ᄒ야 因循玩愒에 便作當秋求穫ᄒ며 臨寒求衣之想ᄒ니 寧不慨歎乎아. 然則及今奮發ᄒ야 使吾祖先世業으로 免致失墜而保存이 豈非吾儕之義務乎아 此이 嶠南敎育會之所以立也라 凡我全嶠南人士ᄂ 皆各自一己一家之事오 非爲他人耕織者也니 望須協同出力ᄒ야 以期完成ᄒ고 各詔酒弟ᄒ야 以做有用之成材ᄒ면 豈非吾嶺之幸福이며 抑豈非吾國之 禎祥歟아"(〈本會趣旨書〉,「本會趣旨書」, 『교남교육회잡지』 제1호, 1909.4.25, 1~2쪽)

182 채휘균은 취지서의 내용을 총 4가지로 정리한다. 첫째 교육의 의미에서는 철도, 전선, 화차, 기선 등과 같은 기술과 필요한 학문을 미래를 위해 준비해야 한다는 것, 둘째, 각국이 교육경쟁인데 각 지방이 학회를 만들고 있다는 것, 셋째, 교남 지역은 원래 인재가 많았으므로 신지식을 더하면 발전할 수 있다는 것, 넷째, 지금 급선무는 교육에 힘쓰는 것이며 이 때문에 교육회를 설립했다고 설명한다. (채휘균, 「교남교육회의 활동 연구」, 92쪽)

183 「『교남교육회 잡지』 해제」, 앞의 책, 2쪽.

내다보지 못하는 수구 세력과 기존 세력에 대한 비판의식이 매우 강하다. 셋째는 기존 세대와 새로운 청년 세대 간의 갈등을 엿볼 수 있다. 스스로 비판하는 의식 안에는 교남의 기존 세대에 대한 비판이 자리 잡고 있다.

(가) 우리 한국의 기호 지역은 삼천리 민족의 수도이고 오백년 사족의 중심지이다. 건국 이래로 나라를 닫고 항구를 잠그며, 군주 전제의 정치와 법률로 귀족이 장악하여 전해주었으니, 전성 시대를 논하자면 그 보수에 힘을 쏟음이 다른 나라의 혁신력보다 열 배, 백 배 더하였던 것이다. 그래서 삼천리 민족이 완전한 단체력을 형성하지 못하고 삼분오열되어 각자 무리를 지어 곳곳에서 충돌하고, 시대의 변화에 따라 점차 붕괴되어 오늘날까지 부패해 왔다. 어찌하여 그러한가? 서북 지역은 문무에 뛰어난 인재가 있기는 하나, 나라 초기부터 통치자의 자리를 얻지 못하게 된 철칙이 이미 이루어졌고, 관북은 왕족의 후예로 군적에 들어간 자가 있으니 어찌 탄식하지 않을 수 있겠는가? 그 중에서도 경기 지역은 향반의 차별로 귀족의 비율을 만들었고, 낙동강 남북 지역은 옛 사족이 있긴 하나 기호와는 혼인과 학벌이 드물고, 호남의 사족은 드문드문 흩어져 있어 세력이 미약하고, 그 민심은 오직 관리의 권세로 호강하며, 오백 년 동안 쌓인 울적한 상황이 만성적으로 굳어져 마치 용문의 신부로도 쪼개기 어려운 형세를 만들었으니, 조그만 반도에 민족의 구별이 이토록 명확하다니 참으로 한탄스럽다. (…중략…) 작년에 내가 호서 여러 군을 유람할 때 몇몇 학교를 방문한 적이 있다. 사족과 민족이 각각 학교를 설립했으나, 사족의 자제는 민족과 동렬에 놓기 어렵고, 민족의 자제는 사족에 참여할 수 없으며, 심지어 표면적으로는 학교를 설립했으나, 그 내용은 새로운 학문이 들어올까 염려하여 방어적으로 옛 학교를 설립한 것을 보았다. 이에 내 마음을 어루만지며 길게 탄식한 바 있다. 최근에 사우 모 씨가 평소 학계의 교육으로 평생을 바치는 지사인데, 경기 오른쪽 여러 군을 유람하며 일반 학교를 권장하고 설립할 때, 어느 초등학교에 이르러 강론하는 자리에서 그 진취의 결과를 시험 삼아 물어보니, 전교 학생이 벼슬에 나가겠다고 일제히 손을 들었다고 한다. 사우 모 씨가 크게 탄식

하며 눈물을 흘리는 것을 자각하지 못했다고 한다. (…중략…) 서북학회가 먼저 깃발을 올린 후에 동남 제성이 차례로 개척한 후에야 우리 기호가 끝자리에 처했으니, 우리 기호 인사들이 이 날에 부끄러운 마음이 있겠는가, 분개하는 마음이 있겠는가? 반드시 어느 정도의 희망이 없을 리는 만무하다. 서북의 선도도 반동력에서 시작되었고, 동남과 기호에서도 반동력에서 비롯되었으니, 오늘부터 전국의 정신을 통일하여 단체를 합성할 시기가 멀지 않았다고 할 것이다.[184]

(나) 고어에 이르기를 '천하의 인재가 반은 조선에 있고, 조선의 인재가 반은 영남에 있다' 하니 (…중략…) 오늘날의 대세를 보라. 우승열패하며 생존경쟁하는 이 시대에 예전의 교남을 유지할 수 있을까? 그러나 예전의 교남만 고수하고 선천적인 꿈을 계속 이야기하며, 삼대 성현의 책을 읽고 천고의 영웅의 자취를 흠모하여 강하를 뒤엎고 우주를 장악할 듯하다가 오늘날에 이르러 그 말이 부족하게 되었다. (…중략…) 서

---

184 "我韓의 畿湖ᄂᆞᆫ 三千民族의 首府오 五百年 士族의 冀北也라. 建國以來에 閉關鎖港ᄒᆞᆷ으로 立君專制의 政治法律로 貴族이 掌握ᄒᆞ야 以傳以授ᄒᆞ얏스니 全盛時代로 論ᄒᆞᆯ진ᄃᆡ 其 守舊에 致力ᄒᆞᆷ이 他邦의 維新力보다 什倍 佰倍나 加ᄒᆞ야 得ᄒᆞᆫ 者라 可稱ᄒᆞᆯ지라. 是以로 三千里民族이 全純ᄒᆞᆫ 團體力을 合成치 못ᄒᆞ고 三分五裂로 各自群聚ᄒᆞ야 觸處에 齟牾ᄒᆞ며 感時에 漸潰ᄒᆞ야 浸浸腐敗가 今日에 至ᄒᆞᆫ지라. 何以然也오 西北은 文武卓異의 材가 雖有ᄒᆞ나 通顯의 地位를 不得ᄒᆞᆷ이 國初로 自ᄒᆞ야 鐵案을 已成ᄒᆞ얏고 關北은 璿派의 遺裔로도 住往 軍籍에 沒入者가 有ᄒᆞ니 可勝歎哉아 就中畿部分은 鄕班의 差別로 貴族의 比例를 作ᄒᆞ얏고 洛東南北은 舊居士族이 有ᄒᆞ나 畿湖와ᄂᆞᆫ 連姻閥閱이 稀少ᄒᆞ고 湖南의 士族은 零星히 散居ᄒᆞ야 聲勢가 寥寥ᄒᆞ고 其民情은 專히 吏族의 權勢로 豪强을 作ᄒᆞ야 由來五百年 湮鬱의 景況이 痼瘼을 積成ᄒᆞ야 儼然히 龍門의 神斧로도 劈破키 難ᄒᆞᆫ 形勢ᄅᆞᆯ 作ᄒᆞ얏스니 蕞爾半島에 民族의 區別이 若是히 斑ᄒᆞ도다. (…중략…) 客年에 余가 湖西列郡을 遊覽ᄒᆞᆯ 時에 幾個學校ᄅᆞᆯ 閱歷ᄒᆞᆷ이 有矣로니 士族과 民族이 各各 學校를 設立ᄒᆞ얏스되 士族의 子弟ᄂᆞᆫ 民族과 同列키 重難ᄒᆞ고 民族의 子弟ᄂᆞᆫ 士族에 參列키 末由ᄒᆞ며 甚者ᄂᆞᆫ 表面으로 設校ᄒᆞ얏스나 其 內容인즉 新學問이 浸入ᄒᆞᆯ가 念慮ᄒᆞ야 防禦的으로 舊學校ᄅᆞᆯ 設立ᄒᆞ얏스니 余ㅣ 於此에 心을 撫ᄒᆞ고 長歎ᄒᆞᆫ 바이 有ᄒᆞ며 近日에 社友某氏가 素히 學界의 教育으로 畢生自擔ᄒᆞᄂᆞᆫ 志士인ᄃᆡ 畿右各郡에 遊歷ᄒᆞ야 一般學校ᄅᆞᆯ 勸勉焉設立焉ᄒᆞᆯ시 某小學校에 至ᄒᆞ야 講論ᄒᆞᄂᆞᆫ 場에 其 進取의 結果로 試問ᄒᆞᆫ즉 全校學徒가 仕宦에 從事ᄒᆞᆷ으로 一齊擧手ᄒᆞᄂᆞᆫ지라 社友某氏가 太息流涕ᄒᆞᆷ을 不覺ᄒᆞ얏다 ᄒᆞ니 (…중략…) 西北學會가 首倡의 旗를 揭ᄒᆞᆷ이 東南諸省이 次第啓發ᄒᆞᆫ 後에 我畿湖가 終點에 處ᄒᆞ얏스니 我畿湖人士가 此日에 忸怩의 心이 有乎아 憤慨의 心이 有乎아 必然코 一點趣味가 沒有ᄒᆞᆯ 理ᄂᆞᆫ 萬無ᄒᆞ도다. 西北의 首倡도 反動力에셔 始生ᄒᆞᆷ이오 東南及畿湖에서도 反動力에셔 從生ᄒᆞᆷ이니 今日부터 全國의 精神을 統一ᄒᆞ야 團體를 合成ᄒᆞᆯ 時期가 不遠ᄒᆞ다 ᄒᆞᆯ지며"(李璣鉉, 〈興學講究〉「設會興學의 原因」, 『기호흥학회월보』 3호, 1908.10.25, 9~11쪽)

북이 협력하여 한 학회를 창설하니 기호, 호남, 관동이 차례로 일어났고, 관서 일대는 기성 부근에 학교 수가 삼백여 곳에 달하여 올봄 대운동에서 학교 학생 수가 만여 명에 이르렀으며, 다른 각 성과 각 군의 학교 설립 취지와 의연 금액, 국내외 유학 소식이 각 신문에 날마다 실리고 있는데, 오직 우리 교남은 큰 고을에서도 학교 신설이 한두 군데를 넘지 않을 뿐 아니라, 심지어는 설립한 지 얼마 되지 않아 교육 수준이 어떠한지 알지 못하고, 학교 재정을 탐내고 욕망이 치솟아 문호가 결렬되고 파당이 각립하여 비난의 글이 종이를 가득 채워 사회의 공공의 눈을 혼란하게 하고 신문의 글을 더럽히니 (…중략…) 청년을 배양하여 주나라와 노나라의 강산이 진면목을 드러내고, 태고의 민속이 교육의 바다를 뒤집어 바람 앞에 길게 호흡하며 새로운 공기를 흡수하니 (…중략…) 아, 우리 교남의 인사들이여, 오늘날 교남의 급선무는 교육 두 글자가 정수리에 꽂히는 침이요, 혼란한 항로에서 건져낼 보배로운 배이니, 지금 이 교육회의 첫 소식이 자라나는 나비요, 하늘을 나는 새라, 완고한 머리를 깨트리는 도끼와 어두운 꿈을 경각하는 종을 만들었으니, 한번 읽어보기를 권하노라.[185]

먼저 첫 번째 문제의식은 기호흥학회의 언설과 비교해 보면 좀 더 명확하게

---

[185] "古語에 曰 天下人才가 半在朝鮮이오 朝鮮人才가 半在嶺南이라ᄒᆞ니 (…중략…) 今日大勢를 試觀ᄒᆞ라 優勝劣敗ᄒᆞ며 生存競爭ᄒᆞᄂᆞᆫ 此時代에 昔日嶠南을 保有키 能乎否乎아 然而昔日嶠南만 固守ᄒᆞ고 先天夢事를 尙說ᄒᆞ야 三代聖賢의 書를 讀ᄒᆞ며 千古英雄의 跡을 慕ᄒᆞ야 江河를 倒瀉ᄒᆞ고 宇宙를 牢籠홀 듯ᄒᆞ다가 今日影響에 及ᄒᆞ야 其日不足爲也라 (…중략…) 西北이 協成ᄒᆞ야 一學會를 首剏홈이 畿湖湖南關東이 次第發起ᄒᆞ며 至若關西一路ᄒᆞ야ᄂᆞᆫ 箕城附近에 學校數爻가 三百餘處에 不下ᄒᆞ야 今春大運動에 校徒가 萬餘名에 達ᄒᆞ얏고 外他各省各郡의 設校의 趣旨와 義捐의 金額과 內京外國의 留學信報가 各新聞紙上에 日日謄載ᄒᆞ거늘 惟我嶠南은 雄州巨邑에도 學校新設이 一二에 無過할 뿐아니라 甚至於達成協成學校하야ᄂᆞᆫ 創立未幾에 敎育程度ᄂᆞᆫ 不知爲何件事하고 校財貪攫에 慾浪이 跳起ᄒᆞ야 門戶가 決裂ᄒᆞ고 派黨이 角立ᄒᆞ야 聲討二字로 滿紙長皇ᄒᆞ야 社會의 公眼을 眩케ᄒᆞ며 報館의 筆舌를 汚케ᄒᆞ니 (…중략…) 靑年을 培養ᄒᆞ야 鄒魯江山이 眞面目을 露出ᄒᆞ고 太古民俗이 敎育海를 翻成ᄒᆞ야 臨風長嘯에 新空氣를 吸收하며 (…중략…) 嗟我嶠南人士여 今日嶠南의 急先務ᄂᆞᆫ 敎育二字가 頂門一針이오 迷津寶筏인즉 此此敎育會의 第一報가 求伸尺蠖이오 冲天準鳥라 頑固頭腦를 劈破ᄒᆞᄂᆞᆫ 斧鉞과 黑洞昏夢을 警覺ᄒᆞᄂᆞᆫ 鍾鐸을 作ᄒᆞ얏스니 試 一讀味홀진져"(蔡章默, 〈彙說〉 「嶠南人士의 頑腦를 不可不 一打擊」, 『교남교육회잡지』 1호, 1909.4.25, 9~12쪽)

드러난다. (가)는 기호흥학회의 이기현李璣鉉이 『기호흥학회월보』3호에 실은 「설회흥학設會興學의 원인原因」이라는 글의 한 부분이다. (가)의 내용을 살펴보면, 기호흥학회의 역사적 위치, 지리적 위치를 강조하며 기호흥학회의 책임을 보여준다. 그런데 이러한 기호흥학회의 정체성을 타 지역과의 차별적 인식을 통해 드러내고 있다. 서북, 관북, 낙동남북, 호남의 지역적 특징과 문제점을 나열하며 기호 지역이 중심이 될 수밖에 없음을 설파한다. 즉 기호 지역이 중심부이자 조선 오백 년 역사 동안 수도로서의 역할론을 제기하는 것이다. 이와 동시에 자신이 방문했던 호서 지역의 경우, 신학문이 침입할까 두려워 사족士族들이 구학교舊學校를 설립했다며 그 무지몽매함에 대해 신랄하게 비판한다. 그러면서 서북학회가 시작하여 종점에 처한 기호가 책임을 가지고 전국을 통일시켜 나가야 한다고 주장한다. 이렇게 볼 때, 기호흥학회는 타학회를 대타적으로 위치지움으로써 기호흥학회 스스로를 중심에 두고 있음을 확인할 수 있다. 또한 먼저 시작한 서북학회에 대한 경쟁 의식 역시 행간에서 읽을 수 있다.

기호흥학회보다 더 뒤에 설립된 교남교육회도 이미 설립된 지역 학회들에 대한 위기 의식을 가지고 있었다. (나)는 『교남교육회잡지』1호에 실린 채장묵蔡章黙의 「교남인사嶠南人士의 완뇌頑腦를 불가불 일타격不可不 一打擊」이라는 글로 역시 타학회에 대한 비교 의식이 드러난다. 서북이 시작해서 기호, 호남, 관북이 학회를 설립하여 일으켰으며, 관서의 경우는 학교 수효가 300여 개나 된다며 다른 지역에서는 여러 교육적 상황과 해외 유학생들 소식까지 신문에 등장하는 데 반해, 교남 지역의 학교 신설 상황은 1~2개에 불과하다고 답답한 심정을 토로한다.

사실 기호흥학회의 설립이 1908년 1월이었고, 교남교육회의 설립은 1908년 3월, 또 『교남교육회잡지』의 창간은 그로부터 1년 1개월 후인 1909년 4월이었다. 기호흥학회와 교남교육회 모두 후발주자로서 위기 의식이나 비교 의식을 가질 수는 있으나, 그 시선에는 미세한 차이가 엿보인다. 기호흥학회의 경우는 경쟁의식, 타지역 학회와는 다른 기호 지역만의 우수한 점, 중심부로서의 역할에 초점이 맞추어져 있다. 그에 반해 교남교육회는 다른 지역 학회보다 뒤늦었다는 문제의 식 속에서 교남 내부로 시선이 향해 있다. 그리고 교남 지역의 완고한 양반들, 수 구적인 구세대들에게 그 뒤처짐의 책임을 물어 신랄하게 비판한다. 특히 "財産家 로 言지라도 嶠南이 第一指를 屈홀지어늘 蕩盡홀지언정 本會의 義捐에는 一錢을 不費ᄒ고"[186] 있다며 재산가들 역시 교육 지원을 위해 일전一錢도 소비하려 하지 않는 태도를 공개적으로 비난한다. 즉 다른 지역에 비해 낙후되고 뒤처진 것은 수 구적이고 완고한 양반들, 구세대들 때문이므로 이러한 "완고두뇌頑固頭腦를 벽파劈 破"[187]하고 새로운 지식을 배워야 한다는 것이다. 결국 교남교육회를 설립한 교남 의 지식인들은 "영남 지역의 보수성과 무지함에 대해 강도 높게 비판"하면서 "다 른 지역에 비해 역사적, 교육적 비중이 큰 영남 지역이 국권 상실의 위기 앞에서 그 책임을 다하지 못하고 있다는 안타까움"을 드러내는 것이라고도 볼 수 있다.[188]

따라서 이러한 구세대들에 대한 비판 속에서 기존 세대와 새로운 청년 세대 간의 갈등을 엿볼 수 있다. 스스로 비판하는 의식 안에는 교남의 기존 세대에 대 한 비판이 자리 잡고 있는 것이다. 다른 학회지 역시 이러한 구세대에 대한 비판 들이 등장하고 있으나, 교남 지역 지식인들은 다른 지역 학회지에 비해 훨씬 더 강도 높고 신랄하게 비판한다. 또한 이선호라는 인물은 "敎育이 何等件事인줄 不 知하고 反히 敎育을 勸導하난 人은 仇로視하며 學說을 高唱하는 偸은 異로 斥하 야"[189]라고 하여 고리타분한 교남의 선비들은 교육이 어떤 것인지 알지도 못하 면서 반대로 교육을 권하는 사람에 대해서는 원수로 보며, 학설을 고창하여 알 고자 하는 것은 자신들이 지켜오던 학문과는 다른 것으로 보고 배척한다며 비난 하기도 한다.

---

186 채장묵, 위의 글, 11쪽.
187 채장묵, 위의 글, 12쪽.
188 채휘균, 앞의 글, 91쪽.
189 李宣鎬, 〈雜俎〉「今日嶠南」, 『교남교육회잡지』 제2호, 1909.5.25, 46쪽.

세계에 인류가 처음으로 존재한 이래로 오늘에 이르기까지 지구 상에 국가들이 어찌 천만 개뿐이겠는가? 그러나 그 중에서도 현재까지 굳건히 존재하며 오대주 지도에서 한 얼굴색을 차지한 자가 몇이나 되겠는가? 백 년에 불과하다. 이 백 년 국가들 중에 그들이 굳건히 서서 세계를 좌우할 힘을 가지고 앞으로 자연선택의 세계에서 살아남을 자가 몇이나 되겠는가? (…중략…) 그러므로 그 자신이 오래 살고자 한다면 양생의 방법을 반드시 알아야 하고, 그 나라가 편안하고 부유하며 존귀하고 영화로워지길 원한다면 새로운 국민의 도리를 반드시 강론해야 한다.

새로운 국민의 도리를 논하는 것이 오늘날 중국에서 가장 급한 일이다.

내가 지금 새로운 국민의 도리를 절실히 주장하는 이유는 두 가지가 있다. 첫째는 내치內治에 관한 것이다. 내치에 관한 것은 무엇인가? 세상에서 정치술을 논하는 자들이 많지만, 흔히 말하기를 어떤 갑이 나라를 세우고 어떤 을이 백성을 괴롭히며, 어떤 사건은 정부의 실수이고 어떤 제도는 관리의 직무유기라고 한다. 이는 참으로 그렇지 않다. 그렇다고 단언하지는 않겠지만, 설령 그렇다고 하더라도 정부는 어떻게 저절로 이루어졌으며, 관리들은 어떻게 저절로 나왔겠는가? 이것이 어찌 민간으로부터 스스로 온 것이 아니겠는가? 어떤 갑과 을이 국민의 한 부분이 아니겠는가? (…중략…)

국민의 문명 수준이 높은 나라는 비록 폭군과 더러운 관리들의 핍박이 있더라도 그 국민이 능히 이를 보완하고 정돈할 수 있다. (…중략…) 그러므로 진정으로 새로운 국민이 있다면 새로운 제도와 새로운 정부와 새로운 국가가 없음을 어찌 걱정하겠는가? 그렇지 않다면 비록 오늘의 법 하나를 바꾸고 내일의 사람 하나를 바꾼다고 해도, 동쪽에 칠하고 서쪽에 문질러도 걸음을 배우고 표정을 흉내내도 내가 그 성공할 수 있음을 보지 못하리라. 우리나라에 새로운 법을 논한 지 수십 년이 되어도 효력이 없는 것은 왜인가? 새로운 국민의 도리에 마음을 두지 않았기 때문이다.[190]

교남교육회의 궁극적 목표는 위의 양계초의 글과 일맥상통한 면이 있다. 고리타분한 수구적 태도를 벗어나 새로운 학문을 배워야 한다는 의식 속에는 교육을 통해 신민이자 국민으로 성장시키겠다는 포부가 드러난다. 양계초는 "國民의 文明程度가 高흔 者는 비록 暴君汚吏의 虐劉흠이 有흐나 其民이 能히 補救흐며 整頓흐느니"라고 하여 국민의 문명 정도가 높다면, 폭군오리暴君汚吏의 약탈과 폭력도 국민들이 능히 고치고 개선하여 바로잡을 수 있다고 설명한다. 또한 "新民이 有흐면 新制度와 新政府와 新國家가 無흠을 何患흐리오"라며 더 나아가 그렇게 교육 받은 신민이 있으면 신제도, 신정부, 신국가가 없다 해도 걱정할 필요가 없음을 역설한다. 교남의 인물들이 교육을 받아 '신민'으로 성장하는 것, 그것이 교남교육회의 가장 큰 목적이자 취지였을 것이다. 따라서 교남의 지식인들은 현재의 난관을 헤치고 나갈 수 있는 신학문을 교육해야 하며, 이를 실천할 학교를 세우고자 했던 것이다.[191]

---

190 "世界에 人類가 初有흠으로붓터 今日에 迄ㅎ도록 環球上에 國흔 者ㅣ 엇지 千萬人분이리오마는 그 巋然이 今存ㅎ야 能히 五大洲地圖에 一顔色을 占흔 者ㅣ 幾何오 曰 百年而己오 此百年國中에 其能屹然이 强立ㅎ야 世界를 左右홀 力이 有ㅎ야 將來에 可히 天演界에 戰勝홀 者ㅣ 幾何오 (…중략…) 故로 其身이 長生久視코져흔 즉 攝生의 術을 不可不明이오 其國이 安富傳榮코져 흔즉 新民의 道를 不可不講이니라

論新民이 爲今日中國에 第一急務

吾가 今에 新民이 當務의 急흠이 됨을 極言ㅎ는 바 其立論의 根柢가 二가 有ㅎ니 一曰內治에 關흔 者ㅣ라. 內治에 關흔 者는 何오 天下의 政術을 論ㅎ는 者ㅣ 多호되 動曰 其甲이 國을 設ㅎ고 其乙이 民을 映ㅎ며 某의 事件은 政府의 失機오 某의 制度는 政吏의 溺職이라 ㅎ니 진실로 不然라. 謂키 不敢ㅎ나 雖然이나 政府는 何로 自ㅎ아 成ㅎ얏스며 官吏는 何로 自ㅎ야 出ㅎ얏는고 斯ㅣ 엇지 民間으로 自ㅎ야 來흠이 아니며 某甲某乙이 國民의 一體가 아닌가 (…중략…) 國民의 文明程度가 高흔 者는 비록 暴君汚吏의 虐劉흠이 有ㅎ나 其民이 能히 補救ㅎ며 整頓ㅎ느니 (…중략…) 然즉 진실노 新民이 有ㅎ면 新制度와 新政府와 新國家가 無흠을 何患ㅎ리오 不然즉 비록 今日의 一法을 變ㅎ고 明日의 一人을 易ㅎ야 東에 塗ㅎ고 西에 抹ㅎ며 步를 學ㅎ고 響을 効ㅎ야도 吾가 그 能濟흠을 未見ㅎ리니 夫上國에 新法을 論흔지 數十年에 效를 不覩흔 者는 何오 新民의 道에 留意치 아니흠이로다."(李鍾晃 역, 〈雜俎〉「支那梁啓超新民說」,『교남교육회잡지』제1호, 1909.4.25, 39~40쪽)

191 이러한 새로운 학교 설립에 대한 요구는 비단『교남교육회잡지』에만 등장하는 것이 아니다. 12년 전인『독립신문』에 안동 관립 소학교 교사인 안영상이라는 인물이 편지를 보내와서 총 4번에 걸쳐 〈잡보〉란에 실린 적이 있다. "셜혹 쇼학교를 팔터믄 셜립ㅎ고 학도는 스오빅 명문 양셩ㅎ여도 전국 인민이 다 기명이 되령이면 잇는 쇼학교 팔텨는 ㄱ지고도 교휵ㅎ여 국지를 람용치 아니ㅎ는 것이 역시 직무 상에 샹스어니와 전국 인민을 다 교휵ㅎ즈거드면 쇼학교를 팔만 터를 더 빅셜ㅎ더릭도 오히려 부족ㅎ겟는디 엇지 싱각들 ㅎ고 팔텨 외에는 학교를 더 빅셜홀 경윤들이 업고 도로

이러한 교육에 대한 주장은 다양한 글에서 끊임없이 제기되었다. 채장묵[192]은 교남학부형들과 신사들에게 정신이 없으면 죽은 것이니 교육이 필요하다고 강조했고, 김진호[193]는 천하의 법률이 바뀌고, 기계가 발달하고 있는 이러한 시대에 우편, 비행 등 신학문을 배우자며 촉구하기도 했다. 또한 이겸래[194]는 교육을 통해 개인의 지능이 발달하면 국가도 행복해진다는 교육의 효용성을 설파하기도 했다. 그러나 앞서 설명한 것처럼 서울에 사범학교를 설립하는 것은 무산되고 말았다.

그렇다면 교남의 지식인들이 신지식을 배우고 교육해야 한다고 주장하는 것은 그 이전 교남의 뿌리 깊은 유학 정신을 거부하고 있는 것인지 살펴보아야 한다. 사실 위의 비판들만을 본다면, 교남교육회의 지식인들은 구세대의 통념과 고집스러운 수구적 사고를 매우 통렬하게 비판한다. 이 때문에 교남 지역에 뿌리 깊게 자리하고 있는 유교 사상, 유교적인 학문에 대해서 거부하는 것으로 오해할 수도 있다.

실제 교남 인사들의 글을 보면, "수구개화론守舊開化論"이 더 명확한 주장임을 알수 있다. 단순히 유교를 거부하고 새로운 지식을 배우고 교육해야 한다는 것이 아니라 유교의 기본으로 돌아가 유교를 중심으로 새로운 학문을 배우자는 것이다. 권중철[195]은 「유불가폐儒不可廢」라는 글에서 현재 조선의 상황이 유교 숭상 때문이라 비판하지만, 그것은 유교의 죄가 아니고 유교를 숭상하나 그 도를 얻지

혀 례산 금익을 남겨서 탁지부로 환부ᄒ는지 이 관원들은 학부 관원이 아닌 듯 ᄒ더라 학부라 ᄒ는 ᄆ을이 ᄉ범 학교 일려와 쇼학교 팔터와 영 법 아 일 청 오텨 어 학교 합 십ᄉ터 학교만 ᄀ지고 엇지 학부라고 세계상에 칭ᄒ리요" "국가의 긔쵸를 튼튼히 ᄒ랴면 각죵 학교 멋만 곳을 빈설ᄒ여야 홀 터이요 만일 그럿치 아니ᄒ면 학교의 일홈을 ᄎ라리 영영 혁파ᄒ고 전 세계듸로 그져 지닉는 것이 가ᄒ다고 ᄒ엿더라"라고 하며 실제 전국에 8개 학교밖에 없는데 팔만 곳 이상 학교를 더 개설해야 한다며 강력하게 주장하고 있다. 또한 예산을 집행하지 않는 학부에 대해서도 공개적으로 매우 신랄하게 비판하고 있기도 하다. (안영상, 〈잡보〉, 『독립신문』 117호, 1897.10.2, 3~4쪽)

192 蔡章默, 〈彙說〉「竊爲我嶠南紳士父老하야 大聲疾呼」, 『교남교육회잡지』 제5호, 1909.8.25, 15~17쪽.
193 金鎭浩, 〈彙說〉「一掃嶠雲之力疑」, 『교남교육회잡지』 제5호, 1909.8.25, 17~21쪽.
194 李謙來, 〈彙說〉「觀於海者」, 『교남교육회잡지』 제6호, 1909.10.25, 16쪽.
195 權重哲, 〈雜俎〉「儒不可廢」, 『교남교육회잡지』 제3호, 1909.6.25, 27~28쪽.

못하기 때문이라 설명한다. 즉 제대로 유교를 따르지 못하고 유교의 도를 얻지 못한 편협한 수구세력이 문제라는 것이다. 윤돈구[196]도 「수구개화론守舊開化論」에서 유학의 옛 도를 지키되, 상업 및 공업 등을 발달시켜 기차, 배, 전기, 수학, 법률 등을 배우고 발전시키자고 주장한다. 이들에 따르면 유교의 도를 제대로 안다면, 새로운 학문을 배우는 것에 두려워하지 않으며, 시대에 맞게 새로운 학문을 받아들일 수 있다는 것이다. 결국 교남의 사상은 유교의 기본으로 하되, 이러한 유교가 가르치는 의미대로 새로운 학문을 받아들일 수 있는 유연한 사고를 주장하고 있다고 할 수 있을 것이다.

2) 『교남교육회잡지』의 주제 구성 및 기획

앞서 살펴본 바처럼 교남교육회는 다른 지역 학회에 비해 가장 뒤인 1908년 3월에 설립되었으며, 『교남교육회잡지』는 그 이듬해인 1909년 4월 25일에 1호가 발행되어 1910년 5월 25일까지 총 12호가 발간되었다. 각 지역 학회지의 발간 부수를 살펴보면, 『서북학회월보』가 1,360부, 『호남학보』가 3,000부, 『기호흥학회월보』가 2,000부가량 발행되었다고 한다.[197] 『교남교육회잡지』 역시 이러한 다른 지역 학회지의 발간 부수만큼 발행되었는데 처음에는 3,000부를 발행했으나 10호부터는 2,000부를 발행했다고 한다.[198] 그 당시 신문 등과 비교해보았을 때 『황성신문』과 『제국신문』도 2,000부에서 3,000부 정도 발행되고 있었던 것으로 보면,[199] 결코 적은 수가 아니었음을 알 수 있다. 『교남교육회잡지』도 다른 학회지와 마찬가지로 비슷한 주제들이 등장하고 있는데, 주제별로 분류해 보면 〈표 1〉과 같다.

---

196 尹敦求, 〈雜組〉 「守舊開化論」, 『교남교육회잡지』 제3호, 1909.6.25, 32쪽.
197 김형목, 「기호흥학회 경기도 지회 현황과 성격」, 『중앙사론』 12·13, 중앙대 중앙사학연구소, 1999, 69쪽.
198 정관, 앞의 글, 116쪽.
199 김영희, 「『대한매일신보』 독자의 신문 인식과 신문 접촉 양상」, 한국언론사연구회 편, 『대한매일신보연구』, 커뮤니케이션북스, 2004, 343쪽.

<표 1> 『교남교육회잡지』의 주제별 분류

주제	세부항목	세부항목 개수	개수
교남학회	교남학회	91	91
문예 계열	시가류	70	79
	산문류	9	
교육	교육	48	48
신사상, 산업	신사상	35	43
	산업	8	
정치, 헌법, 국가, 국민의식	정치, 헌법	12	13
	국민의식	1	
왕실, 소식	소식(내지휘보)	6	8
	왕실 관련 소식	2	
외국, 외국 역사	외국	4	6
	외국 역사	2	
구습타파	구습타파	5	5
계몽, 개화	계몽, 개화	4	4
우승열패	우승열패	3	3
종교	종교	3	3
유학 사상 관련	유학 사상 관련	2	2
유학생, 학생, 청년	유학생	1	2
	청년	1	
총계		307	

먼저 『교남교육회잡지』에 실린 글을 주제별로 분류해 보면, 교남교육회 관련 내용이 가장 많았는데, 총 91개로 전체 글의 약 29.6%를 차지했다. 또 문예 계열의 글이 그 뒤를 이어 총 79개로 약 25.7%였으며, 교육 관련 글이 총 48개로 15.6%, 신사상 및 산업 관련 글이 43개로 약 14%를 차지했다. 이러한 주제들은 다른 학회들과 별반 차이가 없는 구성 비율이라 할 수 있다. 이 중 특기할 만한 것은 구습타파, 계몽·개화, 우승열패와 관련한 내용들이 꽤 분포하고 있다는 점이다. 특히 계몽, 개화가 필요하다며 강력하게 주장하는 글들이 눈에 띄며 이러

한 글들은 또한 구습을 타파하자는 내용과도 일맥상통한다. 또한 다른 학회에서는 보였던 국한문체 등에 대한 논의는 등장하지 않고 있다는 점도 하나의 특징이라 할 수 있다.

<표 2> 『교남교육회잡지』 문체별 분류

문체 종류		개수	총 개수
한문체	한문	154	180
	현토한문	25	
	현토한문+한문	1	
구절형 국한문체	구절형 국한문	32	35
	구절형+단어형	3	
단어형 국한문체	단어형 국한문	88	92
	단어형+구절형	1	
	단어형+한문	3	
총계		307	

『교남교육회잡지』에 실린 글의 문체를 살펴보면, 한문체나 국한문체가 거의 사용되었음을 알 수 있다. 『교남교육회잡지』에 가장 많이 등장한 문체는 한문체였는데, 총 180개로 전체의 약 58.6%를 차지했다. 다음으로 단어형 국한문체가 92개로 약 30%, 구절형 국한문체가 총 35개로 약 11.4%를 차지하고 있다. 『서우』, 『서북학회월보』의 경우 한문체가 각각 26.5%, 27.7%를 차지한 것과 비교해 보면, 『교남교육회잡지』의 한문체는 과히 압도적이었다.[200] 그러다 보니, 창간이 늦었음에도 불구하고 "문체의 상황도 한문 논설, 한문 기사가 많은 지면을 차지하는 등 시대에 역행"하고 있다는 비판도 받고 있다.[201] 실제로 지역 학회지를 통틀어 『교남교육회잡지』에만 한글체가 전혀 등장하지 않고 있다. 그만큼 『교남교육회잡지』는 기존 지식인층의 잡지였음을 보여주고 있기도 하다.

---

200 『기호흥학회월보』의 경우, 『서우』나 『서북학회월보』보다 한문체가 더 많이 활용되고 있기는 하나, 그래도 약 35.6%를 차지하는 정도에 그치고 있다.

201 임상석, 『20세기 국한문체의 형성과정』, 지식산업사, 2008, 212쪽.

3) 표제 구분과 편집의 특징

『교남교육회잡지』의 표제를 살펴보면, 1호의 경우 〈본회취지서本會趣旨書〉, 〈본지간행설本誌刊行說〉, 〈지설誌說〉, 〈휘설彙說〉, 〈축사祝辭〉, 〈잡조雜俎〉, 〈사조詞藻〉, 〈회중기사會中記事〉, 〈부록附錄〉, 〈주의注意〉로 구성되어 있다. 〈본회취지서〉, 〈본회간행설〉, 〈지설〉, 〈축사〉 등은 창간호였기에 등장한 표제였고, 나머지 표제들은 거의 변함없이 등장하고 있다. 〈휘설〉은 논설류의 글들이 실린 표제였으며, 2호부터는 〈학술〉이라는 표제 아래 새로운 사상을 교육하는 내용들이 실렸다. 학술 내용으로는 지리학, 법, 달력, 지구과학, 물권학, 역법, 물리학, 양잠, 생리학, 법률학, 해저생물학 등이 실렸는데, 『기호흥학회월보』에 비해서 다양하게 등장하지는 못했으나, 그래도 새로운 학문을 소개하는 글들이 2호부터 12호까지 꾸준히 실리고 있었다. 〈잡조〉에는 산문류들이 주로 실렸고, 〈사조〉에는 대부분 한시들이 실렸다. 〈회중기사〉에는 주로 교남교육회 관련 기사들이 실리는 편이었고, 〈부록〉에는 사립학교령 등 법과 관련된 내용들이 실렸으나 〈부록〉에 〈회중기사〉가 섞이기도 해서 〈회중기사〉와 〈부록〉은 명확하게 구분되지는 못했다.

표제별로 살펴보면, 가장 많이 실렸던 표제는 산문류가 실렸던 〈잡조〉였는데 총 73개로 약 23.8%를 차지했다. 다음으로 한시가 많이 실렸던 〈사조〉로 총 67개, 약 21.8%를 차지했다. 그 외 논설류를 실었던 〈휘설〉이 총 47개로 약 15.3%를 차지했다. 지역 학회지로 가장 늦게 등장한 『기호흥학회월보』와 『교남교육회잡지』를 비교해보면, 『기호흥학회월보』가 교육란이 가장 많았던 데 비해,[202] 『교남교육회잡지』는 산문류나 논설류가 훨씬 많았다. 산문류를 실었던 〈잡조〉 안에도 〈휘설〉 등에 실릴 수 있었던 주장이나 비판 등이 자주 보였다는 점에서 『교남교육회잡지』는 논설류가 강화된 형태라고 할 수 있다.

---

202 『기호흥학회월보』에서는 신사상 및 교육과 연관된 내용을 실었던 〈학해집성〉이 119개로 전체 글의 약 25.4%를 차지했다. (전은경, 「『기호흥학회월보』의 '흥학(興學)'과 서사적 실험」, 『한국현대문학연구』 56, 한국현대문학회, 2018, 250쪽)

〈표 3〉『교남교육회잡지』표제별 분류

유형	표제	개수	유형별 총 개수
논설	휘설(彙說)	47	75
	축사(祝辭)	24	
	지설(誌說)	2	
	본회취지서(本會趣旨書)	1	
	본지간행설(本誌刊行說)	1	
교육	학술(學術)	31	31
산문 및 서사	잡조(雜俎)	73	73
한시 및 시가	사조(詞藻)	67	67
회보 / 학회 관련 관보(법)	부록(附錄)	23	61
	관보초록(官報抄錄)	1	
	주의(注意)	1	
	회중기사(會中記事)	36	
총계		307	

〈표 4〉는 표제별 분포를 각 호차별로 분류한 것이다. 1호의 경우에만 창간호였기 때문에 등장한 표제들이 있었고, 이후 2호부터는 거의 변함없는 순서로 표제들이 등장하고 있다. 『서우』, 『서북학회월보』, 『기호흥학회월보』등의 다른 지역 학회지의 표제들은 매우 다양하게 분포하고 있었고, 각 학회지 내부에서 표제들에 대해 여러 시도를 거쳐 서서히 자신들의 특색을 드러내고 있었다. 이러한 다른 학회지에 비해 『교남교육회잡지』는 표제들이 매우 단순화되어 있고, 표제에 대한 변동이 거의 없었다. 〈회중기사〉, 〈부록〉의 경우에만 구분이 잘 되지 않고 여러 번 변동을 했고, 그 외에는 거의 대부분 이전 표제를 지켰다. 이러한 면은 교남교육회가 다른 지역 학회지에 비해 좀 더 보수적이었기 때문일 수도 있다. 『교남교육회잡지』는 각 경향별로 단순화시켜 표제를 분류했으며, 이는 교남 특유의 보수성이 내면에 잠재되어 있었던 것으로 보인다.

〈표 4〉『교남교육회잡지』호차별 표제 분류

호	본회취지서	본지간행설	지설	학술	휘설	축사	잡조	사조	회중기사	부록	관보초록	주의	총계
1	1	1	2		6	24	4	10	5	1		1	55
2				3	5		14	11	3				36

제2장_ 근대계몽기 국내 지역 학회지의 매체적 특징과 서사 문예   217

호	본회취지서	본지간행설	지설	학술	휘설	축사	잡조	사조	회중기사	부록	관보초록	주의	총계
3				3	3		9	14		5			34
4				4	6		10	3	3	2			28
5				4	7		6	5	3	4			29
6				3	6		3	3	4	4			23
8				5	3		8	3	3	4			26
10				4	4		9	3	3	2			25
11				4	5		4	9	5	1			28
12				1	2		6	6	7			1	23
총계	1	1	2	31	47	24	73	67	36	23	1	1	307

『서우』, 『서북학회월보』, 『기호흥학회월보』 등에 비해 『교남교육회잡지』에 실린 문예 글들은 그리 많지 않았다. 〈표 5〉는 『교남교육회잡지』에 실린 문예 관련 글의 분류이다.

〈표 5〉 『교남교육회잡지』 문예 관련 분류

분류	세부 항목	개수	분류별 개수
서사류	격언	4	9
	대화체(문답체)	2	
	몽유	1	
	기행	1	
	산문	1	
시가류	한시 계열	66	70
	문장	2	
	시가(가사)	2	
총계		79	

『교남교육회잡지』에 실린 서사류와 시가류는 총 79개로 약 25.7%를 차지하고 있다. 이 중 시가류가 대부분으로 전체 글의 약 22.8%를 차지했다. 서사물의 경우에는 격언이 4개, 대화체 글이 2개, 몽유계열 서사물이 1개, 기행문 1개, 일반 산문 1개가 실려 있었다. 이중 특기할 만한 사항은 몽유계열 서사물 제목 위에 〈소설小說〉이라 명칭을 적고 있다는 점이다. 비록 한문체나 구절형 국한문체가 대부분이었지만 문예면에 격언, 대화체, 몽유록 계열 등의 서사물이 실리고

있었다는 것은 분명 근대계몽기의 다양한 서사물을 살펴보는 데 일조할 수 있다. 이러한 서사물에 대한 구체적인 분석은 다음 항목에서 살펴보도록 하겠다.

4) 유교의 혁신과 서사화 전략

(1) 「동서격언」과 계몽 의식

앞서 언급했던 것처럼 『교남교육회잡지』에서 문예가 그렇게 많은 비중을 차지하고 있지는 않다. 물론 〈사조〉 등에 실린 한시는 꾸준히 등장하고 있지만, 그 외에 서사물은 몇 편 실리지 않고 있다. 그 중 「동서격언」 등을 집필한 한계기韓繼箕라는 인물이 있는데, 이 인물이 북악산인北嶽山人이라는 필명으로 문예면에 꾸준히 글을 싣고 있다.

한계기는 『교남교육회잡지』 제4호 〈사조〉에 "경고警告"라는 제목으로 한시를 실었는데, "諸弟諸兄鼾睡時 山人一夢又支難 當時縱有居夷志 授受麟經不可知"[203]라고 하여 낮잠만 자고 있는 여러 형제들을 비판하면서 이들이 코를 골며 잠을 자느라 어려워진 민생을 알지 못한다며 제목처럼 경고하고 경계하는 내용이다. 이처럼 한계기는 이러한 계몽과 경계의 메시지를 한시를 통해서도 전달하는 인물이었다. 그랬던 그가 5호부터는 「동서격언」이라는 제목으로 동양과 서양의 격언을 담는 내용을 4회간 연재하고 있다.[204] 앞서 "경고"라는 내용을 통해 교육과 계몽에 대해 강조했던 한계기는 좀 더 단순한 명언을 통해 계몽의 효과를 키우려고 한 것으로 보인다.

사실 「동서격언」은 『기호흥학회월보』에서 이미 연재된 글이었다. 『기호흥학회월보』에서 「동서격언」은 창간호1908.8.25부터 종간이 된 12호1909.7.25까지 꾸준히 연재되었는데, 3·4호의 「동서격언」만 만운생晚雲生 번역으로 표기되어 있고,

---

203 北嶽山人 韓繼箕, 〈詞藻〉「警告」, 『교남교육회잡지』 제4호, 1909.7.25, 42쪽.
204 「동서격언」은 5·6·8·10호에 연재되었는데, 7호와 9호 자료를 찾지 못한 관계로 더 연재되었는지는 알 수 없다.

나머지는 모두 관해생觀海生이 번역한 것으로 표기되어 있다. 『교남교육회잡지』
는 『기호흥학회월보』 이후 가장 뒤에 등장한 학회지였기에 『기호흥학회월보』를
모델로 삼았을 수도 있다. 실제 「동서격언」의 경우, 상당히 많은 부분이 일치하
고 있기도 하다. 『교남교육회잡지』에 실린 「동서격언」은 5호에 19개, 6호에 17
개, 8호에 15개, 10호에 23개가 실려 있다.

(다) 節儉의 要素는 小利에 注意홈보다 小費를 省在하니라 (比禮昆)[205]

少許의 負債를 消却하는 人은 多分에 信用을 得혼 者이니라 (英國俚語)

信用이 墮落혼 人은 此世에 在하야 死者와 同一혼이라 (英國俚語)

小利를 去치 못하면 大利를 不得하느니 故로 小利는 大利의 殘이니라 (呂氏春秋)[206]

검약의 요소는 작은 이익에 주의함보다 작은 지출을 줄이는 데에 있다. (비례곤)

적은 빚을 갚는 사람은 대부분 신용을 얻은 사람이다. (영국 속담)

신용이 떨어진 사람은 이 세상에 살아 있어도 죽은 자와 다름없다. (영국 속담)

작은 이익을 버리지 못하면 큰 이익을 얻지 못하나니, 그러므로 작은 이익은 큰 이익
의 찌꺼기이다. (여씨춘추)

(라) 節儉의 要素는 小利의 注意홈보다 小費를 省홈에 在하니라 (比禮昆)[207]

小利를 去치 못하면 大利를 不得하느니 故로 小利는 大利의 殘이라 하느니라 (呂氏春秋)

少許의 負債를 消却하는 人은 多分의 信用을 得할 者이니라 (英國俚語)

信用이 墮落혼 人은 此世에 在하야 死者와 同一하니라 (英國俚語)[208]

205 北嶽山人, 〈雜俎〉「東西格言」, 『교남교육회잡지』 제5호, 1909.8.25, 41쪽.
206 北嶽山人, 〈雜俎〉「東西格言」, 『교남교육회잡지』 제6호, 1909.10.25, 26쪽.
207 觀海生, 〈雜俎〉「東西格言」, 『기호흥학회월보』 제10호, 1909.5.25, 34쪽.
208 觀海生, 〈雜俎〉「東西格言」, 『기호흥학회월보』 제10호, 1909.5.25, 33~34쪽.

검약의 요소는 작은 이익의 주의함보다 작은 지출을 줄이는 데에 있다. (비례곤)

작은 이익을 버리지 못하면 큰 이익을 얻지 못하나니, 그러므로 작은 이익은 큰 이익의 찌꺼기라 한다. (여씨춘추)

적은 빚을 갚는 사람은 대부분 신용을 얻을 사람이다. (영국 속담)

신용이 떨어진 사람은 이 세상에 살아 있어도 죽은 자와 다름없다. (영국 속담)

(다)는 『교남교육회잡지』 5호, 6호에 나왔던 「동서격언」의 한 부분이고, (라)는 『기호흥학회월보』 10호에 나왔던 「동서격언」의 한 부분이다. 둘의 내용을 보면, 순서나 조사, 어미 정도만 바뀌었을 뿐 거의 같은 내용이다. 『기호흥학회월보』 제10호^{1909.5.25}에 실렸던 「동서격언」의 내용이 『교남교육회잡지』 5호^{1909.8.25}, 6호^{1909.10.25}에 나누어 실려 있는 것이다. 이러한 면으로 볼 때, 『교남교육회잡지』의 「동서격언」은 『기호흥학회월보』의 「동서격언」을 모본으로 하며 새로운 내용을 조금씩 첨가한 것으로 보인다.

『교남교육회잡지』에 실린 「동서격언」의 내용은 국민의 힘을 길러 나라를 굳세게 해야 한다는 주장들이 많이 보인다. "民氣가 弱혼 國은 民의 上되기 最易ᄒ니라. 양계초어梁啓超語", "國의 價値가 잇는 結果로 其民이 價値가 잇다 ᄒ나 亦此의 反對로 民의 價値가 잇는 結果로 其國의 價値가 잇나니 國民價値를 高尙케 ᄒ랴면 民은 반다시 自己의 價値를 高尙케 홈이 可ᄒ니라. 태서언泰西諺"[209] 등의 내용을 보면, 백성의 힘을 기르고, 국민의 가치를 고상하게 해야 국가의 가치도 상승할 수 있다는 격언이 등장한다. 그렇게 백성의 힘을 기를 수 있는 방법으로 교육을 주장하고 있는 것이다.

---

209 北嶽山人, 〈雜俎〉 「東西格言」, 『교남교육회잡지』 제10호, 1910.3.25, 23쪽.

投書의 注意

一 國漢文으로 楷書以送을 要홈

一 學術, 彙說, 雜俎, 詞長篇, 短編 等

一 政治上言論은 勿干ㅎ고 敎育點에만 注意홈을 要홈[210]

「동서격언」의 또 하나의 흥미로운 점은 미세하지만 문체의 변화가 있다는 것
이다. 위의 광고는 『교남교육회잡지』 제10호에 실린 광고로 글을 투서할 때 주
의사항을 적은 것이다. 반듯한 해서체를 요구하면서 문체는 국한문으로 할 것을
제시한다. 학술, 휘설, 잡조, 사조에 장단편 등을 투서할 수 있으며, 정치상 언론
은 불가능하고 교육에만 주의를 집중해 달라고 요구하고 있다. 내용상 교육에만
집중할 수밖에 없었던 정치적 상황은 모든 학회가 같았으나, 국한문체를 요구하
고 있는 것은 주의를 요하는 부분이다. 사실 『교남교육회잡지』는 문체상으로 볼
때, 한문체와 구절형 국한문체가 주를 이루고 있어서 다른 학회지에 비해 문체
적으로는 많이 뒤쳐져 있기도 했다. 그런데 「동서격언」의 경우에는 이러한 문체
에 대한 변화를 고민하는 흔적이 보인다. 즉 위의 광고에 등장하고 있는 국한문
체에 대한 고민이 「동서격언」에서는 좀 더 행동으로 옮겨지고 있다는 것이다.

(마) 一葉之反對新聞이 畏於千柄刀劍이니라 (法國拿破倫第一)5호[211]

英雄은 無名英雄의 代表者라 (支那 梁啓超)6호[212]

(바) 一葉의 新聞이 千柄刀劍보다 畏ㅎ니라 (法國拿破倫第一)

英雄 無名은 英雄의 代表者이니라 (支那 梁啓超)10호[213]

210 「投書의 注意」, 제10호, 1910.3.25, 49쪽.
211 北嶽山人, 〈雜俎〉 「東西格言」, 『교남교육회잡지』 제5호, 1909.8.25, 43쪽.
212 北嶽山人, 〈雜俎〉 「東西格言」, 『교남교육회잡지』 제6호, 1909.10.25, 24쪽.

『교남교육회잡지』의 「동서격언」에는 앞 호에 실렸던 내용이 뒤 호에 다시 실리는 경우가 종종 있었는데, 내용은 같으나, 문체에서 변화를 준 경우가 많았다. 예를 들어 (마)의 "一葉之反對新聞"이 (바)의 "一葉의 新聞"으로 바뀌어 '之' 대신 '~의'라는 조사를 활용하고 있다. 또 (마)의 "畏於千柄刀劍"라는 구절형 국한문체의 경우도 (바)의 "千柄刀劍보다 畏ᄒ니라"로 바꾸어 '於' 대신 '~보다'라는 조사를 활용하고 있으며, 문장 어순도 한문체를 해체하고 단어형 국한문체로 변화시키고 있다. 이를 볼 때, 『교남교육회잡지』가 한문체나 구절형 국한문체를 고집하고 있다기보다는 내부에서 단어형 국한문체로 서서히 변화해 가는 노력들을 기울이고 있었음을 확인해 볼 수 있다.

(2) 「춘추몽」, 유교를 통한 혁신

앞서 「동서격언」을 연재한 북악산인 한계기가 『교남교육회잡지』에서 유일하게 '소설小說'이라는 표제를 달고 실은 글이 「춘추몽」이다. 이 「춘추몽」은 바다의 동쪽, 한의 북에 사는 '북악산인'이라는 인물이 꿈에 공자의 고향인 이구산을 방문하여 그곳에서 공자와 공자의 제자인 증자를 만나 『춘추』 책을 받아오는 내용이다. 사실 그 내용만을 따진다면, 교남 지역의 유교 사상이 그대로 드러난 듯이 보이며, 교남교육회의 지식인들이 그토록 비판하던 구세대들의 주장과 매우 유사해 보인다.

실제로 교남의 인사들은 유교를 극복의 대상으로 보고 있는 것이 아니라, 제대로 된 유교사상으로 돌아가야 함을 주장한다. 즉 유교의 사상이 신학문을 배척하고 있는 것이 아니며, 제대로 된 유교는 새로운 학문을 배우고 교육하는 일에 힘쓰는 일이라 여기고 있다. 이러한 부분은 채장묵의 글에서도 발견된다.

---

213 北嶽山人, 〈雜俎〉「東西格言」, 『교남교육회잡지』 제10호, 1910.3.25, 22쪽.

손님이 나에게 물었다. "지금은 유신維新 시대라 새로운 학문을 연구하고 발전시키는 것이 가장 급선무인데, 소위 옛 학문을 조금 아는 자들이 고루한 생각과 고집스러운 태도로 그 사이에 끼어들어 스스로 새로운 학문의 발전을 방해하고 장애물을 만들며 우매한 모습으로 방해하니, 이처럼 구습을 고수하는 자들을 모두 몰아낸 후에야 유신 교육이 전국에 보급되어 학문이 발전하고 문명을 이룰 수 있다"라고 했습니다. 이에 나는 부들부들하며 불쾌해하며 말하기를, "어허! 이는 무슨 말인가? 손님은 옛것과 새것을 아는가? 학문에 대해 말할 수 있겠다. 이제 옛 학문을 완전히 폐기할 수 없음을 말해 보리니 들어보라."²¹⁴

위의 예시는 채장묵의 「구학舊學을 불가불폐不可不廢」라는 논설로 '객'과 '나'의 대화 혹은 토론으로 이루어져 있다. 객은 유신시대에 신학문을 연구하고 발전하기 위한 제일 급선무가 구학문의 보수적인 생각과 완고한 아집을 해충을 박멸하듯이 박멸하고 구학을 폐지하는 것이라고 주장한다. 즉 구학문이 신학문을 가로막는 가장 큰 방해물로 인식하고 있는 것이다. 그러나 '나'의 반응은 이와 전혀 다르다. 심지어 '나'는 크게 화를 내며 아니라고 반박한다. 구학문을 박멸하고 폐지하는 것이 아니라 구학문을 통해서 신학문으로 나아가야 한다고 주장하는 것이다. 이러한 주장은 『교남교육회잡지』의 가장 핵심 사상이기도 하다. 유교의 바탕 속에서 유교의 가장 기본으로 돌아가 제대로 된 학문을 하게 되면, 신학문 역시 그 바탕 위에서 교육할 수 있다는 것이다. 따라서 『교남교육회잡지』에서 끊임없이 나오는 반성과 비판은 유교 자체가 아니라 유교를 제대로 학문하지 않은 완고한 구세대를 향해 있음을 명확하게 보여주고 있다. 「춘추몽」도 이와 같은 맥

---

214 "客이 有問於余曰 現今 維新時代에 新學問을 硏究發展이 爲第一急先務어늘 所謂稍解 舊學問者가 株守泥見과 固執頑腦로 介乎其間ㅎ야 自作 新學界妨害物障碍物僞儡狀沮戲魔ㅎ니 似此守舊者流를 一切驅除然後에야 維新敎育이 普及於全國ㅎ야 學問이 增進ㅎ고 文明을 可致라 ㅎ야늘 余乃艴然不悅曰惡라 是何言也오 客亦知夫舊與新乎아 可與言學이로다 請以舊學之不可全廢로 言之리니 試聽之ㅎ라"(蔡章黙, 〈彙說〉 「舊學을 不可不廢」, 『교남교육회잡지』 제8호, 1909.12.25, 16쪽)

락에서 이해될 수 있다.

「춘추몽」은 그 제목에서 알 수 있듯이 몽유록계의 서사물로 '입몽→몽유→각몽'의 형식을 따르고 있다.

(가) 화설 바다의 동쪽 한의 북쪽에 한 사람이 있으니 성명은 많은 필요가 없고 혹 타인을 대하면 늘 북악산인이라 말한다.

나이 40 남짓에 오랜 성현을 스승으로 숭상하고 지금과 옛 문장을 벗 삼아 수간아려 數間芽廬 :수칸이 되는 방에 만권시서를 쌓아놓고 요순맹자의 도를 종교로 숭배하더니 시국을 돌아보매 맹자의 종교가 떨치지 않고 주자 법도의 도리가 위태롭고 무너짐이라. 분개 한탄을 나날이 이기지 못하더니 때는 즉 융희 삼 년1909년 늦봄이라.²¹⁵

(나) 성상이 양춘의 덕택을 널리 펴서 만물이 광휘를 떨쳐 일으키며 요순의 세대를 만난 듯. 큰 길거리의 동자는 태평연월을 노래하고 한문의 조서가 내려온 듯 산동 늙은 아비는 교화를 생각한다. 백 가지 꽃은 아름답고 백 가지 새는 지저귀며 천지가 춘풍화 기 중에 있다.²¹⁶

위의 예문은 「춘추몽」의 도입 부분으로 아직 꿈 속에 들어가지 않은 입몽入夢 상황이다. 서술자 스스로를 북악산인으로 소개하는데, 이 북악산인은 현재의 상

215 "話說海之東漢之北에 有一人ᄒ니 姓名은 不用許多ᄒ고 或他人을 對ᄒ면 每道北嶽山人이라 行年 四十有餘에 古昔聖賢을 師尙ᄒ고 今古文章을 朋交ᄒ야 數間芽廬에 萬卷詩書를 싸아놋코 堯舜孔孟 의 道을 宗敎로 崇拜터니 時局을 環顧ᄒ민 孔孟의 宗敎가 不振ᄒ고 程朱의 傳道가 幾墜라 慨然恨嘆 을 日日不勝ᄒ더니 是歲ᄂ 即 隆熙三年 暮春月也라"(北嶽山人(韓繼箕), 〈雜俎〉「小說 春秋夢」, 『교남 교육회잡지』 제2호, 1909.5.25, 39~40쪽, 이하 제목만 표기)

216 "聖上이 陽春의 德澤을 널니펴사 萬物이 光輝를 發揚ᄒ야 堯舜의 世代를 逢흔 듯 康衢童子ᄂ 연월 을 노리ᄒ고 漢文의 詔書가 下흔 듯 山東父老ᄂ 德化를 싱각ᄒ며 百花ᄂ 灼灼ᄒ고 百鳥ᄂ 嚶嚶ᄒ 야 擧天地ㅣ 盡在春風和氣中이라."(「춘추몽」, 40쪽)

황에 대해 반성적으로 접근한다. 즉 유교의 도리가 땅에 떨어져 위태롭고 무너지게 되었다는 것이다. 이러한 인식은 단순히 유교의 사상을 지지하는 구세대적 발상으로 이해해서는 안 된다.『교남교육회잡지』전반의 논조와 함께 읽는다면, 이 내용은 진정한 유교의 도리를 따르지 않는 구세대들, 완고하고 보수적인 교남의 구세대들을 향해 비판하고 있는 것이다. 즉 가장 유교적인 것으로 돌아간다면, 학문을 숭상하고 새로운 학문을 당연히 받아들여 백성을 교육하고 나라를 부강하게 만들 수 있다는 것이다.

북악산인의 이러한 고민에 이어 (나)에서는 갑자기 분위기가 전환되면서 요순의 시대라며 성상 즉 임금의 은혜라며 노래한다. 이는 이전 가사류의 상투적인 분위기와 유사하다. 임금의 덕택으로 태평성대를 누리며 늦봄의 자연 경치를 묘사한다.

(다) 하루는 산인이 풍광을 완상하고자 서창을 기대어 앉아 사물의 의미를 조용히 바라보더니 한 쌍의 나비가 눈앞에서 나부끼는지라. 춘흥을 이기지 못하고 구름은 맑고 바람은 가벼운 한낮에 꽃을 찾고 버들을 따라 시냇물을 건너고자, 이 시냇물에 배를 타고 회암주희의 호에 숙박한 후, 명도께 길을 물어 태산을 올랐다가 사수*산동 성 두 강인 사수와 수수를 얼풋 건너 이구산공자 태어난 곳을 찾아들어 한 곳에 다다르니 인산지수가 둘렀는데 광풍제월이 영롱하다. 행단이 높은 곳에 한 개 가지에 살아 있는 꽃은 찬란하고 오동나무와 버드나무 그늘 속에 생황악 때 쓰는 관악기 금석 소리로다.[217]

(라) 의로를 따라들어 덕문으로 쫓아 들어가니 마을 명은 관리요, 전호는 대성이라

217　"一日은 山人이 風光을 玩賞코져 書窓을 凭坐ᄒ고 物意를 靜觀터니 一雙胡蝶이 目前에 翩翩ᄒ지라 春興을 不勝ᄒ야 雲淡 風輕近午天에 訪花隨柳ᄒ야 伊川에 빈를 타고 晦庵에 宿泊ᄒ 後 明道께 길을 물어 泰山을 올나짜ᄀ 泗洙를 얼풋 건너 尼丘山을 차자들계 한 곳을 다다르니 仁山智水 둘너 는딕 光風霽月玲瓏ᄒ다 杏壇이 놉흔 곳에 一枝生花燦爛ᄒ고 梧桐楊柳樹蔭 속에 笙簧金石 쇼리로다."(「춘추몽」, 40쪽)

〈사진 13〉 한계기(북악산인)의 「소설 춘추몽」

담장이 높고 높아 그 높음과 견고함을 우러른다. 진경을 점입하여 다음으로 구경하니 만세에 널리 닦아 구인궁을 지었는데 오행으로 주초 놓고 삼강령으로 기둥 세워 팔조목으로 도리 얹고 오색토로 앎이로다. 태극으로 기와하고 일월성신 창호로다. 64괘 서까래 걸고 낙구하마 단청이라. 만호천문을 다음으로 여니 방과 집이 높았도다.[218]

(다) 부분은 몽유가 시작되는 지점이다. 하루는 풍광을 완상하다가 한 쌍의 호접—雙胡蝶을 따라 길을 나서게 된다. 그곳이 바로 시냇물을 따라 배를 타고 도착한 곳이 회암이었고, 태산을 오르고 사수를 건너 공자가 태어난 고향인 이구산

---

218 "義路를 싸라드러 德門으로 좃차드니 村名은 闕里오 殿號는 大成이라 宮墻이 놉고 놉하 仰之彌高讚彌堅이라 眞境을 漸入ᄒᆞ야 次第로 구경ᄒᆞ니 萬世基址 널이 닥가 九仞宮을 지엿는듸 五行으로 柱礎 놋코 三綱領 기동셔와 八條目 도리억시 五色土로 알미로다 太極으로 盖瓦ᄒᆞ고 日月星辰 窓戶로다 六十四 卦椽木 걸고 洛龜河馬丹靑이라 萬戶千門次第開에 室과 堂이 놉핫도다."(「춘추몽」, 40쪽)

에 도착하게 된다.

이어 (라)에서는 마을에 도착하여 구인궁에 이른다. "하수河水의 말이 등에 그림을 진" 듯하고 "낙수洛水의 거북이 상서를 바친" 듯 웅장한 방과 집의 모습을 고전의 말을 차용하여 그대로 제시하고 있다. 오행과 삼강령, 태극과 64괘로 견고하게 지었다는 것은 유학의 기초대로 집을 지었다는 의미가 된다. 즉 이곳은 유학으로 만든 유학의 집성지에 왔다는 것을 비유적으로 보여준다.[219]

(마) 삼천 제자 벌여놓은 데 칠십 문인 장하다. 누항춘풍 단표자는 집 안으로 들어가고 늦봄 변두리에서 귀인을 읊음은 여러 사람이 모인 자리에서 읍양하는 군자 염계옹주돈이의 호과 총계산림 자양 선생주희의 별칭이 층계 아래에 예도에 맞게 허리를 굽히고 걸어가니 예약사 강론하는 자리에 의관을 가지런히 하고 진퇴하며 응대한다.[220]

(바) 첫 번째 자리에는 한 위대한 성인이 엄숙하게 앉아 계셨으니, 이는 하구해목金聲玉振과 같았다. 그는 주공周公을 꿈꾸며 요순堯舜의 기상으로 의난조악곡를 부르시고, 나무로 된 지팡이를 울리시니, 시우화풍時雨和風이 사방에 흐르고 대명이 중천에 떠 있으니 만물이 가득하다. 온화하고 공손한 붉은 옷을 입으시고, 예의에 맞는 수놓은 옷을 걸치시니, 동정動靜과 말씀이 신중하고 아름다우며, 옥패玉佩와 금장金章이 쨍그랑거리며 울리는 소리는 물고기가 뛰어오르고 연이 나는 듯하며, 봉황이 웅크리고 용이 꿈틀대는

---

219 유학의 집산지라 할 수 있는 구인궁에 대한 묘사는 이황의 〈지로가〉의 내용과 유사하다. 오행과 삼강령, 태극과 64괘, 낙수하마 단청에 대한 설명이나 묘사가 이황의 〈지로가〉에 그대로 등장한다. 어쩌면 교남 지역에서 이러한 표현이나 묘사가 상투적으로 쓰였을 것으로 보이며, 「춘추몽」에서도 유교적인 가사의 내용이 그대로 반복되는 것으로 볼 수 있다. (이황의 〈지로가〉 원문은 정상균, 「퇴계 이황 선생 가사집 수훈가(垂訓歌) 중 지로가(指路歌) 上」(정상균가(鄭祥均家) 소장본), 『노인행복신문』, 2017.07.13, http://www.happyfreedomnews.com/news/articleView. html?idxno=4943 참조)

220 "三千第子 버러노딕 七十門人 장할씨고 陋巷春風 簞瓢子노 室中으로 드러가고 沂雩暮春 咏歸人은 席上에서 揖讓하며 蓮花君子 濂溪翁과 叢桂山林紫陽先生 階下에 趨蹌하니 禮樂射 御講論席에 應對 進退整齊하다."(「춘추몽」, 40쪽)

듯하다. 강한에서 목욕하고 가을 햇살에 말리는 기상은 태화원기太和元氣가 사시四時에 흐르는 것과 같다. 나의 도가 쇠퇴하였는가? 주나라의 도가 흥하였는가? 태산이 높은가? 천하가 작은가? 진채陳蔡의 위기를 피할 수 없고, 쇠퇴한 주나라를 탄식하며 천하를 순환하던 수레 자국은 문 앞에 가득하다.[221]

(마)의 장면은 궁 안으로 들어가 그 안에 있던 사람들을 묘사한다. 송대의 유학자로 존경을 받는 염계옹 주돈이와 자양 선생인 주희가 그곳에 있으면서 의관을 정제하고 응대하며 좌중에 앉아 있다고 설명한다. 즉 대단한 유학자들도 겸양하며 앉아 누군가의 강론을 듣고자 예를 갖추고 있다는 것이다.

(바)에서는 이 「춘추몽」에서 가장 절정의 부분으로 드디어 공자가 등장한다. 가장 상석에서 한 위대한 성인이 앉아 『논어』에서 언급한 대로 "신신요요申申夭夭" 즉 "태연자약하고 낯빛은 편안하여 기쁨이 가득한 모습"으로 그 기상과 웅장함을 보여준다. 북악산인이 꿈에서 유학자들의 가장 최고인 인물인 공자를 만나는 것으로 묘사된다.

(사) 홀연히 집 안에서부터 제자 일인이 산인에게 크게 불러 말하기를 이 분 성인은 후세에서 존칭하기를 대성지성 문선공 공모시오 나는 공문공자의 문하에 의지하여 앙망하는 증모증자로라. 성인이 일부 서책을 군에게 믿고 전하라 하시기로 일부를 주니 장차 일부하야 현세에 뿌리고 전하라 하매 산인이 두려워 떨며 일부를 정중히 받으니 제목에 대서특필로 써 있기를 춘추일부라 머리를 숙여 조아리고 감사 인사를 하고 나올 때

---

221 "第一座上에 一位 大聖人이 儼然正坐ᄒᆞ셧스니 河口海目이오 金聲玉振이라 周公을 夢思ᄒᆞ고 堯舜의 氣像으로 猗蘭操롤 부르시며 木錫을 울이시니 時雨和風은 品物이 流亨ᄒᆞ고 大明이 中天ᄒᆞ니 萬象이 森羅로다 溫恭之黻衣를 襲ᄒᆞ시며 禮義之繡裳를 垂ᄒᆞ시니 動靜語黙은 申申夭夭ᄒᆞ시고 玉珮金章은 鏘然鏗然ᄒᆞ야 魚躍鳶飛와 鳳蹲龍蟠의 意思며 江漢之濯 秋陽之曝의 氣像은 太和元氣가 四時에 流行이라 吾道가 衰歟아 周道가 興歟아 太山이 高歟아 天下가 小歟아 陳蔡의 厄을 不免ᄒᆞ고 衰周의 嘆으로 天下를 循環ᄒᆞ든 車轍은 門前에 비겨더라."(「춘추몽」, 41쪽)

문처마에 부딪혀 땅에 넘어지며 놀라 깨어나니 뜰에 산 살구가 가득하고 자규두견새가 간간히 울더라.[222]

위의 예문은 마지막 부분으로 공자가 앉아 있는 것을 보고, 증자를 만나 「춘추」 책을 전해 받는 장면이다. 이 책을 받아 나오는데 머리를 부딪쳐 넘어지면서 각몽覺夢하게 되고 글이 마무리된다. 사실 이렇게만 보면, 「춘추몽」은 공자에게서 「춘추」 책을 받아 유교의 사상만을 강조하는 글로 보이기도 한다. 그러나 앞서 『교남교육회잡지』의 논설과 이 글의 저자인 북악산인의 다른 글의 논조와 함께 읽는다면, 이 「춘추몽」은 다르게 읽힐 수 있다. 단순히 공자를 만나 유교의 경전을 받아오는 것이 아니라, 유교의 기본으로 돌아가자는 외침으로 읽을 수 있다. 다시 말해 「춘추몽」은 유교를 따른다고 말하면서 잘못된 길로 가고 있는 교남의 구세대들에게 이제 제대로 된 유교의 정도正道로 돌아가 새로운 학문을 익히고 이를 토대로 나라를 부강하게 하자는 의도가 담겨 있는 것이다.

이렇게 볼 때 「춘추몽」은 몽유록계 서사의 전형적인 형태를 차용하여 '입몽→몽유→각몽'의 구조를 보여주고 있다. 그런데 그 세부적인 서사적 메커니즘을 보면 '① 꿈을 꾸기 전 나의 생각→② 춘흥으로 이구산으로 감→③ 구인궁에 도착하여 구경→④ 공자를 만남→⑤ 「춘추」 책을 받고 각몽'하는 상황으로 이어진다. 또한 ①에서 드러난 꿈의 외화, 즉 꿈을 꾸기 전 시대에 대한 고민과 한탄하는 문제를 ⑤의 꿈의 내화에서 「춘추」 책을 받는 것으로 그 문제의 해답을 얻고 있다. 결국 이것은 몽유록계 서사를 차용하여 진정한 유교로 돌아가자는 문제의식이 이 서사에 담겨 있는 것이다.

---

222 "忽然自室中으로 弟子一人이 大呼 山人曰 這位聖人은 後世에셔 尊稱키를 大成至聖 文宣王 孔某시오 我는 孔門에 依仰ᄒᆞᄂᆞᆫ 曾某로라 聖人이 一部書冊을 君의게 信傳ᄒᆞ라시기로 一部를 出給ᄒᆞ니 將此 一部ᄒᆞ야 現世에 播傳ᄒᆞ라ᄒᆞᆷ이 山人이 戰栗恐懼히 一部를 敬受ᄒᆞ니 題目에 大書特筆曰 春秋一部라 頓首拜謝ᄒᆞ고 退出ᄒᆞᆯ시 爲門楣所觸ᄒᆞ야 蹶然仆地而驚悟ᄒᆞ니 滿庭山杏에 子規啼歇이러라."(「춘추몽」, 41쪽)

이러한 진정한 유교로 돌아가는 문제의식과 당대 교남의 지식인들에게 경각심을 주고자 했던 인식은 결국 『교남교육회잡지』 내부에서 끊임없이 녹아있던 '로컬리티' 즉 '지역성'에서 비롯된 것이다. 단순히 이 서사물 하나로만 독립적으로 읽는다면, 이는 그저 보수적이고 수구적인 의미로 읽을 수밖에 없으나, 『교남교육회잡지』의 커뮤니케이션의 내부에서 읽게 되면, 로컬리티에 대한 고민과 함께 새로운 시각으로 읽을 수 있다. 즉 서사물 하나에도 그 잡지 매체의 인식과 커뮤니케이션의 소통이 담길 수밖에 없는 것이다. 이러한 소통적 의미에서 읽어낸다면, 교남 인사들의 반성적 의식과 교남에 대한 로컬리티적 인식을 동시에 발견해 낼 수 있다.[223]

사실 교남의 인사들의 이러한 신학문에 대한 생각은 실제로 이후 독립운동과도 밀접히 연관되어 있다. 교남교육회의 인사들 중 상당수가 1909년에 조직된 항일 청년 단체인 대동청년당 활동에 참여했다고 한다.[224] 또한 안동 지역에서 한말 신문화와 신사상을 받아들였던 '혁신유림'과도 밀접한 연관이 있었을 것이다.[225] 또한 이들 혁신유림들이 만주지역 독립군 활동까지 이어지는 등 유교를 중심으로 한 신학문과 신사상을 받아들였던 교남의 사상은 이처럼 반성과 성찰, 비판으로부터 시작되었다고 할 수 있을 것이다.

---

223 실제로 교남 인사들은 1907년 안동에 근대식 중등교육 기관인 '협동학교'를 설립하여 안동 청년들에게 신교육을 실시하고자 했다. 그러나 이러한 근대 교육에 대해서 안동 유림들의 반발과 비난이 끊임없이 일어났고, 의병들이 협동학교를 습격하는 일도 있는 등, 실제 교남의 유림들과 신학문을 교육하고자 하는 주체들 간의 갈등과 대립이 계속해서 이어지고 있었다. 따라서 교남교육회는 이러한 단절을 극복하고 교남의 지식인들을 새롭게 교육하고 신학문으로 계몽하고자 유교를 통한 혁신, 또 유교의 기본으로 돌아간 학문과 실천을 주장하고 있었다. ('협동학교' 관련 내용은 한국학중앙연구원, 안동시 디지털안동문화대전, http://andong.grandculture.net/Contents?local=andong&dataType=01&contents_id=GC02400437 참고)

224 정관, 앞의 글, 121쪽.

225 '혁신유림' 관련 내용은 한국학중앙연구원, 안동시 디지털안동문화대전, http://andong.grandculture.net/Contents?local=andong&dataType=01&contents_id=GC02400436 참고.

5) 교남 지역에 대한 현실적 인식과 서사적 표현

경상남북도 지역을 중심으로 한『교남교육회잡지』는 지역 학회지 중 가장 뒤에 발간된 학회지로서, 1909년 4월 25일부터 1910년 5월 25일까지 총 12호를 발간하였다. 평안남북도와 황해도 지역을 기반으로 한『서우』[1906.12~1908.5], 이후 한북학회와 통합 확장되어 함경도 지역까지 포함한『서북학회월보』[1908.6~1910.7], 호남 지역을 기반으로 한『호남학보』[1908.6~1909.3], 서울 경기 지역과 충청남북도 지역을 기반으로 한『기호흥학회월보』[1908.8~1909.7]를 뒤이어 가장 후발주자로서 지역 학회지의 역할을 감당했다.

『교남교육회잡지』역시 다른 지역 학회지처럼 교육을 강조하며 신학문을 배워야 하고, 사범학교 등을 세워 새로운 학문을 가르치는 인재를 양성하는 것을 목적으로 했다. 특히 교남의 인사들은 작금의 문제들을 구세대들의 안일하고 보수적이며 완고한 태도에서 배태되었다고 보고 이에 대한 책임의식과 비판의식이 두드러졌다. 특히 교남 지역의 구세대들을 스스로 비판하며 성찰하면서 제대로 된 진정한 유교의 도리로 돌아갈 것을 주장했다. 즉 유교의 바탕 속에서 새로운 학문을 받아들이고 교육해야 한다는 것이다.

이러한 입장은『교남교육회잡지』의 내용에서도 많이 등장하고 있는데,『교남교육회잡지』에 실린 글은 교남학회 관련 글, 문예 계열, 교육, 신사상 등의 순으로 많이 실렸다. 문체의 경우에는 교남의 보수적인 성향이 그대로 묻어나 한문체가 가장 많았으나, 점차 단어형 국한문체로 나아가려는 의지가 엿보이기도 했다. 표제별로 살펴보면, 산문류를 실은〈잡조〉표제에 가장 많은 글이 실렸고, 한시를 실은〈사조〉, 논설 등을 실은〈휘설〉등이 그 뒤를 잇고 있다. 교육 부분인〈학술〉란은 다른 학회지에 비해 글의 개수가 적은 편이었다.

또한『교남교육회잡지』에는 서사류의 문예가 많이 실리지는 못했다. 그러나「동서격언」등의 격언이나 소설 표제가 붙은「춘추몽」등 교남의 고민과 반성이 드러나는 서사류들이 눈에 띈다. 이러한 서사류들은 단순히 구세대들이 주장하는 유교의 사상으로만 이해할 것이 아니라, 교남 인사들의 반성적 사고 속에서 이해되어야 한다. 즉 구세대들의 변질된 유교가 아니라, 제대로 된 유교, 정도正道의 유교로 돌아가 신학문을 배우고 익혀 백성을 교육하고 새로운 나라를 건설해야 한다는 위기 의식과 반성적 사고가 드러나고 있는 것이다. 또한 교남의 이러한 반성적 사고는 새로운 유교, 혁신유림들과도 연계되면서 근대계몽기와 일제 식민지를 겪으며 삶과 사회를 바꾸어나가려는 운동으로 이어졌다.

이처럼 이러한 지역을 기반으로 한 학회지들은 그 기반이 되는 지역을 토대로 지역적 특성을 드러내면서 동시에 시대의 역할을 담당해 나가고 있었다. 또한 근대계몽기 서사류들은 이러한 지역 학회지의 의도와 사상을 담지해내며, 새로운 문학의 탄생을 이끌어가고 있었다고 해도 과언이 아닐 것이다.

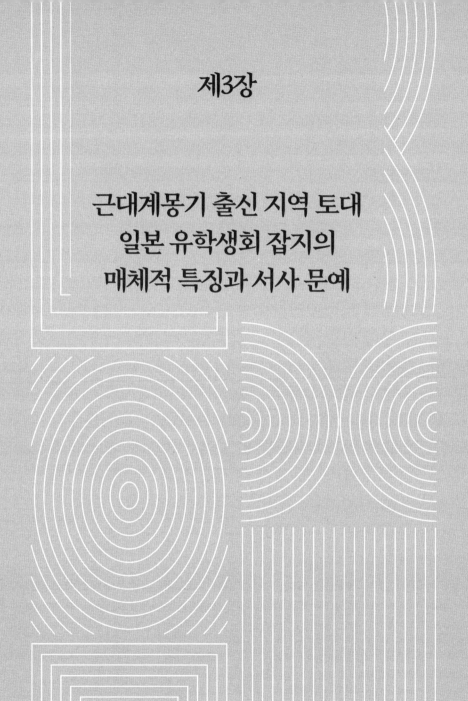

제3장

근대계몽기 출신 지역 토대
일본 유학생회 잡지의
매체적 특징과 서사 문예

재일본 한인 유학생회는 1895년 대조선인일본유학생친목회를 결성한 이래, 다양한 형태로 단체를 조직했다. 친목회가 1898년 이후 회원 간의 분쟁으로 와해되면서, 관비 유학생들이 제국청년회를 조직했다가 1903년 역시 해산되었다. 일본 유학생회가 활발하게 단체를 조직하기 시작한 것은 1905년 이후 일본 유학생들이 증가하기 시작하면서였다. 이 때 유학생회구락부, 태극학회, 공수학회, 한금청년회, 동인학회, 낙동친목회, 호남학계, 광무학회, 광무학우회, 대한유학생회 등 여러 단체들이 결성되기 시작했다.[1] 이 중 유학생 단체들은 출신 지역을 중심으로 활발하게 조직되었다. 서북 지역 출신들이 결성한 태극학회, 기호 지역 출신들이 결성한 한금청년회, 경상도 출신들이 결성한 낙동친목회, 전라도 출신들이 결성한 호남학계(회) 등이 그것이다. 그러나 학회지를 발간한 학회는 태극학회와 낙동친목회뿐으로, 현재 이 두 학회가 발간한 잡지만 확인할 수 있다. 본 장에서는 출신 지역을 바탕으로 한 일본 유학생 잡지 『태극학보』와 『낙동친목회학보』의 지역성과 서사 문예의 실험을 살펴보고자 한다. 『태극학보』는 일본 유학생 잡지 중 가장 오랜 기간 발간되면서, 다양한 서사적 실험을 하며, 명실상부 문예 잡지적 역할을 해왔다. 『낙동친목회학보』 역시 뒤에 일본 유학생회 통합에 적극적으로 참여하면서 일본 유학생들의 서사적 발전에 이바지하고 있다. 따라서 이 두 잡지를 통해서 출신 지역의 지역성과 일본 유학생들의 연계성을 함께 고찰해보고자 한다.

---

1   김기주, 「구한말 재일한국유학생의 민족운동 연구」, 전남대 박사논문, 1991, 14~15쪽.

1. 서북 지역 토대 일본 유학생회 잡지
—『태극학보』1906.8.24~1908.12.24

근대문학, 근대소설의 개념은 사실 정확하게 단정 짓기가 어렵다. 동시에 일본을 통해 유입된 개념으로만 보기도 어렵다. 이 개념을 이해하기 위해서는 우리 내적 토대 안에서의 주체적 고민을 통해 해석해야 한다. 이러한 개념이 새롭게 생성되고 받아들여지는 과정의 가장 최전선에 바로 일본 유학생들이 위치하고 있었다.

일본 유학생들은 일본이 받아들인 서양의 개념들, 즉 근대문학과 근대소설의 개념들을 가장 먼저 확인할 수 있었다. 그러나 이것은 아무 고민없이 이루어진 것이 아니다. 하나의 개념으로 확정되는 과정은 수많은 고민과 모호함 속에서 지속되고 발전된다. 기존의 서사물들을 어떻게 배치할 것인지, 근대소설의 개념 속에는 어떠한 서사들이 들어갈 수 있는지 그들 스스로 끊임없이 고민할 수밖에 없었다. 그러한 과정을 여실히 보여주고 있는 것이 바로『태극학보』이다.

『태극학보』를 발간한 태극학회는 국내 평안남북도, 황해도 지역 출신 학생들이 일본으로 유학 오면서 결성한 단체였다. 이후에는 함경도까지 포함한 지역 출신들의 모임의 장이 되기도 했다. 또한 서북 지역 유학생들이 고국으로 돌아가면서는 서북 지역 학회지와도 밀접하게 연관되기도 했다. 서북 지역을 토대로 이들은 국내와 국외에서 끊임없이 교류하며 다양한 서사물들을 실험한다.

물론『태극학보』의 서사물들은 아직 명확하게 근대문학, 근대소설이라 정의 내리기 어렵다. 그러나 이렇게 불확정적이고 모호하기 때문에 새로운 서사물에 대해서 다양하게 실험할 수 있었다. 서양의 문학을 번역하기도 하지만, 또 기존의 서사물을 변형하여 싣기도 했다.[2] 그 가운데 새로운 서사의 양식을 실험하며,

---

2   『태극학보』에 실린 서사물에 대한 연구는 장응진의 소설에 대한 연구(김윤재, 「백악춘사 장응진 연구」,『민족문학사연구』제12호, 민족문학사학회, 1998; 하태석, 「백악춘사 장응진의 소설에

다양하고도 역동적인 장을 형성하고 있기도 하다. 이러한 면에서『태극학보』를 살펴보는 것은 근대문학, 근대소설이라는 개념이 우리 안에서 어떻게 형성되고 받아들여지게 되는지 그 과정을 분석할 수 있는 계기가 될 수 있을 것이다. 또한 동시에 유학생들이 최전선에서 받아들인 새로운 개념을 국내 조선의 지식인들이 또 다른 관점에서 개념화하는 과정 역시 살필 수 있다.[3] 서북 출신의 지식인들이 새로운 서사적 양식을 실험하고, 이러한 서사적 양식이 또 다시 국내 조선의 지식인들과 연계되면서 또 다른 양상으로 확장되고 적용되고 있었기 때문이다.

일본 유학생들이 최초로 발행한 잡지는『친목회회보』라는 잡지였다. 이는 1895년 일본 유학생들이 대조선인일본유학생친목회를 결성하고 만든 친목회 지로서 총 6호가 간행되었다고 한다.[4] 이후 다양한 유학생 잡지가 발행되었는데 그 중 문예면을 강화하고 활발하게 진행된 잡지는『태극학보』와『대한흥학보』를 꼽을 수 있다. 실제로 재일 유학생회를 모두 통합한 학회는 대한흥학회라 할 수 있는데, 이 대한흥학회에 통합된 학회 중 가장 활발했던 학회가 태극학회였

나타난 계몽사상의 성격」,『우리문학연구』제14집, 우리문학회, 2001; 최호석,「장응진 소설의 성경 모티프 연구」,『동북아문화연구』제22집, 동북아시아문화학회, 2010)나 번역물에 대한 연구(손성준,「근대 동아시아의 크롬웰 변주」,『대동문화연구』제78집, 성균관대 대동문화연구원, 2012), 다양한 서사물에 대한 연구(문한별,「근대전환기 서사의 양식적 혼재와 변용 양상」,『국제어문』제52집, 국제어문학회, 2011) 등으로 나누어 볼 수 있다.

3 유학생 잡지는 현대의 대중잡지와는 그 유형이 매우 다르다. 앞서 제1장에서 설명한 것처럼 모두에게 열려 있는 신문과 같은 미디어와, 같은 뜻을 가지고 있는 독자들이 참여하는 닫혀 있는 미디어인 잡지 그 사이에 존재한다. 마샬 맥루한은 "책은 하나의 〈견해〉를 제공하는 개인적인 고백의 형태"인데 반하여 "신문은 공공의 참여를 제공하는 집단적 고백의 형태"로 설명한다. 이러한 면에서 볼 때, 유학생 잡지『태극학보』는 유학생들을 위한 잡지이면서 동시에 국내의 학생들이나 지식인들에게까지 열린 잡지이기도 했다. "집단적 고백의 형태"를 어느 정도 담지하면서도 "개인적인 고백의 형태"가 담겨 있는 중간적인 미디어였다고 볼 수 있다. 즉 "집단적인 이미지가 아니라 사적인 소리"를 보이면서도 그 사적인 형태를 공적으로 개념화하고자 노력했던 시도를『태극학보』가 보여주고 있으며, 이러한 시도는 근대문학과 근대소설의 개념을 정립해가는 과정으로서 그 가치를 지닌다고 할 수 있을 것이다.(마샬 맥루한, 김성기·이한우 역,『미디어의 이해』, 민음사, 2011, 288쪽)

4 정진석,『한국 잡지 역사』, 커뮤니케이션북스, 2014, 2~5쪽.

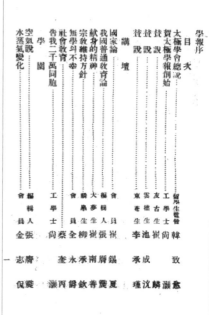

〈사진 1〉『태극학보』 창간호의 표지와 차례

다. 물론『대한흥학보』의 경우, 이광수의 단편이 실리고 있다는 점에서 근대소설에 대한 유학생들의 의식을 엿볼 수 있다. 사실『태극학보』의 기본 틀을『대한흥학보』가 상당히 많이 가져오고 있고, 또 그 가운데 유학생들이 받아들인 근대문학, 근대소설의 개념, 즉 그 개념이 정립되고 고민하는 과정을 살펴볼 수 있다는 점에서『대한흥학보』보다 앞서 학회지를 낸『태극학보』를 연구하는 것은 중요한 의미를 지닌다. 또한『태극학보』를 통해 그 당대 지식인으로서의 유학생들의 문학적 감수성과 근대독자로의 이행을 한꺼번에 바라볼 수 있게 할 것이다.

1)『태극학보』의 '서북'의 정체성 – 전선戰線의 최전방

『태극학보』의 가장 중요한 키워드는 '서북'의 정체성이라 할 수 있다. 이는『태극학보』를 발간한 태극학회가 국내 서북 지역 일본 유학생들이 만든 단체였기 때문이다. 따라서『태극학보』에서 '서북'의 의미가 무엇이며, 이러한 서북의 정체성이 『태극학보』 전체 편집에서 어떠한 영향력을 미치고 있는지 잡지 미디어의 내부 커뮤니케이션에서 살펴볼 필요가 있다.

『태극학보』는 1906년 8월 24일에 창간되어 1908년 12월 24일까지 총 27호를 발행하였으며, 재일 한인 유학생들 잡지 중 가장 오래 발간된 잡지였다. 재일 일본 유학생들의 학회 및 조직은 1884년 갑오경장 이후 신문물을 수용하기 위해 정부가 적극적으로 관비 유학생을 파견하면서부터인데, 최초로 조직된 일본 유학생 단체가 「대조선인일본유학생친목회」였다. 이후 다시 해산되고 「제국청년회」로 개명하였으나, 이 또한 해산하고 여러 갈래로 조직이 분파되기에 이른다. 그 중 가장 활동이 컸던 학회가 태극학회였고 국내 서북 지역의 유학생이 중심이 되었다.[5]

『태극학보』의 초대 회장은 장응진, 부회장은 최석하, 평의원으로 김지간, 전영작, 김진초, 이윤주, 김낙영, 박용희 등이 선임되었고, 사무원 5명, 회계원 1명, 서기원 3명, 사찰원 3명, 회원 44명으로 전체 회원수는 총 64명이었다.[6] 그러나 4호에서는 총 회원수 96명으로 급성장하고 이후 영유군 지회, 영흥군 지회, 용의군 지회, 평남 성천군 지회, 동래부 지회 등 국내에서도 다양한 지회가 설립되고 임원단이 구성되는 등 매호 발간될 때마다 신입 회원들이 다수 가입하여 『태극학보』는 명실상부 유학생 대표 잡지로서 가장 크게 활성화되었다.[7] 『태극학보』의 편집 겸 발행은 1호에서 18호까지는 1대 회장이었던 장응진이, 19호부터 끝까지는 3대 회장이었던 김낙영이 이어갔다.[8]

---

5   백순재, 「태극학보 해제」, 한국학문헌연구회 편 『한국개화기학술지』 13, 『태극학보』 1권, 아세아문화사, 1978, 5~6쪽.
6   「本會々員名錄」, 『태극학보』 2호, 1906.9.24, 60쪽.
7   1대 회장 장응진, 2대 회장 김지간, 3대 회장 김낙영을 거치면서 점점 더 회원수가 많아지고 지회가 늘어나면서 3대 회장인 김낙영은 직접 지회를 시찰하기도 했다. (『태극학보』 23호, 1908.7.24, 60쪽) 그만큼 일본에서뿐만 아니라 국내에서도 태극학회에 가입한 회원이 많았음을 알 수 있다.
8   『태극학보』 14호에 보면, 2대 회장으로 김지간이 선출되었으나, 발행 겸 편집은 계속해서 장응

오늘 문명시대에 살면서 개인적이든 국민적이든 공부를 안 하면 전국戰國시대에 살면서 무예를 배우지 않는 것과 다름이 없으니 어찌 사회에 용립함이 가능하리요. 그러므로 요즘에는 나라와 시대를 걱정하는 사람들이 반드시 국민교육 네 글자로 표방하고 지도하지 않음이 없는 것이다. 모든 일이 말하기는 쉽지만 실행하기 어려움은 인세의 상태로다. 오직 우리 태극학회가 첫 울음소리를 발하고 동도 한 구석에 싹을 틔워서 한해를 넘겨왔다. 이 사이에 많은 좌절과 고난의 비경이 적지 않았지만, 어려움을 만나지 못하면 날카로운 칼을 만들기가 어렵다. 우리 회원들의 피와 정성과 같은 용기여, 일치된 마음으로 서로 권하고 서로 돕고 서로 인도하고 서로 이끌어 한 걸음 물러서면 여러 걸음을 다시 나아가고 어려운 문제를 마주하면 백절불굴의 정신으로 용기를 배가하여 나아갈 것이니, 이는 본회가 오늘 점차 번창하는 영역에 나아가는 것이요 때때로 연설 강연이나 토론 등을 통해 지식을 교환 연마하며 앞으로의 대비를 소홀히 하지 않고 학습의 여유를 이용한다면 각자 학습하는 바를 전문이나 일반으로 논하고 번역하여 우리 동포 국민의 지식을 개발하는 한 분의 도움이 되고자 하는 작은 정성에서 나온 것이니 이는 본보가 창간되는 성운에 달한 것인저.

한 알의 흙도 쌓이면 태산을 이루고 한 방울의 물도 모이면 대해를 이루니, 우리들도 또한 우리 이천만 국민의 각 한 부분이다. 각자 한 팔의 힘을 내어 국민의 천직을 만분의 일이라도 다하는 것이 있으면, 이는 우리들의 충심으로 열망하는 바로다.[9]

진이 맡게 된다.(「會員消息」,『태극학보』14호, 1907.10.24, 62쪽) 그 후 19호에서 김낙영이 3대 회장이 되고 나서 발행 겸 편집도 장응진에서 김낙영으로 바뀌게 되었다.(「會事要錄」,『태극학보』19호, 1908.3.24, 57쪽)

9   이 인용문은 「태극학보발간의 서」를 전문 번역한 것으로 원문은 다음과 같다. "今日 文明時代에 處ᄒ야 個人的 國民的을 不論ᄒ고 學識을 不修ᄒ면 戰國時代에 處ᄒ야 武藝를 不習홈에 無異ᄒ니 엇지 社會에 容立키 能ᄒ리오. 是故로 近日 憂國憂時의 士ㅣ 반닷시 國民敎育 四字로 標幟唱導치 아님이 無ᄒ나 凡事가 唱ᄒ기 易ᄒ고 實行키 難홈은 人世의 常態로다. 惟我太極學會가 呱呱의 聲을 發ᄒ고 東都一隅에 萌出홈이 於玆에 逾年이라. 此間에 幾多頓挫辛苦의 悲境이 不少ᄒ여스나 盤根을 不遇ᄒ면 利刀를 難辨이라. 猗我 會員의 血誠所湧이여 一致團心으로 相勸相救ᄒ며 相導相攜ᄒ야 一步를 退縮ᄒ면 數步를 更進ᄒ고 難關을 遭遇ᄒ면 百折不屈의 精神으로 勇氣를 倍進ᄒ니 此는 本會가 今日 漸次 旺盛ᄒᄂ 域에 進홈이요 時時 演說 講演 或 討論 等으로써 學識을 交換硏磨ᄒ

위의 예문은 『태극학보』의 발간취지서에 해당하는 「태극학보발간太極學報發刊의 서序」라는 글로서 『태극학보』의 목적 및 취지를 알 수 있다. 재일 유학생으로서 단결함과 동시에 이천만 동포들에게 신지식을 번역해서 알려 지식을 개발하고 돕는 목적임을 천명하고 있다.[10] 즉 전문적인 지식이나 보통의 지식을 국민들에게 번역하여 알리겠다는 정보 전달의 역할과 애국 독립을 향한 문명 개화의 뜻을 보여주고 있는 것이다.

그런데 이 발간취지서의 이면을 들여다 보면, 『태극학보』가 지닌 정체성이 무엇인지 드러난다. 이는 세 가지로 요약해 볼 수 있는데, 첫째는 전쟁의 시기라는 시대 인식, 둘째는 태극학회의 유일성, 셋째는 태극학회의 대표성이다.

첫째, 전국戰國시대라는 표현을 통해서 당대를 전쟁의 상황으로 인식하고 있다. 이 시대를 살아가면서 개인적으로든 국민적으로든 공부를 하지 않는다는 것은 전쟁의 시대에 살면서 무예를 배우지 않는 것과 같다는 말로 서두를 시작한다. 이는 비유로 해석할 수 있는 것이기도 하지만, 공부야말로 현 시대의 무기와 같고 이 공부와 교육으로 무장하여 전쟁을 이겨나가야 한다는 함의를 담고 있기도 하다. 총칼 대신 교육이라는 무기를 지녀야 한다는, 전선 앞에 선 최전방 의식이 바로 이 첫 문장을 통해서 드러내 보이고 있는 것이다.

다음으로 이러한 무기를 처음으로 실천하고 실행한 것이 바로 태극학회임을 천명한다. "오직 우리 태극학회가 첫 울음소리呱呱의 聲를 발하고 동도 한 구석에

야 他日 雄飛의 準備를 不怠ᄒ고 學暇를 利用ᄒ야ᄂᆫ 各自 學習ᄒᄂᆫ 바 專門普通으로 論作之飜譯之ᄒ야 我同胞國民의 智識을 開發ᄒᄂᆫ 一分의 助力이 되고져 ᄒᄂᆫ 微誠에 出홈이니 此ᄂᆫ 本報가 創刊되ᄂᆫ 盛運에 達혼 者인 ᄃᆞ져. 一粒의 土도 積ᄒ면 泰山을 成ᄒ고 一滴의 水도 合ᄒ면 大海를 成ᄒᄂᆫ니 吾儕도 ᄯᅩᆫ 我 二千萬 國民의 各 一分子라 各 一臂의 力을 出ᄒ야 國民의 天職을 萬分一이라도 盡홈이 有ᄒ면 此ᄂᆫ 吾儕의 衷心으로 熱望ᄒᄂᆫ 바로다."(「太極學報 發刊의 序」, 『태극학보』 1호, 1906.8.24, 1쪽)

10 안남일은 『태극학보』의 발간취지문의 대표적 키워드로 '학식(學識)'으로 꼽고 있으며, 학식을 배가시켜 국민의 지식을 개발하고자 하는 열망을 보여주고 있다고 설명한다.(안남일, 「1910년 이전의 재일본 한국유학생 잡지 연구」, 『한국학연구』 58, 고려대 한국학연구소, 2016, 265쪽)

싹을 틔워서" 결과물을 내놓았다고 선언하고 있다. 태극학회만이 유일하게 이러한 교육의 실천을 행한 것이라는 자긍심을 내비치고 있는 것이다. 말하기는 쉬워도 실행하기 어려운 것이 당연하지만, 태극학회는 이러한 첫발을 내딛고 있는 것에 뿌듯해 하고 있는 것이다.

여기에서 더 나아가 한 알의 흙이 쌓여 태산을 이루고, 한 방울의 물이 모여 대해를 이루듯이, 태극학회가 이러한 싹을 이미 띄우고 있다고 설명한다. 한 알의 흙, 한 방울의 물처럼 태극학회의 싹은 바로 이천 만 동포의 한 부분이자 대표로서 그 역할을 다하는 것이다. 이러한 싹은 바로 태극학회 회원들이 "일치된 마음으로 서로 권하고 서로 돕고 서로 인도하고 서로 이끌어" 함께 공부하며 지식을 교환 연마하는 것이고, 이 학습한 바를 논하고 번역하여 국민들에게 전달하는 것이라고 부연 설명하고 있다.

결국 『태극학보』의 발간취지서에서는 현 시대를 총칼 대신 교육과 공부라는 무기로 싸우는 전선戰線으로 인식하며, 이러한 전쟁터에서 태극학회는 유일하게 교육과 공부라는 무기를 토대로 전장으로 뛰어든 첫 번째의 학회로 스스로를 자리매김하고 있다. 여기에서 더 나아가 이들 서북을 토대로 한 태극학회가 이천 만 국민의 대표자로서 존재함을 보여주고 있다. 이러한 교육을 무기로 한 대표 의식은 태극학회의 1대 회장이자, 편집자 겸 발행인이었던 장응진의 글에서도 발견할 수 있다.

한 집안의 흥망성쇠는 그 자손의 좋고 나쁨에 달려 있고, 한 나라의 성쇠는 그 국민의 건강 여부에 달려 있으니, 그러므로 한 집안의 계획을 세우고자 하면 그 자손을 선하게 가르치는 것보다 더 나은 것이 없고, 한 나라의 기초를 정하고자 하면 그 국민의 정신을 건강하게 진작하는 것만 같은 것이 없다. 그렇다면 그 가르치고 진작하는 방법이 어디에 있는지는 우리의 시끄러운 설명을 기다리지 않고도 모두가 만구일창으로 의심 없이 명확하게 대답할 수 있을 것이니, 그것은 바로 교육이다.

우주의 대법칙을 관찰하면, 위로는 태양계의 크고 아래로는 유기 미물에 이르기까지 우주 안의 만물은 활동하고 변화하여 잠시도 진화의 과정에서 멈추지 않으니, 우리 인류의 생활도 또한 이 대법칙을 피할 수 없을 것이다. 그러나 한 지방의 활동 속도는 한 나라에 비하면 뒤처지는 탄식을 면하기 어렵고, 한 나라의 활동 속도는 세계에 비하면 또한 뒤처지는 경향이 없지 않으니, 한 지방의 교육은 그 나라의 사정에 맞는 기준을 취하지 않을 수 없을 것이며, 한 나라의 교육은 세계 대세를 감안하여 그 기준을 정하지 않을 수 없다. 오늘날 세계 여러 나라의 국민 교육의 큰 방침을 보면, 각각 여기에 전력을 다하지 않는 나라가 없어서 자신의 단점을 버리고 다른 나라의 장점을 취하는 것을 부끄러워하지 않으며, 다른 나라의 단점을 보면 자신의 장점을 더욱 발휘하는 데 게을리하지 않으니, 이는 농업, 상업, 공업, 법률, 정치, 군사 등 모든 진보가 각각 그 나라의 특수한 사정에 따라 다소의 차이는 있으나 대체로 균형 잡힌 상태로 빠르게 발전하는 이유이다.[11]

장응진은 「아국교육계我國教育界의 현상現象을 관觀ᄒᆞ고 보통교육普通教育의 위무急務를 논論홈」이라는 글에서, 발간취지서에서 강조했던 '교육의 중요성'에 대해

---

11 "一家의 興敗ᄂᆞᆫ 其 子孫의 良否에 係ᄒᆞ고 一國의 盛衰ᄂᆞᆫ 其 國民의 健否에 由ᄒᆞ나니 是故로 一家의 計를 立코져 ᄒᆞ면 其子孫을 薰陶善良케 홈만 不如ᄒᆞ고 一國의 基礎를 定코져 ᄒᆞ면 其 國民의 精神을 健全히 振興發揮홈만 莫若ᄒᆞ도다. 然則 其 薰陶發揮의 道가 何에 在홈은 吾人의 呶呶한 說을 不待ᄒᆞ고 人人이 萬口一唱으로 無疑明答ᄒᆞᆯ 者니 卽 敎育이 是라.
宇宙의 大法則을 觀察ᄒᆞ면 上으로 太陽系의 大와 下으로 有機微物에 至ᄒᆞ도록 宇宙間 萬物은 活動變化ᄒᆞ야 暫時라도 進化의 程路를 不息ᄒᆞ나니 吾人 人類의 生活도 또ᄒᆞᆫ 이ㅣ 大法則을 免치 못ᄒᆞ리로다. 然이나 一地方活動의 速力은 一國에 比ᄒᆞ면 晩後의 歎을 難免ᄒᆞ고 一國活動의 速度ᄂᆞᆫ 世界에 比ᄒᆞ면 또ᄒᆞᆫ 晩後의 傾向이 不無ᄒᆞ니 一地方의 敎育은 不得不 其 國情에 相應ᄒᆞᆫ 標準을 取치 아니치 못ᄒᆞᆯ 것이요 一國의 敎育은 世界大勢에 鑑ᄒᆞ야 其 標準을 定치 아니치 못ᄒᆞᆯ지라. 今日 環球列國의 國民敎育의 大方針을 觀ᄒᆞ면 各各 此로써 專力注務치 안ᄂᆞᆫ 者 無ᄒᆞ야 我의 短을 捨ᄒᆞ고 人의 長을 取홈에 不恥ᄒᆞ며 人의 短을 見ᄒᆞ면 我의 長을 益益發揮홈에 不怠ᄒᆞ니 此ᄂᆞᆫ 農工商 法律 政治 軍事等 一切의 進步가 各其 國情의 特殊홈을 隨ᄒᆞ야 多少의 差異ᄂᆞᆫ 有ᄒᆞ나 大略 平衡의 狀態로 駿駿乎長足의 進步를 發展ᄒᆞᆫ 所以로다."(編輯人 張膺震,〈講壇〉「我國敎育界의 現象을 觀ᄒᆞ고 普通敎育의 急務를 論홈」, 『태극학보』 1호, 1906.8.24, 12쪽)

심도 있게 주장한다. 집안의 흥망성쇠와 국가의 흥망성쇠를 책임지는 것이 바로 '교육'에 있다고 강조한다. 그러면서 한 지방이 한 나라의 사정에 맞는 기준을 취해야 하고, 한 나라는 세계 대세의 기준을 따라야 한다고 주장한다. 또한 이는 세계 여러 나라의 장점을 취하여 진보해야 한다는 것인데, 결국 교육이라는 무기를 세계의 여러 나라를 통해 취해야 함을 거듭 강조하고 있는 것이다.

더욱이 인류의 문화는 시대의 경과에 따라 향상되고 진화하는 것이다. 옛 시대의 미덕이 반드시 오늘날의 미덕과 같다고 할 수 없으며, 고대의 박학한 지식이 오늘날의 어린아이에게도 미치지 못하는 경우도 종종 있다. 또한 윤리와 도덕으로 논할지라도 시대의 추세와 인문의 발달 정도에 따라 변천이 끝이 없을 것이니, 하물며 그 습속과 형식이야 말할 것도 없다. 이를 천년토록 한결같이 지키며 성인의 문에 자신을 비유하려 하니, 유림의 고루한 편견이 이에 이르러 민망하고 가련하다. 사림의 무능이 이에 이르렀으니 비록 전국에 가득 차더라도 어떠한 복리를 그 나라에 미칠 수 있으며, 오늘날 격렬한 경쟁 사회에서 어떠한 실력이 있겠는가. 다만 실력이 없을 뿐 아니라, 한 나라의 쇠퇴의 원인을 만드는 것이 실로 적지 않다.[12]

이렇게 세계의 대세와 함께 진행해야 하는 교육에서 이 발전을 가로막고 있는 것이 바로 구습과 예전 교육이라고 보고 있다. 시대가 변화하고 진화해야 하는 것이 당연한 이치이지만, 천 년이 지나도록 한결같이 사상을 고수하는 유림이나 사림은 고루한 편견을 가진 무능의 소치라고 강도 높게 비판한다. "此世何世며

12　"況且 人類의 文化는 時代의 經過를 從호야 向上進化호는 것이라. 上代의 美德이 반드시 今世의 美德됨을 不保호고 上古博學의 智識이 今日 兒童에 不及홀 者 往往不無호며 또 倫理道德으로 論홀지라도 時代의 趨勢와 人文의 發達의 程度에 從호야 變遷無止홀 것이어늘 況其習俗形式이리요. 此世를 千代一律로 繩墨自守호야 聖門에 自擬코져 호니 儒林의 固陋한 僻見이 此에 至호야 憫笑可憐호도다. 士林의 無能이 此에 至호니 비록 全國에 充滿호면 何等 福利를 其 國에 及호며 今日 激烈혼 競爭社會에 何等 實力이 有호리오. 다못 實力이 無홀 뿐 아니라 一國衰頹의 原因을 作홈이 實로 不少호도다."(장응진, 위의 글, 13~14쪽)

此時何時뇨. 舊式의 敎育은 衰敗의 極頂에 達ᄒ고 新式의 敎育은 弱芽를 僅出ᄒ음에 止ᄒ니 此 危機를 當ᄒ야 一大 英斷으로 一大 非常ᄒ 手術를 施設치 아니ᄒ면 國家 萬年의 計를 確立키 難ᄒ도다"[13]라고 하여 지금이 어떤 세상이며 지금이 어떤 때인데 구식 교육을 따르느냐고 거듭 비판하고 있다. 즉 구식 교육은 쇠퇴의 극에 달하였고 신식 교육은 약간의 싹만 겨우 틔웠을 뿐이니, 이 위기를 맞아 일대 결단으로 대단히 비상한 조치를 하지 않으면 국가의 만년 대계를 확립하기 어려울 것이라며 경고하고 있는 것이다. 새로운 시대에 새로운 무기인 새로운 교육을 이어가야 함을 계속해서 설파하고 있다.

교육의 원대한 목적은 개인의 품격과 국가의 인격을 고상하게 발달시키는 데 있다. 그러나 그 직접적인 목적은 오늘날 생존 경쟁에서 자활 자존에 필요한 방책을 연구하는 데 있다. 이 20세기는 단지 무력의 경쟁 시대가 아니라 지식의 경쟁이요, 경제의 경쟁이요, 권력의 경쟁이다. 그러므로 국가는 활동적 생존을 목적으로 정하지 않을 수 없고, 국가의 요소인 국민은 생존에 능한 용기를 배양하며 불굴의 정신을 연마하지 않을 수 없다. 오늘날 이 세상에서 상식을 익히지 않고 사회에 서고자 함은 무예를 익히지 않고 전장에 나가는 것과 다르지 않다. 이것이 오늘날 문명열국이 국민 보통 교육에 주력하는 이유이다. 이 보통 교육이 보급되어 완성됨으로써 국민의 교육이 끝난다고 할 수는 없다. 실로 보통 교육이 없으면 개인으로서 자기의 직분을 완수하여 문명사회에 설 수 없고, 국가에 대해 국민의 의무를 다할 수 없다. 그러므로 보통 교육은 국민의 큰 의무이자 국가의 큰 임무라 할 수 있다. 오늘날 여러 나라의 교육 제도를 대략 들면 초등학교로부터 중학교를 거쳐 고등, 전문, 대학교에 이른다. 초등학교와 중학교는 일반 국민에게 필요한 보통 학과를 가르쳐 상식을 배양하는 첫 번째 기관이다. 이를 마치면 하나의 완전한 국민 자격을 인정하며, 한 걸음 더 나아가고자 하는 자는 고등, 전문, 대

---

13 장응진, 위의 글, 15쪽.

학교에 들어가 고상한 학리를 장려하고 연구하게 한다. 이는 곧 국가의 유능한 인물을 양성하는 기관이다. 그러므로 초등학교와 중학교는 세간에서 종종 오해하듯 고등, 전문학에 들어가는 예비문이 아니고, 건전한 국민을 만들어내는 하나의 독립된 기관이다. 다만 학자의 편의를 위해 그 연계를 부여하는 것에 불과하다. 이를 통해 보면 보통 교육은 학술 진보의 관문이자 국민의 정신을 발휘하는 유일한 좋은 약이다. 이것이 우리가 오늘날 우리나라의 상황에 비추어 보통 교육의 급무를 주장하는 이유이다.[14]

위의 글에서 장응진은 현재의 시대는 생존 경쟁의 시대이자 전쟁의 최전선이라 인식한다. 이러한 전쟁은 무력의 경쟁이 아니라 식의 경쟁, 경제의 경쟁, 권력의 경쟁이라는 새로운 전쟁의 시기라고 정의내리고 있는 것이다. 전장에 제대로 나가기 위한 훈련, 그것이 무예를 익히는 것과 같은 보통 교육이 필요한 이유로 들고 있다. 따라서 보통 교육을 위한 사회 제도 마련과 학교 설립이 시급하다고 주장한다.

장응진은 현 사회의 청년들의 문제를 교육의 부재와 함께 언급한다. "요즘 청

---

14 "夫敎育의 遠大亨 目的은 個人의 品格과 國家의 人格을 高尙히 發達흠에 在亨나 其 直接의 目的은 今日 生存競爭에 處亨야 自活自存에 必要亨 方策을 講究흠에 在亨도다. 此 二十世紀는 다못 武力의 競爭時代가 아니라 智識의 競爭이요 結濟의 競爭이요 權力의 競爭이니 故로 國家는 活動生存으로써 目的을 定치 아니치 못 흘 것이요 國家의 要素되는 人民은 生存에 堪能흘 勇氣를 培養亨며 不屈의 精神을 硏磨치 아니치 못 흘지라. 今日 此世에 處亨야 常識을 不修亨고 社會에 立코져 흠은 武藝를 不習亨고 戰場에 出흠에 無異亨니 此는 今日 文明列國이 國民普通敎育에 注力亨는 所以로다. 此 普通敎育이 普及完成흠으로써 國民의 敎育이 畢亨다 謂흠이 아니라 實로 普通敎育이 無亨면 個人으로써 自己의 職分을 完守亨야 文明社會에 容立키 難亨고 國家에 對亨야 國民의 義務를 盡亨기 不能亨리니 普通敎育은 人民의 一大 義務요 國家의 一大 任務라 稱亨리로다. 今日 列國의 敎育制度를 略擧亨면 小學으로붓터 中學을 經由亨야 高等, 專門, 大學에 至亨니 小學, 中學은 一般 國民에게 必要흘 普通學科를 敎授亨야 常識을 培成亨는 第一의 機關이라. 此를 畢亨면 一個 完全흘 國民의 資格을 認許흠이오 一步를 更進코져 亨는 者면 高等, 專門, 大學에 進入亨야 高尙한 學理를 奬勵硏磨케 흠이니 此는 卽 國家의 有爲人物을 造成亨는 機關이라. 然則 小學, 中學은 世人이 往往 誤解흠과 갓치 高等, 專門學에 入亨는 豫備門이 아니오 健全흘 國民을 造出亨는 一個 獨立的 機關이나 學者의 便利를 計亨야 其 繼絡을 附有흠에 不過亨도다. 此로 由亨야 觀亨면 普通敎育은 學術進步의 關門이오 國民의 精神을 發揮亨는 唯一의 良劑니 此는 吾人이 今日 我國□情에 鑑亨야 普通敎育의 急務를 唱論亨는 바로다."(장응진, 위의 글, 15~16쪽)

년들이 머리를 자르고 가벼운 옷차림으로 개화를 자처하고, 화류계에서 황금을 탕진하여 일생을 스스로 망치며, 경박한 행동으로 자유를 자주 외치며 상하의 윤리를 이해하지 못하고 불의와 불합리를 감행하고도 이를 자유라 하니, 이는 모 잡지에서 소위 최근 우리나라의 개화병통이라고 말하는 바이다. 온 나라 청년들의 정신이 이처럼 부패하고 사상이 이처럼 비루하여 도저히 구제할 수 없는 지경에 이른 것은 그 발원을 추구해 보면 청년들의 죄가 아니요, 실은 사회 정신의 부패와 국민 교육의 부진에 기인한 것이다"[15]라고 하여 잘못된 개화병에 대해서 신랄하게 비판한다. 그러나 이는 청년 개인의 문제로 다루지 않고, 모두 사회 정신의 부패와 국민 교육의 부진에서 기인한 것이라 설명한다. 즉 무기를 훈련하지 않은 사회와 국가의 문제로 보고 있는 것이다.

결국 장응진은 시대에 따라 변화하지 못하고 발전을 가로막는 구습과 구학문에 대해 비판하면서, 동시에 제대로 된 교육을 받지 못해 단순히 개화병에 걸린 세태와 청년들에 대해서도 명확하게 경계를 짓고 있다. 다만, 이러한 경우는 청년 개인의 문제가 아니라 사회 제도와 국민 교육 체계가 성립되지 못했음에 기인하고 있다고 사회의 문제로 환원하고 있다.

또한 이와 더불어 이러한 보통 교육의 다른 일환으로서 『태극학보』의 역할 역시 넌지시 암시하고 있기도 하다. 사회 제도로서 학교 설립을 하는 것과 더불어, 『태극학보』라는 잡지를 통해 보통 교육을 담당하고 시전해야 함을 함의하고 있는 것이다. 이는 발간취지서에서 밝혔던 "우리 동포 국민의 지식을 개발"하기 위해 『태극학보』가 창간되었다고 선포했던 것과 일맥상통한다고 할 수 있다.

---

15 "近來 靑年等이 斷髮輕裝으로 開化를 自榜ㅎ고 花柳春風에 黃金을 散盡ㅎ야 一生을 自誤ㅎ며 輕薄行動으로 自由를 頻稱ㅎ야 上下人倫을 不解ㅎ며 不義不理를 敢行ㅎ고도 曰 自由라 ㅎ니 此는 某雜誌의 所謂 近日我國의 開化病痛이라. 擧國靑年의 精神이 如此히 腐敗ㅎ고 思想이 如此히 鄙陋ㅎ야 滔滔救出키 難홈에 至흔 者는 其 發源을 推究ㅎ면 靑年의 罪가 아니요 實은 社會精神의 腐敗와 國民敎育의 不振에 起因홈이로다."(장응진, 앞의 글, 14쪽)

2) 『태극학보』의 주제 구성 및 기획

『태극학보』는 총 27호까지 발간되었다고 하지만, 현재 입수할 수 있는 자료는 26호까지로 1호에서 26호까지 총 626개의 글이 실려 있다. 발간 상황을 살펴보면, 12호까지는 원래 발행일인 24일을 거의 맞추지 못하고 계속 밀리고 있음을 확인할 수 있다. 이후 14호부터 회장이 장응진에서 김지간으로 바뀌고, 장응진은 회장직을 내려놓은 채 발행 및 편집만을 담당하면서 발간일 역시 24일을 맞추게 되었고, 이후 김낙영으로 이어지면서 더욱 학회지가 안정적으로 발간되었다. 1호에서 26호까지 1907년 8월과 1908년 8월 하계 방학 기간 휴간을 한 경우를 제외하고는 거의 매달 꾸준히 나오고 있음을 확인할 수 있다.

또한 한 호 당 쪽수는 호별로 차이가 나지만, 평균 약 61.9쪽, 약 62쪽 분량으로 발행되었고, 또 뒤로 갈수록 분량이 늘어나고 있다. 한 호당 글은 평균 약 24.2개 정도 실렸으나 역시 뒤로 갈수록 투고 개수가 늘고 있음을 확인할 수 있다. 특히 24, 25호는 글의 개수뿐만 아니라 분량도 많이 늘어나게 되는데 이 늘어난 분량 그대로 『대한흥학보』가 받아 이어가게 된다. 『태극학보』가 일구어 놓은 학회지의 바탕이 그대로 『대한흥학보』에 이어지고 있다고 볼 수도 있을 것이다. 이는 결국 『태극학보』에 투고하는 투고자 수가 많았다는 것이고 동시에 독자들 역시 늘어나고 있었다는 것을 역으로 알 수 있다.

〈표 1〉은 『태극학보』 1호[1906.8.24]에서 26호[1908.11.24]까지 실린 전체의 글을 주제별로 분

〈표 1〉 『태극학보』 주제별 분류[16]

주제	개수
문학 관련	200
태극학보 및 유학생 소식 관련	88
신사상	86
교육	54
경제 및 산업	47
개화 및 애국 독립	42
외국 역사	20
청년 및 영웅 의식	16
국가 및 제국주의	15
경찰 및 법, 정치	15
위생	15
개인 의식 및 국민정신	11
구습 타파	9
종교	5
신문 잡지 관련	2
유학(儒學) 사상	1
총계	626(개)

류한 것이다. 전체 주제별로 보면, 가장 많은 부분을 차지하고 있는 것이 문학 영역으로 전체 626개 중 200개로 전체의 약 31.9%를 차지하고 있다. 이렇게 문학이 많이 차지하게 된 것은 한시가 많이 실렸기 때문이기도 하다. 다음으로 많이 등장하고 있는 것이 학회 관련이나 유학생 관련 소식인데, 이는 총 88개로 약 14%를 차지하고 있다. 신사상을 번역하거나 쉽게 풀이한 글은 총 86개로 약 13.7%를 차지한다. 그 외에도 경제 및 산업 관련 글이나 경찰 관련 또는 법, 정치 관련 글이 눈에 띄고, 특별히 청년으로서의 의무 또는 영웅의식을 보이는 글들이 많이 등장하고 있다. 이는 그 당대 지식인으로서의 사명감과 유학생인 자신들이 나라를 위해 영웅적인 행위를 해야 한다는 당위감을 반영하고 있는 것이라 할 수 있다.

결국 이러한 주제별 투고량을 살펴보면, 유학생들이 문학 부분에 대해 상당히 관심을 가지고 있으며, 이와 동시에 『태극학보』가 이러한 면을 적극적으로 싣고 있다는 점을 파악할 수 있다. 즉 『태극학보』가 단순히 친목회 회보 수준이 아니라 문학잡지로서의 역할도 하고 있었음을 확인할 수 있다.

〈표 2〉 『태극학보』 문체별 개수

문체종류		개수	총 개수
한문체	한문	114	158
	현토한문	44	
구절형 국한문체	구절형 국한문	83	85
	구절형+현토한문	1	
	구절형+단어형	1	
단어형 국한문체	단어형 국한문	350	359
	단어형+구절형	6	
	단어형+한글	2	
	단어형+한문	1	
한글체	한글	19	24
	한글+단어	4	
	한글+구절형	1	
총계		626(개)	

16 〈표 1〉은 『태극학보』 1호에서 26호까지 실린 글을 대상으로 작성한 분류표이다. 27호 종간호는 국내 소장을 발견할 수 없는 관계로 26호까지를 대상으로 했다.

『태극학보』의 문체별 개수를 보면, 가장 많은 수를 차지한 문체가 단어형 국한문체로, 총 626개 가운데 359개를 차지하면서 약 57.3%를 나타내고 있다. 그 다음이 한문인데 이는 총 158개로 25.2%를 차지하고 있었다. 이는 한시의 비중 때문인데 실제 한시가 총 100편인 것을 감안하면, 한시 외의 한문체는 거의 현토한문임을 알 수 있다. 다음으로는 구절형국한문인데 총 85개로 약 13.6%, 한글은 총 24개로 약 3.83%를 차지하고 있었다. 그런데 단어형 국한문의 경우 단어만 한자로 구성되어 있고, 문장 자체는 한글의 방식을 따르고 있기 때문에 이러한 단어형 국한문과 한글을 합쳐서 국문체의 비율로 본다면, 『태극학보』의 글 중 국문체는 약 61.2%를 차지하고 있음을 알 수 있다. 이는 유학생들의 문체가 한문보다는 단어형 국한문으로 점점 변화되고 있음을 확인하게 해준다. 이러한 면은 『태극학보』에 실린 국문 사용 관련 비평에서도 발견할 수 있는데, 유학생들 스스로 한문보다는 국한문을 써야 한다고 강변하고 있음을 알 수 있다. 이렇게 유학생들이 한문체보다 국한문체를 써야 함을 스스로 주장함으로써 결국 이는 문학 특히 국한문체의 산문이 활성화되는 계기가 되기도 했다.

3) 표제 구분과 편집의 특징

(1) 표제 구성과 문예면의 확장

『태극학보』에 실린 글은 목차에서 〈표제〉 구분이 이루어져 있다. 이러한 구분 방법은 국내 학회지나 일본의 학회지 등에서 차용한 것으로 볼 수도 있으나, 이 표제를 살펴보면, 어떤 글을 어떤 표제에 넣으려고 한 것인지 그 당대 유학생들의 고민을 엿볼 수 있다. 이러한 표제가 존재한다는 것은 표제에 맞는 글을 분류하고자 하는 의식, 즉 배치에 대한 고민이 등장하고 있다는 것을 의미한다. 또한 이러한 배치는 글의 종류에 대한 고민, 분류하고자 하는 의식 없이는 불가능한 것이기도 하다.

『대한흥학보』와 비교해 보면, 『태극학보』의 표제가 훨씬 더 단순하다는 것을

〈표 3〉 『태극학보』 표제별 분류

유형	표제	개수	유형별 총 개수
논설 및 학술적인 글	강단학원(講壇學園)	162	406
	학원(學園)	91	
	강단(講壇)	80	
	논단(論壇)	71	
	연설(演說)	2	
문학적인 산문 및 시	문예(文藝)	70	140
	사조(詞藻)	61	
	예원(藝園)	4	
	가조(歌調)	3	
	잡찬(雜纂)	1	
	설원(說苑)	1	
학회 및 유학생 소식	잡보(雜報)	18	53
	잡록(雜錄)	18	
	기서(寄書)	13	
	잡조(雜俎)	4	
표제 없음		27	
총계		626(개)	

알 수 있다.[17] 먼저 논설 및 학술적인 글의 표제는 〈강단학원〉, 〈학원〉, 〈강단〉, 〈논단〉, 〈연설〉 등이 있었다. 〈강단〉과 〈학원〉을 묶어서 〈강단학원〉을 표제로 활용한 경우도 많았고, 이후 논설 등을 강화하여 〈논단〉의 형태로 글을 싣고 있기도 했다. 그러나 초기 형태이다 보니, 표제별로 완벽하게 구분했다고 보기는 어렵다. 다음 문학적인 산문이나 시의 경우, 〈문예〉, 〈사조〉, 〈예원〉, 〈가조〉, 〈잡찬〉, 〈설원〉 등으로 다양하게 등장하고는 있으나, 7호 이후 〈문예〉면이 등장하면서 거의

---

17 『대한흥학보』를 표제별로 살펴보면, 축하 글에 해당하는 〈祝辭〉, 사설 및 논설을 실었던 〈演壇〉, 〈論說〉, 〈報說〉, 〈時報〉, 학술적인 내용을 담당한 〈學海〉, 〈學藝〉, 역사 전기물을 실은 〈史傳〉, 〈傳記〉, 문학적인 산문을 실은 〈文苑〉과 주로 한시 또는 짧은 문장 위주로 실은 〈詞藻〉, 이후 진학문과 이광수의 소설을 실은 〈小說〉, 일반 산문을 실었던 〈雜纂〉과 문학에 가까운 산문을 실은 〈散錄〉, 마지막으로 회의 및 소식을 실은 〈彙報〉 및 〈會錄〉 등으로 구성되어 있었다. (전은경, 「유학생 잡지 『대한흥학보』와 문학 독자의 형성」, 『국어국문학』 169호, 국어국문학회, 2014.12, 310쪽)

〈표 4〉 『태극학보』 호차별 표제 분류

호	강단	학원	잡보	잡록	강단학원	연설	논단	예원	잡찬	문예	기서	사조	잡조	가조	설원	없음
1	7	15														10
2	8	13	3													2
3	7	11		1												3
4		2			18											2
5		1			23											2
6		1			20											4
7				1	18											1
8		2			16											1
9		4			19											
10		1			17	2										
11	8	2					5	4	1							
12		6					5			9						2
13			1		9					12						
14		1			7		4			2						
15	3	5		1			3			1	3					
16		1			8		5			7						
17	5	3		1			3			6	1					
18	6	4		2			4			3						
19	5	4		1			4			7						
20	4	5		3			5			6						
21	4	4		1			6			2						
22	5	5		1			6			4		10				
23	4	5		1			5			6		12	2			
24	5	10		1			4				1	17	2			
25	9	1		1			6			3	3	17		1		
26			2	7			6			2	5	5		2	1	
총계	80	91	18	18	162	2	71	4	1	70	13	61	4	3	1	27

〈문예〉면에 흡수되고 있었다. 학회 및 유학생 소식을 싣는 글은 주로 〈잡보〉, 〈잡록〉 등에 실렸고, 외부에서 소식을 보내올 경우 〈기서〉라는 표제를 달기도 했다.

　이를 호별로 구분해 보면, 〈표 4〉와 같다. 『태극학보』가 처음 시작되었을 때, 표제는 매우 단순했다. 〈강단〉과 〈학원〉 정도만 표제로 붙어 있었을 뿐이었다. 그러다가 〈강단〉과 〈학원〉의 분류가 애매해지자, 이를 〈강단학원〉으로 아예 묶어서 10호까지 간행하기도 했다. 이후 11호부터는 〈강단〉, 〈학원〉에서 〈논단〉 부분을 따로 빼내어 논설 부분을 강화하고 있기도 하다. 또한 11호에서 〈예원〉, 〈잡찬〉 등의 문학적 글을 실은 표제를 붙였다가, 12호부터는 〈문예〉란으로 통일해서 문학을 싣고 있다. 22호부터는 〈문예〉란에서 〈사조〉란을 분리하여 산문과 한시를 구분하고 있으며, 이후 25호부터는 한글가사를 따로 떼어 〈가조〉로 분리했다. 이러한 일련의 과정은 『태극학보』가 성장해 가면서 문학이 확장되고 또 그 문학적 장르에 따라 분류하고 있음을 보여준다.

〈표 5〉 『태극학보』 문학 관련 분류

분류	세부항목	개수	분류별 개수
한시계열	한시 및 문장	100	100
시가	애국가류	10	21
	가사	8	
	민요	3	
서사	역사 전기	22	49
	번역소설	11	
	대화체, 토론체	8	
	소설	5	
	서사	3	
산문 및 비평	산문 및 수필	21	30
	국문	4	
	편지류	3	
	기행문	1	
	비평	1	
총계		200(개)	

이 가운데 문학 관련 글을 살펴보면, 가장 많이 등장한 것이 한시 계열의 시나 문장이었다. 이는 전체 200개의 글 중 총 100개로 50%를 차지하고 있었다. 그 다음으로는 서사 관련이 49개로 24.5%를 차지하고 있었다. 그 외 산문 및 비평이 30개로 15%, 한글 시가류가 21개로 10.5%를 차지하고 있다. 따라서 유학생들은 자신의 감정이나 문학적 표현을 한시의 형식으로 가장 많이 하고 있었음을 알 수 있다. 그러나 또 한편으로는 쥘 베른의『해저여행』을 번역하여 실음으로써 근대적인 소설 역시 등장하고 있었다. 또한 1호부터 편집 겸 발행인을 맡았던 장응진의 소설「다정다한多情多恨」,「춘몽春夢」,「월하月下의 자백自白」,「마굴魔窟」 등이 실리고 있다는 점도 주목해 볼 만하다. 특히 '사실소설'이라는 명칭으로 단편을 싣고 있다는 점에서 편집 겸 발행을 맡았던 장응진이 근대소설이라는 장르에 한층 다가가 있었음을 확인할 수 있다.

앞에서 살펴보았듯이『태극학보』는 〈표제〉를 달아서 글의 종류를 구분하고 있었다. 이 가운데 문학 장르에 대한 고민과 분류가 담기고 있다는 점에 주목해 볼 필요가 있다. 정확하게 소설이 무엇인지, 또 어떠한 내용이 '소설'이라는 장르에 들어가야 할 것인지 사실 당시 유학생들이 명확하게 정의를 내렸다고는 볼 수 없다. 그러나 〈표제〉를 달아두는 방식을 통해서 그 당대 유학생들이 문학의 개념을 어떻게 만들어가고 있는지 엿볼 수는 있을 것이다.

문학 그 중에서도 서사 범주 안에 들어가는 부분들로 세분화해서 보면, 단편 서사 영역과, 대화체 및 토론체 영역, 번역 소설 영역, 일반 산문 영역, 역사담 영역 등으로 나누어 볼 수 있다.

〈표 6〉『태극학보』단편 서사 관련 글 목록

호	날짜	표제	저자	제목	문체
6	1907.1.24	講壇學園	白岳春史(장응진)	多情多恨(寫實小說)	단어형 국한문
7	1907.2.24	講壇學園	白岳春史	多情多恨(寫實小說)(前號續)	단어형 국한문
8	1907.3.24	講壇學園	白岳春史	春夢	단어형 국한문
13	1907.9.24	文藝	白岳春夫	月下의 自白	단어형 국한문
14	1907.10.24	文藝	椒海生(김낙영)	恨	단어형 국한문

호	날짜	표제	저자	제목	문체
16	1907.12.24	文藝	白岳春史	魔窟	단어형 국한문

〈문예〉라는 표제가 등장한 것은 12호부터였다. 그 이전까지는 장르에 대한 분화가 정확하게 이루어지지는 않았다. 그러한 가운데 소설이라 분류할 수 있는 단편 서사는 총 5개로, 장응진의 서사물이 4편, 김낙영의 서사물이 1편이었다. 그런데 12호에 〈문예〉란이 생기기 전까지는 이 서사물들이 〈강담학원〉란에 실리고 있다는 것을 확인할 수 있으나, 장응진은 「다정다한」 앞에 〈사실소설〉이라는 제목을 달아둠으로써 이러한 글의 장르를 소설로 인식하고 있었음을 알 수 있다. 또한 13호 이후에는 이러한 서사물을 〈문예〉란에 신고 있었다.

〈표 7〉『태극학보』 대화체 및 토론체 서사 관련 글 목록

호	날짜	표제	저자	제목	문체
4	1906.11.24	講壇學園	傍聽人 友古生 崔麟	(奇書) 甲乙會話	단어형 국한문
5	1906.12.24	講壇學園	朴相洛 譯	(번역) 衛生問答	단어형 국한문
6	1907.1.24	講壇學園	朴相洛 譯	(번역) 衛生問答	단어형 국한문
8	1907.3.24	講壇學園	笑笑生 小菴 記著	北韓 聾盲 兩人이 自評	단어형 국한문
19	1908.3.24	文藝	隱憂生	師弟의 言論	한글+구절형 / 한시
21	1908.5.24	文藝	抱宇生	莊園訪靈	구절+단어
23	1908.7.24	文藝	十六歲凰成人 金鑽永	老而不死	한글(거의)
23	1908.7.24	文藝	耳長子	巷說	단어+한글

또한 대화체 및 토론체 형식의 글도 총 8편이 등장하고 있는데, 5호와 6호에 실린 글은 연재였기 때문에 실제로는 총 7편이 실렸다. 국가관이나 위생, 또 세대 비판 등에 대한 내용들이었는데, 이 가운데 두 사람이 서로 대화를 나누거나 재담 등을 이용해서 주제를 강조하는 방식이었다. 대화체 및 토론체는 실제로 신문 등에서 많이 활용되고 있었기 때문에 이러한 부분들이 잡지에서도 활용된 것으로 보인다. 또한 4호에서 8호까지는 〈강단학원〉에 실렸으나 19호부터는 〈문예〉란에 실린 것을 보아 이러한 대화체나 토론체의 서사물을 문예로 간주하여 넣은 것으로 볼 수 있다.

<표 8> 『태극학보』 번역소설 관련 글 목록

호	날짜	표제	저자	제목	문체
8	1907.3.24	講壇學園	法國人 쉴스펜氏 原著(朴容喜譯)	海底旅行(奇譚)	단어형 국한문
9	1907.4.24	講壇學園	朴容喜譯	海底旅行奇譚第二回	단어형 국한문
10	1907.5.24	講壇學園	朴容喜	海底旅行奇譚第三回	단어형 국한문
11	1907.6.24	藝園	朴容喜	海底旅行奇譚第四回	단어형 국한문
13	1907.9.24	文藝	朴容喜	海底旅行奇譚第五回	단어형 국한문
14	1907.10.24	文藝	自樂堂	海底旅行奇譚第六回	단어형 국한문
15	1907.11.24	文藝	自樂堂	海底旅行奇譚第七回	단어형 국한문
16	1907.12.24	文藝	自樂堂	海底旅行奇譚	단어형 국한문
18	1908.2.24	文藝	冒險生	海底旅行奇譚	단어형 국한문
20	1908.5.12	文藝	冒險生	海底旅行	단어형 국한문
21	1908.5.24	文藝	冒險生	海底旅行	단어형 국한문

　또한 『태극학보』에는 『해저여행』이라는 외국 소설이 번역되어 실리고 있었다. 이는 쥘베른의 『해저 3만리』를 번역한 것으로 초기 5회까지는 박용희가, 그 후 백락당과 모험생이 번역해서 싣고 있다. 이 『해저여행』에 대해서는 8호에서 10호까지는 〈강단학원〉에 실렸고, 11호에서는 〈예원〉, 12호 이후 〈문예〉에 실리고 있다. 이 때 〈예원〉은 11호 한 호에서만 보이는데, 총 4편으로 『해저여행』을 제외하고 3편은 모두 한시였다. 그 후 12호에서 이를 〈문예〉란으로 만들어 이곳에 『해저여행』을 싣게 된 것이다.

<표 9> 『태극학보』 산문 및 수필 관련 글 목록

호	날짜	표제	저자	제목	문체
1	1906.8.24	學園	會員 李潤柱	東京一日의 生活	단어형 국한문
1	1906.8.24	學園	會員 朴相洛	隨感隨筆	단어형 국한문
2	1906.9.24	學園	白岳生	海水浴의 一日	단어형 국한문
3	1906.10.24	學園	會員 張啓澤	旅窓秋感	단어+구절
3	1906.10.24	學園	會員 申相鎬	思潮滴滴	단어형 국한문
3	1906.10.24	學園	會員 孫榮國	隨感錄	단어형 국한문

호	날짜	표제	저자	제목	문체
5	1906.12.24	講壇學園	金志侃	歲暮所感	단어형 국한문
5	1906.12.24	講壇學園	金載汶	隨感謾筆	단어형 국한문
12	1907.7.24	文藝	椒海(김낙영)	外國에 出學ᄒᆞᄂᆞᆫ 親子의게	단어형 국한문
12	1907.7.24	文藝	無何狂 宋旭鉉	以鳥假鳴	구절형국한문
12	1907.7.24		又松 鄭寅河	斷片	단어형 국한문
13	1907.9.24	文藝	AB生 李承瑾	大呼江山	구절형국한문
13	1907.9.24	文藝	蘭石金炳億	觀水論	현토한문
13	1907.9.24	文藝	高元勳	秋感	현토한문
17	1908.1.24	文藝	椒海生	美國에 留學ᄒᆞᄂᆞᆫ 友人의게	단어형 국한문
17	1908.1.24	文藝	惟一閒朋子(이승근)	觀菊記	현토+구절
18	1908.2.24	文藝	經世老人	臨終時에 其子의게 與ᄒᆞᄂᆞᆫ 遺書	단어형 국한문
20	1908.5.12	文藝	李奎澈	無何鄕	구절형국한문
22	1908.6.24	文藝	金源極	送農學士金鎭初氏之本國	구절형국한문
23	1908.7.24	文藝	松南 春夢	遊淺草公園記	단어+구절
23	1908.7.24	文藝	松南 金源極	送本會의 支會視察員 金洛泳君	단어형 국한문
24	1908.9.24	學園	春夢子	遊日比谷公園	구절형국한문
24	1908.9.24	奇書	文尙宇	有所思	현토한문

개인의 사생활이나 유학생 생활, 개인적 이야기를 담은 산문 및 수필적인 글은 총 23편이었는데, 표제별로 보면 〈강담학원〉이 2편, 〈기서〉가 1편, 〈문예〉가 12편, 〈학원〉이 7편, 표제가 달리지 않은 경우가 1편이었다. 실린 호를 살펴보면, 〈문예〉란이 생기기 전인 12호 이전에는 〈강단학원〉에 2편, 〈학원〉에 6편이 실리고 있다는 것을 확인할 수 있다. 〈문예〉란이 생긴 이후에 이러한 개인적인 글이나 유학생 생활 관련한 감회를 담은 글들은 〈문예〉란에 배치하고 있다는 것을 알 수 있다. 즉 이러한 산문적인 경향의 글, 특히 개인적인 감회를 담은 글들의 경우 처음에는 〈학원〉으로 분류되었다가, 〈문예〉란으로 옮겨가고 있는 것이다.

〈표 10〉『태극학보』 역사담 관련 글 목록

호	날짜	표제	저자	제목	내용
3	1906.10.24	學園	會員 朴容喜	歷史譚(第一回)	콜롬버스전
4	1906.11.24	講壇學園	朴容喜	歷史譚 第二回 클럼버스傳續	콜롬버스전
5	1906.12.24	講壇學園	박용희	歷史譚第三回(비스마ㄱ(比斯麥)傳)	비스마르크전
6	1907.1.24	講壇學園	朴容喜	歷史譚第四回(比斯麥傳續)	비스마르크전
7	1907.2.24	講壇學園	禪師 一愚 金太垠	三國 宗敎略論	비스마르크전
8	1907.3.24	講壇學園	朴容喜	비스마ㄱ比斯麥傳附	비스마르크전
9	1907.4.24	講壇學園	朴容喜	歷史譚 第七回 比斯麥傳附 續	비스마르크전
10	1907.5.24	講壇學園	朴容喜	歷史譚第八回 比斯麥傳續	비스마르크전
11	1907.6.24	講壇	朴容喜	歷史譚第九回(시싸(該撒))傳(一)	시저전
12	1907.7.24	學園	朴容喜	歷史譚 第十回	시저전
13	1907.9.24	講壇學園	朴容喜	歷史譚第十一回(시싸(該撒))傳(三)	시저전
14	1907.10.24	講壇學園	朴容喜	歷史譚第十二回(시싸(該撒))傳(四)	시저전
15	1907.11.24	講壇	朴容喜	歷史譚第十三回 Der Historiker	크롬웰전
16	1907.12.24	講壇學園	朴容喜	歷史譚第十四回 Der Historiker	크롬웰전
17	1908.1.24	講壇	朴容喜	歷史譚第十五回 Der Historiker	크롬웰전
18	1908.2.24	講壇	崇古生	歷史譚 第十六回	크롬웰전
19	1908.3.24	講壇	崇古生	歷史譚第十七回 크롬웰傳(前號續)	크롬웰전
20	1908.5.24	講壇	崇古生	歷史譚第十八回 크롬웰傳(前號續)	크롬웰전
21	1908.5.24	講壇	崇吉生	歷史譚 第十九回 크롬웰傳(前號續)	크롬웰전
22	1908.6.24	講壇	崇古生	歷史譚第二十回 크롬웰傳(前號續)	크롬웰전
23	1908.7.24	講壇	椒海	歷史譚第二十一回 크롬웰傳(前號續)	크롬웰전
26	1908.11.24	說苑	李寶鏡	血淚(希臘人 스팔타쿠스의 演說)	스팔타쿠스

『태극학보』는 또한 역사 전기에 대한 글을 「역사담歷史譚」이라는 이름으로 3호부터 23호까지 꾸준히 싣고 있다. 「역사담」에는 『콜롬버스전』 2회, 『비스마르크전』 6회, 『시저전』 4회, 『크롬웰전』 9회로 연재되었다. 이러한 글에 대한 표제 분류 역시 흥미롭다. 〈강단학원〉이 10편, 〈강단〉이 9편, 〈학원〉이 2편, 〈설원〉이 1편으로 총 22편이 실렸다. 이러한 「역사담」의 경우, 처음 실렸던 3호에서는 〈학원〉란에 실렸다가 그 이후는 〈강단학원〉에 실렸다. 그런데 12호 한 번을 제외하

고는 거의 〈강단〉이나 〈강단학원〉에 싣고 있다.

이 면은 좀 더 심도 있게 살펴볼 필요가 있다.「역사담」혹은 역사적 인물을 다룬 '전傳'의 경우 처음에는 〈학원〉즉 학생들을 위한 학술적인 글 또는 학생들의 글로 분류하려 했다. 그런데 이후 이를 〈강단〉의 영역, 즉 강의 및 논설적인 차원에서 다루고자 했다는 것이다. 특히 12호에 처음으로 〈문예〉란이 생겼지만, 이 〈문예〉란에는 앞서 보았던 소설 등의 서사류나 사적인 글인 산문이 실리고 있고, 이「역사담」은 여전히 〈강단〉의 영역에 실리고 있다.

결국 이러한 표제 분류는 서양의 역사적 인물인「역사담」의 경우와 일반 소설을 구분하고 있다는 것을 의미한다. 또한 동시에 개인적인 글이나 수필 형식의 산문은 〈학원〉이나 〈문예〉란에 싣고 있었음을 확인할 수 있다.

(2) 배제와 구분을 통한 소설 개념의 주체적 정립 과정

앞에서 살펴본 표제 구분이 시사해 주는 것은『태극학보』가 개인의 감회를 적은 글과 학문적인 배움을 위한 글을 구분하고 있다는 점이다. 즉 글 안에서 사적인 영역과 공적인 영역의 경계를 분명히 하고 있다는 것을 확인할 수 있다. 이러한 사적인 영역 안에 유학생 개인의 감회를 싣는 수필적인 글, 또 사실소설寫實小說 등의 타이틀을 달고 있는 단편서사물의 영역이 문예라는 이름으로 들어오게 된다. 또한 서양의 역사적인 인물에 대한 글들은 사적인 영역이 아니라 공적인 영역, 즉 〈강단〉의 영역에 위치지움으로써 스스로 '소설'이라 부르고 있는 이러한 단편서사물은 좀 더 사적인 경계 속에 들어가고 있음을 확인할 수 있다.

이러한 면들은 한문에서 국한문체 특히 단어형 국한문체로 넘어오면서 국문을 통한 산문 정신이 좀 더 발현되고 있는 것으로 해석해 볼 수 있다. 한문을 사용할 때는 운문이 감정의 영역을 함축적으로 담당하고 있었다면,[18] 국한문체를

---

18 노춘기는『태극학보』의 "한시작품에서 내적 고뇌와 정서적 표현이 가장 미적인 형식으로 구현되었다"고 보며, 유학생들에게 진정한 미적 형식을 갖춘 시가는 한시뿐이었고, 국문시가는 아

활용하면서는 자신의 감회나 감정을 산문을 통해 발현하게 된 것이다. 따라서 수필이나 산문, 단편서사물 등이 사적인 영역으로 들어가면서, 역사담 등에 대해서는 〈문예〉가 아니라 〈강단〉, 즉 공적인 영역으로 간주하여 구분해내고 있는 것이다.

이 때 흥미로운 것은 '학學'의 영역으로 간주하는 방식이다. 역사적인 내용, 즉 서양의 인물에 대한 이야기를 담은 「역사담」은 문예가 아니라 〈학원〉 또는 〈강단〉으로 분류하고 있다. 12호에서 〈문예란〉이 생긴 이후에도 역사담류는 〈문예〉란에 실리지 않고 〈강단〉에 배치함으로써, 이를 역사학으로 간주하고 있었다.

15세기 경부터 세계 문명이 날로 발전하여 생존 경쟁이 곳곳에서 일어났다. 그 원인을 살펴보면 두 가지 중요한 큰 줄기가 있으니, 아메리카 대륙의 발견이 경제적인 먼 원인이 되고, 프랑스 혁명이 정치적인 가까운 원인이 된다. 왜 그러한가? 아메리카 대륙 발견 이후 스페인 사람들이 잇따라 아메리카 대륙으로 건너가 신세계를 발굴하여 (신세계라 함은 동반구에 대하여 서반구를 일컫는 것이다) 천연 자원인 금, 은, 동, 철을 유럽으로 수송함에 따라 화폐는 날로 가치가 떨어지고 물가는 날로 오르게 되었다. 이 때문에 가난한 자는 더욱 가난해지고 부유한 자는 더욱 부유해져 생활의 격차가 심화되고 경쟁이 더욱 치열해지니 이것이 경제적인 먼 원인이다. 이어 프랑스 혁명이 일어나 수천 년 동안 억압받던 인민이 갑자기 공화국을 외치니 그 영향이 퍼져 전 유럽이 들썩여 전제 정치에 불만을 외치는 자들이 사방에서 일어났으니 이것이 정치적인 가까운 원인이다. 그러므로 내가 아메리카 대륙을 발견하여 근세 문명을 촉진한 위대한 인물인 콜럼버스의 전기를 써서 우리 동포에게 전하고자 한다.

직 그들의 욕구를 형상화하기에 미흡했다고 설명하고 있다. (노춘기, 「근대계몽기 유학생집단의 시가 장르와 표기체계에 관한 인식 연구」, 『한민족문화연구』 제40집, 한민족문화학회, 2012.6, 211~212쪽)

콜럼버스전

콜럼버스는 이탈리아 사람인데, 서기 1437년에 같은 나라 북쪽 제노바 만의 제노바 항에서 태어났다. 그의 외모는 체격이 적당하고 풍채가 늠름하며, 얼굴은 아름답고 눈빛이 반짝였으며, 정신은 활달하고 침착하며 과감하고, 일에 임하고 기회에 대처함에 있어서 활발하고 대범했으며, 깊이 신앙하여 예수를 경건하게 믿었다.[19]

위의 인용문은 「역사담」 1회로 콜롬버스에 대한 이야기가 전개되고 있다. 서문에 보면, 세계문명이 일취월장하고 생존경쟁이 일어나지 않은 곳이 없다며, 이러한 문명 발전의 가장 큰 공헌으로 미국 대륙의 발견과 프랑스 대혁명을 소개하고 있다. 즉 근대 문명을 배우고 우리 동포에게 전하기 위해 『콜롬버스전』을 싣는다고 부언하고 있다. 결국 『콜롬버스전』이라 명칭하고 있지만, 이는 서양 문명, 근대 문명을 배우기 위함인 것이다. 또한 동시에, 생존 경쟁이 심화되고 있는 시대에 정치적인 인권에 대한 목소리가 강해지고 있는 조선 사회에 빗대어 보고 있음도 알 수 있다. 이러한 부분은 『크롬웰전』 마지막호에 실린 역자의 말에서도 다시 확인할 수 있다.

대체로 영국의 강산이 그대를 탄생시킨 것은 시세의 도움을 인한 것이니, 아, 시세여

---

19 "序-自十五世紀頃으로 世界文明이 日進月長에 生存競爭이 無處不起라. 顧其原因컨딘 有二大重要 導大線ᄒ니 米國 發見이 爲其經濟的 遠因ᄒ고 佛國革命이 爲其政治的 近因矣라. 何故오, 一自米土 發見後로 西班牙人이 陸續渡米ᄒ야 發掘新世界(新世界라 云홈은 東半球에 對ᄒ야 西半球를 名稱 홈이라)天旿之金銀銅鐵ᄒ야 輸送歐洲에 貨幣ᄂᆫ 日賤ᄒ고 物價ᄂᆫ 日貴라. 是故로 貧益貧 富益富ᄒ 야 惹起生活之懸殊에 競爭이 隨而愈迫ᄒ니 是其經濟的 遠因也오 繼又有佛國革命ᄒ야 數千年間 壓 制下之人民이 猝唱共和에 影響이 播傳에 全歐가 聳動ᄒ야 專制에 不平을 唱道者 四起ᄒ니 此乃政治 的 近因也라. 故로 余가 欲敍發見米土ᄒ야 以催近世文明之泰斗者 클럼버스 傳ᄒ야 以報我同胞ᄒ노 라. 클럼버스 傳-클럼버스ᄂᆫ 伊太利人인딘 西曆 一千四百三十七年에 同國 北方 쩨노바 灣頭 쩨노 바 港에 生ᄒ얏ᄂᆫ딘 其 爲人이 體格이 適中에 風采가 凜然ᄒ고 面如冠玉에 眼光이 閃閃ᄒ고 精神이 豁如에 沈着果敢ᄒ고 臨事應機에 快活磊落ᄒ고 深信耶蘇에 敬虔不動ᄒ더라."(會員 朴容喜,〈學園〉 「歷史譚(第一回)-콜럼버스전」, 『태극학보』 3호, 1906.10.24, 39~40쪽)

시세여. 저 반도의 강산도 정령의 기상과 급박한 시세가 그대의 출세하던 당년과 더불어 비슷한 처지를 당하였으니 어찌 한 명의 크롬웰이 헌팅던 성에서만 태어났으랴. 그러므로 내가 그대를 추모하고 그대를 축하하는 동시에 반도의 강산을 향하여 세계 강산 중에서 가장 큰 영광을 예기하노라.[20]

역자는 크롬웰이란 인물도 영국 강산이 탄생시킨 것으로 조선에서도 충분히 가능한 일이라 설파하고 있다. 즉 이러한 영웅을 배출할 수 있는 국가가 되어야 하며, 또한 이를 위해 서양의 학문과 역사를 배워 이를 조선에 적용시키고자 한 것이다. 즉 사회와 국가, 환경이 인물을 키워내고 배출하고 있음을 강조하여, 조선 사회도 이러한 사회 제도와 국가가 전적으로 시대를 이끌 지도자를 양성해야 함을 빗대어 표현하고 있다.

이처럼 『태극학보』는 이러한 「역사담」을 문학적 요소로 접근하고 있는 것이 아니라 〈강단〉의 영역, 즉 공적인 영역으로 배치하고 있었다. 이는 전통적인 '전' 양식과는 구별하겠다는 의식도 엿볼 수 있다. 즉 서양의 역사, 서양의 근대를 배우기 위해 가져온 이러한 「역사담」 양식은 역사학의 영역으로 간주하여, 문예로부터 배제하고 있는 것이다. 유학생들은 「역사담」을 전통적인 '전' 양식과 의도적으로 구분함으로써 이러한 양식과 결별하고자 한 것이다.

이에 비하여 『해저여행』은 문예란으로 배치되어 있었다. 처음에는 〈강단학원〉에 배치되었으나, 12호부터 〈문예〉란이 생기면서 〈문예〉란으로 구성된 것이다. 여기에서 유의해 볼 것은 '기담'이라는 명칭이다. 앞서 『콜롬버스전』이나 『크롬웰전』 등은 '역사담'이라는 용어를 사용하고 있으나, 『해저여행』은 '기담'이라

---

20 "大抵 英國 江山이 君을 誕生홈은 時勢의 帮助를 因홈이니 嗚呼. 時勢時勢여. 뎌 半島 江山도 精靈의
氣姿와 岌業의 時勢가 君의 出世ㅎ든 當年으로 더브러 比同혼 處地를 當ㅎ엿ㅅ니 엇지 一個 크롬
웰이 한팅든 城에만 生出ㅎ랴. 故로 余가 君을 追思ㅎ고 君을 追賀ㅎ는 同時에 려 半島 江山을 向
ㅎ야 世界 江山 中에 最大혼 光榮을 預期ㅎ노라."(椒海, 〈講壇〉「歷史譚(第二十一回)-크롬웰傳(前
號續)」, 『태극학보』23호, 1908.7.24, 17쪽)

는 말로 표현하고 있다. 즉 상상적 이야기라 할 수 있는데, 이 가운데에도 과학적 지식이 포함되어 있다. 물론 원래 소설이었던 것을 번역했기 때문에 〈문예〉란에 넣었다고도 할 수도 있다. 그러나 「역사담」도 원저를 통한 번역이었을 확률이 높다. 그러한 상황에서 「역사담」은 〈강단〉에, 『해저여행』은 〈문예〉란에 배치한 이유는 유학생들 스스로 이 두 가지를 구분하고자 했기 때문일 것이다. 다시 말해서 「역사담」은 전통적 양식인 '전'과 결별하면서 역사적 학문 영역이 되었다면, 『해저여행』과 같은 기담은 상상적인 이야기이면서 동시에 과학적 지식을 담지하고 있었기 때문에 새로운 소설, 즉 서양적인 소설 양식으로 〈문예〉란에 입성한 것이다. 또한 『해저여행』을 일반적인 단순한 오락적 이야기와는 구분하고 있는 것도 이러한 과학적 지식 때문이기도 했다.

해저여행 역술

나는 늘 소설과 야사를 사랑했으나, 내가 읽은 한문 책이나 서양 책 중 대부분이 허식에 빠지고 공상에 치우쳐 있어, 음란하거나 속된 것이 많아 세속을 바로잡을 방법이 없음을 안타깝게 여겼다. 최근에 프랑스 문인 쥘 베른 씨가 쓴 《해저 여행》을 읽었는데, 그의 말과 글이 아름답고 기발하며 기교가 뛰어나 세속을 벗어나 귀와 눈을 즐겁게 하기에 충분하여 사람들로 하여금 배울 만한 점이 많았다. 처음에는 가벼운 이야기로 독자를 진리로 이끌고, 나아가 철학으로 인도하며, 겉으로는 허황되게 보이나 실제로는 공허하지 않으며, 선악과 정사의 결과를 명확하게 구분하고, 이따금 철학의 깊은 뜻과 박물학의 실질적인 이야기를 인용하여 세밀하게 설명하니 모두가 바르고 고아하다. 이는 세속의 그릇된 것을 바로잡는 데에도 어느 정도 효과가 있을 수 있다. 그러므로 나의 소견을 조금이나마 보태어 그 요점을 뽑아 번역하여 여러분의 눈에 제공하니, 혹시나 비난하지 않으시면 다행이다.[21]

『해저여행』을 번역하면서 쓴 역자의 말을 보면, 『해저여행』을 단순히 오락을 위한 소설이 아니라 학문, 과학적 지식에 관련하여 언급하고 있다. "학문상 유효한 설명"이라는 말에서 알 수 있듯이, 소설을 통해서도 오락이 아니라 지식을 습득할 수 있음을 보여주는 문구라 할 수 있다. 이는 결국 유학생들이 '소설'이라는 개념을 어떤 식으로 수용하고 있는지 보여주는 것이다. 전통적인 '전' 양식이어서도 안 되고, 그렇다고 단순한 오락 장르여서도 안 되었다. 기이한 이야기이면서 동시에 과학적 지식, 학문적 지식을 담지하여 실제 유용한 이야기를 포함하고 있어야 한다는 것이다. 따라서 이러한 면은 고전적인 소설의 양식과는 다른 새로운 양식의 소설 개념을 만들어가려 한 유학생들의 의식을 엿볼 수 있게 한다.

이러한 상황에서 발행인 겸 편집인이었던 장응진이 발표한 소설을 살펴보면 유학생들이 소설의 개념을 어떻게 받아들이고 있는지 좀 더 명확하게 알 수 있다.

한 골목에 다다르니, 한 사람이 허리를 굽히며 "안녕히 주무셨습니까" 하고 인사하였다. 선생이 뜻밖에 그를 바라보니, 그는 전일에 경무국장으로 재직할 때 익히 알던 별순검이었다.

선생 "하, 어찌하여 여기 왔나?"

별순검 "아닙니다. 이 집은 누가 주도하여 새로 짓고 있는 것입니까?"

선생 "이 집은 이 동네 사람들이 힘을 합쳐 짓는 소학교다."

별검, "지금 경위 총관께서 즉시 관청으로 오시라고 하십니다" 하며 체포장을 내보이거늘 받아보니 체포영장이었다. 선생이 의아해하며 좌우간 집으로 돌아오니, 이 골목에서 한 명이 또 나타나며 "안녕히 주무셨습니까". 또 저 골목에서도 한 명이 나타나

---

21 "海底旅行 譯述 / 余嘗愛稗史野說其所闖眼之漢籍洋書數頗不尠而擧皆失於虛飾馳於空想且非淫則俗至於挽回世俗之道誠無以爲料是可歎惜近讀佛國 文士 슐스펜 氏 所著(海底旅行)則其言論之玲瓏璀璨廻奇獻巧不啻脫乎塵臼娛悅耳目亦足以令人有取始自閒話誘入眞理更自汎論導達哲學似虛而實非空伊完且明辨其善惡邪正之結果間引理學之奧旨及博物之實談而縷分毫析咸屬正雅其於扶植世歪亦可有萬一之效故妓以牛豹之見聊思一蠢之助摘其要而譯其意備供僉眼其或勿咎則幸甚"(法國人 슐스펜氏 原著, 朴容喜 譯, 〈講壇學園〉「海底旅行(奇譚)」, 『태극학보』 8호, 1907.3.24, 40쪽)

며 "안녕히 주무셨습니까" 하며 이 골목 저 골목에서 별순검 여덟아홉 명이 불쑥불쑥 나타났다. 분명 새벽부터 줄을 지어 선생의 동태를 감시하고 있었던 것이었다.

선생은 집에 돌아와 의관을 단정히 갖춘 후 조반을 먹고 나서니 수많은 별순검들이 선생을 사방에서 둘러싸고 마치 나는 듯한 기세로 경찰청으로 모셨다. 선생이 순검에게 옹위하여 경무청 문 안으로 들어가니 "큰 죄인을 체포했다" 하고 수군거리는 소리가 사방에서 들려왔다.

선생은 어떠한 까닭인지 알지 못하고 인도하는 대로 감옥으로 들어가니 한 청년이 급히 달려와 공손히 절하며 외쳤다. "영감께서 어찌하여 또 이곳에 들어오셨습니까?" 하고 극도로 슬퍼하며 눈물을 삼키며 울었다. 자세히 바라보니, 그 청년은 4~5년 전 선생이 국장으로 있을 때 직접 부리던 사환이었다. 이 사환은 청 내부의 크고 작은 일들을 모두 잘 알고 있었기에, 선생이 붙잡혔다는 소식을 듣고 이렇게까지 애통해하며 울부짖었던 것이다. 이는 곧 선생이 큰 죄를 뒤집어쓰게 되었음을 암시하는 일이었다. 한편으로는 죄인의 발에 채우는 형구가 채워지고, 감시가 엄격해져 하루아침에 더럽고 어두운 감옥 안에서 자유를 잃은 몸이 되고 말았다.

아아! 검은 구름이 잔뜩 끼고, 앞길은 막막하기만 하구나. 선생의 운명이여![22]

---

22 「한 골목에 다다르니 한사를 허리를 굽붓ㅎ며 안녕히 지무셔곕시오.」? 先生이 不意中에 바라보니 前日 警務局長으로 在홀 時에 熟知ㅎ던 別巡檢이라 先生「하 엇더케 여긔 왔나?」別巡檢「아니올시다. 이 집은 누가 主ㅎ야 新築ㅎ는 거시옵닛가?」선생「이 집은 온ᅵ 洞內사룸이 合同ㅎ여 짓는 小學校다.」別巡「至今 警衛總管끠서 슈監을 좀 오시라고 ㅎ엿슴니다. ㅎ며 帖紙를 出示ㅎ거늘 바다보니 卽 逮捕狀이라. 先生이 疑訝ㅎ며 左右間 집으로 도라오니 이 골목에셔 쏘 나오면셔 安寧히 지무셔곕시오. 뎌 골목에셔도 쏘 나오면셔 安寧히 지무셔곕시오. ㅎ며 이 골목 뎌 골목에셔 불닐듯 나오는 別巡 八九名에 幾至ㅎ니 必是 식벽브터 줄을 버리고 先生의 擧動을 警戒ㅎ던 貌樣이더라. 先生이 집에 도라와 衣冠을 正着 後에 朝餐을 먹고 나아가니 數多別巡이 先生을 左右前後로 擁衛ㅎ고 나는 드시 警務廳으로 모시더라. 先生이 巡撿의게 擁衛ㅎ야 警務廳 門內에 드러가니 大罪人을 捕縛ㅎ엿다고 숙운숙운 ㅎ는 소리 四面에셔 들니더라. 先生은 엇더흔 식닭을 아지 못ㅎ고 引導ㅎ는딕로 獄間에 드러가니 一靑年이 馳前拜揖曰 令監끠서 엇지ㅎ여 쏘 이곳에 드러오시옵ᄂᆞᆼ잇가. ㅎ고 痛極飮泣ㅎ거늘 仔細히 바라보니 此 靑年은 卽 四五前에 先生이 局長으로 잇슬 時에 手下에 親히 부리든 使喚이라. 此 使喚은 廳內의 大小物論을 聞知홈으로 先生의 被捉됨을 듯고 如此히 痛惜哀呼ㅎ니 此乃 先生의 重罪를 黙示홈일네라. 一邊으로 착拷를 치우고 看守를 嚴

장응진은 태극학보 6호와 7호에 걸쳐 「다정다한」이라는 단편을 싣고 있는데, 이를 스스로 '사실소설寫實小說'이라 명명하고 있다. 주인공으로 등장하고 있는 삼성三醒 선생은 경무국장으로 있을 때 당국이 만민공동회 사람들을 도륙하라고 하자 이를 거절하고 목포로 좌천된다. 그러나 그곳에서도 선행을 쌓고 자애심이 많게 행동하면서 칭송을 받다가 다시 면직되고 상경하여 소학교를 세우는 등 교육 사업을 이어간다. 그러나 경무청에서는 그를 잡아가 투옥시키고, 그는 그곳에서 기독교로 귀의하게 된다는 내용이다. 실제 삼성 김정식을 모델로 해서 쓴 소설로 알려져 있듯이[23] 사실을 배경으로 하여 만든 소설이라는 점에서 '사실소설'이라는 표제를 사용한 것으로 보인다. 그런데 이 '사실소설'이라는 용어에서부터 전통적인 '전' 양식과 구분하려는 저자의 의도를 엿볼 수 있다. '-전'이라고 붙여도 될 것 같지만, 저자는 단호하게 이를 거부하고 '사실소설'이라는 명칭을 사용하고 있는 것이다.

이 용어를 해명하기 위해서는 앞서 살펴보았던 「역사담」과 차이를 먼저 규명해야 할 것이다. 사실소설이나 「역사담」 모두 영웅적인 인물이 등장하고 있다. 차이점은 「역사담」의 주인공은 누구나 알 수 있는 역사적 인물을 들고 있다는 점이다. 즉 역사학과 연계하여 이를 설명하는데 반하여, 사실소설은 이 주인공이 누구인지 명확하게 밝히지는 않는다. 마치 사실소설이라고 말은 하고 있지만, 허구의 인물을 주인공으로 삼았다고 해도 가능한 분위기이다.

또한 여기에 더하여 이 인물의 행적에서 계몽적인 성격을 보여준다. 학문적인 부분, 계몽적인 부분이 가미되고 있는 것인데, 그 당대 현실 속에서 개화와 학교 교육에 힘써 일하는 모습을 계몽적인 차원에서 강조하고 있다. 따라서 사실소설

히 ᄒ야 一朝에 汚穢를 極ᄒ고 黑暗暗ᄒᆫ 牢屋 中에 自由를 失ᄒᆫ 몸이 되니 嗚呼라. 黑雲이 慘憺ᄒ고 前路가 杳茫ᄒ다 先生의 運命!(未完)" (白岳春史, 〈講壇學園〉 「多情多恨(寫實小說)」, 『태극학보』 6호, 1907. 1. 24, 50~51쪽)

23 김윤재, 「백악춘사 장응진 연구」, 『민족문학사연구』 제12호, 민족문학사학회, 1998, 194쪽.

즉 장응진이 받아들인 '소설'이라는 개념에는 전의 양식과는 구분되면서, 당대 현실의 상황, 계몽적인 상황을 보여주는 것, 즉 오락과는 분리된 양식임을 확인할 수 있다.

○○년 동안 내가 명색이 백성을 다스리는 직책에 있으면서, 불효니, 불화니, 간음이니, 죄가 있니 없니 하는 온갖 터무니없는 죄명을 씌워 고을의 부호들을 잡아들였다. 그리고는 이름도 없는 막대한 금전을 착취하여 탐욕스럽게 삼켰다. 그러나 여전히 호랑이와 이리 같은 마음은 만족을 모른 채, 한여름 이글거리는 태양 아래에서 기름땀을 흘리며 남자는 짐을 지고 여자는 머리에 이고 다니며 근면하게 땀 흘려 하루하루 힘겹게 살아가는 불쌍한 백성들에게 또다시 내 배를 채우려고 법에 없는 세금을 강제로 거두었으니, 결국 백성들의 원한이 쌓이고 쌓여 민란이 일어나고 말았구나.

아아! 이 죄 많은 몸을 하늘이 뚜렷이 보고 계시건만, 어찌하여 지금까지 이 세상에 살아 있도록 내버려 두셨는가?

그때 나는 깊은 밤 몰래 가족을 이끌고 피신하려다 불행하게도 사랑하는 아들 복길이가 열두 살 어린 나이에 난민의 돌팔매를 맞아…… 아아, 생각만 해도 가슴이 터질 듯하구나! 나는 권력자들에게 청탁하여 그 난민들의 우두머리 다섯 명을 붙잡게 하여, 온갖 혹독한 형벌을 가하였다. 그중 두 명은 매질로 죽이고, 나머지 세 명은 종신 유형귀양살이에 처해, 오늘날까지도 수십 년 동안 먼 바다 외딴섬에서 고통 속에 신음하게 하였으니, 그 원인을 곰곰이 생각해보니, 본래 백성들에게는 털끝만큼의 죄도 없었다. 오로지 내 악독한 마음이 이 모든 참극을 빚어낸 것이었구나! 노인은 목이 메어 흐느끼며

그뿐일까? 그 후 나는 구휼이라는 명목으로 벼슬을 하면서도, 위로는 나라의 은혜를 저버리고, 아래로는 수많은 동포들에게 발붙일 곳조차 없게 만들어, 그들이 슬피 울부짖는 원성이 온 하늘에 퍼지게 하였구나! (…중략…) 아아! 우주를 주재하시며 영원히 존재하시는 하나님이시여! 이 불쌍한 죄인을……

굶주림에 울고, 추위에 떨며 우는 수많은 동포들이 온 나라에 가득한데, 나는 그들의

피와 땀을 부정한 방법으로 긁어모아 화려한 연회와 술과 색에 탕진하였다. 그러고도 만족하지 못하여, 아편과 외국 여자들에게까지 사치를 극도로 부리다가 가을밤 광풍 속에서 갑자기 덧없는 꿈에서 깨어나 보니, 가엾은 아내는 참을 수 없는 학대를 당했거나, 아니면 이 험난한 세상이 견디기 어려웠던지, 세 살 된 외아들을 품에 안고 뒷마당 우물에 몸을 던져 하룻밤 새 한 쌍의 원혼이 되어버렸다. 조상 대대로 내려오던 크고 높은 집도 하루아침에 그림자도 없이 사라졌고, 남루한 옷을 걸친 초라한 내 몸만이 남아 넓고 넓은 세상에서 더 이상 돌아갈 곳조차 없구나.

아아! 오늘에야 비로소 인생의 참된 의미를 깨달았구나.

이놈은 나라를 어지럽힌 역적이요, 인류의 공적이요, 영원히 반역자로 남아 이 세상에 용납할 자리가 없는 놈이로다.[24]

---

24 "○○年分에 늬가 名色이 牧民의 職에 在ㅎ야 不孝이니 不睦이니 奸淫이니 事無事] 니 ㅎ는 種種 虛担無根의 罪名으로 境內의 富豪를 網拿ㅎ야 無名혼 數多金錢을 討索 貪饗ㅎ고 아즉도 虎狼의 心이 不足을 感ㅎ야 暴斂에셔 膏汗을 흘이면셔 男負女戴로 勤勞力盡ㅎ야 艱辛히 朝夕의 生活을 持去ㅎ는 저 可憐혼 殘民에게 다 이놈의 私腹을 充ㅎ랴고 再度의 法外收斂을 强制執行ㅎ다가 畢竟 衆怨의 焦點이 되야 民擾를 當ㅎ엿지

아아! 罪塊의 이 몸을 明明ㅎ신 上天이 엇지ㅎ여 至今신지 이 世上에셔 生存ㅎ게 두셧노?

늬 其時에 暗夜 中에 率家避身ㅎ다가 不幸ㅎ야 愛子 福吉이 十二歲를 亂民의 投石下에…………아아 싱각ㅎ면 가슴이 터지도다. 늬가 權門에 囑托ㅎ고 其亂民의 首領 五人을 捉得ㅎ야 百般의 惡刑을 다 ㅎ다가 二人은 打殺ㅎ고 其餘 三人은 終身流役에 處ㅎ야 至今신지도 數十年間을 ○○絶海孤島에셔 苦楚에 呻吟케 흠도 其原因을 싱각ㅎ면 元來 人民에게는 秋毫의 罪責이 無ㅎ고 全혀 이 惡漢의 狼心蛇恣이 釀出혼 結果에 基因혼 거시로다! 老人은 목이 맥혀 嗚咽ㅎ며

그] 뿐일ㄱ? 늬가 其後 名目이 濟民의 位에 處ㅎ야 上으로 國恩을 背反ㅎ고 下으로 幾萬 同胞로 ㅎ여금 接足의 餘地가 無ㅎ야 哀號의 怨聲이 九天에 撤케 ㅎ엿스니 (…중략…) 아아! 宇宙를 主宰ㅎ시고 無始無終에 계신 하나님이시여!! 이 불상혼 罪人을…………

飢에 泣ㅎ고 寒에 泣ㅎ는 幾萬의 同胞가 全國에 充滿ㅎ엿는 데 이 놈은 그 不義로 鉤聚혼 幾萬 同胞의 膏血을 花鬪場과 酒色界에 投盡ㅎ고 오히려 또 不足ㅎ야 阿片洋妾에 奢侈를 極ㅎ다가 秋夜狂風에 塵夢을 忽醒ㅎ니 可憐혼 賢室은 虐待를 不堪ㅎ엿든가 世事가 難苦ㅎ든가 三歲의 獨子를 안고 後園井裏에셔 一夜未歸의 雙魂이 되엿고 祖先遺傳의 大廈高閣은 一朝에 影도 업시 消去ㅎ고 襤縷에 싼린 五尺의 이 몸이 널고널흔 世界上에 도라갈 곳이 업도다.

아아! 今日에야 人生의 眞意味를 覺得ㅎ엿도다.

이 놈은 國家의 亂賊이오 人道의 公敵이오. 萬古에 奸逆으로 이 天地間에 容立치 못홀 놈이로다."(白岳春夫,〈文藝〉「月下의 自白」,『태극학보』13호, 1907. 9. 24, 45~47쪽)

장웅진 소설의 가장 큰 특징은 내면의 고백이라 할 수 있다.[25] 특히 「월하의 자백」은 이러한 고백의 양식이 그대로 투영된 작품인데, 목민으로서 그 역할을 해야 할 한 노인이 갖은 학정과 불의를 행하다가 자신의 아들 12살 복길이가 난민들의 투석으로 죽고 나서야 정신을 차리고 회개를 하는 내용이다. 그는 스스로를 국가의 난적亂賊이요, 인도人道의 공적公敵, 만고萬古의 간역奸逆이라 칭하며 비판한다. 이러한 내용은 조선의 관리, 특히 패도의 행위를 일삼는 탐관오리들에 대한 비판으로 해석해 볼 수 있다. 조선을 굶주리게 하고, 조선을 망하게 하는 것은 바로 구습과 낡은 정치에서 비롯되고 있음을 비판하고 있는 것이다. 그러한 면에서 이러한 소설은 장웅진으로 대표되는 유학생들의 의식 속에 현위정자들에 대한 비판을 가하면서 그들의 회개를 요구하고 있는 것이라 볼 수도 있을 것이다. 그런 차원에서 보면, 소설은 유학생들에게 비판의 도구로 활용되고 있다고 볼 수 있다.

이러한 서사물들이 지식인들, 특히 유학생들의 입장을 반영한 글들이라면, 좀 더 대중 계몽적인 글들도 눈에 띈다. 특히 신문에 실린 서사류에서 많이 쓰이는 대화체나 토론체 서사를 수용하여 좀 더 쉽게 주제를 전달하는 글들도 싣고 있다.

태랑 한국 형편은 어떠하던가요? (…중략…)

차랑 아, 그런 것이 아니오. 중국은 비록 백성들의 지식 수준이 낮다 하더라도, 생활력만큼은 열강들에 뒤처지지 않으므로, 교육의 일방면으로 착수가 우선되려니와 한국은 원래 실업이 부진하여, 생활의 어려움이 당장 시급하거늘 소위 이 나라의 뜻있는 자들이란 사람들이 실력은 연구하지 않고 말하기를 교육, 단체라고 피상으로만 익히고 읽는 것. (…중략…)

태랑 하, 지금 같으면 인민이 몽중세계로세. 정녕 그러할진대 타인의 모욕을 어떻게

---

25 김윤재는 장웅진 소설의 특징으로 1인칭 독백체를 사용했다는 점을 들고 있다. (김윤재, 앞의 글, 195쪽)

피하겠다고.

차랑 두말 마오. 지금까지도 지방 소동이니 뭐니 하는 것들이 전혀 봉건시대의 사고

방식이지, 오늘날이 실력의 세계라는 걸 전혀 모르고 있소.

태랑 허허, 그러면 그 사람들이 기차나 기선, 전선電線이나 전화電話가 어떻게 발명된

것이라고 생각하는지 아시오?

차랑 허허, 우습지 않소. 어떤 사람은 요술이라고 하고, 또 어떤 사람은 귀신의 조화

라고 하면서, 아무 날이나 이것저것 안 되는 날이 있다고 엉뚱한 소리를 늘어

놓으니 말이오.

태랑 과연 상고시대의 유치한 사람들이로군. 그런 기계적 발명이 철저히 학문적 실

력에서 나온 것이라는 걸 모르니, 이런 상태에서 교육이 제대로 될 수 있겠소?

차랑 그중에서도 제일 한심한 자들은 재산가나 문벌가들인데, 공익사업이나 사회

문제에는 전혀 관심도 없고, 그저 하늘의 운수만 믿고 빈둥거리니, 가만히 누워

있다가 배가 떨어져 절로 입으로 들어갈 줄 아는 것이오.[26]

---

26 "(틱랑)韓國 形便은 何如ᄒ든가요. (…중략…)

(차랑)아 ㅣ - 그런 것 아니요. 支那ᄂ 人民의 智識程度가 卑陋홀지라도 生活界의 實力은 列國에 讓

頭홀 바ㅣ 無ᄒ즉 敎育의 一方面으로 着手가 爲先되러니와 韓國은 原來 實業이 不振홈으로 生活界

困難이 目下에 時急ᄒ거늘 所謂 此 國의 有志士라ᄂ 者들이 實力은 硏究치 안코 曰敎育 曰團體라고

皮面으로만 習讀ᄒᄂ 것. (…중략…)

(틱랑)하 - 즉금갓트면 人民이 夢中世界로세. 丁寧 글어할진디 他人의 侮辱을 엇더키 免ᄒ깃다고.

(차랑)두물마오. 尙今까지도 地方소동이니 무어시니 ᄒᄂ 것이 專혀 封建時代의 思想이지 今日이

實力世界인 줄 全혀 몰나요.

(틱랑)허허 그러면 그 人民덜이 汽車汽船이나 電線電話ᄂ 엇더키 發明된 거인 줄노 아나뇨.

(차랑)허허 우습지. 或 엇던 人民은 妖術이라고도 ᄒ고 或 엇던 人民은 鬼神의 造化라고도 ᄒ면셔

아모날이라도 거다 못쓰ᄂ 날이 잇다고 橫說竪說ᄒᄂ 것.

(틱랑)果然 上古時代의 幼稚혼 人物들이로고. 그런 機械的 發明이 尙稽學問上 實力으로 난은 거인

줄을 몰으니 敎育이 敎育될 슈 잇나요.

(차랑)其 中에 제일 망할 놈들은 財産家 門閥家데 公益事業이나 社會 注意에 夢想이 不到ᄒ고 天運

打令만 ᄒ고 누어스니 빗가 써러져 절로 입으로 드러갈까."(耳長子,〈文藝〉「巷說」,『태극학보』 23

호, 1908. 7. 24, 52~54쪽)

위의 대화체 서사를 보면, 중국과 비교하여 조선의 정세를 비판하는 내용이 나온다. 여러 가지 개혁을 해야 한다는 말은 많으나 실제는 형편없는 조선의 상황을 가감 없이 비판하고 있다. 이 글에서는 앞서 구세대에 대한 비판뿐만 아니라 무지한 인민들의 상황을 개탄한다. 이는 계몽의 필요성, 교육의 필요성에 대한 의식으로 보이며, 이를 위해 유학생들은 자신들이 공부를 하는 이유에 대해 좀 더 확고한 의식을 가졌을 것으로 보인다.

〈표 11〉『태극학보』문학 관련 표제별 분류

호	날짜	예원	잡찬	문예	기서	사조	잡조	가조	설원
1~10호	1906.8.24~1907.6.3								
11	1907.7.5	4	1						
12	1907.8.5			9					
13	1907.9.24			12					
14	1907.10.24			2					
15	1907.11.24			1	3				
16	1907.12.24			7					
17	1908.1.24			6	1				
18	1908.2.24			3					
19	1908.3.24			7					
20	1908.5.12			6					
21	1908.5.24			2					
22	1908.6.24			4		10			
23	1908.7.24			6		12	2		
24	1908.9.24				1	17	2		
25	1908.10.24			3	3	17		1	
26	1908.11.24			2	5	5		2	1
개수		4	1	70	13	61	4	3	1

위에서 살펴본 것처럼, 소설은 현재의 영역에 존재하는 지금의 이야기, 개인의 고민을 담고 있는 것들이었다. 그러나 그 안에는 현재의 문제에 대한 비판적 의식과 계몽적인 의미를 내재하고 있는 것이어야 했다. 특히 근대적인 지식을 포함하는 것들이 '소설'의 영역으로 들어오고 있었다.

이러한『태극학보』에 실린 문학 관련 글을 표제별로 분류해 보면, 1호에서 10호까지는 〈학원강단〉 등에 실려 뚜렷한 구분이 없었다. 그런데 11호에 〈예원〉, 〈잡찬〉 등의 영역을 새로 정하여 여기에 문예를 배치하려는 시도를 하고 있다. 〈예원〉에는 1편이 산문, 3편이 한시였다. 그 후 바로 다음 호에서 〈문예〉란을 설치하여 문학과 연관된 글들을 모두 수용하게 된다. 22호부터는 〈문예〉란에서 〈사조〉란을 분리하여 한시를 떼어내고 산문과 소설류만을 〈문예〉에 싣고 있다. 25호에 〈가조〉가 등장하게 되는데, 이는 시의 영역 안에서도 한시와 한글가사를 구분하기 위해서였다.

『태극학보』의 이러한 시도들은 이후 통합된『대한흥학보』에서 좀 더 명확하게 구분된다.『대한흥학보』에서는 〈문예〉란이 좀 더 분화되어 〈소설〉란과 〈잡찬〉, 〈산록〉 등의 산문을 싣는 난이 구분되기에 이른다.『태극학보』는 〈문예〉란을 신설하기까지 학문적인 글, 논단적인 글들을 구분했고, 또 문학적인 글 안에서도 한시와 한글가사, 일반 역사담과 소설들을 초기적인 형식이기는 해도 구분하려고 노력했다. 이러한 일차적인 시도를 통해서『대한흥학보』는 좀 더 구체적으로 문학을 구분하여 배치할 수 있었다.[27]

이처럼『태극학보』는 문예면을 확장시켰으며,『대한흥학보』와 이어지면서 우리 문학의 기틀을 확립했다.『대한흥학보』에 이광수의 단편「무정」이 실리고 있다는 점에서 유학생 잡지가 근대소설의 시작점이자 고민의 통로였다는 것은 분

---

27 국내 학술지인『서우』1호(1906.12)의 경우, 〈취지〉, 〈서〉, 〈축사〉, 〈사설〉, 〈논설〉, 〈교육부〉, 〈위생부〉, 〈잡조〉, 〈아동고사〉, 〈인물고〉, 〈사조〉, 〈문원〉, 〈시보〉 등으로 이루어져 있었다. 이를 계승한『서북학회월보』역시『서우』와 비슷한데, 1호(1908.6)의 표제를 보면 〈논설〉, 〈교육부〉, 〈위생부〉, 〈잡조〉, 〈사조〉, 〈인물고〉, 〈회보〉, 〈회계보고〉 등으로 이루어져 있었다. 이후 16호(1909.10)에서 〈문예〉란이 등장하고, 17호(1909.11)부터 좀 더 명확하게 분류되는데, 〈논설〉, 〈교육부 강단〉, 〈문예〉, 〈사조〉, 〈연단〉, 〈가총〉, 〈담총〉, 〈잡조〉, 〈회사요록〉, 〈회계보고〉 등으로 이루어지게 된다. 산문과 시가 모두 세분화되고 있음을 알 수 있다. 이렇게 볼 때, 실제 〈문예〉에 대한 고민은『태극학보』에서 먼저 이루어졌다고 볼 수 있다. 특히『태극학보』역시 서북도 출신의 유학생들이 주축이 되었으므로 서북을 중심으로 한『서우』와『서북학회월보』와 매우 큰 연관성이 있다. 실제로 김원극은『태극학보』와『서북학회월보』모두 필진으로 참여하고 있었다.

명한 사실일 것이다. 특히『태극학보』는 아직 정확하게 규정되지 못한 근대의 개념들, 특히 문학적 개념들을 학회지 내에서 다양한 방법으로 분류, 배치하면서 새롭게 개념들을 정립해 나가고 있었다. 산문적인 글, 새로운 형식의 소설, 다양한 방식의 실험적인 글들이 섞이면서 유학생들은 배치를 통해 개념을 확립해 간 것으로 예상해 볼 수 있다. 이 가운데 구분과 배치는 개념을 새롭게 정립해 가는 데 가장 유효한 기능을 했을 것이다. 따라서 근대문학, 근대소설의 개념은 배제와 분류를 통해서 예전의 문학과 현재의 문학을 구분하고 또한 새롭게 배치하는 가운데에서 성립되어 갔다고 볼 수 있을 것이다.

4) 〈독자문예〉와 상호소통적 글쓰기

그렇다면『태극학보』안에서 독자와 어떠한 상호소통적 글쓰기를 이루고 있는지 살펴보도록 하겠다.『태극학보』가 구체적으로 〈독자문예란〉을 설정하고 투고를 받은 것은 아니지만, 국내의 다양한 독자들도 얼마든지 투고를 할 수 있는 열린 공간이었기 때문에 문예면에 대해서도 국내의 투고가 이루어지고 있었다. 실제로 〈독자문예〉의 경우, 내용적 측면에서의 '따라쓰기'와 편집적 측면에서의 '평자의 말'이라는 두 가지 방향에서 상호소통성을 살필 수 있다.

12호 이후부터 처음 등장한 〈문예〉란은 독자들에게도 어느 정도 열려 있는 공간이었다. 22호와 23호의 〈문예〉란에는 16세 학생들의 투고가 잇따라 등장하고 있다.

어느 부자가 있었는데, 쌓아둔 곡식은 산과 같고 금은 창고에 가득 차 있었으며, 또 가축을 많이 길러 소와 말의 수가 매우 많았다. 그러나 그는 그 곡식과 금전이 도둑이나 쥐에게 빼앗길까 걱정하여 사나운 개와 간사한 고양이를 많이 키웠다.

그러나 그는 그들을 기를 줄만 알았을 뿐, 가르치는 방법을 몰랐기에 결국 개와 고양이가 도리어 주인을 해치는 계략을 꾸미게 되었다.

〈사진 2〉 박협균의 「리어」

　어느 날, 고양이가 집안의 어린 닭을 잡아먹고 싶었으나, 주인의 눈에 띄면 벌을 받을까 두려워 산 너머 숲속에 사는 삵과 함께 살 방법을 궁리하였다. 고양이는 삵에게 닭이 있는 곳을 자세히 알려주며, "얼마나 잡아오든 서로 나누어 먹자"라고 약속하였다. 그날 밤, 고양이는 삵을 유인하여 닭을 모두 잡아오게 하고 함께 나누어 먹었다.

　또한 개는 주인이 쌓아둔 맛있는 음식을 훔쳐 먹고 싶었으나 역시 주인의 눈이 두려워 밤이면 이웃집의 교활한 사냥개를 불러와 함께 훔쳐먹었다. 이렇게 되자 집안의 가축과 곡식이 점점 줄어들어 결국 재산이 궁핍해졌으며, 도둑과 쥐가 마음대로 활개를 치게 되어 마침내는 곡식 한 톨, 금 한 냥도 지키기 어려운 지경에 이르러 그 집이 멸망하고 말았다. 참으로 한심한 일이 아닐 수 없다.

　만일 그 부자가 지혜가 있어, 개와 고양이도 사람의 말을 알아듣는 존재라는 것을 알고, 어릴 때부터 가르치기를

　"고양아, 너는 쥐를 잡아 집안의 쥐들을 없애는 것이 네 임무이니 잘 명심하여라."

"개야, 너는 우리 집을 지켜 밤이면 낯선 사람에게 짖는 것이 네 임무이니 잘 명심하여라."

라고 하며, 때때로 가르치고 먹을 것도 잘 주며 특별히 사랑해 주었다면, 비록 짐승이라 할지라도 주인의 뜻에 감사히 여기고, 어릴 때부터 들은 말을 기억하여 결국 주인을 해칠 리가 없었을 것이다.

그러나 그 부자는 그렇게 하지 않고, 단지 "개가 있으면 도둑을 지키고, 고양이가 있으면 쥐를 잡을 것이다"라고만 여겨 이런 큰 낭패를 당하였다. 그리고 결국 그 집이 망하는 날, 고양이와 개도 쫓겨나 굶어 죽을 수밖에 없었으니, 이는 주인이 스스로 자초한 일이요, 고양이와 개 또한 스스로 자멸한 것이다.

슬픈 일이로다. 이 말을 들으니 눈물이 절로 흐르는구나.

우리 삼천리 강토와 이천만 민족을 위하여 깊이 경계할 만한 이야기로다.[28]

---

28 "넷적에 흔 富家翁이 잇스니 積穀은 如山ᄒ고 積金이 滿庫라. 쏘 牧畜을 盛히 ᄒ야 牛馬의 匹數는 其 數가 多多ᄒ거니 그 穀食과 金錢을 盜賊에게나 或 竊鼠에게 일을가 念慮ᄒ야 險흔 기와 奸詐흔 고양이를 만히 養ᄒᄂ지라. 그러나 翁이 養홀 줄만 알고 가르치ᄂ 方法을 몰나 그 기와 고양이가 도리혀 主家를 모히홀 흉게를 做出ᄒ야 一日은 고양이가 主家의 어린 닭을 잡아 먹고자 ᄒ나 主人의 눈에 걸니면 罪를 님을가 두려워ᄒ야 山너메 수풀 속에 가셔 살기를 쇠여 어린 닭의 잇ᄂ 곳을 자셰히 가르치고 말ᄒ기를 얼마를 잡아 오던지 서로 分食ᄒ자 언약ᄒ고 其 夜에 果然 살기를 유인ᄒ야 그 닭을 몰수히 잡아다가 分食ᄒ엿더라. 기란 놈은 主家의 積置흔 美饌을 춤흘녀 먹고져 ᄒ되 쏘흔 主家의 눈을 두려워 밤이면 隣家의 간특흔 싀냥기를 쥬쵹ᄒ야 美饌을 時時로 도적ᄒ여 먹ᄂ지라. 如此홈으로 自然히 主家의 牧畜과 穀食이 零星ᄒ야 차차 産業이 궁핍홈에 니르며 쏘 도척과 쥐가 임의로 황힝ᄒ야 필경에는 一粒一金을 安保ᄒ기 어려워 其 家가 滅亡의 患을 當ᄒ엿다 ᄒ니 寒心흔 일이로다. 向者에 富家翁으로 ᄒ여곰 知識이 잇서스면 기와 고양이가 다 사람의 말을 알아듯ᄂ 者라 어려슬적붓터 가라쳐 가로듸 고양아 너는 쥐를 잡아 늬 집의 쥐무리를 업시ᄒᄂ 것이 네 직척이니 잘 注意ᄒ여라 ᄒ고 기야 너는 늬 집의 도적을 잘 딕히여 밤이면 他人을 짓ᄂ 것이 네 직척이니 잘 注意ᄒ여라 ᄒ야 時時로 가라치면서 먹을 것도 잘 주고 사랑ᄒᄂ 뜻을 각별이 ᄒ엿다면 제가 비록 미물이라도 주인의 뜻을 감샤히 녁일 샌더러 가라친 말을 연골붓터 드른 연고로 필경에 主家를 모히홀 理가 만무ᄒ켓거늘 主翁이 그럿치 못ᄒ고 但以 기가 잇스면 도적을 딕히고 고양이가 잇스면 쥐를 잡는줄노 알엇다가 이런 낭픽를 당ᄒ엿고 그 주인 집이 망하는 날에 그 고양이와 기도 쫏차 飢死를 難免ᄒ엿스니 이ᄂ 主人도 自作之孼이오 고양이와 기도 亦自手衝目이로다. 슬푼지라. 이 말을 드르미 눈물이 산산ᄒ도다. 우리 三千里疆土와 二千萬人民을 爲ᄒ야 警告홀 만ᄒ도다."(十六歲 達觀人 朴俠均,〈文藝〉「俚語」,『태극학보』22호, 1908.6.24, 55~56쪽)

16세의 박협균이라는 학생은 속된 이야기 즉 '리어俚語'라는 제목으로 우화 같은 단형서사를 보내왔다. 어느 부자가 쌓인 곡식과 재물이 많자 이를 도둑이나 쥐에게 빼앗길까 두려워 개와 고양이를 키운다. 그런데 실제로 개와 고양이가 도리어 부자의 양식을 탐내어 외부에 있는 살쾡이, 사냥개와 합작하여 주인의 닭과 음식을 훔쳐 먹는다. 결국 이렇게 된 것은 부자가 무지했기 때문이다. 만약 부자가 지식이 있었으면 개와 고양이를 잘 가르쳐 집을 보호하게 했을 것이나 그러지 못했기 때문에 망하기에 이르렀다는 것이다. 그러나 문제는 주인이 망하면 결국 고양이와 개도 역시 망하는 것으로 이것은 그 당시 국내의 형편을 그대로 비유한 것이었다. 이에 대해 기자가 바로 평을 달고 있는데 "記者曰 壯哉라. 君의 年이 才己十六에 言辭가 何其深奧也오. 可爲萬古誤國者之一覽이로다"라고 하여 나이 16세에 이러한 깊은 심도 있는 글을 쓰니 만고의 어그러진 나라의 사람들이 일람할 만하다고 평하고 있다.

가엾고 불쌍하다. 저 노인을 보라. 상투는 빳빳하고 얼굴은 여위었으며, 백발이 성성한 채로 과거의 시대만을 꿈꾸고 현재와 미래는 전혀 알지 못하니, 그저 쓸데없는 욕심만 가득 차서 민족 사회에 큰 해악만 끼칠 뿐이다. 또한 그의 자식과 손자들까지도 앞길을 크게 그르치게 하여, 늙어서도 죽지 않는 도둑이 되니 가엾고 불쌍할 따름이다.[29]

위의 예시는 십육세十六歲 숙성인夙成人 김찬영金瓚永이 쓴 「노이불사老而不死」라는 글이다. 대화체 방식으로 쓰인 이 글의 서두에는 노인에 대한 묘사가 탈춤의 한 장면처럼 제시되고 있다. 풍자의 대상으로 제시된 노인은 완고한 고집으로 가련

---

29 "可哀ㅎ고 可憐ㅎ다. 저 老人 보오. 상투는 빳빳ㅎ고 容貌가 枯槁ㅎ야 白髮生涯가 過去時代만 夢想ㅎ고 現在 未來는 掉頭不知ㅎ는 故로 다못 쓸듸업는 慾心만 가득ㅎ여 人民社會의 大害가 及ㅎ ㄹ 싼 外라 亦 其子 其孫으로 ㅎ여곰 前途를 大誤케 ㅎ야 老而不死의 賊을 作ㅎ니 可哀ㅎ고 可憐ㅎ다."(十六歲 夙成人 金瓚永, 〈文藝〉「老而不死」, 『태극학보』 23호, 1908.7.24, 48쪽)

한 인물에 지나지 않으며, 국가와 사회에 큰 해가 되는 인물로 심지어 차세대의 발목을 잡는 공공의 원수와 같은 존재로 묘사된다. 새로운 학문을 하고자 하는 아들에게 구세대인 아버지는 "火輪船이나 火輪車가 다 神人의 造化로 製造혼 것이지 學問 中으로 나왓깃너냐. 미욱혼 자식"이라며 도리어 윽박지르고만 있다.

부 새 학문을 배우지 않은 우리 조상들과 나도 세상에 부러울 것 없이 살아 있다. 이놈, 사람의 집이 망하려니 별놈이 났구나.

자 우리 선조시대와 아버님의 소년시대에는 어쩔 수 없이 그리 하셨겠지만, 오늘날처럼 변화하는 시대를 맞이하여 옛것만 고집하고 변하지 않는다면 국가와 민족은 말할 것도 없고, 집안과 자신조차도 지킬 수 없을 것입니다!

부 국가니 민족이니 나는 모른다. 내나 잘 입고 잘 먹으면 제일이지. 이말 저말 하지 말고 갓을 쓰고 서당으로 나가거라.

자 아버님께서 아무리 그리하셔도 저는 공익상 관념을 저버릴 수 없사오니, 오늘부터 단발을 하고 신학문 학교로 가겠습니다.

부 애! 이놈! 불효의 자식놈이 났구나. "몸과 머리카락, 피부는 부모에게서 받은 것이니, 감히 훼손하지 않는 것이 효도의 지극함이다"라고 하였거늘, 네가 감히 머리를 자른단 말이냐? 고얀 놈!

자 인생이라는 것은 시대에 따라 변해 가는 것이올시다. 옛사람이 일렀으되, "만약 나라를 위해 이로운 일이 있다면, 내 머리카락과 피부를 아끼지 않겠다"라고 하였으니, 소자가 오늘 머리를 자르고 국가를 위해 헌신하고자 함이 그 실은 충효를 모두 이루고자 함입니다.

부 이놈, 머리를 자르지 않고는 나라 일을 못 한다더냐?

자 그렇지 않습니다. 단발하면 위생에도 유익하고 행동에 편리하여 건강하고 활발할 뿐이라 일개 상투 하나가 무슨 충효상으로 관계가 있습니까? 자고로 우리나라의 두발 역사를 살펴보면, 단군시대에는 머리를 산발하였다가 기자箕子 시대에

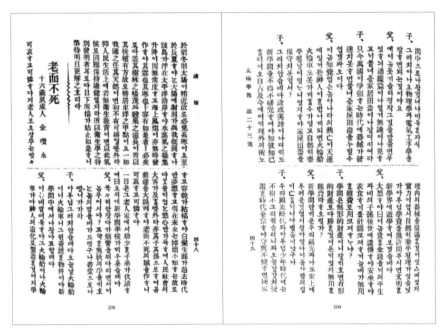

〈사진 3〉 김찬영의 「노이불사」

는 편리함과 외관을 위하여 머리를 땋았으며, 망건과 칠립漆笠은 명나라의 제도
를 모방함이어늘 만일 옛 제도를 변하지 않는 것이 도리라고 하신다면, 아버님도
상투를 풀고 머리를 산발하는 것이 마땅할 것입니다. 어찌하여 일시적인 습관을
고집하며 단발을 비난하십니까?

부 크게 화를 내며 말하기를 보기 싫다! 근래에 서당에 가서 글 공부는 하지 않고,
시키지도 않은 말공부만 하였구나! 이러니 저러하고 그 아들을 집에서 쫓아내
고 다시 말도 못 하게 강압하였다대……

기자 왈, 오호라, 저 늙어서도 죽지 않는 적賊이여! 자기 평생을 이미 그르쳤고, 수전
노를 만듦이 이미 한탄스러운데, 이제 신선한 이상을 발견하여 국가의 미래 영웅을 만
들 자식까지 그르쳐서 깊은 나락으로 몰아넣으려 하니 슬프도다, 이러한 적賊이여![30]

30 "父, 新學問 안비운 우리 祖先과 나도 世上에 부러운것 업시 살아 잇다. 이놈 사람의 집이 亡홀닉
니까 별놈이 낫구나.

앞서 「리어」가 우화적으로 접근한 국가 정세에 관한 이야기였다면, 「노이불사」는 학생의 입장에서 아버지 세대 즉 기성세대들의 구습과 아집에 대해 정면으로 비판하고 있다. 심지어 이 기성세대인 아버지 세대는 개인의 안위만 생각할 뿐, 국가의 존영에 대해서는 무관심하다. 또한 단발에 대해서도 유학자적인 입장에서 충효에 어긋난다고 비난하며, 신학문을 배우지 못하게 그 아들을 축출하여 더 이상 아무 말도 하지 못하게 압박하는 것으로 결론을 맺고 있다. 이는 신학문을 배운 아들 세대가 무지한 부모 세대에 대해 직접적으로 비판을 가하는 것이라 할 수 있다.

이에 대해 편집자는 국가의 발전을 막고 있는 구세대에 대해서 신랄하게 비판한다. "嗚呼라. 彼老而不死之賊이여. 自己 平生을 已誤ᄒ고 守錢奴를 作홈이 이

子, 우리 祖先時代와 아부님 少年時代에는 不得不 그리ᄒ슬려니와 오늘날 갓치 變遷ᄒ 時代를 當ᄒ야 守舊不變ᄒ면 國家와 民族은 姑舍ᄒ고 自家와 自身을 不保ᄒ겟습데다!

父, 國家니 民族이니 나 모른다. 너나 잘 닙고 잘 먹으면 第一이지. 이말 더말 하지말고 冠網ᄒ고 書堂으로 나가거라.

子, 아부님 암만 그리ᄒ세도 져는 公益上 關念을 져바릴 수 업스오니 今日붓터 斷髮ᄒ고 新學問 學校로 가겟습네다.

父, 애! 이놈 不孝의 子息놈 낫구나. 身體髮膚는 受之父母니 不敢毁傷이 孝之至也라 ᄒ엿넌데 네가 이놈 斷髮을 ᄒ여? 고한 놈!

子, 人生이라는 것이 隨時變通이 잇는 것이올시다. 녯사람이 일너스되 苟有利於社稷이면 吾無愛於髮膚라 ᄒ여스니 小子의 오놀날 斷髮ᄒ고 國家事에 獻身코져 홈이 其 實은 忠孝를 兩全코져 홈이니이다.

父, 이놈 斷髮안ᄒ고는 國家事 못ᄒ다던야?

子, 그러치 안습네다. 斷髮ᄒ면 衛生에도 有益ᄒ고 行動에 就便ᄒ야 健康活潑홀 쑨 外라 一個 상투의 무슴 忠孝上으로 關係가 잇습닛가. 우리나라 自古로 頭髮歷史를 觀ᄒ면 檀君時代에는 散髮ᄒ엿다가 箕子時를 當ᄒ야 便利홈과 觀瞻을 爲ᄒ야 編髮ᄒ엿고 밍근과 漆笠은 明나라 制度를 模倣홈이어늘·만일 古制를 不變홈이 道理라 홀진디 아부님도 승투를 글너 散髮홈이 適當홀지라. 엇지 一時習慣을 不變ᄒ야 斷髮을 非難ᄒ느잇가.

父, 大聲作氣ᄒ야 曰 이 보기슬타. 近來에 書堂에 가 글工夫는 아니ᄒ고 시키지 안는 말工夫만 ᄒ엿구나. 이러니 더려ᄒ니고 그 아들을 逐出ᄒ야 다시 말도 못ᄒ게 壓迫ᄒ엿자데……

記者丨 曰 嗚呼라. 彼老而不死之賊이여. 自己 平生을 已誤ᄒ고 守錢奴를 作홈이 이믜 痛迫ᄒ거든 新鮮ᄒ 理想이 發現ᄒ야 國家의 未來 英雄을 作홀 子弟신지 誤導ᄒ야 千仞坑塹에 驅入코져 ᄒ니 哀哉라 此賊이여."(十六歲 夙成人 金贊永, 〈文藝〉「老而不死」, 『태극학보』 23호, 1908.7.24, 49~51쪽)

믜 痛迫ᄒ거든 新鮮ᄒᆫ 理想이 發現ᄒ야 國家의 未來 英雄을 作홀 子弟ᄭ지 誤導ᄒ
야 千仞坑塹에 驅入코져 ᄒ니 哀哉라 此 賊이여."라고 하면서 국가를 구할 미래의
영웅을 수전노와 같은 늙은 아비가 막고 있다며 그를 국가의 적으로까지 규정한
다. 결국 나라를 좀 먹게 하는 것은 바로 기성세대의 아집과 구습이며, 이를 타파
하기 위해 신학문을 배우는 것 외에 다른 방법이 없음을 보여준다. 이렇듯 기자
는 16세의 소년 독자를 격려하며 소년이 제시한 "노이불사老而不死"보다 더 강력
한 언어인 "노이불사지적老而不死之賊"이라는 표현으로 그의 의견에 적극적으로 동
의해 주고 있다. 즉 독자의 언어에 더 강한 긍정의 언어로 격려하면서 투고한 독
자와 기자가 텍스트 안에서 서로 소통하고 있는 것이다.

〈표 12〉『태극학보』 대화체 및 토론체 서사 관련 글 목록

호	날짜	표제	저자	제목	문체
4	1906.11.24	講壇學園	傍聽人 友古生 崔麟	(奇書) 甲乙會話	단어형 국한문
5	1906.12.24	講壇學園	朴相洛 譯	(번역) 衛生問答	단어형 국한문
6	1907.1.24	講壇學園	朴相洛 譯	(번역) 衛生問答	단어형 국한문
8	1907.3.24	講壇學園	笑笑生 小菴 記著	北韓 聾盲 兩人이 自評	단어형 국한문
19	1908.3.24	文藝	隱憂生	師弟의 言論	한글+구절형 / 한시
21	1908.5.24	文藝	抱宇生	莊園訪靈	구절+단어
23	1908.7.24	文藝	十六歲夙成人 金贊永	老而不死	한글(거의)
23	1908.7.24	文藝	耳長子	巷說	단어+한글

　사실 16세의 학생이 국내에서 이렇게 투고할 수 있었던 것은 그 이전에 이미
『태극학보』가 여러 차례 대화체 및 토론체 서사 관련 글을 실어왔기 때문이다.
이러한 문답형 혹은 대화체 서사들은 근대계몽기의 가장 큰 특징이기도 했다.
따라서 가장 쉬운 방식으로 16세의 학생은 자신의 상황을 담아 독자 문예에 투
고할 수 있었다. 학생이라는 신분, 또 유학생 잡지를 읽는 유학생이거나, 유학을
꿈꾸는 학생들의 입장에서 구상된 서사물은 신지식을 배우고자 하는 욕구와 이
를 방해하는 기성세대와의 갈등이 기저에 깔려 있을 수밖에 없었다. 결국 이는

일종의 공통감처럼『태극학보』의 독자인 일본 유학생 및 국내의 학생들에게 작용했을 것으로 보인다. 따라서 기성세대를 향한 갈등이 공통감을 형성하면서 이러한 의식을 '따라쓰기'의 방식으로 독자들이 투고하고 있는 것이다.

이러한 내용적 측면에서의 영향뿐만 아니라 〈기서〉 등에서 보여주는 〈편자〉의 말은 독자들의 투고에 큰 자극제가 되었을 것으로 보인다.『태극학보』의 편집진은 모든 〈기서〉마다 편집자의 말을 달아 그 내용에 찬성을 표하거나 칭찬을 하는 등, 필자들의 생각을 북돋워주고 있었다. 앞에 나온 글들도 역시 16세의 소년이 쓴 글로는 믿기지 않을 정도로 심도가 있다는 평이나 독자의 글에 찬성을 표하며 격려하는 등의 행위는 독자들이『태극학보』에 글을 싣는 데 큰 원동력이 되었을 것이다. 결국 공통감을 통한 '따라쓰기'와 기자평을 통한 상호소통적 글쓰기가 16세의 학생들에게 〈문예〉에 글을 실을 수 있도록 계기가 되어준 것으로 예측해 볼 수 있다.

5) 유학생 자의식의 성장과 서사 양식의 실험
(1) '편지'라는 서사적 장치와 객관적 대상물로서의 유학생

앞서 독자들이『태극학보』를 통해 어떻게 영향을 받으며 〈독자문예〉에 글을 싣게 되는지 살펴보았다. 그러나 독자들이 일방적으로『태극학보』에 영향을 받았다고 보기는 어렵다. 다른 한편, 독자들의 글은 유학생들의 문예에도 영향을 끼치고 있었다. 그 가운데 눈여겨볼 부분이 바로 부모로부터 온 편지이다.

회원 이원붕 모친 백 씨의 편지[31]는 유학생들의 서사에 또 하나의 가능성을 보여준 것이기도 했다. 국내의 일반적인 가정의 모습 즉 가부장적인 남편에게 압제당하는 여성의 모습을 마치 소설처럼 편지에 담았다. 국내의 상황을 묘사하고 있었지만, 폭력적인 남편에게 막무가내로 맞을 수밖에 없는 부인의 삶에 대한

---

31   회원 리원붕 모친 백 씨, 〈강담학원〉「불학무식흔 집안의 가스 쓰홈을 구경홈 (긔서)」,『태극학보』9호, 1907. 4. 24, 19~21쪽.

회한은 또 다른 갈등을 삽입할 수 있는 가능태로서 작용하고 있었다. 즉 폭력적인 남편으로 대별되는 기성세대와 새로운 가능성을 가지고 꿈을 꾸고 있는 새로운 세대와의 갈등을 보여주는 새로운 장치로 편지가 사용될 수 있다는 것이다.

어머니의 편지는 '편지'라는 형식의 새로운 서사가 가미될 수 있으며, 기성세대의 시각으로 새로운 세대를 볼 수 있게 해주는 장치가 될 수 있었다. 다시 말해 편지 양식은 유학생을 객관적 대상으로 바라볼 수 있는 가능성을 열어주는 서사적 장치로 작동하고 있다는 것이다. 이는 유학생 부모의 편지가 소설화될 수 있는 가능성, 즉 사적인 영역이면서 동시에 유학생 전체의 공통감을 형성하며 공적인 영역으로의 확장을 꾀할 수 있다는 것이다. 이러한 면에서 김낙영은 유학생의 부모의 눈으로 보는 유학생의 모습을 객관화시켜 서사화하고 있다.

사랑하는 아들 복손아, 이것이 웬일이냐.

네 어미인 나는 내 신세를 한탄하고 세상일에 한을 품어 밤을 새우며 눈물로 지새우다가, 오늘 아침 네 편지를 받으니 다행히 좋은 소식이라도 있는가 하여 마음을 위로하려 하였더니, 웬일이냐. 낙제가 무엇이냐. 재삼재사 펼쳐 읽어 보아도 꿈속의 일 같기만 하여, 차라리 꿈이라면 좋겠다고 바라기까지 하였으나, 점점 의심이 풀리며 황망히 깨달았다. 도대체 무슨 까닭에 이런 비통한 일이 생겼단 말이냐. 내 가슴이 찢어질 듯이 극도로 아프구나. 복손아, 너는 네 아버지께서 돌아가신 일을 잊지 않았겠지. 가을 바람에 낙엽이 떨어지고, 쓸쓸히 비 내리는 빈방에서 너와 내가 적막히 마주 앉아 며칠 밤을 지새우면서, 네가 내게 했던 말을 잊지 아니하였겠구나!

아아, 그때 네가 뭐라고 말했던가. "이제부터는 세상에서 의지할 사람이 어머니와 저뿐입니다. 모쪼록 열심히 공부하여 장차 훌륭하고 강건한 인물이 될 것이니, 어머니께서도 아무 병 없이 계시면서 뒤만 잘 도와주시면, 기어이 언젠가는 가문의 이름을 떨치고 조상의 명예를 빛낼 날이 올 것이니, 그때까지 참고 기다려 주십시오" 하였지. 네 말이 그러하기에 나 혼자 외롭고 적적하게 지내는 것은 조금도 개의치 않고, 너를 수만

리 타국으로 유학 보낼 때, 나의 마음이 어떠했으며, 남대문 밖 정거장에서 모자가 서로 이별할 때, 너도 무슨 생각이 있었겠구나. 나는 그 후 항상 네 말만 믿고 기대하며 살아왔다. 도대체 너는 어미를 어떻게 의지하려고 생각했던 것이냐. 나는 그때의 일을 잊지 않고 네 말을 마음에 새기고 있는데, 들려주던 너는 네 말을 헛되이 잊어버린 것이냐? 진실한 말이었느냐, 거짓된 말이었느냐. 낙제라는 기막히는 말이 도대체 웬 말이냐?[32]

김낙영은 '초해椒海'라는 자신의 필명으로 「외국外國에 출학出學ᄒᆞᄂᆞᆫ 친자親子의게」라는 글을 싣고 있다. 얼핏 보면 이 글은 김낙영이 자신의 모친에게 직접 받은 편지를 실은 것처럼 보일 수도 있다. 그런데 이 글이 〈문예〉면에 실리고 있다는 점, 그리고 자신의 이름으로 이 글을 싣고 있다는 점에 주목해 볼 필요가 있다. 앞서 회원 이원붕의 모친의 경우, "회원 리원붕 모친 백씨"라는 필명으로 글을 싣고 있다. 그 말은 김낙영 역시 어머니께 직접 받은 편지라면 그러한 방식으로 모친임을 표시하며 실을 수 있다는 것이다. 그런데 김낙영이 모친의 이름이

---

32 "愛子 福孫아. 이거시 웬일이냐. 汝의 母 나는 身勢를 自嘆ᄒᆞ고 世事에 憾恨ᄒᆞ야 過夜一夕을 눈물노 싀우다가 今朝에 汝의 書信을 接得ᄒᆞ민 幸혀 됴혼 긔별이나 잇셔 心懷를 自慰 홀가 ᄒᆞ엿더니 웬일이냐. 落第가 무엇이냐. 再三再四 披閱ᄒᆞ되 夢中事 갓기만 ᄒᆞ여 추라리 夢事가 되여라 心祝ᄒᆞ엿더니 漸漸 疑心이 풀녀 恍然히 씨다렷다. 大抵 엇젼 식둙에 이런 悲傷혼 일이 싱겻단 말이냐. 내 胸膈이 씨여질 듯시 極痛코나. 福孫아. 汝ᄂᆞᆫ 汝의 父親 別ᄒᆞ신 일을 不忘ᄒᆞ엿겟구나. 秋風落葉 蕭蕭雨에 쓸쓸혼 空房에서 너와 내가 寂寂히 相對ᄒᆞ야 幾日 夜을 싀우면서 너ㅣ 날드려 혼 말을 닛지 아니ᄒᆞ엿겟구나!
아아 너ㅣ 其 時에 무이라고 말ᄒᆞ엿든가. 「從今 以後에는 世上에서 依托홀 바가 母親과 小子쑨이라. 못됴록 勤實히 工夫ᄒᆞ여셔 將來의 豪壯혼 人物이 되겟스니 母親도 아모 病患업시 계셔서 뒤만 잘 도아주시면 긔어히 一時는 家聲을 震動ᄒᆞ며 祖宗의 靈光을 宣揚ᄒᆞᄂᆞᆫ 日이 잇게스니 그 時ᄭᆞ지 忍待ᄒᆞ며 주시오.」ᄒᆞ엿지. 네 말이 그러ᄒᆞ기에 나혼자 궁금ᄒᆞ고 寂寞히 지낼 거슨 조곰도 싱각지 아니ᄒᆞ고 汝를 數萬里 他國에 留學보낼 쎡 나의 所懷가 엇더ᄒᆞ엿스며 南大門 外 停車場에서 母子相別홀 時에ᄂᆞᆫ 汝도 무슴 싱각 잇셔겟구나. 나는 그 후에 恒常 汝의 말만 信望ᄒᆞ엿다. 大抵 汝ᄂᆞᆫ 母를 如何히 依賴ᄒᆞ랴고 思ᄒᆞ엿든가. 나는 其 時윗 일을 不忘ᄒᆞ여셔 드른 汝의 母ᄂᆞᆫ 不忘ᄒᆞ고 記臆ᄒᆞ는데 들녀주던 汝ᄂᆞᆫ 汝言을 食忘ᄒᆞ엿ᄂᆞ냐? 實言이냐 虛言이냐. 落第라는 긔막히는 말이 웬 말이냐?"(椒海(김낙영), 〈文藝〉 「外國에 出學ᄒᆞᄂᆞᆫ 親子의게」, 『태극학보』 12호, 1907.7.24(8.5.), 41~42쪽)

아니라 자신의 필명으로 〈문예〉란에 이 글을 싣고 있다는 것은 김낙영 스스로 쓴 글이라는 것을 보여주는 증거라 할 수 있다.

위의 글의 내용을 보면, 아들 복손에게 보내는 늙은 노모의 편지라는 것을 알 수 있다. 특히 아들 복손이 낙제했다는 사실에 비통해 하며 보낸 모친의 문책과 같은 글이다. 아비를 여의고 노모와 아들이 둘이 서로 신뢰하고 있는 와중에 근실히 공부하여 가세를 일으키고 애국한다던 아들이 낙제했다는 말에 노모가 원통해 하고 있는 것이다.

힘들게 개미처럼 모은 쌀을 돈으로 바꾸고, 토지를 팔아가며 조금씩 모은 돈을 네가 어찌 허투루 낭비하느냐. 설령 동무들에게 유혹을 받을 때도 네 정신만 차렸다면…… 너는 분명 나라의 일을 조금도 생각하지 않는가 보다. 재작년 어느 날, 민·조 두 충신이 순절하신 일을 생각하거나, 네가 공부를 소홀히 하면 장차 남의 종이 될 뿐이고, 나라가 망하고, 민족이 멸망할 일을 생각해 보아라. 너도 목석이 아닌 이상, 애국하는 마음이 가득한 대한의 사내가 그런 기개를 잃어버렸단 말이냐! 너는 집안일이라는 것을 망각하느냐? 늙은 네 어머니는 네가 하루빨리 학업을 마치고 성공한 뒤, 독립의 북을 내 목전에서 힘차게 울리며, 혁혁한 대한제국의 영광 속에서 네 이름이 빛나기를 간절히 기다리고 있다는 것을 명심하여라. 이 정도라도 의식衣食하는 것이 네 아버지의 음덕 덕분이라는 것을 오래도록 잊지 말아라. 네가 작년부터 여러 번 무슨 잡지에서 글을 써 일등상을 받았다고 했지만, 나는 아무것도 알지 못하고, 다만 너의 출세만 기다리고 있었는데, 그만 낙제하였단 말이 무슨 말이냐. 근본부터 돌아가신 아버지의 가르침을 깊이 새긴 네가, 소설 같은 헛된 이야기들에 빠져 결국 몸을 망친다면, 이 어미는 아무리 생각해도 받아들일 수 없겠다. 너는 원래 그렇게 어리석은 아이가 아니었건만……

그러나 지나간 일은 아무리 소란스럽게 떠든다 해도 되돌릴 수 없는 것이고, 어미는 더 할 말이 없다. 복손아, 아무쪼록 정신을 차리고 뜻을 바로잡아, 완전하게 공부하여 훌륭한 인물이 되어 주렴. 내 살아생전에 국가가 부흥하는 것을 함께 눈으로 보자꾸나.

나는 여인이라 때때로 부질없는 일도 있겠고, 도리에 맞지 않는 말도 있겠지만, 늙고 초라한 몸이 밤낮으로 네가 훌륭한 인물이 되는 날을 기다린다는 것을 생각하고, 다시는 이런 낙제 같은 부끄러운 일이 없도록 해다오. 어미의 한평생 원하는 바다. 날씨도 점점 더 더워지니, 타국의 독한 기후에서 심한 감기에 걸리지 않도록 몸조심 잘하고, 여름방학 때에는 건강한 얼굴을 보여다오. 홑옷 한 벌을 우편으로 보낸다. 원래 요즘 유행하는 옷도 아니고, 바느질도 완벽하지 않지만, 내가 정성을 다해 만든 것이니, 깨끗이 입어 보아라. 간곡히 당부하고 다시 한번 부탁하나니, 부디 안심하여라, 복손아.[33]

아들이 낙제한 까닭은 바로 '소설'과 같은 허담랑설虛談浪說에 미혹 당했기 때문이다. 이는 모친의 입장으로, 아들이 성공하여 입신양명하기를 원하고 있었던 바이나, 실제 아들은 출세와는 거리가 있고, 도리어 허랑방탕한 소설과 같은 것에 빠져 자신의 앞길을 막고 있다고 판단하고 있는 것이다. 아들이 작년에 무슨

---

33 "努努僅僅히 蟻集흔 米穀을 作錢흔다 土庄을 賣渡ᄒ여 分分히 모흔 돈을 汝ㅣ 엇더케 虛費ᄒᄂ냐. 假令 同伴의 被誘될 時에라도 汝의 精神만 收拾ᄒ엿스면…… 무얼 汝가 分明 國事를 조곰도 不思ᄒᄂ가 보다. 一昨年 某月日에 閔趙 諸忠臣의 殉節ᄒ신 일을 싱각ᄒ거나 汝브터 工夫 잘못ᄒ면 將來 他人의 奴隷쑨 亡國쑨 滅種쑨 될 일을 싱각ᄒ여 주렴. 汝도 木石이 아니여든 愛國誠이 最多最富흔 大韓男子의 氣魂을 忽失흔단 말이냐! 汝ᄂ 家事라는 거슬 忘却ᄒᄂ냐. 年老흔 汝母는 汝가 어서 速히 工夫 成功흔 후에 獨立鼓를 내 目前에서 高鳴ᄒ고 爀爀흔 大韓帝國의 光榮으로 汝의 名譽가 生ᄒ기를 苦待ᄒᄂᄂ줄 記臆ᄒ여라. 이곳치라도 衣食ᄒᄂ 거시 全혀 汝의 父親의 蔭인 줄을 長久不忘ᄒ여라. 汝ㅣ 昨年브터 屢次 무슴 雜誌에 作文 一等賞을 밧엇다고 ᄒ지마는 나는 아모 것도 未知ᄒ고 다만 汝의 出世만 苦待ᄒ엿는ᄃᆡ 그만 落第ᄒ엿단 말이 무슨 말이냐. 根本브터 先親의 敎訓을 緊受흔 汝ㅣ 小說 等 虛談浪說에 迷惑ᄒ여 畢竟 몸을 破滅되게 흔 일은 此 母는 아모리 싱각흘지라도 取치 안켓다. 汝는 本是 그럿케 미련ᄒ지 아니ᄒ엿것만……
그러나 過去事ᄂ 아모리 謀屑ᄒ여도 取返키 難ᄒ겟고 母는 더 흘 말업다. 福孫아 너 아모됴록 精神 드리고 心志를 좁아 完全ᄒ게 工夫ᄒ여 가지고 훌늉흔 人物이 되여 주렴. 내 生前에 國家興復ᄒᄂ 거슬 目睹ᄒ쟈구나. 나는 女人이라 時로 부즐업슨 일도 有ᄒ겟고 道理에 不合ᄒᄂ 言句가 有ᄒ겟스나 老屈된 微身이 晝夜로 汝가 훌늉흔 人物되는 日을 苦待ᄒᄂ 줄 싱각ᄒ고 再次 離陋흔 形便을 不逢토록 ᄒ여다고, 母가 一生의 원ᄂ 바요, 日氣도 漸漸 酷熱ᄒ니 異邦氣候에 甚毒흔 感氣라도 不觸토록 몸조셥 잘ᄒ엿다가 夏期放學에ᄂ 健康흔 顔色을 보여다고, 單衣 一件을 郵便에 付送흔다. 元來 時體体流行品도 아니오 針製도 不完ᄒ지만은 내가 留心ᄒ여 지은 것이라 그러구 식구 입어 보아라. 切切히 당부ᄒ고 다시금 付托ᄒᄂ니 부ᄃᆡ 安心ᄒ여라 福孫아."(김낙영, 위의 글, 44~45쪽)

잡지에서 작문 일등상을 받았다고 하지만, 소설을 좋아하고 소설을 쓰려는 아들은 "그럿케 미련ᄒ지 아니ᄒ엿것만" 지금은 미련하게 되어버렸다고 비판하고 있다. 그러면서 정신차리고 다시 심지를 잡아 공부하여 훌륭한 인물이 되어달라며 애끓는 부탁을 한다. 거기에 직접 지은 옷까지 우편으로 부쳐주었다.

결국 고국에 있는 부모의 입장에서 문학은 허무맹랑하고 전혀 쓸데없는 것일 뿐이었다. 아들이 정신을 차리지 못하고 허망한 데 빠져 있다고 생각하는 것이다. 그러나 아들이 어느 잡지사에 1등으로 뽑혔고 소설을 쓰고 있다는 등의 언급을 보면, 이 편지에 등장하는 복손은 문학가로서의 꿈을 꾸는 것처럼 보인다. 이는 고국에 있는 부모 세대가 생각하는 문학과, 유학생들이 생각하는 문학의 괴리를 보여주는 것이라고도 할 수 있다.

이 글은 실제로 김낙영이 자신의 모친에게 받은 편지일 수도 있다. 그러나 이 글을 자신의 이름으로 싣고 있다는 점과 〈문예〉란에 싣고 있는 점, 또한 내용상에서 아들이 소설을 쓰고자 한다는 점 등을 종합해서 본다면, 자신의 이야기이면서도 객관화된 상상적 이야기일 수도 있다는 점이다. 즉 다시 말해, 실제 어머니의 편지를 갈등적인 요소를 가미하여 서사화한 새로운 영역의 글로 창조해 낸 것이라고 볼 수도 있다는 것이다. 어머니의 편지를 활용했기 때문에 제3자의 눈으로 유학생의 모습을 바라볼 수 있으며, 이는 객관화된 글쓰기를 가능하게 한다.

어떤 면에서 이원붕 모친의 편지에 소설적 서사, 즉 갈등 구조가 삽입됨으로써 '편지'의 양식이지만 새로운 서사의 양식, 혹은 '소설'이라는 새로운 장르로서 연습되고 있는 것이다. 어머니의 성공기원과 아들이 소설을 쓰면서 낙제를 하는 상황, 그리고 또다시 어머니의 당부와 부탁은 유학생들 스스로의 꿈이나 소망보다는 고국의 부모의 기대 속에서 자유롭지 못한 '현재'의 모습을 그대로 드러내고 있는 것이다.[34]

---

34 사실 이러한 '편지' 양식은 『태극학보』에서 다양하게 활용되고 있었다. 김낙영이 미국에 유학하고 있는 친구에게 보낸 편지 「米國에 留學하는 友人의게」(『태극학보』 17호, 1908.1.24)나 經世老

(2) 역방향의 장치와 '거울형' 서사

김낙영의 이러한 실험은 여기에 그치지 않고, 역방향의 서사, 즉 편지를 또 다른 방식으로 활용하고 있다는 점에서 주목해볼 필요가 있다. 앞서는 유학생들을 기존 세대의 눈으로 바라보는 객관적 글쓰기를 통해 서사화하고 있었다면, 이번에는 유학생들의 눈으로 기존 세대를 바라보는 글쓰기를 서사화하고 있다.

아아, 적막한 가을 밤아, 나 혼자 희미한 외로운 그림자를 땅 위에 길게 드리우며, 음무천晉無川의 출렁이는 물가에 서서, 마음을 담은 한마디 시구를 낮게 읊조리고 멀리 고향 산을 바라보니, 오늘까지 살아온 반생의 역사가 모두 피와 눈물이구나. 크게 소리쳐 음침한 마귀를 저주하며 주먹을 단단히 쥐고, 어둡게 드리운 먹구름을 걷어 내고자 하는데, 월변루越便樓 아래 깜깜한 방 안에서 신음하는 소리가 들리거늘, 분노로 들끓는 와중에도 스스로 생각하니, 우주 만물과 복잡한 인간 사회에는 나와 같이 불평을 품고 사는 사람도 있나 보다. 괴악한 이 세상아, 질고가 어찌 이토록 많단 말인가. 과부의 서러움은 과부가 알 터이니, 어디 서로 위안이나 하여 볼까 하여 어정어정 내려가니 고통 속에서 신음하며 "아이구, 아버지……"하고 다시 부르는 소리가 들려왔다. 비로소 황국일본의 말을 쓰는 것을 듣고 놀라, 걸음을 재촉하며 인기척을 내며, '어떤 형제인지, 기운이 불편하시오?' 하였다. 얼굴은 보이지 않고 개미 소리 같은 가느다란 목소리로 「네, 병이 좀 들었소」하는 대답이 천둥소리처럼 크게 들려왔다. 방 안으로 들어서서 호주머니 속에 있던 성냥을 꺼내 벽을 더듬으며 촛대를 찾았으나, 방 한구석에서 평생 쓸지도 않은 등잔 하나가 데구루루 굴러가고, 석유는 한 방울도 없어 불을 밝히는 것은 기대하기 어려웠다. 병인의 곁에 가만히 앉아 차분히 병세를 묻자, 그 사람은 대답은커녕 흐느껴 우는 음성으로 「어떤 어른이 이 같은 병객을 위문하시오. 나는 병든 지 벌써 한 달이 넘었는데, 본가에서 학비가 오지 않아 배고프고 추운 것은 물론이고, 약값 한 푼

人이 보낸「臨終時에 其子의게 與ᄒᆞᄂᆞᆫ 遺書」(『태극학보』 18호, 1908.2.24) 등이 〈문예〉면에 실리고 있다.

이 없어 한 번도 약을 먹지 못하고, 병은 속병뿐만 아니라 온몸 곳곳이 아파 몸 안팎이 모두 괴로운데, 이제는 달리 방법이 없으니 차라리 죽을 뿐이라. 원컨대 형은 내가 죽은 후 기름 한 그릇만 사다가 숯불 위에 제 몸을 태우고, 내 집에 기별이나 하여 주소」 하는 소리가 애절하여 나도 모르게 두 소매를 적시고 말았다.[35]

이 글은 김낙영이 쓴 「한」이라는 제목의 글로 '나'라는 인물이 한 병인을 만나면서 그의 하소연을 듣는 내용이다. 실제 '나'라는 인물도 비통함과 괴로움에 휩싸여 있는 인물로 구체적으로 드러나고 있지는 않으나 세상을 향한 분노와 울분을 토하고 있다. 그러한 인물이 어느 가을밤에 누군가의 신음 소리를 듣고 그 방을 찾아가 보니 한 유학생이 더러운 처소에서 혼자서 앓고 있었다. 다 죽어가는 그 유학생은 '나'를 보자 자신이 죽고 나면, 자신의 집에 기별을 넣어달라며 자신의 이야기를 풀어나간다.

어느 해, 어느 달, 정변政變이 있은 후, 밀려오는 나라를 걱정하는 근심을 견디지 못하

---

35 "아아 寂寞훈 가을 밤아, 나 혼자 稀迷훈 孤影을 地上에 倒曳ᄒ면서 音無川의 波邊에 佇立ᄒ야 會心一句를 低唱ᄒ고 멀니 鄕山을 長望ᄒ니 今日신지 寅來훈 半生歷史가 都是 血淚로다. 大喝一聲에 陰魔를 咀呪ᄒ면서 螺拳을 堅握ᄒ고 魔雲을 拂散코저 ᄒ든 츳에 越便樓下 暗黑훈 房中에서 呻吟ᄒᄂ 소리 들니거늘 怒奮훈 中에도 自度ᄒ되 宇宙萬象 森羅훈 人間社會에ᄂ 날과 ᄀᆺ흔 不平客도 잇ᄂ 보다. 괴악훈, 이 世上아, 疾苦가 엇지 이갓치 叢多ᄒ냐. 寡婦설음 寡婦知니 어딕 相憐나 ᄒ여 볼가 ᄒ여 어정어정 ᄂ려가니 慰呻吟一聲 「아이구 아부지」 再次 呼出ᄒᄂ지라. 비로소 皇國方言을 驚愕ᄒ여 步數를 急促ᄒ야 人氣를 츠리면서 엇던 兄弟인지, 긔운이 불평ᄒ시오. 그 사름의 顔面은 未見ᄒ고 蟻蟲갓흔 音聲으로「녜 病이 좀 드럿소」ᄒᄂ 對答 雷聲갓치 들니ᄂ지라. 房안에 드러서서 포겟드(㒶囊)에 잇든 당셩냐를 벽거서 燭臺를 搜探ᄒ니 一便房隅에 平生 掃刷도 아니훈 燈皮 一個가 졔구루루 石油ᄂ 一滴도 無ᄒ니 燭火ᄂ 難期로다. 病人겻헤 가만이 안져 從容問病ᄒ즉 該病人은 對答은 姑捨ᄒ고 鳴咽悲泣ᄒᄂ 音聲으로「엇던 어른이 이 갓흔 病客을 委問ᄒ시오. 나ᄂ 病든지가 볼서 月餘인딕, 本家에서 學費가 不來ᄒ야 빅곱흐고, 치운 거슨 莫論ᄒ고 藥價 一分이 업셔셔 藥 한 번도 먹지 못ᄒ고 病氣ᄂ 內病ᄲᆫ 아니라 全身에 痛處가 叢生ᄒ야 內外가 俱痛되미 이졔ᄂ 別數업시 一死ᄲᆫ이라. 願컨딕 兄은 余가 死흔 後 一碗石油나 買得ᄒ야 炭火上에 이 身體를 焚燒ᄒ고 내 집에 寄別이나 ᄒ여주소 ᄒᄂ 소리 悲愴턴 余의 心懷不覺中에 雙袖를 계치도다."(椒海生(김낙영), 〈文藝〉「恨」, 『태극학보』 14호, 1907.10.24, 52~53쪽)

여, 어디 외국에 유학이라도 가볼까 하여 일본으로 건너왔다. 어렵고 힘든 외국어 공부를 먼저 익혀, 겨우 밥 달라는 말이나마 할 수 있게 되었기에, 어느 달에 어느 중학교 몇 학년에 입학하였다. 잘하든지 못하든지, 첫 학기 시험 성적에는 명색 우등이라고 하기에 나도 기쁨을 감출 수 없었고, 미처 생각지도 못한 공부에서 큰 흥미를 얻었더니, 일가를 감독하시는 우리 아버지께서 술에 빠져 지내시며 학비를 한 푼도 보내지 않으시고, 병이 들었다고 편지를 보내도 아무런 답장도 없으매, 가족과의 연락을 끊은 지도 벌써 예닐곱 달이 되었다. 나는 결코 외국에서 객사하여 한 줌의 흙이 될지언정, 처음 목적은 기어이 이루겠노라 하여 꿋꿋이 버텨왔으나, 이제는 병든 몸이라, 다른 희망은 조금도 남아 있지 않소외다.[36]

병인은 '나'의 손을 붙잡고 자신의 이야기를 풀어내는데, 이는 병인이 자신의 아비에게 보내는 편지에 해당한다. 유학을 왔다가 외국에서 병들어 죽어가는 이 병인의 아비는 그런 병인을 내버려 둔 채로 방탕하며 호의호식하고 있다. "一家를 監督ᄒ시는 내 家親ᄭᅥ서 酒鄕에 陷存ᄒ사 學費는 一分도 不送ᄒ고 病이 드럿다고 寄別ᄒᆯ지라도 아모 回答도 업스미" 그 병인은 죽어가고 있는 것이다.

……여보시오, 이 병인의 부친되시는 양반이여. 지금이 어느 때인데 사냥과 술, 여색을 즐기며, 화류의 연회 속에서 취하여 꿈에서 깨어나지 못하는가. 아아, 가련하다. 지난해 가을, 낙양의 지사 호근명이 재현함을 보려는가. 아무리 인륜이 어두워졌다고 해도, 어찌 친자를 해외 만 리에 내던지고, 부모와 자식 간의 애정을 억지로 끊으며, 칠척

---

36 "某年月日 政變以後에 撼來ᄒᄂᆫ 憂國愁를 未堪ᄒ야 어듸 外邦이 遊學이나 ᄒ여볼가 ᄒ고 日本에 渡來ᄒ야 어렵고 힘드ᄂᆫ 語學을 先習ᄒ야 밥달나는 말이나 겨우 敢當ᄒ겟기로 某月分에 某中學校 第○○級에 入學ᄒ고 잘ᄒ든지 못ᄒ던지 一學期 試驗成績에는 名色 優等이라고 ᄒ기에 余도 自喜를 不勝ᄒ여 미상불 工夫에 多大ᄒᆫ 趣味를 獲取ᄒ엿더니 一家를 監督ᄒ시는 내 家親ᄭᅥ서 酒鄕에 陷存ᄒ사 學費는 一分도 不送ᄒ고 病이 드럿다고 寄別ᄒᆯ지라도 아모 回答도 업스미 家信을 頓節ᄒᆫ 지가 볼서 六七朔이라. 余ᄂᆫ 決코 外國에서 客死ᄒ야 一塊土를 成ᄒᆯ지언정 처음 目的은 긔어 得達ᄒ겟슴으로 猛然不動ᄒ 엿ᄃ니 이제는 病人骨髓라 他餘望은 一分도 無ᄒ외다."(김낙영, 앞의 글, 53쪽)

장부를 타국에서 원귀가 되게 할 사람의 모습을 한 짐승이 천지하에 존재한단 말인가. 몸이 국가 사회의 일원이 되어, 그 사회가 위로 나아가는 길을 가로막는 것도 우리에게는 선현들 앞에서 씻을 수 없는 큰 죄인데, 하물며 20세기의 문명 세계에 살면서 이토록 짐승 같은 행동을 마음껏 행한단 말인가. 여보시오, 좀 생각하여 보오. 낙심은 무엇이며, 절망은 무엇인가. 어리석어서 그러하오? 유치하여 그러하오? 무식해서 그러하오? 아니면, 지식이 있으면서도 그러하오? 입만 열면 우리나라는 경제가 바닥나서 남을 도울 여력이 없다고 말하나, 돈을 모아두고서 결국 무엇을 하려는가? 죽은 후에 그 돈을 가지고 갈 것인가? 사회가 멸망하고 국가가 위기에 처하여, 나의 핏줄인 자식이 해외의 바람과 이슬 속에서 뼈가 되어 사라질지라도, 나는 혼자 돼지처럼 배불리 먹고 따뜻한 옷을 입으며 일생을 지내다가, 황금 관과 유리 무덤 속에서 보석과 비단으로 치장하여 저승에서도 부귀를 누리려는 것인가? 국가도 예외 없고, 민족도 예외 없다. 일생의 영화榮華가 최고의 목표라며, ○○부府에 황금 수만 환을 몰래 바치고, ○○고문顧問에게 청탁하여 보잘것없는 찻잔 하나 얻어 마시면, 마치 세상의 왕후공작王侯公爵 귀한 영예를 모두 얻은 듯이 아첨하고 매달리며, 정삼품正三品의 옥관자玉冠子 두 개만 빌려 쓰려는 것인가. 세상만사가 사랑하는 가문을 쇠락하게 하고, 무한히 좋은 국가의 행복을 역경 속으로 몰아넣는 악죄를 저지른 자에게는, 지옥에서도 감당하기 어려운 극악한 형벌을 내려야 하리라. 이럴 줄 알고도, ○○○○ 명색과 같이 내 자유를 타인에게 내어주고, 목을 길게 내밀어 타인의 학살을 기다리려는가. 무슨 까닭에 친애하는 그 자제를 버리고 보지 않는가.

아아, 패악한 이 세상이여, 어찌하여 이토록 스스로를 자랑하고 후회하는가. 금수禽獸도 자식을 위해 목숨을 아끼지 않고, 곤충조차도 그 보금자리를 지키기 위해 이토록 고통을 참고 견디지 않는가. 몇 만 년의 역사 속에서, 진정으로 아름다운 우주 안에서, 수천 년 문명의 발전을 살펴보아도, 이토록 가혹하고 악독한 죄악을 기꺼이 저지르는 자가 이 외에 또 어디에 있으리오. 어서 빨리 깊이 깨닫고, 사람으로서 지켜야 할 도리를 완전히 회복하며, 국민의 의무를 단단히 지켜, 가엾고도 사랑스러운 그 자식에게, 따뜻한 봄바람과 함께 생명을 되살리는 약을 속히 보내어, 먼 곳의 어둠을 말끔히 쓸어내고, 드넓은 학문의 바다에서 성공의 배를 띄워주어라. 그러면, 비단 같은 강산 삼천리에 영원히 늙지 않는 대제국이 만세토록 끊이지 않는 평화 속에서 온 우주를 다시 움켜쥘 수 있으리라……[37]

그런데 이 병인의 말이 끝나는 바로 다음에 '나'가 병인의 아비에게 보내는 편지가 이어진다. "여보, 이 병인의 아비되는 양반이여"로 시작되는 부분은 병인의 부탁을 받고 '나'가 아비에게 보내는 편지 같은 분위기를 형성하고 있다. 짐승도 자신의 새끼를 거두는데, 사람된 도리로 어찌 아들을 그리 버려두느냐며 그 아비에게 호소하고 있다. "蠢ᄒ여 그러ᄒ오 幼稚ᄒ여 그러ᄒ오 無識ᄒ여 그러ᄒ오

---

37 "……여보 이 病人의 父親되신 兩班이여. 지금이 어느 찌기에 獵酒好色으로 花柳烟月에 醉夢을 不醒ᄒᄂ가. 아아 可憐ᄒ다. 昨年 秋에 洛陽 志士 扈根明이 再現ᄒ믈 브려ᄂ가. 아모리 人道의 朦眛ᄒᄂ들 其 親子를 海外萬里에 遠棄ᄒ여 調愛ᄒᆫ 倫情을 烏理로 驅送ᄒ고 軒軒ᄒᆫ 七尺丈夫를 殊域寃鬼가 되게 홀 人形獸가 此天之下 此地之上에서 寄存ᄒᆫ단 말가. 몸이 國家社會에 一員이 되여 其 社會로 向上的 進展을 未遂케 홈도 吾人이 先賢의게는 大罪名를 未免커든 左況 二十世紀 文明ᄒᆫ 世界에 處ᄒᆫ 吾人類가 如此한 獸性的 行爲를 曼行ᄒᆫ단 말가. 여보시오 좀 싱각ᄒ여 보오. 落心은 무엇시며 絶望은 무엇시뇨. 愚蠢ᄒ여 그러ᄒ오 幼稚ᄒ여 그러ᄒ오 無識ᄒ여 그러ᄒ오 有知ᄒ여 그러ᄒ오. 言必稱 我國에는 經濟界가 盡涸ᄒ여 顧他의 餘力은 無타 ᄒᄂ니 돈 두엇다가는 畢竟 무엇을 ᄒ려고……죽은 後에 가지고 갈 터힌가. 社會가 滅亡되고 國家가 危境을 當ᄒ여 나의 骨肉의 親子를 海外風露에 化骨이 될지라도 나 혼자 豚食暖衣로 一生을 지니다가 黃金棺槨 琉璃塋에 寶錦珠飾으로 黃泉富豪이 되려ᄂ가. 國家도 例外 人族도 例外라. 一世榮華가 第一宦이니 ○○府에 金幣 幾萬圜을 密納ᄒ고 ○○顧問의게 請囑ᄒ여 薄茶 一鍾子만 拾食ᄒ면 世上 王侯公爵의 貴榮을 盡獲ᄒ드시 阿諛婿附로 正三品 玉冠子 兩個만 借得코져 홈인가. 世上萬事가 親愛ᄒᆫ 家道를 頹敗ᄒ고 無上好簡의 國家幸福을 逆境으로 驅逐ᄒᄂ 惡罪子의게ᄂ 地獄抵抗의 毒刑을 與홀지니. 이럴 줄 알고도 ○○○○名色과 갓치 내 自由를 他漢의게 供與ᄒ고 尺頸을 長延ᄒ여 他漢의 殺戮을 苦待ᄒ려ᄂ가. 무슴 신닭에 親愛ᄒᆫ 其 子弟를 捨而不見ᄒᄂ가. 아아 悖惡ᄒᆫ 이 世上아 엇지 그리 自慢自悔가 此極에 至ᄒᄂ뇨. 禽獸도 其 子를 爲ᄒ여 生命을 不遑ᄒ고 昆蟲도 其 巢를 持保홈에는 如干의 苦楚를 堅忍치 아니ᄒᄂ가. 幾萬年 歷史上 眞美의 宇宙內에 幾千年 發展의 人文을 考察ᄒᆫ들 綱倫測毒ᄒᆫ 罪惡을 甘作ᄒᄂ 者가 此 外에 쏘 何者有ᄒ리오. 어서 隱隱히 猛醒ᄒ여 人倫大事의 常理를 完全히 ᄒ고 人民義務의 原則을 堅保ᄒ야 可愛可憐ᄒᆫ 其 子弟의게 恩雨東風에 回春復命丸을 速送ᄒ야 遠方風魔의 陰通을 快掃ᄒ고 學海萬里에 成功舟를 泛渡ᄒ면 錦繡江山 三千里에 長生不老 大帝國이 萬世無窮 大平和로 宇宙挽回權을 掌握홀 듯……"(김낙영, 앞의 글, 53~55쪽)

제3장_ 근대계몽기 출신 지역 토대 일본 유학생회 잡지의 매체적 특징과 서사 문예   293

有知ㅎ여 그러ㅎ오. 言必稱 我國에는 經濟界가 盡涸ㅎ여 顧他의 餘力은 無타 ㅎᄂ 니 돈 두엇다가는 畢竟 무엇을 ᄒ려고……죽은 後에 가지고 갈 터힌가. 社會가 滅亡되고 國家가 危境을 當ㅎ여 나의 骨肉의 親子를 海外風露에 化骨이 될지라도 나 혼자 豚食暖衣로 一生을 지ᄂ다가 黃金棺槨 琉璃塋에 寶錦珠飾으로 黃泉富客이 되려는가."라고 하면서 도대체 어리석고 무식해서 그러는 것이냐고, 죽은 후에 가지고 가지도 못하는데 돈 두었다 무엇 하느냐고 신랄하게 비판하는 것이다.

이 단형 서사는 외화와 내화로 구분되는데, 외화→내화→외화의 순으로 이어지고 있다. 외화는 '나'라는 인물에 의해서 이끌어 가며, 내화는 '병인'의 사연이 짧게 소개된다. 마지막 외화에서는 '나'가 병인의 아버지에게 보내는 편지로 마무리 짓고 있는데, 이를 통해서 유학생의 입장을 대변하여 보여주고 있다. 즉 앞서 어머니의 편지는 기성세대의 입장에서 객관적으로 바라본 유학생의 모습이었다면, 이 「한」에서는 유학생의 입장에서 본 기성세대에 대한 비판을 담고 있는 것이다. 이렇게 객관화하여 보여줄 수 있는 것은 바로 '편지' 형식의 글을 서사의 영역으로 끌고 들어왔기 때문에 가능한 것이다. 사실 이 내용은 실제 사건을 모티프로 해서 적은 글로 보인다.

○ 오호라, 유학생 호근명扈根明 씨 영면

경성京城 출신의 호근명 씨는 나이 겨우 열일곱에 해외 유학의 큰 뜻을 품고 올해 4월 초에 도쿄로 건너와 광무학교光武學校에 머물며 학업을 이어가던 중 가지고 온 학비가 완전히 바닥나 극심한 어려움에 처하게 되었다. 여러 차례 편지를 보내어 부형에게 학업을 계속하기 위해 필요한 사정을 백방으로 설명하고 학비를 보내줄 것을 간청했으나, 학비는 고사하고 회신조차 한 통도 받지 못하였다. 그리하여 근심 속에서 하루하루를 보내다가 불행히도 어느 날 폐렴의 병마가 덮쳐 병세가 심각하게 위중해졌다. 유학생 감독 한치유韓致愈 씨는 그 사정을 애처롭게 여겨, 한편으로는 이 사실을 학부學部에 정식 보고하고, 한편으로는 위동식魏東植 씨를 본국으로 보내어 본가에 알리도록 하였다. 이한경李漢卿, 이창환李昌煥, 안종구安鐘九 등의 여러 인사들은 동포를 구제하려는 뜨거운 마음으로 백방으로 애를 써, 환자를 곡정구麴町區에 있는 회생병원回生病院에 입원시켜 치료를 받게 하였다. 특히 안종구 씨는 환자의 편의를 위해 병원 내에서 함께 머물며, 통역을 하거나 환자의 슬픈 심정을 위로하는 데 힘을 다하였다. 해당 병원의 모든 관계자는 외국 청년의 딱한 처지를 가엾이 여겨 정성을 다해 치료했으며, 특히 간호사인 미야타 하루 씨는 의협심과 자애로운 마음이 깊어 간호비를 일절 받지 않고 한 달 동안 밤낮을 가리지 않고 정성껏 간호하였다. 그러나 약과 침술도 효과가 없었으며, 두려운 병마는 한 걸음 한 걸음 다가오고 있었다. 이때 본가에서는 그제야 자식이 위독하다는 사실을 알게 되었고, 그의 부친이 먼 길을 달려와 병상의 석양 속에서 부자가 마침내 서로 마주할 기회를 얻었다. 그러나 오랫동안 병으로 시달린 불쌍한 청년의 얼굴은 메말라버렸고, 정신은 몽롱하여 한 마디 정다운 말도 나누지 못하였다. 그의 부친은 통곡하며 슬픔에 겨워 음식을 전혀 들지 않았고, 이를 지켜보던 유학생들은 부자父子가 함께 세상을 떠나는 일이 생길까 염려하여 부친을 설득해 본국으로 돌아가도록 권유하였다. 그런데 바로 그 다음 날, 즉 9월 29일 밤, 아아, 이 유망한 청년이 무한한 한을 품은 채 절해고도의 타향에서 돌아갈 수 없는 손님이 되고 말았으니, 이 소식을 들은 사람마다 누가 눈물을 흘리지 않겠는가.

그의 유해는 화장한 뒤 그 유골을 광무학교에 안치하였는데 이달 7일에 대한유학생회에서 감독청 내에서 추도회를 열어 추모식을 거행한 후, 유골을 본국으로 보내는 방안을 의논하였다. 그때 현장의 비참한 광경을 촬영기념하니, 이는 실로 우리 유학생 사회의 가장 큰 비극 중 하나였다.[38]

---

38 “○ 嗚呼 留學生 扈根明氏 永眠

京城人 扈根明氏는 年才 十七에 海外留學의 壯志를 決ᄒ고 本年 四月初에 東京에 渡來ᄒ야 光武學校에서 留宿ᄒ는 中 帶來ᄒ 學資가 罄盡ᄒ야 非常ᄒ 困難을 當ᄒ지라. 屢次 書信으로 其 父兄에게 今日 修學의 必要를 百方說明ᄒ고 學費의 辦送을 懇請ᄒ되 學費는 姑捨ᄒ고 回信이 頓無ᄒ야 憂愁度日타가 不幸一朝 病魔(肺炎)의 侵襲ᄒ 바 되야 勢甚危重이라. 留學生監督 韓致愈氏는 其 情狀을 矜惻히 넉여 一邊으로 此 事由를 學部에 擧實報告ᄒ며 一邊으로 魏東植氏를 本國으로 委送ᄒ야 其 本第에 通知ᄒ고 李漢卿 李昌煥 安鐘九 諸氏는 同胞救濟의 熱心으로 百般周旋ᄒ야 患者를 麴町區 回生

제3장_ 근대계몽기 출신 지역 토대 일본 유학생회 잡지의 매체적 특징과 서사 문예   295

위의 〈잡록〉에서 소개되고 있는 호근명은 경성에서 온 유학생으로 17세에 동경 유학을 꿈꾸고 1906년에 도일했으나 학비 때문에 곤란한 생활을 하다가 결국 폐렴까지 걸려 심각한 지경에 이르렀다. 본가의 부형에게 공부의 필요성을 설명하고 학비를 변통해 달라고 몇 번이나 청구하였으나 회신조차 해주지 않는 상황에서 병까지 걸려 위험하게 된 것이다. 이 때문에 유학생 감독 한치유와 동학들이 본국에 연락을 하고 병인을 병원에 입원시켰으나 위중한 상황으로, 본국에서 아버지가 방문해서도 더 이상 차도가 없었다. 그 상황에서 결국 호근명이라는 유학생은 죽고 말았다는 실제 사건을 소개하고 있다.

이는 그 당대의 유학생의 상황을 적나라하게 보여준 사례로 유학생들이 공부를 위해 일본으로 왔으나 본국의 지원이 끊겨 생활고를 겪고 있는 경우가 비일비재했다. 그러한 상황에서 실제 이렇게 사망한 사건까지 생기자 결국 이는 유학생 전체의 문제가 된 것이다. 이러한 실제 상황을 김낙영은 자신의 상상력을 덧입혀 서사화하였다. 유학생들 전체의 문제, 또 공감하는 문제를 '편지'의 형식을 빌려 이야기로 풀어낸 것이다.

결국 이는 '편지'라는 형식에 서사적 갈등을 삽입하여 새로운 서사의 형태를 실험한 것으로 설명할 수 있다. 완벽한 근대소설이라 칭할 수 없다 하더라도, '편

病院에 入院 治療케 ㅎ고 安鐘九氏는 患者의 便利를 爲ㅎ야 該病院內에 同留ㅎ면져 或 通辭도 ㅎ며 或 患者의 悲傷호 心懷를 慰勞홈에 盡力ㅎ지라. 該病院一同이 外國少年의 身勢를 哀恤ㅎ야 專心救護호 中 特히 看護婦 宮田ㅎ루 樣은 義俠慈愛호 婦人이라 料金을 一切 固辭ㅎ고 一朔間을 晝宵不撤로 盡心看護ㅎ되 藥石의 效는 更無ㅎ고 可恐의 病魔는 一步一步로 步武를 進ㅎ더라. 此時에 扈氏本第에셔는 其 子弟의 危篤을 始知ㅎ고 其 父親이 遠路渡來ㅎ야 病榻落日에 父子相面의 機會는 得ㅎ 여스나 病忱에 久悶호 哀此 靑年의 顔色이 樵枯ㅎ고 精神이 惛惛ㅎ야 一言의 情話도 交應치 못호지라. 其 父親이 痛哭哀切ㅎ야 飮食을 全廢ㅎ매 留學生 等은 父子俱沒의 患이 有홀가 憂慮ㅎ야 父親을 勸喩 歸國케 ㅎ얏는 데 其 翌日 卽 九月 二十九日 夜에 至ㅎ야 哀此有爲의 靑年이 無窮의 恨懷를 머금고 絶海萬里에 不歸之客을 作ㅎ여스니 聞者로 ㅎ여곰 誰가 同情의 淚를 揮灑치 아니리오. 其 遺體는 火葬에 附ㅎ야 遺骨을 光武學校에 安奉ㅎ엿는 데 本月 七日에 大韓留學生會에셔 監督廳內에 追弔會를 開ㅎ고 追弔式을 行호 後에 遺骨回送의 方便을 議定ㅎ고 此時 一場悲慘호 光景을 撮影 記念ㅎ니 實은 我留學生界의 一大 悲劇이더라."(〈雜錄〉 "嗚呼 留學生 扈根明氏 永眠, 『태극학보』 3호, 1906.10.24, 55~57쪽)

지' 방식의 서사는 유학생을 객관적 대상으로 바라볼 수 있게 해주었고, 또 한편으로는 기성세대와 유학생들 사이의 갈등을 거울처럼 들여다보며 제3자적 시각을 확보할 수 있었다. 유학생 부모들의 편지 형식이 소설의 형식으로 들어올 수 있는 가능성을 보여주면서 동시에 이 편지 형식의 서사는 개인의 의식을 담아내는, 그러면서도 객관화시킬 수 있는 장치 역시 담보할 수 있었다.

앞에서 설명했던 어머니의 편지 형식인 「외국外國에 출학出學ᄒᆞᄂᆞᆫ 친자親子의게」와 유학생 입장에서 쓴 「한」은 거울의 구조로 대칭되고 있다. 한 편씩을 보게 되면 사실상 단편소설이라고 하기에는 부족할 수 있으나 이 둘이 대칭을 이루며 마치 연작의 형태 같은 효과를 준다는 점에서 또 다른 서사의 실험이라 볼 수도 있다. 다시 말해 거울과 같이 명확히 대칭을 보여줌으로써 기성세대와 유학생들에 대한 좀 더 객관적인 글쓰기를 할 수 있었던 것이며, 이는 동시에 기성세대들의 암묵적인 행태에 대해서 적나라하게 드러낼 수 있도록 해주기도 한다.

사실 전자인 「외국에 출학ᄒᆞᄂᆞᆫ 친자의게」가 없이 유학생 입장에서 쓴 「한」만 등장했다면, 이는 그저 개인적 서사에 그칠 뿐이었을 것이다. 즉 유학생들 스스로의 울분을 토로하는 일방적인 통로로 비추어졌을 확률이 높다. 그러나 전자, 즉 어머니의 편지 형식의 글이 존재함으로써 유학생 입장에서 쓴 「한」이 객관성을 확보하게 된 것이다. 부모 세대의 입장과 자녀 세대의 입장이 함께 보여짐으로써 객관적 글쓰기가 가능해졌던 것이다. 따라서 '편지'라는 양식을 서사적 장치로 전환한 것뿐만 아니라, '편지'를 통해 거울적 대칭을 이루어 객관적 글쓰기를 하고 있다는 점에서 유학생의 자의식을 보여줄 수 있는 매우 유용한 글쓰기 방식이 될 수 있었다.

부모와 유학생이라는 대립각을 통해 객관화시킴으로써 도리어 유학생들의 주제 의식, 즉 비판의 대상이 더욱 뚜렷이 드러나는 효과가 있었다는 것이다. 이것은 독자의 글, 특히 부모의 글들에 대한 '비판적 읽기'[39]를 통해서 가능했던 것으로 보인다. 유학생 스스로를 객관화시키고, 모든 것에 의문을 던지며, 자기 자신에 대해서 성찰적으로 들여다봄으로써 얻을 수 있는 효과였다.

　　이웃 어르신이 종합해서 말하기를, 최근에 신학문이라 하는 책을 깊이 들여다보니, 어떤 것은 옛 이야기책처럼 순 국문으로 작성된 것도 있고, 어떤 것은 국문과 한문을 섞어 작성한 것도 있으나, 그 취지는 대체로 유교의 찌꺼기를 훔쳐 모은 것이라네. 태어나서 한 줄의 책도 읽지 않아 글자를 구분하기 어려운 무지한 사람이라도, 공부할 때 우리 유교야말로 천하에 유일무이한 성스러운 도라고 할 것이다. 주인이 응답하길, 그렇습니다. 요즘은 방탕하고 무뢰한 젊은이들이 많은 돈을 쓰고 일본과 서양 나라에 항해하여 오가며 오랑캐 풍속을 따라 학교 교육을 확장하고 사회 교육이 완전해야 국권을 회복한다고 하니, 학교 교육이 무엇이며 사회 교육이 무엇인가. 두 줄 네 줄로 대열을 지어 병사처럼 훈련하고, 양복, 양화, 단발을 하고 길거리에서 연설하는 것으로 쉽게 하늘의 운명을 되돌릴 수 있을까. 흥망성쇠와 흥하고 망하는 것은 만고불변의 이치이니, 쇠퇴했던 성도聖道가 부흥하는 날에야 국운이 자연히 공고해질 것이네. 우리 소년 시절에는 학교 교육이니 사회 교육이니 하는 명칭도 듣지 못했지만, 강호 연월에 나

39　Geoffrey H. Hartman은 "Critical readers resist the intuitive and accommodating approach, and chart the space between understanding and agreement: they defer the identification of agreement with truth by disclosing how extensively understanding is indebted to preunderstanding"라고 하면서 비판적인 독자들은 직관적이고 남이 시키는 대로 하는 접근에 저항하고 이해와 동의 사이의 틈을 기록하며 이해가 선이해에 얼마나 광범위하게 신세를 지고 있는지 드러냄으로써 진실에 동의하는 정체성을 연기한다고 설명한다. 즉 다시 말해서 비판적 독자들은 '이해'라는 것이 '선이해' 즉 자기 비판적 성찰과 연관되어 있음을 안다는 것이다. 또한 이에 더 나아가 "If critical reading becomes self-reflective, and explores this area of preunderstanding, an embarrassing question arises. Why can't we look into ourselves without the the detour of a text? Why does pure self-analysis seem beyond our competence?"라고 하여 비판적 읽기가 자기성찰적이라면, 당황스러운 질문들이 나올 수밖에 없다고 설명하고 있다. 이는 다시 말해서 비판적 독자의 비판적 읽기란 자기성찰적이면서 자기분석적인 읽기를 하는 것을 말한다. 결국 『태극학보』의 독자이자 필자는 자아성찰인 읽기를 통해서 자신을 대상화하여 객관적 읽기를 이끌어냄과 동시에 객관적인 새로운 글쓰기를 추동해내었다고 볼 수 있을 것이다. (Geoffrey H. Hartman, *Saving the Text*, The Johns Hopkins University Press, 1981, p.141)

라가 태평하고 백성이 편안했지 않았는가. 아마도 국가의 쇠운이 멀리 가지 않고, 깊은 산 속에서 때를 기다리던 진정한 군자가 나타나, 형형색색의 이단을 배척하고 성도를 존중하여 과거제를 다시 시작하면 그때는 우리들이 오랜 세월 웅크렸던 시와 부, 표와 책이 빛을 발할 것이네. 자, 이 풍월이나 한 수 읊어 보세. 이에 운자를 잡고 무슨 놀라운 구절을 지어내는지 흥얼거리며 읊조리니, 아아 슬프도다. 나는 이 부패한 말을 듣고 가슴이 답답하고 기운이 빠져서, 손뼉을 치고 크게 외치다가 잠꼬대를 했네. 옆 사람이 흔들어 깨워서 놀라서 깊은 생각이 깨졌으니 참으로 딱한 일이로군.[40]

이러한 거울적 대칭은 '편지'의 대상화가 바뀌는 방식으로 이루어지기도 했지만, 한 편의 서사물 안에서 대칭적으로 이루어지기도 한다. 위의 글은 친구들과 동경 우에노공원에 놀러갔다가 집에 와서 복습한 이후 장자의 나비가 무하향에 날아들어 가듯이 어느 고국의 향촌에 당도해서 노인들의 대화를 들었다는 이야기다. 이 역시 단편서사로 볼 수 있는데, 이 짧은 이야기 안에는 두 가지 서사가 공존하고 있다. 하나가 일본 동경에서의 일이고, 다른 하나는 꿈처럼 가본 고국의 노인들의 상황이다.

---

40 "隣翁이 綜而言之ᄒ되 近日에 新學文이라 ᄒᄂᆫ 冊子를 深深件으로 間或 閱覽ᄒ즉 或 古談冊과 갓치 純國文으로 製述ᄒᆫ 것도 有ᄒ며 惑 國漢文으로 交作ᄒᆫ 것도 有ᄒᄂᆫ 其 趣旨ᄂᆫ 大槩 儒道에 糟粕을 偸抄ᄒ엿스니 生來에 不讀一行書ᄒ야 難辨魚魯字ᄒᄂᆫ 無知無識之人이나 工夫ᄒᆯ 시뎨 우리 儒敎야 天下에 有一無二ᄒᆫ 聖道지. 主人이 應答曰 唯唯라. 現今 浮浪無賴ᄒᆫ 少年들이 多數 錢財를 費用ᄒ고 日本과 西洋國에 航海往來ᄒ면서 夷風을 效倣ᄒ야 學校敎育을 擴張ᄒ고 社會敎育이 完全ᄒ여야 國權을 恢復혼다 ᄒ니 學校敎育이 무어시며 社會敎育이 무엇신고. 二列四列 作隊하야 兵丁 갓치 操鍊ᄒ며 洋服 洋靴 斷髮ᄒ고 路上에서 演說ᄒᄂᆫ 거스로 容易히 天運을 挽回홀가. 一盛一衰와 不退泰來ᄂᆫ 萬古 不易之定理니 凌夷ᄒ엿든 聖道가 復興ᄒᄂᆫ 日에야 國祚가 自然 鞏固ᄒ여지지. 우리 少年時代에ᄂᆫ 學校敎育이니 社會敎育이니 名稱도 不聞ᄒ엿스되 康衢煙月에 國泰民安ᄒ엿스리. 아마 國家衰運이 不遠辭去ᄒ고 深山窮谷에서 待時ᄒ든 眞君子가 出脚ᄒ야 形形色色ᄒᆫ 異端을 排斥ᄒ고 聖道를 尊崇ᄒ야 科擧를 다시 設始ᄒ면 其 時에ᄂᆫ 우리들의 幾年 蟄縮ᄒ엿든 詩賦表策이 有勢ᄒ겟지. 자ㅣ 風月이나 一首吟弄ᄒ세. 이에 韻字를 拈得ᄒ고 무슴 驚人句를 做出ᄒᄂᆫ지 흥얼흥일 噫噫悲哉라. 余聞此腐言陳說ᄒ고 不勝胸寒膽落ᄒ야 拍按大叫에 便作囈語라. 滴因傍人搖覺ᄒ야 驚破黙想ᄒ니 춤 쫙ᄒ 일이로곤."(李奎澈, 〈文藝〉「無何鄕」, 『태극학보』 20호, 1908. 5. 12, 45~46쪽)

어느 날은 휴학 기간의 여가에 쌓인 마음도 풀고 맑고 상쾌한 경치도 감상하고자 두세 친구와 함께 우에노 공원에 들어서니 꽃 향기는 바람을 따라 코를 스치고, 경치는 사람을 붙잡아 머무르게 한다. 그래서 천천히 걸으면서 동물원, 박물관 등을 돌아다니며 신기한 새와 짐승, 기묘한 물건들을 차례대로 다 보고 하숙집으로 돌아오니 벌써 다섯시였다.[41]

「무하향」앞 부분 즉 몽유로 들어가기 전, 꿈의 바깥 내용에서는 우에노공원에서 동물원, 박물관 등을 거닐며 이상한 짐승과 기묘한 물품 등을 보며 문명의 발전된 상황을 눈으로 확인한다. 그리고 하숙으로 돌아와 학과 공부를 복습한 이후 장자의 꿈처럼 고국으로 가본 상황이 그려진다. 이는 바로 거울적 대칭을 하나의 서사 안에서 보여주는 것이다.

문명이 발달한 상황과 대조적으로 고국에서는 구태의연한 구세대가 국가를 궁지로 몰고 있는 것이다. 고국의 노인들의 대화는 한 마디로 국가 정세와 돌아가는 물정을 전혀 모르는 무지몽매한 수준이었다. 지금 사회 교육, 학교 교육이라는 것은 허망할 뿐이며, 자신들이 살던 시대에는 그런 교육이 없어도 잘 살았다며 유교 교육이 최고라는 이야기를 주고받고 있었다. 이 글의 필자인 이규철은 이러한 무지한 노인들의 행태가 자라나는 자녀들을 압박하고 국가를 존폐의 위기로 몰아넣고 있다고 비판하고 있다.

이러한 새로운 서사의 활용과 거울적 대칭을 활용하는 방식들은 결국 유학생들의 자의식을 보여주기 위한 방편으로 보인다. 기성세대와의 갈등, 그 사이에서 유학생들이 가지는 분노와 좌절 등이 서사의 장르 안으로 들어와 새로운 서

---

41 "一日은 休學餘暇에 鬱積혼 懷抱도 消遣ᄒ고 淸爽혼 景致도 賞玩코저 兩三友人으로 上野公園드러셔니 花香은 隨風觸鼻ᄒ고 物色은 挽人留連이라. 於是乎 緩步徐行으로 動物園 博物館 等處에 闖入ᄒ야 異常혼 禽獸와 奇妙혼 物品을 次第觀盡ᄒ고 下宿에 歸來ᄒ니 時已五點鍾이라."(이규철,「무하향」, 43~44쪽)

사의 실험들을 만들어내게 된 것이다. 기성세대를 향한 분노와 비판이 서사라는 양식을 빌어 토로함으로써 결국 이러한 자의식은 유학생 전체의 공통감을 형성해가고 있었다고 할 수 있다.

6) 『태극학보』의 정체성과 서사 장르의 역동적인 공간

앞서 살펴본 것처럼 『태극학보』에는 매우 다양한 서사 장르가 소개되었다. 장응진의 사실소설들과 『해저여행』과 같은 번역소설, 또 실제 서양의 역사적 인물을 담고 있는 역사담 등 다양한 서사물들이 게재되었고 독자문예 역시 활발하게 진행되었다.[42] 이러한 가운데 명확하게 근대소설이라고 하기는 어려우나, 그러한 발전의 연장선상에 서 있는 서사물들이 대거 포진되어 있기 때문에 근대소설이 형성되어 가는 그 과정 속에서 이 서사물들에 집중할 필요가 있다.[43]

『태극학보』에 실린 글을 주제별로 보면, 유학생 관련 소식이나 새로운 사상 및 교육, 산업 관련 글들이 많은 비중을 차지하고 있다. 그 중 청년이 가져야 할 태도나 영웅의식, 국민 의식에 관한 글들이 상당히 많이 등장하고 있다. 이는 『태극학보』를 읽는 독자들이 지식인들, 청년들일 확률이 높았기 때문에 '청년', '영웅' 의식과 관련된 글들이 상당수를 차지한 것으로 보인다.

---

42 『태극학보』에 실린 문학 관련 글은 총 200편으로 그 중 서사류가 49편, 산문 계열이 30편 정도를 차지하고 있었다. 서사류에는 역사 전기가 22편, 번역소설이 11편, 대화체 및 토론체가 8편, 일반 소설류가 5편, 단형서사가 3편이었다.(전은경, 「『태극학보』의 표제 기획과 소설 개념의 정립 과정」, 『국어국문학』 171, 국어국문학회, 2015.6, 618쪽 〈표 6〉 참조)

43 김영민은 근대계몽기의 특징으로 "서사양식의 다양성"을 꼽고 있다. 그에 따르면 "하나의 양식이 사라진 이후 새로운 양식이 생겨나는 것이 아니라, 약간의 시차를 두고 다양한 문학 양식이 생겨나면서, 그렇게 생겨난 양식들이 오랜 기간 공존하는 모습을 보여주게" 되는 것이다. 구장률 역시 러일전쟁 이후의 변화 중 '소설의 출현'을 의미심장하게 보고 있는데 그 이전까지 가치를 인정받지 못하던 소설이 신문과 학회지 등 "당대 공론을 주도하던 미디어에서 부각"되기 시작했다고 설명하고 있다. 이러한 차원에서 『태극학보』의 서사물들 역시 근대계몽기의 서사 양식의 다양화를 보여준다고 할 수 있을 것이다.(김영민, 『문학제도 및 민족어의 형성과 한국 근대문학』, 소명출판, 2012, 302쪽; 구장률, 「근대 지식의 수용과 소설 인식의 재편」, 연세대 박사논문, 2009, 49쪽 참조)

청년이나 영웅 관련 글들은 총 23편 정도[44]인데 청년들이 가져야 할 의식, 의무 등과 더불어 이 청년들이 국가를 이끌어가는 가장 중추적인 역할이라는 영웅 의식 역시 뚜렷하게 드러난다. "大抵 國中幼年者는 卽 所謂 少年國民 이라. 將來에 此 少年國民 中으로부터 國務大臣도 出ㅎ며 上下院 議員도 出ㅎ며 次官, 局長, 課長, 書記官도 出ㅎ며 觀察使, 郡守, 府, 縣, 郡, 市村會 議員도 出ㅎ며 學士, 博士, 文翰家 도 出ㅎ며 農, 工, 商, 實業家도 出ㅎᄂᆞ니 畢竟은 上下機關의 治隆善否와 文物興替 의 原動力이 少年國民 養成與否 一點에 在혼 듯ㅎ도다"[45]라고 하여 소년국민이라 는 용어를 통해 이 소년들이 제대로 교육을 받아 국가의 일을 감당하게 될 것이 라며 소년국민을 제대로 양성해야 한다고 주장하기도 한다. 이는 유학생들 스스 로 그들이 왜 공부를 해야 하는지, 또 장차 고국으로 돌아가 어떠한 역할을 해야 하는지 스스로 정립하고자 했음을 알 수 있다.

그러나 현실은 이러한 이상과는 전혀 달랐다. 학비가 끊겨 비참한 삶을 마감 한 유학생 호근명의 경우나 역시 학비가 끊긴 상황에서 단지斷指까지 하며 공부 하겠다고 결의하는 천도교 학생 20명의 이야기,[46] 또한 끊임없이 들려오는 고학 생들의 생활난에 대한 소식[47]이었다. 이러한 상황에서 유학생들에게 국내의 기

---

44 『태극학보』에 실린 청년 및 영웅 관련 글은 다음과 같다. 12호에 실린 최석하의 「天下大勢를 論
   홈」; 15호에 실린 김지간의 「靑年立志」, 이동초의 「良民主義」, 황국일의 「告我靑年」, 16호에 실린
   정제원의 「文明의 精神을 論홈」, 김지간의 「靑年의 歷史硏究」, 이동초의 「少年國民의 養成」, 18호
   에 실린 황제원의 「無名의 英雄」, 호연자의 「靑年의 處世」, 19호에 실린 초해생의 「靑年의 得意」,
   21호에 실린 포우생의 「修養의 時代」, 호연자의 「持續性 涵養의 必要」, 김수철의 「自主獨行의 精神」,
   22호에 실린 중수의 「有大奮發民族然後 有大事業英雄」, 23호에 실린 송남의 「竊爲我咸南紳士同胞
   放聲大哭」, 중수의 「性質의 改良」, 김수철의 「政海의 投入ㅎᄂᆞ 靑年」, 24호에 실린 문일평의 「我國
   靑年의 危機」, 25호에 실린 계봉우의 「社會의 假志士」, 작자미상의 「我靑年社會의 責任」, 문일평의
   「我輩靑年의 危機(續)」, 26호에 실린 성천지회장 박상준의 「先覺者의 三小注意」, 문일평의 「我國靑
   年의 危機(續)」를 들 수 있다.
45 石蘇 李東初, 〈論壇〉 「少年國民의 養成」, 『태극학보』 16호, 1907.12.24, 7쪽.
46 〈雜報〉 "悲壯ㅎ다 天道敎學生", 『태극학보』 6호, 1907.1.24(2.16), 51~52쪽; 〈雜錄〉 "斷指學生 消
   息", 『태극학보』 7호, 1907.2.24(3.13), 54쪽.
47 〈雜報〉 "苦學生의 情形", 『태극학보』 12호, 1907.7.24(8.5), 50~51쪽.

성세대들은 분노의 대상이 될 수밖에 없었다. 자식의 교육을 막을 뿐만 아니라 국가의 미래까지 어둡게 하는 기성세대야말로 국가의 적에 다름없었던 것이다.

국가의 현상은 어제가 오늘만 못하고, 오늘이 어제만 못하여 비참한 광경과 위태로운 상태가 참아 볼 수도, 참아 들을 수도 없는 지경이로되, 어른들은 꿈속에서라도 나라를 걱정하는 기색이 전혀 없고, 기괴하고 측량할 수 없는 벼슬 욕심만 뱃속에 가득 차서, 주름진 얼굴에 백발이 되어 오늘 죽을지 내일 죽을지 모르면서도, 참봉이나 주사의 작은 자리를 얻기 위해 탐관오리에게 돈을 많이 바치고, 그 충당할 돈으로 지방 사람들을 억압하여, 무사한 일을 문제 삼아 백성들의 재물을 빼앗아 관리와 백성 사이에 하늘을 함께 이지 못할 원수를 맺어, 그 유독으로 오늘날 우리 사회를 극도로 아프게 몰아넣었으니, 이는 어른들이 동포를 서로 해치고, 동포를 학대하는 과오가 아닌가.[48]

위의 글은 호연자浩然子의 「우리 부노父老여」라는 글로 기성세대에 대한 비판적 의식을 적나라하게 엿볼 수 있다. 호연자는 기성세대가 무지몽매한 상황에서 국가와 인민을 압박하고 있다고 신랄하게 비판한다. 이러한 기성세대들은 현재와 같은 국가의 위기를 파생시킨 바로 장본인이라고 유학생들은 생각하고 있는 것이다.

이러한 면들은 유학생들이 기성세대를 어떻게 바라보고 있는지 보여주는 것이라 할 수 있다. 새로운 교육도 문명도 거부하고 도리어 청년들을 억압하는 기성세대야말로 국가를 좀 먹는 적이었던 것이다. 이러한 기성세대에 대한 비판은

---

48 "國家 現象은 昨日이 不如一作ᄒ고 今日이 不如昨日ᄒ야 悲慘ᄒ 光景과 岌嶪ᄒ 狀態가 忍見忍聞處가 아니로되 父老ᄂᆫ 夢想間에라도 憂國의 氣色이 全無ᄒ고 奇怪罔測ᄒ 仕宦熱이 腹中에 充溢ᄒ야 皺顔白髮에 今日死 明日死를 不知ᄒ면서도 參奉 主事의 一個借卿을 求得ᄒ기 貪官汚吏의게 請錢을 多納ᄒ고 其 充本으로 地方 人民을 抑壓ᄒ야 無事를 有事라 指目ᄒ야 民財를 勒奪ᄒ야 官民間에 不共戴天之讐를 相結ᄒ야 其 遺毒으로 今日 我社會를 痛極處에 驅陷ᄒ엿스니 此ᄂᆫ 父老 諸氏가 同胞를 相殘ᄒ고 同胞를 虐待ᄒ 過責이 아닌가."(浩然子, 〈論壇〉「우리 父老여」, 『태극학보』 22호, 1908.6.24, 8쪽)

청년세대, 특히 유학생들에게는 일종의 공통감처럼 존재하고 있었다. 이는 바로 유학생 개인이 겪는 일상성이면서 동시에 공적인 상황으로 확대되는 것을 의미한다. 즉 개인적으로 부모와 가지는 갈등이 더 나아가 유학생, 청년들 전체의 문제가 되면서 공통감을 형성하고, 이 공통감은 공적인 영역으로 확대되어 그들의 전반적인 사상의 기저를 이루게 된 것이다.

그 가운데 문학은 바로 자의식의 발현으로서 등장하게 되고, 이러한 일상성, 즉 일상적 갈등을 드러내기 위해 새로운 형식의 서사적 실험들이 이루어지게 된 것이다. 이는 바로 『태극학보』의 정체성과도 직결되는 문제이다. 개인적인 일상성이 공적인 영역으로 확대되고 그 공통감이 새로운 서사적 실험을 하고 있다는 것이 바로 『태극학보』의 정체성이 되고 있다는 것이다.

한편으로 그들이 공유한 공통감은 독자와 유학생들의 상호소통을 통해 더욱 더 확대되고 강화되었다. 독자 이원붕 모친의 글이 유학생 김낙영의 글에 영향을 주어 형식적인 차원에서 서사의 실험을 강화할 수 있었다면, 유학생 입장에서 쓴 김낙영의 「한」은 16세 소년 독자가 쓴 「노이불사老而不死」와 같은 일상성을 지닌 아비와 아들의 글에 영향을 주고 있는 것이다. 이는 유학생들만의 공감이 아니라 국내의 청년들과 함께 만들어낸 공통감, 즉 새로운 세대들이 공유하고 있는 일상적 공통감이 있었기 때문에 가능했던 것으로 보인다. 이러한 공통감과 새로운 서사적 시도는 단순히 자의식을 표출하는 데에서 그치지 않고 새로운 형식의 사적인 영역의 서사물들을 등장시키는 원동력이 되었다.

근대계몽기의 단형서사물들은 분명 조선 후기의 고전소설들이나 신문의 신소설과는 분명 다른 행태를 보인다.[49] 특히 『태극학보』라는 유학생 잡지 안에서

---

49 김영민은 신문 소설들이 장형화와 대중화되었던 데 반해, 근대계몽기 잡지 소설들은 대중화되지도, 또한 "단형 서사의 분량을 넘어서기는 했으나 크게 장형화되지"도 않았다고 설명한다. 이는 "잡지의 수명이 짧았기 때문에 장형소설을 기획하는 일이 쉽지 않"았고 독자 역시 일반 대중들까지 포괄한 신문과는 달리, 이들 잡지는 "비교적 젊은 지식인층을 주된 독자층"으로 삼고 있었기 때문으로 설명하고 있다. (김영민, 『문학제도 및 민족어의 형성과 한국 근대문학』, 49쪽 참조)

도 단형 서사들의 수많은 모방과 전이가 일어나고 있다. 일상성의 재현과 공통 감이라는 배경 속에서 이러한 다양한 서사물들은 '단형'이었기 때문에 쉽게 시도되었다고 할 수도 있다. 물론 일상성이 문학적 상상력이라는 옷을 입기 시작하는 것[50]은 『대한흥학보』의 이광수의 「무정」이나 1910년대 단편들이라 할 수 있지만, 근대의 단편소설들이 일상성을 녹여내는 과정은 이미 1910년대 이전에 다양한 서사적 실험들 속에서 등장하고 있었다.

즉 새로운 서사물은 새로운 세대들의 공통감이라는 기저를 통해 출발한 것으로 보인다. 또한 그 안에서 장르에 대한 고민이 시작되고 '소설'이라는 장르를 스스로 정립해나가고 있었다고 볼 수 있다. 이러한 서사적 실험들이 다양하게 등장할 수 있었던 것은 유학생 잡지라는 매체의 특수성과 일상성을 담보한 공통감이 기저를 이루어 저자와 독자의 상호소통적 관계성을 성립시켰기 때문에 가능할 수 있었던 것이다. 결국 이는 근대소설이라는 장르를 추동해내는 계기로서 작동하면서 『대한흥학보』에서 근대 단편소설이 출현할 수 있도록 그 노정으로 등장하고 있었다고 할 수 있을 것이다.

---

50 서은경은 근대계몽기 소설에 '사실'의 문제가 새롭게 강조되고 있음에 주목한다. 이러한 작품들이 허구적 요소를 통해 "현실보다 더한 진실의 삶을 보여주는" 근대소설이라 명명할 수는 없지만, "실제 현실 속에서 일어나는 인간 삶의 진실을 잡고자 하는 세계관의 변화"로 해석하고 있다. 이러한 '사실'이 문학적 미의 구현으로 이어지는 것은 동인지에서 발견할 수 있다고 설명한다. (서은경, 「'사실' 소설의 등장과 근대소설로의 이행과정」, 『한국문학이론과 비평』 47, 한국문화이론과 비평학회, 2010, 306~307쪽 참조)

2. 영남 지역 토대 일본 유학생회 잡지
─『낙동친목회학보』1907.10.30~1908.1.30

　일본 유학생 잡지 중 가장 오랜 기간 간행되었던 서북 지역 출신들의 잡지 『태극학보』 외에도, 경상도 지역 출신들이 모여 만든 잡지가 『낙동친목회학보』였다. 출신 지역마다 학회가 존재하기는 했으나, 실제로 잡지를 발간하여 현재 확인할 수 있는 경우는 『태극학보』와 『낙동친목회학보』가 유일하다. 제2절에서는 경상도 지역 출신들이 유학생회를 결성하여 만든 『낙동친목회학보』의 편집 특징과 서사 문예의 경향을 살펴보고자 한다.

　갑오개혁 이후 교육개혁을 위하여 관비유학생들이 대거 일본으로 파견되었다.[51] 실제로 1897년 이후 1911년까지 일본유학생들이 꾸준히 늘어나게 되는데, 1904년 37명, 1905년 158명, 1906년 252명, 1907년 153명, 1908년 181명 등의 신규 유학생들이 일본으로 떠나게 되었다. 이러한 신규 유학생들을 포함한 실제 일본 유학생 수는 1906년 449명, 1907년 583명, 1908년 735명 등으로 기하급수적으로 늘어났다.[52]

　일본 유학생들은 일본 내에서 다양한 유학생회를 설립하고 학회지 등을 편찬하며 친목과 교육을 도모하였다. 이 가운데 출신지역을 중심으로 단체가 많이 설립되기 시작했는데, 서북지방 출신들이 중심이 된 태극학회太極學會, 영남지방 출신들이 중심이 된 낙동친목회洛東親睦會, 기호지방 중심의 한금청년회漢錦靑年會, 호남지방 중심의 호남학회湖南學會 등이 그것이다. 또한 후배 유학생들의 예비교육을 위한 광무학회光武學會, 관비 유학생들이 모여 만든 공수회共修會, 그 외에 동

51　김소영, 「한말 도일유학생들의 현실 인식과 근대국가론」, 『한국근현대사연구』 84, 한국근현대사학회, 2018, 봄, 11쪽.

52　연도별 일본 유학생 수는 이계형, 「1904~1910년 대한제국 관비 일본유학생의 성격 변화」, 『한국독립운동사연구』 31, 독립기념관 한국독립운동사연구소, 2008.12, 211쪽 참조.

인학회同寅學會, 연학회研學會 등이 존재했다.[53]

　이 가운데 『태극학보』나 『대한흥학보』 등의 학회지에 대한 연구는 상당히 이루어졌으나, 지역 출신 잡지 특히 영남 지역 중심의 낙동친목회에 대한 연구는 거의 이루어지지 못했다.[54] 각 지역 출신 중심의 유학생회가 서로 통합하기 위해 여러 차례 모임을 가진 후에 1908년 1월 대한학회로 통합하고 1909년 대한흥학회로 완전히 통합을 이루게 되지만, 그 전까지 지역별로 유학생회를 유지하려는 움직임도 컸다고 할 수 있다. 이는 각 지역 출신으로서의 모임의 필요성과 그 지역에 대한 책임 의식에서 비롯되었다고 할 수 있다. 즉 각 지역 출신들이 통감하고 있는 '지역성'의 인식으로부터 지역 학회가 성립되고, 또 지역 학회지에 그들의 정체성을 담아내고 있었다고 할 수 있다.

　즉 일본 유학생들은 각 지역 출신으로서 자신의 출신 지역에 대한 고민과 성찰이 동반되었다고 할 수 있다. 일본으로 유학을 오면서 자신의 출신 지역을 훨씬 더 객관적으로 바라볼 수 있었고, 새로운 학문을 배우고 세계 정세를 깨우치면서 자신의 출신 지역의 폐쇄성과 고답성에 대해 더욱 비판적으로 바라볼 수밖에 없었을 것이다. 이것은 바로 자신의 출신 지역에 대한 반성과 고민, 또 더 나아가 자신의 지역 문제를 실제로 실천적으로 해결하고자 하는 운동과 행위로 드러나게 되었다.

　따라서 제2절에서는 계몽과 애국의 프레임 속에 있으면서도 자신의 출신 지역을 위해 고민하고 성찰한, 지역 출신 유학생들의 현실인식과 실천적 행위를 분석해보고자 한다. 즉 출신 지역이라는 공간을 어떻게 인식하고, 이를 어떤 방

53　정관, 「구한말 재일본 한국유학생 단체운동」, 『대구사학』 25, 대구사학회, 1984, 2쪽.

54　낙동친목회에 대한 연구는 거의 이루어지지 못했는데, 그 가운데 주목해볼 논의로는 『공수학보』와 『낙동친목회학보』를 중심으로 연구한 김소영의 「한글 도일유학생들의 현실 인식과 근대국가론」(앞의 글, 7~39쪽)과 재일본 한국유학생 잡지의 창간사 및 발간사를 서지학적으로 연구한 안남일의 「1910년 이전의 재일본 한국유학생 잡지 연구」(『한국학연구』 58, 고려대 한국학연구소, 2016.9, 259~279쪽); 「재일본 한국유학생 잡지〈창간사, 발간사〉연구」(『한국학연구』 64, 고려대 한국학연구소, 2018.3, 117~137쪽) 등의 논문을 들 수 있다.

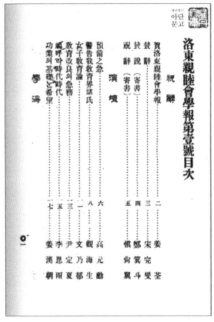

〈사진 4〉『낙동친목회학보』창간호의 표지와 차례(아단문고 소장)

식으로 풀어내려고 했는지, '지역성'의 개념을 접목해 보고자 한다.[55] 지금까지 연구가 제대로 되지 못한 『낙동친목회학보』를 중심으로 영남 지역의 지식인들의 삶과 고민, 현실 인식 등을 재구해 볼 것이다. 이와 동시에 이러한 지역적 인식, 로컬리티적 개념 속에서 이들이 어떠한 서사적 전략을 구사하며, 일본 유학생 내부에서 새로운 움직임과 실천을 실행하고 있는지 천착해보고자 한다.

1) 낙동친목회의 '지역성'에 대한 고민과 성찰

낙동친목회는 경상도 출신의 일본 유학생들이 광무 9년 즉 1905년 겨울에 설립한 지역 토대 사비 유학생 단체였다.[56] 낙동친목회는 1907년 10월 30일부터

---

55 '로컬리티'의 개념은 "상대적인 개념"이며, "끊임없이 상대화시켜 나가야"하는 개념이므로 관점에 따라 확장하고 확대될 수 있는 개념으로 이해해야 한다.(김승환, 「로컬리티의 안과 밖, 소통과 확장」, 『로컬리티 인문학』 1, 부산대 한국민족문화연구소, 2009.4, 11~12쪽) 따라서 지리 문화적인 차원에서 근대계몽기 지역 출신 유학생들이 자신의 지역을 어떤 방식으로 관찰하고 반성하며 성찰했는지 그 부분을 집중적으로 살펴볼 것이다.

56 『낙동친목회학보』 1호 〈會報〉 「洛東親睦會略史」(1907.10.31, 41쪽)의 글에 보면, 광무 9년(1905

1908년 1월 30일까지 총 4호의 『낙동친목회학보』를 발간하였고, 이후 1908년 1월에 낙동친목회가 대한학회로 통합되면서 흡수되었다.

이렇게 짧은 기간 발행된 유학생 잡지였지만, 낙동친목회가 가진 지역 토대 의식은 매우 자명했다. 또한 짧은 기간이었다 하더라도 『낙동친목회학보』를 통해서 출신 지역에 대한 관심과 성찰, 반성이 매우 뚜렷하게 드러나기도 했다.

광무 9년[1905년] 겨울 10월 10일에 유학생 김준석, 문내욱, 이은우 등 15~16명이 일본 도쿄 본향구 신화마을 동향 김준석의 집에 모여 모임을 결성할 것을 의논하였고, 모두가 찬성하여 매달 한 번 모이기로 하였다. 이는 학업을 서로 독려하고 질병이나 재난 상황에서 서로 돕는 것을 목적으로 하였다. 모임의 이름을 '낙동친목'이라 한 것은 이들이 경상도 사람들로 이루어진 조직이었기 때문이다. 모든 것이 초창기라 임원은 회장 이하 회계 1명, 간사 2명이었고, 회장은 일정한 장소 없이 한산의 누각에서 모이거나 동향인의 집에서 모여서 의논이 끝난 후에는 즐겁게 헤어졌다. 회원들이 각자 1원 이상을 모았고, 찬성회원인 김홍조, 한치우, 궁영 등 여러 분이 의연금을 기부하여 이를 돕고자 하였으니, 질병으로부터 서로를 돕는 실질적인 시행에 보태고자 하였다.[57]

낙동친목회는 1905년 광무 9년 겨울 10월 10일 유학생 김준석, 문내욱, 이은우 등 15~16인이 일본 동경 김준석의 집에 모여 모임을 결성했다. 이때 여러 인물들이 함께 도와 친목회를 결성할 수 있었는데, 이들이 내세운 것은 2가지였다.

년) 겨울 10월 10일에 유학생 15-6인이 모여 낙동친목회를 결성했다고 설명하고 있다.

57 "光武九年冬十月十日에 留學生 金準錫 文乃郁 李恩雨 等 十五六人이 集于日本東京本鄕區新花町同鄕齊 金準錫 寓所ᄒ야 議組成一會ᄒᆞᆯ식 衆이 皆賛之ᄒ야 遂爲按月一會ᄒ니 盖以學業相勤과 疾厄相救로 爲目的也라 標其明曰 洛東親睦이라 홈은 以其慶尙道內人士之組織也라 凡百이 俱係草創일식 任員은 會長以下會計一員幹事二員이요 會場은 無一定之處ᄒ야 或會於韓山之樓ᄒ고 或設於同鄕之齊ᄒ야 議事畢에 盡歡而散而己라. 會員이 各釀金一圜以上ᄒ고 賛成員 金弘祚 韓致愈 宮營 諸氏가 各捐義金以助之ᄒ니 欲以補用於疾厄相救之實施也라"(〈會報〉 「洛東親睦會略史」, 『낙동친목회학보』 제1호, 1907. 10. 30, 41쪽)

학업을 서로 부지런하게 할 수 있도록 격려하고 돕는 것과 병이나 재앙 등이 닥쳤을 때 서로 돕기 위함이 그 목적이었다. 또 그 모임의 이름을 낙동친목이라 한 것은 경상도 인물들의 조직이었기 때문이다. 임원은 회장 이하 회계 1명, 간사 2명으로 정했고, 회의 장소는 유동적으로 하고 회원들의 처소나 다락방 등에서 열게 되었다. 또한 회원들이 일환 이상씩 추렴하고 찬성원인 김흥조, 한치유, 궁영 등이 기부하여 질병이나 재앙에 서로 도울 수 있도록 모임을 만들었다.

낙동친목회의 목적은 매우 현실적이었다. 학문을 서로 격려하고 돕는 것은 일본 유학생으로서 당연한 부분일 수 있지만, 또 한 편 타지에서 어려움을 겪는 동향인들을 서로 적극적으로 돕기 위해 이러한 모임을 결성하고 있는 것이다.

그와 더불어 가장 큰 목적은 "낙동교육확장사洛東敎育擴張事"[58]라고 밝히고 있다. 흥미로운 것은 여름 방학에 회원을 도내 각 지방 군부에 보내어 교육이 급선무임을 연설과 권고로 설득하고, 각 군부로 하여금 우수한 인재를 뽑아 비용을 부담하여 외국으로 유학을 보내도록 장려하고자 한다. 더불어 학교가 아직 설립되지 못한 군부이면 본회의 이름으로 함께 도와서 학교를 급히 설시하는 것이 두 번째 목적이라 밝히고 있다.[59] 이처럼 낙동친목회 회원들은 일본 유학생활을 하면서도 국내 지역, 특히 자신들의 동향 지역인 경상도를 중심으로 이 지역과 유기적으로 연계하기 위한 목적을 분명히 하고 있다.

처음 낙동친목회를 설립했을 때 모인 인원은 15~16명에 불과하였으나, 이후 『낙동친목회학보』 1호 〈회보〉에 보면, 초대 회장 문내욱文乃郁, 부회장 이인수李寅銖, 총무원 이은우李恩雨, 김기옥金淇玉, 박성구朴成九 등 임원진으로 18명을 두었고, 회원수는 총 48명에 이르렀다.[60]

이러한 낙동친목회가 가진 지역에 대한 생각과 성찰은 여러 글에서 표출되고

---

58 「洛東親睦會略史」, 위의 글, 42쪽.
59 「洛東親睦會略史」, 위의 글, 42쪽.
60 〈會報〉「本會任員錄」, 『낙동친목회학보』 1호, 1907.10.30, 43쪽.

있다. 무엇보다 가장 크게 드러나는 것이 바로 구학문에 대한 반발과 새로운 학문에 대한 의지이다. 1907년 12월에 낙동친목회의 2대 회장으로 선출된 김기환金淇驩은 「하낙동친목회학보발간서賀洛東親睦會學報發刊序」라는 글에서 "吾輩之義務는 不惟不可以速之라 猷所以爲咸興維新而用亶이니 允若維新而舊染이 一却이면 繼此者는 二十世紀之新風潮新思想也必矣라"[61]라고 주장한다. 즉 낙동친목회 회원들의 의무는 생각할 것도 없이 신사상을 교육하는 것이었으며, 함흥이 유신하여 도모하고 있으니, 우리도 진실로 새롭게 고치고 옛것들을 물리친다면, 이것이 바로 20세기의 신풍조이자 신사상이라 설파한다.

고원훈은 이에 더 나아가 "如或舊習을 株守ᄒᆞ야 時勢를 觀望ᄒᆞ면 生存을 不得ᄒᆞ리니"[62]라고 하여 구습만 좇고 있으면, 결국 시세를 관망하다 생존도 할 수 없는 지경이 된다고 강력하게 비판하고 있기도 하다. 최해필도 "奸計는 有甚於前日睡罵之國賊이오 眞擊은 反不及於舊日讀書之頑固ᄒᆞ니"[63]라고 하여 간사한 꾀는 전일에 잠만 자고 욕하는 국가의 적에게 있고, 진정한 방해는 옛적 독서의 완고함에 있다고 주장한다. 즉 새로운 학문을 교육하고 배우지 않으면서 옛적의 완고한 학문만을 고수하며 공부하는 것이 국가의 적이자 방해자라고 지칭하고 있는 것이다.

이러한 구학문에 대한 비판은 지역 의식으로 연결된다. 자신들의 출신 지역인 낙동 지역, 즉 경상도 지역에 대해 냉철하게 받아들이고 고민하게 되는 것이다.

> 우리 전국 13도에 그 물건이 많고 땅이 큰 곳은 교남이 최고이고, 옛날부터 문물이 가득했던 머리를 가리킬 수 있는 곳도 교남이다. 마땅히 이 나라의 걸음이 어렵고, 백성의 지혜가 아직 발달하지 못한 오늘에, 그 선구들이 만든 것보다 실력을 배양하고 학

---

61 金淇驩, 〈序〉「賀洛東親睦會學報發刊序」, 『낙동친목회학보』 2호, 1907.11.30, 31쪽.

62 高元勳, 〈論說〉「警告洛東人士」, 『낙동친목회학보』 2호, 1907.11, 30, 38쪽.

63 崔海弼, 〈論說〉「莫問於知而不行者諸氏」, 『낙동친목회학보』 2호, 1907.11.30, 23쪽.

술을 개선하여 확장하고 번창해야 마땅하거늘 어찌 홀로 교남의 인사들은 굳고 공교

한 것으로 어긋나고 무너지는 것이 다른 도에 비해 심하니 죽림고사를 이야기하기를

좋아하고, 오히려 도원춘몽을 지어 일취 쇠퇴로 이미 나아간지라. 십수 년 동안 어수선

하게 떠들어온 학교 건물의 설립이 드문드문 흩어져 있고 거의 없으며, 식산의 업은 옛

날과 같이 쇠퇴하고 있으니 진실로 가히 한이로다.[64]

『낙동친목회학보』 1호에 실린 발간서를 보면, 교남 지역, 즉 경상도 지역에 대

한 자성과 비판이 매우 적나라하게 드러난다. 과거로부터 사람과 문물, 학술 등

이 뛰어났던 교남 지역이 현재 이 어려운 시기에 전혀 상황을 파악하지 못하고

옛 것들에 취해 옛 이야기나 떠들고 도원춘몽에 빠져 쇠퇴하고 있는 현실에 개

탄을 금치 못하고 있다. 즉 실제로 중요한 신교육을 위한 학교 건립도, 새로운 산

업에 대한 생각도 없이 완전히 무너진 지역 현실을 날카롭게 비판하고 있는 것

이다.[65]

오늘날 우리 한국 민족으로서 각자의 고향에 사숙을 세우고 학교를 설립하며, 훌륭

한 교사를 고용하여 새로운 지식과 학문에 종사하여, 뒤처질까 두려워하지 않는다. 청

---

64 "吾東十三道에 其物衆地大는 嶠南이 爲最焉이요 自昔文物之盛도 亦足以屈首指矣라 當此國步孔艱ᄒ
고 民智未展之日ᄒ야 宜亨其先驅而培養實力ᄒ고 倡便張學術也어늘 而獨嶠南之人之膠固巧敗가
此他道甚焉ᄒ야 好談竹林古事ᄒ고 尙做桃源春夢ᄒ야 日就衰頹而已라 擾攘十數年來로 校舍之設이
零星無幾ᄒ고 殖産之業이 冷殘如故ᄒ니 誠可恨也로다."(「洛東親睦會學報發刊序」, 『낙동친목회학
보』 1호, 1907.10.30, 1쪽)

65 이러한 교남에 대한 성찰과 비판 의식은 1년 반 이후 국내 지역 학회지로 발간된 『교남교육회잡
지』에서도 동일하게 발견할 수 있다. 교남교육회의 채장묵(蔡章黙)은 「嶠南人士의 頑腦를 不可不
一打擊」(『교남교육회잡지』 1호, 1909.4.25, 10쪽)에서 "然而昔日嶠南만 固守ᄒ고 先天夢事를 尙
說ᄒ야 三代聖賢의 書를 讀ᄒ며 千古英雄의 跡을 慕ᄒ야 江河를 倒瀉ᄒ고 宇宙를 牢籠홀 듯ᄒ다가
今日影響에 及ᄒ야 其曰不足爲也라"라고 하여 옛것만 고수하고 새로운 학문을 받아들이지 않는
교남 지역의 몽매하고 수구지향적인 완고함을 적나라하게 비판한다. 『교남교육회잡지』와 관련
해서는 전은경의 「근대계몽기 『교남교육회잡지』의 '로컬리티' 인식과 서사화 전략」, 『어문론총』
82, 한국문학언어학회, 2019, 146~147쪽 참고.

년 자제들을 해외로 파견하여 유학시키는 것을 제일 사업으로 여기고, 현재 일본에 유학 중인 학생이 점차 700~800명에 이르렀으며, 그중 다수를 차지하는 사람들은 황해도 평안도 사람들과 한금 청년들이다. 그들은 각자의 사회를 조직하고 학보를 발행하여 지식과 학문을 서로 격려하고 교환하며, 장래의 큰 사업을 준비하고 있다. 아, 우리 낙동에서 유학 온 사람은 겨우 열 몇 명에 불과하다.[66]

이러한 영남 지역의 상황은 유학 상황에서도 결코 다르지 않았다. 위의 글은 고원훈의 「경고낙동인사警告洛東人士」라는 글로서 교남 즉 영남 지역 출신의 재일 유학생 상황에 대해서 설명한다. 신지식과 신학문을 배우기 위해 수많은 인물들이 일본으로 유학을 오고 있는데, 그 숫자가 700~800명에 달했다. 그리고 그 대부분을 차지하는 인물들이 황해도 평양 지역 인사거나 한금청년漢錦靑年이라 표현된 서울 경기 지역 청년들이었다. 또한 이들 지역 출신들은 유학생들도 많고 서로 도와서 공부를 하는 데 큰 도움이 되고 있다고 설명한다. 그에 비해 낙동 지역의 유학생은 불과 십수 명에 불과하다며 냉철하게 평가 내린다.

이처럼 낙동친목회의 영남 출신 유학생들은 자신의 출신 지역인 교남, 낙동에 대한 구체적이고 날카로운 반성과 자성을 통해서 이 낙동친목회와 학보의 정체성을 찾아가고자 했다. 자신의 출신과 토대에 대한 명확한 인식, 그것은 바로 낙동 지역에 대한 '지역성'을 인식하고, 이러한 지역성에 대한 인식을 바탕으로 낙동 지역에 대한 새로운 교육운동을 일으키고자 한 것이다.

사실 '지역성' 개념은 상대적인 개념으로서 글로벌리티와 내셔널리티가 보편

---

66 "今日之爲我韓民族者ㅣ 各其鄕里私塾에 學校을 設ㅎ며 高明흔 敎師을 雇聘ㅎ야 新知識과 新學問을 從事ㅎ되 恐在人後홀 뿐 不啻라 靑年子弟을 派送ㅎ야 赴洋留學홈을 第一事業으로 認ㅎ야 現今日本에 留ㅎ는 學生이 漸至七八百人之多而其中에 多數을 點居호 者는 黃平人士와 漢錦靑年也라 各其社會을 組織ㅎ며 學報을 刊行ㅎ야 其知識과 學問을 相互勸勉ㅎ며 或相交換ㅎ야 將來의 大事業을 擬倣ㅎ거날 嗚呼라 我洛東之留學于此者ㅣ 僅十數其人이라."(高元勳, 〈論說〉「警告洛東人士」,『낙동친목회학보』2호, 1907.11.30, 8쪽)

성, 일반성, 통합성, 동일성을 가지고 있다면, "로컬리티는 실지성, 현장성, 다양성, 소수성 등의 가치들을 내포"하고 있다.[67] 이를 다시 해석해보면, 로컬리티는 중심주의와 보편주의, 동일성에 대한 해체라 할 수 있으며, 다양하면서도 소수의 현장성을 담보한 것이라 할 수 있다.

이러한 '지역성' 개념을 근대계몽기에 접목해 볼 때, 현재의 '로컬리티' 개념에는 역행하거나 혹은 모호한 개념으로 보일 수 있다. 왜냐하면, 이 시기 학회와 학회지 속에 드러나는 '지역성'에 대한 인식은 국가 환원주의, 국가 중심주의를 위한 애국적 차원의 국민으로의 소환이자 호명으로 보일 수 있기 때문이다. 그러나 '애국'이라는 키워드 내부로 통합하려 하면서도, 이들 지역 출신의 지식인들은 그 지역에 맞는, 그 지역에 적용가능한 실천적 패러다임을 설파하려 노력했다.

이렇게 볼 때, 낙동친목회의 청년들은 낙동 지역에 대해 냉철하게 고민하면서 그 지역의 문제점을 파악하고, 이에 대한 해결방안까지 실천적으로 행동하고자 했다. 즉 하계 방학 때 출신 지역인 경상도 지역에 들어가서 유학생들을 더 유치하고, 지역 유지들을 설득하여 유학생들을 지원하게 하며, 또 경상도 지역에 새로운 학교를 설시할 수 있도록 연설 등으로 실제적인 운동을 펼치고자 한 것이다. 유학생 파견은 그 지역 출신의 유학생들을 그 지역 출신들의 유지들이 후원하여 다시 지역으로 되돌아와 교사 등으로 활용하는 선순환을 형성하게 된다는 것이 그들의 목표였다. 결국 이러한 교육의 선순환은 바로 지역의 낙후성과 고답성을 극복하고, 낙동 지역에 새로운 학문과 새로운 교육을 펼칠 수 있도록 지원하는 지역 회귀이자, 지역운동의 일환이라고 볼 수 있다.

실제로 초대 부회장이었던 이인수李寅銖라는 인물은 하계 방학 동안 귀국하여 지역 군내에서 연설하고 학교 설립을 위해 지역 유지들을 설득하여 의연금으로

---

67 이재봉 외, 「로컬리티의 안과 밖, 소통과 확장」, 『로컬리티 인문학』 1, 부산대 한국민족문화연구소, 2009.4, 5~38쪽.

이백 두락이나 되는 전답을 받아내기도 했다.[68] 이러한 실천적 행동은 결국 낙동 지역에 대한 구체적이고 정치한 고민을 바탕으로 자신의 출신 지역을 교육하고 개혁하려는 선순환적 운동이라고 생각할 수 있다. 이는 결국 지역 출신의 유학생 파견과 지원, 지역을 위한 교사 양육, 또 그 지역에 필요한 학교 설립으로 이어지는 '지역성'의 인식으로부터 출발한 것이라 할 수 있다.

2) 『낙동친목회학보』의 주제 구성 및 기획

『낙동친목회학보』는 총 4호만 발간되기는 했으나 다른 지역 기반 유학생 잡지와 마찬가지로 비슷하게 구성되어 있었다. 학회 관련 내용이나, 교육에 대한 강조, 신사상이나 산업과 관련한 글, 또 유학생이나 청년에 대한 글들이 상당히 많이 등장하고 있었다. 이를 주제별로 분류해보면 〈표 1〉과 같다.

『낙동친목회학보』에 실린 글을 주제별로 분류했을 때, 가장 많은 내용을 차지했던 것은 문예 관련 글로서, 전체 글 중 25개로 약 24.5%를 차지했다. 다음으로 학회 관련 글이 총 18개로 약 17.6%였다. 교육 관련 글이 총 17개로 약 16.7%, 신사상과 산업 관련 글과 유학생 관련 글이 각각 총 12개로 약 11.8%를 차지했다. 특히 『낙동친목회월보』에서 상당히 많이 등장하는 주제가 유학생과 청년 등의 의식에 관한 내용이었다. 유학생과 국민의식, 청년 관련 글을 모두 합하면, 총 17개로 전체 글의 약 16.7%를 차지하고 있다. 이는 다른 유학생 잡지들과 비교했을 때도 상당히 많은 부분을 차지하는 것이다. 그 외에 구교육에 대한 비판이나 미신, 인신매매에 대한 비판을 담은 구습타파하는 내용이 총 4개, 제국주의와 우승열패의 세계정세에 대한 내용이 총 3개 등장했다.

---

68 "本會員 李寅銖氏가 去年 夏期休學에 歸國ᄒ야 機張郡內에 敎育機關의 不完全홈을 慨惜ᄒ야 學校設立에 罔夜奔馳ᄒ 好果로 有志諸氏의 多大ᄒ 同情을 得ᄒ야 義捐田地가 殆乎二百斗落에 達ᄒ얏더라."(「會員熱心」, 『낙동친목회학보』 4호, 1907.1.30, 38쪽)

<표 1> 『낙동친목회학보』의 주제별 분류

주제	세부항목	세부항목 개수	개수
문예 계열	시가류	17	25
	산문류	8	
낙동친목회	낙동친목회	18	18
교육	교육	16	17
	여성 교육	1	
신사상, 산업	신사상	9	12
	산업	3	
유학생	유학생	12	12
국민의식, 청년	국민의식, 청년	5	5
구습타파	구습타파	4	4
제국주의, 우승열패	제국주의, 우승열패	3	3
역사	한국 역사	2	3
	외국 역사	1	
왕실	황태자 방문	1	1
영어 번역	영어 번역	1	1
신문	신문	1	1
총계		102	

　이 가운데 특이한 것으로는 최남선이 임진왜란 때 조선과 일본 간에 주고받은 실제 외교 문서를 싣고 있다는 점이다. 임진왜란 전 일본의 약탈 등으로 왕래를 단절했던 차에 풍신수길이 여러 차례 왕래를 요청하여 결국 조선에서도 허락하면서 주고받은 서신 3개를 소개하고 있다. 조선과 일본의 관계를 역사적으로 되짚어 보기 위한 방편으로 보인다.

　또한 학교 수업에서 했던 영어 번역을 실은 것도 특이한 사항이다. 실제 학교 수업에서 했던 영어 번역을 "余의 學校셔 作文中 一節를 揭載ᄒ야 同學諸君의 一笑科에 供ᄒ노라"[69]라고 하면서 싣고 있다. 『낙동친목회학보』가 지역 출신들이 모여 만든 모임이자 학보이다 보니 좀더 편하게 접근할 수 있었던 것으로 보인다.

69　Y K K 생, 〈文苑〉「英作文」, 『낙동친목회학보』 1호, 1907.10.30, 36쪽.

그 외 회보나 휘보에서는 유학생회의 통합 건에 대한 내용들이 많이 등장하고 있다. 의견이 일치되지 않는 부분들에 대한 고민들도 많이 보이고 있다. 낙동 지역을 고민하면서도 일본 유학생회 전체의 통합에 대해서도 지속적으로 노력해 왔다고 할 수 있다.

〈표 2〉 『낙동친목회학보』의 문체별 개수

문체종류		개수	총 개수
한문체	한문	18	44
	현토한문	25	
	현토한문+구절형	1	
구절형 국한문체	구절형 국한문	19	20
	구절형+한문(한시)	1	
단어형 국한문체	단어형 국한문	31	38
	단어형+구절형	4	
	단어형+한문(사기)	2	
	단어형+영어	1	
총계		102	

『낙동친목회학보』에 실린 글의 문체를 살펴보면, 현토한문을 포함한 한문체가 가장 많이 사용되었음을 알 수 있다. 한문체의 경우, 총 44개로 전체 글의 약 43.1%를 차지했다. 다음으로 단어형 국한문체가 총 38개로 전체 글의 약 37.3%를 차지했고, 구절형 국한문체가 총 20개로 전체 글의 약 19.6%를 차지했다. 한문체가 많았던 이유는 총 44개 중 한시가 9편, 한문 문장이 6편으로 총 15편이 한시와 한문 문장 계열이었기 때문이다. 또 그 외에 논설의 경우 현토한문체로 쓰인 경우가 많았다. 논설류의 글이 전체 44편이었는데, 이 중 현토한문체로 쓰인 글이 총 20편에 달했다.

이렇게 볼 때, 한문체와 단어형 국한문체가 거의 비등하게 등장하고 있었다는 것을 알 수 있다. 단어형 국한문체는 신사상 등을 설명하는 글이나 유학생 관련 글, 회보나 휘보 등에서 많이 등장했다. 그 외 순한글체는 전혀 등장하지 않았다.

『낙동친목회학보』에 글을 투고한 인물들 중에는 최남선, 한흥교, 고원훈, 김기환 등 다양한 인물들이 있었으며, 『대한흥학보』에 「와세다만필」을 실은 이승근의 글과, 나혜석의 남편으로 유명한 김우영이 1호에 「행진가行進歌」라는 애국가사를 싣고 있으며[70] 뒤에 나혜석이 김우영과 이혼하게 되는 염문의 대상자였던 최린의 글도 등장하고 있다. 이렇게 볼 때, 『낙동친목회학보』에는 그 당대 유학생 사회에서 내로라 하는 인물들이 대거 등장하고 있었다는 것을 알 수 있다.

『낙동친목회학보』에 1번씩 투고한 사람이 31명, 2번 투고한 인물이 9명, 3번 투고한 인물이 2명, 4번 투고한 인물이 3명, 5번 투고한 인물이 1명, 7번 투고한 인물이 1명이었다. 7번 투고한 인물은 고원훈인데 추관생이라는 필명으로 2번, 고원훈이라는 실명으로 5번 투고했다. 따라서 필자 인원은 총 47명이었다. 제1호 〈회보〉 회원록에 실린 회원수가 48명이었던 것으로 보면, 찬성원을 포함한 전체 회원 대부분이 투고했다는 것을 알 수 있다. 이는 낙동 지역인 경상도 지역을 기반으로 한 지역 유학생 학회지로서 회원들이 매우 활발하게 활동했다는 것을 방증한다.

3) 표제 구분과 편집의 특징

『낙동친목회학보』의 표제를 살펴보면, 1호의 경우 〈축사祝辭〉, 〈연단演壇〉, 〈학해學海〉, 〈문원文苑〉, 〈잡찬雜纂〉, 〈회보會報〉로 이루어져 있었다. 그러나 이러한 표제 구성은 호별로 조금씩 변화하게 되는데, 〈연단演壇〉이 〈논설論說〉로, 〈문원文苑〉이 〈잡록雜錄〉, 〈문조文藻〉, 〈사조詞藻〉 등으로 여러 차례 변화하는 과정을 겪게 된다. 또 〈회보會報〉는 〈휘보彙報〉로 통일하게 되었다.

표제를 유형별로 크게 분류해 보면, 논설류를 실었던 표제가 〈논설論說〉, 〈연단演壇〉, 〈축사祝辭〉, 〈서序〉 등으로 이루어졌고, 신사상 등 학술적인 내용을 실은 표

---

70   김우영의 경우, 자신이 직접 지은 애국가사는 아니었고, 자신의 출신지인 동래의 삼락학교(三樂學校)의 학생이 부른 것을 적어 보낸 것이다. (김우영 초, 「行進歌」, 『낙동친목회학보』 1호, 1907.10.30, 39쪽)

제로는 〈학해學海〉, 〈학술學術〉 등이 있었다. 산문이나 시가, 역사 등을 실었던 표제로는 〈문원文苑〉, 〈문조文藻〉, 〈사전史傳〉, 〈잡찬雜纂〉, 〈잡록雜錄〉, 〈사조詞藻〉 등이 있었고, 회보나 학회 관련 글을 실은 표제로는 〈휘보彙報〉, 〈회보會報〉, 〈회록會錄〉 등이 있었다.

〈표 3〉 『낙동친목회학보』의 표제별 분류

유형	표제	개수	유형별 총 개수
논설	논설(論說)	32	44
	연단(演壇)	6	
	축사(祝辭)	4	
	서(序)	1	
	없음(발간사)	1	
교육	학해(學海)	8	10
	학술(學術)	2	
문예 (산문 및 시가, 역사) 구분 없음	문원(文苑)	15	28
	문조(文藻)	4	
	사전(史傳)	3	
	잡찬(雜纂)	3	
	잡록(雜錄)	2	
	사조(詞藻)	1	
회보 / 학회 관련	휘보(彙報)	16	20
	회보(會報)	2	
	회록(會錄)	2	
총계		102	

논설류가 총 44개로, 『낙동친목회학보』에 실린 글 중 약 43.1%로, 가장 많은 부분을 차지하고 있었다. 다음이 문예류였고, 총 28개로 약 27.5%를 차지했다. 표제별로 살펴보면, 가장 많이 실렸던 표제는 역시 〈논설〉이었으며, 총 32개로 전체의 약 31.4%를 차지했다. 그 다음이 유학생과 학회 관련 소식을 전하는

〈휘보〉가 총 16개로 약 15.7%를 차지했다. 그 외 〈문원〉이 총 15편이 실려서 약 14.7%를 차지했는데, 〈문원〉에는 산문과 시가가 섞여서 실려 있었다. 즉 산문과 시가를 아직 구분하지 않고 문예면 안에 일반 산문과 서사류, 시가류를 모두 한 꺼번에 구성한 것이다.

이 중 〈사전史傳〉이라는 표제가 독특한데, 이는 서북 지역 출신의 일본 유학생들이 결성하여 발간한 『태극학보』 등에서는 보이지 않는 부분이었다. 〈사전〉에는 역사와 연관한 내용을 실었는데, 징키스칸과 비스마르크에 대한 전기가 실렸다. 이 〈사전〉 표제는 이후 일본 유학생회가 대한흥학회로 통합된 이후, 『대한흥학보』에 등장하고 있다.

〈표 4〉 『낙동친목회학보』 호차별 표제 분류

호	발간사	축사	연단	서	논설	학해	학술	문원	잡찬	잡록	사전	사조	문조	회보	휘보	회록	총계
1	1	4	6			3		12	1					2			29
2				1	11	2		3		1					2	1	21
3					10		2		2		2	1			3	1	21
4					11	3				1	1		4		5		25
총계	1	4	6	1	32	8	2	15	3	2	3	1	4	2	10	2	102

〈표 4〉는 호차별 표제 분포이다. 4호까지밖에 발간되지 못하고, 이후 대한학회로 통합되었기 때문에 실제 실린 글도 102편에 불과하다. 하지만, 이러한 각 지역 토대 유학생 잡지들의 노력이 통합 흡수된 학회에서 적용되고 있는 것을 볼 때, 소수일지라도 각 지역 토대 유학생 잡지들을 살펴볼 필요가 있다.

먼저 논설류의 경우에는 1호에서 〈연단〉으로 시작했으나 2호부터는 〈논설〉로 통일해서 싣고 있다. 또 각 호의 글 편수가 25편 내외였음을 감안할 때, 한 호에 실린 논설의 편수가 10편 내지 11편이었다는 것은 거의 절반에 육박했음을 알 수 있다. 학술 관련 글들은 〈학해〉와 〈학술〉로 실렸는데, 3호에서 잠시 〈학술〉

로 실렸을 뿐, 나머지 호에서는 모두 〈학해〉란에 싣고 있었다. 문예류에 대한 표제는 매우 다양하게 등장했는데, 1호에서는 〈문원〉으로 시작하였으나, 이후 〈문조〉 방식으로 전환된다. 또 그 사이 〈잡찬〉, 〈잡록〉과 같은 표제도 활용했다. 그 외 앞서 설명했던 역사물을 실은 〈사전〉과 한문 문장을 실은 〈사조〉가 등장하기도 했다. 그러나 문예면은 산문과 시가가 혼재해 있었으며, 이를 문예와 연관한 글들로 엮어낸 것으로 보인다. 학회나 유학생회 상황에 대한 설명을 실은 〈회보〉에서 〈휘보〉로 전환되었다.

<표 5> 『낙동친목회학보』의 문예 관련 분류

분류	세부 항목	개수	분류별 개수
서사류	대화체(문답체)	4	8
	역사 전기	3	
	몽유록	1	
시가류	한시	9	17
	한문문장	6	
	가사	2	
총계		25	

『낙동친목회학보』에 실린 서사류와 시가류는 총 25개로 전체 글의 약 24.5%를 차지하였다. 즉 1/4을 차지했다고 할 수 있다. 문예류 가운데에서는 시가류가 68%를 차지했다. 서사물의 경우에는 대화체가 4개, 역사 전기물이 3개, 몽유록계 서사 1개가 실려 있었다. 대화체의 경우, '나'와 '객'의 대화가 이어지는 경우인데, 교육과 유학생의 임무 등에 대한 주장이 담겨 있었다. 역사 전기물은 「징기스칸전」이 1편, 「비스마르크전」이 2편으로 총 3개가 실렸다. 몽유록계 서사는 1편으로 꿈에서 백두산령을 만나는 내용으로 조국과 교육, 미래에 대한 걱정과 당부가 담겨 있었다. 4호 분량임에도 불구하고, 8편 정도의 서사류가 꾸준히 실렸다는 것은 매우 의미 있는 일이다. 근대계몽기 다양한 서사체 양식의 실험과, 이러한 서사류를 통해 발현하고자 했던 지식인들의 고민과 노력을 짚어볼 수 있기 때문이다.

4) 서사물의 활용과 조선 청년의 시대 인식

(1) 대화체 서사물과 '신교육'의 강조

『낙동친목회학보』에 실린 논설의 논조를 보면, 대체로 구학문을 고집하는 것을 비판하며 시대에 맞추어 신학문을 배워야 함을 강력하게 주장하고 있다. 이러한 논조는 문예면, 특히 서사물에서도 동일하게 강조된다. 역사 전기물을 제외하면, 대화체 서사물이 4편, 몽유록계 서사가 1편이 실려 있었다.

〈표 6〉『낙동친목회학보』에 실린 〈대화체 서사물〉 목록

호	연도	표제	저자	글제목	문체	내용
2	1907.11.30	論說	李昌煥	時哉時哉	구절형	교육, 학문 필요
2	1907.11.30	文苑	申相悅	東遊問答	현토한문	유학생 목적-교육
4	1908.1.30	論說	李承瑾	政治問答	구절형	보통교육 강조
4	1908.1.30	論說	南基允	因果說	현토한문	교육 상공업 양성

대화체 서사물의 목록은 〈표 6〉과 같다. 대화체 서사물들은 현토한문체 또는 구절형 국한문체로 이루어져 있는데, 이러한 대화체는 조선 시대부터 이어져 온 한문 대화체 글의 연장으로 보인다. 문답을 통해 필자의 주장을 펴는 방식인데, 이러한 한문 양식의 글에 신사상과 당대 일본 유학생들, 특히 영남 출신 유학생들의 시대 인식과 주장을 담아낸 것으로 볼 수 있다. 내용으로 보면, 모두 신교육에 대한 강조가 주를 이루고 있다. 새로운 신사상을 배워야 한다는 것과, 보통 교육의 장려, 또 교육을 통해 상공업을 육성해야 한다는 내용이 등장하고 있다.

어떤 손님이 나에게 묻기를, '때여, 때여, 다시 오지 않는다' 하니, 여기서 말하는 '때'란 무엇을 말함이뇨

내가 대답하여 말하기를 때란 때이다.

손님이 말하기를 봄, 여름, 가을, 겨울을 말함이뇨?

말하기를 아니라. 봄, 여름, 가을, 겨울은 사계절의 때요, '때여, 때여'에서 말하는 것은 인간 세상의 때이니라.

손님이 말하기를, 사계절의 때와 인간 세상의 때가 어떻게 다른 것인가.

내가 대답하여 말하기를, 춥고 더우며 따뜻하고 서늘한 것은 사계절의 때이고, 승패와 존망은 인간 세상의 때이니, 이름은 비록 같지만 실제로는 서로 다르다.

(…중략…) 우리 사람의 관점에서 보아 논하건대, 옛것을 버리고 새것을 따르는 것도 바로 이 때이며, 문화가 변천하는 것도 바로 이 때이며, 생존 경쟁도 바로 이 때이며, 우월한 자가 살아남고 열등한 자가 도태되는 것도 바로 이 때이며, 배우지 않고 아무것도 하지 않는 것도 바로 이 때이다. 아아, 우리 청년들이여! 비록 어려운 상황과 곤경 속에 있을지라도, 게으름을 피우거나 나태함을 경계하고, 더욱더 분발하여, 공자가 말한 세 가지 끊임없는 실천 즉 학문·덕행·의리를 본받고, 우왕의 촌각을 본받는다면, 어찌 시재時哉를 얻지 못하겠는가![71]

위의 글은 이창환의 「시재시재時哉時哉」라는 대화체 서사물로 객과 나의 대화로 이루어져 있다. 그런데 대화라기보다는 객이 질문을 하면, 내가 대답을 하는 형식으로 되어 있다. 객이 '시時'에 대해서 나에게 물어보는데, 표면적인 내용에서 점점 이면적인 속뜻에 대한 풀이로 진행된다. 즉 사계의 때와 인사의 때가 다르다는 것을 설명하며, '시時'는 바로 인사, 사람의 때를 의미하는 것이라 설명한다. 이러한 가운데, 옛 것을 버리고 새로운 것을 따르는 것도 이 때이고, 문화변천도 이 때이고, 생존경쟁, 우승열패도 이 때이며, 배우지 않으면 아무 것도 할 수 없

---

[71] "客이 有問於余曰 時乎時乎여 不再來라 ᄒ니 何時를 云홈이뇨

余ㅣ 應之曰 時는 時ㅣ 니라

客이 曰 春夏秋冬을 云홈이뇨

曰否ㅣ라 春夏秋冬은 四季之時也오 時乎時乎는 人事之時也ㅣ 니라

客이 曰 四季之時와 人事之時가 何以爲異乎아

余ㅣ 應之曰 寒暑溫冷은 四季之時也오 勝敗存亡은 人事之時也니 名則雖同이ᄂ 實則不同也ㅣ라

(…중략…) 以吾人觀念으로 論之컨딘 舍舊從新도 即此時也오 文化變遷도 即此時也오 生存競爭도 即此時也오 優勝劣敗도 即此時也오 不學無爲도 即此時也ㅣ ᄂ 嗟我靑年은 雖造次顚沛之 間이라도 勿怠勿惰에 益益奮發ᄒ야 慕夫子之三絶ᄒ고 倣大禹之寸陰ᄒ면 庶幾得其時哉ᆫ뎌"(李昌煥, 〈論說〉「時哉時哉」, 『낙동친목회학보』 2호, 1907.11.30, 18~19쪽)

는 것 역시 이 때라고 설명한다. 따라서 우리 청년은 비록 전패하여 엎어지고 넘어지는 사이라 하더라도 게으르지 말고 더욱 분발하여 공자의 위편삼절을 바라고, 우왕禹王의 촌각을 본받아 교육에 힘써야 한다는 것을 주장한다. 그리한다면, 좋은 때를 만나 기뻐 감탄하는 소리인 "시재시재時哉時哉"를 얻을 수 있다고 조언하고 있다.

　　객이 말하기를, 참으로 그대의 말과 같다면, 우리 한국은 오랫동안 악한 과실의 독에 취해 신음하며 고통받고 있으니, 결국 다시 봄을 맞이할 방법이 없다는 말인가?

　　내가 말하기를, 아니라. (…중략…) 그 악함을 알고 고쳐나가며, 선한 것을 가려서 따르게 된다면, 마음과 힘이 미치는 곳에 어찌 회복되지 않겠는가? (…중략…) 우리 2천만 동포가 메마르고 황폐한 땅에서라도 교육으로 기르고, 공업과 상업으로 발전시켜 재원을 넓히며, 어리석은 백성들의 지혜를 깨우쳐 나날이 새롭게 하고, 스스로 강해지기를 그치지 않는다면, 썩은 과실도 먹지 않을 수 있으며, 느릅나무에서라도 열매를 거두는 것이 늦지 않을 것이다. 나는 그대의 질문을 듣고 깊이 감명받았노라.

　　객이 말하기를, 참으로 옳은 말이로다. 나는 이제 돌아가 백두산 제일봉에 올라, 크게 한번 외쳐보리라. 과연 이 한반도의 봄날 같은 꿈이 깨어났는지, 아니면 아직도 깨지 못했는지. 그렇게 말하고 나서 그는 회오리바람처럼 떠나갔다. 마침 종소리가 울리는 황혼이었고, 창 밖에는 밝은 달이 떠 있었다.[72]

　　위의 글은 남기윤의 「인과설因果說」이라는 대화체 서사이다. 앞서 이창환의 글

---

[72]　"客이 曰誠如君言인딘 我韓은 長醉惡果之毒而呻吟苦楚ㅎ야 終無回春之方乎아
　　余曰 否也라 (…중략…) 知其惡而改之ㅎ고 擇其善而從之則心力所到에 何往而不復哉아 (…중략…)
　　播之於吾二千萬同胞丹○不毛之地而教育以養之ㅎ고 工商以培之ㅎ야 發達財源ㅎ고 開庸民智ㅎ야
　　日新又新에 自强不已則剝果不食이요 收楡未晚이니 吾竊有感於君之問也ㅎ노라
　　客曰 誠哉라 是言이여 吾將歸登白頭山第一峰ㅎ야 大費一呼 試看半島春夢之醒也 未也하리라 ㅎ고
　　言畢에 飄然歸去ㅎ니 正是鐘邊黃昏이요 窓外明月이로다."(南基允,〈論說〉「因果說」,『낙동친목회학
　　보』4호, 1908.1.30, 17~18쪽)

이 문답형, 즉 모르는 것을 묻고 대답하는 방식의 글이었다면, 위의 남기윤의 글은 서로 반대되는 내용으로 서로 주장하다가 설득하는 방식으로 이루어져 있다. 역시 객과 나의 대화로 이루어져 있는데, 객은 현재 아한我韓의 상황을 매우 부정적으로 보고 있다. 그에 따르면 아한은 나쁜 업보나 습관의 독에 너무 길게 취해 있고, 여러 고초에 신음하며 종국에 회복이 불가능한 상황이라고 비판한다. 이러한 부정적 인식은 사실 『낙동친목회학보』에서 당대 대한의 현실, 또는 낙동 지역의 현실에 대해 평가하고 비판하는 것과 일맥상통하고 있다.

그런데 이에 대해 나는 아니라고 답한다. 그 악한 것을 알아 고치고, 선한 것을 택해 이를 따르면 마음과 힘이 미치는 곳에 어찌 회복되지 않을 수 있겠느냐며 도리어 반문한다. 결국 불모지와 같은 이천만 동포들에게 교육하고 양성하여 상공업을 더욱 북돋우고 재원을 발달시키며 백성의 지혜를 더욱 개발하여 매일 또 새롭게 바뀌면 자강할 수 있고, 아직 늦지 않았다고 대답한다. 이 말을 듣고 객이 설득 당하여 옳은 말이라고 수긍한다. 즉 다른 의견을 지닌 두 인물이 대화를 통해서 설득 당하는 방식의 대화체 서사로 진행되고 있다.

흥미로운 것은 마지막 부분이다. 번역하여 보면, "객이 말하기를 성실하구나, 옳은 말이여. 나는 장차 돌아가 백두산 제일봉에 올라 크게 한번 부르고 반도춘몽이 각성했는지 아닌지를 시험해볼 것이라 하고 말을 마치매 갑자기 회오리바람처럼 떠나가니 정시 종이 울리는 황혼이요 창 밖에는 밝은 달이 떠 있었다"라고 설명하는데, 이 객은 백두산 제일봉에 올라가서 실제 반도의 꿈이 각성했는지 아닌지를 지켜보겠다는 의문의 말을 남긴 채, 회오리바람과 같이 사라지고 만다. 마치 몽유록계 서사물처럼 갑자기 객은 사라지고, 황혼 무렵 달만 떠 있다는 표현으로 끝맺는다. 명확하게 꿈속에서 만났다는 표현은 없으나, 백두산의 어떤 인물이나 신령과 같은 존재와 대화를 나눈 것처럼 묘사되고 있는 것이다. 결국 이러한 허구적 장치를 통해서 구습과 구학을 좇는 지역의 상황과 인물들을 비판하고, 신사상 교육과 산업 육성이라는 대의를 주장하고 있음을 알 수 있다.

(2) 몽유록계 서사물과 조선청년의 시대 인식 「몽백두산령」

〈문조文藻〉란은 제4호에 처음 등장한 문예면의 표제이다. 그 전까지 〈문원文苑〉을 사용했으나, 4호부터는 〈문조〉란을 두어 새롭게 문예면을 단장했다. 그러나 이전과 마찬가지로 시가류와 서사류를 구분하지 않고 문예면 안에 포괄하여 실었다. 제4호에 처음 등장한 〈문조〉에도 한문 문장 또는 한시 등과 몽유록계 서사물이 함께 실려 있다. 『낙동친목회학보』에 실린 몽유록계 서사물인 「몽백두산령夢白頭山靈」은 봉래산인蓬萊山人이 필자로 되어 있으며, 전형적인 몽유록계 서사물과 마찬가지로 '입몽 → 몽유 → 각몽'의 순서를 따르고 있다.[73]

(가) 먹비가 잠깐 그치고 찻잔의 연기도 막 식어가는구나. 책상에 놓아 둔 등불에 의지하여 묵묵히 『대한신지지大韓新地誌』 한 편을 보니 그 산하의 아름다움과 도회의 승경을 또렷하게 가리킬 만하노라. 이에 옛날을 회상하고 오늘날을 슬퍼함에 만상이 공허하기만 하네.
누워서 몸을 이리저리 뒤척이며 잠을 이루지 못하다가 불현듯 돌아보니, 때는 계절 빛이 용창榕窓에 엷어지고 있으므로 삭풍朔風은 쓸쓸하고 섬에 뜬 달 싸늘하기만 하네. 다시 종이 삼경三更을 알리고 등잔불의 불똥이 붉게 떨어지도다.[74]

위의 예시는 「몽백두산령」의 도입 부분으로 본격적으로 꿈을 꾸기 전의 상황을 묘사하고 있는 입몽入夢 부분이다. 이 글의 '나'는 장지연이 1907년 6월에 출

---

73 「夢白頭山靈」의 번역은 논자가 초벌 번역하고, 최은주 선생님(경북대 영남문화연구원)이 감수하여 수정하였다. 번역을 꼼꼼하게 감수해주신 최은주 선생님께 감사드린다.

74 "墨雨가 乍歇ᄒ고 茶烟이 初罷로다. 賴有檠隱於几ᄒ야 默默看大韓新地誌一編ᄒ니 其山河之美와 都會之勝을 歷歷可指矣로다 於是乎撫古傷今에 萬像이 空空이로다. 輾轉反側타가 幡然回首ᄒ니 時則歲色이 薄於榕窓일세 朔風은 蕭瑟ᄒ고 島月이 蒼凉이로다 更鍾報三ᄒ고 燈花落紅이로다"(蓬萊山人, 〈文藻〉「夢白頭山靈」, 『낙동친목회학보』 제4호, 1908.1.30, 36쪽. 이하 제목만 표기)

판한 한국 지리교과서라 할 수 있는 『대한신지지大韓新地誌』를 읽고 있다. 대한의 지리를 보며, 산하와 도회의 아름다움과 비교하여 현재에 대해 슬퍼하는 모습이 대비된다. 그러면서 "삭풍은 쓸쓸하고 섬에 뜬 달은 싸늘하기만 하다"라는 표현은 현재 자신의 위치, 즉 일본의 유학생으로 와 있다는 공간적 인식을 보여준다. 즉 시간적 차원에서 현재 대한의 상황이 과거 산천의 아름다움과 번영에 대조되고, 동시에 공간적 차원에서 타국에 유학 와 있는 유학생으로서의 서러움과 쓸쓸함이 드러나고 있는 것이다.

몽유夢遊의 장면은 꿈 속에서 한 노인을 만나는 것으로 진행되는데, 노인을 만나는 장면, 노인이 자신을 소개하는 장면, 노인의 근심과 걱정을 설명하는 장면, 자신과 대한 청년들의 의무와 책임, 미래 나라에 대한 기대를 표현한 시로 이어진다.

(나) 어둑어둑하고 침침한 가운데 어떤 한 노인이 손에 목탁을 잡고 검은 갓에 흰 도포 차림으로 석장을 날리며 나막신을 신고서 표연히 와 긴 한숨을 쉬며 탄식하거늘, 내가 옷깃을 바로 하고 곧추 앉아 두려워하며 우러러보니, 양 미간에 은은하게 만 겹의 근심이 있네.[75]

(다) 용모를 고치고 자리를 밀며 괴이한 낯빛으로 묻기를,

"이처럼 매섭게 춥고 찬 서리 내린 밤에 대인께서는 어디에서 이곳으로 오셨습니까?"라고 하였다.

그 노인이 헐떡이며 조금 이따가 마침내 말하기를,

"나는 본디 백두산령으로 우리 사천 년 기업을 공고하게 하고 우리 삼천리 강토를 유지하였다네. 의관문물은 중토가 되고, 금은옥석은 사객이 군침을 흘리니"[76]

---

[75] "正昏昏朦朦間에 有一老人이 手執木鐸ᄒ고 玄冠白袍와 飛錫潤屐으로 飄然而來ᄒ야 喟然而嘆이어늘 余ㅣ 正襟危座ᄒ야 悚然仰視ᄒ니 兩個○眉間에 隱隱有萬疊之愁ㅣ라"(「몽백두산령」, 36쪽)

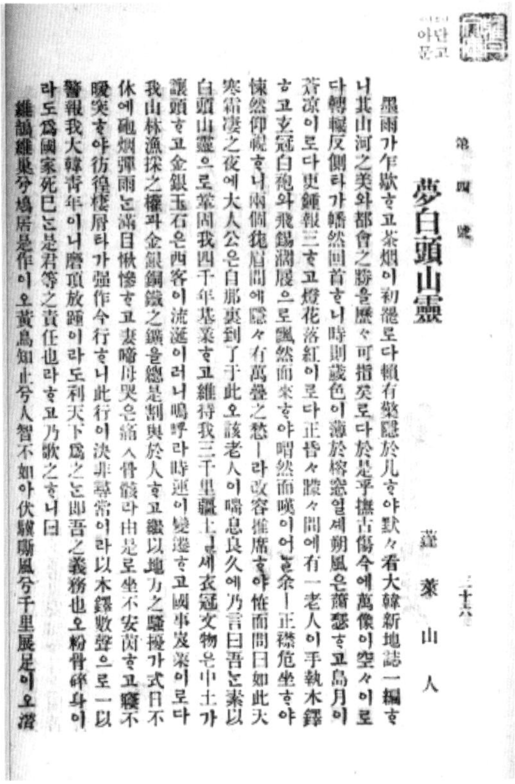

〈사진 5〉 봉래산인의 「몽백두산령」(아단문고 소장)

(라) 아! 시운이 변천하고 국사가 위태롭고 험하도다. 우리 산림과 고기잡이의 권리와 금은동철의 종을 모두 사람들에게 나누어 주고, 지방의 소요騷擾가 이어짐이 식일式日에도 쉬지 않음에 총포 연기와 비처럼 쏟아지는 탄환은 눈에 띄는 것이 모두 시름겹고 참혹하며 아내와 모친이 울고 곡함은 뼛속까지 고통이라.[77]

몽유 부분의 처음은 어떤 노인이 손에 목탁을 잡고 회오리바람처럼 갑자기 등장하여 탄식하는 데에서 시작한다. 무언가 범상치 않은 모습에 나는 누구인지 물어보는데, 노인은 헐떡이며 기침을 하다가 대답하기를 자신은 백두산령으로 대한의 사천 년 기업과 삼천리 강토를 지킨 신선이라 설명한다. 또한 그 가운데 대한의 지리적 특징과 문물에 대해서는 누구나 탐을 낼 만큼 풍요로운 땅이라 묘사한다.

그러나 노인은 그러한 풍요롭고 탐나는 땅인 조국의 시운이 위태로워졌다고 현실을 인식하고 있다. 산림과 고기잡이 권리, 금은동철 역시 다 빼앗기고, 총포

76　"改容推席 ᄒᆞ야 怛面問日 如此天寒霜凄之夜에 大人公은 自那裏到了于此오 該老人이 喘息良久에 乃言曰 吾ᄂᆞᆫ 素以 白頭山靈으로 鞏固我四千年基業ᄒᆞ고 維持我三千里疆土ᄒᆞᆯ세 衣冠文物은 中土가 ○頭ᄒᆞ고 金銀玉石은 四客이 流涎이러니."(「몽백두산령」, 36쪽)

77　"嗚呼라 時運이 變遷ᄒᆞ고 國事岌業이로다 我山林漁採之權과 金銀銅鐵之鑛을 總是割與於人ᄒᆞ고 繼以地方之騷擾가 式日不休에 砲煙彈雨ᄂᆞᆫ 滿目愁慘ᄒᆞ고 妻啼母哭은 痛人骨骸라."(「몽백두산령」, 36쪽)

와 탄환이 난무하는 땅이 되어버렸다며, 대한의 모친과 아내가 울며 곡하고 있는 상황에 대해서 뱃속까지 고통이라고 표현한다. 즉 나라가 무너지고 고통스럽게 변해가는 상황과 백두산령인 자신이 일치되어 묘사되고 있는 것이다.

사실 1905년 일본의 강압에 의해 체결된 을사늑약 이후 한국은 외교권을 빼앗겼고 일본은 통감부를 두어 직접적으로 한국을 침탈하기 시작했다. 통신, 철도, 도로 등 산업을 장악하고, 광업 등을 일본인 중심으로 허가를 내어주는 등 본격적으로 식민지 침탈이 시작되었던 것이다.[78] 이러한 가운데 전국 곳곳에서 의병운동이 일어나고 있었던 상황이었다. 결국 위의 노인이 (라) 예문에서 설명한 부분은 바로 1906년 3월 이후 초대 통감으로 취임한 이토 히로부미의 통감 정치의 상황을 매우 정치하고 선명하게 묘사하고 있음을 알 수 있다.

또한 내가 백두산령에게 묻는 "매섭게 춥고 찬 서리 내린 밤에 어디에서 이곳까지 왔느냐"라는 질문 속에는 내가 느끼는 실체적인 현실인식이 드러나고 있다. 시간적인 겨울밤일 수도 있으나, 이 글에 묘사된 시간과 촉각적 표현은 조국의 암울한 현실을 맞닥뜨리고 있는 한 지식인, 그것도 타국에 유학까지 와서 조국을 걱정하는 한 청년의 인식이 내포되어 있는 것이다.

(마) "이러한 연유로 앉아도 자리가 편하지 않고 누워도 따뜻하지 않아서 방황하며 거처 없이 떠돌다가 억지로 지금 가니 이번 걸음은 심상치 않게 결정된 것이라 목탁을 몇 번 소리 내는 것으로 한결같이 우리 대한청년에게 경계하라고 알리니 온몸이 다 닳더라도 천하를 이롭게 하려는 것은 곧 나의 의무요, 분골쇄신하더라도 국가를 위하여 죽는 것은 그대들의 책임이라" 하고 마침내 노래하니[79]

---

78 강만길, 『고쳐 쓴 한국근대사』, 창작과비평사, 1994, 204~205쪽.
79 "由是로 坐不安茵ㅎ고 寢不暖突ㅎ야 彷徨棲屑타가 强作今行ㅎ니 此行이 決非尋常이라 以木鐸數聲으로 一以警報我大韓靑年이니 摩頂放踵이라도 利天下爲之는 卽吾之義務也오 粉骨碎身이라도 爲國家死已는 是君等之責任也라ㅎ고 乃歌之ㅎ니 曰,"(「몽백두산령」, 36쪽)

(바) "까치가 지은 집이지만, 비둘기가 차지하고 있음이요, 꾀꼬리는 자신의 분수에 맞게 그칠 줄 아나 사람의 지혜는 이만 못하구나. 엎드린 천리마가 바람결에 울며 천 리를 달림이요, 잠룡이 하늘로 비상해 만상을 봄이로다. 대붕大鵬이 장차 남해로 멀리 날아감에 큰 날개를 막 드리우고, 호마胡馬 또한 북풍에 의지함에 옛 땅을 어찌 잊겠는가."[80]

(마)와 (바)에서는 노인이 이러한 대한의 비참한 상황 속에서 자신의 의무와 책임을 설명하며, 대한의 청년들에게도 동일한 의무와 책임이 있음을 설파한다. (마)의 내용을 보면, 노인은 자신의 역할이 대한 청년들에게 한결같이 이 상황을 경계하라고 알리는 것이라고 설명한다. 또 이러한 경계의 이야기를 하며 온몸이 다 닳고 분골쇄신을 하는 것이 백두산령으로서의 자신의 소임이자, 대한 청년의 책임과 의무이기도 하다고 강조한다.

(바)에서는 까치와 비둘기의 비유를 통해 한국과 일본의 상황을 묘사한다. 한국을 강제적으로 침탈하고 있는 일본의 상황을, 까치가 지은 집을 비둘기가 차지하고 있는 것으로 비유하고 있는 것이다. 그러나 이 노인의 노래에는 엎드린 천마와 잠룡, 대붕으로 비유되는 조선 청년들에 대한 기대가 담겨 있다. 엎드려 있는 천마가 바람결에도 울면서 천 리를 달려나가고, 잠룡이 결국 하늘로 비상해서 천하만물을 다스리며, 봉황이 큰 날개를 드리우는 상황이 바로 조선 청년들이 교육을 통해 나라를 구하고 자강하는 길임을 설파하고 있는 것이다.

따라서 몽유 부분에서는 절망적으로 보이는 나라의 현실이 굉장히 사실적이고 상세하게 묘사되며, 일본의 침탈 자체도 강력하게 비판하고 있었다. 또한 이러한 절망적인 상황 속에서도 조선 청년을 경계하는 소임을 담당하는 백두산령처럼, 현재 유학생들과 조선 청년들에게 이러한 경계의 책무를 다하라고 강조하

---

80 "維鵲維巢兮鳩居是作이오 黃鳥知止兮人智不如아 伏驥嘶風兮千里展足이오 潛龍飛天兮萬象視로라 鵬將圖南兮大翼을 初垂ᄒ고 馬亦依北兮故土를 何忘가"(「몽백두산령」, 36~37쪽)

고 있기도 하다. 더불어 이러한 비관적인 상황 속에서도 조선 청년들의 잠재되어 있는 힘과 능력을 신뢰하는 믿음과 기대 또한 보여주고 있다.

(사) 라고 하거늘, 내가 이에 그 거동을 보고서 그 말에 감동하여 장차 비천한 노래「俚鄙」로써 화답하고자 하다가 홀연히 머리맡 종이 시각을 알림에 뒤척이며 깨어나니 사방에 사람 소리가 없고 새벽달이 창에 떠 있네. 마음이 움직여 한 번 노래하니,[81]

(아) 하늘가 한 번 막힘에 두 번째 겨울이 돌아오고, 떨어지는 물방울과 닭 우는 소리 새벽빛 재촉하네. 남쪽 나그네 정성이 사무쳐 항상 북쪽을 바라보니, 오색구름 아득한 곳 봉래이네.[82]

마지막 각몽覺夢 부분에서는 노인의 노래에 감동하는 모습과 꿈에서 깨어 자신도 시를 읊조리는 장면이 등장한다. 이는 조선 청년들에게 바라는 책임과 기대가 노인의 것이 아니라 '나'라는 인물, 즉 유학생인 자신에게 있는 것임을 스스로 보여주는 것이라 할 수 있다. 또한 나그네로 표현된 유학생인 자신에 대한 인식은 입몽에서 표현된 "삭풍은 쓸쓸하고 섬에 뜬 달 싸늘하기만"한 이 일본 땅에서, 몽유에서 표현된 "매섭게 춥고 찬 서리 내린 밤"인 이 시대 현실 속에서 "오색구름 아득한 곳 봉래"로 시선을 돌리게 한다. 즉 오색구름 아득한 봉래는 바로 조국의 밝은 미래, 기대하는 조국의 독립과 회복을 의미하는 것이라 볼 수 있다.

사실 이렇게 「몽백두산령」은 국가의 위급한 상황에 대한 인식과 이를 회복해 나갈 수 있는 조선 청년에 대한 기대가 드러난 몽유록계 서사라고 할 수 있다. 만약, 이 작품 하나만 읽게 된다면, 여기에 등장하는 조선 청년은 일본에서 유학하

---

81 "ᄒ야늘 余乃瞻其儀而感其辭ᄒ야 將欲以下俚和之矣라가 忽然枕邊鐘報更之聲에 齷覺而起ᄒ니 四無人聲ᄒ고 曉月이 當牕이라 ○感─唱ᄒ니"(「몽백두산령」, 37쪽)

82 "天涯─隔兩冬回 潏滴雞聲曉色催 南客徹忱常望北 五雲迷處是蓬萊"(「몽백두산령」, 37쪽)

는 유학생들이자, 조국에서 신사상을 교육 받는 새로운 세대들을 의미하는 것으로 볼 수도 있을 것이다.

그러나 여기에서 간과해서는 안 되는 부분이 바로 이 글이 영남 출신의 유학생 학회지인 『낙동친목회학보』라는 점이다. 물론 조선 청년 전체를 향한 경계이자 촉구로 읽는 것도 충분히 가능할 것이다. 그런데 이 글이 『낙동친목회학보』에 실려 있는 점, 또 이 『낙동친목회학보』를 통해 영남 지역 출신의 유학생들이 꾸준히 지속적으로 강조하고 주장하는 바와 함께 읽는다면, 이 기대와 촉구는 영남 지역의 인사들, 또 영남 지역 출신의 일본 유학생들 자기 자신들을 향하고 있다고 보는 것이 더 옳을 것이다.

실제로 이들은 영남 지역이 예전에 비해 낙후되었고, 구습과 구학만 좇다가 과거의 영화만 노래할 뿐, 실제적인 대안도 노력도 하지 않는 것을 신랄하게 비판해왔다. 이렇게 낙후되어 있는 상황 속에서 이들은 학교가 부족한 점뿐만 아니라, 교사가 부족한 점에 주목한다. 실제적인 교육양성책을 주장하면서 교원들의 양성이 필요함을 설파하기도 했다. 이를 위해 영남 지역 출신의 인물들을 유학 보내어 그 유학생들이 다시 각 군과 마을로 돌아와 학교를 설립하고 교사가 될 수 있도록 강조하고 있는 것이다. 또 이것이야말로 독립 회복과 국권 만회의 길임을 거듭 주장하고 있다.[83]

따라서 이렇게 볼 때 몽유록계 서사인 「몽백두산령」은 백두산으로 대표되는 민족 정기를 통해 민족의 회복을 상징적으로 이야기하며 조선 청년들의 기상을 독려하는 글일 수도 있으나, 『낙동친목회학보』라는 영남 지역 출신 유학생회 학회지의 성향 안에서 재해석할 필요가 있다. 즉 영남 지역을 고민하고, 영남 지역의 문제를 해결하기 위해 유학생들과 출신 지역이 유기적으로 연계하는 지역적 선순환운동으로 읽어야 할 것으로 보인다. 여전히 근대계몽기의 '지역성'에 대한 인식은 모호하고, 중심을 해체하는 일반적인 '로컬리티' 인식에는 역행해 보일 수 있으나, 자신의 지역에 대한 선명하고 구체적인 인식을 통해 자신의 '지역성'을 구체화하고 고민하며 반성하는 과정들 속에서 새롭게 '지역'에 대한 개념이 잡혀가고 있었다고 볼 수도 있다.

결국 이러한 서사물들은 낙동친목회의 논설의 주장들이 녹여져 당대 영남 지역의 유지들과 영남 지역의 다음 세대, 또 일본에 유학 온 영남 지역 출신 청년들을 향해 끊임없이 '지역성'에 대한 성찰과 고민을 현실화시키도록 요구하고 있었다고 할 수 있다. 이러한 지역에 대한 고민은 결국 새로운 지역 인식과 개념을 탄생시키면서 결국 지역문학을 형성하는 기반이 되어갔을 것으로 유추해볼 수 있을 것이다.

5) 영남 지역 연계를 통한 청년 교육 강조

낙동친목회는 경상도 지역 출신의 일본 유학생들이 1905년 겨울에 설립하여, 이후 1907년 10월 30일에 학회지인 『낙동친목회학보』를 편찬하였다. 이후 매달 1호씩 발간하여 1908년 1월 30일까지 총 4호를 발간하였고, 이후 대한학회로 통합되면서 통합 유학생회로 흡수되었다. 총 4호밖에 발간되지 않았기 때문에 『낙동친목회학보』는 거의 연구가 이루어지지 못했으나, 각 지역 출신들의 고민과 반성, 이와 더불어 자신의 지역에 대한 인식을 엿볼 수 있다는 점에서 『낙동친목회학보』에 대한 연구는 매우 중요하다고 할 수 있다.

『낙동친목회학보』에는 교육에 대한 강조, 신사상이나 산업과 관련한 글, 또 유학생이나 청년에 대한 글들이 상당히 많이 등장하고 있었다. 교육에 대한 강조

---

83 문내욱은 「教育養成策」이라는 글에서 군내에서 총명하고 준수한 인물을 뽑아 해외에 유학시키고, 다양한 학문을 배우게 하며 졸업 후 다시 지역으로 돌아와 교사로서 후학들을 가르치는 교육의 선순환을 주장한 바 있다. "此可以充於教員養成之資오 不然이면 設敎員養成協會於鄕黨州間ᄒ고 選出郡內之聰俊幾人ᄒ야 派遣海外ᄒ야 使專攻一科或數科(歷史 地理 理化 博物 等)ᄒ야 卒業而歸어든 使獻身于該郡之敎育케 ᄒ되 其留學之費ᄂ 或募集義捐ᄒ며 或賴人寄附ᄒ면 可以達目的이니 如此之方針으로 近而遠ᄒ며 一以二ᄒ야 以至于我三百四十之州郡이면 獨立回復과 國權挽回도 可指日而期矣니 何患乎 斯界之不振乎리오."(文乃郁, 〈論說〉「敎育養成策」, 『낙동친목회학보』 3호, 1907.12.30, 2쪽)

에서는 영남 지역이 구학과 구습만 좇다가 신사상을 배격하고 있는 무지몽매한 상황을 비판하면서 새로운 학문과 새로운 산업을 교육하고 육성하는 것만이 나라가 부강해지고 독립으로 나아갈 수 있는 유일한 길임을 여러 번 강조하고 있다. 또한 교사양성을 강조하면서 영남 지역에서 우수한 자를 후원하고 지원하여 유학을 보낸 후, 졸업한 다음에는 다시 그 지역의 교사로 돌아와 그 지역의 인물들을 교육하는 선순환적 운동을 벌이기도 했다.

실제로 낙동친목회 회원들은 지역 출신들끼리 학문을 도모하면서, 서로 어려울 때 도와주는 돈독한 모임으로 결성되었다. 또한 동시에 여름 방학에 출신 지역인 영남 지역으로 가서 연설 등을 통해 유학을 장려하고 인재를 키워 교육에 투자할 것을 영남 지역 유지들에게 알리는 운동을 진행해왔다. 또한 이러한 실제적인 운동을 통해 성과를 거두기도 했다.

이러한 낙동친목회의 지역운동은 서사류 등에서도 전략적으로 활용되고 있다. 우선 대화체 서사물에서는 교육을 강조하고, 토론을 통해 상대를 설득하며 신학문을 배워야 함을 설파했다. 한문 양식의 글에 신사상과 당대 일본 유학생들, 특히 영남 출신 유학생들의 시대 인식과 주장을 담아내었다. 즉 옛 것을 버리고 새로운 것을 따라야 할 때이며, 생존 경쟁과 우승열패의 시대 속에서 배우지 않으면 아무 것도 할 수 없는 때라고 거듭 강조한다.

이와 더불어 몽유록계 서사물을 통해 조선 청년들이 나아갈 길과 앞으로의 책임과 의무, 기대에 대해서 표출해내기도 했다. 일본이 통감부를 두고 한국을 직접적으로 침탈하고 있는 상황을 구체적으로 언급하고 있다. 산림과 고기잡이 권리, 금은동철 역시 모두 일본에 빼앗기고 총포와 탄환만이 난무하는 땅이 되어버린 조선에 대해 뼈저린 회한과 비판을 보여준다. 이처럼 절망적으로 보이는 국가의 현실을 사실적으로 상세하게 묘사하면서 절박한 상황 가운데 청년의 책무를 강조한다. 즉 국가의 위급한 상황에 대한 인식과 이를 회복해 나갈 수 있는 힘은 오로지 조선 청년에게 있음을 주장하며 기대감까지 보여주고 있는 것이다.

결국 『낙동친목회학보』는 영남 지역 출신 유학생으로서 영남 지역을 고민하고, 영남 지역의 문제를 해결하기 위해 유학생들과 출신 지역이 유기적으로 연계하며 그 대안을 모색하고 고민하는 영남 지역 잡지로서의 역할을 이행하고 있었다. 이러한 출신 지역에 대해 구체적으로 인식해 나가면서 '지역성'에 대한 다양한 개념이 형성되었고, 또 그 가운데 지역 문화, 지역 기반 문학이 서서히 배태되어가고 있었다고 할 수 있을 것이다.

제4장

근대계몽기 일본 유학생회
연합 및 통합 잡지의
매체적 특징과 서사 문예

재일본 한인 유학생회는 크게 보면, 출신 지역을 중심으로 한 학회와, 그러한 구분 없이 연합 또는 통합을 목적으로 한 학회로 구분해 볼 수 있다. 출신 지역을 중심으로 한 학회지는 제3장에서 살펴본 서북 지역 출신들의 『태극학보』와 경상도 지역 출신들의 『낙동친목회학보』를 들 수 있다. 연합 또는 통합을 목적으로 한 학회는, 처음부터 출신 지역과 상관없이 특수한 목적을 띤 학회와, 여러 학회를 연합하여 연대 혹은 통합의 목적을 띤 학회로 나누어 볼 수 있다. 특수한 목적을 띤 학회로는 일본에 유학을 온 관비 유학생들이 발간한 『공수학보』와, 동인학교를 설립하며 교육 활동을 편 『동인학보』를 들 수 있다. 연합 또는 통합을 목적으로 한 학회는 모 학회를 두고 여러 유학생회를 연대하여 대표 학회를 구성하여 발간한 『대한유학생회학보』, 일본 유학생회를 부분 통합하여 만든 『대한학회월보』, 이후 일본 유학생회 전체를 통합하여 만든 『대한흥학보』를 들 수 있다. 제4장에서는 출신 지역을 구분하지 않고, 연합하거나 통합하고자 한 학회의 잡지를 중심으로 살펴보고자 한다. 이들 연합 또는 통합 잡지는 여러 지역 출신 유학생들이 연대하고 연합하게 되면서, 각 지역 학회지의 특징들이 섞여 들고 통합되는 경향을 보인다. 지역의 다양한 특징들이 통합 학회지를 통해 어떻게 서로 스며들어 재생산되는지, 또한 새로운 서사 문예가 발전해가는 과정 속에서 이러한 통합된 학회가 어떠한 영향을 미치는지 천착해보고자 한다. 다만, 제4장에서는 연합 및 통합을 지향하는 잡지들의 창간호의 발간 순서대로 논의를 진행해 볼 것이다.

1. 관비 유학생회 잡지 —『공수학보』^{1907.1.31~1908.3.20}

최초의 일본 유학생회는 대조선인일본유학생친목회로 1895년 4월 처음으로
결성되었다. 이후 실제로 유학생회 단체가 급속도로 증가하게 된 것은 1905년
을사조약이 체결된 직후부터였다. 외교권이 박탈되면서 위기감을 느낀 일본 유
학생들이 정치적 단체를 결성하고 단합하여 고국의 문제를 함께 해결해보고자
한 노력의 일환이었다고 볼 수 있다.[1]

따라서 1905년부터 1910년까지는 일본에 유학을 온 지식인들이 다양한 학회
활동을 하면서 그 가운데 학회지를 발간하여 의견을 교류하고, 새로운 사상을
나누는 장으로 활용하기도 했다. 이렇게 발간된 학회지들은 당대의 문제를 화두
로 삼아 애국적인 사상을 바탕으로 교육의 강조와 계몽적인 내용을 담아내는 경
우가 많았다. 그러다 보니 그 당시 발간된 학회지의 내용들이 모두 비슷한 주제
나 사상을 내포하고 있다고 여겨지기도 한다.

그런데 실제 학회지들에 실린 글들을 보다 미시적으로 살펴보면, 각 학회지
에서 미묘하게 다른 지점들을 발견하게 된다. 분명 같은 시기, 같은 인물들이 글
을 동시에 게재하고 있다고 하더라도, 글을 게재한 매체, 잡지에 따라서 그 내용
이나 사상이 미묘하게 달라지는 지점들이 존재하기 때문이다. 이는 각 학회지가
가진 편집적 특징이나 성향이 조금씩 다르기 때문에 발생하게 된 현상이다.

하나의 글이 발표되었을 때, 그 글을 집필한 인물만이 글쓰기에 관여했다고
보아서는 안 된다. 이 글과 관련한 매체의 특징과 편집자들의 역할 등을 함께 연
관하여 살펴보아야 한다. 이와 더불어 그 매체에 참여하고 읽는 독자들 역시 함
께 고려의 대상으로 상정해야 한다. 같은 시대, 같은 인물이 실은 글이라 하더라
도, 매체에 따라 전혀 다른 결과물이 등장할 수 있기 때문이다.[2]

---

1   김기주, 「구한말 재일한국유학생의 민족운동 연구」, 전남대 박사논문, 1991, 8~9쪽.
2   실제로 대한공수학회 회원들의 경우, 다른 학회에도 소속되어 활동한 경우가 많았다. 예를 들

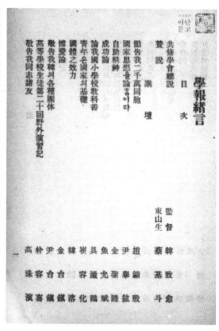

〈사진 1〉『공수학보』창간호의 표지와 차례(아단문고 소장)

  따라서 이러한 관점으로 제4장 1절에서는 근대계몽기 일본 유학생회의 학회지 중 먼저『공수학보』를 중심으로 매체의 전략과 서사 문예의 상관관계에 대해 논의해보고자 한다.『공수학보』는 대한공수회의 학회지로서 대한제국의 관비 유학생들이 모여 만든 잡지였다. 대한공수회 회원들은 대체로 1904년 10월 '한국황실특파유학생'으로 내장원이 학비를 부담하여 일본에 파견한 유학생들이었다.[3] 따라서 대한공수회의 학회지인『공수학보』는 다른 학회지에 비해서 관비 유학생으로서의 책임의식이나 의무감이 보다 더 강화되어 나타나고 있다. 지

어 관비 유학생으로 대한공수회의 임원이었던 조용은은 공수학회, 대한흥학회 조선유학생친목회에서 활동했고, 박용희는 공수학회, 태극학회, 대한학회, 조선유학생친목회에서 활동한 바 있다.(전성규,「근대 지식인 단체 네트워크(2)」(『한국근대문학연구』통권 제46호, 한국근대문학회, 2022, 122~123쪽)

3   김소영,「한말 도일유학생들의 현실 인식과 근대국가론-『공수학보』와『낙동친목회학보』분석을 중심으로」,『한국 근현대사 연구』제84집, 한국근현대사학회, 2018, 13쪽.

역 출신 학회지에서 활동하는 인물들이 『공수학보』에도 함께 소속되어 있는 경우도 있었으나, 『공수학보』에 글을 실을 때는 다른 학회지와는 또 다른 분위기를 연출하고 있다. 이러한 점에서 『공수학보』는 매체의 특징과 전략이 어떻게 저자의 글에 영향을 미치고 있는지, 또 잡지를 읽는 독자 경향에 따라 어떠한 변화나 특징을 지니게 되는지 가장 명확하게 보여줄 수 있는 잡지라 할 수 있다.

따라서 제4장 1절에서는 지금까지 거의 연구되지 못한 『공수학보』를 중심으로, 『공수학보』의 특징을 살펴보고자 한다.[4] 특히 『공수학보』를 구성하는 유학생들의 특징과 관비 유학생으로서의 정체성에 주목하여 분석해볼 것이다. 또한 『공수학보』의 독자층을 살펴보고, 『공수학보』가 상정한 독자층은 누구이며, 이렇게 상정한 독자층들이 어떻게 『공수학보』의 글의 방향성에 영향을 미치는지 논의해보고자 한다. 이를 통해 매체의 전략과 특징이 텍스트에 미치는 영향과 독자와의 상관관계를 통해 서사 문예 형성에 어떻게 관여하게 되는지 천착해볼 것이다.[5]

---

4   사실 『공수학보』에 대한 논의는 거의 이루어지지 못한 상황이다. 2012년 출간된 『아단문고 미공개 자료총서』를 통해 그동안 미발굴되었던 『공수학보』에 대한 연구도 진행되기 시작했으나 여전히 미흡한 상황이다. 이 가운데에서도 대부분의 연구는 관비 유학생이나 『공수학보』의 잡지사적인 연구였다. 대표적으로는 박찬승, 「1904년 황실 파견 도일유학생 연구」, 『한국 근현대사 연구』 제51집, 한국근현대사학회, 2009, 196~230쪽; 이계형, 「1904~1905년 대한제국 관비 일본유학생의 성격 변화」, 『한국독립사연구』 제31집, 독립기념과 한국독립운동사연구소, 2008, 189~240쪽; 김소영, 「한말 도일유학생들의 현실 인식과 근대국가론—『공수학보』와 『낙동친목회학보』 분석을 중심으로」(위의 글, 7~39쪽)를 들 수 있다. 또 일본 유학생들간의 네트워크를 데이터베이스로 구축한 전성규의 「근대 지식인 단체 네트워크(2)」(앞의 글, 109~141쪽)도 일본 유학생들간의 교류와 상관관계를 실증적으로 보여준다는 점에서 주목할 만하다. 마지막으로 『공수학보』의 문예면에 대한 논의는 『공수학보』에 실렸던 조종관의 「피득대제」에 대해 연구한 손성준의 「영웅서사의 동아시아 수용과 중역의 원본성—서구 텍스트의 한국적 재맥락화를 중심으로」, 성균관대 박사논문, 2012를 들 수 있는데, 근대계몽기 서구 텍스트가 일본 중역을 통해서 한국에서 새롭게 번역되는 과정을 면밀하게 살피고 있다.

5   사실 『공수학보』에는 당대 다른 학회지에 비해 서사 문예가 많이 실려 있지는 않다. 그러나 근대계몽기 다양한 학회지가 출현하고 그 학회지마다 학회지의 성향과 정체성에 따라 다양한 서사 문예가 등장하고 있다. 『공수학보』 역시 그러한 초기 형태의 서사 문예 양식이 등장한다. 따라서

1) 『공수학보』의 발간 취지와 유학의 당위성 모색

『공수학보』는 1907년 1월에 창간되어 1918년 3월에 제5호까지 발간되었다. 창간호 때 편집 겸 발행인은 유전劉銓, 인쇄인은 신승균이었으며, 2호는 편집인 강전, 발행인 조용은, 인쇄인 유태진으로 바뀌어 4호까지 이어지고, 5호에는 편집 겸 발행인에 조용은, 인쇄인에 유전이 맡게 되었다.

일본 유학생회에서 출간된 학회지는 1906년 8월 24일에 1호가 출간된『태극학보』로부터 시작되어, 관비 유학생들이 1907년 1월 31일에 1호를 출간한『공수학보』가 그 다음을 잇고 있다. 이후 1907년 3월 3일에 발간된『대한유학생회학보』가 단 3호 만에 종간되고, 같은 해 10월 30일에『낙동친목회학보』가 창간되었다. 1908년 2월 25일에『태극학보』와『공수학보』를 제외한 부분 통합을 이룬『대한학회월보』가 창간되었으며, 1909년 3월 20일 일본 유학생회 전체가 통합하여 만든『대한흥학보』가 발간되기에 이른다.

그 당시 일본에 유학하고 있던 조선 유학생들이 유학생회를 결성할 때 비슷한 목적을 가지고 있었던 것도 사실이다. 유학생들간의 서로 친밀한 관계를 도모하고 새로운 지식을 공부하여 국내에 알리겠다는 크게 보면 2가지의 목표로 정리해볼 수 있다. 유학생들 사이의 친목이라는 목적과 새로운 사상의 전파라는 목적은 대부분의 일본 유학생 학회에서 매우 중요하게 생각하는 것이었다. 그렇기 때문에 이 두 가지 목적은 하나로 수렴되기보다는 양립되었다고 볼 수 있다.

오늘 문명시대에 살면서 개인적이든 국민적이든 공부를 안 하면 전국戰國시대에 살면서 무예를 배우지 않는 것과 다름이 없으니 어찌 사회에 용립함이 가능하리요. 그러므로 요즘에는 나라와 시대를 걱정하는 사람들이 반드시 국민교육 네 글자로 표방하고 지도하지 않음이 없는 것이다. 모든 일이 말하기는 쉽지만 실행하기 어려움은 인세

근대계몽기 학회지에 등장하는 서사 문예들을 정리하고 분석하여 이러한 서사 문예의 실험들이 근대의 문학을 형성하는 데 어떠한 영향을 끼치고 있는지 그 과정을 다루어보고자 한다.

의 상태로다. 오직 우리 태극학회가 첫 울음소리를 발하고 동도 한 구석에 싹을 틔워서 한해를 넘겨왔다. 이 사이에 많은 좌절과 고난의 비경이 적지 않았지만, 어려움을 만나지 못하면 날카로운 칼을 만들기가 어렵다. 우리 회원들의 피와 정성과 같은 용기여, 일치된 마음으로 서로 권하고 서로 돕고 서로 인도하고 서로 이끌어 한 걸음 물러서면 여러 걸음을 다시 나아가고 어려운 문제를 마주하면 백절불굴의 정신으로 용기를 배가하여 나아갈 것이니, 이는 본회가 오늘 점차 번창하는 영역에 나아가는 것이요 때때로 연설 강연이나 토론 등을 통해 지식을 교환 연마하며 앞으로의 대비를 소홀히 하지 않고 학습의 여유를 이용한다면 각자 학습하는 바를 전문이나 일반으로 논하고 번역하여 우리 동포 국민의 지식을 개발하는 한 분의 도움이 되고자 하는 작은 정성에서 나온 것이니 이는 본보가 창간되는 성운에 달한 것인저.[6]

이러한 두 가지 목적은 태극학회가 발간한『태극학보』에서도 잘 드러난다. 태극학회는 조선의 관서 지방 출신의 일본 유학생들이 만든 학회였고, 그만큼 같은 지역 출신 유학생들간의 친교를 중시하고 있다. 위의『태극학보』의 취지를 보면 "一致團心으로 相勸相救ᄒᆞ며 相導相携"한다고 하여 일치된 마음으로 서로 권하고 서로 돕고 서로 인도하고 서로 이끈다고 선언하고 있다. 전국戰國시대에 무예를 배우는 것처럼, 지금과 같은 시대에는 국민 교육으로 새로운 지식을 배우

---

6   이 인용문은 번역한 것으로 원문은 다음과 같다. "今日 文明時代에 處ᄒᆞ야 個人的 國民的을 不論ᄒᆞ고 學識을 不修ᄒᆞ면 戰國時代에 處ᄒᆞ야 武藝를 不習홈에 無異ᄒᆞ니 엇지 社會에 容立키 能ᄒᆞ리오. 是故로 近日 憂國憂時의 士ㅣ 반닷시 國民敎育 四字로 標幟唱導치 아님이 無ᄒᆞ나 凡事가 唱ᄒᆞ기 易ᄒᆞ고 實行키 難홈은 人世의 常態로다. 惟我太極學會가 呱呱의 聲을 發ᄒᆞ고 東都一隅에 萌出홈이 於玆에 逾年이라. 此間에 幾多頓挫辛苦의 悲境이 不少ᄒᆞ여스나 盤根을 不遇ᄒᆞ면 利刀를 難辨이라. 惟我 會員의 血誠所湧이여 一致團心으로 相勸相救ᄒᆞ며 相導相携ᄒᆞ야 一步를 退縮ᄒᆞ면 數步를 更進ᄒᆞ고 難關을 遭遇ᄒᆞ면 百折不屈의 精神으로 勇氣를 倍進ᄒᆞ니 此는 本會가 今日 漸次 旺盛ᄒᆞ는 域에 進홈이요 時時 演說 講演 或 討論 等으로써 學識을 交換研磨ᄒᆞ야 他日 雄飛의 準備를 不怠ᄒᆞ고 學暇를 利用ᄒᆞ는 各自 學習ᄒᆞ는 바 專門普通으로 論作之飜譯之ᄒᆞ야 我同胞國民의 智識을 開發ᄒᆞ는 一分의 助力이 되고져 ᄒᆞ는 微誠에 出홈이니 此는 本報가 創刊되는 盛運에 達ᄒᆞ 者인ㅣ져."(「太極學報 發刊의 序」,『태극학보』1호, 1906.8.24, 1쪽)

는 것이 무기라 여긴다. 이러한 무기를 연마하여 갈고 닦기 위해 유학생들이 서
로 권하고 돕고 인도하고 이끈다는 것을 학회의 취지로 설명하고 있는 것이다.

광무 9년 겨울 10월 10일에 유학생 김준석, 문내욱, 이은우 등 15~16명이 일본 도
쿄 본향구 신화마을 동향에서 모여 김준석의 거처에서 회를 구성하기로 의논하였다.
모든 사람이 찬성하여 매달 한 번의 모임을 갖기로 결정되었는데, 이는 학업을 서로 권
하며 질병이나 재난 상황에서 서로 돕기 위한 목적이었다. 그 명칭은 '낙동친목'이라고
명명하였는데, 이는 경상도 사람들의 조직이기 때문이다. 모든 것이 초창기 단계이며,
임원은 회장과 회계 담당 한 명, 간부 둘로 구성되었고, 회의 장소는 정해지지 않았다.
때로는 한산의 누각에서 모이기도 하고, 때로는 본향에서 모임을 갖기도 했다. 회의가
끝나면 모두 즐겁게 헤어졌다. 회원들은 개인적으로 기부금을 1원 이상 충당하며, 찬
성 회원인 김홍조, 한치유, 궁영 등은 모두 자발적으로 기금을 기부하여 질병이나 재난
상황에서의 실천을 지원하고자 한다.[7]

영남 출신의 일본 유학생들이 만든 낙동친목회의 취지를 보면, 친목회의 분위
기를 좀 더 강하게 느낄 수 있다. 이미 학회의 이름부터 '낙동친목'으로 정하고
경상도 내 사람들의 조직이라고 처음부터 명명한다. 또한 "학업을 서로 권하며
재난 상황에서 서로 돕기 위한 목적"이라고 분명하게 밝히고 있다. 고국에서 멀
리 떨어져 유학을 온 상황에서 이 유학생들이 서로를 의지하고 도울 수 있는 존
재가 무엇보다 필요했을 것이다. 그렇기 때문에 질병, 재난 등의 일을 당했을 때

---

7   "光武九年冬十月十日에 留學生 金準錫 文乃郁 李恩雨 等 十五六人이 集于日本東京本鄕區新花町同鄕
     齊 金準錫 寓所ㅎ야 議組成一會홀시 衆이 皆贊之ㅎ야 遂爲按月一會ㅎ니 蓋以學業相勤과 疾厄相救
     로 爲目的也라 標其明曰 洛東親睦이라 홈은 以其慶尙道內人士之組織也라 凡百이 俱係草創일시 任
     員은 會長以下會計一員幹事二員이오 會場은 無一定之處ㅎ야 或會於韓山之樓ㅎ고 或設於同鄕之齊
     ㅎ야 議事畢에 盡歡而散而己라. 會員이 各釀金一圜以上ㅎ고 贊成員 金弘祚 韓致愈 宮營 諸氏가 各
     捐義金以助之ㅎ니 欲以補用於疾厄相救之實施也라."(〈會報〉「洛東親睦會略史」, 『낙동친목회학보』
     제1호, 1907.10.30, 41쪽)

서로를 의지하고 도울 수 있는 모임을 결성하기로 한 것이다. 따라서 학업과 공부에 뜻을 두고 있기는 하지만, 경상도 출신 유학생들 간의 친목에 더 무게를 두고 있음을 알 수 있다.

> 동경에 있는 우리 유학생들의 수가 천 명이라면 많고, 500명이라면 적으니 요컨대 약 600~700명 정도 될 수 있다. 즉 600~700명은 자체적으로 한 가족 사회로서, 가족 사회로서의 단결과 화합력이 없다면, 유학생의 명예를 지킬 수 없을 것이다. 이제 광무 10년 7월 *일에 민충정 공 추조회追弔會에 모였다가 대한유학생구락부가 청년회와 더불어 합하여 대한유학생회라 칭하고 정의와 친밀함, 학식 교환을 일상으로 삼는 것이니 아아, 참으로 올바르다.[8]

앞서 살펴보았던 출신 지역 학회인 태극학회나 낙동친목회뿐만 아니라 연대나 통합을 위해 연합한 학회의 학회지에서도 비슷한 양상을 보인다. 일본에 유학하는 조선인 학생들이 많아지면서 유학생들의 단결과 화합을 위해 만들어진 대한유학생회의 경우에도 유학생들 간의 친밀함과 학식 교환을 가장 중요한 목표로 삼고 있다. 이러한 통합 의식은 이후 중간 단계의 통합 단체였던 대한학회와 전체 통합 학회를 이루었던 대한흥학회로 이어지게 된다.

(가) 아아, 우리는 일본에 유학하는 청년이라 말할 때 꼭 국민 대표로 언급되거나, 유학 십여 년에 걸친 업적이 무엇인가. 또한 조상으로부터 전해진 병든 사상을 벗어날 수 없고, 말도 안 되게 '갑회'나 '을회'로 나뉘어 국민적인 정신을 잃고 부분적인 성향

---

8 "凡我留學生之在於東京者ㅣ千則多ㅎ고 五百則少ㅎ니 要之可爲六七百人이라. 即 六七百人이 自爲 一家族社會ㅎ니 以一家族社會로 不有親睦團結之力이면 其 不辱留學之名義乎아 乃者 光武十年 七月 日에 行閔忠正公追弔會而仍撮影ㅎ고 合大韓留學生俱樂部與靑年會ㅎ야 爲大韓留學生會ㅎ고 以情 誼親密과 學識交換으로 爲目的ㅎ니 噫라 斯正矣라."(「大韓留學生會學報 趣旨書」, 『대한유학생회학보』 제1호, 1907.3.3, 1쪽)

을 갖게 되니 고통스럽지 않은가, 두렵지 않은가. 이제 우리들이 큰 소리로 외치며 말한다. 어떤 좋은 사업의 명분을 빌어 경영하더라도 민족적인 것은 한국을 흥하게 하고, 당파적인 것은 한국을 망하게 할 것이니, 이것이 곧 우리 한 시대의 요구이며, 우리 한 국민의 자각심이다. 이 자각심의 실천 여부는 우리 한국의 흥망에 관한 전환점이다. 수백 년간 부패한 국민의 머리를 깨고 새로운 시대의 건전한 사고를 기르기 위해 동경에 있는 우리 학생 각 단체가 합쳐져 대한학회를 조직하고 국민의 지덕 계발을 목적으로 삼고, 이 취지를 전국 동포들에게 널리 알리오니, 일심상구하며 동기상응하여 국가 공공사업에 일치 협력함을 부탁드린다.[9]

(나) 그러나 각 지역 학생들이 서로 연합하지 못하고 각자 분리되어 기지의 색이 서로 다르니, 정신의 상승은 한 쪽으로 공진할지라도 형식의 구분이 있으니 이에 대해 유감스럽지 않을 수 없다. 그러므로 작년 봄에 연합의 논의가 시작되어 어느 정도 합해져 대한학회라는 이름으로 대단체를 구성하려 했으나, 중간에 어떤 관계 때문에 태극학회, 공수학회, 연구학회가 각자 대립하여 분리되었으니, 일반 유학생계의 화합을 이끌지 못함은 실로 우리의 한탄이 아닐 수 없다. 내륙 선진 사회도 이에 대해 안타까움을 느끼지 않을 수 없다. 어떤 행운인지 진실의 발전과 학술의 개괄이 때를 따라 발전함으로써 합군 단체의 힘이 모의하지 않은 가운데 자생하여 이제 학생의 총단체를 조직하고 대한흥학회라 이름 지어 보았으니, 이는 일본에 유학생 역사가 있는 이래로 처음 있

9　"嗚呼라 吾儕는 日本에 留學하는 靑年이라 言必稱 國民代表는 留學 十有餘年에 所業이 何事오. 亦是 祖先의게 傳染혼 病의 思想을 脫치 못하고 曰甲會 曰乙會라 하야 國民的 精神을 沒了하고 部分的 性質을 胚胎하니 豈不痛哉며 豈不懼哉아. 於妓에 吾儕가 大聲疾呼하야 曰 如何혼 好個事業의 名義를 借하야 經營하더라도 民族的은 韓國을 興하고 黨派的은 韓國을 亡홀지니 是는 卽 我韓時代의 要求오 我韓國民의 自覺心이라 此 自覺心의 實行與否는 我韓 興亡에 關하는 分水點이라. 幾百年間 腐敗혼 國民의 腦筋을 打破하고 新時代의 健全혼 思想을 涵養하기 爲하야 東京에 在혼 我學生 各 團體가 合成爲一하야 大韓學會를 組織하고 國民의 智德啓發로 目的을 숨고 此 趣旨를 全國 同胞의게 廣布하오니 同心相求하며 同氣相應하야 國家 公共事業에 一致協力홈을 伏望. 隆熙 二年 二月 日 發起人一同."(「大韓學會趣旨書」, 『대한학회월보』 1호, 1908.2.25, 2쪽)

는 성취라 할지라.[10]

이러한 유학생 연합 정신은 (가)의 대한학회 취지서에서 좀 더 강화되어 있다. 국민의 대표라 할 수 있는 일본에 유학하는 청년들이 갑회와 을회로 나뉘어 당파 싸움을 하는 듯이 분열되어 있는 것에 개탄한다. 유학생들의 단합에 보다 큰 의의를 두고 하나의 마음으로 대표성을 띠고 일하기를 바라고 있는 것이다. 또한 이러한 단체를 통해 국민의 지덕 계발을 목적으로 한다고 대의를 밝힌다.

중간 단계의 대한학회의 통합 노력에서 더 나아가 대한흥학회에서는 그 통합의 의지가 더 단단하게 드러나고 있다. (나)의 『대한흥학보 취지서』에서는 대한학회에서 이루지 못했던 통합과 화합이 대한흥학회에서 드디어 이루어졌음을 천명한다. 대한학회로 통합하려고 시도했던 당시, 태극학회, 공수학회, 연구학회는 모종의 이유로 대립 분리되었던 것에 대해 매우 안타깝게 여기고 있다. 결국 대한흥학회에서 일본에 유학하는 조선 학생 전체를 통합한 최초의 쾌거로 내세운다. 학문이라는 주요한 무기를 연마하기 위한 가장 일차적인 요소로 통합학회를 내세우고 있으며, 흥학의 기초가 통합된 힘에서 나올 수 있음을 천명하고 있는 것이다.

이렇게 볼 때, 출신 지역을 토대로 한 태극학회와 낙동친목회는 유학생 간의 유대감과 친밀감에 보다 큰 주안점을 두고 있었으며, 연대와 통합을 목표로

---

10 "然ᄒ나 各地方 學生이 互相히 聯合치 못ᄒ고 各自히 分立ᄒ야 旗幟의 色이 殊異ᄒ니 精神의 向上은 一方으로 共進ᄒ지나 形式의 區分이 自有ᄒ지라 此에 對ᄒ야 遺憾이 豈無ᄒ리요 所以로 昨年 春에 聯合의 論이 始起ᄒ야 多少 部分을 合ᄒ야 大韓學會라 名稱ᄒ고 大團體를 組成코자 ᄒ얏더니 中間에 如何흔 關係를 因ᄒ야 太極學會, 共修學會, 硏學會가 各相對峙 分立흔지라 一般 留學生界의 大和氣를 導迎치 못흠은 實노 吾輩의 慨歎쏀 不啻라 內地 先進社會도 此에 對ᄒ야 悵失이 亦 不無ᄒ얏슬지로다. 何幸知誠의 發展과 學術의 開悟가 時日을 隨ᄒ야 進步흠으로 合群團體의 力이 不謀흔 中에서 自生ᄒ야 今者에 學生의 總團體를 組織ᄒ고 大韓興學會라 命名ᄒ야스니 此ᄂ 日本에 留學生 歷史가 有흔 以來로 初有흔 盛擧라 홀지라."(「大韓興學報 趣旨書」, 『대한흥학보』 1호, 1909.3.20, 1쪽)

둔 대한유학생회, 대한학회, 대한흥학회는 모두 유학생회의 협동하는 힘을 대의의 중요한 출발점으로 삼고 있었다. 대한공수회의 경우에는 출신 지역 학회나 통합 학회와는 다른 지점에서 살펴볼 필요가 있다. 대한공수회의 출발점은 위의 두 가지 경향과는 전혀 다른 것이기 때문이다.

대한공수회의 회원은 "1904년 10월 '한국황실특파유학생'으로 내장원이 학비를 부담하여 일본에 파견한 유학생"[11]들이었다. 이들은 "한국 정부에서 파견한 일본 유학생임에도 불구하고 학생의 모든 감독권은 일본이 가지게" 되어 일본 유학을 하는 도중에도 외출 금지 등 매우 엄격한 통제를 받아야만 했고 이 때문에 중퇴하는 학생들도 적지 않았다고 한다.[12] 이후 을사늑약이 체결되면서 이에 반발한 유학생들이 동맹자퇴를 결의하기도 했으며, 이로 인해 유학을 중단하고 귀국한 학생들과, 공부를 이어서 계속하고자 한 관비 유학생으로 나뉘게 되었다.[13] 결국 공수학회는 동맹자퇴 이후 학교로 복귀한 황실특파유학생들이 관비 유학생으로 전환되면서 1906년 9월~10월에 결성한 학회였다.[14] 이후 공수학회는 이듬해인 1907년 1월에 『공수학보』를 창간하기에 이른다.

(다) 과거에는 매월 몇 번씩 학문 모임을 조직하여 학우들의 우애를 도모하고 지식을 교환하기 위해 준비하였다. 강연과 토론을 통해 서로의 지식을 교류하며, 참석자들의 즐거움과 순간적인 감동은 진심 어린 분위기와 우애로운 감정을 통해 봄바람의 조화로운 기운을 순간에 되찾음과 같았다. 그러나 시간이 지나면서 사람들은 떠나고, 단결된 기운은 변해 고요한 상태에 빠지며 좋은 말과 즐거운 일들, 학문적 이론들은 더 이상 영향을 미치기 어려워졌다. 그러한즉 실제로는 몇 년 몇 월 며칠에 누가 어디에서

---

11   김소영, 앞의 글, 13쪽.
12   이계형, 앞의 글, 198~199쪽.
13   이계형, 앞의 글, 199~204쪽.
14   김소영, 앞의 글, 13~14쪽.

어떤 사건으로 모였는지 누가 추적하고 기억할 수 있으리요. 실로 슬픔에 이를 바이라. 어찌하여야 동서로 흩어진 우리들이 조석으로 상대함과 같게 하리요.[15]

(라) 이에 따라 편의의 방법을 연구함이니 마땅히 우리가 각자 붓과 벼루의 노동을 쥐고 학문적인 사고와 토론적인 진술을 모두 기록하여 글을 수집하고 감나무나 배나무를 깎아내어 서로 조용한 창가에 놓아두었다가 맑은 휴식과 사색하는 때에 점검하여 한번 살펴보면 전날의 다양한 의견과 여러 가지 새로운 학문을 조화롭게 절충하며 결합하게 될 것이다. 이것은 특히 잊기 쉬운 갖추어야 할 것을 습득하여 남길 때에 필요하고 또한 우리의 얕은 지식과 속된 말에서 흘러나온 것을 저술한 것이므로 그 추한 모습을 드러내는 것은 고명한 군자의 명민한 눈에 들키기에 어쩔 수 없을 것이나[16]

창간호 서언에 실린 「공수학보 제언共修學報 緒言」에 보면, 공수학회 초창기의 모습을 엿볼 수 있다. (다)에서는 공수학회가 처음 결성되었을 때 매월 몇 번씩 학문 모임을 조직했고, 서로 우애를 도모하며 지식을 교환해왔다고 설명한다. 그러나 시간이 지나면서 단합하던 기운은 사라지고 학우들도 서로 흩어지게 되었다며 슬퍼한다. 따라서 언제, 누가, 어디에서, 어떤 사건으로 모였는지 기억하기

---

15 "曩日에 共修會를 組織ᄒ야 每月에 幾回씩 會ᄒ야 學友의 誼를 相敦ᄒ고 麗澤의 益을 相資ᄒ기를 準備ᄒ야 講述討論으로 彼此의 知識을 交換ᄒ니 當席의 愉快홈과 一時의 感應홈은 懇欵흔 容儀와 親愛흔 情緒가 靄靄融融ᄒ여 春風의 和氣를 頃刻에 挽回홈과 同ᄒ나 時가 移하고 人이 往ᄒ 후에 團圓한 氣象은 變ᄒ야 寂寞흔 境에 濱ᄒ고 嘉言樂事와 理論學說은 更히 영향을 摸捉하여 聽得키 難ᄒ니 然흔즉 某年某月某日에 何人이 何地에 何事로 會集하였던 蹤跡를 誰가 追하야 憶ᄒ리요. 實노 慨念에 及홀바이라 엇지ᄒ여야 東西에 星散한 吾儕로 하여금 昕夕에 相對홈과 如케 ᄒ리요."(「共修學報 緒言」,『공수학보』1호, 1907.1.31, 1쪽)

16 "此에 因ᄒ야 方便의 策을 硏究함이니 마땅히 吾儕가 各各 筆硯의 勞를 執하여 學問의 思想과 討論的 陳述을 一切히 記述하여 文章을 蒐輯하고 棗梨를 剞劂하여 互相히 靜窓裝几에 揷置하였다가 晴閑한 餘와 覃思하는 際에 點檢抽出하여 一度 看過하면 前日의 衆論과 諸般의 新學을 折衷도 하며 領會도 하리니 此는 最히 備忘拾遺에 必要하고 또 吾儕의 蔑識淺量과 俚言俗談에 流出한 바 著作인즉 其 醜態陋狀의 顯露ᄒ는 거슨 高明君子의 慧眼에 掛ᄒ기 顔厚홈을 免치 못ᄒ나."(「共修學報 緒言」,『공수학보』1호, 1907.1.31, 1쪽)

가 어려워짐에 따라 이를 기록으로 남기고자 『공수학보』를 창간하게 되었음을 선포한다. (라)에서는 단순한 모임의 기록이 아니라, 좀 더 연구에 가까운 기록임을 밝히고 있다. 각자 붓과 벼루를 쥐고 학문적인 사고와 토론을 모두 기록하여, 나왔던 의견을 토대로 새로운 학문을 조화롭게 절충하고 종합하여 새로운 학문을 창출하고자 하는 의지를 보여준다.

(마) 다행히도 존경받는 눈길을 받아 일단 언어와 문법의 결함이 있는 부분을 명시하여 가르쳐주시고, 자비로운 마음으로 바른 길로 인도해 주실 것을 구하나니 이는 또 대부분의 높은 평가를 받으며 자기의 짧은 점을 보완함인즉 어찌 이익이 적다 하리요 사람의 탁월한 지혜와 특출한 재능이 마음속에 넘치고 있어서 세상에 갇힌 채로 그것을 글로 표현하거나 말로 전하지 못하면 어떻게 사업에서 효과를 거둘 수 있으리요 고대 선조들은 서적을 통해 말하고 천추에 모범을 세우는 것이니 이에 가부를 의논하는 것을 감히 못하나[17]

(바) 다만 해외에 머무르는 다양한 이득을 위해 학문을 지원하고 국내에서 먼 곳에 거주하는 동포들에게 즐거움을 제공하기 위해 모두 의논하고 공감하며 함께 노력하는 것이 진정으로 동일하고 모두가 한 마음으로 학문과 토론을 편집하여 학보를 발행하는 데 이르렀다. 옛말에 이르기를, 글로 친구를 만나고 친구로 인仁을 돕는다 하니 우리도 이 말을 명심하여 인의로 덕성을 함양하고 문사로 우정의 길을 이끌어 개인의 업적과 사회적 공익을 함께 증진하기를 기대한다.[18]

---

17 "幸히 辱覽ᄒᆞ심을 蒙ᄒᆞ야 句語와 文法의 眼疵가 有ᄒᆞᆫ 處를 明敎ᄒᆞ옵셔 慈心을 發ᄒᆞ야 正道에 就케 ᄒᆞ심을 求ᄒᆞ나니 此ᄂᆞᆫ 쏘 大方의 高評을 要ᄒᆞ야 一己의 短所를 補ᄒᆞᆫ즉 엇지 裨益이 鮮少타ᄒᆞ리요 盖人의 瓌奇ᄒᆞᆫ 智略과 特達ᄒᆞᆫ 才藝가 心曲에 充溢ᄒᆞ고 世間에 牢籠ᄒᆞ되 文字로 發揮ᄒᆞ거ᄂᆞ 言語로 宣布치 못ᄒᆞ면 엇지 事業上에 效果를 收ᄒᆞ리요 古人의 著書立言ᄒᆞ야 千秋에 模範을 作ᄒᆞᆷ이니 此에 擬議키는 敢치 못ᄒᆞ나."(「共修學報 緒言」,『공수학보』1호, 1907. 1. 31, 1~2쪽)
18 "但 海外에 留連ᄒᆞᄂᆞᆫ 諸益의 學術을 資ᄒᆞ고 國內에 遠居ᄒᆞ시ᄂᆞᆫ 同胞의 玩賞을 供ᄒᆞ기 爲ᄒᆞ야 僉謀가 洞同하고 衆心이 一致ᄒᆞᆷ으로 向의 學問과 討論을 編集에 付ᄒᆞ야 學報를 發行ᄒᆞ기에 至ᄒᆞᆷ이라

(마)에서는 『공수학보』를 창간하게 된 가장 중요한 목적이 드러난다. "사람의 탁월한 지혜와 특출한 재능이 마음속에 넘치고 있어서 세상에 갇힌 채로 그것을 글로 표현하거나 말로 전하지 못하면 어떻게 사업에서 효과를 거둘 수 있으리요"라고 언급하며, 공부의 기록으로서 『공수학보』의 정체성을 말하고 있다. 이는 단순히 한 사람의 학문을 집필하는 것일 수도 있으나, (라)의 내용으로 볼 때 학문적 모임을 통해 이를 기록하여 남기는 것으로 볼 수도 있다. 또한 여기에서 더 나아가 기록된 학문을 서재에 두고두고 보면서 자신의 학문과 성과를 덧붙여 새로운 학문을 만들어내고자 하는 역할까지 모색해보고자 한다. 또한 (바)에서는 이러한 학문적 성과가 비단 일본에서 유학하는 관비 유학생들뿐만 아니라 국내에 거주하는 동포들에게 제공하기 위함임을 천명한다.

물론 『공수학보』의 취지 역시 관비 유학생 모임과 그 모임을 통해 새로운 학문을 익혀 널리 국내 동포에게까지 지식을 전달하고자 하는 것이었다. 이는 앞서 살펴보았던 다른 학회들과 유사해보이기도 한다. 그러나 좀 더 세밀하게 살펴본다면, 『공수학보』가 지닌 미세한 차이가 드러난다. 한국황실특파유학생으로서 일본에 유학을 온 청년들이 을사늑약 이후 동맹 휴학을 거쳤다가, 이후 남은 학생들은 다시 관비 유학생으로 전환되어 계속해서 일본에서 학업을 이어나가게 된다. 이러한 학생들이 『공수학보』를 통해서 단순히 서로의 우정과 친목을 다진다고 하기에 그들의 부채의식은 다른 유학생회보다 조금 더 무거웠다. 누군가는 일본에 대항하여 고국으로 돌아갔고, 남은 자들이 그럼에도 불구하고 일본에 남아 새로운 학문을 공부하고자 했다면, 국가를 위한다는 좀 더 명확하고 뚜렷한 목표의식이 필요했을 것이다. 따라서 출신 지역 학회지나 통합 학회들의 모임들이 친목과 학문을 모두 중시했던 것에 비해, 『공수학보』는 친목보다는 학

噫타 古語에 云하엿스되 文으로써 友을 會하고 友로써 仁을 輔한다 하니 吾儕도 此言을 銘心服膺하야 仁義로 德性을 涵養하고 文事로 友道를 輔導하야 個人의 事爲와 社會의 公益을 並修兼進하기를 玆에 期望하는 비로다."(「共修學報 緒言」, 『공수학보』 1호, 1907.1.31, 2쪽)

문에, 또 새로운 학문 창출과 일본에 남아서 유학해야만 하는 당위성을 표현하는 데 조금 더 치중했다고 볼 수 있다.

오늘은 천고에 아무 데도 없는 오늘이오, 백 년에 다시 되풀이하기 힘든 오늘이니, 오늘 배우지 않으면 일가회록에 숟가락이나 젓가락으로는 어려움을 구제할 수 없으며, 오늘 배우지 않으면 병이 더 심해져 회춘이 막막하리니 오호라 나의 이천만 동포여, 위기를 피하려면 지금부터 공부하고, 안락을 즐기려면 지금부터 공부하며, 영예를 얻으려면 지금부터 공부하고, 한 몸과 한 집을 지키려면 지금부터 공부하며, 정박을 풀려면 지금부터 공부하고, 감옥을 벗어나려면 지금부터 공부하며, 자유와 평등을 얻으려면 지금부터 공부하며, 우리 대한 제국의 독립을 되찾으려면 지금부터 공부하며, 축융을 소멸시키려면 지금부터 노력하고, 병든 몸을 부활시키려면 지금부터 노력하여 태평한 몸으로 평화로운 가정을 살아가려면 지금부터 공부하라. 오, 나의 이천만 동포여, 지금부터 공부합시다. 오호라.[19]

위의 글은 『공수학보』 2호부터 발행인을 맡았다가 5호에서는 편집까지 맡은 조용은의 글이다. 조용은은 「통고이천만동포慟告二千萬同胞」라는 제목의 글에서 일본의 교육 상황과 조선의 상황을 대조해서 설명한다. 특히 일본은 막부 말엽 국위가 부진하게 된 것을 백성이 개화하지 못하고, 교육을 하지 못해서임을 알고 교육을 확장하여 현재 일본의 교육 상황이 매우 좋아졌음을 강조한다. 그러면서 오늘 배우지 않으면, 가정도, 나라도, 병도 그 어떤 것도 구원해낼 수 없다고 단

---

19 "今日은 千古所無之今日이오 百年難再之今日이니 今日不學이면 一家回祿에 匙箸難救호지며 今日 不學이면 病將彌留에 回春無路호리니 嗚呼라 我二千萬同胞여 危境을 欲免커든 迨今務學호고 安樂 를 欲享호며 榮譽를 欲得커던 迨今務學호고 一身一家를 欲保커던 迨今務學호며 搏縛을 欲解호며 牢獄을 欲放호며 自由平等을 欲得커던 迨今務學호며 我大韓帝國의 獨立을 欲復커던 迨今務學호 며 祝融을 剿滅호고 病體를 蘇完호야 太平身으로 太平家에 一生을 度了코호랴거던 迨今務學홀거 시니 唯我 二千萬同胞가 迨今務學호옵시다 嗚呼."(조용은, 〈講壇〉「慟告二千萬同胞」, 『공수학보』 1, 1907.1.31, 9~10쪽)

언한다. '공부'가 절대화되어 모든 문제의 해결점으로 제시되고 있는 것이다.[20]

이는 공수학회의 부회장을 맡았던 김지간의 글인 「국가사상國家思想을 논論 흠이라」에서도 그대로 드러난다. "우리가 무삼 學問을 硏究흥고 무삼 事爲를 經營흥던지 一身以上에 國家가 在흠을 忘치 말고 頭腦中에 國家思想을 刻흥고 印흥야 他族의 侮辱을 雪흥며 二千同胞로 흥야금 世界上에 第一等文明國民이 되게 흥읍시다"[21]라고 강조한다. 어떤 공부를 하든지 간에 국가를 위한 것이며, 공부를 통해 타민족의 모욕을 씻고, 이천만 동포들이 세계의 문명국민이 되도록 하는 책임이 자신들에게 있다고 설파한다.

결국 이러한 생각들은 관비 유학생들 스스로의 부채의식과 당위성에 대한 보다 복잡하고 미묘한 부분에서 드러나고 있는 정체성과도 같다. 이는 『공수학보』를 다른 학회지와는 다른 성향을 띠도록 한다. 공부가 애국의 길이라는 것은 다른 유학생 학회지에서도 동일하게 드러나고 있는 것이지만, 『공수학보』에서는 '공부'에 대한 책임과 의무가 보다 더 강화되어 있다고 할 수 있다. 또한 국가로부터 유학비를 지원받고 있는 입장에서, 심지어 불평등한 을사늑약이 체결된 상황에서도 적국이라 할 수 있는 일본에 남아 국고를 여전히 소비해야 하는 이유를 오로지 '공부'에서 찾고 있다. 마치 지원받은 관비에 대한 보고를 해야 한다는 의무 의식마저 찾아볼 수 있다. 이러한 관비 유학생들의 의식은 『공수학보』에 그

---

20 『공수학보』에서 조용은의 글은 총 6편이 실려 있다. 위의 글 외에도 2호에 「綠林時代를 嘆흠」 (1907.4.30)이라는 글에서 서양 식민지 상황을 구체적으로 설명하며, 이를 화적이나 도둑의 소굴을 일컫는 "녹림"의 시대로 표현한다. 3호와 5호에서는 각각 「日本의 新聞 沿革」(1907.7.31), 「世界之大戰爭」(1908.3.20)을 실어 일본 신문의 역사와 서양 세계 대전쟁 등의 외국 역사나 당대 국제 정세에 대해 자세하게 서술하고 있다. 또 4호에서는 「大活動은 大準備를 要흠」 (1907.10.30)이라는 글에서는 일본이 농공업을 발달케 하여 지금에 이르렀다며, 우리 역시 이러한 대활동이 필요하다고 강조했다. 이 외에 병중인 벗을 위무하는 한시(「病中友和人慰韻」)가 4호에 1편 실려 있다. 조용은의 글은 대체적으로 서양의 역사와, 일본의 발전과 교육, 국제 정세에 대한 앎을 전제로 객관적이고 구체적으로 서술하고 있다. 이러한 객관적인 파악이 바로 '공부'임을 피력하고 있는 것이다.

21 김지간, 〈講壇〉「國家思想을 論흠이라」, 『공수학보』 1호, 1907.1.31, 13~14쪽.

대로 드러나게 되는데, 이것이 다른 유학생 학회지와 아주 미묘하게 달라지도록 만든다.[22] 『공수학보』의 편집적 특징에 대해서는 다음 항에서 보다 구체적으로 다루어보도록 하겠다.

2) 『공수학보』의 주제 구성 및 기획

앞서 『공수학보』가 1906년 관비 유학생들이 만든 유학생 단체인 대한공수회의 학회지임을 밝혔다. 또한 이 『공수학보』는 관비 유학생들의 학회지였던 만큼, 공부에 대한 책임과 의무, 또 유학비를 지원받고 있는 부채의식까지 미묘하게 스며들어 있었음을 논의해보았다. 『공수학보』는 1907년 1월에 창간호를 출간한 이후, 계간지 형식으로 총 5호가 발간된 것으로 보인다.[23]

〈표 1〉 『공수학보』의 주제별 분류

주제	세부항목	세부항목 개수	주제별 개수
신사상, 산업	신사상	31	36
	산업, 경제	5	
역사 / 외국 소식	외국 역사 / 소식	19	20
	한국 역사	1	
문예계열	시가류	12	19
	서사류	7	
공수학회	공수학회	15	15
교육	교육	11	11
유학생	유학생	9	9

---

22 물론 공수학회를 구성하는 개개인의 생각과 의견은 다를 수 있다. 그러나 『공수학보』의 커뮤니케이션의 내부에서 공통적으로 표출되는 경향은 이 개개인의 관비 유학생들의 생각들이 얽혀들면서 개인의 의식이나 개성과는 또 다르게 나타난다고 보아야 한다. 왜냐하면, 이들 관비 유학생들이 『태극학보』 등의 출신 지역 토대 학회지에서 글을 실을 때와, 『공수학보』에 글을 실을 때 분명 다른 경향을 보이고 있기 때문이다. 학회지라는 매체 내부에서 학회지의 성격과 상정한 독자들에 대한 기대치가 반영되면서 관비 유학생들 스스로 미세한 차이를 드러내고 있는 것이다.

23 현재까지 확인할 수 있는 『공수학보』는 총 5호이며, 이후 더 발간되었는지는 알 수 없다. 이전까지 『공수학보』는 발굴되지 못하다가 아단문고에서 발굴하여 출판하였다. 현재 『공수학보』는 『아단문고 미공개 자료 총서 2012』(소명출판, 2012)에서 확인할 수 있다.

주제	세부항목	세부항목 개수	주제별 개수
애국, 계몽	애국, 계몽	8	8
국민정신	국민정신	8	8
우승열패	우승열패	5	5
국가, 법, 정치	국가, 법, 정치	4	4
건강, 위생	건강, 위생	4	4
구습타파	구습타파	2	2
총계		141	

　『공수학보』의 주제별 분류를 보면, 신사상〉역사〉문예〉공수학회〉교육 순
으로 이어졌다. 특히 신사상과 연관된 학술적인 내용이 가장 많았는데, 이는 다
른 일본 유학생 학회지와 다른 점이라 할 수 있다. 다른 일본 유학생회 학회지는
모두 문예면이 가장 많았고, 그 다음으로는 학회 관련 소식으로 이어졌다. 『태극
학보』와 『대한유학생회학보』는 문예 다음 신사상이 많이 나왔는데, 『공수학보』
는 특이하게도 신사상이 가장 많은 부분을 차지하고 있었다. 즉 『공수학보』는 문
예면이 다른 일본 유학생회 학회지에 비해서 매우 축소되어 있었고, 대신 신사
상 등 새로운 학문 내용을 알리는 것이 가장 많이 등장했다.[24]

　『공수학보』에 신사상 다음으로 많은 부분을 차지한 내용은 역사 부분이었는
데, 역사 중에서도 외국 역사나 외국의 소식에 대한 내용이 상당히 많이 차지하
고 있었다. 신사상이나 외국 역사 내용이 많은 것은 『공수학보』가 관비 유학생들

24　물론 근대계몽기 학회지에서 신사상 즉 서양의 근대 학문에 대한 소개나 산업 혹은 경제 관련 글
　　들이 많이 실린 것은 사실이다. 그러나 학회지마다 어떤 주제가 많이 실리는지는 미묘하지만 차
　　이가 있다. 예를 들어 『태극학보』에도 신사상이 많이 실려 있으나, 전체 글의 비율로 볼 때, 문예
　　류가 약 32%(총 626편의 글 중 200편), 신사상과 경제, 산업류 글이 약 21%(신사상 86편, 경제
　　및 산업 47편 총 133편)였다. 또 역사가 전체의 약 3.2%(20편) 정도에 그쳤다. 그러나 『공수학
　　보』는 실리는 글에 비해 신사상 관련 내용이 가장 많았다. 신사상과 산업 경제 부분이 전체의 약
　　25.6%, 다음이 역사/외국소식으로 약 14.2%, 문예가 약 13.5%로 『태극학보』와는 반대의 상황
　　을 보이고 있다. (『태극학보』의 주제별 분류와 관련해서는 전은경, 『미디어의 출현과 근대소설
　　독자』, 소명출판, 2017, 479쪽)

이 모여 조직한 대한공수회의 학회지였기 때문일 것이다. 황실에서 파견한 유학생이 상당수 차지하고 있었고, 공식적인 선발 시험을 통해 국가의 지원을 받아 일본 유학을 하고 있었으므로, 학술적인 부분에 더욱 치중하여 글을 실었을 것으로 보인다.[25] 이는 국가로부터 재정을 지원받고 있었기 때문에 국가에 대한 의무나 사명의식, 애국 계몽 의식의 표현으로 보인다.

〈표 2〉『공수학보』의 문체별 분류

문체 종류		개수	총 개수
단어형 국한문체	단어형 국한문	53	78
	단어형+구절형	23	
	단어형+한문	1	
	단어형+한글	1	
한문체	한문	26	33
	현토한문	7	
구절형 국한문체	구절형 국한문	30	30
총계		141	

『공수학보』의 글은 단어형 국한문체가 총 78개로 전체의 약 55.3%를 차지했고, 한문체가 약 23.4%, 구절형 국한문체가 약 21.3%를 차지했으며, 한글체는 아예 등장하지 않았다. 이러한 양상은 『태극학보』나 『대한학회월보』의 문체 상황과 유사해 보인다. 이 두 학회지 모두 단어형 국한문체 〉한문체 〉구절형 국한문체 〉한글체로 이어지고 있다. 『공수학보』 역시 당대 다른 일본 유학생 학회지와 마찬가지로 단어형 국한문체를 가장 많이 사용했는데, 비슷한 회원들로 구성되었기 때문으로 보인다.

---

25 이들은 처음 1904년 7월 황실특파유학생 선발 시험을 친 후 선발되어 황실특파유학생으로 일본 유학생이 되었다. 이후 을사늑약이 체결되면서 유학생들은 이에 분노하여 동맹자퇴를 결의하였다. 이 중 완전히 유학을 중단한 학생들도 있었으나, 나머지 유학생들은 다시 학교로 돌아가 관비 유학생으로 전환되었는데, 원래 있었던 황실특파유학생에 더해서 새로 관비 유학생으로 뽑아서 충원했다고 한다.(김소영, 앞의 글, 13쪽)

3) 표제 구분과 편집의 특징

『공수학보』의 표제를 보면, 『태극학보』에서 보였던 것과 유사한 표제명들이 보이기도 한다. 이는 일본 유학생회 학회지로서 가장 먼저 『태극학보』가 편찬되었고, 『태극학보』에 함께 참여했던 인물들이 『공수학보』에도 그대로 참여하고 있었기 때문일 것이다.[26] 『공수학보』에 실린 표제류는 〈표 3〉과 같다.

〈표 3〉 『공수학보』의 표제별 분류

유형	표제	개수	유형별 총 개수
논설	논설(論說)	21	39
	강단(講壇)	11	
	찬설(贊說)	5	
	사설(社說)	1	
	기서(寄書)	1	
교육	학원(學園)	23	49
	학해(學海)	18	
	학술(學術)	8	
문예 (산문, 시가, 역사물 등)	잡찬(雜纂)	26	41
	사림(詞林)	14	
	문원(文苑)	1	
회보 / 학회 관련	회보(會報)	3	9
	잡보(雜報)	2	
	총보(叢報)	2	
	휘보(彙報)	2	
표제 없음		3	
총계		141	

『공수학보』의 표제별 분류를 보면, 논설 관련 글들에 대해서 〈논설〉, 〈강단〉, 〈찬설〉, 〈사설〉, 〈기서〉 등의 표제를 활용했다. 교육 관련 글에서는 〈학원〉, 〈학해〉, 〈학술〉 등 표제를 다양하게 사용했다. 문예면의 경우에는 〈잡산〉, 〈사림〉, 〈문원〉 등을 활용했고, 공수학회나 회보 관련 글에 대해서 〈회보〉, 〈잡보〉, 〈총

---

26 예를 들어, 『공수학보』 1호 「本會會員名錄」(1907.1.31)에 부회장으로 언급된 김지간은 태극학회에 초기에는 평의원으로 선임되었다. (「本會會員名錄」, 『태극학보』 2호, 1906.9.24, 60쪽) 이후 태극학회에서 2대 회장까지 역임하게 된다. (「會員消息」, 『태극학보』 14호, 1907.10.24, 62쪽)

보〉,〈휘보〉등을 사용했다.

〈표4〉『공수학보』의 호차별 표제 분류

호	강단	논설	찬설	사설	기서	학원	학술	학해	잡찬	사림	문원	잡보	총보	회보	휘보	없음	총계
1	11					23				2		2				3	41
2		8	3				8		6	4			1				30
3		5	2					8	5	3			1				24
4		5						7	7	4				3			27
5		3		1	1			3	8		1				2		19
총계	11	21	5	1	1	23	8	18	26	14	1	2	2	3	2	3	141

『공수학보』에 실린 글들을 호차별 표제로 분류해 보면,〈표 4〉와 같다. 논설류에 대한 글은 1호에서〈강단〉을 활용했으나, 이후에는〈논설〉로 바뀌고 있다. 또 학술적인 글은〈학원〉에서〈학술〉,〈학해〉로 변화한다. 이러한 표제 중 가장 많이 쓰인 것이〈잡찬〉으로 총 26개였고, 그 다음은〈학원〉23개,〈논설〉21개,〈학술〉18개,〈사림〉14개,〈강단〉11개 순으로 이어졌다.

〈표5〉『공수학보』에 실린 문예류의〈표제〉분포

	사림	기서	잡찬	학원	학해	총계
시가류	11	1				12
서사류			3	2	2	7

다음으로『공수학보』에 실린 문예류의〈표제〉분포는〈표 5〉와 같다.『공수학보』는 다른 일본 유학생 학회지와 달리 문예류의 글이 많지 않았다. 그 중 서사류는 훨씬 더 적었다. 시가류는 기서를 제외하면, 대체로 한시나 한문 문장으로〈사림〉에 실려 있었다. 서사류가 실린 표제의 분포를 보면,〈잡찬〉에 역사 전기 2편, 문답형 1편,〈학원〉에 역사 전기 2편,〈학해〉에 역사 전기 1편, 문답형 1편이 실려 있다.

〈표6〉『공수학보』의 문예 관련 분류

분류	세부 항목	개수	분류별 개수
서사류	역사 전기	5	7
	문답체	2	

분류	세부 항목	개수	분류별 개수
시가류	한시	9	12
	한문 문장	2	
	한글 시가	1	
총계		19	

『공수학보』에 실린 서사류는 총 7편으로 역사 전기류가 5편, 문답체 양식이 2편이었다. 역사 전기류는 〈피득대제〉가 3편 연재되었고, 나머지는 신사상과 관련하여 학술적인 글과 연관하여 등장하는 것이 특징이다. 식물 답사를 하며 여행한 인물을 설명하면서 이 인물의 일대기를 간략하게 설명하고 있기도 하고, 열심히 해서 성공한 수학자나 전기 개발자의 이야기를 에피소드 방식으로 전달하고 있기도 하다. 문답체는 애국과 연관한 내용과 신사상인 동물학과 연관하여 문답을 주고 받는 내용으로 되어 있다.

『공수학보』가 관비 유학생들을 위한 학회지이다 보니, 신학문을 전달하고 교류하거나 외국 역사나 외국 소식 등을 배울 수 있는 전달체로서 학회지를 활용하고 있었다고 볼 수 있다. 그러다 보니 개인의 생각이나 감정을 표현하는 문예면보다는 좀 더 학술적이고 애국 계몽과 연관된 내용을 실을 수밖에 없었던 것으로 보인다.

결국 『공수학보』는 관비 유학생으로서 공부를 계속해야 하는 당위성을 보여줄 수 있는 기록 매체의 역할을 담당하게 되었다고 할 수 있다. 따라서 출신 지역 학회지나 다른 연대, 통합 학회지들과는 달리, 『공수학보』는 개인적인 단합이나 감정을 토로하는 기회로서 제공되지 못했다. 이는 『공수학보』에서 상정된 독자가 대한공수회를 구성하고 있는 회원이라기보다는 관비를 제공하는 정부이자 조선의 국민이었기 때문이다.

이는 다른 학회지와 비교해 보면, 그 차이가 뚜렷하다. 예를 들어 출신 지역 학회지의 경우에는 같은 지역 출신 유학생들끼리 서로 친목을 도모하고 있다는 점에서 학회지의 상정된 독자는 유학생들 자신이었다고 할 수 있다. 물론 고국의 지식인들 역시 독자로 자리매김하고 있다고 해도 학회지에서 상정한 독자층도, 또 실제 독자층도 같은 모임에 참여하고 있는 유학생들 자신이었다.

그러나 『공수학보』는 관비 유학생이라는 특수성이 내재되어 있었으며, 국가의 지원을 받는 입장에서 회원들의 친목 도모를 위한 장이라고 하기에는 미묘한 차이가 존재했다. 친목 도모는 출신 지역 학회지나 다른 학회지를 통해서도 가능했기에, 『공수학보』를 통해서는 고국에 스스로의 성과를 보고하는 방식이 될 수밖에 없었을 것이다. 결국 이는 학회지의 상정된 독자가 다르기 때문에 발생하게 된 차이라 할 수 있다. 『공수학보』에 상정된 독자는 바로 고국과 정부, 자신들을 지켜보는 고국의 지식인들이었다. 따라서 『공수학보』에 실린 글들은 이러한 관비 유학생들이 관비를 낭비하지 않았다는 일종의 보고이자, 여전히 일본에 남아 공부를 해야 하는 당위성을 전달하는 매개체였다고 볼 수 있다.[27]

4) 관비 유학생으로서의 당위성의 재현과 서사 문예 활용

『공수학보』에 실린 문예글은 다른 일본 유학생회 학회지에 비해 그 수가 상당히 적다. 출신 지역을 토대로 한 학회지 『태극학보』에서 서사 문예 관련 글은 총 80편이었고, 총 3호만 발간되었던 『대한유학생회학보』의 서사 문예 글은 총 15편이었다. 중간 통합 학회의 학회지였던 『대한학회월보』의 서사 문예 글이 19편, 최종 통합 학회의 학회지였던 『대한흥학보』의 서사 문예 글은 총 29편이었다. 이에 비해 『공수학보』에 실린 서사 문예는 역사 전기가 5편, 문답체가 2편이었는데, 사실 문답체는 신사상을 소개하는 내용으로 문예라고 보기는 어렵다. 이렇게 보면, 역사 전기물 5편이 전부라 할 수 있는데, 이 중 3편이 「피득대제전彼得

---

27   이러한 의식은 일본 유학생들에 대한 국내의 기대 때문이기도 했다. 대한제국의 정부, 지식인, 일반 인민들 모두 유학생들에게 거는 기대가 컸으며, 유학생들의 학업 상황이나 활동을 관심 있게 지켜보다가 기대에 미치지 못할 때는 비판 역시 신랄하게 했다고 한다. (김소영, 앞의 글, 12쪽) 관비 유학생의 경우에는 이러한 부채의식과 더불어 책임감과 의무감이 더했다고 할 수 있다.

^{大帝傳}」의 연재였다. 따라서 연재물 「피득대제전」과 나머지 역사전기물 2편으로 총 3편이 전부였다. 『공수학보』에 실린 『피득대제전』은 인물의 전기가 모두 번역된 것이 아니라, 피득대제의 탄생과 어린 시절, 그리고 말년의 삶을 번역한 것이다.[28]

(가) 피득은 태어난 지 여섯 달이 되던 달에 벌써 빠르게 달리며, 그의 동작은 매우 활발하여 군중 중에 뛰어나게 두드러졌다. 그의 어머니는 그를 사랑하여 잠시도 무릎 아래에서 떠나지 못하게 하며, 궁전에 들어갈 때마다 반드시 그와 함께하였다. 아버지는 대학사 소달루로 하여금 그의 교육에 전념하게 하였는데, 소달루는 당시에 박학다식한 대학자였으며, 그의 아들들을 이끌어 내기 전에 그들의 역량을 시험하고, 그들의 장점에 따라 선천적인 지성을 개발하여 이끌었다. 피득의 좋은 습관에 대한 경향을 파악하여 종종 선황제의 공적이나 산천의 험악함, 요새나 배 등과 같은 것들을 세심하게 교육하였다. 비록 그것이 일상적인 얘기일지라도 마음을 선택하여 표현하여 어둠 속에 선물과 같은 습관을 만들었다. 오호라, 피득이 이러한 좋은 스승의 영향을 받는다면 그의 천재성의 발달을 기대할 수 있을 것이다.[29]

---

28 손성준은 번역자 조종관이 사토 노부야스의 표트르 전기를 번역하되, 제2장 표트르의 탄생, 제3장 표트르의 유년기, 제9장 표트르의 인물 이렇게 부분 번역했다고 밝히고 있다. 가운데 중요한 정복 사업에 대한 부분은 모두 건너뛰고, 종장으로 넘어간 채 마무리했다고 보는데, 이는 조종관이 "표트르의 유훈이 얼마나 타국에게 큰 위협이 되는지를 지적하며, 약소국의 입장에서 강대국에 대한 경계"를 나타내기 위해 가운데 정복 부분이 아니라 마지막 부분인 제9장을 번역한 것으로 설명하고 있다. (손성준, 앞의 글, 343~349쪽)

29 "彼得이 生之六月에 尙能疾走ᄒ야 動作이 極爲活潑ᄒ야 崒然히 群衆에 卓出ᄒ지라 后ㅣ 我愛之ᄒ야 須臾라도 膝下를 不離케 ᄒ며 出入宮殿 에 必相伴焉ᄒ더라 父帝以大學士瑣達弗氏로 專任其敎育之事ᄒ니 氏ᄂᆫ 當時博學多識之大儒也 ㅣ라 數導其子弟也에 必先試看其器量之大小ᄒ고 隨其所長ᄒ야 開發其先天之智識이러니 看破가 彼得이 有好事之癖ᄒ고 常以 先帝의 功績과 山川의 險隘斗城寨船舶等事로 丁寧懇切히 訓導ᄒ며 비록 日常用ᄒᄂᆫ 瑣談雜話라도 心擇而發ᄒ야 暗々裡에 印烙好事之習慣ᄒ니 嗚呼라 以彼得之天資로 親炙於這個良師之薰陶ᄒ니 其天才之發達을 可期而俟矣러라." (조종관, 〈雜纂〉 「彼得大帝傳」, 『공수학보』 2호, 1907.4.30, 45~46쪽)

(나) 폭력과 잔학이 무엇에든 미칠 수 있었다. 이 때 피득은 어머니와 함께 붉은 옷을 입고 있었는데, 폭동을 목격하고도 조금도 두려움을 느끼지 않았다. 심지어 폭도가 침입해도 그는 마음을 가라앉히고, 폭도들 사이로 달려들어 왕관을 가지고 나타났다. '나는 왕관을 쓰고 있으니 이 세상에서는 이단으로 사람을 가르치지 말라. 너희들은 잘 알아두라'라고 외치고, 좌우를 살피며 폭도들에게 퇴각을 명령했고, 신하가 폭도들을 몰아내었다. (…중략…) 그는 푸러블라겐스크와 세베르노베로를 여행하고 외국 교관인 레호르트로부터 무술을 배우며 한 팀의 운동부를 구성하여 매일 훈련을 받았다. 그 결과 그는 용맹함으로 인해 주변을 놀라게 했으며 근위대를 능가했다. 그는 청년들을 모집하여 포병대를 창설하고 전술에 대해 깊이 연구하였으며 외국인들로부터 포대 건축 기술과 포탄 학문을 배우고 프랑스로부터 다양한 무기를 구입하여 그 방법을 연구함에 태만하지 않았다.[30]

(다) 피득의 어린 시절 교육이 그 마땅함을 아직 얻지 못한 까닭으로 폭력스러운 성품이 종종 드러났다. 그는 자주 스스로를 탓하면서 '나는 대제국을 개혁할 수 있어서 그 면목을 일신할 수 있으나 오로지 내 일신을 고칠 수는 없는가'라고 했으나, 마침내 그는 술취함의 버릇을 고치는 데 성공했다. 피득은 성미가 변덕스럽지 않았으며 종종 감옥수들을 감시하였는데, 한 죄수가 사형에 처해진 사람의 머리를 발로 찼다. 그러면서 그 죄수가 '내 머리가 이렇게 된다면 무슨 소용이 있겠느냐'라고 말했다. 피득이 그의 말을 칭찬하여 그의 죄를 면하고 그를 크게 사용했으니, 피득의 인물됨을 알 수 있

---

30 "亂暴狼藉가 無所不至러라 此時彼得이 與母后로 在朱陪ᄒᆞ야 目擊騷亂ᄒᆞ고 少不畏怖 라가 及暴徒侵入ᄒᆞ야는 神色自若ᄒᆞ야 馳入暴徒中ᄒᆞ야 以皇冠示之日朕戴皇冠 而在世之間은 不使歧教徒로 人正教聖堂이니 汝等은 知悉ᄒᆞ라 ᄒᆞ고 顧眄左右而命退暴徒ᄒᆞᆫᄃᆡ 引侍臣이 奮力放逐ᄒᆞ니라 (…중략…) 歷往普列伯拉善斯克及塞黑諾弗ᄒᆞ야 遊ᄒᆞ셔 外國敎官列荷爾德에게 學習武藝ᄒᆞ야 一遊戱隊를 編成ᄒᆞ야 日日訓練ᄒᆞ니 是則驍勇이 四隣을 驚動케ᄒᆞᆫ든 近衛隊에 越源이러라 又募進壯丁ᄒᆞ야 創造砲兵隊ᄒᆞ야 極히 戰術을 攻究홀ᄉᆡ 外國人에게 砲臺建築術과 彈道學을 修ᄒᆞ고 又佛蘭西로부터 種々 械具를 購入ᄒᆞ야 斯道硏究를 不怠ᄒᆞ더라."(조종관, 〈雜纂〉「彼得大帝傳」, 『공수학보』 3호, 1907.7.31, 49쪽)

는 하나의 측면이다. 피득은 다양한 국어를 구사하며 특히 네덜란드어에 능통하여 여가 시간에는 외국 서적을 번역하여 열람하였으며, 종종 시체를 해부하고 치아를 뽑아 혈을 짜내는 등의 실제 현장 수술을 시행하였으니 피득의 박학다식함을 알 수 있다. 피득은 끊임없이 발전하고, 해야 할 일이 있다면 반드시 실천하였다. 특히 매우 인내심이 강하며, 거스르고 듣기 싫은 말이라도 그것이 사실임을 확인하면 자신을 버리고 따르는 특성을 지녔다. 그는 매일 군신과 더불어 모여 양손으로 자신을 가리키며 '나는 당신들의 황제다'라고 말했지만, 양손은 거칠고 딱딱하였다. 피득의 이러한 모습은 관원들에게 스스로를 자유롭게 운영하고 책임지는 것의 중요성을 상기시켰다. 피득은 죽음의 문턱에서 후손들에게 유언을 남겨 자신의 의지를 이어나가게 하였으니, 그 유언에는 그의 정신이 어디에 있는지 알 수 있다.[31]

조종관이 번역한 「피득대제전」을 보면, 피득대제의 정복사나 전쟁사가 표면에 나타나는 것이 아니라 어린 시절과 교육에 대해서 강조하고 있음을 알게 된다. 연재 1회인 (가)는 피득의 탄생과 유년 시대의 상황을 설명하고 있고, 연재 2회인 (나)에서는 역시 유년 시대, 유아기 교육과 연관하여 설명하고 있다. 연재 3회인 (다)에서는 중간과정이 모두 생략되고 피득의 말년의 모습이 등장하는데 죽음의 문턱에서 후손들에게 남기고 싶은 유훈으로 마무리한다.

먼저 (가)에서는 피득의 천재성이나 가정환경을 설명한다. 그 가운데 강조하

---

31 "彼得幼時之教育이 未得其宜故로 粗暴之氣ㅣ 時露於外라 嘗自數口股能改革大帝國ㅎ야 一新其面目而獨不能革我一身이라 ㅎ느 終 能改其狂飮之癖이러라 彼得이 性不遷怒ㅎ야 嘗監視獄囚홀식 一囚徒ㅣ 將就戮에 睨視被得而以足으로 蹴在旁死者之首級曰使我頭如此면 亦何益哉오 ㅎ니 彼得이 嘉其言免之ㅎ고 幷予厚用ㅎ니 亦可知其人物之一端矣로다 彼得이 通諸國語而尤精通利蘭語ㅎ야 暇則繙譯外書ㅎ야 以備閱覽ㅎ고 嘗苻解剖揚ㅎ야 屢施其技 齒絞血等之實地施術ㅎ니 可見其博學也로다 彼得이 勇往精進ㅎ야 凡應爲之事면 斷必行之ㅎ고 且有非常之忍耐力ㅎ고 逆耳之言이라도 之察其果是則舍己而從ㅎ니 此尤其特性也라 一日에 與群臣會ㅎ야 以兩掌示之曰朕은 卿等之皇帝也라 然而兩掌이 如是粗硬이라 ㅎ니 蓋論群臣以自營自主之重也라 彼得이 臨崩에 遺訓 於子孫ㅎ야 使繼其志ㅎ니 祝其遺勅에 可知其精神之所在矣로다." (조종관, 〈學海〉 「彼得大帝傳」, 『공수학보』 4호, 1907. 10. 30, 30쪽)

고 있는 부분은 대학사 소달루에게 피득이 교육받게 된다는 점이다. 대학자였던 소달루가 피득을 교육함에 있어서 아이의 장점을 바탕으로 선천적인 지성을 개발하도록 이끌었다. 또한 좋은 습관을 기를 수 있도록 세심하게 교육했다고 몇 번이나 강조한다. 이러한 좋은 스승으로부터 좋은 교육을 받았기 때문에 피득이 그만큼 천재성을 발현할 수 있을 것이라는 기대를 표현하고 있다.

(나)에서는 피득이 좀 더 자란 이후의 상황이 나열되는데, 폭도들 앞에서 두려워하지 않고 그들을 설득하여 퇴각을 명령하는 피득의 능력을 나타내고 있다. 피득의 나이는 이 때 열 살이었으나 두려워하지 않고 용맹하게 맞서고 있는 유년 시절을 부각시킨다. 이후 그는 외국 교관으로부터 무술을 배우고 매일 훈련을 받아 근위대를 능가할 정도로 검술과 전술을 익히게 된다. 이후 청년들을 모집하여 포병대를 창설한 이후에도 전술에 대해 깊이 연구하고, 외국으로부터 다양한 기술과 학문을 배우며 연구하는 일을 게을리하지 않았다고 서술하고 있다.

중간과정을 건너뛰고 피득대제의 말년을 서술한 (다)에서는 앞서와는 다른 방향으로 서술이 이어진다. "피득의 어린 시절 교육이 그 마땅함을 아직 이루지 못했기 때문에 폭력스러운 성품이 종종 드러났다."라고 서술하고 있다. 피득대제의 유년 시절에 끊임없이 교육을 받았다고는 했으나, 왕권 대립과 여러 핍박으로 인해 피득대제가 성품 교육을 제대로 받지 못했음을 시사하고 있는 것이다. 그러면서 피득이 이를 스스로 고치고자 끊임없이 노력하여 실제 자신의 술버릇을 바꾸었으며, 황제라 하더라도 가만히 앉아 있는 것이 아니라 두 손이 스스로 노력하여 이루어내었음을 강조한다. 즉 자신을 끊임없이 교육하고 경계하며 새로운 언어를 배우고, 의술을 시행하며 늘 발전하기 위해 노력하는 사람으로 피득을 설명하고 있는 것이다.

사실 조종관은 역자의 말에서 "今日盜國之凶漢! 吁嗟可矜ㅎ도다 今日喪國之孤民!"이라며 금일 도적의 흉한과 금일 나라를 잃은 고아와 같은 백성이라는 비유로 마치고 있다. 이 말은 조종관이 피득대제와 러시아의 제국주의를 비판하는 것으로 보이기도 한다.[32] 궁극적으로 조종관이 피득대제를 통해 비판하고 싶은 내용이 제국주의의 폐해라고 하더라도, 3회 동안 연재하면서 강조하고 있는 지점은 또 다르게 해석될 수도 있다. 즉 정복 전쟁과 같은 부분은 삭제하고 피득대제가 받았던 유아·유년기 교육과, 이후 말년에서 강조한 교육에 대한 부분을 『공수학보』에 담아내고 싶어한 것이라고도 볼 수 있다. 한 인물의 흥망성쇠를 통해 하나의 메시지만을 담아낸다고 볼 수는 없을 것이다. 결과론적으로 피득대제의 제국주의 성향과 이를 통해 핍박받는 약소국의 피해에 대한 비판적 정신 역시 담아내고 있다고 하더라도, 총 3호에 걸쳐 이 인물이 성장하기까지 받았던 교육에 대해 저자가 강조하고 있다고 보는 것이 합리적인 해석일 것이다. 따라서 유년기에 받는 교육과 이후 성장하면서 끊임없이 여러 분야에 대해 탐구하고 성장하기 위해 부단히 노력하는 모습에 대해 '교육'이 가지고 있는 힘을 이야기하고자 했을 것이다. 이 점이 다른 학회지에 실렸던 역사 전기 서사물들과 달라지는 지점이라 할 수 있다. 한 인물의 역사적 사명이나 애국 활동만을 설명하는 것이 아니라, 도리어 그 인물이 성장하기까지 어떠한 노력을 했고 어떤 공부를 하며 '교육'을 중요하게 생각했는지에 메시지의 초점이 맞추어져 있었던 것이다.

『공수학보』에 실린 다른 역사 전기물의 경우에도, 다른 학회지에 실렸던 역사 전기물과는 다른 양상을 보여준다.

(라) 요사이 여행에 각각 목적이 있으니 혹 신체 운동을 위하여 여행하는 자가 있으며 혹 각소 고적을 탐색하기 위하여 여행하는 자도 있으나 이외에 일종 유익한 여행이 있으니 즉 학술을 연구하기 위하여 여행함이라. 이를 세인이 학술여행이라 칭하고 또 수학여행이라 하나니 학술여행은 학술종류를 따라 구별이 있음이니 즉 동물·식물·광물 등의 탐색여행이라. 그러나 차등 여행 중에 특별히 식물에 관한 여행을 약술하노라.

---

32 손성준은 조종관의 말을 흥한은 일본을, 나라 잃은 백성은 대한제국을 전제로 한 내용이라고 설명한다. (손성준, 앞의 글, 348쪽)

(마) 예로부터 지금까지 태서식물학자가 해외 원격지에 각종 식물을 관찰하고 그 상태를 기술한지라. 아레기산도루와 후무뽀르트 씨는 지금으로부터 100여 년 전에 남북아메리카와 대서양 여러 섬을 역람하고 도착한 후 식물풍치론을 저술하고 근대에 이르러 오국오스트리아 호우-뻬트란 씨는 오국으로부터 지중해를 지나 홍해에 이르고 인도에 도착하여 「자바」 섬에서 식물풍경을 완람하고 각처에 체류하여 식물상 연구를 마치고 「자바」도기島記를 저술하였으니 대저 식물학 연구여행은 그 여행하는 토지식물에 대하여 그 분

〈사진 2〉 이강현의 「식물연구의 여행에 취미」(아단문고 소장)

류상 종류의 대체를 관찰하고 식물단체의 분류상 특징을 탐색함이 필요한지라. 스스로 평일에 간 곳의 식물도 특이한 것이 있으나 일상 눈으로 접하는 고로 대수롭지 않게 여기게 되므로 하루아침에 먼 곳으로 여행하여 평일에 보지 못하던 초목에 그 잎, 그 가지, 그 줄기, 그 꽃의 기이한 상채를 나타내는 것은 그 표본을 모집하여 이를 생생하게 그리고 혹 사진으로 취하여 후일 참고를 하며 혹 일이 편 여행기를 저술할진대 비단 그간 취미가 있을 뿐이라. 과학상에서 적지 않은 이익이라 하노라.[33]

---

[33] "近時 旅行에 各々 目的이 有ᄒᆞ니 或 身體運動을 爲ᄒᆞ야 旅行ᄒᆞᄂᆞ 者가 有ᄒᆞ며 或 各所古蹟을 探索ᄒᆞ기 爲ᄒᆞ야 旅行ᄒᆞᄂᆞ 者도 有ᄒᆞᄂᆞ 此外에 一種有益ᄒᆞᆫ 旅行이 有ᄒᆞ니 即 學術를 硏究ᄒᆞ기 爲ᄒᆞ야 旅行홈이라 此를 世人이 學術旅行이라 稱ᄒᆞ고 또 修學旅行이라 ᄒᆞᄂᆞ니 學術旅行은 學術種類를 隨ᄒᆞ야 區別이 有홈이니 即 動物植物鑛物 等의 探索旅行이라 然이ᄂᆞ 此等旅行 中에 特別히 植物에 關ᄒᆞᆫ 旅行을 略述ᄒᆞ노라
古來泰西植物學者가 海外 遠隔地에 各種 植物을 觀察ᄒᆞ고 其 狀態를 記述ᄒᆞᆫ지라 至若 아레기산도루와 후무쏀르트 氏ᄂᆞ 自今百餘年前에 南北亞米利加와 大洋 諸島를 歷覽ᄒᆞ고 歸ᄒᆞᆫ 後에 植物風致論을 著ᄒᆞ고 近代에 至ᄒᆞ야 墺國 호우-쎄트란 氏ᄂᆞ 墺國으로붓터 地中海를 過ᄒᆞ야 紅海에 至ᄒᆞ고

위의 글은 이강현이 〈학원〉란에 실은 「식물연구植物研究의 여행旅行에 취미趣味」라는 글로서, 식물을 답사하며 기록한 식물 여행자에 대한 글이다. 일반적인 역사 전기 서사물과는 달리 영웅의 업적을 나열하는 것이 아니라, 식물학자들이 자신들의 연구를 위해 여행을 떠나 식물을 연구한 상황을 간단히 소개하고 있다. 즉 일반적인 여행에는 여러 종류가 있으며, 이 가운데 학술여행이 있다고 소개하고 있는 것인데, 이러한 새로운 여행은 단순한 유희가 아니라 실제 공부가 되는 일임을 강조하였다. 또 이러한 여행은 여행기로 저술하여 후일 식물 연구에도 큰 도움이 될 수 있다는 것을 피력하고 있는 것이다.

(바) 철과 같이 군은 정신과 돌과 같이 단단한 자신이 있더라도 열심이 없으면 결코 성공하기 어려운지라. 소위 철심석장鐵心石腸은 어떠한 방해라도 쳐서 이기고 어떠한 곤란이라도 인내할 힘이 있나니 그러나 이는 일개 보수의 세력을 말함이라. 고로 이에 고쳐 진취의 세력을 더하여 무효무엄無撓無俺하여 쓰지 아니하면 그 사업을 수성키 불능할지니 이 진취의 세력을 즉 열심이라 하노라. 옛적 독일에 유명하던 수학대가 오이넬은 중년에 병으로 인해 실명하였으나 오직 연구를 태만하지 않고 스스로 믿되 '나는 실명하였으나 물정이 안목에 닿을 수 없는 고로 연구상에 반대로 편리함이라' 말하고 정신을 더욱 강하게 하여 공부하여 대수표를 만드는 데 이르니 후세 수학계에 일대광명을 끼쳤으니 이는 열심을 인하여 성취함이 아니리오.[34]

印度에 到着ᄒᆞ야 「ᄌᆞ바」島에서 植物風景을 玩覽ᄒᆞ고 該處에 滯留ᄒᆞ야 植物上 硏究를 畢ᄒᆞ고 「ᄌᆞ바」島記를 著ᄒᆞ얏스니 大抵 植物學硏究旅行은 其 旅行ᄒᆞᄂᆞ 土地植物에 對ᄒᆞ야 其 分類上 種類의 大体를 觀察ᄒᆞ고 植物團体의 分類上 特徵을 探索홈이 必要ᄒᆞ지라 自己平日에 住ᄒᆞ 處의 植物도 特異ᄒᆞ 者가 有ᄒᆞᄂᆞ 日常目接ᄒᆞᄂᆞ 故로 尋常에 歸ᄒᆞ고 一朝에 遠方으로 旅行ᄒᆞ야 平日에 未見ᄒᆞᄃᆞᆫ 草木에 其葉 其枝와 其莖 其花의 奇異ᄒᆞ 狀態를 뭇ᄒᆞᄂᆞ 者ᄂᆞᆫ 其 標品을 採集ᄒᆞ야 此를 寫生ᄒᆞ고 或 寫眞으로 取ᄒᆞ야 後日 參考를 作ᄒᆞ며 或 一二篇 旅行記를 著述홀진딩 非但 其間趣味가 有홀 ᄲᅮᆫ이라 科學上에서 不少ᄒᆞ 利益이라 ᄒᆞ노라."(이강현, 〈學園〉「植物硏究의 旅行에 趣味」, 『공수학보』 1호, 1907.1.31, 42~43쪽)

34 "鐵과 ᄀᆞ치 堅ᄒᆞ 精神과 石과 ᄀᆞ치 固ᄒᆞ 自信이 有ᄒᆞᄃᆞ릭도 熱心이 無ᄒᆞ면 決코 成功커 難ᄒᆞ 지라 所謂鐵心石腸은 如何ᄒᆞ 妨害라도 打克ᄒᆞ고 如何ᄒᆞ 困難이라도 忍耐홀 力이 有ᄒᆞᄂᆞ 然 이ᄂᆞ 此ᄂᆞᆫ

(사) 영국 런던 시외에 한 가난한 소년이 있으니 어릴 때 부모를 봉양하기 위하여 제책실製冊屋에 고용하더니 하루는 백과전서를 인쇄하다가 전기부를 발견하여 흔연히 전부를 읽고 인하여 자기가 병, 그릇, 관 등을 사와서 실험을 시작하니 타인이 이를 보고 감동하여 당시 화학 대가 따뷔의 강의를 듣게 하였더니 이 소년이 강의를 필기하여 따뷔에게 잘못을 고쳐서 바로잡기를 청한지라. 따뷔 또한 그 열심을 감탄하고 자신의 집에 초대하여 친절하게 교수하니 이 소년이 크게 기뻐하여 매일 연구하여 드디어 전기화학의 학문과 지식의 극함에 달하였으니 이 소년은 유명한 미가엘 휘라데 화학자라. 휘라데는 본래, 한 상점의 사동使童에 불과하였으나 그로 하여금 화학 대가를 달성하게 한 원인이 어디에 있겠느뇨. 기다려 말할 필요도 없음이라. 흉중에 타오르고 있던 일개 열심에 있다 하노라.[35]

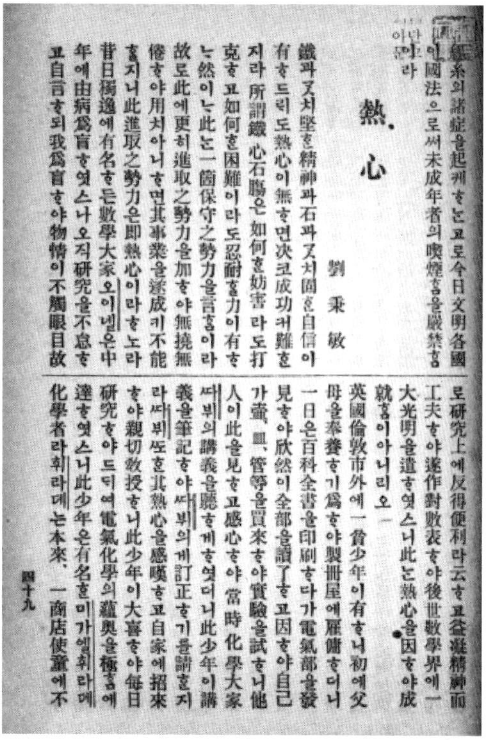
經系의諸症을起케ᄒᆞᄂᆞᆫ고로今日文明各國
이國法으로써未成年者의喫煙ᄒᆞᆷ을嚴禁ᄒᆞᆷ
이라

熱心

劉秉敏

鐵과又치堅ᄒᆞᆫ精神과石과又치固ᄒᆞᆫ自信이有ᄒᆞ드ᄅᆡ도熱心이無ᄒᆞ면決코成功키難ᄒᆞᆫ지라所謂鐵心石腸은如何ᄒᆞᆫ妨害라도打克ᄒᆞ고如何ᄒᆞᆫ困難이라도忍耐ᄒᆞᆯ力이有ᄒᆞᄂᆞᆫ然이ᄂᆞ此ᄂᆞᆫ一箇保守之勢力을言ᄒᆞᆷ이라故로此에更히進取之勢力을加ᄒᆞ야無撓無倦ᄒᆞ야用치아니ᄒᆞ면其事業을遂成키不能ᄒᆞᆯ지니此進取之勢力은即熱心이라ᄒᆞ노라昔日獨逸에有名ᄒᆞ든數學大家오이넬은中年에由病爲盲ᄒᆞ엿스나오직研究을不怠ᄒᆞ고自言ᄒᆞ되我爲盲ᄒᆞ야物情이不觸眼目故로研究上에反得便利라云ᄒᆞ고益凝精神而工夫ᄒᆞ야遂作對數表ᄒᆞ야後世數學界에一大光明을遺ᄒᆞ엿스니此ᄂᆞᆫ熱心을因ᄒᆞ야成就ᄒᆞᆷ이아니리오—

英國倫敦市外에一貧少年이有ᄒᆞ니初에父母을奉養ᄒᆞ기爲ᄒᆞ야製冊屋에雇傭ᄒᆞ더니一日은百科全書을印刷ᄒᆞ다가電氣部을發見ᄒᆞ야欣然이全部을讀了ᄒᆞ고因ᄒᆞ야自己가壼, 皿, 管等을買來ᄒᆞ야實驗을試ᄒᆞ니他人이此을見ᄒᆞ고感心ᄒᆞ야當時化學大家ᄶᅡ뷔의講義을聽ᄒᆞ게ᄒᆞ엿더니此少年이講義을筆記ᄒᆞ야ᄶᅡ뷔의게訂正ᄒᆞ기를請ᄒᆞᆫ지라ᄶᅡ뷔ᄯᅩᄒᆞᆫ其熱心을感嘆ᄒᆞ고自家에招來ᄒᆞ야親切敎授ᄒᆞ니此少年이大喜ᄒᆞ야每日研究ᄒᆞ야드듸여電氣化學의蘊奧을極ᄒᆞᆷ에達ᄒᆞ엿스니此少年은有名ᄒᆞᆫ미가엘휘라데化學者라휘라데ᄂᆞᆫ本來, 一商店使童에不

四十九

〈사진 3〉 유병민의 「열심」(아단문고 소장)

一箇保守之勢力을 言ᄒᆞᆷ이라 故로 此에 更히 進取之勢力을 加ᄒᆞ야 無撓無倦ᄒᆞ야 用치 아니ᄒᆞ면 其事業을 遂成키 不能ᄒᆞᆯ지니 此進取之勢力은 即熱心이라 ᄒᆞ노라 昔日 獨逸에 有名ᄒᆞ든 數學大家 오이넬은 中年에 由病爲盲ᄒᆞ엿스나 오직 研究을 不怠ᄒᆞ고 自言ᄒᆞ되 我爲盲ᄒᆞ야 物情이 不觸眼目故로 研究上에 反得便利라 云ᄒᆞ고 益凝精神而 工夫ᄒᆞ야 遂作對數表ᄒᆞ야 後世數學界에 一大光明을 遺ᄒᆞ엿스니 此ᄂᆞᆫ 熱心을 因ᄒᆞ야 成就ᄒᆞᆷ이 아니리오."(유병민, 〈學園〉 「熱心」, 『공수학보』 1호, 1907.1.31, 49쪽)

35 "英國倫敦市外에 一貧少年이 有ᄒᆞ니 初에 父母을 奉養ᄒᆞ기 爲ᄒᆞ야 製冊屋에 雇傭ᄒᆞ더니 一日은 百科全書을 印刷ᄒᆞ다가 電氣部을 發見ᄒᆞ야 欣然이 全部을 讀了ᄒᆞ고 因ᄒᆞ야 自己가 壼, 皿, 管 等을 買來ᄒᆞ야 實驗을 試ᄒᆞ니 他人이 此을 見ᄒᆞ고 感心ᄒᆞ야 當時 化學大家 ᄶᅡ뷔의 講義을 聽ᄒᆞ게 ᄒᆞ엿더니 此少年이 講義을 筆記ᄒᆞ야 ᄶᅡ뷔의게 訂正ᄒᆞ기를 請ᄒᆞᆫ지라 ᄶᅡ뷔 ᄯᅩᄒᆞᆫ 其熱心을 感歎ᄒᆞ고 自家에 招來ᄒᆞ야 親切敎授ᄒᆞ니 此少年이 大喜ᄒᆞ야 每日研究ᄒᆞ야 드듸여 電氣化學의 蘊奧을 極ᄒᆞᆷ에 達

(아) 대저 여름날에 해안에 놀며 바위 위에 서면 큰 파도와 작은 물결이 와서 암석에 끊이지 않고 부딪침을 볼 수 있으니 이 바위는 톱으로 달아 올리기도 불능하고 망치로 부수기도 역시 불능하나 그러나 매일 끊이지 않고 보내면 부서지고, 부서지면 보내고 하던 이 해수가 어느 사이에 암석에 구멍을 뚫어 관찰자가 기묘한 모습, 기묘한 형상이라 칭할 만하게 된 것이 전혀 해수가 끊이지 않고 그것을 부딪쳤기 때문이 아니리오. 옛 사람의 교훈에 정신만 차리면 어떤 일이든 이룰 수 있다고 하였으니 어떠한 평범하고 우둔한 사람이라도 비상한 열심으로 근면하여 끊임없이 노력하면 어떠한 사업이든지 이루어 성취하지 못할 것이 없을 것이라. 한 웅큼의 흙이라도 많이 쌓으면 태산을 이룰 수 있음이요, 한 방울의 물이라도 많이 모으면 지구를 가히 두를 수 있음이요, 소도 걸음을 시작하여 천리의 길을 행하는 것과 같이 열심으로 이를 위하면 무슨 일이든지 이루지 못하리오. 이에 열심이 우리 일반 사업에 기초됨을 확실히 알리니 제군은 이 열심으로 온갖 일에 종사하여 오직 나아가고 무퇴하여 앞길을 경영하시기 간절히 바라노라.[36]

위의 글은 유병민이 〈학원〉란에 실은 「열심熱心」이라는 글로 수학자 오이넬과 전기 개발자 영국의 미가엘 휘라데 등의 에피소드를 간단하게 소개한 것이다.

ᄒᆞ엿스니 此少年은 有名ᄒᆞᆫ 미가엘 휘라데 化學者라 휘라데는 本來, 一商店使童에 不過ᄒᆞ엿스ᄂᆞ 彼로 ᄒᆞ여곰 化學大家을 遂成케 ᄒᆞᆫ 原因이 何에 在ᄒᆞ엿ᄂᆞ뇨 不必俟言이라 胸中에, 燃在ᄒᆞᆫ 一個熱心에 在ᄒᆞ다 ᄒᆞ노라. "(「熱心」, 49~50쪽)

36 "大抵夏日에 海岸에 遊ᄒᆞ야 岩上에 立ᄒᆞ면 大波小浪이 寄來ᄒᆞ야 岩石에 不絕打衝ᄒᆞᆷ 을 見ᄒᆞᆯ지니 此岩은 以鋸挽之ᄒᆞ기도 不能ᄒᆞ고 以鎚擊碎ᄒᆞ기도 亦不能ᄒᆞ나 然이나 每日不絕 ᄒᆞ고 寄則碎, 碎則寄ᄒᆞᆫ 此海水가 何間에 岩石에 作穴穿洞ᄒᆞ야 觀者ㅣ 奇態妙形이라 稱ᄒᆞᆯ 만ᄒᆞ게 된 거시 全혀 海水가 不絕擊之ᄒᆞᆷ이 아니리오 古人敎訓에 精神一到에 何事不成이리오 ᄒᆞ엿스니 如何ᄒᆞᆫ 凡庸魯鈍者ㅣ라도 非常ᄒᆞᆫ 熱心으로 勤勉不止ᄒᆞ면 如何ᄒᆞᆫ 事業이든지 無不成就ᄒᆞᆯ 거시라 一握之土라도 多積ᄒᆞ면 泰山을 可成이오 一滴之水라도 多集ᄒᆞ면 地球를 可圍也오 牛도 步를 始ᄒᆞ야 千里之路를 行ᄒᆞᄂᆞᆫ 것과 ᄀᆞ치 熱心으로 此을 爲ᄒᆞ면 何事을 不成이리오 於此에 熱心이 吾人一般事業에 基礎됨을 確知ᄒᆞ리니 諸君은 此熱心으로 凡百事에 從事ᄒᆞ야 唯進無退ᄒᆞ야 以營前途ᄒᆞ시기 切望ᄒᆞ노라. "(「熱心」, 50쪽)

(바)에서는 독일의 수학자 오이넬을 소개하고 있다. 오이넬은 중년에 병으로 실명까지 했으나, 더욱 정신을 강하게 하여 더욱 열심히 공부한 결과 대수표를 만들어내는 데까지 성취하게 되는 쾌거를 이루었다고 서술한다. 또한 (사)에서는 영국의 전기개발자 미가엘 휘라데의 일대기를 어린 시절부터 가난했던 상황까지 간략하게 나열하고 있다. 런던에 살았던 한 가난한 소년이 부모를 봉양하기 위해 백과전서를 인쇄하다가 전기부를 발견하여 읽기 시작한 것이 실제 실험으로 이어져 당시 화학 대가의 강의까지 듣게 된 상황을 서술한다. 또 이 소년의 열심에 감탄한 화학 대가인 따뷔 역시 열심을 내어 가르쳐서 결국 미가엘 휘라데라는 엄청난 화학 대가가 탄생했음을 설명하고 있다.

결국 이러한 인물들에 대한 나열에서 가장 중요한 부분은 공부에 대한 열심이었다. (아)에서는 꾸준히 떨어지는 한 방울의 물이 결국 바위를 뚫을 수 있는 것처럼, 공부에 대한 열심 역시 그러하다고 설명한다. 이전 학회지에서 보이던 구국 사상의 역사 전기 인물들과는 다른 모습을 제시하고 있었던 것이다. 『공수학보』에서 제시하고자 했던 애국의 인물은 공부에 대해 열심을 가진 사람들이었다. 현재 일본에서 공부해야만 하는 당위성, 그들이 여전히 일본에서 유학을 하며 관비를 받아야 하는 상황에 대한 그들 스스로 납득해야만 하는 당위성이 바로 이러한 서사물들을 통해서 드러내고 있었던 것이다.

이처럼 『공수학보』에 실린 역사전기물 서사물들은 공부와 교육을 통해서 성공을 이룬, 또는 나라를 일으켜 세운 인물들에 대한 이야기였다. 적국을 무력으로 이겨내는 애국 지사의 이야기보다는 공부와 교육을 통해서 새로운 사상을 발견하고 발전을 이루어내는 인물들을 제시하고자 했다. 또한 이는 '교육'이라는 당위성을 드러내기 위한 수단으로 서사물이 활용되었기 때문에 다른 학회지에서 보이던 애국계몽적인 역사 전기 서사물들과는 다른 양상을 보여주었다. 이는 결국 『공수학보』를 구성했던 인물들의 이해관계와 이 학회지를 통해서 구현하고자 했던 내용이 다른 학회지와는 미세한 지점에서 다른 형태를 띠도록 했다고 볼 수 있다. 즉 『공수학보』는 여전히 일본에 남아 유학생으로서 공부를 해야 했던 당대 지식인들이 스스로를 납득시키면서 동시에 교육에 대한 열심이야말로 그들이 마지막으로 지켜야 할 교두보였음을 보여주는 당위성의 장이 되었음을 나타낸다고 할 수 있다.

5) '공부'에 대한 당위성의 발현으로서의 기록 매체

대한공수회는 1904년 10월 한국황실특파유학생들이 을사늑약 체결 후 학부가 학비를 부담하는 관비 유학생으로 전환된 인물들이 만든 학회였다. 을사늑약 체결 이후 한국황실특파유학생들은 을사늑약에 반발하며 동맹자퇴를 결의하고 실제 유학을 중단한 학생들과 복교한 학생들로 나뉘게 되었다. 이 중 관비 유학생으로 전환된 복귀 학생들을 중심으로 1906년 가을에 학회를 구성한 것이 대한공수회였다. 그 후 1907년 1월에 『공수학보』를 창간하고, 이후 1908년 3월까지 총 5호를 발간하였다.

『공수학보』가 관비 유학생들을 위한 학회지였기 때문에 신학문을 공부하며 교류하거나 외국 역사 혹은 외국 소식 등을 배울 수 있는 전달체로서 학회지를 활용하고 있었다고 볼 수 있다. 그러다 보니 개인의 생각이나 감정을 표현하는 문예면보다는 보다 학술적이고 애국 계몽과 연관된 내용을 실을 수밖에 없었던 것으로 보인다.

결국 『공수학보』는 관비 유학생으로서 공부를 계속해야 하는 당위성을 보여줄 수 있는 기록 매체의 역할을 담당하게 되었다고 할 수 있다. 따라서 출신 지역 학회지나 다른 연대, 통합 학회지들과는 달리, 『공수학보』는 개인적인 단합이나 감정을 토로하는 기회로서 제공되지 못했다. 이는 『공수학보』에서 상정된 독자가 대한공수회를 구성하고 있는 회원이라기보다는 관비를 제공하는 정부이자 조선의 국민이었기 때문이다. 따라서 『공수학보』에 실린 글들은 이러한 관비 유학생들이 관비를 낭비하지 않았다는 일종의 보고이자, 여전히 일본에 남아 공부를 해야 하는 당위성을 전달하는 매개체였다고 볼 수 있다.

따라서 이러한 당위성의 일환으로서 문예면 역시 활용되기에 이른다. 『공수학보』에 실린 서사물은 총 5편에 불과했으며, 이 중 3편은 「피득대제전」의 연재였다. 이들 서사물은 역사 전기 서사물이었으나 다른 학회지에서 보이는 애국계몽적인 역사 전기 서사물과는 궤를 달리하고 있다. 다른 학회지의 경우에는 뛰어난 인물이 국가의 위험 앞에서 영웅이 되어 그 위협을 이겨내고 승리하는 이야기라면, 『공수학보』에 실린 역사 전기 서사물은 끊임없이 노력하여 연구하고 교육받는 모습에 초점이 놓여 있다.

예를 들어 조종관이 번역하여 3회 연재한 「피득대제전」의 경우에도, 실제 정복기의 내용은 모두 삭제되고, 유년기나 어린 시절 교육받고 공부하며 노력한 일상들이 소개된다. 이후 정복 전쟁에 대한 부분은 모두 건너뛰고 마지막 장인 제9장으로 넘어가 피득이 노년까지 배우고 노력한 점에 대해 강조한다. 이뿐만 아니라 나머지 2편의 역사 전기 서사물에서도 마찬가지이다. 식물여행을 소개하면서 근처의 식물만으로는 연구의 한계를 가질 수밖에 없기에 먼 곳으로 여행까지 가며 새로운 식물을 탐구하는 인물에 대해서 서술한다. 즉 새로운 학문, 새로운 공부를 하는 것이 새 시대의 새로운 사명임을 넌지시 강조하고 있는 것이다. 또한 가난하고 열악한 상황, 또 눈이 실명하는 등의 어려운 상황 속에서도 끝까지 포기하지 않고 공부하고 노력하는 모습을 보여주며, 이러한 교육과 공부가 이 시대의 가장 중요한 무기임을 설파한다.

결국 이러한 서사물들은 유년기에 받는 교육과 이후 성장하면서 여러 분야에 대해 끊임없이 탐구하고 성장하기 위해 부단히 노력하는 모습에 대해 '교육'이 가지고 있는 힘을 이야기하고자 했다고 할 수 있다. 이 점이 다른 학회지에 실렸던 역사 전기 서사물들과 달라지는 지점이라 할 수 있다. 한 인물의 역사적 사명이나 애국 활동만을 설명하는 것이 아니라, 도리어 그 인물이 성장하기까지 어떠한 노력을 했고 어떤 공부를 하며 '교육'을 통해 변화되고 발전되었는지에 메시지의 초점이 맞추어져 있었던 것이다.

이처럼『공수학보』에 실린 역사 전기 서사물들은 공부와 교육을 통해서 성공을 이룬, 또는 나라를 일으켜 세운 인물들에 대한 이야기였다. 적국을 무력으로 이겨내는 애국지사의 이야기보다는 공부와 교육을 통해서 새로운 사상을 발견하고 발전을 이루어내는 인물들을 제시하고자 했다. 또한 이는 '교육'이라는 당위성을 드러내기 위한 수단으로 서사물이 활용되었기 때문에 다른 학회지에서 보이던 애국계몽적인 역사 전기 서사물들과는 다른 양상을 보여주었다. 이는 결국『공수학보』를 구성했던 인물들의 이해관계와 이 학회지를 통해서 구현하고자 했던 내용이 다른 학회지와는 미세한 지점에서 다른 형태를 띠도록 했다고 볼 수 있다. 즉『공수학보』는 여전히 일본에 남아 유학생으로서 공부를 해야 했던 당대 지식인들이 스스로를 납득시키면서 동시에 교육에 대한 열심이야말로 그들이 마지막으로 지켜야 할 교두보였음을 보여주는 당위성의 장이 되었음을 나타낸다고 할 수 있다.

2. 일본 유학생회 연대 잡지
―『대한유학생회학보』1907.3.3~1907.5.25

최초로 일본 유학생이 파견된 것은 1881년 신사유람단을 통해서였다. 이 신사유람단은 고종이 파견한 사찰단으로 일본의 기관에 대한 시찰과 국가 전반에 대한 견문을 탐색하는 것이 주목적이었다고 하며, 또 하나의 주요한 임무 중 하나가 일본에 유학생을 보내는 것이었다고 한다. 이러한 신사유람단 이후의 유학생 파견은 개화파 인사들에 의해 주도적으로 이루어졌는데, 근대화를 추진할 수 있는 인재를 양성하고 개화 세력을 확충하기 위한 목적이었다.[37]

이후 갑오개혁이 추진되면서 다시 일본 유학생이 파견되는데, 갑신정변 이후 중단되었던 유학생 파견이 재개된다. 이때 1895년 4월 최초의 일본 유학생회인 대조선인일본유학생친목회가 결성된다.[38] 그러나 이 시기에 결성된 친목회나 제국청년회는 관비생 중심으로 구성되면서 친목을 도모하는 정도의 수준이었다.[39]

일본 유학생 수가 폭발적으로 많아진 것은 1905년 을사늑약이 체결된 전후의 시기였다. 대부분의 유학생회 단체들은 1905년에서 1910년 사이에 조직되었는데, 이 단체들은 학회지까지 발간하는 경우가 많았다.[40] 또한 이전에 일본 유학생들은 관비 유학생이 상당수 차지한 것에 반해, 1905년 을사조약을 전후해서는 사비 유학생이 대거 등장하게 되면서[41] 출신 지역별 일본 유학생회가 산발적으로 결성되었고, 이에 따라 범람하는 일본 유학생회를 통합하고자 하는 여러 노력들이 진행되기에 이른 것이다.

사실 이러한 통합운동의 최초의 시도는 대한학회였는데, 이 대한학회는 대한유학생회, 호남학회, 낙동친목회 등이 연합한 학회였다. 다만, 서북 지역 출신들이 모여 결성한 태극학회와, 관비 유학생들의 모임인 공수학회는 이 대한학회에 통합되지는 않아서 과도기적인 통합학회로 볼 수 있다.[42] 이후 전체 일본 유학생

37　송병기, 「개화기 일본유학생 파견과 실태(1881~1903)」, 『동양학 18』, 단국대 동양학연구소, 1988.10, 250~256쪽.

38　송병기, 위의 글, 258쪽; 김기주, 「구한말 재일한국유학생의 민족운동 연구」, 전남대 박사논문, 1991, 7쪽.

39　김기주, 위의 글, 8쪽.

40　김기주는 1905년 이후 유학생 단체들이 급격히 많이 조직된 것을 일제 침략이 시작되면서 유학생들이 고국의 정세에 대해 위기의식을 느꼈기 때문이라고 해석한다. 이러한 정치적 의식에서 단체를 결성하고, 일종의 공동대처방안을 강구하기 위해 단합의 필요성을 느꼈다고 보고 있다.(김기주, 앞의 글, 9쪽)

41　명치 시대 재일한국유학생 수를 보면, 새로 일본으로 유학을 온 학생 수가 1904~1905년에 급증하고 있음을 알 수 있다. 1903년까지 신규 유학생 수가 37명이었는데, 1904년 158명, 1905년 252명, 1906년 153명, 1907년 181명 등으로 1904년과 1905년에 엄청난 숫자로 늘어났음을 알 수 있다. 따라서 기존에 있던 일본유학생과 신규로 진입한 일본유학생의 전체 인원은 1904년 260명, 1905년 449명, 1906년 583명, 1907년 735명, 1908년 805명, 1909년 886명으로 기하급수적으로 늘어나게 되었다.(『학지광』 6호, 1915, 7·12쪽; 김기주, 앞의 글, 15쪽 재인용)

42　정관, 앞의 글, 145~146쪽 참고.

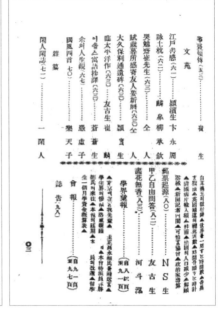

〈사진 4〉『대한유학생회학보』 창간호의 표지와 차례

회가 모두 통합된 것은 대한흥학회였다.

　그런데 이러한 통합학회도 아니고, 출신 지역을 기반으로 한 것도 아니며, 관비 유학생들의 모임과 같이 구성원들의 특징에 따라 모임을 만든 것도 아닌 일본 유학생 단체가 있었다. 그것이 바로 대한유학생회였는데, 이는 "여러 단체를 통합하여 하나로 일원화하려는 움직임이 아닌 보편적·포괄적 명분을 찾는 데 그 의의를 두고 탄생"하였으며, "통합단체는 아니지만 그 후에 일어나는 통합정비운동의 맥을 연결하는 단체"로 자리매김하고 있었다.[43]

　대한유학생회는 1906년 9월 2일에 설립되었는데, 이후 1907년 3월에 『대한유학생회학보』를 창간한 이래 총 3호를 간행하였고, 1908년 1월 대한학회로 통합되기에 이른다. 이렇게 보면 대한유학생회는 매우 짧은 시기 잠깐 설립되었던 단체였고, 학회지 역시 3호만 발간되었을 뿐이다. 그럼에도 『대한유학생회학보』

43　대한유학생회의 정체성은 유학생회 전체를 하나로 통합하려는 것이 아니라, 여러 단체들이 정치적 의사나 여러 논의를 할 수 있는 화합과 연대의 장으로 볼 수 있다.(정관, 위의 글, 142쪽)

를 주목해야 할 이유는 수많은 문예와 서사물이 실리고 있었기 때문이다. 단 3호만 간행된 유학생 학회지에 매우 다양한 서사물이 실렸다는 것은 이『대한유학생회학보』만의 특징을 재구하여 이 학회지만의 정체성과 함께 보다 심도 있게 논의될 필요가 있다. 그러나 애초『대한유학생회학보』에 대한 단독 연구는 거의 이루어지지 못했다. 또한『대한유학생회학보』에 실린 서사물에 대한 연구는 대한유학생회의 역할이나 목적과는 상관없이 단독으로 다루어졌을 뿐이다.[44]

따라서 제2절에서는 대한유학생회의 목적과『대한유학생회학보』의 특징을 먼저 살펴보고자 한다. 이러한 편집진의 취지와 전략이 학회지에 어떤 영향을 주고 있는지 밝혀보고, 이를 통해서『대한유학생회학보』에 실린 문예의 다양성에 대해서 분석하고 그 의의에 대해서 논의해 보고자 한다.[45]

1)『대한유학생회학보』의 발간 취지와 일본 유학생회의 연대의식

『대한유학생회학보』는 1907년 3월 3일호에 발간된 창간호를 시작으로, 1907년 5월 25일 제3호를 마지막으로 종간되었다. 사실 단 세 호만 간행되었기 때문

---

44 『대한유학생회학보』에 대해 단독으로 다룬 연구는 잡지사적으로『대한유학생회학보』애 대해 다룬 강대민의「대한유학생회학보에 관한 연구」(『논문집』5(1), 경성대, 1984.3, 357~377쪽)와, 한문산문에 대해 연구한 조상우의「『대한유학생회학보』에 게재한 한문산문 연구」(『우리어문연구』34, 우리어문학회, 2009, 229~258쪽),『대한유학생회학보』에 실린 기행문「울산행」의 번역을 연구한 임상석의「보호국이라는 출판 상품-「울산행」의 번역에 나타난 한일의 문체와 매체」(『국제어문』76, 국제어문학회, 2018, 118~149쪽)를 들 수 있다.

45 당대 유학회 단체의 성격과 유학생회 학보의 지향점이 애국, 계몽, 친선이라는 차원에서 모두 유사한 성격을 띠고 있다고도 할 수 있다. 그러한 비슷한 목적을 가진 단체로 보일 수도 있으나, 각 단체는 출신 지역, 관비/사비 유학생의 목적과 의무, 각 단체의 통합 의지 등에 따라 미세한 차이를 보이고 있다. 또한 이러한 여러 관계가 얽히면서 일본 유학생회 단체도 여러 통합의 시도를 하게 되고, 그 가운데 대한흥학회로 최종 전체 통합을 이루게 된다. 그러한 과정 속에서『대한유학생회학보』가 출현하게 된 배경과 그 특징을 포착해보고자 한다. 이러한 미시적인 분석을 통해서 일본 유학생회 잡지들 내부에서 어떠한 서사적 실험이 이루어지고 있는지, 또 비슷하면서도 새롭게 창조되고 발전되는 부분은 무엇인지 짚어볼 수 있을 것이다. 이는 결국 근대소설이 형성해나가는 과정을 살펴볼 수 있는 계기가 될 수 있을 것이다.

에『대한유학생회학보』자체에 대한 연구는 일본 유학생회 잡지 중 하나로서 언급될 뿐, 단독으로 연구되는 경우는 매우 적었다. 그만큼『대한유학생회학보』는 일본 유학생들이 발간했던 여러 학회지들 가운데 특별한 특성을 가진 것으로 연구되기보다는 다른 학회지들과의 연속성 상에서 언급되는 정도에 불과했다.

그러나『대한유학생회학보』는 단 3호만 발간되었음에도 불구하고, 당대 다른 일본 유학생회 학회지들과는 또 다른 특징을 지니고 있었다. 이는『대한유학생회학보』의 정체성과 연계하여 설명될 필요가 있다.

동경에 있는 우리 유학생들의 수가 천 명이라면 많고, 500명이라면 적으니 요컨대 약 600~700명 정도 될 수 있다. 즉 600~700명은 자체적으로 한 가족 사회이며 가족 사회로서의 단결과 화합력이 없다면, 유학생의 명예를 지킬 수 없을 것이다. 이제 광무 10년 7월 *일에 민충정 공 추조회追弔會에 모였다가 대한유학생구락부가 청년회와 더불어 합하여 대한유학생회라 칭하고 정의와 친밀함, 학식교환을 일상으로 삼는 것이니 아아, 참으로 올바르다. 그러나 이 목적이 단지 한 모임을 행하는 데 그칠 것인가. 아니라. 이를 확장하여 우리 2천만 가족 사회와 연결함이라. 이는 장차 귀를 대고 직접 이야기함으로써 가정에 비유하여 설명하였다. 현재의 국정은 매우 어려운 상황이고 인문이 미진하니 전도의 책임이 있는 자는 매일 먹음에도 불구하고, 아직도 부족하지 않을까 두려워하니 우리 600~700명이 하나를 들으면, 하나를 기록하고, 하나를 배우면 하나를 연기하여 붓을 입으로 삼고, 글을 말로 삼아 세계의 문명을 수입하여 국가의 실력을 공략하는 것은 본회의 광의의 목적이다. 2천만 가족사회와 더불어 함께 심사숙고하니 본회 회보를 민 충정공 추모일에 설립한 것이다. 오호라 이것이 어찌 우연이겠는가.[46]

위의 인용문은『대한유학생회학보』제1호에 실린 「대한유학생회학보 취지서」이다. 그 당시 동경에 있는 유학생이 600~700명으로, 이 육칠백 명은 한 가족 사회라고 인식한다. 하나로 뭉쳐야 치욕을 당하지 않고, 명예를 지킬 수 있다고 생각한 것이다.

취지서에 보면, 대한유학생회를 만든 목적을 작게는 정의와 친밀함, 학식 교환이라면, 세계의 문명을 수입하고 국가의 실력을 키우는 것이 광의의 목적이라고 강조한다. 그러나 이것이 단순히 일본 유학생회만의 교류가 아니라, 일본 유학생회의 배움이 2천만 고국 사회와도 연결시켜 함께 성장하는 것을 그 목표로 삼고 있다. 이를 위해 대한유학생구락부와 청년회와 연합하여 대한유학생회를 창립하게 된 것이다. 이와 더불어 넌지시 이 학회 회보의 성립이 광무 10년 7월 민충정공 추조회追弔會로 잡은 것은 다분히 애국계몽적인 처사였음을 은연 중에 밝히고 있는 것이기도 하다.

광무 10년 9월 2일 제1회 총회 회록

광무 10년 9월 2일 오후 1시에 유학생 감독부 내에서 회의가 열렸다. 참석자가 259명이었다. 최린 씨가 임원 선거를 하기로 동의하여, 최석하 씨가 재청으로 가결되어 투표로 선출하였다. 회장은 상호 씨가 임명되었고, 부회장은 최린, 총무원은 유승흠, 최석하, 이창환 등이었다. 평의원은 장응진, 채기두, 이향우, 이한경, 유전, 윤정하, 김지간, 최원기, 한상우, 전영작 등이었다. 서기원은 박승빈, 이승근, 김인순, 어윤빈 등이었다. 회계원은 한상우, 문내욱 두 사람이었다. 서무원은 김진초, 양치중, 이진우, 차곡, 변희준, 남궁영 등이었다. 편찬원은 임규, 이향우, 최남선 세 사람이었다. 번역원은 윤정하,

---

46 "凡我留學生之在於東京者 ㅣ 千則多ᄒ고 五百則少ᄒ니 要之可爲六七百人이라. 即 六七百人이 自爲一家族社會ᄒ니 以一家族社會로 不有親睦團結之力이면 其 不尊留學之名義乎아 乃者 光武十年 七月日에 行閔忠正公追弔會而仍撮影ᄒ고 合大韓留學生俱樂部與靑年會ᄒ야 爲大韓留學生會ᄒ고 以情誼親密과 學識交換으로 爲目的ᄒ니 噫라 斯正矣라. 然이나 是目的이 只行於一會而止乎아 非也라 推以廣之ᄒ야 及我二千萬家族社會니라. 是將耳提而面命ᄒ며 家喩而說乎아 顧今國步孔艱ᄒ고 人文이 未進ᄒ니 有前途之責任者 ㅣ 雖倂日而食이라도 猶恐不及일식 而我六七百人이 聞一則記一하고 學一則演一ᄒ야 以筆爲口ᄒ고 以文爲言ᄒ야 輸入世界之文明ᄒ야 供給國家之實力이 是本會目的之廣義也오, 與二千萬家族社會로 同歸考ᄒ니 是本會會報之成立이 成立於閔忠正公一碁追弔之日也라. 嗚呼라 豈偶然也哉아."(「大韓留學生會學報 趣旨書」, 『대한유학생회학보』 제1호, 1907. 3. 3, 1쪽)

오일순, 장홍식, 윤거현, 유전, 김태진 등이었다. 회장이 본 회 조직의 취지를 설명한 후, 서기가 본 회 취지서 및 원칙을 낭독하여 제1조부터 제29조까지 모두 과반수로 가결되었다.[47]

「제1회 총회 회록」을 보면, 광무 10년 9월 2일 오후 1시에 유학생 감독부 내에서 총회를 개최했는데 참석 인원이 259명이나 되었다. 이는 전체 일본 유학생회 인원이 600~700명 정도였다고 볼 때 40%가 넘는 학생들이 모인 것으로, 그 당시 일본 유학생의 상당수가 참여했다는 것을 알 수 있다. 당시 초대 회장은 상호尙灝, 부회장은 최린崔麟, 총무원에 유승흠柳承欽, 최석하崔錫夏, 이창환李昌煥 등이 선출되었다. 특히 『대한유학생회학보』 창간호의 편집인에 최남선, 발행인에 유승흠, 인쇄인에 문내욱이 담당하게 되었다.

그런데 대한유학생회의 임원진들을 살펴보면, 다른 학회와의 연관성을 명확하게 볼 수 있다. 대한유학생회의 2대 회장이었던 최석하는 태극학회에서도 부회장을 역임한 바 있다. 이후 1대 부회장이자, 최석하 다음으로 회장을 맡은 최린 역시 태극학회의 평의원으로 임원을 맡고 있었다. 또한 부회장을 맡았던 이진우는 낙동친목회의 회장이기도 했다. 대한유학생회의 창립 당시 임원진 32명 중 다른 학회나 단체에 가입하거나 다른 학회의 임원을 맡은 인물이 19명에 해당할 정도로, 타 학회 임원진들이 그대로 대한유학생회의 임원진에 참여하고 있었다.

---

47 "光武十年九月二日 第一回總會會錄
　光武十年 九月 二日 下午 一時에 留學生監督部內에셔 開會ᄒ니 出席員이 二百五十九人이러라. 崔麟氏가 任員選擧ᄒ기로 動議ᄒ야 崔錫夏氏 再請으로 可決되여 投票選定ᄒ올식 會長은 尙灝氏가 被任ᄒ고 副會長은 崔麟 總務員은 柳承欽 崔錫夏 李昌煥 諸氏요 評護員은 張膺震 察基斗 李亨雨 李漢卿 劉銓 尹定夏 金志侃 崔元基 韓相愚 全永爵 諸氏요 書記員은 朴勝彬 李承瑾 金仁淳 魚允斌 諸氏요 會計員은 韓相愚 文乃郁 兩氏요 庶務員은 金鎭初 楊致中 李珍雨 車轂 邊澳駿 南宮營 諸氏요 編纂員은 林圭 李亨雨 崔南善 三氏요 繙譯員은 尹定夏 吳一純 張弘植 尹擧鉉 劉銓 金台鎭 諸氏러라. 會長이 本會組織의 趣旨를 說明ᄒ흔 后 書記가 本會趣旨書及原則을 朗讀ᄒ야 第一條로 至二十九條를 皆以過半數로 可決ᄒ다."(〈會報〉「第一回總會會錄」, 『대한유학생회학보』 제1호, 1907.3.3, 93쪽)

사실 이렇게 타 학회의 임원진이 그대로 대한유학생회의 임원진으로 겸임하게 된 것은 대한유학생회의 정체성과도 연관된다. 실제 대한유학생회 자체는 그 당대 유학생회 단체를 통합하고자 한 시도는 아니었다고 하며, "전유학생계를 대표할 수 있는 포괄적 명분"의 단체로 볼 수 있다.[48] 이는 다시 말해, 하나의 통합된 단체로 만든 것이 아니라, 각자의 모 학회를 기반으로 한 채, 연대 또는 연합의 성격으로 모인 학회였다는 것이다.

광무 11년[1907년] 4월 10일 저녁 6시에 열린 연합친목회의 회록을 보면, 대한유학생회가 다른 학회의 임원진의 대표들이 모인 연합의 성격임을 보다 분명히 알 수 있다. 부회장 이진우가 낙동친목회 대표로, 회원 최린이 광무학회 총대로, 회원 장응진이 태극학회 총대로, 회원 한용이 공수회 총대로, 회원 하두홍이 광무학우회 총대로 연설하고, 그 내용을 요약해서 정리한다. 회원 문내욱 역시 낙동친목회 회장으로 연설의 기회를 얻고 있다.[49] 이는 각 단체의 대표들이 모여 연합으로서 대한유학생회를 세우고 일본 유학생들의 모임과 회의의 장으로 삼고 있음을 보여주는 방증이라고 할 수 있다. 또한 이 때 연설의 내용 역시, 일본 유학생회의 통합 단체의 필요성을 서로 논의하고 있는 것으로 볼 때, 대한유학생회는 통합 단체가 아니라, 각 단체의 대표들이 모여서 연합하는 논의의 장이었음을 보여준다.

그런데 바로 하나가 되기 위한 '통합'이 아니라, 다양한 학회의 연대를 의미하는 느슨한 공동체인 '연합'이 바로 대한유학생회의 정체성으로 자리매김하게 된다. 각자의 단체와 모 학회지를 기반으로 그 단체의 정체성을 지닌 채 대한유학

---

48 정관은 대한유학생회가 지역성을 띤 것도 아니고, 구성원의 특수성을 띤 것도 아닌 순수한 유학생 단체로 설명한다. 특히 여러 단체를 통합하여 하나로 일원화하려는 움직임이 아닌 보편적, 포괄적 명분을 찾는 데 그 의의를 두고 탄생했으며, 통합단체는 아니지만, 그 후에 일어나는 통합정비운동의 맥을 연결하고 있는 단체로 설명하고 있다. (정관, 「구한말 재일본 한국유학생 단체운동」, 『대구사학』 25, 대구사학회, 1984, 142~143쪽)

49 〈會錄〉「聯合親睦會會錄」, 『대한유학생회학보』 제3호, 1907. 5. 25, 97~100쪽.

생회에 연합하게됨으로써 『대한유학생회학보』는 바로 그 '연대'의 장이 될 수 있었기 때문이다. 하나의 단체로 통합된 것이 아니기에, 『대한유학생회학보』는 그만큼 자유로운 연합의 장, 연대의 장으로서 역할을 할 수 있었던 것이다. 즉 각자의 기반이 되는 모 단체의 특성을 그대로 『대한유학생회학보』에 담아냄으로써, 그야말로 『대한유학생회학보』는 일본 유학생회 단체의 '연대'의 장이라는 정체성을 갖게 되었고, 그 다양한 특징들이 섞여들고 연합되어 다양한 문예와 서사물들의 집산지가 될 수 있었던 것이다.

2) 『대한유학생회학보』의 주제 구성 및 기획

1906년 9월 2일에 창립한 대한유학생회는 유학생 단체를 통합하려는 시도로 만들어진 단체라기보다는 앞서 언급한 것처럼 출신 지역 학회를 모 학회로 둔 채, 보편적이고 대표적인 성격의 학회로 설립되었다.[50]

총 3호만 출간된 『대한유학생회학보』[1907.3.3~1907.5.25]의 주제별 분류를 보면, 문예면이 가장 많았고, 그 다음으로 신사상, 유학생회 관련 내용, 교육, 국민정신과 연관한 내용으로 이어졌다. 이러한 내용은 같은 시간대에 출판된 일본 유학생 학회지들과 비교·대조해보면, 그 차이점을 알 수 있다.

〈표 1〉 『대한유학생회학보』의 주제별 분류

주제	세부항목	세부항목 개수	개수
문예 계열	산문류	15	30
	시가류	15	
신사상, 산업	신사상	19	20
	산업, 경제	1	
대학유학생회	대한유학생회	11	11
교육	교육	10	10
국민정신	국민정신	8	8
유학생	유학생	6	6

---

50 정관, 「구한말 재일본 한국유학생 단체운동」, 『대구사학』 25, 대구사학회, 1984, 142~145쪽.

주제	세부항목	세부항목 개수	개수
법, 정치	법, 정치	5	5
애국, 개화	애국, 개화	4	4
구습타파	구습타파	2	2
외국 역사 / 소식	외국 역사 / 소식	2	2
우승열패	우승열패	2	2
도덕, 유학	도덕, 유학	1	1
종교	종교	1	1
국문(한글)	국문(한글)	1	1
총계		103	

총 27호까지 출간된 『태극학보』[1906.8.24~1908.12.24]는 문예 〉 신사상 〉 학회, 유학생 소식 〉 교육의 순으로 진행되었다. 총 5호까지 출간된 『공수학보』[1907.1.31~1908.3.20]는 신사상 〉 역사 〉 문예 〉 공수학회 〉 교육의 순으로 내용이 전개되었다. 총 4호 출간된 『낙동친목회학보』[1907.10.30~1908.1.30]는 문예 〉 낙동친목회 〉 교육 〉 신사상 〉 유학생 순으로 진행되었다. 총 9호 출간된 『대한학회월보』[1908.2.25~1908.11.25]는 문예 〉 대한학회 〉 역사 / 외국 소식 〉 신사상 〉 유학생 순으로 내용이 전개되었다.

이렇게 볼 때, 『대한유학생회학보』는 문예면 특히 서사류의 내용이 많았고, 신사상을 알리는 데 주안점을 두고 출간되었음을 알 수 있다.

<표 2> 『대한유학생회학보』의 문체별 분류

문체종류		개수	총 개수
한문체	현토한문	23	41
	한문	18	
구절형 국한문체	구절형 국한문	31	35
	구절형+현토한문	2	
	구절형+한문	2	
단어형 국한문체	단어형+구절형	13	23
	단어형 국한문	10	
한글체	한글	3	4
	한글+단어형	1	
총계		103	

『대한유학생회학보』의 문체별 분류를 보면, 한문체가 약 39.8%로 가장 많았고, 구절형 국한문체가 약 34%, 그 다음이 단어형 국한문체로 약 22.3%를 차지했으며, 한글체는 약 3.9% 정도였다.

같은 시기 출간된 일본 유학생 잡지 『태극학보』는 단어형약 57.3% 〉 한문약 25.2% 〉 구절형약 13.6% 〉 한글약 3.83% 로 단어형 국한문체와 한글체를 합하면, 60% 이상을 차지했다. 『대한학회월보』도 『태극학보』와 비슷했는데, 단어형약 47.4% 〉 한문약 33.1% 〉 구절형약 15.4% 〉 한글약 4.1% 이 차지하여, 단어형 국한문체와 한글체를 합하면, 절반 이상을 차지했다.

그러나 『대한유학생회학보』와 『낙동친목회학보』는 모두 한문체가 가장 많았다. 『낙동친목회학보』는 한문약 43.1% 〉 단어형약 37.3% 〉 구절형약 19.6% 순으로 한글체는 없었다. 『공수학보』의 경우도 한글은 없었으나, 단어형약 55.3% 〉 한문약 23.4% 〉 구절형약 21.3% 순으로, 단어형 국한문체가 절반 이상을 차지하고 있었다.

이렇게 볼 때, 『대한유학생회학보』는 문체면에서 『태극학보』보다는 더 한문체나 구절형 국한문체를 선호하고 있었음을 알 수 있다. 또한 이는 편집진인 최남선의 영향으로도 보인다. 최남선이 번역하거나 게재한 글들은 현토한문체나 구절형 국한문체였던 것을 감안한다면, 이러한 문체별 특징은 편집진의 영향력이 엿보이는 부분이다.

3) 표제 구분과 편집의 특징

『대한유학생회학보』가 총 3호만 발간되었기도 해서, 활용된 〈표제〉 역시 매우 간단했다. 『대한유학생회학보』에 실린 표제별 분류는 아래의 표와 같다.

〈표3〉『대한유학생회학보』의 표제별 분류

유형	표제	개수	유형별 개수
논설	연단(演壇)	34	36
	평론(評論)	2	

유형	표제	개수	유형별 개수
교육	학해(學海)	17	17
문예 (산문, 시가, 서사, 역사물 등)	문원(文苑)	26	37
	잡찬(雜纂)	9	
	사전(史傳)	2	
회보 / 학회 관련	회보(會報)	3	8
	휘보(彙報)	3	
	학보(學報)	1	
	회록(會錄)	1	
표제 없음		5	
총계		103	

『대한유학생회학보』에 실린 표제를 보면, 먼저 논설의 경우, 〈연단〉, 〈평론〉 등을 사용했고, 교육은 〈학해〉로 통일했다. 또 문예의 경우, 〈문원〉, 〈잡찬〉, 〈사전〉을 활용하였고, 회보나 대한유학생회와 관련한 내용은 〈회보〉, 〈휘보〉, 〈학보〉, 〈회록〉 등을 사용했다. 이러한 표제는 『태극학보』에서 사용한 표제를 좀 더 단순화시킨 형태와 유사하다.

〈표 4〉 『대한유학생회학보』의 호차별 표제 분류

호수	연단	평론	학해	사전	문원	잡찬	학보	회보	휘보	회록	없음	총계
1	14		4	1	9	4	1	2			2	37
2	12	2	7		8			1	2		2	34
3	8		6	1	9	5			1	1	1	32
총계	34	2	17	2	26	9	1	3	3	1	5	103

『대한유학생회학보』에 실린 호차별 표제 분류를 보면, 총 3호에 불과했기 때문에 대체로 간단하게 활용하여 글을 싣고 있음을 알 수 있다.

〈표 5〉 『대한유학생회학보』에 실린 문예류의 〈표제〉 분포

	문원	연단	잡찬	사전	총계
시가류	15				15

	문원	연단	잡찬	사전	총계
서사류	7	3	3	2	15

『대한유학생회학보』에 실린 문예류의 〈표제〉 분포를 보면, 시가류는 모두 〈문원〉에 실려 있었다. 서사류의 경우는 매우 다양했는데, 〈문원〉이 7편으로 가장 많았고, 〈연단〉, 〈잡찬〉, 〈사전〉, 〈학해〉 등 논설적인 글이나, 학술적인 글에서도 서사류의 글들이 실려 있었다.

서사류 글의 종류별로 보면, 〈문원〉에는 기행문 1편, 세태 비평 2편, 산문 1편, 소설 1편, 이솝 우화 2편이 실려 있었다. 〈사전〉에는 역사물인 「화성돈전」과 미국 실업가 「로지전」이 실려 있었다. 〈연단〉에는 대화체 2편, 문답체 1편이 실렸고, 〈잡찬〉에는 기행문 1편, 대화체 1편, 몽유계 1편이 실렸다.

이렇게 볼 때, 『대한유학생회학보』의 편집진은 서사류를 분류하면서 나름의 고민을 한 것으로 보인다. 소설 산문류들은 〈문원〉에 많이 실었으며, 논설 등 주장하는 글은 〈연단〉에, 학술적인 것과 연관한 글은 〈학해〉로 분류하였다. 다만 〈문원〉과 〈잡찬〉의 구분이 모호해 보인다. 아직까지 소설이나 문학 개념이 명확하지 않은 상황에서 문예를 위해 따로 표제를 구성하지는 못하고 있었다.

〈표6〉『대한유학생회학보』의 문예 관련 분류

분류	세부 항목	개수	분류별 개수
서사류	대화체	4	15
	기행문	2	
	역사 전기	2	
	세태 비평	2	
	우화	2	
서사류	서사(소설)	1	15
	몽유	1	
	산문	1	

분류	세부 항목	개수	분류별 개수
시가류	한시	9	15
	한문 문장	4	
	한글 시가	2	
총계			30

『대한유학생회학보』의 문예 관련 분포를 보면,『대한유학생회학보』가 총 3회 밖에 발간되지 못했음에도 상당한 수의 문예 글이 게재되었음을 알 수 있다. 특히 서사류의 경우는 그 동시대에 등장했던 모든 서사류가 총망라된 분위기를 연출하고 있다. 대화체, 문답체, 기행문, 역사 전기, 세태 비평, 우화, 소설, 몽유, 산문류 등 근대계몽기 잡지에서 볼 수 있는 대부분의 서사 양식이 등장하고 있다.

이렇게『대한유학생회학보』에 다양한 서사 양식이 게재된 것은,『대학유학생회학보』의 학회지 특징에서 비롯된 것이다.『대한유학생회학보』는 앞서 언급한 대로 출신 지역 중심의 모 학회를 기반으로 하고 있으면서, 일본 유학생들을 위한 대표적인 성격으로 만든 대한유학생회의 학회지였다. 따라서 각 지역 출신 학회에서 활발하게 활동하던 유학생들이 모여『대한유학생회학보』를 간행한 것이다. 그러다 보니, 각 학회지에 많이 실린 서사 문예류가 그대로『대한유학생회학보』에 실리게 된 것이며, 이것이『대한유학생회학보』만의 특징, 즉 각 학회지의 성격을 다양하게 드러낼 수 있게 해준 것이다.

결국『대한유학생회학보』가 의도적으로 일본 유학생회를 통합하려는 의지를 가지고 간행한 것은 아니라고 하더라도, 그 연합적인 성격으로 인해 이미 일본 유학생회의 여러 성격을 담지하며 연대 학회지로서의 역할을 감당하고 있었다고 볼 수 있다.

4) 일본 유학생 '연대'의 정체성과 문학적 상상력

(1) 다양한 서사 장르의 구현

앞서 살펴본 것처럼 『대한유학생회학보』는 '연대'와 '연합'의 특징을 지닌 학회지였다. 각자의 모 학회지에서 활동하던 일본 유학생들이 『대한유학생회학보』에 모여 각자의 특징과 개성대로 활동했다고 보는 것이 맞을 것이다. 즉 하나의 기치 아래 통합된 주제와 생각대로 학회지가 만들어졌다기보다는 각 학회지의 특징이 통합되거나 종합되지 않은 채, 다양하고 산발적인 특징 그대로 글들이 게재되었다고 보아야 하는 것이다. 특히 이러한 산발적이면서도 다양했던 글의 양식들은 문예면에서 가장 그 특징이 두드러진다.

문예면 중 가장 다양한 서사류를 실은 일본 유학생 잡지는 단연 『태극학보』였다. 출신 지역 일본 유학생회 잡지로서 가장 오랫동안 이어져온 『태극학보』였기에, 다양한 서사류가 많이 실린 것은 어쩌면 당연한 일일 것이다. 그런데 총 3호만 발간된 『대한유학생회학보』 역시, 『태극학보』에 못지않게 다양한 서사류가 실렸음을 알 수 있다.

일본 유학생 잡지의 경우, 역사 전기류는 모두 실리고 있었다. 그러나 대화체 양식은 『대한흥학보』에서는 빠져 있고, 몽유록계 서사류도 『공수학보』와 『대한흥학보』에서는 빠져 있다. 소설에 가까운 서사류는 『태극학보』, 『대한유학생회학보』, 『대한흥학보』에만 실려 있으며, 우화는 『태극학보』와 『대한유학생회학보』에서만 보이는 양식이다. 이렇게 보면, 『대한유학생회학보』에는 번역소설을 제외하고, 일본 유학생회 잡지에 실렸던 모든 서사류 양식이 등장하고 있었다.

결국 신문물을 가장 일찍 받아들이고 단어형 국한문체나 한글체를 많이 활용했던 『태극학보』, 또 일본 유학생회 전체가 통합하여 만든 『대한흥학보』와 함께 『대한유학생회학보』는 문예란을 확보하여 여러 가지 서사 장르를 다양하게 신는 장이 되었음을 알 수 있다. 〈표 7〉은 『대한유학생회학보』에 실린 서사 문예에 대해 정리한 표이다.

분류	세부사항	태극학보	공수학보	대한유학생 회학보	낙동친목회 학보	대한학회 월보	대한흥학보
서사류	기행문	1		2		3	5
	대화체(문답체)	7	2	4	4	4	
	몽유	4		1	1	3	
	번역소설	11					
	산문 / 수필	22		1			10
	세태비평	1		2			3
	소설(서사)	6		1			5
	역사 전기	22	5	2	3	9	9
	우화	2		2			
시가류	한시 계열 (문장)	100	11	13	15	29	65
	한글시가 (가사 / 민요)	21	1	2	2	15	6
총계 (전체에서 문예면 비율)		197 (약 31.5%)	19 (약 13.5%)	30 (약 29.1%)	25 (약 24.5%)	63 (약 23.7%)	103 (약 32.9%)

〈표 7〉과 같이 『대한유학생회학보』에는 대화체 서사물이 4편으로 가장 많이 실려 있다. 다음으로 기행문 2편, 역사 전기 2편, 세태 비평 2편, 우화가 2편 실려 있고, 소설, 몽유, 일반 산문이 각 1편씩 실려 있다. 대화체 서사물의 경우는 문답을 통해서 주장을 강조하는 내용이거나, 어리석은 자와 나라를 걱정하는 자를 통해 가르침을 주는 등의 방식으로 실려 있다. 다만 이규영이 게재한 「박호자의 설博虎者의 說」은 단순한 문답 형식이 아니라 기행문적인 요소가 가미되어 국내 여행을 다니던 인물이 한 마을에서 만난 범 사냥꾼과의 대화를 통해 깨달음을 얻는 등의 새로운 서사적 형태를 지닌 것도 있었다.

〈표 8〉『대한유학생회학보』에 실린 서사 문예 글 목록

양식	호수	날짜	표제	이름	글제목	문체	세부주제
대화체	1	1907.3.3	雜纂	최린 友古生	甲乙 自由問答	구절형	정치 / 자유 관련
대화체	2	1907.4.7	演壇	○○○	爲我留學生社會分 合同異說	현토한문	유학생회 관련 내용

양식	호수	날짜	표제	이름	글제목	문체	세부주제
대화체	2	1907.4.7	演壇	學凡 朴勝彬 傍錄	擁爐問答	현토한문	애국과 계몽, 구습타파
대화체	2	1907.4.7	演壇	海外觀物客 李奎濚	搏虎者의 說	구절형	단합과 애국 의지
기행문	2	1907.4.7	文苑	卞永周	大和隨聞錄	현토한문	외국 역사 (일본의 메이지 유신, 서양 여성 교육 관련)
기행문	3	1907.5.25	雜纂	변영주 역 江見水蔭 著	(번역) 蔚山行	현토한문	江見水蔭가 울산을 방문한 기행문
세태 비평	2	1907.4.7	文苑	河斗泓	隨感漫筆	구절형	외국의 여러 가지 사건, 역사에 대한 짧은 소감
세태 비평	3	1907.5.25	文苑	夢夢 (진학문)	病中	한글	유학생 비평
역사 전기	1	1907.3.3	史傳	崔生	華盛頓傳	현토한문	미국 화성돈전
역사 전기	3	1907.5.25	史傳	文乃郁	讀美國 實業家 로지傳	구절형	미국 실업가 로지
우화	1	1907.3.3	文苑	蒼蒼生	「이솝쓰」寓語抄譯	현토한문	이솝 우화
우화	2	1907.4.7	文苑	李亨雨	「이솝쓰」寓語抄譯	현토한문	이솝우화
몽유	3	1907.5.25	雜纂	柳承欽	上界司下土說(年賀 禮會議漏聞筆記)	현토한문	상계의 임금 앞에서 신하들이 하토의 세계 정세 설명함.
산문 (수필)	1	1907.3.3	文苑	憑虛子	余의 人生觀	단어 +구절	자신의 인생관에 대한 내용
소설 (서사)	3	1907.5.25	文苑	夢夢 (진학문)	쓰러져 가는 딥	한글	조선의 피폐한 상황

　　역사 전기물은 다른 일본 유학생 잡지에서도 모두 등장하는 양식으로『대한
유학생회학보』에서도 2편 게재되었다. 국내 지역 학회지에서 역사 전기물이 대
체로 국내 인물이었음에 반해, 일본 유학생 잡지에 실린 역사 전기물은 외국 영
웅 인물전이 등장한다.『대한유학생회학보』에서도 미국의 「화성돈전」과 「로지
전」을 게재했는데, 미국의 초대 대통령 워싱톤과 실업가 로지의 일대기를 설명
하고 있다. 보통 국가를 위기에서 구한 영웅전을 싣는 경우가 많은데, 미국의 성

공한 실업가인 로지라는 인물을 내세움으로써 실업 상황, 상업의 중요성을 보여주고 있기도 하다.

우화의 경우, 일본 유학생 잡지 중『태극학보』와『대한유학생회학보』에만 실려 있다. 신문에는 우화가 상당수 실려 있었지만, 학회지류에는 우화가 크게 많이 등장하지는 않았다. 국내 지역 학회지의 경우,『서우』에 1편, 그 후신인『서북학회월보』에 2편이 실려 있고, 일본 유학생 잡지에서는『대한유학생회학보』에 1호, 2호에 총 6편,『태극학보』에 총 4편이 실려 있다. 이렇게 보면, 서북 지역 출신들의 학회지에서 이 우화를 게재하고 있었음을 알 수 있다.

일본 유학생 학회지에서는『대한유학생회학보』에 가장 먼저 우화가 실렸다. 1호에는 창창생蒼蒼生이라는 저자가 이솝 우화 3가지를 소개하고 있고, 2호에는 이형우李亨雨가 역시 이솝 우화 3편을 싣고 있다. 이렇게 볼 때 1, 2호 모두 이형우가 이솝 우화를 번역하여 실었다고 보는 것이 타당할 것이다. 이형우는 1906년 9월 2일에 열린 제1회 총회 회록에 보면, 편찬원의 이름에 임규, 이형우, 최남선 이렇게 3명 중 1명이다.[51] 즉『대한유학생회학보』의 편집진들이 우화를 의도적으로 게재했던 것이다.

실린 이솝 우화 내용을 보면, 1호에는 '이리와 양', '새끼 쥐의 회의', '여우와 포도'가 실렸고, 2호에는 '탐욕스러운 개의 그림자', '개미와 베짱이', '당나귀가 사자의 가죽을 쓰다' 등 3개의 내용이 실려 있었다. 전체적으로 보면, 유학생의 삶이나 태도를 교훈하는 내용이나 현재 세태나 정치를 비판하는 내용이 보이기도 한다. 이렇게 볼 때 우화 역시 그 당대 유학생의 고민과 비판정신을 우회해서 보여주는 양식으로 활용되었음을 알 수 있다.

이 외에도『대한유학생회학보』에는 당대 일본 유학생 학회지에 상당히 많이 등장했던 양식인 몽유록계 서사도 1편 실려 있다. 일본 유학생 학회지에 가장 먼

---

51   〈會報〉「第一回總會會錄」,『대한유학생회학보』제1호, 1907. 3. 3, 93쪽.

저 몽유록계 서사가 실렸던 것은 1906년 11월 24일 『태극학보』 4호에 실린 최석하의 「무하향만필無何鄕漫筆」이었다. 다음은 1907년 3월 24일 『태극학보』 8호에 실린 장웅진의 「춘몽春夢」이었다. 이후 몽유록계 서사류는 1908년 1월부터 비슷한 양식들이 변주를 하며 여러 학회지에서 상당히 많이 실리게 된다.

『대한유학생회학보』의 몽유록계 서사는 1907년 5월 25일에 간행된 제3호에 실려 있는데 이는 유승흠의 「상계사하토설上界司下土說 – 연하례회의누문필기年賀禮會議漏聞筆記」이다. 유승흠은 『태극학보』에 글을 게재한 적이 있는 인물로, 대한유학생회에서는 총무원을 역임했다. 즉 『태극학보』와 연관된 인물이며, 이러한 몽유록계 서사 역시 『태극학보』에서 제일 먼저 보이고 있다는 점에서, 이러한 영향을 받아 『대한유학생회학보』에도 몽유록계 서사가 실리게 된 것으로 보인다. 이 몽유록계 서사물은 상계에서 하계의 상황을 보고 받는 형식인데, 이를 관찰자가 이를 받아 적는 형식으로 진행된다. 이 작품은 현재 세계의 변화하는 정세 속에서 한국도 서양과 같이 변화해야 함을 피력한다고 볼 수 있다.[52]

(2) 새로운 문학적 상상력과 근대문학으로서의 가능성

① 이규영의 「박호자의 설」 일본 유학생의 '지금, 여기'의 문학

『대한유학생회학보』에는 앞서 살펴본 것처럼 다양한 서사 문예가 출현하고 있다. 그 중에서도 이규영의 「박호자의 설搏虎者의 說」과 몽몽 진학문의 소설 「쓰러져 가는 집」은 단연 눈에 띈다. 사실 이들 두 작품이 완전한 근대소설이라 말할 수는 없을 것이다. 그러나 전근대문학에서 새로운 문학을 실험하고 나아가고자 하는 것, 당대의 문제를 담아내려고 하는 것, 새로운 서사적 장치를 활용하는 것 등의 여러 시도를 살펴보는 것은 향후 근대소설이 등장하기 위한 시금석이자 과정으로서 분명 중요한 일이다.[53]

먼저 이규영의 「박호자의 설」은 일반적인 대화체에서 더 나아간 형태를 보여준

---

52 조상우, 「『대한유학생회학보』에 게재한 한문산문 연구」, 『우리어문연구』 34, 우리어문학회, 2009, 247쪽.

다. 한 인물이 경기 동부와 강원도를 일컫는 동협 지방에 유람을 갔다가 산 아래 한 마을에서 만난 장주와의 대화를 담은 글이다. 이 장주는 호랑이를 잡을 때의 상황을 설명하며, 이를 필자 자신과 유학생들에 비추어 보며 교훈을 얻고 있다.

필자인 이규영은 서북 출신의 인물로, 『서우』 1호1906.12.1에 보면, 월간간행사무위원으로 주필은 박은식, 편집은 김명준, 이후 잡지에 글을 지어 싣는 협찬원으로 이름이 등장한다.[54] 즉 박은식과 함께 『서우』의 집필진으로서 함께 작업을 했다는 것을 의미한다.[55] 이후 일본으로 유학을 오게 되면서 『태극학보』 7호1907.2.24에 신입회원으로

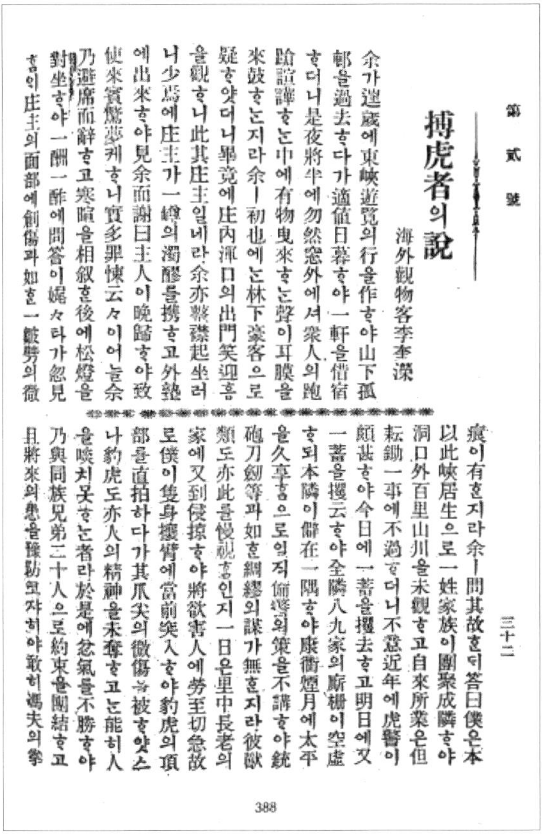
第貳號

搏虎者의 說

海外觀物客 李奎濚

余가 逆歲에 東峽遊覽의 行을 作ᄒᆞ야 山下孤邨을 過去ᄒᆞ다가 適値日暮ᄒᆞ야 一軒을 借宿ᄒᆞ더니 是夜將半에 忽然窓外에셔 衆人의 跑跆諠譁ᄒᆞᄂᆞᆫ 中에 有物曳來ᄒᆞᄂᆞᆫ 聲이 耳膜을 來鼓ᄒᆞᄂᆞᆫ지라 余ㅣ 初也에ᄂᆞᆫ 林下豪客으로 疑ᄒᆞ얏더니 畢竟에 庄內渾口의 出門笑迎ᄒᆞᆷ을 觀ᄒᆞ니 此其庄主일네라 余亦斂襟起坐러니 少焉에 庄主가 一樽의 濁醪를 携ᄒᆞ고 外塾에 出來ᄒᆞ야 見余而謝曰 主人이 晩歸ᄒᆞ야 致使來賓驚夢케ᄒᆞ니 實多罪悚云々이어ᄂᆞᆯ 余乃避席而辭ᄒᆞ고 寒暄을 相叙ᄒᆞᆫ 後에 松燈을 對坐ᄒᆞ야 一酬一酢에 問答이 娓々ᄒᆞ다가 忽見ᄒᆞᆷ의 庄主의 面部에 創傷과 如ᄒᆞᆫ 一瘢痕의 徵痕이 有ᄒᆞᆫ지라 余ㅣ 問其故ᄒᆞᆫ되 答曰 僕은 本以此峽居生으로 一姓家族이 團聚成隣ᄒᆞ야 洞口外 百里山川을 未觀ᄒᆞ고 自來所業은 但耘鋤一事에 不過ᄒᆞ더니 不意近年에 虎醫이 頗甚ᄒᆞ야 今日에 一畜을 攫去ᄒᆞ고 明日에 又一畜을 攫云ᄒᆞ야 全隣八九家의 廐柵이 空虛ᄒᆞ되 本隣이 僻在一隅ᄒᆞ야 康衢煙月에 太平을 久享ᄒᆞᆷ으로 일직 備禦의 策을 不講ᄒᆞ야 銃砲刀劍等과 如ᄒᆞᆫ 綢繆의 謀가 無ᄒᆞᆫ지라 彼獸類도 亦此를 慢視ᄒᆞᆷ인지 一日은 里中長老의 家에 又到侵掠ᄒᆞ야 將欲害人에 勢至切急故로 僕이 隻身攘臂에 當前突入ᄒᆞ야 豹虎의 項部를 直拍하다가 其爪尖의 徵傷을 被ᄒᆞ얏스나 豹虎도 亦人의 精神을 未奪ᄒᆞ고ᄂᆞᆫ 能히 人을 噬치 못ᄒᆞᄂᆞᆫ 者라 於是에 忿氣를 不勝ᄒᆞ야 乃與同族兄弟 二十人으로 約束을 團結ᄒᆞ고 且將來의 患을 豫防코자 ᄒᆞ야 敢히 馮夫의 拳

三十二

388

〈사진 5〉 이규영의 「박호자의 설」

53 김영민에 따르면, 서양의 근대소설의 개념과 한국의 근대소설의 개념은 차이가 있다. 한국의 근대소설, 근대계몽기 소설의 특질은 첫째, 정치, 사회, 문화적인 상황과 연관되어 절박하고도 구체적인 현실을 짧은 단형으로 발표된 경우가 많고, 둘째, 작가의 주장을 얼마나 효과적으로 전달할 것인가에 따라 미완으로 발표되기도 하며, 셋째, 지식인 작가들이 한자의 사용을 줄이고 한글의 사용을 선택하여 독서 행위의 일반화를 이루어갔으며, 넷째, 현실성을 지니되, 압축, 상징, 우화와 비유적 수법을 통해 현실을 담아내고 있다고 설명하고 있다.(김영민, 「동서양 근대소설의 발생과 그 특질 비교 연구」, 『현대문학의 연구』 21, 한국문학연구학회, 2003, 446~464쪽) 이는 서양의 소설 개념에 적합한 근대소설의 특질은 아니라고 하더라도, 서사의 발전 과정에서 근대소설로 나아가는 과도기적 문학, 소설의 형태로 이해할 수 있을 것이다.

54 「會錄」, 『서우』 1호, 1906.12.1, 47쪽.

55 이규영이 언제까지 협찬원 역할을 맡았는지는 알 수 없으나, 『서우』와 그 후신인 『서북학회월

소개되고 있다.[56]

그 당시 일본 유학생들은 사실상 경제적으로 매우 어려워 고학생들이 많은 상황이었다.『태극학보』12호에 실린「고학생苦學生의 정형情形」이라는 글에 보면, 이러한 어려움이 고스란히 드러나고 있다. "今日 我同胞가 海外에셔 留學ᄒᄂᆫ 者ㅣ 此 非常흔 艱難時代를 當ᄒᆞ야 誰가 苦學치 아니 리 잇스리오마ᄂᆫ 個中에 더옥 嘆惜의 情을 不禁홀 者ㅣ 有ᄒᆞ니 當初에ᄂᆫ 本第에셔 逐月辦送ᄒᄂᆫ 僅少흔 學資로 海外風霜에 苦鬪를 不辭ᄒᆞ고 孜孜 學業에 從事ᄒᆞ다가 近來 本國 經濟界에 非常흔 恐慌이 益益切迫ᄒᆞ야 商業을 經營ᄒᆞᄂᆫ 者 商業에 失敗ᄒᆞ고 農業에 從事ᄒᄂᆫ 者ㅣ 糊口를 未遑ᄒᄂᆫ 此際를 遭遇ᄒᆞ믹 當初 僅僅 豫算으로 其 子弟를 海外에 派遣ᄒᆞ여 든 者 學費가 中絶됨은 事勢의 固然흔 바이라"[57]라고 언급되고 있다. 즉 유학생들 중 고학생들이 많지만, 근래 경제적으로 매우 어려워 당초 근근히 학비를 조달하던 부모들이 이제 더 이상 학비를 보내지 못하는 경우가 많았던 것이다. 그 가운데 죽기를 각오하고 학업을 완성하기로 결맹한 자들이 있었는데, 그들이 바로 고학생 동맹이었다. 이 고학생들은 광무 11년 6월 18일 "고학생동맹취지서苦學生同盟趣旨書"[58]를 작성하고 이를『태극학보』에 게재하는데, 26명의 이름 중 가장 앞에 이규영의 이름이 나오고 있다. 즉 이러한 어려운 상황 가운데 이규영의「박호자의 설」이 등장하고 있는 것이다.

「박호자의 설」은 "余가 往歲에 東峽遊覽의 行을 作ᄒᆞ야 山下孤邸을 過去ᄒᆞ다가 適值日暮ᄒᆞ야 一軒을 借宿ᄒᆞ더니 是夜將半에 勿然 窓外에셔 衆人의 跑踰誼譁ᄒᄂᆫ 中에 有物曳來ᄒᄂᆫ 聲이 耳膜을 來鼓ᄒᄂᆫ지라"[59]라고 하여 기행문 형식으로 시작

보』까지 꾸준히 글을 싣고 재정적인 후원도 계속해서 이어지고 있는 것으로 볼 때, 국내 지역 학회지와, 출신 지역 기반 일본 유학생 학회인 태극학회 등을 오가며 지속적으로 활동했음을 알 수 있다. 이는 국내 학회지와 일본 유학생 학회지가 서로 긴밀하게 교류하고 있었음을 보여주는 방증이기도 하다.

56   「雜錄」,『태극학보』7호, 1907.2.24, 58쪽.
57   「苦學生의 情形」,『태극학보』12호, 1907.7.24, 50쪽.
58   「苦學生의 情形」, 위의 글, 51쪽.

한다. 필자가 경기 동부와 강원도를 일컫는 동협 지방을 유람하다가 산 아래의 한 외딴 촌에 머물게 된다. 한밤중에 시끄러운 소리와 무언가를 끌고 오는 소리에 밖으로 나와보게 되는데, 그곳에서 호랑이를 잡아 온 그 마을의 장주와 만나 술 한잔을 하며 이야기를 나누게 된다.

> 저 짐승 무리도 또한 이를 거만하게 바라보고 있는지 하루는 마을의 장로의 집에 또 침탈하니 사람을 해치고자 하는 일이 급박한 고로, 내가 단신으로 팔을 걷어붙이고 앞으로 돌진해 들어가서 범의 목을 바로 때리다가 그 날카로운 발톱의 작은 상해를 당하였으나 범도 또한 사람의 정신을 빼앗지 못하고는 능히 사람을 삼키지 못하는 자라. 이에 분기를 이기지 못하여 이내 동족 형제 20인으로 더불어 약속을 단결하고 또한 장래의 근심을 예방하고자 하여 감히 빙부의 주먹을 갈고, 복수의 마음을 결단하여 일대 파괴와 맹렬한 공격으로 적을 처치하였더니 이 이후로부터는 범의 공격이 전혀 없었다고 말하였다.[60]

나는 장주와 술을 나누다가 그의 얼굴에 있는 창상 같은 흉터를 보고 그 연유를 묻게 되고, 그로 인해 장주의 무리들이 어떻게 호랑이와 싸워오게 되었는지 그 역사를 듣게 된다. 장주는 원래 이곳 사람으로 성씨 일가가 단합하여 이웃을 이루고 이곳에서 경작하며 살아갔으나 호랑이의 위협이 심해지면서 이웃 여덟, 아홉 집만 남고 빈 집이 많아지기 시작했다고 설명한다. 그러던 어느 날 마을의 장로 집을 호랑이가 또 침탈하자 장주는 단신으로 범의 목을 노리다가 작은 상

---

59 海外觀物客 李奎濚, 〈演壇〉「搏虎者의 說」, 『대한유학생회학보』 2호, 1907.4.7, 32쪽. 이하 제목과 쪽수만 기재함.

60 "彼獸類도 亦 此를 慢祝홈인지 一日은 里中長老의 家에 又 到侵掠ᄒ야 將欲害人에 勞至切急故로 僕이 隻身攘臂에 常前突入ᄒ야 豹虎의 項部를 直拍ᄒ다가 其 爪尖의 微傷을 被ᄒ얏스나 豹虎도 亦 人의 精神을 未奪ᄒ고는 能히 人을 啖치 못ᄒᄂᆞᆫ 者라 於是에 忿氣를 不勝ᄒ야 乃與同族兄弟 二十人으로 約束을 團結ᄒ고 且將來의 患을 豫防코쟈 ᄒ야 敢히 馮夫의 拳을 磨ᄒ고 復讐의 心을 決ᄒ야 一場踩躪에 猛擊補取ᄒ얏더니 自玆以後로ᄂᆞᆫ 虎警이 絶無云云."(「박호자의 설」, 32~33쪽)

해를 입게 된다. 그러나 호랑이 역시 사람의 정심을 빼앗지 못하고서는 사람을 삼키지 못한다는 것을 알고, 동족 형제 20인과 단합하여 결국 호랑이를 이겨 낸 후로는 호랑이의 공격이 없었다고 말한다.

그리고 장주는 "옛말에 말하고 있지 않은가. 두 사람만 마음이 같을지라도 그 이로운 것이 능히 쇠를 끊는다 하였으니 지금 우리 이십 인의 단합한 마음으로 힘을 합쳐 공모하여 한 마리의 범을 포획하였음을 무엇으로 칭하리오. 이후로는 우리 이십 형제가 범을 포박하는 수단이 이미 익숙한 습관이 되었으니, 작물 작업을 마친 후에는 각처에 여행하여 아직 산중에 엎드려 살고 있는 범도 능히 포획하는 고로 연래 십수령의 범을 경매하여 가계가 족한지라"[61]라고 덧붙인다. 즉 혼자서 두려워하기보다, 스무 명의 형제가 힘을 합쳐 맞섰더니 호랑이 한 마리를 잡을 수 있을 만큼 강해졌다고 강조하는 것이다. 이후에는 사방을 다니며 호랑이를 잡고 있고, 그것이 가계에 큰 도움이 된다고까지 설명한다.

이에 연연히 물으며 말하기를, 범에 대해 들어본 사람은 가히 두려워하는 동물이다 하더니 지금에 당신의 언론과 사실을 보면 범이 반대로 사람을 두려워할 만하다 칭할 것인즉 당신과 강대한 성질의 오만함은 실로 가히 애석하도다 한데[62]

장주가 하하 크게 웃으며 말하기를, 공은 범의 성질을 전혀 모르는도다. 그것이 흉포한 계획을 장차 행하고자 하며 성난 목소리로 날뛰며 위세를 부림이 모두 대상에 대한 집착으로 인해 먼저 빼앗고자 함이니 이와 같은 중정을 이미 선명히 하여 능히 두려워하고 겁내는 마음을 가지지 않고 자기의 진정한 정신만 잃지 아니하면 사람은 고사하

---

61 "古語에 不云乎아 二人만 心이 同혼지라도 其 利혼 것시 能히 金을 斷한다 ㅎ얏스니 今我二十人의 團合혼 心으로 戮力共謀하야 一豹를 搏取홈을 何를 稱하리오 伊後로는 我二十兄弟가 虎를 搏하는 手段이 已成慣習하야 每於農務稍濟혼 後예는 四處에 遊行하야 猶且 山中에 伏居ㅎ는 豹虎도 能히 搏取ㅎ는 故로 年來十數令의 豹皮를 競賣ㅎ야 家計가 稍足혼지라."(「박호자의 설」, 33쪽)

62 "嗯乃然然問曰 曾聞虎豹는 人의 可畏홀 者라 ㅎ더니 今에 子의 言論과 事實을 觀ㅎ면 虎豹가 反히 人을 畏할만ㅎ다 稱홀 거신則 子와 强大혼 氣岸은 誠甚歎服이나 面部傷痕은 實노 可惜하도다 ㅎ 딕."(「박호자의 설」, 33쪽)

고 오히려 하등의 짐승이라도 감히 해치지 못하고 도랑을 거꾸로 피함은 즉 실험상의 명백한 증거라. 이로 인하여 보건되, 사람이 되어 어찌 호랑이를 두려워하리요. 범이 사람을 경외한다 함이 가하고 또한 나의 조그만 상처로 논할진대 그 때에는 불행으로 말하였으나 지금에는 반대로 행幸으로 알 만하도다. 만약 전날에 그렇게 위험한 어려움을 당하지 못했다면, 어찌 금일에 일경이 범에 대한 근심을 알지 못하는 안침安枕의 복을 함께 향유하며 또한 형형한 눈으로 여인을 바라보는 듯한 저 사납고 날랜 짐승을 능히 취할 사상이 일어날 수 있었으리오. 그러나 내가 범의 전체에 취한 바는 얼룩무늬 모피만 취하고 그 골육은 취하지 않노라.[63]

나는 장주의 이야기를 들으면서 의아하게 여긴다. 분명 호랑이는 모든 사람들이 두려워할 존재인데, 장주는 도리어 호랑이가 사람을 두려워한다는 식으로 이야기하고 있었기 때문이다. 따라서 나는 이러한 장주의 태도를 오만한 것으로 치부하며 애석하다고까지 표현한다. 그런데 이에 대해 장주는 도리어 웃으며 '나'가 호랑이의 성질을 모르기 때문이라고 설명한다. 즉 겉으로 두려워하고 겁내는 마음을 갖지 않고, 진정한 정신만 잃지 않는다면, 얼마든지 호랑이와 같은 짐승을 이길 수 있으며, 도리어 호랑이가 사람을 경외하기까지 한다는 것이다. 두려워하지 않는 정신, 그리고 여러 명이 함께 힘을 합치는 단합의 정신으로 호랑이조차 이겨낼 수 있음을 설파한다.

---

63 "庄主가 呵呵大笑曰 公은 虎豹의 性質을 誠未諳이로다. 彼가 兇暴의 計를 將行코져 홈이 怒吼生風에 跳躍施威홈은 總히 其對着物의 精神을 先奪코져 홈이니 如此흔 其 中情을 早鮮하야 能히 畏怯의 心을 勿抱ᄒ고 自己의 眞正흔 精神만 失치 아니ᄒ면 人은 姑舍ᄒ고 雖 下等의 獸類라도 敢히 害치 못ᄒ고 渠反避去홈은 卽 實驗上의 明證이라 是로 由ᄒ야 觀하건된 人이되야 엇지 虎豹를 畏하리오. 虎豹가 人을 畏ᄒ다 홈이 可하고 且 僕의 微些흔 傷處로 論홀진된 其時에는 不幸으로 言ᄒ야스나 今에는 反히 幸으로 知홀 만호도다 若在前日에 如許흔 危難을 不受ᄒ얏스면 엇지 今日에 一境이 虎患을 不知ᄒ는 安枕의 福을 共享ᄒ며 且 雙眸耽耽女ᄒ는 彼悍勇의 獸를 能히 搏取홀 思想이 起ᄒ야스리오. 然이나 僕이 豹의 全體에 取ᄒ는 바는 但 此斑斑可愛흔 毛皮而己오 其 骨肉은 不取ᄒ노라."(「박호자의 설」, 33~34쪽)

또한 장주는 호랑이의 모피만 취할 뿐, 그 골육은 취하지 않는다며, 고기 또한 닭과 돼지에 비해 못하고, 뼈 역시 소와 말보다 못하다고 설명한다. 오직 호랑이에게서는 가죽만 취할 뿐이라는 것이다.

이러한 장주의 설명을 끝으로 '나'가 해외에 나와 있으면서 풍물을 두루 살펴다가 우연히 이 박호자博虎者의 말을 생각하고 심사에 감동하는 바가 있어 우리 유학생 제군에게 한번 알린다며 이야기는 끝을 맺는다.[64]

이 시점에서 필자가 유학생들에게 알리고 싶었던 내용은 단합의 힘이 호랑이를 이길 수 있다는 점일 것이다. 그렇다면 필자 이규영에게 있어서 호랑이라는 존재는, 크게 볼 때 국가의 존립을 위협하는 외세일 수도 있다. 그런데 앞서 살펴본 바처럼 이규영은 일본 유학생으로서 고학생의 어려운 형편에 놓여 있었다. 고국의 학자금이 끊겨져 당장 고국으로 돌아가야 하는 상황에서 고학생들은 선택의 기로에 직면해 있었다.

일본 유학생이자 학비가 끊겨져 더 이상 공부를 이어가기 어려운 상황에 처한 '지금, 여기'에서 이 「박호자의 설」은 현재 어려운 일본 유학생인 자신들의 정체성을 돌아보게 했을 것이다. 학비를 받지 못하더라도 끝까지 공부해내겠다는 결심을 하게 만들고, 일본 유학생들이 서로 단합하여 함께 현재 주어진 어려움을 극복해내겠다는 의지를 다독이게 만드는 이야기였을 것이다.

멀리 보면, 조국을 위한 애국계몽적인, 교훈적인 이야기일 수 있으나, 현재 당장 학비를 조달하기 어려운 일본 유학생의 입장에서는 '지금, 여기'에서 나에게 직면한 이야기일 수 있었다. 이렇게 볼 때 「박호자의 설」은 현재, 지금 이곳에서 일본 유학생이자 고학생인 이들을 향한 위로이자 교훈이며, 바로 '지금, 여기'에 있는 자신들을 위한 이야기였을 것이다. 또한 이 일본 유학생들의 현재에서는 이 공부를 끝마치는 것이 국가를 위한 일이라 여겼을 것이다. 따라서 「박호자의

---

64   「박호자의 설」, 34쪽.

설」은 그러한 일본 유학생들의 현실을 비추어 주는 '지금. 여기'의 이야기를 담아 낸 서사물이라 할 수 있을 것이다.

② 진학문의 「쓰러져 가는 집」 근대적 소설 양식의 실험

진학문은 『대한흥학보』에서 이광수와 함께 단편 소설을 게재하기도 했다. 『대한흥학보』 제8호 〈소설〉란에 실은 진학문의 「요조오한四疊半」은 일본 유학을 하고 있는 유학생들이 겪고 있는 삶의 문제를 대화체 형식으로 담고 있다. 이상과 현실의 괴리, 국가와 개인의 현실 사이에서의 갈등이 '함영호'와 '채'라는 인물의 대화를 통해 묘사된다. 특히 제목의 "四疊半요조오한"은 하숙방의 크기를 말하는 것으로 다다미 4장 반의 크기이다. 일본의 전통적인 방 크기로, 일본 유학생의 삶의 공간을 그 크기로 비유하고 있는 것이다. 이 소설은 이광수의 단편 「무정」과 함께 『대한흥학보』 〈소설〉란에 실려, 당대 유학생의 삶을 현실적이면서도 비판적으로 보여주고 있기도 하다.

『대한흥학보』에 〈소설〉란은 7호 「투서의 주의」라는 광고를 통해 처음 표제가 등장한다. 그 이전까지 산문이나 서사류들은 〈문원〉이나 〈잡찬〉 등의 표제에 실렸는데, 7호의 광고 이후부터 〈소설〉란이 따로 개설되었다. 이렇게 〈소설〉란을 따로 개설할 수 있었던 것은 『대한흥학보』의 편집진들이 문학의 한 장르로서의 '소설' 개념을 받아들였기 때문으로 해석할 수 있다.[65] 이 〈소설〉란에 실렸던 소설은 진학문의 「요조오한」과 이광수의 「무정」 단 2편이었다. 이들 소설은 주요 단어만 한문으로 쓰였을 뿐 거의 한글체에 가까운 문체로 쓰여 있으며, 이광수의 단편 「무정」은 이광수가 가장 첫 번째로 쓴 한글 소설이기도 하다.[66] 「요조

---

65 『대한흥학보』의 편집 전략과 표제 분포에 관해서는 전은경의 「유학생 잡지 『대한흥학보』와 문학 독자의 형성」, 『국어국문학』 169, 국어국문학회, 2014, 317~322쪽 참고.

66 이광수가 최초로 쓴 소설은 1909년 메이지학원중학교 유학 시절 교지 『시로가네학보(白金學報)』에 일본어로 발표한 「사랑인가(愛か)」이다. (권정희, 「이광수의 일본어 소설 「사랑인가(愛か)」 - '한국 유학생'의 일본어 글쓰기 연구」, 『인문사회 21』 29, 인문사회 21, 2018, 1590쪽) 다

오한」이 1909년 12월에, 이광수의 단편 「무정」은 1910년 3월, 4월에 『대한흥학보』에 게재되었다.

그런데 이보다 앞서 2년 7개월 전인 1907년 5월 25일 진학문의 한글 소설 「쓰러져 가는 집」이 『대한유학생회학보』에 실려 있다. 『대한유학생회학보』에서 한글체로 쓰인 글은 총 4편이었다. 이 중 2편은 가사 형태의 시가로 주요 단어 정도는 한문으로 표기된 한글체였다. 나머지 2편은 모두 진학문의 글로 소설 「쓰러져 가는 집」과 바로 이어서 쓴 「병중病中」이라는 세태비평의 아주 짧은 문장에 가까운 글이었다. 이렇게 볼 때 순한글로 쓰인 「쓰러져 가는 집」은 당대 지식인 잡지 최초로 실린 한글 소설의 실험이라 할 수 있다.

금순이 나간 후 얼마 아니되어 별안간에 대문을 박차는 소리 나면서 갓, 두루마기도 아니하고 탈망에 곰방대 문 사람이 불문곡직하고 들어와서 아침 짓고 남은 듯한 장작개비를 들고 마름질하는 길동어머니를 두드리니 가련하다 길동어미는 머리는 풀어지고 가뜩이나 해진 옷이 이리저리 유혈이 낭자하도록 얻어맞습니다만.

"어서 죽여줘. 누가 살기가 원이랍디까. 죽여만 주면 정말이지 소원성취요."

하면서 발악하니 잠들었던 길동이가 또다시 깨어 벼락같이 울어내니 한편에는 어린아이 울음, 한 편에는 어른의 매질, 한참 이리 소요하다가 탈망에 곰방대 무신 양반 하는 말이

"이년, 네 두고만 보아라. 지금은 바빠 모본단만 가지고 가거니와 이따가 보아라. 어디서 계집이 사나이 하는 일을 종잘거리더냐. 노름을 하거니 술을 먹거니."

하면서 신발 신은 채 방으로 들어가 벽장문 여러 재치고 백지에 싸서 두었던 모본단 뭉치를 들고 나아가니 길동어머니 하는 말

만, 이광수 자신이 스스로 맨 처음 작품으로 밝힌 작품이 『대한흥학보』에 실린 단편 「무정」이었다. (이광수, 「작가로서 본 문단의 십 년」, 『별건곤』 25호, 1930.1.1, 52~53쪽) 이는 「사랑인가(愛か)」가 일본어 소설이었기에 한글로 쓴 최초의 소설을 첫 작품이라고 설명한 것으로 보인다.

"이 다음 본주인이 찾으러 오면 어찌할 터인고, 오막사리 초가집도 집문서는 있어야지."

하고 울고불고 원망하고 한탄하나 노름에 몸단 양반 들으나마나. 아마도 그 양반은 길동이 어른이신데 노름판에서 화나고 분 뜨는 김에 그대로 뛰어온 모양.

수일 후에 다 쓰러져 가는 그 집에는 일본인 아무개의 차지라고 첩을 박고선 전시정축에는 길동아버지의 얼굴이 보이지 않더라.(완)[67]

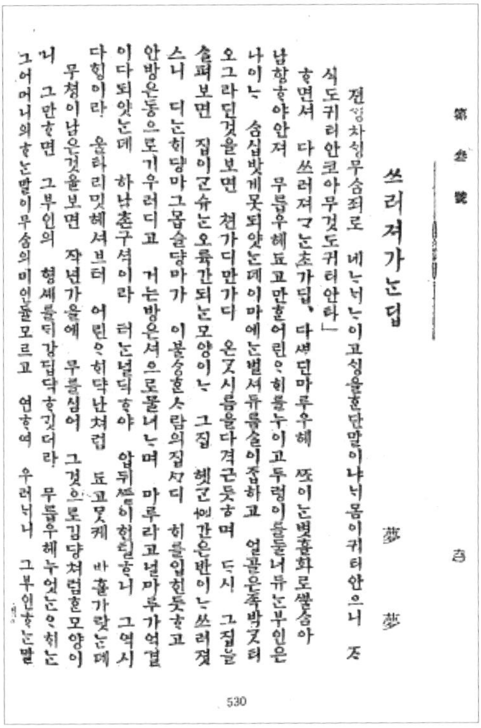

「쓰러져 가는 집」의 내용을 보면, 도

〈사진 6〉 진학문의 「쓰러져 가는 집」

67　"금슌이 나근 후 얼마 아니되야 별안간에 뒤문을 박츠는 소리나면셔 갓두루미기도 아니ᄒ고 탈망에 곰방뒤 문 ᄉ람이 불문곡딕ᄒ고 드러와셔 아팀덧고 남은듯는 댱닥기비를 들고 마름딜ᄒᄂ 길동어머니를 두다리니 가련ᄒ다 길동어미ᄂ 머리ᄂ 푸러디고 ᄭᆺ득이ᄂ 히여딘 옷시 이리 저리 유혈이 낭ᄌᆞᄒ도록 엇어 마디니다만.

「어서 듁여듀ㅣ, 누가 슬기가 원이랍되가 듁며만듀면 뎡말이디 소원성취오」

ᄒ면셔 발악ᄒ니 담드럿든 길동이가 쏘ᄃ시 씌여 별악ᄭᅳ티 우러나니 ᄒ편에ᄂ 어린 ᄋᆡ희 우름, ᄒ편에ᄂ 어룬의 믹질, ᄒ참 이리 소요ᄒᄃᆞ가 탈망에 곰방뒤 무신 양반 ᄒᄂ 말이

「이년, 네 두고만 보아라 디금은 밧바 모본단만 ᄀᆞᆮ고 가거니 잇다가 보아라. 어듸셔 계딥이 사나희 ᄒᄂ 일을 둉즐 거리드냐 노름을 ᄒ거니 슐을 먹거니」

ᄒ면셔 신발신은채 방으로 드러가 벽댱문 여러 제티고 빅디에 쏘셔 두엇든 모본단 뭉티를 들고 나아ᄀ니 길동어머니 ᄒᄂ 말

「이다음 본듀인이 ᄎᆞ디러오면 엇디 홀터인고 오막ᄉ리 초가딥도 딥문셔ᄂ 잇셔야디」

ᄒ고 울고불고 원망ᄒ고 한탄ᄒᄂ 노름에 몸단 양반 드르ᄂᄆᆞᄂ, 아마도 그 양반은 길동이 어룬이신데 노름판에셔 화ᄂᆞ고 분쓰ᄂ 김에 그듸로 쮜여온 모양

슈일후에 다 쓰러져가ᄂ 그 집에ᄂ 일본인 아무기의 ᄎᆞ디라고 텹을 박고션 전시정축에ᄂ 길동 아버디의 얼골이 보이디 안터라.(完)"(夢夢,〈文苑〉「쓰러져 가ᄂ 딥」,『대한유학생회학보』3호, 1907.5.25, 64~65쪽)

제4장_ 근대계몽기 일본 유학생회 연합 및 통합 잡지의 매체적 특징과 서사 문예　401

박에 빠진 길동 아버지와, 다 쓰러져 가는 초가집에서 돈을 구하지 못해 삯바느질로 겨우 연명하고 있는 길동 어머니의 상황이 그려진다. 길동 어머니는 겨우 삼십 세이지만, 고생으로 온갖 시름을 겪어 얼굴은 이미 늙어버린 인물이다. 남편은 술 주정뱅이에 화투와 도박에 빠져 있고, 길동이 집은 저녁거리도 없어, 길동 어머니가 남의 집 혼인에 쓸 저고리를 만들면서 겨우 입에 풀칠하는 형편이었다.

길동 아버지가 지금 노름을 벌이고 있는 집의 딸 금순이가 찾아와, 길동 아버지가 노름 자금으로 모본단 열 필을 가지고 오라고 했다며 심부름을 온다. 그러나 부인은 저녁거리도 없다며, 남이 팔아달라고 맡아둔 모본단은 이미 없다고 거짓말한다. 위의 인용은 「쓰러져 가는 집」의 마지막 부분으로 금순이가 돌아가고 나서 길동 아버지가 집으로 들어와 난동을 부리는 장면이다. 길동 아버지는 남이 맡겨 둔 모본단 열 필을 찾아내어 노름 자금으로 가져가면서, 부인을 폭행하기까지 한다. 결국 수일 후에 다 쓰러져 가는 그 집은 일본인에게 넘어가고, 길동 아버지의 얼굴은 더 이상 보이지 않게 된다는 것으로 끝맺는다.

이 「쓰러져 가는 집」의 내용은 이중적 구도를 가지고 있다. 하나는 조선의 한 가정을 표본으로 하여 구습과 악습이 만연한 조선의 상황을 한 집안을 비유로 들어 비판하고 있는 것이다. 이러한 조선의 상황은 진학문 자신의 상황을 투영한 것으로 볼 수도 있다. 실제로 진학문이 일본 유학 당시에 부친이 보내는 돈으로는 매우 빠듯하게 생활했으며 금전적으로 매우 어려운 상황이었다고 하며, 이 때문에 유학 생활을 하는 자식에게 제대로 돈을 부쳐주지 않는 아버지를 원망했다고도 한다.[68] 따라서 이러한 자신의 상황을 투영하여 노름이나 도박 같은 구습과 악습에 젖어 다 쓰러져 가는 조선의 현실을 비판한 것이라 볼 수 있다.

또 다른 한 편으로는 "슈일 후에 다 쓰러져 가는 그 집에는 일본인 아무기의

---

68 진학문의 1차 유학 당시 경제적 어려움에 관해서는 최태원, 「어느 식민지 문학 청년의 행방(1) – '몽몽' 시절 진학문의 일본 유학과 문학 수업」, 『상허학보』 50, 상허학회, 2017, 299쪽.

츳디라고 텁을 박고션 전시정축에는 길동 아버디의 얼골이 보이디 안터라"라고 하여 구습에 젖어 변화하지 않는 조선과, 이러한 조선을 차지한 일본의 모습을 비유한 것이라고 볼 수도 있다. 즉 전자의 해석이 노름과 도박에 절어 있는 조선의 한 가정의 모습을 보여준 것이라면, 후자는 조선과 일본이라는 큰 구도 안에서 해석될 수도 있는 것이다.

이렇게 조선과 일본이라는 구도 안에서 해석해 볼 수 있는 것은 「쓰러져 가는 집」 바로 뒤에 게재되어 있는 「병중病中」이라는 짧은 세태 비평 글을 통해서이다. 「병중」은 "병이 ㄴ셔 공부 못히, 일이 잇셔 공부 못히 이 핑계 져 핑게 다 쌕이고 나면 공부홀 늘 전혀 업네 아모 씨 가도 네 공부는 너 홀 것이니 네 아라차려라."[69]라는 짧은 글로, 소설 바로 다음에 이어서 나오고 있다. 즉 이 핑게 저 핑계로 제대로 공부하지 않고 있는 나태하고 게으른 유학생들을 비판하며, 유학생의 의무에 대해 강조한다. 즉 공부에 대한 의무와 책임감을 통해 유학생들의 공부는 국가를 위하는 대의적인 차원에서 해석하고자 했던 것이다. 이러한 관점에서 보면, 진학문의 유학 생활과 공부는 애국 계몽을 위한 의무이자 책임으로 풀이될 수 있다.

이러한 계몽적 의식으로 해석해 볼 때, 조선과 일본의 관계로서 확대하여 해석해 볼 수도 있는 부분이다. 한 가정으로 묘사된 것은 조선 그 자체이며, 도박과 노름으로 찌들어 있는 조선이 스스로 쓰러져, 그 집이 일본인에게 넘어갔다는 것은 일본이 망해가는 조선을 차지한 것으로 볼 수도 있는 것이다. 또한 이는 일본인의 차지라고 "첩"을 박았다는 것도 의미심장하다. 대한유학생회가 고故 민충정공 1주기에 모여 추도회를 하면서 그 자리에서 설립되었고, 이러한 정치적인 의식을 담아 『대한유학생회학보』를 간행했기 때문이다. 따라서 「쓰러져 가는 집」은 한 가정의 상황을, 또는 일본에 강탈 당하기 직전의 조선의 상황을 비판적

---

69   夢夢, 〈文苑〉 「病中」, 『대한유학생회학보』 3호, 1907. 5. 25, 65쪽.

으로 보여주는 소설이라 할 수 있다.

사실 「쓰러져 가는 집」은 진학문이 14살 때 쓴 소설로서 편집인인 최남선과의 친밀한 관계로 실을 수 있었던 것으로 보인다.[70] 그러나 단순히 편집진과의 친목만으로 새로운 소설 양식을 싣기는 어려울 것이다. 최남선 등이 맡았던 『대한유학생회학보』의 편집 전략 중 문예면을 확대하려 한 의도와 더불어, 이미 다양한 문예들이 등장했기에, 또 『대한유학생회학보』라는 잡지가 문예의 장이 되고 있었기에 가능했던 일이다.

대한유학생회는 하나로 통합되기 위한 단체가 아니라 여러 단체의 인물들이 연합하고 연대하기 위해 모인 단체였다. 그렇기 때문에 『대한유학생회학보』 역시 이러한 연합과 연대의 형태로 다양한 인물들과 다양한 단체의 잡지들의 경향이 섞여들 수 있었다. 하나의 패러다임과 모토를 가지고 이를 강압했던 잡지가 아니라, 각 단체의 생각과 특징이 그대로 연합되고 수용했기 때문에 가능한 일이었다.

따라서 『대한유학생회학보』에 이렇게 다양한 서사물이 실릴 수 있었던 것은 단순히 산발적이고 통일성 없이 게재된 것이 아니라, 다양한 소설적 실험이 가능하도록 문학, 문예의 장으로서의 역할을 하고 있었기 때문이다. 일본 유학생들은 느슨한 연대, 느슨한 연합 속에서 다양한 목소리를 낼 수 있었고, 다양한 서사들 역시 섞여들 수 있었다. 다시 말해 『대한유학생회학보』는 이러한 일본 유학생들의 연대적 상상력의 소산으로서 결국 당대 문학 잡지로서의 기능을 담당하고 있었다고 할 수 있다.

이는 『대한유학생회학보』가 의도한 것이든, 아니든 간에 수많은 소설적 실험을 가능하게 했고, 근대적인 소설의 가능태를 실험할 수 있는 장이 되어주었다.

---

70 최태원은 14세의 어린 나이에 진학문의 소설이 실릴 수 있었던 이유가 편집자 육당이 진학문의 재능을 알아보았기 때문이라 설명한다. 뒤에 『대한흥학보』에 「요조오한」을 싣게 한 것도 최남선이었다고 한다.(최태원, 앞의 글, 300~301쪽)

5) 『대한유학생회학보』의 연대적 상상력의 소산

『대한유학생회학보』는 1907년 3월 3일부터 1907년 5월 25일까지 총 3호가 발간된 잡지로 대한유학생회의 학회지였다. 대한유학생회는 1906년 9월 2일에 민충정공의 추모 1주년 추조식을 기념하는 자리에서 설립한 일본 유학생회 전체를 아우르는 단체였다. 그 당시 일본 유학생 수가 600~700여 명가량 되었고, 출신 지역별로 모인 학회나 관비 유학생들의 모임 등으로 특정한 모임의 이유를 가진 학회가 다수 포진된 상황이었다. 이러한 때 유학생들 전체가 모여 회의를 할 수 있는 단체로서 설립된 것이다.

실제로 대한유학생회의 임원진에는 다른 학회에서 회장이나 부회장, 또 다른 임원을 역임한 인물들이 상당히 많았다. 이는 하나의 목표로 단합하고 하나로 통합된 형태가 아니라, 실제 모 학회를 기반으로 둔 채, 연합의 의미로 모이게 된 단체였음을 보여준다. 그런데 하나로 단일화된 통합이 아니라, 느슨한 공동체인 '연합' 자체가 대한유학생회의 정체성이 되었다. 각자의 단체와 모 학회지를 기반으로 그 단체의 정체성을 그대로 품은 채 대한유학생회에 연합하게 됨으로써 『대한유학생회학보』는 바로 그 '연대'의 장이 될 수 있었기 때문이다.

이처럼 『대한유학생회학보』는 '연대'와 '연합'의 특징을 지닌 학회지였다. 각자의 모 학회지에서 활동하던 일본 유학생들이 『대한유학생회학보』에 모여 각자의 특징과 개성대로 활동했다고 보는 것이 맞을 것이다. 즉 하나의 기치 아래 통합된 주제와 사상대로 학회지가 만들어졌다기보다는 각 학회지의 특징이 통합되거나 종합되지 않은 채, 다양하고 산발적인 특징 그대로 글들이 게재되었다고 보아야 한다. 특히 이러한 산발적이면서도 다양했던 글의 양식들은 문예면에서 그 특징이 가장 두드러진다.

『대한유학생회학보』에는 그 당대 일본 유학생회 잡지에 실렸던 서사적 양식 대다수가 실리고 있었다. 서사류를 살펴 보면, 대화체 서사물이 4편, 기행문이 2편, 세태 비평이 2편, 역사 전기류가 2편, 우화계 서사물이 2편, 몽유록 1편, 일반 산문 1편, 소설 양식이 1편으로 다른 일본 유학생 학회지의 경향보다 훨씬 더 다양한 서사류가 실렸음을 알 수 있다.

이 가운데 이규영의 「박호자의 설」은 단순한 문답 형식이 아니라 국내 여행을 다니던 인물이 한 마을에서 만난 범 사냥꾼과의 대화를 통해 깨달음을 얻는 서사 형식을 보여준다. 이는 단순히 대화체뿐만 아니라 국내를 직접 여행하여 기록하는 기행문적인 요소, 몽유록계 서사물에서 보이는 지혜자와의 대화와 이를 통해 교훈을 얻는 부분 등 다양한 형태의 서사 장르가 혼합되어 있다. 또한 일본 유학생으로서의 '지금, 여기'의 고민과 상황이 녹아들면서 일본 유학생들을 위한 이야기와 교훈을 전달하고 있기도 한다.

또한 순한글로 쓰인 진학문의 「쓰러져 가는 집」은 근대적 소설의 실험적 양식이라 할 수 있다. 완전한 근대 단편소설이라 할 수는 없을지라도 새로운 소설 양식을 실험하고 있는 작품이다. 이 작품은 구습과 악습에 찌들어 있는 조선의 한 가정을 묘사한 것이기도 하고, 혹은 더 확대하여 스스로 도태되고 망해가는 조선을 일본이 차지한 것을 비판적이고 비유적으로 묘사한 것이기도 하다.

이처럼 『대한유학생회학보』에는 다른 일본 유학생 학회지에서 보이는 여러 서사물적 형식과 더불어 이에서 더 나아간 서사적 양식들이 실험되고 있었다. 물론 『대한유학회학보』에 다양한 서사적 양식이 실험되고, 여러 서사물들이 산재해 있기 때문에, 문예면에 산발적이고 일관성 없이 작품들이 실려 있는 것처럼 보일 수도 있다. 그러나 이는 산발적이거나 일관성 없이 실린 것이 아니라, 『대한유학생회학보』의 연합적이고 연대적인 특징에서 비롯된 것이다. 즉 『대한유학생회학보』에 이렇게 다양한 서사물이 실릴 수 있었던 것은 다양한 소설적 실험이 가능하도록 문학, 문예의 장으로서의 역할을 하고 있었기 때문이다. 다시 말해 『대한유학생회학보』는 연대적 상상력의 소산으로서 결국 당대 문학 잡지로서의 기능을 담당하고 있었다고 할 수 있다. 이는 『대한유학생회학보』가 의도한 것이든, 아니든 간에 수많은 소설적 실험을 가능하게 했고, 근대적인 소설의 가능태를 실험할 수 있는 장이 되어주었다.

3. 동인학교 연계 잡지 — 『동인학보』 1907.7.1

재일 한인 유학생들이 최초로 단체를 조직한 것은 1895년 4월 결성된 대한조선인일본유학생 친목회였다. 이들은 갑오개혁으로 정부가 파견한 한국황실특파유학생들의 모임이기도 했다. 그러나 이 단체는 회원들간의 분쟁으로 1898년 와해되었고, 그 해 9월 제국청년회를 조직하여 활동했다. 이후 1903년 정부가 관비 유학생을 다시 국내로 소환하자 자연스럽게 해산되었다. 일본 유학생회는 잠시 소강 상태였다가 1905년 이후 일본 유학생들이 급격히 늘어남에 따라 다양한 재일 한인 유학생들의 단체들이 조직되기에 이른다. 유학생구락부, 태극학회, 대한공수회, 한금청년회, 동인학회, 낙동친목회, 호남학회(계), 광무학회, 광무학우회, 대한유학생회 등 총 10여 개의 일본 유학생 단체가 활동했다고 알려져 있다.[71]

이러한 일본 유학생회 단체 중 대부분은 출신 지역을 중심으로 결성된 것이었다. 평안남북도와 황해도를 중심으로 한 태극학회, 경상도를 중심으로 한 낙동친목회, 전라도를 중심으로 한 호남학회(계), 기호 지역을 중심으로 한 한금청년회 등이 출신 지역 중심의 학회였다. 이 중 학회의 잡지를 출간한 학회는 태극학회의 『태극학보』와 낙동친목회의 『낙동친목회학보』였다.

일본 어학 강습소와 같은 학교를 운영한 학회도 있었는데, 태극학회와 광무학회, 동인학회로 총 세 학회였다. 이들은 각각 태극학교, 광무학교, 동인학교를 운영했으며, 이 중 태극학회와 동인학회에서 잡지 『태극학보』와 『동인학보』를 발

---

71   김기주, 「구한말 재일한국유학생의 민족운동 연구」, 전남대 박사논문, 1991, 7~8쪽.

〈사진 7〉『동인학보』창간호의 표지와 차례(아단문고 소장)

간하였다.[72] 태극학회의 경우에는 관서 지역을 중심으로 한 출신 지역 학회이면
서 동시에 학교도 운영했다. 동인학회는 특정한 출신 지역을 토대로 하지 않았
고, 다양한 지역 출신의 유학생들이 모인 단체였다. 그 외에 관비 유학생들로만
구성된 대한공수회가 있었는데,『공수학보』를 발간하기도 했다.

이렇게 보면, 동인학회는 매우 독특한 위치이다. 출신 지역을 대표하는 학회
도 아니었고, 관비 / 사비 유학생으로 나뉜 것도 아니었다. 일본어 학교를 운영하
고 있다는 측면에서 학회를 만들고 잡지를 발간했는데, 창간호만 발간하고 속간
을 진행하지는 못했다. 그렇기 때문에 동인학회와『동인학보』에 대해서는 그 실
상이 거의 알려지지 못했다.[73] 또한『동인학보』는 단 한 호만 발간되었기 때문에

---

72   김기주, 위의 글, 104~107쪽.
73   『동인학보』는 원본 자료가 2012년에야 발굴되어 그전까지는 그 실상을 명확하게 알 수 없었다.
      현재는 아단문고에서 발행한『아단문고 미공개 자료 총서 2012』(소명출판, 2012)를 통해 원본
      자료가 공개되었다. 그러나 여전히『동인학보』에 대한 구체적인 연구는 진행되지 못하고 있다.

1910년 이전 일본 유학생 잡지 중 가장 오래 발행된『태극학보』나, 일본 유학생 전체 통합 학회지였던『대한흥학보』등에 비해 그 중요성을 인정받지 못한 것도 사실이다.

그런데 실제로 동인학회의 인물들은 태극학회, 대한학회, 대한흥학회와 매우 밀접한 연관성이 있었다. 또한 동인학회의 임원진에는 서사 단편인 「쓰러져 가는 집」과 「요조오한」을 집필한 진학문의 이름이 보이기도 한다. 무엇보다 다양한 일본 유학생회와 거기에서 발간한 잡지들에는 일본 유학생들의 당대 고민과 사상들과 더불어 그러한 생각과 고민을 담아낸 서사 문예들이 실리고 있었다. 여러 학회로 나뉘어 활동하다가도 다시 연합을 꾀하고, 최종적인 통합 학회를 이루어갈 때까지 각 학회는 학회의 정체성을 고민했으며, 이러한 정체성과 편집의 방향에 따라 새로운 문예들을 실험하고 게재해 왔다.『동인학보』역시 단 한호만 발간되었다고는 하지만, 이 수많은 서사 실험들과 여정들 속에서 그 중간 과정으로서 반드시 짚어보아야 할 잡지임은 분명하다.

따라서 제3절에서는 지금까지 논의되지 못했던 동인학회와『동인학보』의 특징을 분석해보고자 한다. 출신 지역 학회지도 아니고, 관비 유학생 모임과 같은 공통된 특징을 지니지 않은 상황에서 동인학회가 추구한 바는 무엇이었는지, 또 그러한 취지가 잡지『동인학보』에 어떻게 투영되고 있는지 살펴볼 것이다. 편집의 방향과 특징을 분석하여, 이러한 편집적 특징이 서사 문예에는 어떠한 영향을 주고 있는지까지 논의해보고자 한다.

『동인학보』에 대한 연구는 근대계몽기 지식인들의 네트워크를 연구한 전성규, 「근대 지식인 단체 네트워크(2)」,『한국근대문학연구』46, 한국근대문학회, 2022와, 일본 유학생 잡지의 창간사 및 발간사를 연구하여 각 잡지의 특징을 정리한 안남일, 「1910년 이전의 재일본 한국유학생 잡지 연구」,『한국학연구』58, 고려대 한국학연구소, 2016; 「재일본 한국유학생 잡지〈창간사, 발간사〉연구」,『한국학연구』64, 고려대 한국학연구소, 2018를 들 수 있다. 이 중『동인학보』에 실린 서사 문예 글 한 편에 대해서 전성규의 논문에 각주로 설명이 달려 있을 뿐,『동인학보』의 특징이나 편집 전략, 전반적인 글의 구성, 문예면 등에 대한 논의는 전혀 진행되지 못했다.

1) 『동인학보』의 발간 취지와 교육 정신

『동인학보』는 동인학회의 기관지로서 1907년 7월 1일 창간호만 발간되었고, 그 이후 속간되지는 못했다. 동인학회는 1906년에 설립된 것으로 추정되나, 정확히 언제 설립된 것인지는 알기 어렵다.[74] 『동인학보』의 회록을 볼 때, 1907년 1월 회장은 채기두였으며, 같은 해 6월 학회 임원 총선거를 통해 정기 총회에서 임원단을 투표로 선정하였다.[75] 따라서 『동인학보』 발간 당시 임원단은 회장에 김현수, 부회장에 구자학, 총무원에 김진용, 평의원에 이전 회장이었 채기두와 진경석, 류목, 원훈상, 이강현이 담당하게 되었다. 편찬원에 회장인 김현수, 총무원 김진용, 부회장 구자학, 평의원 진경석, 정경활이 맡았다. 이중 간사원으로 김현국과 진학문의 이름이 있는데, 『대한유학생회학보』와 『대한흥학보』에 소설을 실었던 진학문이 임원으로 있었던 것이 흥미롭다.[76]

동인학회는 유학생 사회 문제와 국내 문제에 적극적으로 참여하기도 했다. 천도교에서 지원하여 일본에 온 유학생들이 천도교 내부 사정으로 재정 지원을 받지 못해 천도교 유학생 단지斷指 사건이 벌어졌을 때, 동인학회는 이들을 적극적으로 지원하기도 했다. "同十一年一月七日 下午一時에 事務所로 特別總會를 開ᄒ고 會長 蔡基斗 氏가 斷指學生 情況을 說明ᄒ매 一般會員諸氏가 金拾七圜七拾錢을 鳩聚ᄒ야 即時 總代 尹豊鉉 尹丙求 兩氏로 還定派送ᄒ다"[77]라고 하여 1907년 1월 7일 회장 채기두가 단지 학생 정황을 설명하고 회원들이 돈을 모아 총대를 파견

---

74 『동인학보』의 「會事要錄」(『동인학보』 1호, 1907.7.1, 49쪽)에 보면, "光武十年十二月十三日 定期總合에 李圭正 氏 卒業還國에 對ᄒ야 祝賀式을 行ᄒ다"라고 하여 1906년 12월 13일에 정기 총회를 열었는데, 이 때 이규정의 졸업 환국 축하식을 행했다는 기사로 볼 때, 1906년에 이미 학회가 성립되었고, 정기적으로 모임이 개최되고 있었다는 것을 알 수 있다.

75 『동인학보』 임원명단에 회장이 김현수로 되어 있기 때문에 김현수를 동인학회의 회장으로 표기하는 경우가 있는데, 회록을 살펴보면, 김현수 이전에 채기두가 동인학회의 회장이었음을 알 수 있다.

76 「會事要錄」, 『동인학보』 1호, 1907.7.1, 49쪽.

77 위의 글, 49쪽.

했다. 또한 "三月三十一日 定期總會에 內國同胞國債報償事에 對ᄒ야 一般會員이 義金을 各出ᄒ니 合貳拾貳圓貳拾錢이라 卽時 大韓每日申報社로 附送ᄒ다"[78]라고 하여 국내에 있었던 국채보상운동에 대해서도 의연금을 모아 이를 『대한매일신보』에 송부하기도 했다.

이와 더불어 동인학회는 다른 일본 유학생 학회와의 교류에도 적극적이었다. 1907년 4월 21일 태극학회와 연합 육상 대운동회를 개최하여 유학생회 간의 친목을 도모하기도 했다.[79] 사실 당시 동인학회의 회장이었던 채기두, 다음 회 임원이었던 류목, 원훈상 등이 모두 태극학회 회원이기도 했기에, 태극학회와의 연합 행사 역시 자연스럽게 진행할 수 있었을 것이다. 또 역시 임원이었던 이강현은 관비 유학생이기도 했다.[80]

동인학회의 여러 활동 중에서도 가장 중요한 활동은 학교 설립이었다. 그 당시 동경에 학교를 설립한 학회는 총 3개로 태극학회의 태극학교, 광무학회의 광무학교, 동인학회의 동인학교였다. 태극학교는 1905년 초 평안도 출신 유학생들이 세운 어학 강습소였고, 광무학교는 1905년 11월에, 동인학교는 1907년 2월에 세워졌다. 이들 세 학교가 세워진 목표는 모두 선배 유학생들이 새로 일본에 유학 온 학생들의 일본어 능력을 돕는 것이었다. 태극학교나 광무학교가 설립되었음에도 뒤에 동인학교가 또 설립된 것은 지역적 거리 때문으로 보고 있다.[81]

---

78 위의 글, 49쪽.
79 위의 글, 49쪽.
80 『태극학보』 9호에 실린 "學界消息"을 보면, "我國 官費生中 二十五人이 今番 東京府立中學校에서 卒業ᄒ얏는ᄃᆡ 氏名이 如左"와 같다고 하며, 졸업한 관비 유학생 이름에 이강현이 있음을 확인할 수 있다.(「雜報」, 『태극학보』 9호, 1907.4.24, 60쪽)
81 이들 세 학교는 뒤에 재정과 교사 부족난을 이유로 삼교 연합을 진행하여 1907년 9월에 대한기독교청년회관에서 청년학원을 설립하였다.(김기주, 앞의 글, 104~108쪽)

광고

본회에서 설립한 동인학교는 유학을 목적으로 동경에 오시는 동포들에게 일본어를 빨리 통달하시도록 하기 위해 6개월 속성 과정으로 김진용, 윤풍현, 이강현, 안영수, 전영식, 현구 제씨가 열심히 아래와 같은 학과를 교수하오니, 유학할 목적으로 오시는 모든 형제분들은 본회 사무소(일본 도쿄 간다구 미도다이초 4초메 5번지 동인회 사무소)로 방문하시면 모든 일을 친절히 안내해 드리겠습니다.

동인학교 학과

일본어 독본, 문법, 작문, 회화, 받아쓰기, 청취, 수학[82]

동인학교는 앞서 세워진 태극학교나 광무학교와 마찬가지로 동경에 처음으로 유학 오는 학생들의 일본어 능력을 돕고자 만들어진 학교였다. 6개월 속성반으로 진행되며, 일어 독본, 문법, 작문, 회화, 서취, 문취, 수학 등 일본어 능력뿐만 아니라 수학 등 다른 교과에까지 선배들이 후배들을 돕는 취지였다. 교사는 김진용, 윤풍현, 이강현, 안영수, 전영식, 현구였다. 본 광고에는 등장하지 않지만, 『태극학보』 6호에는 다음과 같이 동인의숙의 설립을 설명한다. "近來 新來同胞學生이 逐日增加ㅎ 는데 小石川區 近方에 來留ㅎ 는 同胞의 便利를 爲ㅎ야 劉銓 張弘植 韓相琦 諸氏가 發起ㅎ야 東寅義塾을 新設ㅎ고 該 幾氏가 上學ㅎ 餘暇에 輪次로 敎鞭를 執ㅎ야 日語와 普通學을 敎授ㅎ다더라"[83]라고 하여 류전, 장홍식, 한상기가 발기하여 동인의숙을 신설했고, 교사로 가르치고 있다고 설명하고 있다. 이

---

82 "廣告 本會에서 設立ㅎ 同寅學校ᄂ 留學ㅎ 目的으로 東京에 渡來ㅎ시ᄂ 同胞에게 日語를 速히 通解ㅎ시도록 ㅎ기 爲ㅎ야 六個月速成科로 金晉庸, 尹豊鉉, 李康賢, 安暎洙, 全永植, 玄榘, 諸氏가 熱心으로 如左ㅎ 學課를 敎授ㅎ오니 留學ㅎ 目的으로 渡來ㅎ시ᄂ 僉兄은 本會事務所(日本東京神田區美土代町四丁目五番地同寅事務所)로 來臨ㅎ시면 凡事를 親切히 案內ㅎ 又습ᄂ이다 同寅學校學科 日語讀本, 文法, 作文, 會話, 書取, 聞取, 數學"(「廣告」, 『동인학보』 1호, 1907.7.1, 54쪽)

83 "有志興學", 「雜報」, 『태극학보』 6호, 1907.1.24, 53쪽.

세 사람은 태극학교 명예 교사이기도 했다.[84]

이러한 상황에서 동인학교에서 어학 교육을 받은 인물들은 대체로 동인학회에 가입했을 것으로 보인다.[85] 즉 동인학교가 설립된 소석천구少石川區 근처에 유숙하는 유학생들 위주로 동인학교에 다니며 일본어학 관련 수업을 듣고, 동인학회 관련 활동에도 참여했을 것이다. 동인학회 회록 임원진 명단에 진학문은 간사원으로 등장하고 있다. 이렇게 볼 때, 진학문 역시 동인학교를 다니다가 동인학회에 가입했을 가능성이 크다.[86] 다만, 동인학회 간사원과 동인학교 간사원을 별도로 두고 있는데, 학회 간사원에 진학문이, 동인학교 간사원에 학회 임원이자 학교 교사인 이강현이 이름을 올리고 있다.

동인학회의 성립 배경과 취지는 다음의 「동인회취지서同寅會趣旨書」를 통해 알 수 있다.

대동기의 추위가 찾아오면 북풍이 높은 나무에서 울리며, 눈이 깊은 골짜기에 쌓여서 세상은 얼음 바다와 눈 덮인 산으로 변한다. 이때, 풍요로운 나무나 아름다운 꽃은 그 잎사귀가 모두 시들고 가지도 부러져서 사람들은 그 나무를 가리켜 '말라 죽을 것이다'라고 말한다. 그러나 천리는 순환하고, 햇빛 따뜻한 봄이 다시 찾아오면 잎은 다시 돋고 꽃은 다시 피어난다. 이는 어찌 조화옹의 공을 들인 업적이 아니리오 이에 심근이 지면에 얽혀 견고하게 고정되어 확실히 뽑을 수 없게 만드는 것은 바로 그 사이가 얽혀

---

84 "太極學校는 九月 一日부터 新學期를 開始하고 原教員外에 劉銓, 張弘植, 韓相琦 三氏가 名譽教師로 教鞭을 執하는되 學員은 現今 二十名許에 達하더라."(「太極學會創立紀念會」, 『태극학보』 2호, 1906.9.24, 56쪽)

85 김기주에 따르면 태극학교의 경우에도 태극학교에서 어학 강습을 받은 인물들이 대부분 태극학회 회원이 되었다고 한다.(김기주, 앞의 글, 104쪽) 따라서 당시 학회가 운영한 어학 강습을 받은 인물들은 그 학회의 회원으로 가입했던 것으로 유추해볼 수 있다.

86 최태원은 진학문이 1907년 초반에는 일본어학교를 다녔을 것으로 추측하고 있다. 이후 1908년 또는 1909년 4월에 게이오기주쿠 보통부에 입학했다가 한 학기 만에 귀국한 것으로 추정하고 있다.(최태원, 「어느 식민지 문학 청년의 행방(1) — 몽몽시절 진학문의 일본 유학과 문학 수업」, 『상허학보』 50, 상허학회, 2017, 299쪽)

있는 까닭이다. 현재 우리 한국의 상황을 물질적인 관점에서 보면, 마치 한겨울의 혹독한 추위 속에서 도무지 볼 만한 것도, 기대할 것도 없는 것과 같다.

그러나 동서고금을 불문하고 국가의 흥망성쇠의 관계는 여기에 있지 않다. 오로지 국민이 어떻게 하느냐에 달려 있을 뿐이다. 이로 인해 국민이 그 정신을 결합하고 의무를 수행하면 그 나라는 반드시 흥하고, 반대로 하면 그 나라는 반드시 망하게 된다. 이는 여러 강대국의 통사를 고찰해보면 분명히 알 수 있는 바이다.[87]

「동인회취지서」는 크게 보면, 시대와 국가에 대한 인식, 동인회가 설립한 이유, 향후 나아가야 할 방향에 대한 내용으로 나누어 볼 수 있다. 먼저 위의 인용문은 시대에 대한 인식을 보여주고 있다. 대동기의 혹한으로 현실을 은유적으로 표현하면서, 온 세상이 얼음과 눈으로 덮여 나무나 꽃을 찾아볼 수 없다고 설명한다. 이러한 혹한에는 나무가 모두 말라 죽었을 것이라고 생각하지만, 계절이 바뀌어 봄이 오면, 잎이 돋고 꽃이 다시 피는 자연의 섭리를 언급한다. 이렇게 자연이 다시 살아날 수 있는 것은 나무의 뿌리가 땅 아래에서 서로 얽혀 견고하게 고정되어 있기 때문이며 혹한에도 뽑히지 않고 버티며 살아남았다는 것이다.

이러한 비유는 단순히 계절에 대한 것이 아니라, 그 당대 한국의 상황에 빗댄 것이었다. 현재 한국은 한겨울의 혹독한 추위 속에서 볼 만한 것도, 기대할 것도 없으나, 국민이 정신을 결합하고 의무를 수행하면, 그 국가는 반드시 흥함을 주장한다.[88]

---

87 이는 「同寅會趣旨書」를 번역한 것으로 원문은 다음과 같다. "當大冬隆寒之時ᄒ야 北風鳴于高樹ᄒ고 亂雪堆於幽壑ᄒ야 乾坤이 便作氷海雪山이라 嚮者含英吐華ᄒ든 嘉木良卉ᄂ 其葉盡摧ᄒ고 其枝亦折ᄒ야 人皆指其木而謂之曰枯必死矣라 ᄒ더니 天理循環ᄒ야 陽春이 又到ᄒ믹 葉者又葉ᄒ고 花者又花ᄒ니 此ᄂ 不啻造化翁之功效오 乃有根柢之盤結錯綜于地ᄒ야 確乎不可拔者ㅣ存乎 其間之所以也라 目今我韓国象이 以物質的 觀之컨딕 若大冬隆寒之時ᄒ야 頓無可觀可望者라 然이ᄂ 東西古今을 不問ᄒ고 家國盛衰之關係ᄂ 不在乎此오 亶在乎國民之如何而已라 是故로 爲其國民者ㅣ結合其精神ᄒ고 履行其義務則其國이 必興ᄒ고 反是則其國이 必亡ᄒᄂ니 此乃考諸列强通史에 昭昭可鑑者矣라."(同寅會趣旨書,『동인학보』1호, 1907.7.1, 1쪽)

이를 통해 보건대 우리 한국의 급한 과업은 이 두 가지를 벗어나지 않는다. 더구나 책가방을 메고 해외로 나가는 자들은 반드시 이것을 주된 목적으로 삼고, 그 외에 배운 것과 익힌 것을 공공의 이익을 위해 확장해야 한다. 이를 확장하는 방법은 반드시 큰 단체를 설립하여 여러 사람의 정성과 지혜를 모아 서로 교환한 후에야 완전해질 수 있다. 이는 동인회가 설립된 이유이다.

그러나 세상 사람들은 이 두 가지를 알면서도 실천하지 못하는 사람이 많다. 비록 실천하는 사람이 있더라도 그 끝까지 성공하는 사람은 드물다. 그러므로 이 두 가지를 알았다면 반드시 실천하여야 한다. 실천하는 사람은 비록 거대한 바람과 번개와 폭우가 와도 변하지 않고, 백 번의 고난과 천 번의 괴로움이 와도 물러서지 않고, 죽음을 경계하고 함께 나아가는 것이 마치 뿌리가 뽑히지 아니함과 같은즉 이에 그 끝이 있을 것이니 이것은 본회주의本會主義의 결과이다. 이러한 연후에 능히 오늘의 큰 겨울을 이겨내고 다가올 봄을 기다려 국민의 큰 발전에 이를 수 있으리라.[89]

다음으로 발간취지서에서는 동인학회가 성립하게 된 이유를 설명하고 있다. 서두에서 설명했던 국민이 정신을 모으는 것과 의무를 다하는 것에 동인회의 입장을 적용한다. 즉 유학생들 역시 이러한 국민 정신과 의무를 다하는 것에 집중하면서 동시에 배운 것과 익힌 것을 공공의 이익을 위해 확장해야 한다고 주장한다. 이 공공의 확장은 큰 단체의 설립을 통해 이루어지며, 이 단체 안에서 여러

---

88 안남일은 「동인회취지서」의 대표적 키워드를 '국민'이라고 보면서, 국민의 정신을 모으고 의무를 이행하는 것이 국가 발전을 위한 것임을 주장하고 있다고 설명한다.(안남일, 「1910년 이전의 재일본 한국유학생 잡지 연구」, 앞의 글, 269쪽)

89 "由此觀之컨딕 我韓急務는 不外乎此二者而己오 況負笈海外者必先以此로 爲主觀的目的ㅎ고 其他所學所習者 로 以公擴充之니 擴充之方은 必設一大法團ㅎ야 以其群精所湊와 衆智所集으로 互相交換然後 에 乃可以完全이니 此는 同寅會之所由設也라
然이ᄂ 世人이 知有此二者而不能行之者ㅣ 多矣오 雖或有行之者라도 克善其終者ㅣ 鮮矣라 是故로 知有此二者々는 必行之也오 行之者는 雖疾風雷雨라도 不之變ㅎ며 百辛千苦라도 不之退 ㅎ야 誓死同進을 若確乎不拔之根抵則乃有其終矣니 此는 本會主義之結果也라 如是然後에 能經今日之大冬ㅎ고 以侍他日之陽春ㅎ야 期達國民之大發展也夫,ㄴ뎌"(同寅會趣旨書, 『동인학보』 1호, 1907.7.1, 1~2쪽)

사람의 정성과 지혜를 모아 교환한 후에야 제대로 성립되고 완전해질 수 있다고 설명한다. 이는 다시 말해 국민 정신과 의무의 이행에 단체를 통한 확산을 부가하여 설명하고 있는 것이다.

또한 맨 앞에서 설명했던 나무 뿌리의 비유가 한 번 더 사용된다. 아무리 정신을 모으고 의무를 다하려 해도 끝까지 성공하는 것은 어렵다는 것인데, 이를 위해 단체의 필요성이 강조된다. 즉 거대한 바람과 번개, 폭우가 내려치는 상황에서 뿌리가 뽑히지 않는 나무와 같이 "함께" 실천하고, "함께" 나아갈 때 이 모든 일을 성취하고 발전할 수 있으리라고 보는 것이다.

비바람과 폭풍우 속에서 서로를 견고하게 지탱해주며 잎을 내고 꽃을 피울 수 있게 해주는 것은 바로 동인학회라는 단체이자, 동인학교를 통해 함께 배우고 성장하자는 의미이기도 하다. 그것이 "배운 것과 익힌 것을 공공의 이익으로 확장"하는 길이기도 하다. 결국 이는 교육의 강조로 이어진다. 선배가 후배를 가르치는 체계는 함께 공부하는 동학이기도 하지만, 교사와 학생의 관계이기도 하다. 따라서 동인학회는 동등한 입장에서 유학생의 고민을 나누고 교류하는 것에서 더 나아가, 교사와 학생의 관계 속에서 가르침과 교훈이라는 의식이 개입되어 있는 것으로 이해할 수 있을 것이다.

2) 『동인학보』의 주제 구성 및 기획

앞서 『동인학보』가 동인학교를 설립하면서 교육에 대한 중요성과, 배우고 익힌 것을 공공의 이익으로 확장해야 한다는 당위 의식을 가지고 있었음을 살펴보았다. 사실 『동인학보』는 창간호만 출간이 되고, 이후에는 속간되지 못했다. 원래 계획은 계간지로 3개월에 한 호씩 출판하는 것을 목표로 했으나, 이후 출간이 되지는 않았다. 이는 아무래도 뒤에 대한학회 등으로 통합되면서 자연스럽게 통합 학회로 흡수되었기 때문일 것으로 보인다. 그러나 단 한 호에 불과하지만, 동인학회의 교육 정신이나 공공의 이익을 위해 확장해야 한다는 의식은 『동인학보』의 주제 구성 및 기획에서도 드러나고 있다.

<표 1> 『동인학보』의 주제별 분류

주제	세부사항	세부사항 개수	주제별 개수
대한동인회	대한동인회	8	8
문예	서사류	4	5
	시가류	1	
교육	일반 교육	4	5
	외국 교육	1	
신사상	신사상	3	3
법, 정치	법, 정치	2	2
외국소식	외국소식	2	2
국민정신	국민정신	2	2
구습타파	구습타파	1	1
위생	위생	1	1
유학생	유학생	1	1
총계		30	

『동인학보』의 주제별 분류를 보면, 가장 많이 등장한 주제가 대한동인회 즉 동인학회 관련 내용이었다. 총 8편으로 약 26.7%를 차지하고 있는데, 이는 『동인학보』 창간호이기도 했기 때문에 발간취지서나 회록 등을 서술했기 때문에 관련 사항이 많았다. 또한 논설에도 앞서 발간취지서에 등장했던 내용들과 궤를 같이 하는 내용들이 실렸다. 임원 중 한 명이었던 구자욱이 「언행불부言行不副가 위사회쇠퇴지원인爲社會衰頹之原因」이라는 글에서 사회 쇠락의 원인이 언행 불일치에서 나오며 견고한 단체를 만들어 언행 일치하여 행동해야 함을 강조한다.[90]

다음으로 문예와 교육이 각 5편씩으로 약 16.7%를 차지하고 있다. 교육의 경우, 교육을 통해 한국을 새롭게 부흥시켜야 함을 강조하고, 우승열패의 시대에 학문이 급선무임을 주장한다.[91] 그 외 신사상이 3편, 법이나 정치 관련 2편, 외국

---

90 구자욱, 〈논설〉 「言行不副가 爲社會衰頹之原因」, 『동인학보』 1호, 1907.7.1, 5~7쪽. 이후 저자, 글 제목, 쪽수만 표기.

소식이 2편 등으로 이어지고 있었다. 새로운 학문 소개의 경우, 날씨와 관련한 청우계晴雨計 기계를 설명하는 글[92]이나, 동물 진화론이나 식물 관련 내용이 있었다.[93] 일본 유학생 잡지 주제 중에 새로운 학문 소개가 상당히 많은 편인데, 『동인학보』에서는 교육에 대한 내용이 더 강조되고 있었음을 알 수 있다.

〈표 2〉 『동인학보』의 문체별 분류

문체	상세구분	개수	총개수
단어형 국한문체	단어형 국한문	14	14
구절형 국한문체	구절형 국한문	8	8
한문체	한문	4	8
	현토한문	4	
총계			30

　『동인학보』에 실린 글의 문체별 분류를 살펴보면, 다른 일본 유학생 잡지들처럼 단어형 국한문체가 가장 많이 사용되었는데, 총 14편으로 전체의 약 46.6%를 차지했다.[94] 다음으로 구절형이 8편, 한문체가 8편으로 각각 전체의 약 26.7%를 차지하고 있다. 전체 개수로만 봤을 때는 단어형 국한문체가 가장 많이 사용된 것처럼 보이지만, 한문체와 구절형 국한문체가 좀 더 한문에 가깝다고 생각한다면, 한문체 관련 사용 문체가 단어형 국한문체보다 더 많이 사용되었다고 볼 수도 있다. 『동인학보』는 그런 점에서 『태극학보』나 이후 『대한학회월보』, 『대한흥학보』보다 한문체, 구절형 국한문체를 더 많이 사용하고 있었다고 할 수 있다. 이러한 면은 새로운 학문을 소개하기보다 논설이나 주장하는 글들이 많은

91　채기두, 〈논설〉「韓國興復論」, 7~10쪽; 구자욱, 〈논설〉「思想의 未開」, 10~12쪽; 하구용, 〈논설〉「告我靑年諸君」, 13~15쪽; 장훈, 〈논설〉「有爲者ㅣ 若是」, 20~22쪽.

92　김진용, 〈학해〉「晴雨計」, 33~34쪽.

93　덕암생, 〈학해〉「動物의 自然淘汰」, 36~37쪽; 윤풍현, 〈학해〉「植物의 分布」, 37~38쪽.

94　『대한유학생회학보』와 『낙동친목회보』는 한문체가 가장 많이 사용되었고, 나머지 일본 유학생 잡지들은 모두 단어형 국한문체가 가장 많이 사용되었다. 각 잡지별로 단어형 국한문체 사용 비율을 보면, 『태극학보』의 경우, 총 357편으로 전체의 약 57%, 『공수학보』는 총 77편으로 전체의 약 54.6%, 『대한학회월보』가 총 126편으로 전체의 약 47.4%, 『대한흥학보』가 총 194편으로 전체의 약 62%를 차지하고 있었다.

데 이를 이전 유학자들의 문체로 설명하기 때문인 것으로 보인다.

3) 표제 구분과 편집의 특징

『동인학보』의 편집 체계를 알 수 있는 표제별 분류를 살펴보면, 다른 일본 유학생 잡지에 비해 단순화되어 있다는 것을 알 수 있다. 총 4가지 표제가 붙여져 있었는데, 〈논설〉, 〈축사〉, 〈학해〉, 〈잡찬〉으로 나뉘어 있었다.

〈표 3〉 『동인학보』의 표제별 분류

유형	표제	개수	유형별 총 개수
논설	논설(論說)	9	10
	축사(祝辭)	1	
교육	학해(學海)	7	7
문예(서사, 시가) / 산문	잡찬(雜纂)	6	5
회보 / 학회 관련	잡찬(雜纂)	6	6
표제 없음		1	
총계		30	

우선 논설류에는 〈논설〉과 〈축사〉 표제를 사용하고 있다. 교육은 〈학해〉로 통일되었고, 문예는 산문과 시가 모두 〈잡찬〉으로만 쓰고 있다. 여기에 더해 회보나 학회 관련 글에도 〈잡찬〉 표제를 붙여서 문예면이나 산문과 회록 사이에 구분이 없었다. 이는 창간호만 발행되었기 때문일 수도 있겠지만,『동인학보』 자체가 다른 잡지들과 같이 유학생들 사이의 친교나 다양한 내용의 문예면 등을 싣기 위해서라기보다는 동인학교의 연장으로서 잡지를 편찬한 의도인 것으로 보이기도 한다.

전체 30편의 글 중에서 문예가 적지는 않았는데, 한시가 1편이었고, 나머지 4편은 서사계열의 글이었다. 몽유계열이 1편, 재담이 1편, 우화가 1편, 문답체가 1편이었다. 이 중 문답체는 헌법에 명시되어 있는 국무대신에 대한 내용이었다. 일반 한문 문답체의 내용처럼 누군가 나에게 질문을 한 것에 대해 대답하는 형식으로 이루어져 있다. 다만, 누군가 물었으나 자신의 학식이 짧아 자신 역시 강

<표 4> 『동인학보』의 문예 관련 분류

분류	세부 항목	개수	분류별 개수
서사류	몽유계열	1	4
	재담	1	
	우화	1	
	대화체(문답체)	1	
시가류	한시	1	1
총계		5	

의 들은 것을 바탕으로 대답했고 서술했다고 밝힌다. 그 강의한 것을 설명한 후, 두 사람의 대화가 이어지는데, 거기에는 국무대신이 마땅히 가져야 할 책임과 의무를 논의하면서 결국 현재 한국의 상황에 대한 우회적 비판이 가해져 있었다.

사실 이러한 대화체 또는 문답체의 서사물들은 동인학회 안에서 실제 일어난 상황을 묘사한 것이라 할 수도 있다. 특히 동인학회가 동인학교를 운영하고 있기 때문에 선배이면서 교사이고, 후배이면서 학생인 이들의 대화가 이어진 것으로 볼 수도 있을 것이다. 또한 선배는 자신이 직접 강의를 들은 내용을 설명하고, 이를 후배이자 학생과 나누면서 지식을 확장해 가고 있는 것으로 볼 수도 있다. 서사 문예에 대한 보다 구체적인 논의는 다음 항에서 다루어 보고자 한다.

4) 서사 문예를 통한 교육 정신의 재현

『동인학보』에 실린 서사 계열의 글은 총 4편이었다. 안영수의 「몽중의 소문夢中의 所聞」, 벽라생의 「물탐소리勿貪小利」, 「편복의 중립蝙蝠의 中立」, 한용의 「헌법의 국무대신憲法의 國務大臣」이 그것이다. 이 서사 문예들은 모두 동인학회가 중요하게 생각하는 의식들이 담겨 있다. 비슷한 시기, 또 같은 인물이 글을 싣는다 하더라도, 그 글이 실리는 매체에 따라 간섭을 받을 수밖에 없다. 즉 편집자의 의도와 학회의 취지에 따라 글의 경향 역시 그 편집적 영향을 받아 작성되기 때문이다. 따라서 위의 서사 문예들 역시 『동인학보』가 주장한 교육 정신이 그대로 재현되고 있었다.

위의 서사 계열의 글 중 가장 먼저 실려 있는 것은 한용의 「헌법의 국무대신」이다. 한용의 「헌법의 국무대신」은 〈논설〉란에 실려 있었는데, 대화체 혹은 문답체 형식으로 이전 한문 산문의 형태를 그대로 띠고 있다. '혹或'이 '여余'에게 국무대신이 누구인지, 어떤 책임이 있는지 묻고, 내가 이에 대해 대답하는 내용으로 이루어진 구절형 국한문체 형식의 한문 산문이다. 국무대신은 배의 기관수로 비유하여, 그 기관수가 사욕에 빠지게 되면, 배에 탄 사람들은 재산뿐만 아니라 생명까지 잃게 된다며, 국무대신이 사욕 없이 국가를 위해 일해야 함을 강조한다. 특히 공자가 『논어』에서 '시경 삼백 편을 한마디로 줄여 말하면 사무사思無邪'라고 한 말을 인용하여 생각에 사특함이 없는 것이 가장 중요하다고 주장한다.

이렇게 본다면, 이전 유교적 사상으로만 문답을 진행하는 것 같지만, 실제 내용상으로는 서양의 국가관과 정치체계에 대한 내용이 설명되고 있다. "國務大臣의 位置는 政府니 政府는 國家의 中央이오 行政에 關ㅎ는 機關官廳이니 官廳은 自己의 私權을 行ㅎ는 所가 아니오 國家의 勸力에 關혼 行動을 ㅎ는 處所라"[95]라고 하여 국무대신의 행정적인 업무와 책임에 대해 구체적으로 명시한다. 사실 이는 단순히 정부와 행정 기관에서의 업무를 객관적으로 언급하는 것같이 보일 수도 있으나 이렇게 사욕을 채우는 정부 관료에 대한 비판을 은연 중에 함의한 부분이라 할 수 있다.[96] 또한 이러한 내용은 정부과 관료들의 책무에 대한 새로운 사상을 전달하는 것과 같은 형태를 띠면서도, 그 내부에는 제대로 임무를 완수하

---

95   한용, 〈논설〉「헌법의 국무대신」, 23쪽.
96   1907년의 경우, 국내에서도 을사늑약에 대한 비판이 불일 듯이 일어나고 있었고, 정부 관료들에 대한 강도 높은 비판의 목소리가 터져나오고 있었다. 『대한매일신보』에 보면, "國事에 混亂이 此에 至훔은 國務大臣은 即 人民의 使役인 줄을 同氏가 不知훔으로 由ㅎ얏고 且 同氏가 德義上 勇氣가 空乏훈 데서 多生ㅎ얏도다"(「개량」, 『대한매일신보』, 1907. 3. 1, 3쪽)라고 하여 당시 법부대신이었던 이하영 등을 고발하는 내용에서도 그 비판의 강도를 살펴볼 수 있다. 즉 국무대신이 사리사욕에 잡히고, 인민의 사역임을 몰랐던 까닭에 이토록 나라를 망하게까지 하였다는 인식을 보여준다. 따라서 한용의 글에서도 굳이 국무대신의 임무에 대해 질문하고 있는 것은 현재 정부 기관과 대신들이 사리사욕에 잡혀 국가를 위해 일하고 있지 않음을 비판하고 있다고 할 수 있다.

지 못하고 있는 국내의 정치와 대신들을 비판하고 있는 것이다. 따라서 「헌법의 국무대신」은 정부와 헌법에 대한 교육임과 동시에 비판성 역시 담지하고 있었다. 결국 사리사욕에 빠지지 않는 "사무사思無邪"의 정신은 발간취지서에서 보였던 공공성의 확장과 연계되고 있는 것이다.

다음으로 몽유계열 서사인 안영수의 「몽중의 소문」은 같은 시기 일본 유학생 잡지에 등장하는 몽유계열 서사와 비슷하면서도 독특한 차이점을 보이고 있다.

(가) 외로운 등불이 밝게 빛나고, 만재가 집집마다 있는 가운데, 혼자서 서재에 앉아 수학의 네다섯 가지 어려운 문제를 풀고 나니, 정신이 지치고 혼이 피곤하여 그대로 베개를 베고 잠이 들었다.

(나) 꿈에 한 노인이 문을 열고 바로 들어와서 나에게 절하며 말하기를 '나는 한국의 한 시골 늙은이라오. 가난한 시골에서 태어나 집도 또한 빈한하였소. 비록 성품은 총명하고 슬기로웠으나 형편이 어려워 스승을 찾아 학문을 배울 수 없었소. 그래서 농사를 짓고 겨울 추위와 여름 더위에 들에서 김을 매고 산에서 나무를 했으며, 봄바람과 가을 달빛 아래서 밭을 갈고 수확을 했소. 이렇게 바쁘게 일하여 거의 한 시도 한가한 때가 없었고, 먹고 살기가 간신히 유지되는 삶을 살았소. 이제 늙어가는 시점에 가난한 집안이 더욱 곤궁해져서, 매번 젊고 뜻 있는 사람을 만나면 정성을 다해 열심히 학문에 힘쓰라고 하오.'[97]

---

[97] 인용문은 번역한 것으로 원문은 다음과 같다. "孤燈이 耿々ᄒ고 萬載가 家々ᄒ딕 獨對書窓ᄒ야 數學의 四五難間題를 解釋흔 後 神疲魂困 ᄒ야 依然枕儿ᄒ고 憬然人睡러니 夢一老翁이 開戶直入ᄒ야 揖余而言曰 余는 韓之一箇野老 라 生於窮鄕에 家又貧寒ᄒ아 性雖聰慧나 勢不能從師修學일식 乃事農業ᄒ야 冬寒夏熱에 耘野樵山ᄒ며 春風秋月에 耕他収獲ᄒ며 擾々役々에 殆無一時之閒暇ᄒ고 食力而僅生者也로니 今方垂暮에 釜切窮廬之嗟ᄒ야 每逢靑年有志之士면 齊誠勤學ᄒ노라."(안영수, 「夢中의 所聞」, 41쪽)

(가)는 입몽 부분으로, 일본 유학생으로서의 일상이 엿보이는 부분이다. 일본 유학생 잡지 중에서 「몽중의 소문」보다 먼저 실린 몽유계열 서사는 『태극학보』에 실은 최석하의 「무하향만필」과 장응진의 「춘몽」을 들 수 있다.[98] 특히 국내외 학회지나 잡지에서 몽유계열 단편 서사가 등장하는 것은 『태극학보』의 「무하향만필」이 최초였다. 또한 몽유계열 서사는 국내학회지보다 일본 유학생 잡지에서 많이 등장한 형식이기도 하다.[99] 일본 유학생 잡지에 실린 몽유계열 서사 입몽 부분에서는 유학생으로서 학업에 정진하는 모습이 묘사되는 것이 특징이기

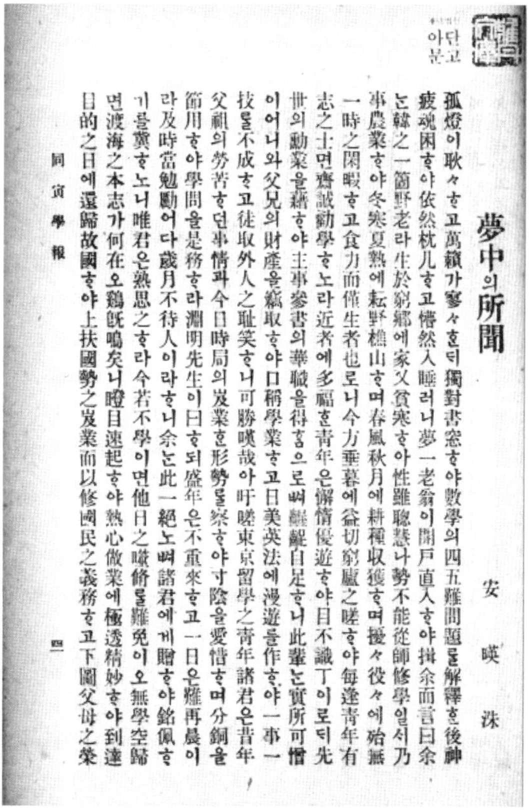

<사진 8> 안영수의 「몽중의 소문」(아단문고 소장)

도 했다. 이는 『태극학보』에 실린 장응진의 「춘몽」에서부터 보이는 부분으로 "近

98 　원래 몽유계열 서사는 임진왜란과 병자호란 때 많이 사용되었고, 이후 안정되면서 몽유록의 쓰임새가 줄어들었다가 근대계몽기에 다시 부각되었다고 한다.(조동일, 『한국문학통사』 3, 지식산업사, 2011, 462쪽; 『한국문학통사』 4, 지식산업사, 2010, 327쪽)

99 　국내 지역 학회지에서는 『서우』 1편과 『교남교육회잡지』 1편으로 총 2편에 불과했으나 일본 유학생 잡지에서는 『동인학보』의 「몽중의 소문」을 포함하여 총 9편이 게재되었다. 또한 이 중 6편이 1908년에 발표되었는데, 1906년에 1편, 1907년에 2편이었다. 『동인학보』의 「몽중의 소문」을 제외한 나머지 8편을 보면, 『태극학보』에 총 4편이 실렸는데, 최석하의 「무하향만필」(1906.11), 장응진의 「춘몽」(1907.3), 이규철의 「무하향」(1908.5), 포우생의 「장원방령」(1908.5)이다. 『대한학회월보』에는 총 3편으로 우연자의 「라산령몽」(1908.3), 홍촌라생의 「교육자토벌대」(1908.4), 고원훈의 「자유재판의 누문」이 있었다. 그 외 『낙동친목회학보』에 1편이 실렸는데, 이는 봉래산인의 「몽백두산령」(1908.1)이다.

日 春期試驗에 晝宵汨沒ᄒ야 身體도 疲勞ᄒ고 心神이 不平ᄒ니 어듸 逍遙나 ᄒ여 볼ᄀ!"[100] 라고 하여 춘기 시험 준비를 낮밤으로 하는 바람에 심신이 피로해져서 잠시 쉬기로 했다고 설명한다. 이는 유학생으로서의 본분에 충실히 하고 있다는 사실을 글 앞에서 언급함으로써 단순히 유희를 즐기거나 잠을 자는 등 게으른 상태가 아님을 먼저 제시하고 있는 것이다.

(가) 역시 이와 유사한 상황을 보여준다. 어려운 수학 문제를 4~5가지를 풀고 나니 정신이 지치고 피곤해져서 잠이 들었다고 설명한다. 이는 자신이 게을러서 학업을 등진 것이 아님을 변명하듯이 묘사한 것이다. 이러한 부분들은 유학생들 스스로 자신을 검열하는 부분이라 할 수 있다. 비싼 자본을 들여 외국에 가서 유학까지 하는 상황에서 단순히 유희를 즐기거나, 공부를 게을리하며 잠만 자는 상황이 아님을 이러한 서사 속에서도 드러내고자 했던 것이다.

(나)는 이렇게 잠이 든 이후, 몽유의 상황을 보여주고 있다. 꿈에 한 노인이 등장하고 있는데, 이 노인은 고국의 늙은 아버지이자, 기성 세대를 대표하고 있기도 하다. 흥미로운 것은 고국의 부모 세대에 대해 긍정적으로 묘사되고 있다는 점이다. 국내 지역 학회지에 등장하는 몽유계열 서사에서 꿈에 나타나는 인물들은 대체로 구국 영웅이거나 신선들이었다. 또한 일본 유학생 잡지에 게재된 몽유계열 서사의 경우에도 대체로 신선이거나 존경할 만한 인물이 등장하고 있다. 물론 주인공과 꿈 속의 인물이 대화하는 자세나 태도가 국내와 일본 유학생 잡지가 다르기는 하지만, 대체로는 뛰어난 인물이 등장해 가르침을 사사해주는 분위기이다. 혹은 1908년에 대거 등장한 일본 유학생 잡지에 실린 몽유계열 서사물의 한국의 상황과 한국의 기성 세대는 비판의 대상이었다. 즉 꿈에 고국으로 날아가 고국의 촌부들이 고리타분한 대화를 나누는 것을 들으며 개탄[101] 하거나,

---

100 백악춘사, 「춘몽」, 『태극학보』 8호, 1907.3.24, 35쪽.
101 이규철, 「무하향」, 『태극학보』 20호, 1908.5.24, 43~46쪽.

한국의 열악한 상황과 부패한 현실 등을 비판하는 내용[102]이 등장한다. 즉 한국의 기성 세대들에 대해 긍정적으로 다루어지고 있지 않다.

그런데 「몽중의 소문」에 등장한 노옹은 신선과 같이 이계의 인물도 아니고, 영웅도 아니다. 어떤 면에서는 고국에 있는 평범한 부모 세대의 한 인물인 것처럼 묘사된다. 가난한 시골에서 빈한하게 태어나 학문을 배울 수 없어 더운 여름과 추운 겨울에 피땀을 흘려 농사를 짓고, 들에서 김을 매며, 산에서 나무를 하면서 겨우 겨우 살아가는 일반 농민의 모습을 띠고 있다. 이렇게 열심히 일해도 계속해서 집안은 더욱더 가난하고 곤궁해질 뿐인 자신의 모습을 보며, 청년들에게는 자신처럼 살지 말고 학문에 힘쓰라는 조언을 하고 있다고 스스로를 소개한다. 즉 한편으로는 일본에 유학하러 온 청년들의 부모 세대의 모습인 것이다. 이들 부모 세대들이 어떻게 일하고 있는지, 또 이렇게 성실하게 일해도 가난을 벗어나기 어려운 현실을 보여주고 있는 것이기도 하다.

(다) 요즘에는 많은 복을 누리는 청년들이 나태하고 게으르게 놀아 글자 한 자도 모르는 경우가 많지만, 선대의 공훈으로 스스로 만족하며 살아가니 이들은 참으로 가증스러운 존재요. 또 어떤 이들은 부형의 재산을 훔쳐서 학업에 힘쓴다고 말하며 입으로는 영어를 배우려 한다지만, 한가로이 이곳저곳을 두루 다니며 구경하고 놀기만 하여 일 하나, 기술 하나도 제대로 익히지 못하고 헛되이 외국인의 비웃음만 사니, 어찌 탄식하지 않을 수 있겠는가?

아, 동경에서 유학 중인 청년 여러분들은 옛날에 부모와 조부가 겪었던 고생과 오늘날의 위태로운 형세를 잘 헤아려, 시간의 소중함을 알고 아껴 쓰며, 학문에 힘쓰기를 바란다.[103]

102 우연자, 「라산령몽」, 『대한학회월보』 2호, 1908.3.25, 53~56쪽.
103 "近者에 多福훈 靑年은 懶惰後遊ㅎ야 日不識丁이로되 先世의 勳業을 得홈으로써 驪驪自足ㅎ니 此輩는 實所可憎이어니와 父兄의 財産을 竊取ㅎ야 口稱學業ㅎ고 口美英法에 漫遊를 作ㅎ야 一事一技룰 不

(라) 연명 선생이 말하기를, '성년은 다시 오지 않고 하루는 다시 아침이 되기 어렵다. 때를 맞아 당연히 힘써야 한다. 세월은 사람을 기다리지 않는다'라고 하니, 나는 이 한 구절로써 제군들에게 주어 새기기를 바란다. 오직 그대들은 이를 깊이 생각하라. 지금 만약 배우지 않으면 훗날의 후회를 피하기 어려울 것이요, 배우지 않고 헛되이 돌아간다면 바다를 건너려던 본래의 뜻이 어디 있겠는가? 닭이 이미 울었으니 눈을 부릅뜨고 빨리 일어나 열심히 공부에 정성을 다하여 목적에 도달하는 날에 고국으로 돌아가 위로는 나라의 위태로운 상황을 도와 국가의 의무를 다하고, 아래로는 부모님의 양육에 보답하여 자식 된 도리를 다하라고 큰 소리로 경고하였다.[104]

(마) 내가 두려운 마음으로 깨어나 베개를 두드리며 일어나 앉으니, 때는 바로 청명한 아침이었다. 이 노인의 말씀이 참으로 금석과 같아서 붓을 들어 기록하여 제군들이 볼 수 있도록 준비하노라.[105]

앞서 자신의 소개를 마친 노옹은 본격적인 메시지를 던진다. (다)에서는 일부 유학생들의 실태를 신랄하게 비판하고 있다. 유복한 청년들이 나태하고 게을러 놀기만 하는 경우가 있거나, 심지어 부모의 재산을 훔쳐 유학을 와서는 입으로만 학업에 힘쓴다고 하고 실제로는 두루 다니며 구경하고 놀기에만 바쁘다고 날카롭게 비판한다. 특히 이러한 모습을 보며 외국인들이 비웃고 있다는 말까지

成ᄒᆞ고 徒取外人之恥笑ᄒᆞ니 可勝嘆哉아 吁嗟東京留學之靑年諸君은 昔年의 父祖의 苏苦ᄒᆞ던 事情과 今日時局의 岌業ᄒᆞᆫ 形勢를 察ᄒᆞ야 寸陰을 愛惜ᄒᆞ며 分銅을 節用ᄒᆞ야 學問을 是務ᄒᆞ라."(위의 글, 41쪽)

104 "淵明先生이 曰ᄒᆞ되 盛年은 不重來ᄒᆞ고 一日은 難再晨이라 及時當勉勵어다 歲月不待人이라 ᄒᆞ니 余ᄂᆞᆫ 此一絶노뻐 諸君에게 贈ᄒᆞ야 銘佩ᄒᆞ기를 冀ᄒᆞ노니 唯君은 熟思之ᄒᆞ라 今若不學이면 他日之嗟悔를 難免이오 無學空歸ᄒᆞ면 渡海之本志가 何在오 鷄旣鳴矣니 瞪目速起ᄒᆞ야 熱心做業에 極透精妙ᄒᆞ야 到達目的之日에 還歸故國ᄒᆞ야 上扶國勢之岌業而以修國民之義務ᄒᆞ고 下圖父母之桑養而以盡人子之道理ᄒᆞ라고 大聲警告ᄒᆞ거늘"(위의 글, 41~42쪽)

105 "余ㅣ 悚然而覺ᄒᆞ야 椎枕起坐ᄒᆞ니 時乃淸晨이라 此老之論이 實爲金石故로 抽筆客記ᄒᆞ야 以備諸君之一覽焉ᄒᆞ노라."(앞의 글, 42쪽)

덧붙인다.

사실 이러한 유학생들에 대한 비판은 당대 팽배했던 것으로 보인다. 부모의 재산을 탕진만 한 채, 배움을 경한시하고 유유자적 유희만 즐기던 청년 세대들이 많았던 것도 사실이었을 것이다. 1906년 12월에 나온 국내 지역 학회지『서우』의「본회취지서本會趣旨書」에 보면, 이와 유사한 내용이 등장한다. "조선을 떠나 유학하는 청년들은 뜻과 열정이 있다고 칭할 수 있는 사람은 없지 않으나 간혹 시간과 자원을 낭비하며 외국인들의 비웃음을 받을 수도 있으니"[106]라고 하여, 실제로 일본 유학생들이 시간과 자원을 낭비하여 일본인들에게 비웃음을 당할 정도로 비판받는 경우가 꽤 있었다. 서우학회는 이러한 유학생들을 출국시키기 전, 유학 청년을 지도하고 장려하기 위해 한성 중앙에 설립했다고까지 그 취지를 밝힌다. 본국에서 유학생들의 행태에 대한 비판이 강했음을 알 수 있는 부분이기도 하다. 위의 글에서도 이러한 비판과 비난을 의식하고 있는 것이라 할 수 있다.

(라)에서 노옹은 도연명의 시구로 세월은 사람을 기다려주지 않으니, 시간을 아끼고 공부에 정진하라는 메시지를 전달한다. 처음 바다를 건너려던 본래의 뜻을 기억하라며, 일찍 일어나 공부에 정성을 다하고, 고국에 돌아와 국가의 의무를 다하고, 부모님께 도리를 다하라고 경고한다. 결국 처음 목적을 잃은 유학생들에게, 또 국가와 부모로부터 받은 돈을 탕진만 할 뿐 실제 국가에 도움이 되지 않는 유학생들에게 경각심을 주고자 한 것이다.

(마)는 각몽의 단계로 노옹의 말에 잠을 깬 '나'가 두려운 마음에 일어나 이 말을 글로 남겨 다른 유학생들에게 전달한다고 설명한다. 그런데 (마)에서 언급하

---

106 "出洋 遊學ᄒᄂ 靑年들은 有志熱心이 非無可稱者나 間或 昨往 今來에 徒縻資斧홀 뿐더러 外人의 笑柄을 作ᄒᄂ 者도 有ᄒ니 此ᄂ 中央一位의 鼓動掖引ᄒᄂ 機關이 不立홀 緣故니 此 本會의 位置가 漢城中央에 在ᄒ야 各 私立의 校務를 贊成ᄒ며 遊學靑年을 導率 獎勵홈이오." (「本會趣旨書」, 『서우』 1호, 1906.12.1, 1쪽)

고 있는 '전달'의 대상자는 다른 일본 유학생 잡지와는 조금 결이 다를 수도 있다. 일반 유학생들 잡지는 친교의 목적, 학문 교류의 목적이었다. 그렇기 때문에 그들은 잡지의 필자이자 동시에 잡지의 독자이기도 했고, 이들의 관계는 서로 동등한 것이 당연했다. 같은 상황에서 같은 고민을 하는 인물들끼리 공감하는 공간으로서 잡지가 활용되었을 것이다. 그러나 동인학교를 운영하고 있는 동인학회의 경우에는 이와는 조금 다를 수 있었다. 『동인학보』의 독자는 필자 자신이기도 하지만, 또 한편으로는 동인학교에 유입된 신입 유학생들일 확률이 높다. 즉 선배이자 교사인 인물이, 후배이자 학생인 인물에게 전달하고 가르치는 방식이 전제되고 있다는 것이다.

내용적인 측면에서도 이 다름은 포착된다. 다른 유학생 잡지에 실린 몽유계열 글에서는 고국의 기성 세대들의 고리타분함이나, 유학생들을 지원해주지 않는 무지함에 대해 비판하는 내용이 주를 이루었다면, 「몽중의 소문」에서는 부모 세대의 노력과 헌신을 강조한다. 피눈물을 흘리며 일하며 유학생들을 지원하는 고국의 부모들을 기억한다면, 현재 이 시간을 가볍게 놀면서 보낼 수 없다는 것을 강조하는 것이다. 결국 이는 단순히 유학생들 사이의 고민이나 감정을 나누는 것이 아니라, 교육의 관점에서 상황을 해석하고 있기 때문에 나타난 현상이라 할 수 있다. 즉 『동인학보』가 동인학교와 연계됨으로써 선배가 후배를 가르치는 상황에서 교육과 훈계를 강조하고 있는 것이라 할 수 있다.

다음으로 벽라생은 재담인 「물식소리」와 우화인 「편복의 중립」을 싣고 있다. 다음은 그 중 재담에 해당하는 「물식소리」의 전문이다.

옛날에 한 여행객이 산골짜기를 지나가고 있을 때, 이마와 눈썹이 하얗게 센 늙은 큰 호랑이가 숲에서 튀어나와 길을 막았다. 숨결이 태풍을 일으키고, 목소리가 천둥을 울리며, 눈빛이 번쩍여서 한 줄기 번개와 같았다. 그 여행객은 혼자서 수행원도 없고 칼이나 총도 없어서 스스로 죽을 것이라고 생각하고, 평생의 힘을 다해 두 손으로 호랑이의 뒷다리를 붙잡았으나, 들어올리기에는 힘이 부족하고, 놓기에는 상황이 허락하지 않았다.

딱 이러지도 저러지도 못하는 상황에 한 스님이 마침 오자, 여행객이 매우 기뻐하며 자세히 사정을 말하고, 스님에게 이 호랑이를 때려잡으면 호랑이 값의 절반을 드리겠다고 하였다. 그 스님이 웃으며 말하기를, '자네는 정말로 무지하군. 나의 가르침은 생명을 아끼는 것을 본뜻으로 삼으니 어찌 생명을 죽일 수 있겠는가?' 하고는 원하지 않고 떠나려 하였다.

여행객은 스님의 무리함을 매우 원망했으나, 그렇다고 분을 풀 방법이 없었다. 그래서 한 가지 꾀를 내어 다시 스님을 불러 말하기를, '내가 불교의 본뜻을 모르는 것은 아니나, 호랑이를 죽이지 않으면 내가 반드시 죽을 것이니, 스님은 어찌 사람 목숨이 더 중요한 것을 생각지 않는가? 스님이 생물을 죽이는 것을 차마 할 수 없다면 대신 호랑이 다리를 붙잡아 달라. 그러면 내가 때려죽여서 그 값은 스님께 드리고, 저는 목숨을 보존하여 덕을 쌓겠다.'

그 스님이 이익을 탐내어 그의 청을 승낙하자, 여행객이 호랑이 다리를 놓고 웃으며 말하기를, '스님만이 생물을 죽이지 않겠는가. 나 또한 생물을 죽이지 않는다' 하고는

〈사진 9〉 벽라생의 「물식소리」와 「편복의 중립」(아단문고 소장)

못마땅해하며 떠났다.[107]

내용을 보면, 한 여행객이 산에서 대호를 만나 가까스로 호랑이의 뒷다리를 잡고 버티는 장면으로 시작한다. 그 때 스님이 지나가자, 여행객은 스님이 호랑이를 때려잡으면 호랑이 값의 절반을 주겠다고 제안하지만, 스님은 살생을 할 수 없다며 그 제안을 거절하고 떠나려 했다. 그러나 여행객이 기지를 발휘해서, 그러면 호랑이 다리를 붙잡아달라고 하고, 자신이 호랑이를 죽이겠다며, 호랑이 값은 모두 주겠다고 제안한다. 그러자 욕심이 생긴 스님이 호랑이의 다리를 잡자, 여행객은 바로 호랑이 다리를 놓고 자신도 살생을 하지 않는다며 그 자리를 떠나버렸다는 내용이다. 이 글은 재담 형식의 글로서 작은 이익을 탐하지 말라는 교훈을 담아내고 있다.

「물식소리勿食小利」는 제목의 뜻 그대로 작은 이익을 탐하지 말라는 의미를 담고 있다. 그 작은 이익이란, 다른 이를 돌아보지 않고, 개인의 욕심만을 생각하는 것이기도 하고, 다른 이를 돕지 않는 행위 자체이기도 하다. 결국 이것은 공공의 이익을 생각하지 않는 이를 향한 비판이라 볼 수 있다.

벽라생의 또 다른 서사물인 「편복의 중립」은 박쥐에 대한 짧은 우화를 담고 있다.

---

107 위의 인용문은 번역한 것으로 원문은 다음과 같다. "昔에 一旅人이 過山谷間호식 白額大虎가 自林中突出호야 攔住去路호는디 氣息이 颶風을 起 호고 聲音이 雷霆을 震호며 目光이 閃々호야 一道電光과 如혼지라 那旅人이 單獨一身으로 旣無從者호며 且乏劍銃호야 自分必死호고 乃盡平生氣力호야 兩手로 執虎之後脚이ㄴ 然이ㄴ 敎之ㄴ 力未及이오 放之ㄴ 勢不得이라 方在兩難之際에 一和尙이 適來호거늘 旅人이 大喜호야 備述其由曰 和向이 打殺此虎호면 富分虎價之一半호리라 那和尙이 笑曰 子眞蒫麥也로딕 吾敎ㄴ 以好生으로 爲本旨호니 豈殺生物乎아 호고 不顧而去어늘 旅人이 甚恨和尙之無理ㄴ 然이ㄴ 無以雪忿이라 乃心生一計호고 復召和尙曰 我非不知佛敎本旨로딕 虎不殺則我必死니 和尙은 獨不念人命之爲重乎아 和尙이 不忍殺生物이어던 代執虎脚호라 然則我當打殺호야 價金은 讓于和尙호고 我ㄴ 得保生命으로 爲德호리라 那和尙이 欲其利而諾其請이어늘 旅人이 捨虎脚而笑曰 獨和何이 不殺生物乎아 我亦不殺生物호노라 호고 悻々而去호더라."(碧蘿生,「勿食小利」, 46쪽)

박쥐는 몸체가 쥐와 비슷하지만 날개가 있어서 날 수 있기 때문에 웃기는 옛 이야기가 있다.

옛날에 새와 짐승들이 전쟁을 벌일 때, 박쥐는 새도 아니고 짐승도 아니라고 주장하여 중립을 선언했다가 전쟁이 시작된 후에 새가 이기면 날개를 내어주고, 짐승이 이기면 쥐를 따르며 새를 공격했다. 그 결과 새와 짐승이 모두 지쳐서 평화로운 결말을 맞이했지만, 모두 박쥐의 양심 없는 행동을 싫어하여 서로 배척하게 되었기 때문에 낮에는 숨어 나오지 못하고, 밤에만 날아다닌다는 것이다.[108]

앞서 재담 형식의 서사물을 게재한 벽라생은 우화 형식인 「편복의 중립」 역시 연속해서 게재하고 있다. 박쥐의 특징을 설명하면서 이러한 박쥐의 특징 때문에 전해져 오는 우화 하나를 소개한다. 박쥐가 새와 짐승 특징을 모두 가지고 있어서 새가 이길 때는 새의 편에, 짐승이 이기면 짐승의 편에 서면서 기회주의자적인 면모를 보인다. 그러다가 평화로운 시기가 되자, 새와 짐승 모두 기회주의자인 박쥐의 행동을 배척하며 싫어하게 되어 박쥐는 낮에는 숨어 나오지 못하고 밤에만 나오게 되었다는 이야기를 전하고 있다.

「편복의 중립」이라는 우화는 비록 간단하게 소개되고 있지만, 박쥐의 행동은 그야말로 개인주의적이다. 또 이에 더해서 기회주의적이기도 하다. 자신의 개인의 이익을 위해서라면, 어떠한 기준이나 줏대 없이 오로지 이익에 따라 움직이는 인물로 박쥐를 보여준다. 박쥐는 "양심 없는 행동" 때문에 양쪽 진영 모두로부터 배척당하게 되는데, 결국 이 "양심 없는 행동"은 공공의 이익과 위배되는 개인의 이익, 또 개인만을 생각하는 기회주의적인 행동을 가리킨다.

---

108 "蝙蝠은 頭體는 似鼠ᄒᆞᄂᆞ 有翅能飛ᄒᆞᄂᆞ지라 所以로 可笑ᄒᆞᆫ 古談이 有ᄒᆞ니
昔에 鳥獸戰爭이 有ᄒᆞᆯ 時에 蝙蝠은 非鳥非獸라 稱ᄒᆞ고 局外中立을 聲明ᄒᆞ얏다가 戰爭이 始ᄒᆞᆫ 後에 鳥가 勝ᄒᆞ면 翅를 資ᄒᆞ고 獸가 勝ᄒᆞ면 鼠를 從ᄒᆞ야 鳥를 伐ᄒᆞ얏더니 鳥獸가 俱疲 ᄒᆞ야 平和結局ᄒᆞᆫ 後에 皆惡其反覆ᄒᆞ야 互相排斥ᄒᆞᄂᆞ 故로 晝則隱避不敢出ᄒᆞ고 夜深始飛廻ᄒᆞ더라."(碧蘿生, 「蝙蝠의 中立」, 46~47쪽)

따라서 벽라생의 재담 형식의 글인 「물식소리」나 우화인 「편복의 중립」을 보면, 두 편의 글 모두 개인의 이익이나 기회주의적인 태도에 대해 비판적임을 알 수 있다. 「물식소리」에서는 개인의 욕심과 이익에만 눈이 멀어 있고, 다른 사람의 어려움을 외면하는 행위에 대해 비판한다. 「편복의 중립」은 공동체의 이익보다는 오로지 눈앞의 개인의 이익에만 초점을 맞추어 기회주의적으로 행동하는 것에 대해 비난하는 내용이다.

이러한 내용은 처음 『동인학보』의 「동인회취지서」에서 강조했던 "배운 것과 익힌 것을 공공의 이익으로 확장"하는 대의에 연관된다. 개인적인 이익에만 치우치거나 기회주의적인 방향으로 흐르는 것이 아니라, 배움과 교육이 모두 국가와 공공을 위해 사용되어야 함을 강조하는 것이다. 동인학교도 역시 개인의 이익만을 추구했다면, 설립될 수 없었을 것이다. 공공성에 대한 의식과 공익에 대한 확장이 바로 이러한 선택을 가능하게 한 것이다.

실제로 「몽중의 소문」과 「물식소리」, 「편복의 중립」이 실려 있었던 〈잡찬〉에는 윤성구의 「공공심公共心」이라는 글도 실려 있다. 윤성구에 따르면, "其國의 社會的 文明進步는 國民의 公共心 多寡를 因ᄒ야 測知ᄒ리로다"라고 하며, 국가와 사회의 문명진보를 측량할 수 있는 기준이 공공심이라 설명한다. 국가와 사회의 이익을 위한 마음을 강조한다는 점에서 이러한 서사물과 공공 의식이 함께 이어지고 있다는 것을 확인할 수 있다.[109]

이렇게 본다면, 교훈과 가르침을 주기 위해 재담이나 우화를 활용하고 있다고 보는 것이 합리적일 것이다. 또한 이러한 내용은 『동인학보』가 강조하고 있는 공공의 이익과 공공에 대한 확장이라는 차원에서 같은 메시지를 전달하고 있다고 보아야 한다. 이러한 서사물들은 결국 교육적 차원에서 게재되고 있었을 것이다.

그런데 이 가운데 『동인학보』에 재담 형식의 서사물이 실리고 있다는 것에 주

---

109 윤성구, 〈잡찬〉 「公共心」, 『동인학보』 1호, 1907.7.1, 45쪽.

목해 볼 필요가 있다. 물론 이러한 재담 형식의 글들은 한문단편을 계승하여 근대계몽기 신문이나 국내 학회지에서 많이 등장하고 있다. 재담 형식의 글은 보통 배움이 얕은 인물들을 교화하고 교훈을 주기 위한 목적으로 쓰였다. 그러다 보니, 사회적 메시지나 교훈을 주기 위한 방편으로 재담류가 많이 사용되었다. 특히 『대한매일신보』 한글판이나 『경향신문』 등에 이러한 재담류가 실려 있고, 신문은 이러한 재담을 통해서 일반 국민들을 교육시키고자 했다.

그러나 흥미로운 것은 이러한 재담 형식의 글이 일본 유학생 잡지에서는 찾아볼 수 없다는 점이다. 재담이 실리는 신문이나 잡지에서는 독자를 이미 교훈과 계몽의 대상으로 상정하고 있다. 따라서 일본 유학생 잡지의 경우에는 이와는 다를 수밖에 없다. 유학생들끼리의 친목과 감정 및 고민의 교류, 지식의 교환 등의 목적 안에서 독자들은 유학생들 자신이었다. 즉 동등한 위치의 독자들을 대상으로 서사물을 싣고 있었기 때문에 재담과 같은 형식이 들어올 이유가 없었다. 그러나 『동인학보』의 경우에는 이와 미묘한 차이를 보인다. 이 재담을 통해서 가르침과 교훈의 목적을 분명히 보여주고 있다. 이는 동인학교라는 특수성 때문으로 보인다. 선배이면서 교사가, 후배이면서 학생인 유학생들을 대상으로 하여 교훈과 계몽의 서사를 게재하고 있는 것이다.

결국 『동인학보』는 동인학교를 운영하며 교육과 공부가 공공성으로 확장되어야 함을 강조하고 있었다. 이러한 『동인학보』의 정체성을 토대로 『동인학보』에 게재된 글들 역시 공공성의 강조와 공공의 이익을 향한 확장에 주안점을 두었다. 이러한 연장선상에서 서사물들 역시 게재되고 있었다. 한용의 「헌법의 국무대신」은 국무대신이 사리사욕을 벗어나 국가를 위해 일해야 함을 비판적인 목소리로 주장하고, 안영수의 「몽중의 소문」은 시간을 아껴 공부할 것을 고국의 부모세대의 헌신과 노력에 빗대어 강조한다. 벽라생의 「물식소리」에서는 개인의 이득이 아니라, 공공의 이익을 위해 일할 것을 당부하며, 「편복의 중립」에서는 기회주의적으로 이리저리 흔들리는 것이 아니라 국가와 민족이라는 공공을 위해 양심을 가지고 행동할 것을 강조하고 있다. 이는 모두 『동인학보』가 강조하는 교육 정신을 서사물을 통해서 재현하고 있는 것이라 할 수 있다.

이렇게 볼 때, 일본 유학생 잡지라는 비슷한 시대와 비슷한 환경, 비슷한 인물들이 함께 만들어 가기에 차이점이 없는 듯이 보이지만, 각 잡지의 정체성과 강조점에 따라 잡지의 편집과 서사의 방향성이 달라진다는 것을 알 수 있다. 이는 독자 상정의 문제와도 함께한다. 즉 어떤 독자를 대상으로 잡지를 발간했는가와도 연관이 있는 것이다. 잡지를 읽는 독자를 상정할 때 동등한 입장에서 함께 고민과 학식을 나누는 관계인지, 아니면 선배와 후배, 교사와 학생의 관계인지에 따라 잡지에 실린 글의 내용도 서사의 방향과 형식도 달라질 수밖에 없다. 『동인학보』는 바로 이 지점에서 동등한 유학생의 입장이면서도 동시에 선배이면서 교사, 또 후배이면서 학생인 관계를 상정하고 교육과 가르침이 전제되었기에 좀 더 교훈성을 줄 수 있는 서사의 내용과 양식이 활용되었다고 할 수 있다.

5) 교사 / 학생 관계를 통한 공공의 이익으로의 확장

1905년 이후 관비 유학생뿐만 아니라 사비 유학생들이 늘어나면서 일본 유학생들의 수가 기하급수적으로 늘어나게 되었다. 그러면서 일본 유학생회가 다양하게 조직되는데, 유학생구락부, 태극학회, 대한공수회, 한금청년회, 동인학회, 낙동친목회, 호남학회(계), 광무학회, 광무학우회, 대한유학생회 등 총 10여 개의 학회가 결성되었다. 이러한 일본 유학생회는 출신 지역을 중심으로 한 학회이거나 관비 유학생들이 결성한 학회, 아니면 학교를 설립한 학회들로 나누어볼 수 있다. 이 중 동인학회는 대한동인회라고도 불리는데, 동경에 학교를 설립한 학회였다. 특히 동경에 학교를 설립한 학회는 태극학회, 광무학회, 동인학회로, 이 중 태극학회와 동인학회가 잡지를 발행하였다.

『동인학보』는 동인학회가 발간한 잡지로 1907년 7월 1일 창간호만 출간되고 이후 속간되지는 못했다. 동인학회는 1906년에 결성한 학회인데, 구체적으로 언제 단체로 구성되었는지는 알 수 없다. 『동인학보』의 회록을 보면, 일본 유학생회의 문제나 국내의 국채보상운동 등에 적극적으로 동참했고, 태극학회 등과 운동회 등을 열면서 유학생 사회 내에서 영향력을 미치고 있었다.

이러한 활동 가운데 가장 주요한 부분이 바로 동인학교의 설립이었다. 동인학교는 1905년 초에 설립한 태극학교, 1905년 11월에 설립한 광무학교 다음으로 1907년 2월에 설립되었다. 동인학교는 먼저 일본에 유학 온 선배들이 새로 일본에 유학 온 신입 학생들에게 일본어를 가르쳐주기 위한 어학 강습소였다. 일어 독본, 문법, 작문, 회화뿐만 아니라 수학 등의 교과목도 가르쳐줌으로써 선배들이 후배들의 일본어 어학 실력뿐만 아니라, 다른 학문까지 교수하고 있었음을 알 수 있다.

이렇게 동인학교를 설립하면서 동인학회는 「동인회취지서」를 통해 일본에 온 유학생들이 열심으로 교육을 받아 국가에 대한 의무를 다하고 가정에서는 부모님의 양육과 지원에 보답해야 함을 강조한다. 여기에 더하여 이러한 교육과 배움이 공공의 이익을 위해 확장해야 한다고 주장한다. 비바람과 폭우가 쏟아지더라도 뿌리가 깊이 박혀 서로 얽히면 뽑히지 않고 견고하게 서 있을 수 있다며, 동인학회는 바로 그 단단한 뿌리와 같이 얽어진 단체로서 서로의 정성과 지혜를 모아 서로 교환해야지만 완전해질 수 있다는 것이다.

따라서 모든 배움과 교육은 공공의 이익을 위해 확장해야 한다는 것인데, 이러한 의식이 『동인학보』에 실린 서사류에서도 그대로 드러난다. "함께" 교육 받고, "함께" 나아감을 강조하고 있듯이, 서사에서도 이러한 생각이 반영된다. 대화체 서사물인 한용의 「헌법의 국무대신」에서는 신사상으로서의 헌법과 그 속에서 국무대신의 책무를 구체적으로 언급해줌으로써, 현재 국내 대신들의 사리사욕을 비판한다. 몽유계열의 서사물인 안영수의 「몽중의 소문」에서는 꿈속에서 만난 고국의 시골 노옹이 힘들게 일하며 헌신하는 상황을 보여주며, 이러한 지원을 받은 유학생들이 시간을 함부로 쓰지 말고, 오로지 공부에 정진해야 함을 강조한다. 또한 재담의 형식을 띠고 있는 벽리생의 「물식소리」에서는 호랑이를 만난 여행객과 지나가던 스님의 이야기를 통해서 개인의 이익만을 위해서 다른 사람을 향한 도움의 손길을 외면해서는 안 된다는 내용을 담아내고 있다. 또한 벽리생이 게재한 우화 「편복의 중립」의 경우에도, 자신의 이익에 따라 기회주의자로 행동하는 박쥐의 모습을 비판한다.

결국 『동인학보』는 동인학교를 운영하며 교육과 공부가 공공성으로 확장되어야 함을 강조하고 있었다. 이러한 『동인학보』의 정체성을 토대로 『동인학보』에 게재된 글들 역시 공공성의 강조와 공공의 이익을 향한 확장에 주안점을 두었다. 이러한 연장선상에서 서사물들 역시 게재되고 있었던 것이다. 한용의 「헌법의 국무대신」은 정부의 관료가 사욕이 아니라 국가와 국민을 위한 공공의 이익을 위해 일해야 한다고 은근히 주장하고, 안영수의 「몽중의 소문」은 시간을 아껴 공부할 것을 고국의 부모세대의 헌신과 노력에 빗대어 강조하고 있다. 벽라생의 「물식소리」에서는 개인의 이득이 아니라, 공공의 이익을 위해 일할 것을 당부하며, 「편복의 중립」에서는 기회주의적으로 이리저리 흔들리는 것이 아니라 국가와 민족이라는 공공을 위해 양심을 가지고 행동할 것을 강조하고 있다. 이는 모두 『동인학보』가 강조하는 교육 정신을 서사물을 통해서 재현하고 있는 것이라 할 수 있다.

다른 일본 유학생 잡지들의 경우, 같은 지역 출신들이 교류하거나, 같은 관비 유학생들끼리 단체를 만들어 국가에 대한 의무를 일본 유학생 잡지를 통해 드러내기도 했다. 특히 일본 유학생회 단체의 경우, 서로 친목을 도모하고, 타국에서 살아가면서 어려운 상황에서 서로 도움을 주고자 결성되었다. 따라서 이들이 발간한 일본 유학생 잡지 역시 서로의 고민과 지식을 나누는 장이자, 문예의 장으로서 유학생들끼리 공통의 관심사를 교류하는 매체였다.

그러나 『동인학보』는 동등한 입장의 독자를 대상으로 하기보다는 조금 다른 형태를 띠고 있었다. 즉 동인학교를 운영하면서, 선배로서 후배를 가르치게 되었고, 이는 유학생 동학이자 동시에 교사와 학생의 관계를 형성하게 만들기도 했다. 그렇게 보면, 잡지를 읽는 독자를 상정할 때 동등한 입장에서 함께 고민과 학식을 나누는 사이인지, 아니면 선배와 후배, 교사와 학생의 사이인지에 따라 잡지에 실린 글의 내용도 서사의 방향과 형식도 달라질 수밖에 없다. 『동인학보』는 바로 이 지점에서 동등한 유학생의 입장이면서도 동시에 선배이면서 교사, 후배이면서 학생이라는 관계를 상정하고 교육과 가르침이 전제되었기에 좀 더 교훈성을 줄 수 있는 서사의 내용과 양식이 활용되었다고 할 수 있다.

이렇듯 근대계몽기 일본 유학생 잡지들은 모두 비슷한 유형인 듯 보이면서도 각 매체의 특성과 정체성에 따라 편집의 의도가 조금씩 다르게 나타났다. 또한 이러한 편집의 의도는 서사 문예에도 영향을 미쳤다. 일본 유학생 잡지에 실린 다양한 서사물들이 물론 근대문학으로 온전히 발전했다고 할 수는 없다. 그러나 잡지마다의 특징과 정체성에 따라, 또 미묘한 편집적 차이에 따라, 서사 문예는 다양한 실험들이 이루어졌고, 이러한 다양한 실험들이 모여 새로운 문학을 추동해오고 있었다. 『동인학보』 역시 이러한 일본 유학생 잡지에서 이루어진 다양한 서사 문예의 실험 중 하나였고, 그 중간 과정으로서 존재하고 있었다고 할 수 있다. 결국 이러한 수많은 서사 문예의 실험들과 노력들이 모여 근대의 문학은 서서히 태동하고 있었던 것이다.

4. 일본 유학생회 부분 통합 잡지
― 『대한학회월보』 1908.2.25~1908.11.25

박영효 등의 개화파 정부의 정책에 따라 1895년부터 조선의 관비 유학생들이 일본에 유학을 가게 되면서 그로부터 '대조선유학생친목회'가 구성되었다. 이 유학생 친목회는 유학생회의 효시로서, 이후 제국청년회가 만들어질 때까지 총

3년간 활동했다.[110] 이후 제국청년회 역시 해산된 후, 일본 유학생회는 출신 지역 위주로 분파가 형성되거나 관비 유학생들 위주의 학회로 활동하기도 했다. 즉 태극학회, 낙동친목회, 한금청년회, 호남학회 등의 출신 지역 위주의 학회, 유학생 교육과 관비 유학생회인 광무학회, 공수회가 있었고, 그 외에 동인학회, 연학회 등이 존재하며 각 유학생회는 통합된 단체이기보다는 각 학회의 특징과 목적에 따라 나뉘어 활동하였다.[111]

이러한 다양한 유학생회를 다시 하나의 학회로 통합하고자 논의 끝에 탄생한 것이 바로 1908년 1월에 설립된 대한학회였다. 사실 대한학회가 성립되기 전 1906년 9월 2일에 대한유학생회가 먼저 창립되었다. 대한유학생회는 유학생 단체의 통합을 시도했다기보다는 전체 유학생회를 대표하는 단체로, 각 다른 단체에서 활동하던 인물들이 대표자적 명분으로 결성한 것으로 보고 있다.[112] 이러한 각 유학생회가 개별적으로 존재하는 가운데, 그 단체의 대표들이 연합하여 결성한 대한유학생회는 유학생회의 전체 통합을 위한 첫걸음이었다면, 독립적으로 존재하는 각 단체가 하나의 단체로 통합하기 위한 시도는 대한학회에서 이루어졌다고 볼 수 있다.

앞서 다양하게 나뉘어 있던 학회들 중 대학유학생회, 낙동친목회, 호남학회가 대한학회로 통합되었고, 태극학회와 공수학회는 통합되지 않고 기존 학회를 고수했다. 이후 태극학회와 공수학회, 또 연학회까지 모두 통합되는 것은 1909년 1월에 설립된 대한흥학회였다. 일본 유학생회 전체를 통합한 학회가 대한흥학회이기는 하지만, 유학생회 통합의 과도기에 해당하는 대한학회는 전체 유학생회 통합을 견인하고 앞당긴 학회였다고 할 수 있다.

---

110 박찬승, 「1890년대 후반 도일(渡日) 유학생의 현실인식」, 『역사와 현실』 31, 한국역사연구회, 1999, 118~120쪽.
111 정관, 「구한말 재일본 한국유학생 단체운동」, 『대구사학』 25, 대구사학회, 1984, 134쪽.
112 정관, 위의 글, 142~145쪽.

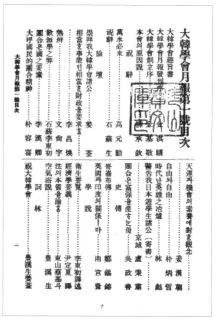

〈사진 10〉『대한학회월보』 창간호의 표지와 차례

대한학회로 통합된 이후, 그 해 2월부터 대한학회는『대한학회월보』를 총 9회 발간하게 되는데, 이『대한학회월보』는 여러 학회지의 특성을 통합하면서 당대 유학생들의 고민과 여러 가지 실험 등을 엿볼 수 있다는 점에서 매우 중요한 잡지라 할 수 있다. 특히 각 학회지에서 다양한 방식으로 발간되어 오던 형식을 통합하고, 그 과정에서 문예면을 다양하게 실험하며 고민한 부분들은 잡지적 성향이나 새로운 문예, 서사 등의 발전 과정을 확인해 볼 수 있게 한다.

그런데 그 당대 유학생회 학회 중 출신 지역 학회로서 가장 활발히 활동했던 태극학회나, 전체 통합학회인 대한흥학회에 대한 연구는 상당히 진행되어 왔으나, 그 과도기적 단계에 해당하는 대한학회에 대한 연구는 많이 이루어지지 못하고 있다.[113] 대체로 서지학적 연구나 근대계몽기 잡지의 문체나 서사류 분석의

---

113 현재 대한학회 및『대한학회월보』에 대해 이루어진 연구는 단독으로 진행되기보다는 일본유학생회 연구나 당대 학회지에 실린 문예면과 연관하여 진행된 것이 대부분이다. 일본유학생회

한 부분으로 연구가 이루어진 것이다. 특히 『대한학회월보』의 성향과 문예면 특히 서사류에 대한 총체적인 분석은 거의 이루어지지 못했다. 이는 『대한학회월보』에 실린 서사류뿐만 아니라, 당대 학회지에 실린 서사류에 대한 심도 있는 분석이 미비한 실정이다.

따라서 제4절에서는 당대 유학생들의 고민과 문예로의 표현 방식을 학회지의 특성과 함께 분석해보고자 한다. 특히 통합 학회로서 『대한학회월보』의 특징을 살피고, 이전 출신 지역 학회지와의 상관관계 역시 밝혀볼 것이다. 또한 이러한 출신 지역 학회지가 통합 학회지로 발간되면서 편집 전략과 문예 서사적 고민의 과정을 천착해보고자 한다. 이러한 작업을 통해서 근대로 전환되는 과정 속에서 당대 유학생 학회지가 통합을 위해 노력하는 가운데, 당대 서사류가 어떻게 발전하고 있으며, 근대문학의 시초로 어떻게 다가가고 성장하고 있는지 논의해보고자 한다.

1) 『대한학회월보』의 통합적 성격과 출신 지역 학회지와의 상관관계

『대한학회월보』는 대한학회의 기관지의 성격을 가진 학회지로서, 1908년 2월 25일 창간호를 필두로 1908년 11월 25일 종간될 때까지 총 9호가 발행되

와 연관하여 서지학적으로 이루어진 연구(정관, 「구한말 재일본 한국유학생 단체운동」, 앞의 글, 133~162쪽; 김기주, 「구한말 재일한국유학생의 민족운동 연구」, 전남대 박사논문, 1991; 안남일, 「1910년 이전의 재일본 한국유학생 잡지 연구」, 『한국학연구』 58, 고려대 한국학연구소, 2016, 259~279쪽)와 『대한학회월보』에 나타난 유학생 의식에 관한 연구인 왕신, 「초기 재일 유학생의 주권의식(1905~1910)-『태극학보』, 『대한학회월보』, 『대한유학생회학보』, 『대한흥학보』를 중심으로」(한국학 43(3), 한국학중앙연구원, 2020, 235~267쪽)를 들 수 있다. 또 당대 학회지를 분류하고, 각 학회지의 특징과 국한문체의 형성 과정을 밝힌 임상석의 『20세기 국한문체의 형성과정』(지식산업사, 2008), 개화기 몽유록계 서사들 중 『대한학회월보』에 실린 몽유록계 서사를 포함하여 분석한 연구로 문한별의 「근대전환기 학회지 수록 몽유 서사 연구」(『현대소설연구』 46, 한국현대소설학회, 2011, 339~361쪽; 전은경의 「근대계몽기 학회지의 독자인식과 서사적 실험-몽유록계 서사를 중심으로」(『비교한국학』 29(1), 국제비교한국학회, 2021, 251~285쪽)를 들 수 있다. 그 외 국립중앙도서관에서 발간한 『한국근대문학 해제집』 II(2016)에서 임상석이 잡지 구성, 표제 구성, 내용 등 『대한학회월보』에 대한 해제를 싣고 있다.

었다. 발행부수를 보면, 창간호를 1,000부 발행하여 발매가 130부였고, 무대금으로 나누어준 부수가 817부로 잔여부가 없이 모두 나갔다고 하며, 3호부터는 1,500부를 발행하여 129부를 발매하고, 무대금으로 분전하고 남은 부수가 502부였다고 기록하고 있다.[114]

　『대한학회월보』가 발간되던 시기에 『태극학보』는 "本報 發行이 數千餘部에 達하엿"[115]다고 하여 수천 부를 발간하고 있었다고 하나, 모든 학회가 통합되어 발간된 『대한흥학보』의 창간호가 2,000부가 정도 발행된 것을 보면,[116] 『태극학보』의 발행 부수와 『대한학회월보』의 발행 부수는 큰 차이가 없었을 것으로 보인다.[117] 즉 태극학회와 공수학회가 빠진 상황에서 대한유학생회, 낙동친목회, 호남학회가 결성하여 만든 대한학회의 기관지인 『대한학회월보』 역시 이미 많은 독자를 확보하고 있던 『태극학보』와 대등할 정도로 상당한 영향력을 가지고 있었다고 할 수 있다.

　일본 유학생회의 통합운동은 대한유학생회의 성립 이후 지속적으로 논의되어 왔다. 『낙동친목회월보』 3호에 실린 「유학생계호소식留學生界好消息」이라는 글에 보면, "年來로 在東京留學生界에 各會 鼎峙하얏더니 近日에 一般輿論이 總合爲一흠이 宣하다 하야 方在擬議中이러니 自太極會로 此合問題를 該總會에 提出可決하야 交涉委員十人을 選定하야 各會에 交涉흔 結果로 各會에서도 亦交涉全權委員幾人式을 選出하야는딕 不久에 各會委員이 協議하야 該問題를 貫徹흘 內容은 其名稱과 規則制定等事인딕 該協議가 圓滿이 妥結되면 我留學生의 日日希望하든 總團體가 可히 成立되깃더라"[118]라고 하여 각 유학생회가 서로 단합하기 위해 노력

114 〈彙報〉「任員會錄」, 『대한학회월보』 6호, 1908.7.25, 92쪽.

115 〈論壇〉「本報의 過去 及 未來」, 『태극학보』 22호, 1908.6.24, 2쪽.

116 『대한흥학보』의 판매 부수는 김기주, 「大韓興學會에 관한 考察」, 『역사학연구』 1권, 호남사학회, 1987.12, 25쪽.

117 김기주에 따르면 『태극학보』의 발행 부수도 1,000~2,000부 정도로 보고 있다. (김기주, 「구한말 재일한국유학생의 민족운동 연구」, 앞의 글, 75쪽)

118 〈彙報〉「留學生界好消息」, 『낙동친목회월보』 3호, 1907.12.30, 41쪽.

하고 있음을 시사하고 있다. 특히 태극학회가 적극적으로 나서서 교섭 위원회를 구성하고, 각 회의 위원들이 명칭, 규칙, 제정 등을 논의하여 곧 유학생들이 희망하던 총단체가 성립되겠다고 언급하고 있다.

그러나 통합 논의에도 불구하고 전체 유학생회 조직은 최종 결렬되고, 태극학회와 공수학회는 통합에서 빠진 후, 대한유학생회와 낙동친목회, 호남학회만 통합을 이루게 된 것이 대한학회였다.[119] 그러나 태극학회와 공수학회가 빠졌다 하더라도, 어느 정도 일본 유학생들의 통합을 이루어낸 것이므로, 이러한 통합에 대한 의의를 표명하고 있다.

오호라, 우리는 일본에 유학 중인 청년이라. 말을 할 때마다 국민의 대표라고 하지만, 유학한 지 십여 년이 되었는데 이루어 놓은 일이 무엇인가. 또한 조상으로부터 전염된 병적인 사상을 벗어나지 못하고, 갑회니 을회니 하며 국민적인 정신을 잃어버리고, 부분적인 성격을 배태하니 어찌 슬프지 않으며, 어찌 두렵지 않겠는가. 이에 우리가 큰 목소리로 외치며 말하노니, 어떠한 훌륭한 사업의 명의를 빌려 경영하더라도 민족적인 면에서는 한국을 흥하게 하고, 당파적인 면에서는 한국을 망하게 할 것이니, 이는 바로 우리 한국 시대의 요구요, 우리 한국 국민의 자각심이라. 이 자각심의 실행 여부는 우리 한국의 흥망에 관계되는 분수령이라. 몇백 년 동안 부패한 국민의 사고방식을 타파하고, 새로운 시대의 건전한 사상을 함양하기 위해, 동경에 있는 우리 학생 각 단체가 합쳐 대한학회를 조직하고, 국민의 지덕 계발을 목적으로 하여 이 취지를 전국 동포에게 널리 알리니, 뜻을 같이하며 기운을 함께하여 국가의 공공사업에 일치 협력

---

119 유학생 단체의 통합을 가장 먼저 발의하여 교섭하고자 한 태극학회가 통합에서 빠지고, 공수학회 역시 이에 동조하면서 이 두 학회를 제외하고 총연합회가 성립되었다. 김기주는 태극학회가 뒤에 통합에서 빠지게 된 것이 태극학회 내부에서 반발과 의견 불일치가 이루어졌을 것으로 본다. 태극학회의 임원이었던 인물들이 결국 태극학회를 나와 대한학회의 임원진이 되는 것으로 보아 내부의 갈등도 있었을 것으로 보고 있다. 또한 공수학회의 경우는 관비 유학생회라는 특수한 목적에 따라 폐쇄성이 작동하여 통합에서 빠진 것으로 보았다.(김기주, 「구한말 재일한국유학생의 민족운동 연구」, 앞의 글, 42~43쪽)

함을 간절히 바란다.

융희 2년 2월 날 발기인 일동[120]

위의 「대한학회취지서」를 보면, 유학생들의 통합에 대한 의지를 읽을 수 있다. "論斷컨딕 我韓 病蠹의 原因은 私利私益으로 行動ㅎᄂ 黨派에 在ㅎ다"[121]라고 하며 한국의 쇠퇴 원인은 사리사욕과 당파 때문이라고 구체적으로 명시한다. "此惡習이 幾百年間 國民의 腦頭에 浸入ㅎ야 如何혼 愛國家라도 吾黨이 아니면 排斥ㅎ고 如何혼 經世家라도 吾黨이 아니면 搆陷ㅎ니 然ㅎ고 國이 興홀 者ㅣ 豈有ㅎ리오"[122]라고 하면서 이러한 당파의 악습이 수백 년간 침입하여 애국을 위한 길에도 당파를 가르고 분열되고 있다며 신랄하게 비판한다. 따라서 국민의 대표라 할 수 있는 유학생들조차 갑회甲會, 을회乙會로 나뉘어 있는데 이는 국가를 망하게 하는 것과도 같다며, 민족적으로 단합되는 것만이 한국을 살리는 길이요, 당파적으로 분열되는 것은 한국을 망하게 하는 길이라 선포한다. 따라서 수백 년간 부패한 국민의 뇌근을 타파하고 신시대의 건전한 사상을 배양하기 위해 동경에 있는 유학생들이 하나로 뭉쳐 대한학회를 조직했다고 천명하고 있다.

이러한 통합에 대한 의지는 국내 학회에 대한 생각으로도 이어졌다. 유승흠

---

120 "嗚呼라 吾儕ᄂ 日本에 留學ㅎᄂ 靑年이라 言必稱 國民代表ᄂ 留學 十有餘年에 所業이 何事오. 亦是 祖先의게 傳染혼 病의 思想을 脫치 못ㅎ고 曰 甲會曰 乙會라 ㅎ야 國民의 精神을 沒了ㅎ고 部分的 性質을 胚胎ㅎ니 豈不痛哉며 豈不懼哉아. 於玆에 吾儕가 大聲疾呼ㅎ야 曰 如何혼 好個事業의 名義를 借ㅎ야 經營ㅎ더라도 民族的은 韓國을 興ㅎ고 黨派的은 韓國을 亡홀지니 是ᄂ 卽 我韓時代의 要求오 我韓國民의 自覺心이라 此 自覺心의 實行與否ᄂ 我韓 興亡에 關ㅎᄂ 分水點이라. 幾百年間 腐敗혼 國民의 腦筋을 打破ㅎ고 新時代의 健全혼 思想을 涵養ㅎ기 爲ㅎ야 東京에 在혼 我學生 各團體가 合成爲一ㅎ야 大韓學會를 組織ㅎ고 國民의 智德啓發로 目的을 숨고 此 趣旨를 全國 同胞의게 廣布ㅎ오니 同心相求ㅎ며 同氣相應ㅎ야 國家 公共事業에 一致協力흠을 伏望. 隆熙 二年 二月 日 發起人一同"(「大韓學會趣旨書」, 『대한학회월보』 1호, 1908.2.25, 2쪽)

121 위의 글, 1쪽.

122 위의 글, 1~2쪽.

의 「교육방침에 대한 의견」[123]에서는 각 학회가 다양하게 등장한 데 대한 장단점을 나열하면서, 결국 학회가 통합되어야 함을 주장한다. 또 「포양교래함ᄒ고 방성대곡」[124]에서는 국내 학회 간의 내부 문제를 접하며, 국내 학회끼리 경쟁하지 말고 다른 나라와 경쟁하라며 일침한다. 이러한 통합에 대한 의지가 태극학회와 추기秋期 대운동회를 개최하며[125] 연합을 도모한 끝에 대한흥학회로 일본 유학생회 전체의 통합으로 이어질 수 있게 한 것이다.

사실 태극학회가 가장 활발하게 활동하며 상당한 회원수를 가진 학회이긴 했으나, 대한학회 역시 그에 못지 않은 회원수를 가진 통합 학회였다.[126] 『대한학회월보』에 실린 각호별 〈회록〉의 회원수를 보면, 5호 207명, 6호 273명, 7호 288명, 8호, 301명으로 꾸준히 늘어나고 있으며, 최종적으로 9호에는 323명까지 증가했다. 그 당시 1908년 7월 현재 유학생의 인원이 총 493명이었던 것을 감안하면, 절반이 훌쩍 넘는 유학생이 대한학회에 가입해 있었음을 알 수 있다.[127] 이는 태극학회와 비교했을 때도 그 수를 능가할 만큼 상당한 인원이 가입한 통합 학회였음을 알 수 있다.[128] 또한 『대한학회월보』 4호에 실린 「대한학회찬성회취

123 유승흠, 〈演壇〉 「教育方針에 對ᄒ 意見(教育社會 諸公에게 一覽을 供함)」, 『대한학회월보』 7호, 1908.9.25, 20~23쪽.

124 〈論壇〉 「抱兩校來函ᄒ고 放聲大哭」, 『대한학회월보』 9호, 1908.11.25, 1~4쪽.

125 1908년 10월 17일에 태극학회와 연합하여 추기(秋期) 대운동회를 개최하여, 학생 400여 명과 일본인 및 재외국인 등의 관광객을 포함하여 총 천여 명이 모였다고 밝히고 있다. (〈彙報〉 「隨聞 隨錄」, 『대한학회월보』 9호, 1908.11.25, 67~68쪽)

126 1908년 10월 태극학회의 회원수가 600여 명으로 되어 있으나 이는 귀국학생이나 특별회원, 국내지부 회원까지 포함한 수치일 것으로 보이며, 신입 회원 명단으로 파악할 때 300여 명 정도로 파악된다. (김윤재, 「백악춘사 장응진 연구」, 『민족문학사연구』 12, 민족문학사학회, 1998, 185쪽)

127 1908년 7월에 실린 「留學生統計表 本年六月末調査」에 따르면, 일본 고등학교에서 대학 및 전문과에 179명, 중학교 71명, 기타 어학 및 보통예비과 243명으로 일본 유학생이 총 493명이었다. 각 출신별 인원수를 보면, 경기도 215명, 평안도 134명, 경상도 43명, 충청도 34명, 황해도 26명, 함경도 18명, 전라도 18명, 강원도 5명으로 경기도가 215명으로 가장 많았고, 태극학회의 출신 지역인 서북권이 총 178명으로 그 다음을 이었다. (〈彙報〉 「留學生統計表 本年六月末調査」, 『대한학회월보』 6호, 1908.7.25, 77~78쪽)

128 김기주에 따르면 1908년 6월 말 당시 태극학회 회원수는 220명이었다. (김기주 「구한말 재일한

지서」를 보면, 국내에서도 대한학회 찬성인 99명이 대한학회의 통합을 지지하고 있다.[129] 이로 볼 때, 일본 유학생들뿐만 아니라 국내에서도 상당수가 대한학회의 회원과 찬성회원으로 활동하고 있었음을 알 수 있다.

대한학회는 1908년 2월 9일에 열린 제1회 총회에서 회장 최린崔麟, 부회장 이은우李恩雨, 편집부장에 김기환金淇驩, 편집부원에 고원훈高元勳, 강전姜荃, 이동초李東初, 김영기金永基를 두었다.[130] 또한 "洛東親睦會ᄂᆞᆫ 本會學報 第一號를 擔任刊行"[131] 한다고 하여 낙동친목회가 『대한학회월보』의 창간호를 맡아 간행하게 했다.

회장 최린과 임원진 중 전영작, 최석하, 윤정하, 고원훈, 강전 등 모두 태극학회 소속이었다. 『태극학보』 17호[1908.1.24]에 보면, 태극학회 부회장이었던 최석하와 평의원이었던 최린이 모두 사임하고, 이후 대한학회로 바로 옮긴 것으로 보인다.[132] 대한학회 부회장을 맡은 이은우, 편집부장 김기환, 평의원 문상우 등은 낙동친목회에서 임원진을 역임했다. 낙동친목회에서 문상우는 초대 회장을 역임했고, 이은우는 총무원이었다. 특히 『대한학회월보』 편집부장을 맡은 김기환은 낙동친목회의 2대 회장을 역임했다. 그 외에 최남선, 유승흠, 문상우文內旭 등이 이전 『대한유학생학보』를 담당했었는데, 역시 『대한학회월보』에서도 주도적 역할을 하고 있다. 이중 유승흠은 『대한학회월보』 6호부터 편집을 담당했다.

이처럼 『대한학회월보』에는 『낙동친목회월보』 편집진들의 주도하에 『태극학보』와 『대한유학생학보』 등의 영향이 통합적으로 작용하고 있었다. 또한 이러한 『대한학회월보』는 향후 전체 일본 유학생의 통합 학회지인 『대한흥학보』에 상당히 영향을 주며, 근대 잡지 및 근대문학 형성의 기초를 닦는 데 기여를 했다고 할 수 있다.[133]

국유학생의 민족운동 연구」, 앞의 글, 28쪽)

129 「特別謄報-大韓學會贊成會趣旨書」, 『대한학회월보』 4호, 1908.5.25, 1~2쪽.

130 〈會錄〉 「太韓學會發起會 會錄」, 『대한학회월보』 1호, 1908.2.25, 59~60쪽.

131 〈會錄〉 「臨時總會」, 『대한학회월보』 1호, 1908.2.25, 61쪽.

132 「會事要錄」, 『태극학보』 17호, 1908.1.24, 60쪽.

2) 『대한학회월보』의 주제 구성 및 기획

낙동친목회 2대 회장을 역임하고, 대한학회에서 『대한학회월보』 편집부장을 맡은 김기환이 『대한학회월보』 1호에 실은 「대한학회월보 발간사大韓學會月報 發刊序」를 보면, 『대한학회월보』의 목적이 분명하게 나타난다. "吾大韓學會月報之附諸活版而公諸海內ᄒ야 思欲喚醒泥沈之昏夢ᄒ고 協輝文明之廣運이니 此 其 發刊之大旨也라. 然이나 詩不云乎아 靡不有初나 鮮克有終이라 ᄒ니 凡 我靑年이여 益敦親愛ᄒ고 益加勉勵ᄒ야 堅固我內部的壁壘ᄒ고 普提博携ᄒ야 期圖效果ᄒ고 克貫底績ᄒ야 發輝中和之大本達道ᄒ디라 懋哉懋哉、ᆫ더"[134]라고 하여 『대한학회월보』를 통해서 국내외의 진흙과 혼몽에 빠진 자들을 각성시키고 문명의 광운을 협력하여 빛나게 하는 것이 발간의 가장 큰 취지라고 설명한다. 또한 청년들이 더욱 노력하여 우리 내부를 더욱 견고하게 하고 견문을 넓혀 중화의 큰 도에 도달해야 한다고 주장한다. 즉 국민의 지덕계발을 목적으로 하여, 이를 『대한학회월보』를 통해 광포하고 교육시키겠다는 의지를 표명하고 있는 것이다. 이러한 취지로 『대한학회월보』는 논설, 교육, 역사, 학회 관련 글 등 다양한 글을 싣고 있다.

〈표1〉 『대한학회월보』의 주제별 분류

주제	세부항목	세부항목 개수	주제별 개수
문예계열	시가류	44	63
	서사류	19	
대한학회	대한학회	44	44
역사 / 외국 소식	외국 역사 / 소식	34	39
	우승열패	3	
	한국 역사	2	

---

133 『대한학회월보』의 마지막호인 9호의 편집인은 유승흠, 발행인은 강전, 인쇄인은 고원훈이었는데, 『대한흥학보』 창간호를 보면, 발행인 고원훈, 편집인 강전, 인쇄인 김원극으로, 강전과 고원훈이 그대로 『대한흥학보』의 편집을 맡았음을 알 수 있다. 『대한흥학보』 창간호의 표제 구성에서도 보면, 〈祝辭〉, 〈演壇〉, 〈學海〉, 〈史傳〉, 〈文苑〉, 〈詞藻〉, 〈雜纂〉, 〈彙報〉, 〈會錄〉으로 『대한학회월보』의 구성과 매우 유사했다.

134 김기환, 「大韓學會月報 發刊序」, 『대한학회월보』 1호, 1908.2.25, 4쪽.

주제	세부항목	세부항목 개수	주제별 개수
신사상, 산업	신사상	28	32
	산업	4	
유학생	유학생	22	22
교육	교육	18	21
	여성 / 소아 교육	3	
정치, 법	정치, 법	12	12
애국, 계몽	애국, 계몽	10	10
구습타파	구습타파	8	8
위생	위생	5	5
국민정신, 영웅	국민정신, 영웅	4	4
대한제국, 황실	대한제국, 황실	2	2
종교	종교	2	2
신문	신문	1	1
도덕	도덕	1	1
총계			266

　『대한학회월보』에 실린 글을 주제별로 분류했을 때, 가장 많은 내용을 차지했던 것은 문예로 분류될 수 있는 글로서, 전체 글 중 63개로 전체의 약 23.7%를 차지했다. 다음으로 대한학회 관련 글이 약 16.5%였다. 그 다음은 역사 특히 외국 역사나 외국 소식 관련 글이 총 39개로 약 14.7%, 신사상이나 산업 연관 글이 총 32개로 약 12%, 유학생 관련 글이 총 22개로 약 8.3%를 차지했다. 특히 문예류의 글 중, 시가의 경우 보통의 학회지가 한시류가 대다수를 차지했던 것에 비해, 『대한학회월보』에서는 한글 시가류가 많은 것도 특징이다. 『대한학회월보』에 실린 한시가 18편이었는데, 한글 시가류는 15편으로 한시에 거의 육박할 정도로 많이 실렸다. 이는 최남선, 최명환 등이 한글 시가류를 많이 발표하면서 이러한 특징을 이룬 것으로 보인다. 그 외에 주제별 특징으로 들 수 있는 것은 외국 역사나 외국 소식 관련한 글이 많이 실려 있다는 점이다. 일본 유학생 학회지의 특성상 신사상이나 새로운 산업에 대한 교육적 내용이 많이 실렸는데, 『대한학회월보』에서는 외국 역사나 외국 소식에 대해서 많이 싣고 있는 것도 한 특징

이다. 그 외에 유학생들간의 소통이나 유학생들에 관한 글들도 상당히 많이 보이고 있어서 『대한학회월보』를 통해서 유학생들이 서로 소통하고, 유학생으로서의 정체성이나 고민들을 많이 담아내고 있었음을 알 수 있다. 특히 대한학회가 일본 유학생회의 통합을 위해 노력한 결과인 만큼, 유학생회간의 통합에 대한 생각이나 논의가 상당히 많이 등장한다.

〈표 2〉 『대한학회월보』의 문체별 개수

문체종류		개수	총 개수
단어형 국한문체	단어형 국한문	75	126
	단어형+구절형	51	
한문체	현토한문	48	88
	한문	40	
구절형 국한문체	구절형 국한문	41	41
한글체	한글	9	11
	한글+단어형	1	
	한글+구절형	1	
총계			266

『대한학회월보』에 실린 글의 문체를 살펴보면, 단어형 국한문체가 총 126개로 약 47.4%를 차지하고 있다. 그 다음이 한문체로 약 33.1%를 차지했고, 구절형 국한문체가 약 15.4%, 한글이 4.1%로 그 다음을 이었다. 문체 비율로 볼 때 단어형 국한문체가 전체의 절반 가까이를 차지하고 있었다. 그런데 이 문체 비율은 편집진의 변화와도 연관되어 있다. 『대한학회월보』의 1호에서 5호까지 편집 겸 발행인은 김기환이었다. 김기환은 앞서 설명한 것처럼 낙동친목회의 2대 회장이기도 했다. 또 『대한학회월보』를 낙동친목회에서 맡아서 하기로 결정이 된 것이므로 『낙동친목회학보』의 방향대로 진행되었을 것이다.

실제로 『낙동친목회학보』의 문체를 살펴보면, 한문체가 전체 글의 43.1%를 차지했고, 단어형 국한문체는 37.3%를 차지했다.[135] 김기환이 『대한학회월보』

---

135 전은경, 「영남 출신 유학생 잡지 『낙동친목회학보』의 '지역성'과 서사문예 전략」, 『어문론총』 86, 한국문학언어학회, 2020.12, 69쪽.

를 맡았던 시기인 1호에서 5호까지 문체 비율을 보면, 단어형 국한문체가 약 41.4%를 차지했고, 한문체가 약 35.2%를 차지했다.[136] 그런데 6호부터는 유승흠이 편집인을 맡으면서 전반적인 학회지의 전략도 바뀌게 된다. 유승흠이 맡은 후인 6호에서 9호까지의 문체를 보면, 단어형 국한문체가 약 53.7%로, 한문체가 약 30.6%이다.[137] 즉 5호까지 단어형 국한문체가 약 41.4%였는데, 6호 이후 약 53.7%로 확대되었음을 의미한다.

본보는 일본에 유학하는 유학생들이 민족적으로 제국 동포의 지덕을 계발하는 것을 목적으로 한 대한학회의 기관 월보이다. 이를 통해 다음과 같은 주의와 범위 내에서 재함.

一. 본보는 제국 동포로서 이 나라에 유학하는 전반적인 상태와 본회 회원의 동정 및 본회의 실황을 빠짐없이 모두 수집하여, 모든 우리와 뜻을 같이하는 애국 동지들에게 매월 보고함.

一. 본보는 널리 많은 사람들에게 보급하기 위해 우리 교육계 선진들이 주장하는 논의를 따라 한문체를 버리고 한자만을 취하되, 될 수 있는 대로 어려운 글자와 표현을 피하고, 한문과 국문을 섞어 쉽게 이해할 수 있도록 전반을 체재로 함.

一. 본보는 발행지가 일본의 법률 아래에 있기 때문에 간접적인 비유나 소설적인 표현으로 기록하는 것 외에는, 직접적으로 정치나 국제 시사를 공개하기는 도저히 불능에 속함.

一. 본보는 해외 학계에서 발행되는 것이므로 될 수 있는 대로 중등 이상의 신선한 사상에 부합하기를 주로 하나, 순수한 신문 기사 작성의 숙련된 필자가 아니며,

---

136 1호에서 5호까지의 전체 글은 총 145개였고, 단어형 국한문체 중 단어형이 41개, 단어형과 구절형이 섞인 문체가 19개로 총 60개였다. 또 현토한문체는 35개, 한문체는 16개로 통합 한문체는 총 51개였다.

137 6호에서 9호까지의 전체 글은 총 121개였고, 단어형 국한문체 중 단어형이 44개, 단어형과 구절형이 섞인 문체가 21개로 총 65개였다. 또 한문체 중 한문은 24개, 현토한문은 13개로 총 37개였다.

또한 각 개인의 학업 중 작성한 글을 모아 발행하는 것이므로 불완전한 점이 많으니, 독자 여러분의 넓은 이해를 바람.[138]

위의 글은 6호에 실린 「보설報說」이라는 글로, 6호부터 바뀐 편집진의 학회지 전략에 대한 내용을 담고 있다. "本號는 本會 創立훈 後 第二期의 首卷"이라며 제2기의 첫 호라고 스스로 설명하고 있기도 하다.[139] 따라서 새롭게 시작하는 편집진을 통해 제2기가 시작되는 『대한학회월보』는 일본에 유학하는 유학생이 제국 동포의 지덕을 계몽하려는 목적으로 설립한 대한학회의 기관지로서 4가지의 세부 목표와 범위를 제시한다. 첫째, 제국 동포에게 일본에 유학하는 상황과 본회의 실황을 보고하는 것, 둘째, 대중에게 교육을 보급하기 위해 한문체를 버리고, 국한문의 쉬운 문체를 사용하는 것, 셋째, 직접적으로 정치 또는 국제상 시사를 직접적으로 게재하는 것은 불가능하고 간접 또는 소설적으로 기재할 것, 넷째, 해외 학계에서 학생들이 수학하는 중 여가 시간에 집필하기 때문에 불완전하고 결점이 있을 수 있다는 양해의 말을 싣고 있다.

특히 여기에서 한문체는 버리고 한자만 취하되, 어려운 글자는 피하고 쉬운 국한문체를 전반적으로 사용하겠다는 것은 6호 이후 문체의 변화가 진행된 이

---

138 "本報는 日本國에 留學ᄒᄂ 留學生이 國氏的으로써 帝國 同胞의 智德 啓發ᄒ기로 目的ᄒ 大韓學會의 機關月報라. 此로 以ᄒ야 左開ᄒ 主義와 範圍에 在홈.

一. 本報ᄂ 帝國 同胞로 此邦에 留學ᄒᄂ 全般狀態와 本會會員의 動靜과 本會實況을 無漏 網羅ᄒ야 凡 我所在相應ᄒᄂ 愛國同志에게 逐月佈告홈.

一. 本報ᄂ 普及多衆ᄒ기 爲ᄒ야 我敎育界 先進의 主唱ᄒᄂ 論을 倣ᄒ야 漢文體를 捨ᄒ고 漢字만 取ᄒ되 아못조록 難字僻句를 鑱去ᄒ고 國漢文近易字義로 全般을 體裁홈.

一. 本報ᄂ 發行地 國法勢力下에 在홍 故로 間接 譬辭로나 或 小說으로 記載ᄒ기 外에ᄂ 直接으로 政治 又ᄂ 國際上 時事를 公揭ᄒ기ᄂ 到底히 不能에 屬홈.

一. 本報ᄂ 海外學界에서 發行ᄒᄂ 故로 못됴로 中等以上의 新鮮思想에 副協ᄒ기를 是務ᄒ나 純然혼 報筆의 熟手가 아니오. 且 各人의 學暇○稿를 撮集ᄒᄂ 故로 不完혼 缺點이 多ᄒ오니 覽者僉位의 恕容ᄒ기를 望홈."(〈報說〉「報說」, 『대한학회월보』6호, 1908.7.25, 2~3쪽)

139 위의 글, 3쪽.

유를 보여준다.[140] 이러한 제2기의 편집 변화는 이후 『대한흥학보』의 편집적 전략에 상당한 영향을 끼치게 된다. 실제로 『대한흥학보』의 문체 중 단어형 국한문체는 전체의 약 62%를 차지하고 있는데,[141] 이러한 정책이 이어진 것으로 볼 수 있다.

3) 표제 구분과 편집의 특징

『대한학회월보』의 표제를 살펴보면, 창간호의 경우에 〈축사祝辭〉, 〈논단論壇〉, 〈학설學說〉, 〈사림詞林〉, 〈휘보彙報〉, 〈회록會錄〉으로 구성되었다. 이후 논설류가 〈논단論壇〉에서 〈연단演壇〉으로, 또 6호에는 〈논설論說〉로 바뀌었다가 〈연단〉, 〈논단〉으로 다시 돌아오게 되며, 학술적인 글인 〈학설學說〉은 〈학해學海〉로, 바뀌고, 역사전기물은 〈사전史傳〉에서 〈사역史譯〉이 되었다가 다시 〈사전史傳〉으로 돌아온다. 3호에서 잠시 〈문예文藝〉란을 두기도 하지만, 이후는 〈문원文苑〉으로 통일되고, 산문류나 일반적인 글들은 〈잡찬雜纂〉으로 계속 이어진다. 나머지 학회 관련 글들은 〈휘보彙報〉로 통일되었다. 그 외에 특징적인 것은 사진을 따로 실은 것인데, 처음에는 표제 없이 잡지의 맨 앞에 실었다가 뒤에는 〈사진동판〉이라는 표제를 걸고 싣기 시작했다. 주로 외국 문물을 보여주는 사진을 실었는데, 뉴욕, 파리, 런던, 아테네 등이 실렸다. 또 사진 뒷면에는 최남선의 한글 시가가 실린 경우도 있었다.

표제를 유형별로 분류해 보면, 논설류를 실었던 표제가 〈연단〉, 〈논단〉, 〈논설〉, 〈축사〉, 〈보설〉 등이 있었고, 학술 등 신교육과 연관한 표제로는 〈학해〉, 〈학술〉 등이 있었다. 일반 산문이나 시가, 서사물, 역사전기물이 실렸던 표제로는

140　임상석도 6호의 「보설」의 설명 이후, 잡지 전체에서 한문의 비중이 줄어들었다고 설명한다. (임상석, 『대한학회월보』 해제, 『한국근대문학해제집 II』, 앞의 책, 33쪽)

141　『대한흥학보』에 전체 글은 총 313개였고, 이 중 단어형 국한문체는 188개, 단어형과 구절형이 섞인 문체가 6개로 이를 합쳐서 단어형 국한문체로 보았을 때 총 194개의 글이 해당되었다. 『대한흥학보』의 문체에 대한 내용은 전은경, 「유학생 잡지 『대한흥학보』와 문학 독자의 형성」, 『국어국문학』 169, 국어국문학회, 2014, 314~315 참고.

<표 3> 『대한학회월보』의 표제별 분류

유형	표제	개수	유형별 총 개수
논설	연단(演壇)	41	71
	논단(論壇)	20	
	논설(論說)	7	
	축사(祝辭)	2	
	보설(報說)	1	
교육	학해(學海)	36	40
	학술(學術)	4	
문예 (산문, 시가, 서사, 역사물 등)	잡찬(雜纂)	40	106
	문원(文苑)	23	
	잡록(雜錄)	16	
	사담(史譚)	9	
	문예(文藝)	7	
	사림(詞林)	7	
	사전(史傳)	4	
회보 / 학회 관련	휘보(彙報)	29	37
	사진동판(寫眞銅版)	5	
	회록(會錄)	3	
표제 없음			12
총계			266

〈잡찬〉, 〈문원〉, 〈잡록〉, 〈사역〉, 〈문예〉, 〈사림〉, 〈사전〉 등이 있었고, 회보 및 학회와 연관한 글을 실은 표제로는 〈휘보〉, 〈사진동판〉, 〈회록〉 등이 사용되었다.

이 중 문예류 표제가 총 106개로 전체 글의 약 39.8%를 차지했다. 그 다음은 논설류 표제로 약 26.7%를 차지했다. 이 중 표제 중에서 가장 많이 실렸던 것은 논설류의 〈연단〉으로 총 41개로 전체의 약 15.4%를 차지했고, 다음은 문예류 중 〈잡찬〉이 총 40개로 약 15%를 차지했다. 특히 〈잡찬〉은 시가류와 산문류가 모두 섞여서 실렸고, 독자들이 보낸 기서가 이 〈잡찬〉에 실리기도 했다. 이후 기서는 〈휘보〉에 들어가기도 하는 등, 〈잡찬〉과 〈휘보〉의 성격이 명확하게 구분되지는 못했다.

호	사진동판	축사	논단	연단	보설	논설	학설	학해	사전	사담	잡찬	사림	문예	문원	잡록	휘보	회록	없음	총계
1		2	11				4			2		7				1	1	4	32
2			2	5				4		2	12					1		3	29
3	4			10				2			4		7			3	1		31
4				8				3		3				2	4	1		1	22
5	1			5				6	4					2	12	1			31
6					1	7		6		2	7			3		14		2	42
7				8				5			7			8		3			31
8				5				5			5			2		3		2	22
9			7					5			5			6		2	1		26
총계	5	2	20	41	1	7	4	36	4	9	40	7	7	23	16	29	3	12	266

〈표 4〉는 각 호차별로 표제가 어떻게 분포되고 있는지 보여주는 분류표이다. 구성을 보면 낙동친목회에서 『대한학회월보』 1호부터 발간을 맡았기 때문에, 『낙동친목회학보』의 구성과 유사한 부분이 많았으나, 이전 1907년 3월부터 5월까지 총 3호를 발간했던 대한유학생회의 기관지인 『대한유학생회학보』와의 유사성도 상당히 발견된다.

『낙동친목회학보』의 1호(1907.10.30)의 경우, 〈축사〉, 〈연단〉, 〈학해〉, 〈문원〉, 〈잡찬〉, 〈회보〉의 구성이었고, 마지막호인 4호(1908.1.30)의 경우, 〈논설〉, 〈학해〉, 〈잡록〉, 〈사전〉, 〈문조〉, 〈휘보〉의 구성을 보였다. 이보다 앞서 발간되었던 『대한유학생회학보』 1호(1907.3)의 경우는 〈사전〉, 〈문원〉, 〈잡찬〉, 〈학계휘보〉, 〈회보〉로, 『대한유학생회보』로 이름을 바꾼 3호(1907.5)에서는 〈연단〉, 〈학해〉, 〈사전〉, 〈문원〉, 〈잡찬〉, 〈휘보〉, 〈회록〉으로 구성되었다. 따라서 『낙동친목회학보』의 편집진들이 『대한학회월보』를 구성할 때, 『대한유학생회학보』의 표제 구성을 참조하면서 기획했을 것으로 보인다. 『대한유학생회학보』의 편집인이 최남선, 발행인이 유승흠, 인쇄인이 문내욱이었는데, 최남선 역시 대한학회의 임원진으로서 『대한학회월보』에 활발하게 글을 싣고 있으며, 유승흠은 『대한학회월보』 6호부터 편집을 맡았기 때문이다.

또한 문예면에 대해서는 시가류와 서사류가 거의 구분되지 못하고 섞여 있었다. 1호에 잠시 등장한 〈사림〉은 시가류만 실렸고, 〈사전〉과 〈사역〉에는 역사 전기류만 실렸으나, 이후 〈문예〉, 〈문원〉, 〈잡록〉, 〈잡찬〉 등에는 시가류와 서사류가 함께 섞여 있어서 이를 구분하지 않고 있었음을 알 수 있다.

〈표5〉『대한학회월보』에 실린 문예류의 〈표제〉 분포

	문예	문원	사림	사역	사전	사진동판	연단	잡록	잡찬	없음	총계
시가류	5	22	7			2		2	5	1	44
서사류	1	1		6	3		2	1	5		19

〈표 5〉의 분포도를 보면, 시가류가 많이 실렸던 표제는 〈문예〉, 〈문원〉, 〈사림〉이었고, 서사류가 많이 실렸던 표제는 〈사역〉, 〈사전〉, 〈잡찬〉이었음을 알 수 있다. 즉 시가류와 서사류를 구분하고 있지는 않았지만, 표제에 따라 시가류와 서사류가 더 많이 분포한 부분을 확인할 수 있다. 〈문예〉의 경우, 3호에 한 번 쓰인 이후 다시 쓰고 있지 않으며, 〈문원〉의 경우에도 기행문 1편 외에는 모두 시가류가 실려 있다. 또한 같은 몽유록계 서사라 하더라도, 〈문예〉, 〈잡록〉, 〈잡찬〉에 각 1편씩 실려 있는 것으로 볼 때, 문예면에 대한 구분은 명확하게 이루어지지 못한 것으로 보인다.

〈표6〉『대한학회월보』의 문예 관련 분류

분류	세부 항목	개수	분류별 개수
서사류	역사 전기	9	19
	대화체(토론)	4	
	몽유록계 서사	3	
	기행문	3	
시가류	한시	18	44
	국문 시가	15	
	한문 문장	11	
총계		63	

『대한학회월보』의 문예 관련 글은 총 63개로, 전체의 약 23.7%를 차지하고 있다. 문예류 중 시가류가 44편으로 상당히 많이 실리고 있는데, 흥미로운 점은 국문 시가가 많았다는 점이다. 최남선, 최명환 등이 국문 시가를 많이 싣고 있었는데,『대한유학생회학보』의 편집을 맡았던 최남선이『대한학회월보』에서도 활발하게 참여했기 때문으로 보인다.

서사류는 역사 전기류, 대화체 서사물, 몽유록계 서사물, 기행문 등 다양한 형식의 서사물들이 실렸다. 역사 전기류의 경우,『낙동친목회학보』에 「비사맥전」을 실었던 완시생玩市生이『대한학회월보』에서도 「피득대제전」을 계속해서 싣고 있다. 또한 다른 유학생 학회지에서도 많이 등장하는 양식인 대화체 서사물이나 몽유록계 서사물도『대한학회월보』에 실리고 있었다. 이러한 다양한 서사물들이 실리고 있었다는 것은『대한학회월보』가 다른 유학생 학회들과 통합하면서 이러한 통합적 특징을 지니고 있었고, 동시에 당대 유학생들의 문예 발표의 장이 되고 있었음을 방증하고 있는 것이라 할 수 있다.

4) 일본 유학생 잡지의 통합화 노력과 문예 서사의 접합

앞에서 살펴보았듯이『대한학회월보』에는 다른 유학생 학회들과 통합하면서 문예 서사에도 그 통합적 특징이 드러나고 있었다. 특히 이 통합적 특징은 글을 구분하는 〈표제〉에서 보다 분명하게 드러난다.

〈표 7〉 일본 유학생회 잡지의 〈표제〉 분류 비교

학회지	태극학보	공수학보	대한유학생회학보	낙동친목회학보	대한학회월보	대한흥학보
출간 연도	1906.8.24 ~1908.12.24	1907.1.31 ~1908.3.20	1907.3.3 ~1907.5.20	1907.10.30 ~1908.1.30	1908.2.25 ~1908.11.25	1909.3.20 ~1910.5.20
총 호수	27호	5호	3호	4호	9호	13호
통합 여부	개별	개별	부분통합	개별	부분통합	전체통합

학회지	태극학보	공수학보	대한유학생회학보	낙동친목회학보	대한학회월보	대한흥학보
논설	강단(講壇) 강단학원 (講壇學園) 연설(演說) 논단(論壇)	강단(講壇) 찬설(贊說) 논설(論說)	연단(演壇) 평론(評論)	논설(論說) 연단(演壇) 축사(祝辭) 서(序)	연단(演壇) 논단(論壇) 논설(論說) 축사(祝辭) 보설(報說)	축사(祝辭) 연단(演壇) 보설(報說) 논저(論著) 시보(時報)
교육 및 학술	강단학원 (講壇學園) 학원(學園)	학원(學園) 학술(學術) 학해(學海)	학해(學海)	학해(學海) 학술(學術)	학해(學海) 학술(學術)	학해(學海) 학예(學藝)
산문 및 서사	잡찬(雜纂) 문예(文藝)	잡찬(雜纂) 문원(文苑)	사전(史傳) 문원(文苑) 잡찬(雜纂)	사전(史傳) 잡찬(雜纂) 잡록(雜錄)	사전(史傳) 사담(史譚) 잡찬(雜纂) 잡록(雜錄) 문예(文藝)	사전(史傳) 전기(傳記) 문원(文苑) 잡찬(雜纂) 산록(散錄) 소설(小說)
한시 및 시가	문예(文藝) 사조(詞藻) 가조(歌調)	사림(詞林)	문원(文苑)	문원(文苑) 문예(文藝) 사조(詞藻)	문원(文苑) 사림(詞林)	사조(詞藻) 문원(文苑)
회보 및 학회	잡보(雜報) 잡록(雜錄)	잡보(雜報) 총보(叢報)	학보(學報) 회보(會報)	휘보(彙報) 회보(會報) 회록(會錄)	휘보(彙報) 사진동판 (寫眞銅版) 회록(會錄)	휘보(彙報) 회록(會錄) 요록(要錄) 담총(談叢)

〈표 7〉은 근대계몽기 일본 유학생 학회지 중 2번 이상 출간한 잡지를 대상으로 〈표제〉를 분류한 표이다. 학회지 출간의 순서대로 보면, 『태극학보』→『공수학보』→『대한유학생회학보』→『낙동친목회학보』→『대한학회월보』→『대한흥학보』로 이어졌다. 이 가운데 통합된 순서로 본다면, 1차 통합시기에 『대한유학생회학보』, 『태극학보』, 『공수학보』가 출간되었고, 이후『낙동친목회학보』가 발간되었다가 2차 통합시기에 『대한학회월보』, 『태극학보』로 크게 개편되고, 최종 통합하여 『대한흥학보』로 진행되었다. 즉 일본 학회지의 통합운동이 진행되는 동안, 『태극학보』와『공수학보』는 통합되지 않고 통합학회의 학회지가 발간되던 시기에 개별적으로 발간하다가, 최종적으로『대한흥학보』에서 통합된 것

이다.[142]

그런데 〈표 7〉의 표제 비교를 보면, 흥미로운 사실을 알 수 있다. 제일 마지막에 전체 통합을 이룬『대한흥학보』를 제외하고 보았을 때, 표제 분포가『태극학보』,『공수학보』가 서로 유사하고, 나머지『대한유학생학보』,『낙동친목회학보』,『대한학회월보』가 서로 유사함을 알 수 있다. 즉 후자의 세 학회지가『대한학회월보』로 통합되었는데, 이 때 이 통합적 성격을『대한학회월보』가 담아내면서, 이 세 학회지의 표제가 유사해진 것이다. 그리고 최종 통합 학회지인『대한흥학보』는 이러한 통합적 성격을 띤『대한학회월보』의 표제와 거의 유사하게 진행되었음을 알 수 있다.

〈표 8〉『대한학회월보』에 실린〈역사 전기물〉목록

호	연도	표제	저자	글제목	문체	내용
1	1908.2.25	史傳	鄭錫鎔	哥崙布傳	단어+구절	콜롬버스전
2	1908.3.25	史譯	鄭錫鎔	(연재)哥崙布傳 (前號續)	단어+구절	콜롬버스전
4	1908.5.25	史譚	없음	金將軍德齡小傳	구절형	김덕령전
4	1908.5.25	史譚	玩市生	彼得大帝傳	단어+구절	피득대제전
5	1908.6.25	史譚	玩市生	(연재)彼得大帝傳 (續)	단어형	피득대제전
5	1908.6.25	史譚	없음	(연재)金將軍德齡小傳 (續)	구절형	김덕령전
5	1908.6.25	史譚	없음	鄭評事文孚小史	구절형	정문부전
6	1908.7.25	史譚	玩市生	(연재)彼得大帝傳 (續)	단어+구절	피득대제전
6	1908.7.25	史傳	李哲載	亞里斯多德	단어형	아리스토텔레스전 / 뉴턴전

이러한 가운데『대한학회월보』는 앞서 발간된 학회지의 서사류들이 유사하게 실리고 있다. 특히 역사전기물과 몽유록계 서사물, 대화체 서사물 등이 실리고 있는데, 일본 유학생 잡지의 특징을 담고 있으면서도, 과도기적인 경향, 즉 새로운 서사물의 특징들이 조금씩 개입되고 있다.

역사 전기 서사물의 경우,『태극학보』와『공수학보』에서는〈강단〉,〈학원〉,〈잡

---

142 『공수학보』는 1908년 3월 20일까지 총 5호가 발행되었는데, 이후『대한학회월보』가 발간되던 동안에는 개별적으로 발간하지는 않았던 것으로 보인다.

찬)에서 다루어졌는데 반해, 『대한유학생회학보』에서 〈사전史傳〉이라는 표제를 사용한 이후, 『낙동친목회학보』, 『대한학회월보』, 『대한흥학보』 모두 〈사전〉을 사용하고 있다. 또한 이러한 역사 전기물 중「피득대제전」과 같은 외국의 역사적 인물들을 각 유학생회 잡지에 실으면서 역사 전기 서사물의 양식으로 자리잡고 있다. 국내 학회지의 역사 전기물이 국내의 역사 인물이 많았음에 반해, 일본 유학생 잡지에서는 국내 역사 인물도 싣고 있기는 하지만,「화성돈전」,「피득대제전」,「비스마르크전」 등 외국의 인물들을 훨씬 더 많이 싣고 있는 것도 한 특징이다. 개별 학회나 통합 학회 모두 외국의 역사적 인물을 싣고 있었고, 통합 학회는 〈사전〉이라는 표제를 두고 분류를 정교화했다고 할 수 있다. 그 통합의 과정의 가장 중심에 서 있던 『대한학회월보』에 실린 역사 전기 서사물을 보면, 총 10편 중 3편을 제외한 7편이 외국의 역사적 인물을 담고 있었다.

〈표 9〉『대한학회월보』에 실린〈몽유록계 서사물〉목록

호	연도	표제	저자	글제목	문체	내용
2	1908.3.25	雜纂	吘然子	峯山靈夢	단어+구절	국내 정치 비판
3	1908.4.25	文藝	弘村羅生	敎育者討伐隊	단어+구절	정치 비판과 국문 교육
4	1908.5.25	雜錄	(夢鄕筆記) 高元勳	自由裁判의 漏聞	구절형	제국주의 비판(일본)

『대한학회월보』에는 역사 전기물 외에도 몽유록계 서사물도 3편 실려있다. 이러한 몽유록계 서사물 역시 그 당대 일본 유학생 잡지에 많이 실렸던 유형이기도 하다. 우연자의 「라산령몽」은 한라산령과 두 소년이 등장하여, 당대 조선의 문제점을 한라산령의 입으로 신랄하게 비판하고 있으며, 홍촌라생의 「교육자토벌대」에서는 꿈 속 연설에서 국문을 활용하지 않고 있는 조선의 교육적 현실을 비판한다. 또한 고원훈의 「자유재판의 누문」에서는 꿈 속 재판의 과정에서 권리와 자유를 억압하는 제국주의적 행태를 비판하는 내용이 등장한다.

(가) 노인이 얼굴을 가다듬고 엄숙하게 말하기를, "소자야, 네가 들을지어다. 대개 상

上帝께서 하늘과 땅, 해와 달과 별, 그리고 셀 수 없이 다양한 모든 것을 창조하실 때, 사물의 크기와 모양의 길고 짧음을 불문하고 서로 이기고 제어하는 이치로 만물의 힘을 평등하게 나누셨다. 그래서 거대한 코끼리도 작은 쥐를 두려워하며, 사나운 상어도 약한 조개를 삼키지 못하고, 벌과 개미도 곤충을 제어하며, 지렁이가 지네를 제압한다는 것을 모르느냐. 또한 약소하다고 하였으니, 그러면 수나라의 백만 군사를 격파한 이는 누구며, 당태종을 쏘아 쓰러뜨린 나라는 어느 나라인가.

太極學會月報

惡冷落之監督部空廊內與君同住至三朔
君焉汲水則我將炊飯我先往校則君將灑掃
粢粢相依其血心所盟者非學業未成而斳不
歸國之意乎蒼天難誑黃金誤人至有今日河
陽之淚是豈人事之所填抑耶歸臥旅窓暗暗
思來則如發狂疾月明江婦忍聽失侶之哀鴻
花晚春城獨憐唯友之孤鶯鬱情緒無由消
遣逢記所思以慰寒郊之不平焉恐未知我非
韓昌黎而哂之否乎

新橋驛

新橋橋上驛前梅迎送光陰間幾回羌笛不知
離恨苦隔陽花爭唱勤君盃

停軍臨發一徘徊說支都路復廻春晚江城
問歸期

餘興饒落花三月嬴同來

撥圇
人惜分張贈以詩留人何必苦爲詩如令詩功

挐山靈夢

吁然子

五十二

人無別今日新驛萬首詩

濟州漢挐山은鷄林國南海海上에잇는靈山
이니東南으로는太平洋海水를排臨ᄒᆞ야仙
界瑤池를形成ᄒᆞ고西北으로는亞細亞大陸
을挽拇ᄒᆞ야太乙宮을模顯이라故로山景
水色이亞陸에亞ᄒᆞ고靈秀神共
이極東에第一이로다詩人騷客이連絡不絕
홀ᄲᅮᆫ아니라天仙玉女의來臨ᄒᆞ야種々目覩
호다ᄒᆞ는이러라呼然子가元來天然의快樂
과自然의趣味를誰가惜삽양ᄒ던次에該山의
絕景을듯고十分大喜ᄒ야即日行裝을具備

132

〈사진 11〉 우연자의 「라산령몽」

내가 보기에는 상제께서 너에게 주신 것 중에 부족한 것이 없으나, 모두 네가 후천적으로 나쁜 습관을 길러 스스로 멸망을 자초한 것이다. 대체로 그 죄악의 핵심은 질투와 음해, 그리고 정에 휩싸이는 것이다. 그러므로 하늘이 준 좋은 기회가 적지 않았으나, 혹은 분열과 싸움으로, 혹은 잠시의 안락을 구함으로, 혹은 당과 간의 다툼으로 모두 잃어버린 것이 아니겠느냐. 옛 가르침에 이르기를 '하늘이 준 것을 취하지 않으면 도리어 재앙을 받는다' 하였거늘, 하물며 스스로 만든 죄악이겠느냐. 그러나 상제는 지극히 사랑하시어 다만 밤낮으로 너희가 회개하기만을 바라시거늘, 슬프도다. 너희의 무지하고 완악한 자들아. 천의天意도 모르며 죄악도 회개하지 아니하고, 솥 안의 물고기와

도마 위의 고기 같은 것들이 가득한 음해와 하늘에 가득 찬 질투로 위아래가 서로 원수 맺고, 멀고 가까운 이들이 서로 적대하며, 좌우가 서로 해치고, 앞뒤가 서로 미워하여, 서로가 원수로 보며 적대하여 뜨거운 간과 생피를 먹기를 원하니, 이와 같고서야 멸망 하지 않은 자가 고금에 어디 있으리요?"[143]

위의 예시는 우연자의 「라산령몽」으로, 한라산령이 한반도를 관장하던 백의 소년을 질타하는 장면인데 한라산령의 목소리로 당대 대한제국의 현 상황과 문 제점을 신랄하게 비판한다. 약육강식의 세계는 당연한 것이므로 약하다고 변명 하는 것은 안 된다며, 이러한 문제가 발생한 것은 "후천적으로 나쁜 습관을 길러 스스로 멸망을 자처한 것"이라고 설명한다. 후천적 악습, 즉 질투, 음해, 욕심 때 문이라고 분석하며, 스스로 저지른 죄악인 음해, 질투, 붕당으로 원수같이 서로 자멸하게 되었다고 신랄하게 비판하는 것이다.

우연자의 「라산령몽」의 경우, 당대 유학생회 학회지에서 비슷한 유형이 여러 편 게재되었다.[144] 『낙동친목회학보』에서 시작된 고국 산의 정령이 나타나는 유

---

143 "老人이 改容正色ᄒ야 曰 小子야 네 드를지어이다. 大槪 上帝ᄭ셔 六合三光과 千態萬狀을 創造하 실際에 物의 大小와 形의 長短을 勿論ᄒ고 相勝相制之理로 萬物의 勢力을 平分ᄒ으로 巨象도 小鼠 를 畏懼ᄒ며 惡鮫도 弱貝를 幷呑치 못ᄒ고 蜂蟻도 昆蟲을 制禦ᄒ며 蚯蚓蜈蚣을 氣殺ᄒ을 모르나 냐. 또 弱小타 ᄒ니 然則 隋兵百萬을 粉碎ᄒ은 누구며 唐帝 太宗을 射倒케 ᄒ은 何國이뇨. 나의 所 見으로는 上帝의 듀신 바너의 管下에 別로 不足ᄒ이 읍시나 都是 네가 后天의 惡習을 養成ᄒ야 滅 亡을 自取ᄒ이니 大槪 그 罪惡의 重點은 嫉妬와 陰害와 情化이라. 然故로 天與이 好時期는 不少ᄒ 얏시나 或은 分立鬪로 或은 姑息偸安으로 或은 朋黨軋轢으로다 粉失치 아니ᄒ고 무어시뇨. 古訓 에 일넛시되「天與不取反受其怏이라 ᄒ얏더던 況 且 自作之孼일가 보냐 그러ᄒ나 上帝는 至愛ᄒ 스 但只 晝夜로 네의 悔改ᄒ만 바라시거늘 哀홉다 너의 無知頑惡ᄒ 것들아 天意오 모르며 罪惡도 悔改치 아니ᄒ고 釜中之魚와 俎上之肉갓ᄒ 것들이 滿腹陰害와 盈天嫉妬로 上下相仇ᄒ며 遠近이 相 敵ᄒ고 左右相殘ᄒ며 前后가 相惡ᄒ야 彼此 仇視敵對로 더운 肝과 生피 먹기를 願ᄒ니 如此ᄒ고 야 滅亡치 아니ᄒ 者ㅣ 古今에 엇지 잇시리요."(旴然子,〈雜纂〉「拏山靈夢」,『대한학회월보』 2호, 1908.3.25, 54~55쪽)

144 이와 같은 유형으로는 「夢白頭山靈」(『낙동친목회학보』 4호, 1908.1.30), 「라산령몽」(『대한학 회월보』 2호, 1908.3.25), 「장원방령」(『태극학보』 21호, 1908.5.24)을 들 수 있는데, 이들 작품 은 각각 백두산, 한라산, 태백산의 신령들이 등장하여 고국을 걱정하며 대화를 나누는 내용이 등

형은 통합학회지인 『대한학회월보』, 개별학회지인 『태극학보』할 것 없이 비슷한 시기에 등장하고 있다. 이는 각 유학생 잡지가 서로 영향을 긴밀하게 맺고 있으며, 서사물의 경우에는 더욱 이러한 경향이 통합되어 비슷한 유형들이 실리고 있었던 것이다.

다만, 기존 유학생 잡지에 많이 등장하던 몽유록계 서사물을 싣고 있되, 표제에 대해서는 아직 구체적으로 분류되지 못하고, 〈잡찬〉, 〈문예〉, 〈잡록〉 등에 실리고 있었다. 실제 이러한 서사물에 대한 좀 더 명확한 분류는 최종 통합 잡지인 『대한흥학보』에서 이루어지기 시작했다. 『대한학회월보』는 이러한 최종 통합의 단계에 가기 위한 과도기적 단계로서 존재하며 개별 학회지들의 특징을 종합하고 통합하는 역할을 해내었던 것이다.

또한 역사 전기물, 몽유록계 서사물 외에도, 대화체 서사물 역시 일본 유학생 학회지에 가장 자주 등장하는 서사물 유형 중 하나이다. 전통적인 한문 문답을 활용한 것으로 기존 양식인 문답체에 국한문체를 사용하여 새로운 사상을 담아낸 형식이라 할 수 있다. 이 형식은 신문, 잡지 등에서 다양하게 활용되었지만, 특히 일본 유학생 잡지에서 활발하게 게재되었다.

그런데 각 학회지의 특징에 따라 이러한 대화체 서사물이 활용되는 양상은 조금씩 다른 모습을 보였다. 『태극학보』 등에 실린 대화체 서사물에는 구세대를 비판하거나 풍자하는 방식의 내용이 많았다.[145] 그런데 『대한학회월보』에서는 신구세대나 신구학문에 대한 내용도 있지만, 논설류에 많이 실렸던 외국 관계에 대한 내용이나 학회 통합에 대한 내용을 담아내고 있다.

장한다. 이들 작품의 유사성은 전은경의 「근대계몽기 학회지의 독자 인식과 서사적 실험」, 앞의 글, 269~274쪽 참고.

145 대표적으로 김찬영의 「老而不死」(『태극학보』 23호, 1908.7.24)와 이장자(耳長子)의 「巷說」(같은 호)을 들 수 있다. 『태극학보』에 실린 대화체 서사와 관련해서는 전은경, 『『태극학보』의 표제 기획과 소설 개념의 정립 과정」, 『국어국문학』 171, 국어국문학회, 2015, 631~633쪽 참고.

〈표 10〉『대한학회월보』에 실린 〈대화체 서사물〉 목록

호	연도	표제	저자	글제목	문체	내용
2	1908.3.25	演壇	朴海遠	新舊學辨	현토한문	신구학문 협력 필요
3	1908.4.25	雜纂	傍聽人 友古崔	甲乙會話	단어+구절	제국주의 비판
3	1908.4.25	雜纂	金湖主人	正當防衛의 問答	구절형	제국주의 비판
5	1908.6.25	演壇	柳承欽	在內外ᄒᆞ 我國現社會의 狀態에 對ᄒᆞ야 我의 所感	구절형	지역별 학회 통합 필요

〈표 10〉은 『대한학회월보』에 실린 대화체 서사물로서 박해원의 「신구학변」
은 『태극학보』에 실린 대화체 서사물처럼 신구 학문의 대립의 문제점과 협력을
촉구하고 있기도 하다. 그런데 3호에 실린 우고생 최린의 글과 금호주인의 글은
『대한학회월보』의 논설류에 많이 실렸던 국제 정세와 연관한 내용이었고, 나머
지 한 편은 유승흠의 글로 지역별 학회를 통합해야 할 필요성을 주장하는 내용
이었다. 이러한 글들은 논설류를 싣던 〈연단〉과 산문류인 〈잡찬〉에 실려 있다.
즉 논설류로 자신의 주장을 담은 글을 대화체 서사물에 녹여서 대변하고 있는
것이다.

(나) 을이 말하길, "들으니 한국의 금광 채굴권이 전부 외국인에게 넘어갔다는데, 한
국 사람이 금을 구경해 볼 수나 있겠나?"

갑이 대답하길, "기가 막힌 말일세. 황금이 근본 씨앗이 있나? 국민이 근면하고 절약
하며 실업이 발달하면, 집집마다 금밭이요, 사람마다 금광 아닌가."

을이 말하길, "오늘날의 세계는 곧 전쟁 중인 세계요, 오늘날의 국가는 곧 전쟁 중인
국가라. 내가 사람을 죽이지 않으면, 그들이 우리를 죽이니, 우리 동포의 앞날은 마땅
히 포연과 탄환 속에서 찾을 수밖에 없다."

갑이 대답하길, "진시황이 천하의 병기를 거두어들여 종과 금인鍾鼓金人을 주조했다
니, 참으로 영웅의 어리석은 짓일세."

을이 말하길, "나는 세계의 병기를 모아 충의의 검을 만들어, 나라를 팔아먹고 사리

근대계몽기 잡지의 로컬리티와 문학

사욕을 채우는 불충한 신하들과 남의 나라를 빼앗는 불한당 놈들을 한칼에 베고 싶네."

을이 말하길, "언론의 자유, 출판의 자유, 집회의 자유, 이 세 가지 자유는 인류 진화의 근본이다."

갑이 대답하길, "사람의 자유를 억압하는 무도한 자들은 문명의 야만이요, 사회의 공공의 적이네."

갑이 말하길, "인생 백년이 봄날의 꿈 한 장인데, 부모를 떠나 집을 떠나 무슨 일인가? 백발이 성성한 부모님과 아름다운 아내가 나를 보고 싶어 밤낮으로 우네. 공부가 무엇인가? 집 생각에 사람 미치겠네."

을이 말하길, "남자가 뜻을 세우고 국경을 넘어 유학을 마친 후, 훗날 귀국하여 사업에 종사하고, 나라를 중흥시키는 원훈이 되어 이화 태극장과 독립기념장을 좌우에 걸고 만세 소리 속에 귀가하면, 부모, 아내, 자식, 형제, 친구들이 손을 잡고 환영할 때, 대장부의 당당한 모습을 보게 되지 않겠나? 여보게, 쓸데없는 생각 말고 열심히 공부하게나."[146]

---

146 "乙曰 드른즉 韓國의 金鑛採掘權은 全歸外人호엿다니 韓國사람 金구경히 볼 수 잇나
　甲曰 긔가 막힌 말일세만은 黃金이 근본 種子잇나 國民이 勤儉節用호고 實業이 發達되면 家家金田이오 人人金鑛 그 아닌가. (…중략…)
　乙曰 今日之世界는 卽戰爭中世界오 今日之國家는 卽戰爭中國家라 非我殺人이오 人其殺我호니 凡我同胞의 前途生活은 맛당히 硝煙彈雨中에 求할 슈 박게는 (…중략…)
　甲曰 秦始皇이 天下兵器를 收入호여 鍾鼓金人을 鑄出호엿다니 참 英雄의 愚事
　乙曰 나는 世界兵器를 收合호여 忠義劍을 製作호야 賣國營私호는 不忠臣과 奪人國家호는 불안당 놈들 혼칼노
　乙曰 言論自由 出版自由 集會自由 三自由는 人類進化의 根本
　甲曰 人의 自由를 束縛호는 無道輩는 文明의 野蠻이오 社會의 公賊
　甲曰 人生百年이 春夢一場인데 離親去家 무슴 일고 鶴髮雨親玉顔新人 날 보고 십허 밤낮 우네 工夫가 무어신가 집생각에 스람 죽건네
　乙曰 男兒가 立志호고 出疆留學卒業혼 後 他日歸國事業하여 中興의 元勳으로 李花太極章과 獨立紀念章을 左右에 모라 차고 萬歲聲裏歸家호면 父母妻子兄弟故人 손 붓잡고 歡迎할 째 大丈夫의 進退行色 그 아니 堂堂혼가 여보게 쓸듸 업난 생각 말고 勤勤孜孜工夫하게."(傍聽人 友古崔(최린), 〈雜纂〉「甲乙會話」, 『대한학회월보』 3호, 1908.4.25, 42~43쪽)

(나)의 글은 최린의 「갑을회화甲乙會話」로 "방청인 우고최傍聽人 友古崔"라는 필명으로 게재되었다. 자신이 직접 쓴 글이 아니라 방청인, 즉 곁에서 들은 사람으로 표기한 이유는 그 내용 때문이다. 「갑을회화」에는 제국주의의 실태와 현재 국내 상황에 대한 신랄한 비판이 등장한다. 갑과 을의 대화를 보면, 한국의 금광채굴권이 모두 외인에게 넘어갔다는 내용으로 대화를 나누며 그 상황에 대해 기가 막힌다며 비판의 목소리를 낸다. 이뿐만 아니라 세계 병기를 수합 후 충의검을 제작하여 나라를 팔고 사적으로 경영하는 불충한 신하들과 나라를 빼앗는 불한당들을 한 칼에 베어버리고 싶다고까지 표현한다. 이에 더해 언론자유, 출판자유, 집회자유는 인류 진화의 근본인데 이를 구속하고 억압하는 것에 대해서도 적나라한 비판을 보여준다.[147]

이러한 정치적 발언 가운데에서도 갑과 을은 유학생으로서의 감정과 고민을 보여주고 있기도 하다. 가족들이 자신을 보고 싶어 밤낮 울고 있다거나 유학생 본인도 집 생각에 죽을 지경이라고 표현하는 등, 정치적 비판 속에서도 유학생으로서의 정체성과 개인적인 고민들이 녹아들어 있다. 그러나 이러한 고민도 유학 졸업 후 귀국하여 애국 애족을 위한 목적 아래 "쓸데없는 생각 말고 공부하라"라는 말로 자연스럽게 봉합된다.

(다) 손님이 말하길, "군에게 물을 일이 있어 찾아왔노라."

주인이 대답하길, "비록 내가 학식이 부족하나 아는 바대로 대답하리라."

손님이 묻길, "감히 군의 학문을 먼저 듣고자 하노라."

주인이 말하길, "나의 전공은 법률학이로라."

---

147 최린은 황실특파유학생으로 일본에 온 후, 일본 유학생 학회 등에서 이러한 정치의식을 논하는 글을 싣고 있었다. 비록 최린이 친일 행적을 벌이게 되지만, 근대계몽기 당대에는 이러한 유학생 학회 등에서 유학생들과 함께 애국 의식 및 정치의식을 성장시켰고, 이러한 경험이 이후 3.1운동에까지 가담할 수 있는 원동력으로 작용했을 것으로 보인다.

손님이 묻길, “그러면 형법상 정당방위라는 것이 있으며, 그 의미가 무엇인가?”

(…중략…)

손님이 이야기를 듣고 나서 다시 묻길, “그렇다면 국가 간에도 정당방위가 가능하겠는가?”

주인이 대답하길, “내가 아직 국제법은 배우지 않았으나, 법리적으로 논하면 반드시 있을 것이다. 왜냐하면, 형법상 정당방위를 인정하고 죄를 논하지 않는 것은 개인 간의 생명과 신체 방위 및 재산에 대한 특정한 침해에 관한 경우에 해당하니, 권리가 양립할 수 없을 때이다. 이로써

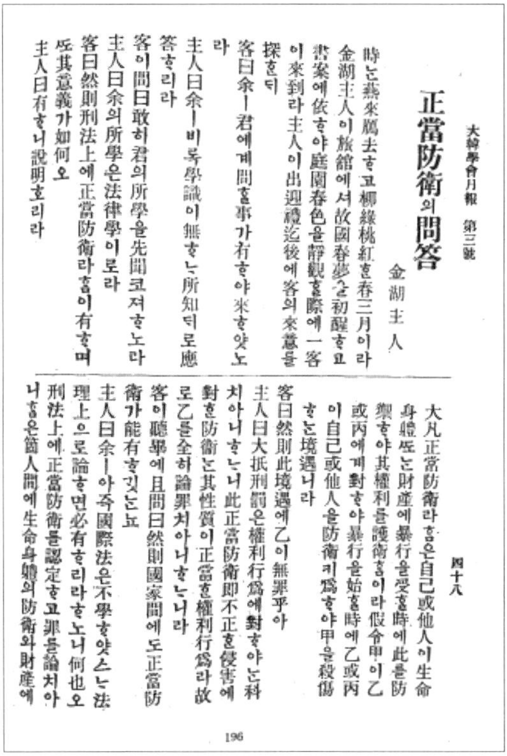
大韓學會月報 第三號

正當防衛의問答

金湖主人

時ᄂᆞᆫ燕來鴈去ᄒᆞ고柳綠桃紅ᄒᆞᆫ春三月이라金湖主人이旅館에셔故國春夢을初醒ᄒᆞ고書案에依ᄒᆞ야庭園春色을靜觀ᄒᆞᆯ際에一客이來到라主人이出迎禮迄後에客의來意를探ᄒᆞᆫ딕

客曰余ㅣ君에게問ᄒᆞᆯ事가有ᄒᆞ야來ᄒᆞ얏노라

主人曰余ㅣ비록學識이無ᄒᆞᄂᆞ所知딕로應答ᄒᆞ리라

客이問曰敢히君의所學을先聞코져ᄒᆞ노라

主人曰余의所學은法律學이로라

客曰然則刑法上에正當防衛라ᄒᆞᆷ이有ᄒᆞ며ᄯᅩ其意義가如何오

主人曰有ᄒᆞ니說明ᄒᆞ리라

大凡正當防衛라ᄒᆞᆷ은自己或他人이生命身體ᄯᅩᄂᆞᆫ財産에暴行을受ᄒᆞᆯ時에此를防禦ᄒᆞ야其權利를護衛ᄒᆞᆷ이라假令甲이乙或丙에게對ᄒᆞ야暴行을始ᄒᆞᆯ時에乙或丙이自己或他人을防衛키爲ᄒᆞ야甲을殺傷ᄒᆞᄂᆞᆫ境遇니라

客曰然則此境遇에乙이無罪乎아

主人曰大抵刑罰은權利行爲에對ᄒᆞ야ᄂᆞᆫ科치아니ᄒᆞᄂᆞ니此正當防衛即不正ᄒᆞᆫ侵害에對ᄒᆞᆫ防衛ᄂᆞᆫ其性質이正當ᄒᆞᆫ權利行爲라故로乙을全히論罪치아니ᄒᆞᄂᆞ니라

客이聽畢에且問曰然則國家間에도正當防衛가能有ᄒᆞᆯ깃ᄂᆞᆫ뇨

主人曰余ㅣ아즉國際法은不學ᄒᆞ얏스ᄂᆞ法理上으로論ᄒᆞ면必有ᄒᆞ리라ᄒᆞ노니何也오刑法上에正當防衛를認定ᄒᆞ고罪를論치아니ᄒᆞᆷ은箇人間에生命身體의防衛와財産에

四十八

196

〈사진 12〉 금호주인의 「정당방위의 문답」

추측컨대, 모든 국가는 일정한 영토를 기초로 하고 통치 조직을 가진 인류의 공동체이다. 만약 갑국이 을국의 영토를 침탈하거나 통치권을 침해하면, 이는 개인 간의 생명과 신체 및 재산을 침해하는 것과 조금도 다를 바 없고, 오히려 그 위해의 범위가 넓고 정도가 더 높을 것이다. 시험해서 보라. 홍인종이 백인종에게 영토를 침탈당한 후 멸종할 위기에 처했고, 인도의 2억 만의 인구가 영국에게 통치권을 침해당한 후 하루아침에 자유를 잃고 노예가 되었다.

이때 인도와 홍인들도 능히 이 침탈과 침해를 당하지 않고, 도리어 침탈과 침해의 행위가 있었다 하더라도, 이는 국가 간의 정당한 권리 행위라 인정될 것이니, 열강이 이를 지켜보고 국제법이 이를 기록하더라도 감히 누가 비난하겠는가? 이것이 곧 법리상으로 관찰한 바 개인 간의 정당방위를 인정함과 같은 점이다. 그러므로 나는 국제 관계

에서도 정당방위가 반드시 존재할 것이라 하노라."[148]

(다)는 금호주인金湖主人이 쓴 「정당방위의 문답」이라는 글의 일부이다. 어느 봄날 주인에게 한 객이 찾아와서 질문을 하고, 이에 대해 주인이 대답하는 구조로 되어 있다. 주인이 법률학을 전공하고 있어서 이와 관련하여 객이 질문을 하는데, 형법상의 개인간 정당방위에 대한 법률을 묻는다. 객은 이에 더 나아가 국제법상 정당방위까지 질문하게 되는데, 주인은 이 국제법상 정당방위의 당위성에 대해서 주장한다. 특히 인도와 영국으로 대표되는 제국주의의 식민지 정책에 대해서 구체적으로 예를 들어 설명한다. 홍인종이 백인종에게 토지를 빼앗기고, 인도의 이억만 인중人衆이 영국에게 통치권을 침탈당하여 자유가 없는 노예가 되었다는 것이다. 따라서 이러한 경우 인도 역시 개인의 정당방위와 같이 강대국의 침해를 받지 않도록 공격할 수 있음을 주장하고 있다.

이러한 주인의 발언에 대해 객은 "我大韓帝國이 正히 印度와 紅人의 慘狀과 如혼 境遇에 漸至ᄒ니 方今 我의 法益을 保全키 爲ᄒ야 彼의 法益을 侵害ᄒ야도 可乎

---

[148] "客曰 余ㅣ 君에게 問홀 事가 有ᄒ야 來ᄒ얏노라. 主人曰 余ㅣ 비록 學識이 無ᄒᄂ 所知되로 應答ᄒ리라. 客이 問曰 敢히 君의 所學을 先聞코져 ᄒ노라. 主人曰 余의 所學은 法律學이로라. 客이 然則 刑法上에 正當防衛라 홈이 有ᄒ며 또 其 意義가 如何오. (…중략…) 客이 聽畢에 且問曰 然則 國家間에도 正當防衛가 能히 有ᄒ잇ᄂ뇨. 主人曰 余ㅣ 아즉 國際法은 不學ᄒ얏스ᄂ 法理上으로 論ᄒ면 必有ᄒ리라 ᄒ노니 何也오 刑法上에 正正當防衛를 認定ᄒ고 罪를 論치 아니홈은 箇人間에 生命身體防衛와 財産에 對혼 特種侵害에 關혼 境遇에 有ᄒ니 權利가 兩立을 不得홀 時라 此로써 推想컨딕 凡 國家ᄂ 一定혼 土地를 基礎ᄒ고 統治組織을 有혼 人類의 共同團體라 萬若 甲國이 乙國의 土地를 侵奪ᄒ거ᄂ 或 統治權을 侵害ᄒ면 此ᄂ 箇人間에 生命과 身體와 財産을 侵害홈과 毫毛도 相異홈이 無ᄒ고 오히려 其 危害의 範圍가 廣闊ᄒ고 程度가 邃高ᄒ리니 試見ᄒ라 紅人種이 白人種에게 土地를 侵奪혼 後 滅種홀 地境에 當ᄒ얏고 印度의 二億萬 人衆이 英國에게 統治權을 侵害혼 後 一朝에 自由가 無ᄒ고 奴隷가 되얏도다. 此時에 印度와 紅人으로도 能히 此 侵奪과 此 侵害를 受티 아니ᄒ고 反히 侵奪과 侵害의 行爲가 有ᄒ얏슬지라도 此ᄂ 國家間에 正當혼 權利行爲라 認定홀지니 列國이 目視ᄒ고 公法이 條載홀들 敢히 誰가 非難ᄒ리오 此가 卽 法理上으로 觀察혼 바 箇人間에 正當防衛를 認定홈과 如혼 點이라 故로 余ᄂ 國際間에도 正當防衛가 必有ᄒ리라 ᄒ노라."(金湖主人, 〈雜纂〉「正當防衛의 問答」, 『대한학회월보』 3호, 1908.4.25, 48~49쪽)

아"라며 대한제국의 상황이 인도와 영국의 참상과 같은데, 우리의 법익을 보존하기 위해 타인의 법익을 침해해도 좋으냐고 질문한다. 그러나 주인이 이에 대해서는 대답하지 않아서 객이 화를 내자, 주인은 "客은 深思ᄒ라 越王句踐의 雪恥와 合衆國華盛頓의 成功이 相當ᄒ 準備가 有ᄒ 後ᄂ니라."라고 하며 섣불리 움직일 수 없는 이유를 월왕 구천의 고사와 미합중국 화성돈의 성공을 예로 들어 설명한다.[149] 즉 월왕 구천이 먼저 공격해서 패한 후 와신상담하며 준비한 경험과 워싱턴의 성공 경험이 모두 상당한 준비가 있은 후라는 점을 강조한다. 실제 국제 관계, 즉 제국주의의 식민 정책을 명확히 이해하면서 대한제국의 위험한 상황을 신랄하게 비판하며 보여주지만, 이와 동시에 교육적 준비에 대해서 강조하고 있는 것이다. 이러한 면은 역사 전기물에서 외국 역사 인물을 보여주던 것과 마찬가지로 국제 정세 속에서 우리의 입장을 확인하고, 더 나아가 외국의 독립을 위해 일했던 인물의 본을 가져와 경각심과 더불어 애국심을 고취시키고자 했다.

이처럼 일본 유학생들이 통합하고자 한 의지와 정치적 비판 의식을『대한학회월보』라는 통합 학회지를 통해 발현하고 실험하며 새로운 문예의 장을 이끌어 오고 있었다고 할 수 있을 것이다. 또 이렇게 통합을 지향했던『대한학회월보』는 이후 최종적으로 통합된『대한흥학보』에 거의 유사한 형태로 영향을 끼침으로써, 각 유학생 잡지가 서로 영향을 주며 섞여드는 가운데 새로운 문예 역시 서서히 등장하기 시작했다고 할 수 있다. 따라서『대한흥학보』에 표제로〈소설〉이 등장하기까지 일본 유학생 잡지들의 다양한 통합 노력이 있었고, 그 과도기적 사이에『대한학회월보』가 다양한 양식의 서사물을 실음으로써, 이를『대한흥학보』에까지 이르도록 역할을 한 것이라 볼 수 있을 것이다.

---

149 「정당방위의 문답」, 위의 글, 49쪽.

5) 통합 정신의 구현과 양식적 접합

『대한학회월보』는 1908년 1월에 대한유학생회, 낙동친목회, 호남학회가 통합하여 설립된 대한학회의 기관지였다. 『대한학회월보』는 1908년 2월 25일 창간호부터 1908년 11월 25일 9호까지 발간되었고, 전체 일본 유학생회가 통합한 대한흥학회가 등장하면서 종간되었다. 대한유학생회가 어느 정도 일본 유학생회의 단합을 이루기는 했으나 실제적인 단체의 통합은 대한학회부터 시작되었다. 비록 태극학회와 공수학회는 통합되지 못했으나, 지속적으로 통합 노력을 기울여 1909년 1월에 대한흥학회를 설립하고 전체 일본 유학생회 통합을 이루게 되었다.

이러한 통합의 정신이 『대한학회월보』에 상당히 구체적으로 담아내고 있다. 실제로 『대한학회월보』의 논설류의 글에서는 유학생회 통합에 대한 의지뿐만 아니라, 국내 정치의 붕당과 분열에 대한 문제의식 역시 드러난다. 즉 유학생회의 통합이 국내 정치의 문제점에 대한 분석과 대안과도 연관되어 있었다. 국민 정신의 단합과 통합으로 제국주의 국제 정세에 맞설 수 있다고 파악했던 것이다. 따라서 『대한학회월보』에서는 제국주의적인 국제 정세에 대한 파악과 국내 정치에 대한 신랄한 비판, 또 국내·국외 지식인들의 통합적 활동 등에 대해서 지속적으로 강조하고 있다.

이러한 통합의 의지는 표제의 분류를 통해서도 드러나게 된다. 먼저 역사 전기물의 경우, 『태극학보』나 『공수학보』 등에서 〈잡찬〉 등에 실리고 있었는데, 여러 단체의 연합을 이루었던 『대한유학생학보』에서 〈사전〉 양식에 실은 후, 이를 『낙동친목회학보』, 『대한학회월보』가 따름으로써 최종 통합 학회지인 『대한흥학보』까지 이르게 된다. 또 이들 역사 전기물은 국내의 역사적 인물도 실렸지만, 주로 외국의 역사적 인물을 소개하여 국제 정세 속에서 국가적 사명을 다하고자 했다.

또한 몽유록계 서사물 역시 당대 일본 유학생 잡지에 많이 실렸는데, 국내 산의 신령이 나타나 가르침을 주는 방식으로 비슷한 형태가 반복되며 실렸다. 이 역시 그 당대 일본 유학생들이 주로 활용하던 서사물의 형태를 반영하는 것으로 각 학회지가 서로 영향을 주는 가운데 통합 학회지에 몽유록계 특징을 분명히 드러내 주고 있는 것이다.

마지막 유형인 대화체 서사물의 경우 역시 일본 유학생 잡지에 많이 실린 형태였다. 다만 이 유형은 각 학회지의 특징에 따라 그 의도를 담아내는 도구로 활용되었다.『태극학보』가 구세대 비판, 구습 비판 등에 대화체 서사를 활용했다면, 통합 학회인『대한학회월보』에서는 학회 통합의 의지를 보여주는 도구로 활용하였다. 동시에 국제 정세를 보여주고, 외국의 역사적 인물을 본받고자 하는 교육적 형태로 등장하기도 했다.

결국『대한학회월보』는 여러 유학생회를 통합하며 각 유학생회의 양식적 특징을 접합하면서도 다양한 서사를 실험할 수 있는 문예의 장으로서도 기능하고 있었다. 일본 유학생들이 많이 활용했던 역사 전기물, 몽유록계 서사류, 대화체 서사류를 활용하여 당대 서사물의 집산지로서의 역할을 해주었다. 또 그 가운데 통합 학회인『대한흥학보』로 가는 과도기적 학회로서 각 학회의 특징을 통합하여 표현해내고, 이를 바탕으로『대한흥학보』에서〈소설〉표제가 등장하기까지 그 중간과정 속에서 새로운 문학, 근대의 문학을 추동해 오는 역할을 감당해왔다고 할 수 있을 것이다. 이러한 문학적 장치와 실험은『대한흥학보』로 이어지면서 근대문학을 탄생시키는 계기로 작동했다고 볼 수 있다.

5. 일본 유학생회 전체 통합 잡지
—『대한흥학보』 1909.3.20~1910.5.20

『대한흥학보』는 일본 유학생회가 완전히 통합되어 이룬 대한흥학회의 기관지였다. 일본에 유학을 간 대한제국의 청년들은 유학생회를 통합하고자 지속적으로 노력해왔다. 주 활동 학회를 두고 연대와 대표 모임의 성격을 띠었던 대한유학생회로부터, 부분 통합의 단계까지 갔던 대한학회에서, 다시 전체 통합을 이룬 것이 바로 대한흥학회였다.

『대한흥학보』에 대한 연구는 신문 잡지의 관점에서 살펴보거나 이광수의 초창기 단편 문학에 한정되어 왔다. 『대한흥학보』는 유학생 잡지이면서 동시에 이 잡지의 구성원이었던 유학생들이 조선으로 돌아와서 사회 전반에 주요한 역할들을 했으며, 20년대 이후 식민지 조선에서 근대문단을 형성했다. 그런 점에서 볼 때, 『대한흥학보』를 단순히 잡지나 매체의 입장에서만 연구할 것이 아니라 문학, 문단 형성과의 연관 관계 속에서 살펴볼 필요가 있다.[150]

사실 문단은 작가와 작품만이 존재하는 공간이 아니라 그것을 향유하며 소통하는 독자가 중요하게 자리잡고 있다. 또한 이 독자들은 과거로부터 이어져오며, '지금, 여기'에 집중하며 변화해가고 있고, 작가와 작품에 상호교통을 통해서 끊임없이 영향을 미치고 있기도 하다. 따라서 독자를 연구하는 것은 근대문학, 근대 문단 전체를 제대로 파악하여 문학사를 새롭게 저술할 수 있게 하는 것이다.

근대독자의 출현을 살피기 위해서는 이러한 지식인 잡지를 통해서 그 당대 지식인들의 관심사와 고민들을 살펴보아야 한다. 또한 『대한흥학보』에 글을 실은 인물들은 거의 유학생들이었고, 글을 싣는 주체자임과 동시에 글을 읽는 독자이기도 했다. 덧붙여 여기에 실린 글들 역시 이러한 독자이자 필자였던 지식인들

---

150 『대한흥학보』 자체에 대한 연구는 최경숙, 「「大韓興學會」에 대하여」(『부산외국어대학 논문집』 제3집, 1985.2); 이미림, 「대한흥학회에 관한 연구」(숙명여대 석사논문, 1987)를 들 수 있다.

〈사진 13〉『대한흥학보』 창간호의 표지와 차례

의 공감 속에 형성된 것이다. 이러한 풍토 속에서 이광수 등의 유학생 작가 역시 등장했음에 주목해볼 필요가 있다. 이는 다시 말해 이광수의 글 역시 이『대한흥학보』라는 잡지 매체와의 관계 속에서 살펴보아야 한다는 것이다. 작가의 출현은 그 작가 개인의 천재적인 능력도 중요하지만, 그 당대 토대와 연관되지 않을 수 없다. 즉 개인의 능력에 앞서 이러한 유학생 작가들이 등장할 수 있었던 배경을 독자의 토대를 통해서 살피고자 한다. 결국 이광수 역시 독자이자 필자라는 새로운 관점에서 바라봄으로써 결과적으로는 그 당대 문학 독자들의 형성 과정을 들여다볼 수 있는 하나의 계기가 될 수 있을 것이다.

따라서 제5절에서는 다음과 같은 문제에 집중해서 논의를 풀어가고자 한다. 첫째,『대한흥학보』를 구성하는 독자이자 필자인 지식인들의 관심사 및 경향을 분석할 것이다. 이를 통해 그 당대 지식인 독자들, 문학의 독자로 이행될 수 있는 가능태로서의 독자들을 살필 수 있을 것이다. 둘째, 문학이나 문학 비평적 글의 내용을 분석하여 이러한 부분들이 독자들에게 어떤 영향을 끼쳤는지 살펴볼 것이다. 이는 필자와 독자의 상호교통적 차원에서 설명될 필요가 있다. 왜냐하면 필자 역시 독자들과 그 당대 유학생들과의 교호작용 속에서 집필을 할 것이기 때문이다. 셋째, 『대한흥학보』에 소설을 분석하면서 이를 『대한흥학보』의 전체 매체적 성격과 비교 분석하고자 한다. 이는 『대한흥학보』라는 잡지가 어떻게 문학을 배태시키고, 또한 문학 독자의 형성에 영향을 끼치고 있는지를 설명할 수 있는 계기가 될 수 있을 것이다. 최종적으로 이러한 잡지 연구가 근대계몽기 근대 독자의 발현과 형성이라는 차원에서 확대 발전되기를 기대한다.

1) 『대한흥학보』의 '상호교통의 장'으로서의 역할과 통합 학회의 특징

대한흥학회는 1895년 4월 결성된 대조선인일본유학생친목회 이래 최초의 일본 유학생회의 통합 학회라 할 수 있다. 즉 어느 정도 부분 통합을 이루었던 〈대한학회〉와, 〈태극학회〉, 〈공진회〉, 〈연구회〉 등 총 4개의 유학생회가 통합하여 만든 학회였다. 대한흥학회의 학회지인 『대한흥학보』는 1909년 3월 20일부터 1910년 5월 20일까지 총 13호가 간행되었다.

예로부터 우리 한국 동포가 일본에 유학한 자가 그 경력을 추적해보면 삼십 년의 세월을 넘어가고, 그 수를 논하면 수천 명의 인원을 더렸으나, 이 땅에 건너올 때 반드시 지원과 목적이 있었으리라. 그러나 과연 학문을 성취한 자가 몇 명이며, 또 귀국하여 배운 바를 펼쳐 사업에 이바지한 자가 몇 명인지 모두 알지 못한다. 그러하나 우리 한국 동포가 이 땅에 와서 유학한 자가 옛날부터 지금까지 학생의 모임을 설립한 일이 적지 않으니 그 주된 뜻은 국외로 나온 동포를 위해 학업을 서로 권장하고 환난을 서로 도와주는 것을 표준으로 하였으나, 그 회명은 시기에 따라 변하여 확정된 것이 없었다. 그런데 최근 사오 년 이래로 국내의 동포 중 이 땅에 유학 온 자의 수가 배가 되어 칠팔백 명에 이르렀다. 혹은 국내 지방에서 자라난 생활 차이로 인해 서로 소통하지 못하고 취미가 맞지 않아 분파를 이루어 각기 주의를 지켜 용납하고 화합하여 혼성 단결하지 못한 바가 삼사 년의 세월을 이미 보냈으나, 그 각 회의 설립된 것을 들자면 태극회, 대한학회, 공수회, 연학회 등이 있다.[151]

위의 글은 『대한흥학보』1호에 실린 「보설報說」이라는 글로, 최근 사오 년 이래로 일본에 유학 온 학생 수가 700~800명에 이르고 있다며, 유학생 수가 배로 뛰었음을 설명한다. 그러나 이렇게 많은 수의 학생들이 일본으로 유학을 오고 있으나, 출신 지역에 따른 차이로 서로 소통도 하지 못하고, 취미도 맞지 않아, 서로 통합되지 못했음을 한탄한다. 이는 통합에 대한 의지를 역으로 밝히고 있는 것이기도 하다.

사람이란 무리를 떠나 독립할 수 없고, 지식은 날마다 증장하는 것이므로, 지난날 국내의 유지군자들로 하여금 말로 탄식하고 입술과 혀가 마르도록 비평이 소란스럽게 하던 우리 유학생계의 태극회, 대한회, 공수회, 연학회 등의 각 회원이 지난 겨울부터 한 목소리로 허심탄회하게 충고하여 합회의 논의가 도처에 퍼지게 되어 마침내 융희 3년 1월에 각 회가 총합한 결과로 대한흥학회를 설립하게 되었다. 이는 우리 한국 동포가 일본에 유학한 역사가 진행된 이래로 오늘과 같이 원만한 대단체가 집회함은 실로

---

151 위의 인용문은 번역한 것으로 원문은 다음과 같다. "由來로 我韓同胞의 日本國에 留學ᄒ 者ㅣ 其 經歷을 推ᄒ면 三十年의 日月을 跨ᄒ고 多少를 論ᄒ면 數千人의 員額을 添ᄒ얏스나 其 此邦에 渡來ᄒ을 際ᄒ야 반다시 志願과 目的이 有ᄒ려니와 果然 能히 學術을 成就ᄒ 者ㅣ 幾人이며 又 歸國ᄒ민 學習ᄒ 바를 展布ᄒ야 事業上에 施措ᄒ 者ㅣ 幾人이 되ᄂ지 皆 不知ᄒ거니와 然ᄒ나 我韓同胞의 此土에 旅食ᄒ 者ㅣ 伊昔으로 從ᄒ야 于今에 至ᄒ기ᄭ지 學生의 會를 設立ᄒ 事가 자못 虛日이 無ᄒᄂ 要컨디 其主意ᄂ 出疆ᄒ 同胞를 爲ᄒ야 學業을 相勸ᄒ고 患難을 相救ᄒ기로 標準ᄒ이로디 但 其 會名은 隨時 變更ᄒ야 確正ᄒ 歸着이 元無ᄒ더니 挽近 四五年 以來로 內國의 同胞가 此邦에 負笈遠遊ᄒ 者ㅣ 歐數倍加ᄒ야 七八百人의 多에 及ᄒ민 或 內國地方의 生長居住가 相與懸隔ᄒ을 因ᄒ야 聲氣가 交通치 못ᄒ고 趣味가 齟齬ᄒ 바를 免치 못ᄒ야 分門竪幟에 各守主義ᄒ야 容忍相和ᄒ야 混成團結치 못ᄒ 바ㅣ 三數年의 星霜을 已閱ᄒ엿스나 其 各會의 成立ᄒ 者를 擧數ᄒ건디 曰 太極會 曰 大韓學會 曰 共修會 曰 硏學會 等이 是라."(「報說」, 『대한흥학보』1호, 1909. 3. 2, 2쪽)

일찍이 없었던 성대한 행사라 할 것이다.[152]

갑자기 유학생 수가 배로 증가함에 따라 통합 단체에 대한 필요성을 절실히 느낀 상황에서 드디어 대한흥학회가 성립되었음을 선포한다. 사실 일본 유학생회 전체 통합 단체에 대한 요구는 국내에서도 있었음을 시사하고 있다. 이 문제로 인해 비평이 마르지 않았다고 하면서, 결국 유학생계에서 큰 결단을 내리고 마침내 통합하게 되었다는 것이다. 실제로 일본에 유학을 가기 시작한 이래로 이렇게 유학생 전체가 모인 것은 처음이라고 스스로 평가내리고 있다. 사실 대한흥학회라는 조직의 성립은 "그동안 일본유학생들 간의 분파적 학회 조직을 지양하고 병합적 대단체를 조성"한 점과 "이와 같은 집단적, 단체적인 언론표현기관을 갖추게" 됨으로써 영향력 있는 "언론적 가치"를 지닌다는 점에서 그 의의가 크다고 할 수 있다.[153]

대체로 학문이란 것은 시세를 따라 시무^{時務}의 학문이 있는 법인데, 현재의 풍조를 알지 못하고 어찌 시무에 적합한 학문을 알 수 있으리요. 이 때문에 청년 우리들이 분연히 해외로 날아가 유학한 지 여러 해가 되었으나, 다만 실제적인 연구가 없었음은 가히 부끄럽게 여기는 바이지만, 자그마한 소망이 국내 동포와 더불어 문명에 함께 나아가고자 학회를 조직하고 학보를 발간하여 여러 동포들의 사랑을 받아왔다. (…중략…) 우리는 다만 자신의 학술을 증진하며 동포들의 지덕을 계발하고자 본회를 설립

---

152 "意라 人類는 離群獨立치 안코 知識은 逐日 增長ᄒᆞᄂᆞᆫ 故로 曩日에 內國의 有志君子로 ᄒᆞ여금 言辭가 呑嗟ᄒᆞ고 唇舌이 焦勞토록 批評이 喧騰케 ᄒᆞ던 我留學生界의 曰 太極 曰 大韓, 曰 共修, 曰 硏學 等 各會會員이 粤自昨年冬으로부터 一口同聲에 虛心忠告ᄒᆞ야 合會의 議論이 到處에 唱道ᄒᆞ야 맛침ᄂᆡ 隆熙 三年 一月에 各會가 摠合ᄒᆞᆫ 結果로 大韓興學會를 成立ᄒᆞ엿스니 此는 我韓同胞가 日本國에 留學ᄒᆞᆫ 歷史가 有ᄒᆞᆫ 以後로 今日과 如히 圓滿ᄒᆞᆫ 大團體가 集會홈은 實노 未曾有ᄒᆞᆫ 盛擧로 稱홀지로다."(「報說」,『대한흥학보』1호, 1909.3.20, 3쪽)
153 백순재,「대한흥학보 해제」, 한국학문헌연구회 편,『한국개화기학술지 21』영인본, 서울 아세아문화사, 1978, 5~6쪽.

한 것인데, 혹자는 본회의 취지가 단순히 이러하다면 흥학興學이라는 두 글자의 명의가 과하다 할지 모르나, 이는 진정한 뜻을 모르는 사람의 말이다. 만약 오늘날 시대에 일반 동포의 지덕을 계발하지 못한다면 유신維新한 학문을 흥왕興旺하게 할 능력이 미치지 못할 것이다. 본회의 취지는 곧 흥학의 기반이라. 우리 회원들이 심력을 합동하며 소리를 연계하여 본회의 목적을 이루면 조국의 문명하고 부강함을 기대할 수 있을 것이니, 힘쓰고 힘쓰시기를 천만 번 간절히 바란다.[154]

「대한흥학보 취지서」를 보면, 대한흥학회를 설립한 목적이 드러난다. 먼저 흩어져 있는 학생들이 연합하여 하나의 단체로 총력을 다하기 위함이고, 둘째, 학문이라는 것은 시세를 따라 시무의 배움이 있어야 하기 때문에 이러한 시대의 문명에 함께 나아가고자 학회를 조직하고 학보를 발행하게 되었다는 것이다. 결국 자신의 학술을 성장시켜 고국 동포의 지덕을 계발하고자 하는 것이 대한흥학회의 취지였다. 즉 개인의 학문을 성장시키고 흥하게 하여 이로 말미암아 고국에도 그러한 학문이 미칠 수 있도록 하여 조국을 문명 부강하게 만든다는 애국적인 목적이었다고 할 수 있다.

「투고의 주의」

본보는 제국 동포의 학술과 지덕을 발전시키는 기관이므로, 우리 모든 회원은 본보

---

154 "大抵 學問이란 者ᄂᆞᆫ 時勢를 隨ᄒᆞ야 時務의 學이 有ᄒᆞ거ᄂᆞᆯ 現時에 風潮를 不覺ᄒᆞ고 웃지 時務에 適合ᄒᆞᆫ 學問을 知得ᄒᆞ리요 是ᄅᆞᆯ 由ᄒᆞ야 靑年 吾輩가 奮然히 海外에 飛渡ᄒᆞ야 遊學의 年所가 已有ᄒᆞ나 但 實地의 硏究가 未有ᄒᆞᆷ은 竊自愧歎ᄒᆞᆯ 바이로딕 區區 微衷이 內地同胞로 더부러 文明에 共進코자 ᄒᆞ야 學會를 組織ᄒᆞ고 學報를 發刊ᄒᆞ야 諸位 同胞의 愛讀을 已被ᄒᆞ야ᄉᆞ니 (…중략…) 輩ᄂᆞᆫ 但히 自己의 學術을 增長ᄒᆞ며 同胞의 智德을 啓發코자 ᄒᆞ야 本會를 成立ᄒᆞᆯ 바라 或者의 議論이 本會의 趣旨가 單純히 右와 如ᄒᆞ면 興學 二字의 名義가 過度ᄒᆞᆯ 듯ᄒᆞ다 할지나 此ᄂᆞᆫ 全鼎의 味를 知ᄒᆞᆫ 者의 言이 아니라 若 或 今日時代에 一般同胞의 智德을 啓發치 못ᄒᆞ면 維新ᄒᆞᆫ 學問을 興旺케 ᄒᆞᆯ 能力이 不及ᄒᆞ리니 本會의 趣旨ᄂᆞᆫ 卽 興學의 基因이라. 抑我 一般會員이 心力을 合同ᄒᆞ며 聲氣를 連絡ᄒᆞ야 本會의 目的을 期達ᄒᆞ면 祖國의 文明富强ᄒᆞᆷ을 指目可待ᄒᆞ ᄒᆞ리니 勉旃勉旃ᄒᆞᆫ 심을 千萬切盼." (「大韓興學報 趣旨書」, 『대한흥학보』, 1호, 1909.3.20, 1쪽)

를 편집하는 데 십분 방편의 특별한 마음을 더하여 매월 초 5일 이내에 원고를 편집부로 보내주시기를 정중히 요청함.

- 원고료 : 논설, 학술, 문예, 사조詞藻, 잡저雜著
- 원고 용지 양식 : 인쇄 10문지, 세로 34자, 가로 17자
- 정서精寫 및 오류 방지 : 해서楷書로 정확히 작성
- 통신 편리 : 성명, 거주
- 편집 권한 : 가필加筆 및 삭제, 보충, 비평, 게재 중단
- 투고 규정 : 회원 외에는 각 투서 게재한 당호 한 부씩 송부함[155]

「본보의 증정」

본보는 본 회원, 각 사회, 각 학교에는 물론하고 제국 동포의 국내외에 거주하는 유지 여러 분으로 3원 이상 찬성금을 보내주시면 무상으로 송부함. (3원 이하는 해당 금액에 상응하는 호수까지)[156]

『대한흥학보』 1호 앞면에는 매달 초 5일 이내에 작문 원고를 편찬부로 보내

---

155 「投書의 注意」 本報는 帝國同胞의 學術과 知德을 發展ᄒᆞ는 機關이온즉 惟我 僉位會員은 本報를 編纂ᄒᆞ는되 十分方便의 另念을 特加 ᄒᆞ오셔 每月初 五日以內 作文原稿를 編纂部로 送交ᄒᆞ심을 敬要홈
- 原稿料 論說, 學術, 文藝, 詞藻, 雜著
- 用紙式樣 印刷十文紙, 縱行三十四字, 橫行十七字
- 精寫免誤 楷書
- 通信便利 姓名, 居住
- 編輯權限 筆削, 添補, 批評, 停載
- 送呈規列 會員外에는 刻投書揭載혼 堂號一部式 送呈홈"(「投書의 注意」, 『대한흥학보』, 1호, 1909.3.20, 앞면 광고)

156 「本報의 進呈」 本報는 本會員 各社會 各學校에는 勿論하고 帝國同胞의 內外國에 在한 有志諸氏로 三圓以上 贊成金"(三圓以下는 相當한 號數까지)이 有한 時는 無價送呈홈 (「本報의 進呈」, 『대한흥학보』, 1호, 1909.3.20, 앞면 광고)

달라는 투서 모집 광고인 「투서의 주의」가 실려 있다. 『대한흥학보』는 제국 동포의 학술과 지덕을 발전시키는 기관이므로 모든 회원들이 회보를 발행하는 데 참여하고 도와달라는 내용으로, 회원의 경우에는 논설論說, 학술學術, 문예文藝, 사조詞藻, 잡저雜著에 대해 원고료가 지급되고, 비회원의 경우에는 투서를 보내 게재하게 되면 당호 한 부씩 발송해 준다는 문구를 덧붙여두었다. 또한 국내외 동포 모두를 독자 대상으로 삼으며, 찬성금을 낸다면 무료 배송해주겠다는 언급도 하고 있다. 따라서 『대한흥학보』는 유학생, 조선의 지식인들까지 모두 포함한 국내외의 지식인들을 독자로 상정하고 있음을 알 수 있다.

그런데 실제로 『대한흥학보』는 처음부터 유학생 단체의 통합 학회의 잡지였기 때문에 독자가 분명했다. 필자이자 독자 중 가장 주된 대상은 바로 일본에 유학하고 있는 유학생들이었다. 따라서 『대한흥학보』에 글을 싣는 필자들도 유학생들이 대부분이었다.

〈표 1〉 『대한흥학보』 필자 게재 횟수 및 전체 저자 수(번역 제외)

게재 횟수	인원(명)
1번	86명
2번	18명
3번	12명
4번	4명(편집인 1명 포함)
5번	2명
6번	3명
7번	2명
8번	1명
13번	1명
총 인원	129명

이 중 2회 실은 저자명은 HS生, KM生, SK生, 강원영姜元永, 근아芹野, 김낙영金洛泳, 김성목金聖睦, 김영기金永基, 김원극金源極, 연사생蓮史生 이은우李恩雨, 가석 김대용可石 李大容, 무일無逸, 박성회朴聖會, 수잠壽岑, 유아有我, 정경윤鄭敬潤, 최호선崔浩善, 욕우생 홍명희欲愚生 洪命憙 등 총 18명이었고, 3회 실은 인물은 곽한탁郭漢倬, 구자국具滋

旭, 김하구金河球, 노정학盧庭鶴, 이혁李赫, 두산인 윤정하斗山人 尹定夏, 동은생 윤치진東隱生 尹台鎭, 오덕영吳悳泳, 최석하崔錫夏, 취정翠汀, 한광호韓光鎬, 홍수일洪鑄一 등 총 12명이었다. 4회는 강전姜筌, 박해원朴海遠, 추농 조남직秋濃 趙南稷, 그리고 이름을 밝히지 않고 편집인編輯人이라는 이름으로 실어 총 4명이었다. 5회 실은 인물은 운초생 지성연雲樵生 池成沇,[157] 추관생 고원훈秋觀生 高元勳으로 2명이었고, 6회를 실은 인물은 벽인 김기환碧人 金淇驩, 이보경李寶鏡과 고주孤舟라는 이름으로 게재한 이광수, 만양생 한흥교挽洋生 韓興教로 3명이었다. 7회를 실은 해견생 강매海見生 姜邁, 악예岳裔 등 2명이었고, 8번은 소앙생嘯卬生 조용은으로 1명, 13번은 태백산인 이승근李承瑾으로 역시 1명이었다. 번역을 제외하고『대한흥학보』에 투고한 인물은 총 129명이었고, 이 중 편집인이라는 명칭으로 실은 경우를 제외하면, 총 128명에 해당한다. 물론 스스로를 편집인으로 밝힌 강전姜筌[158]이나 꾸준히 글을 실은 악예岳裔, 소앙생嘯卬生,[159] 태백산인 이승근李承瑾[160] 등은 편집진으로 보인다. 그 외 1번이

---

157 池成沇은 池成沈으로 표기된 경우도 있었다. 이는 비슷해 보이는 한자어에 의한 오류인 듯하다. 4호에 池成沈으로 표기된 적이 있었는데 그 이후 4회 동안(8,9,11,12호)은 池成沇으로 표기된 것으로 보아, 池成沈(지성윤)이 아니라 池成沇(지성연)이 맞을 것이다.

158 강전은『대한흥학보』12호(1910.4.20) 잡보에 보면, 그 해 일본대학 사범과를 졸업했고,『대한흥학보』편집진으로 활동한 인물이었다.

159 소앙생은 조용은(趙鏞殷) 일명 趙鏞雲, 趙嘯卬, 趙素昻, 嘯卬을 의미하며, 〈공수학회〉의 서기원으로 〈공수학보〉(1907.1)에 이름이 등장한다. 따라서 공수학회가 〈대한흥학회〉에 통합되면서 〈대한흥학회〉로 들어간 인물로 보인다. 1910년 8월 〈대한흥학회〉가 해산되고 나서 다시 유학생 친목회를 조직하게 되는데 이 때 나온 〈학계보〉 제1호(1912.4.1)를 보면, 회장으로 조용은의 이름이 등장하고 있다. 또한 일본 외무성 기록을 보면, "機密 제32호"〈朝鮮人 排日運動 企劃 狀況에 관한 內報의 件〉(1914.3.27)이라는 문건에서 배일운동을 한 인물 중 하나로 조용은의 이름이 거론되고 있으며, 역시 일본 외무성기록 중 "문서번호 高 제11037호"〈上海在住 不逞鮮人 逮捕方에 관한 件〉(1919.4.11)을 보면, 조용은의 이름이 등장하는 것으로 보아, 이후 상해로 넘어가 독립운동을 한 것으로 짐작할 수 있다.

160 『대한흥학보』에 가장 많이 투고한 이승근(李承瑾)은『태극학보』6호(1907.1.24)에는 신입회원으로 등장하고 있다. 또한『태극학보』12호(1907.7.24)에 보면, 일본 경무학교를 졸업했다는 내용이 나오고 있는데 태극학회 회원으로 〈대한흥학회〉에 바로 입회한 것으로 보인다. 또한『태극학보』13호(1907.9.24) 〈잡록〉에 보면, 이승근이 와세다 대학에 입학했다는 소식이 나오고 있어서, 경무학교를 졸업한 이후, 바로 와세다 대학에 입학했음을 알 수 있습니다. 그 후『대한흥

나 2번 정도 글을 실은 인물들은 대한흥학회에 동참하고 있는 일반 유학생들로 추정해볼 수 있다.

또한 전체 313편의 글 중 〈기서寄書〉라는 표제를 단 글이 9편 정도 실려 있는데, 이는 비회원의 글이거나, 고국에서 보낸 글들로 보인다. 이 글들은 대체로 대한흥학회가 생긴 것을 축하하면서 유학생들에게 당부의 말을 전하는 내용이 많았다. 그 중, 청국절강인 시종형淸國浙江人 柴宗衡, 서북협성학교생西北協成學校生 윤감尹鑑, 경성양원여학교학생京城養源女學校學生 김순희金順熙의 글을 보면, 청국의 인물이거나 조선의 서북협성학교를 다니는 학생, 또 경성양원여학교를 다니는 여학생의 글이 실려 있다. 이들의 글은 교육만이 국가를 독립하게 하는 가장 중요한 일이니 최선을 다해서 공부를 해야 한다는 학생들의 다짐과 유학생들에 대한 부탁이 담겨 있다. 이처럼 일본에 있는 유학생뿐만 아니라 비회원일지라도 조선에서 『대한흥학보』를 보는 학생들이나 지식인들이 기서를 통해서 유학생들과 소통하고 있는 것을 확인할 수 있다.

〈표 2〉 『대한흥학보』에 실린 기서

호수	출간일	표제	저자	제목	문체	주제
3	1909.5.20	寄書	鄭錫酒	祝大韓興學會	구절형국한문	대한흥학보
3	1909.5.20	雜纂	金永默	留學生同胞의 敎育과 學會의 耳聞目擊	구절형국한문	유학생교육
3	1909.5.20	雜纂	朴聖會	觀留學生界有感	한문	대한흥학보
4	1909.6.20	演壇	淸國浙江人 柴宗衡	論歐東與亞東之關係	한문	제국주의
4	1909.6.20	雜纂	西北協成學校生 尹鑑	春夢	한문	교육(영웅)
6	1909.10.20	演壇	成樂淳	讀大韓興學報賀敎育新潮	구절형국한문	대한흥학보
7	1909.11.20	論著	朴楚陽	卒業生을 對ᄒ야 勸告	단어형 국한문	유학생졸업
9	1910.1.20	論著	京城養源女學校學生 金順熙	敎育은 獨立의 準備라	현토한문	교육(독립)

학보』 12호(1910.4.20)에 「와세다만필(早稻田謾筆)」이라는 글을 발표하여, 와세다 대학에서 유학하는 유학생의 비애를 표출하고 있다.

호수	출간일	표제	저자	제목	문체	주제
11	1910.3.20	論著	金忠熙	代現世之士ㅎ야 有感於日本留學諸氏라	현토한문	유학생당부

2) 『대한흥학보』의 주제 구성 및 기획

『대한흥학보』의 실제 발간은 총 13회로, 총 13호가 발간되는 동안 게재한 글의 총 수는 313편이었다. 한 호 당 쪽수는 호별로 차이는 있으나 평균 약 73쪽의 분량으로 발행되었다. 또한 7호부터 60여 쪽으로 분량이 줄어들고 있음을 알 수 있다. 한 호 당 게재 글 수는 평균 24편이었고, 7호, 9호, 12호, 13호의 경우는 게재 글 수가 첫 호보다 거의 반 정도로 줄어들었다.

<표 3> 『대한흥학보』 주제별 분류

주제	세부주제	개수(개)	주제별 개수
문학 / 문예	시가	71	103
	서사	29	
	비평	3	
신문 잡지 및 유학생 관련	대한흥학보	38	67
	유학생	28	
	신문 잡지	1	
신사상 및 산업	신사상	34	60
	산업	18	
	위생	7	
	경찰	1	
민족 애국	제국주의	13	41
	애국계몽	11	
	독립	9	
	우국충정	5	
	구습타파	3	
교육	일반 교육	23	28
	여성 교육	5	
역사	외국 역사	13	14
	한국 역사	1	
총계		313	

게재된 글을 주제별로 살펴보면, 크게 문학/문예 관련 103편, 신문 잡지 및 유학생 관련 67편, 신사상 관련이 60편, 민족 애국 관련이 41편, 교육 관련 28편, 역사 관련 14편으로 문학 관련이 전체의 약 33% 정도로 가장 많았음을 알 수 있다. 그 다음은 『대한흥학보』 관련이나 유학생들 스스로와 관련된 내용이 많았는데, 전체 글의 약 21%를 차지했다. 다음이 신사상이나 학술적인 내용이 약 19%를, 민족 애국심과 관련된 글들이 약 13%를 구성하고 있었다. 이러한 면에서 『대한흥학보』가 단순히 학술적인 잡지가 아니라, 문학잡지로서의 역할을 하고 있었다는 것을 알 수 있다.[161]

〈표 4〉 『대한흥학보』에 2회 이상 연재된 글 목록

표제	필자	제목(게재 호)	문체	주제
學海	李林	家畜改良의 急務 (前 大韓學報 第九號 續) (1, 2, 3)	단어형 국한문	산업(가축)
學海	盧庭鶴	韓國蠶業에 對한 意見 (1, 2, 3)	단어형 국한문	산업(잠업)
學海	(번역) 洪鑄一 譯	地文學(地球의 運動) (3, 4, 5, 6)	단어형 국한문	신사상(과학)
學海	MH生	地歷上小譯 -東西 古蹟의 一班 (5, 6)	단어형 국한문	역사
學藝	SK生	政治論(8, 9)	단어형 국한문	신사상(정치학)
學藝	池成沈	小兒養育法(8, 9, 11, 12)	단어형 국한문	교육(여성, 소아)
學藝	岳喬	地理와 人文의 關係(10, 11)	단어형 국한문	신사상(지리학)
學藝	(번역) 金尙沃 譯	商業槪要(10, 12)	단어형 국한문	산업(상업)
學藝	郭漢倬	條約槪意(12, 13)	단어형 국한문	제국주의(조약)
史傳	岳喬	마셰란 傳(4, 5)	단어형 국한문	(역사, 전기)
傳記	吳悳泳	大統領 쩨아스氏의 鐵血의 生涯 (7, 8, 9)	단어형 국한문	(역사, 전기)
文苑	斗山人 尹定夏	觀日光山記 (2, 3, 4)	단어형 국한문	기행문
小說	孤舟 이광수	無情 (11, 12)	한글	소설
雜纂	崔錫夏	日本文明觀(前 大韓學報 第九號 續) (1, 2)	단어형 국한문	제국주의(일본)
散錄	×	各國財政(一千九百六年度) (9, 10)	단어형 국한문	외국 재정

---

161 문학/문예 영역이 전체 약 33%를 차지하고 있고, 나머지 부분이 67%를 차지하고 있기 때문에 문학이 이 잡지의 1/3 정도를 차지하고 있는 셈이다. 그런데 당대 문학 잡지가 없던 시점에서 보면, 이러한 유학생 친목 잡지가 학술, 논설뿐만 아니라, 고정란으로 문예란을 실음으로써 문학잡지로서의 역할도 병행하고 있음을 확인할 수 있다. 또한 문예란 가운데에서도 〈소설〉란을 아예 표제로 둔 것은 초기의 시초적인 차원이기는 하지만, 『대한흥학보』가 문학잡지로서의 역할을 담당해내고 있음을 보여주는 실제 사례라 볼 수 있을 것이다.

전체 실린 글의 총 개수는 313편이지만, 연재한 글들도 있었다. 연재는 총 2회에서 4회까지 걸쳐 이루어졌는데 대체로 분량 때문에 연재된 것으로 보인다. 주로 〈학해學海〉, 〈학예學藝〉 등의 학술적인 글들이 많았지만, 문학적인 글 중 기행문이나 전기, 소설이나 일반 산문들 중 연재된 경우도 있었다. 총 15편의 경우가 연재되었고, 편수로는 313편 가운데 38편이 연재에 해당되었다.

〈표 5〉 『대한흥학보』의 문체별 개수

문체	세부 사항	개수	총 개수
한문체	한문	87	97
	현토한문	10	
국한문체	구절형 국한문	12	18
	단어형+구절형 국한문	6	
국문체	단어형 국한문	188	198
	단어형+한글	2	
	한글	8	
총계		313(개)	

『대한흥학보』에 실린 글들의 문체를 살펴보면, 한문체나 현토한문체가 총 97편, 구절형 국한문체와 단어형 국한문체가 모두 206편으로 가장 많았고, 거의 한글을 사용한 경우가 총 10편이었다. 문장 구조에 있어서 한글의 진행 순서를 따르면서 단어만 한문을 쓰고 있는 단어형 국한문은 사실 한국어의 어순을 그대로 따르고 있기 때문에 한문보다는 한글에 더 가깝다고 할 수 있다.[162] 그렇게 본다면, 단어형 국한문과 한글 문체를 합치면, 총 198개로 전체의 약 63.3%를 차

---

162 구절형 국한문체와 단어형 국한문체는 둘 모두 한문을 혼용하고 있지만, 문장 구조에 있어서 전혀 다른 체계라 할 수 있다. 구절형 국한문체는 한문의 구절이 아직 해체되지 않고 사용되지만, 단어형 국한문체는 문장구조 자체가 한국어 방식으로 해체되어 단어만 한자로 적혀있을 뿐이다. 따라서 이러한 단어형 국한문체는 한국어의 어순과 문장으로 해석하여 이해하는 것이 더 바람직할 것이다. 김재영은 『대한민보』의 문체를 분석하면서 이러한 문제를 들어 단어형 국한문체와 구절형 국한문체를 구분하고 있으며, 단어형 국한문체와 한글을 국문체로 설명한다. 이러한 논의를 빌려 본 책에서도 단어형 국한문체와 한글을 국문체로 묶어서 보고자 한다. (김재영, 「『대한민보』의 문체 상황과 독자층에 대한 연구」, 동국대 문화학술원 한국문학연구소 편, 『한국 근대문학과 신문』, 동국대 출판부, 2012, 47~52쪽 참조)

지한다. 다시 말해 한문체보다는 좀 더 한국어 방식으로 해체된 국문 방식이 3분의 2 가까이나 되었다.

실제로 한문이나 현토한문체로 쓰인 글의 경우는 대체로 초기에 많이 등장하고 있으며, 특히 〈사조詞藻〉나 〈문원文苑〉 등에서 한시나 문장 등으로 한문 문예에서 등장하고 있다. 〈사조〉는 5호까지는 꾸준히 실리지만, 뒤에는 9호, 13호에만 실리고 있고, 이러한 한문 문장 관련은 〈사조〉가 약해지면서 〈문원〉에 실렸다. 또 중후반부터는 〈연단演壇〉, 〈논저論著〉에 실리는 글의 개수는 절반 가까이 줄어든 반면, 문학면이나 산문면의 경우는 변함없거나 더 실리기도 하는 등 문학적인 글들이 더 강화되었다. 또한 소설이나 산문의 경우, 단어형 국한문체와 더불어 한글이 많이 사용되면서, 전통적인 유학자들의 한문체보다는 국문체의 비율이 훨씬 더 높아지고 있었음을 알 수 있다.

이러한 분석의 결과는 유학생 잡지인 『대한흥학보』의 주된 필자이자 독자들이 일본 유학생들이었고, 전통적인 한학보다는 서양과 일본의 신문물을 접하면서 좀 더 근대적인 차원으로 변화되고 있음을 확인할 수 있다. 문체적인 면에서는 좀 더 쉽고 간편하게 자신의 감정을 서술할 수 있는 단어형 국한문체와 한글체를 선호하고 있었다. 또한 『대한흥학보』는 1920년대 이후 나온 동인 잡지나 문학 잡지, 혹은 대중 잡지들과는 달리, 유학생들을 위한 회보에 가까웠다. 이러한 특성은 『대한흥학보』의 회원을 독자이면서 동시에 필자로서 존재하도록 자리매김시켰다. 즉 쓰는 자=읽는 자로서 존재하게 한 것이다. 따라서 『대한흥학보』는 유학생들 스스로 자신들의 이야기를 읽고, 자신들의 이야기를 실으며, 자신들의 고민과 포부를 나누는 장이었다는 것이다. 일반 대중들이 접근하기는 어려웠다고 하더라도 그 당대 지식인들은 같은 눈높이에서 서로의 고민과 공부를 나눌 수 있는 주요한 장이 될 수 있었다.

그러나 이를 단순히 유학생들만의 잡지로만 보기는 어렵다. 회록에 보면, "2,000부 이외에 500부 증간 요구가 있었"다는 것을 확인할 수 있다. 즉 최소

2,000부를 발간하고 있었다는 것이다.[163]

<표6> 『대한흥학보』 국내 구람 총계표[164]

도별	구람인	도별	구람인
京畿	五九人	忠淸	一五人
全羅	三九人	慶尙	二六人
江原	八人	黃海	六0人
咸鏡	一二0人	平安	一0八人
총계			五0八人

『대한흥학보』 6호에는 「흥학회보구람인 총계표」가 실려있는데, "夫 本會 會報
는 留學 諸氏가 修學ᄒᆞᄂᆞᆫ 餘隙을 假ᄒᆞ야 精神을 淬勵ᄒᆞ며 心血를 嘔盡ᄒᆞ야 祖國
文化에 萬一의 補를 作코자 홀싀 無代金으로 發送홈이 一千五百餘部에 過ᄒᆞ건이
와 學生 時代에 係ᄒᆞᆫ 바 인즉 言論이 或 空踈幼稚ᄒᆞ야 帝國 文化를 補助키 不能ᄒᆞ
ᄂᆞ 特히 購覽 諸氏ᄂᆞᆫ 海外學生을 眷愛ᄒᆞ야 本報를 愛讀ᄒᆞ며 經濟의 恐惶을 不拘ᄒᆞ
고 信音이 聯翻ᄒᆞ야 萬里 異城에 揶揄激觸ᄒᆞᄂᆞᆫ 同情을 遠表홈도 不無ᄒᆞ얏도다"라
고 하면서 『대한흥학보』를 조선의 동포들을 위해서 1,500여 부를 무상으로 배포
하고 있다고 밝히고 있다. 또한 그 외에도 실제 국내에서 회원으로 구람하고 있
는 인원이 함경 120명, 평안 108명, 황해 60명, 경기 59명, 전라 39명, 경상 26
명, 충남 15명, 강원 8명 등 총 508명이라 밝히고 있다. 구독자는 전국으로 분포
되어 있었는데 대체로 함경도, 평안도에서 많이 구독했음을 알 수 있다.

이렇게 볼 때, 『대한흥학보』는 유학생들 스스로 쓰고 읽고 공감하여 상호 교통
하는 장이면서 동시에 국내의 지식인들 역시 함께 공유할 수 있는 향유의 장이
되고 있었음을 알 수 있다. 이 국내의 지식인들은 유학생들이 졸업하고 나서 국

---

163 최경숙, 「「大韓興學會」에 대하여」, 『부산외국어대학 논문집』 제3집, 1985. 2, 60쪽.

164 도표의 총합은 435명이지만, 총계에 508명으로 기입한 것으로 보아 이 외 지역 인원까지 합
한 것으로 보인다. (「興學會報購覽人 統計表(隆熙 三年 九月 末統計에 準홈)」, 『대한흥학보』 6호,
1909. 10. 20, 29쪽)

내로 들어왔을 수도 있으나, 유학을 꿈꾸는 지식인 학생이거나 유학생들의 학부형들, 기존의 지식인 계층으로 짐작해볼 수도 있다. 이는 결국 유학생 회보를 통해 단순히 유학생들의 애환만을 나눈 것이 아니라, 그 당대 사상과 학문을 교류하면서 이러한 생각들이 실제 국내에서도 교류되며 교통하고 있었음을 짐작하게 한다.

3) 표제 구분과 편집의 특징

『대한흥학보』에 실린 글을 유형별로 살펴보면, 순서대로 축하 글에 해당하는 〈축사祝辭〉, 사설 및 논설을 실었던 〈연단演壇〉, 〈논저論著〉, 〈보설報說〉, 〈시보時報〉, 학술적인 내용을 담당한 〈학해學海〉, 〈학예學藝〉, 역사 전기물을 실은 〈사전史傳〉, 〈전기傳記〉, 문학적인 산문을 실은 〈문원文苑〉과 주로 한시 또는 짧은 문장 위주로 실은 〈사조詞藻〉, 이후 진학문과 이광수의 소설을 실은 〈소설小說〉, 역사나 학술 위주의 산문 혹은 문학적 글을 자유롭게 실었던 〈잡찬雜纂〉과 이보다는 문학에 가까운 산문을 실은 〈산록散錄〉, 마지막으로 회의 및 소식을 실은 〈휘보彙報〉 및 〈회록會錄〉 등으로 구성되어 있었다.

가장 먼저 논설 위주의 글이 실렸고, 바로 다음은 학술적인 글들이 배치되었다. 가운데 부분에 문학의 영역에 들어갈 수 있는 내용들이 위치했는데, 역사 전기물이 배치된 이후, 문학에 가까운 산문이나 한시들이 배치되었다. 이후 8호부터는 소설이 배치되기도 했다. 또한 학술적인 산문이더라도 좀 더 자유로운 형태의 글들이 배치되었고, 이 가운데 유학생의 감회나 고민이 묻은 글들이나 기행문들이 들어오기도 했다. 마지막 부분은 휘보나 회록이 자리잡고 있었다.

〈표 7〉을 보면, 7호 이후 표제나 편집의 변화가 눈에 띈다. 즉 〈연단演壇〉으로 대표되던 논설이 〈논저論著〉의 이름으로 변화되었고, 학술의 경우도 〈학해學海〉 대신에 〈학예學藝〉로 바뀌어 예술적 분위기를 좀 더 뚜렷이 하고 있다. 역사 전기물도 〈사전史傳〉이라는 역사물 호칭에서 〈전기傳記〉라는 좀 더 문학적인 전기로

바뀌어 있다. 또한 〈학해學海〉보다 좀 더 자유로운 형식으로 풀어 쓴 〈잡찬雜纂〉이 있었지만, 이와 유사한 〈산록散錄〉을 신설하여 좀 더 문학적인 자유로운 산문을 싣기도 했다.

〈표 7〉 『대한흥학보』 표제별 분포 및 변화 추이

유형	표제(개수)	1호	2호	3호	4호	5호	6호	7호	8호	9호	10호	11호	12호	13호
축사(14)	축사(14)	5		1	8									
사설 및 논설 (79)	연단(44)	10	9	5	4	4	12							
	보설(3)	1						1				1		
	논저(31)							6	6	6	5	3	2	3
	시보(1)							1						
학술 (47)	학해(26)	4	6	6	4	3	3							
	학예(21)							2	2	2	3	5	4	3
역사·전기 (9)	사전(5)	1		1	1	2								
	전기(4)							1	2	1				
문학적인 산문 및 시 (88)	문원(40)	1	2	1	3	1	8	1	3		7	10	3	
	사조(48)	5	8	11	14	5				1				4
소설(3)	소설(3)								1			1	1	
산문 (42)	잡찬(30)	3	4	3	4	4	2				3	3	2	2
	산록(12)								7	4		1		
휘보 및 소식 (31)	휘보(13)	2	1	1	2	1	3	1	1	1				
	회록(12)	1	1	1	1	1		1	1	1	1	1	1	1
	취지서(1)	1												
	소식(3)					1						1		1
	요록(1)										1			
	담총(1)										1			
총계		313	34	31	30	41	22	28	14	23	16	21	26	13	14

『대한흥학보』 글을 주제별로 살펴보면, 앞서도 언급했듯이 문예와 연관된 글이 가장 많았다. 물론 이를 장르의 분화 개념으로 설명한다면, 아직 문학이라 부르기 어려울 수도 있으나, 과도기적 차원에서 문학적 특징을 가진 글들까지 포괄해서 보면, 약 33%로 1/3의 분량을 차지하고 있음을 알 수 있다.

〈표 8〉 문학 관련 세부 분류

주제	세부 분류		개수
문예(103)	시가 (71)	한시	65
		시조	3
		가사	3
	서사 (29)	산문, 수필	10
		전기	9
		기행문	5
		소설	5
	비평 (3)	문학 비평	2
		연극장	1

문예 관련 글들의 세부 사항을 살펴보면, 크게 시가, 서사, 비평으로 나눌 수 있다. 먼저 가장 많은 분량을 차지하는 시가의 경우, 한시 65편, 시조 3편, 가사 3편으로 한시가 거의 압도적이었다. 서사의 경우는 총 28개로 산문 및 수필 10개, 전기 9개, 기행문 5개, 소설 5개 등이 있으며, 비평은 문학 비평 2개, 연극장 관련 비평 1개로 총 3편이 이에 해당한다. 그러나 한시의 경우, 개수는 많아도 실제 권호 안에서의 분량은 1, 2쪽에 그치고 있다. 또한 이 한시는 초반에 집중되어 있고, 중후반으로 갈수록 분량이 줄어든다.

〈표 9〉 산문 관련 표제별 분류

유형	표제(개수)	1호	2호	3호	4호	5호	6호	7호	8호	9호	10호	11호	12호	13호
문학적인 산문 및 시(88)	문원(40)	1	2	1	3	1	8	1	3		7	10	3	
	사조(48)	5	8	11	14	5				1				4
소설(3)	소설(3)								1			1	1	
산문(42)	잡찬(30)	3	4	3	4	4	2				3	3	2	2
	산록(12)								7	4		1		

〈표 7〉에서 살펴본 표제별 분류표 중 산문의 경우를 보면, 변화의 추이를 명확히 알 수 있다. 〈사조詞藻〉의 경우, 대체로 한시나 한시 문장이 실리고는 했는데, 3호까지는 개인의 감정 및 풍류를 담은 한시가 대다수를 차지했다. 그런데 4호의 경우, 14편의 〈사조〉 중 12편이 모두 『대한매일신보』의 사장이었던 배설의 죽음을 추모하는 「적배공문吊裴公文」의 글로 구성되어 있다. 즉 배설의 장례와 겹쳐지면서 추모의 시로서 〈사조〉의 편수가 늘어난 것이지 한시가 확장된 것은 아니라는 것이다. 5호에 실린 〈사조〉의 경우도, 고향으로 돌아가는 친우들을 보내며 「송우귀경성送友歸京城」이라는 같은 제목으로 5편이 실려 있다. 6호에서 8호, 10호에서 12호까지는 〈사조〉가 등장하지 않는데, 이때는 주로 산문을 실었던 〈문원〉란에 한시도 싣고 있다. 그러나 그 양도 그 이전에 비해 적었는데 예를 들어 6호의 경우, 8편 중 2편만이 한시였다. 〈사조〉 대신 〈문원〉란에 산문과 한시를 같이 실음으로써 〈사조〉란을 대폭 축소하거나 삭제했음을 알 수 있다.

이렇게 한시 등의 시가를 실었던 〈사조〉란이 축소됨에 반하여, 산문란은 좀 더 확장되고 있다. 〈표 9〉에서도 드러나듯이 8호부터는 〈산록散錄〉란을 두어 학술란인 〈학예學藝〉보다는 좀 더 쉽게 접근할 수 있는 산문을 싣고 있다. 여기에는 신사상뿐만 아니라 유학생들의 감흥을 적은 산문이나 외국 전기류의 이야기들이 실렸다. 따라서 〈표 9〉의 상황을 분석해 보면, 한시나 시가의 부분이 축소되는 것에 반해, 산문란은 〈문원文苑〉, 〈잡찬雜纂〉, 〈산록散錄〉 등의 난을 더 신설하여 강화하고 있다. 또한 〈소설小說〉란까지 둠으로써 7호 이후로는 문학 산문 및 서사 장르가 좀 더 많이 실리고 있음을 알 수 있다. 즉 문학의 비중이 처음 한시에서 산문의 영역으로 확장되어 가고 있는 것이다.

「투고의 주의」

─ 투고는 국한문, 해서, 완결을 요함

─ 투고는 언론, 소설(단편) 학예 등

一 학예는 법, 정, 경, 철, 윤, 심, 지, 역과 및 박물, 이화理化, 의醫, 농, 공, 상 등 이내

一 원고수집 기한은 매월이십오일

대한흥학회편찬부[165]

이러한 변화는 사실『대한흥학보』의 정책의 변환으로 설명될 수 있다. 앞서 1호에 실었던 「투서의 주의投書의 注意」에서와는 달리, 위의 7호에 실린 사고社告를 보면 처음과는 다른 변화를 느낄 수 있다. 앞에서는 "해서체" 즉 정서, 반듯한 글씨체만을 요구하고 있었을 뿐인데, 7호에서는 투고를 반드시 "국한문"으로 해달라고 명시하고 있다. 또 다른 변화는 7호의 광고에서는 "소설(단편)"란에 대한 투고를 언급하고 있다는 점이다. 이는『대한흥학보』의 정책상으로 국한문체와 문학 특히 산문 및 소설을 강화하겠다는 의도를 담고 있다고 할 수 있을 것이다.

『대한흥학보』에 실린 글 중 한문 및 현토한문체로 실린 글은 총 313편 중 97편이다. 그런데 이 중 한시의 비중이 65편으로 67%에 해당한다. 이렇게 보면, 시가 장르 특히 한시의 분량이 줄어들고 산문이 강화되어간다는 것인데, 결국 한시를 제외하고는『대한흥학보』에 실린 글들은 대체로 국한문체를 선호하게 되었다는 것이다. 따라서 한시보다는 산문이, 한문보다는 국한문 또는 한글이 강화되고 있다고 볼 수 있을 것이며, 이는『대한흥학보』의 독자들이 이러한 시류의 개편을 옹호했고 동시에 공감하고 있었기에 가능했던 것이라 할 수 있다.[166]

---

165 "「投書의 注意」

　一 投稿는 國漢文, 楷書, 完結을 要흠

　一 投稿는 言論, 小說(短篇) 學藝 等

　一 學藝는 法, 政, 經, 哲, 倫, 心, 地, 歷과 及 博物, 理化, 醫, 農, 工, 商 等 以內

　一 原稿蒐輯 期限은 每月二十五日

　大韓興學會編纂部"(「投書의 注意」,『대한흥학보』7호, 1909.11.20, 62쪽)

166 문체에 대한 고민은 그 당대 유학생 사회에서 공감되는 면이 있었다.『대한흥학보』에도 4번 글을 실은 강전은 1907년『태극학보』에 「국문편리급한문폐해」라는 글을 통해서 한문 대신 국문을 써야 한다는 글을 싣기도 했다. 또한『대한흥학보』에 6번 글을 실은 한흥교 역시 1907년 3월『대한유학생회학보』에 「국문과 한문의 관계」라는 글에서 한문보다 국문을 써야 하며, 특히 국한

〈표 10〉 서사 관련 문학 글

분류	표제	필자	제목	문체	주제	호	날짜
산문 및 수필 (10편)	사조	碧農生 尹炳喆	歲暮偶感	한문체	한문 산문	1	1909.3.20
	문원	編輯人	寓言	한문	우국	2	1909.4.20
	잡찬	韓光鎬	春日遊園有思	단어형 국한문	유학 감회	4	1909.6.20
	잡찬	具滋旭	世界의 格言	단어형 국한문	세계 격언 이야기	5	1909.7.20
	산록	金益三	秋日自然觀	단어형 국한문	가을의 감흥	8	1909.12.20
	사조	孤舟生	獄中豪傑	한글	옥에 갇힌 범	9	1910.1.20
	문원	壽岑	戒在三愛	한문	쇄국, 우국	10	1910.2.20
	문원		情表	한문	문장, 개인감정	11	1910.3.20
	문원	滄江	秋風斷藤曲	한문	개인감정	12	1910.4.20
	문원	李承瑾	早稻田謾筆	한글	와세다 감상	12	1910.4.20
전기 (9편)	사전		閣龍	단어형 국한문	외국,역사전기물	1	1909.3.20
	사전	一笑生	폐수다롯지傳	단어형 국한문	페스타로치전	3	1909.5.20
	사전	岳裔	마졔란傳	단어형 국한문	마젤란전	4	1909.6.20
	사전	岳裔	마졔란傳(續)	단어형 국한문	마젤란전	5	1909.7.20
	전기	吳悳泳	大統領 쩨아스氏의 鐵血的 生涯	단어형 국한문	쩨아쓰 생애	7	1909.11.20
	전기	吳悳泳	大統領 쩨아쓰氏의 鐵血的 生涯(續)	단어형 국한문	쩨아쓰 생애	8	1909.12.20
	전기	碧人 金淇驥	日淸戰爭의 原因에 關한 韓日淸 外交史	단어형 국한문	역사에 가까움	8	1909.12.20
	전기	吳悳泳	大統領 쩨아쓰氏의 鐵血的 生涯(續)	단어형 국한문	쩨아쓰 생애	9	1910.1.20
	산록	金洛泳	丹心一片 (普佛戰記中의一齣)	단어형 국한문	불란서 전쟁 기록	9	1910.1.20
기행문 (5편)	문원	朴允喆	江之島玩景記	한문체	기행문(강지도)	1	1909.3.20
	문원	斗山人 尹定夏	觀日光山記	단어형 국한문	일광산 기행문	2	1909.4.20
	문원	尹定夏	觀日光山記(續)	단어형 국한문	일광산 기행문	3	1909.5.20
	문원	尹定夏	觀日光山記(續)	단어형 국한문	일광산 기행문	4	1909.6.20
	잡찬	韓興敎	梵寺新聲	단어형 국한문	범어사	6	1909.10.20
소설 (5편)	소설	夢夢	요죠오한(四疊半)	한글	유학생 고민	8	1909.12.20
	소설	孤舟	無情	한글(거의)	구여성 자살	11	1910.3.20
	소설	孤舟	無情(續)	한글	구여성 자살	12	1910.4.20
	잡찬	聽天子	海上	단어형 국한문 +한문(기자평)	2명의 대화	11	1910.3.20
	잡찬	KM生	生存競爭談	한글	생존경쟁서사	13	1910.5.20

이렇게 확장되어 가는 서사 영역의 산문 및 수필, 전기, 기행문, 소설에 해당하는 글은 〈표 10〉과 같다.

분류별로 보면, 처음에는 한문체였으나 뒤로 갈수록 단어형 국한문체와 한글체로 바뀌고 있음을 알 수 있다. 즉 산문 계열 안에서도 문체면에서는 단어형 국한문체와 한글을 포함하는 국문체로 변화되고 있는 것이다. 내용면에서 보면 산문 영역에서는 유학에 대한 감회나 우국의 감정들이 대다수를 차지하고 있다. 전기의 경우는 외국 인물의 전기가 소개되고 있고, 기행문은 일본 내의 명산이나 절을 다녀와서 적은 글이 실려 있다. 소설란에는 몽몽 진학문의 「요조오한四疊半」과 이광수의 「무정無情」, 그리고 〈잡찬雜纂〉에 실렸으나 내용상으로는 2명의 대화로 이루어져 토론체 소설을 보는 듯한 청천자聽天子의 「해상海上」을 들 수 있다.

4) 유학생의 고민과 산문정신의 발현

일본 유학생들의 서사 문학적인 글에는 앞서 〈연단演壇〉, 〈논저論著〉에서 보이던 사상과는 또 다른 양면적 성격이 드러난다. 그 당대 일본 유학생들은 일본 유학이라는 비슷한 환경과 처지 속에서 일종의 공통감을 형성하고 있었다. 조국을 위한 애국적인 당위적 목적의식과 더불어 개인의 무력함을 함께 느끼지 않을 수 없었던 것이다.

"日本에 留學ᄒ시ᄂ 有志僉尊諸氏가 時勢의 變遷을 猛省ᄒ며 民智의 習性을 慨歎ᄒ야 大韓興學의 一團會를 成立ᄒ고 追條月報를 特以送交ᄒ시니 惟我會員僉尊의 如是另眷이 豈 偶然哉아 將汲汲於開達民智ᄒ며 普施敎育而不已焉이니 實所感

문체를 써야 한다고 피력하기도 했다. 역시 6회 글을 실은 이광수는 1908년 5월 『태극학보』 21호에서 「국문과 한문의 과도시대」에서 한문보다 국한문, 또 국한문보다 점차 국문 전용으로 바뀌어야 한다고 주장하기도 했다. 이런 면에서 볼 때, 그 당대 유학생 지식인들은 한문보다는 국한문이나 한글 사용에 대해 공감대를 가지고 있었고, 이러한 면들이 『대한흥학보』에도 발현된 것으로 볼 수 있을 것이다. 이 시기 유학생 지식인들의 국문 논의는 조동일의 『한국문학통사』 4권, 지식산업사, 2005, 254~260쪽 참조함.

荷萬千者也ㅣ로다"[167]라는 기서의 내용을 보면, 국내에서 유학생들을 어떤 시각
으로 바라보고 있는지 확인할 수 있다. 국내 2500만 동포의 바람을 담아 민지를
계몽하고 새롭게 교육시킬 수 있기를 바라고 있는 것이다. 또한 유학생, 청년들
의 번민은 "我韓 今日 靑年의 特種 煩悶은 卽 時局의 肝衡으로 忍辱奮鬪키 實難ᄒ
니 國家保存에 一木撑天의 重荷를 負ᄒ고 容易히 起立키 難ᄒ 時代" 때문이지만,
"吾必 曰 現在ᄂ 不顧ᄒ고 將來를 深思ᄒ야 最後 勝利를 計圖ᄒ랴면 冷靜沈着ᄒ야
專心一意로 我目的學科에 硏精透得홈이 至當ᄒ도다"[168]라며 현재는 비록 열악하
더라도 더욱 자신의 전공 학과 공부에 매진하여 국가와 장래를 위해 부단히 노
력해야 함을 설파한다.

결국 이는 "在日本 七八百名 會員 同胞 諸君 諸君은 我韓 在外 同胞의 中心이오
我韓 國家 社會의 標準이오 諸君은 我韓 將來의 新國民이오 我韓 前途의 改革黨이
아닌가. 法律家가 諸君 中에 在ᄒ고 政治家가 諸君 中에 在ᄒ고 外交家가 諸君 中
에 出ᄒ고 實業家가 諸君 中에 出홀 것이니 此ᄂ 諸君의 自期홀 쑨 안이라 故國同
胞의 渴望ᄒᄂ 處이 아닌가"[169]라는 주장으로 귀결된다. 대한흥학회의 흥망성쇠
는 700~800인 유학생에게 달려 있고 또한 한반도에 대한 유학생의 책임 역시
막중하다는 것이다.

오늘날 일본 유학생들의 사상을 대체로 세 가지로 나눌 수 있으니

첫 번째는 학문을 넓히고 지식을 확장하여, 고통 속에서 신음하는 반도 동포들을 자
유와 행복으로 이끌고, 자신의 이름을 만대의 역사에 빛나게 하고자 하는 자들이니 이
들은 유학생 중에서 가장 사려가 깊고 이상이 고상한 자요.

두 번째는 무엇이든 하나의 전문 분야를 마쳐 자신의 의식주를 풍족하게 하려는 자이

167　成樂淳, 〈演壇〉「(奇書) 讀大韓興學報賀敎育新潮」, 『대한흥학보』 6호, 1909.10.20, 35쪽.
168　金河球, 〈演壇〉「靑年煩悶熱의 淸凉劑」, 『대한흥학보』 6호, 1909.10.20, 40쪽.
169　嘯印生, 〈報說〉「會員諸君」, 『대한흥학보』 7호, 1909.11.20, 1쪽.

니, 전자의 경우 다소 파괴적이면서도 건설적인 관념이 있으나, 후자의 경우 이러한 관념은 전혀 없고 그저 사회의 흐름에 따라 자신의 생존 위치를 유지하고자 하는 자이오.

세 번째는 스스로 생각하고 행동하는 능력이 없고, 단지 수동적이고 기계적으로 시간을 보내는 자이니 예를 들어, 나는 학교에 다니기 때문에 어쩔 수 없이 통학하고, 어쩔 수 없이 공부한다는 유형의 자라.

이상에서 언급한 자들은 일본 유학생 사회에 흐르는 사상의 차이점을 매우 간단하게 모형적으로 분류한 것이나 이 외에도 모든 유학생 사회에 공통된 사상이 있으니, 이것이 내가 논하려는 주제이라.[170]

위의 글은 이광수의 글로 일본 유학생들의 세 가지 타입에 대해 비판하고 있다. 첫째, 협견狹見으로 자기의 이상으로 사람의 이상을 비평하는 인물을 비판하고, 둘째, 학교만능주의로 학교에서 배운 대로만 하면, 사회나 국가가 그대로 발전할 것이라고 허무 맹랑하게 믿는 현실감 없는 태도를 비판하며, 마지막으로 수동적이고 기계적인 태도를 가진 인물들을 비판하고 있다. 이러한 논의는 결국 유학생들 스스로 그 무게를 감당하고자 자성하며 자신들의 고민을 보여주는 것이라 할 수 있다. 그러나 고국에서 거는 기대에 비해 그들이 감당해야 할 현실은

---

170 "今日 日本 留學生의 思想을 大槪 三種으로 分홀 수 有호니
一. 은 學問을 博히 호며 智識을 廣히 호야 塗炭에 嗷嗷호는 半島同胞를 自由의 福樂에 引導호며 自己의 芳名을 萬代의 歷史에 彰호게 코져 호는 者니 留學生中에 가장 思慮가 多호고 理想이 高尙혼 者오.
二. 는 무엇이던 一箇 專門을 修了호야 自己의 衣食을 豊饒히 하려하는 者니 前者는 稍히 破壞的 建設의 觀念이 有호는 後者에 至호야는 此等觀念은 全無호고 其 社會의 風潮를 從호야 自己의 生存의 位置는 保持고져 하는 者오.
三. 은 아못 自動的 思考力과 行動이 無호고 다못 受動的 器械的으로 歲月을 送호는 者니 譬컨딘 余는 學校에 在혼 故로 不得已通學호며 不得已 工夫혼다 하는 者의 類라.
以上 所陳혼 者는 다못 日本 留學生界에 流호는 思潮의 異同혼 點을 模形的으로 極히 簡單히 分類혼 者나 此外에 全留學生界에 共通혼 思潮가 有호니 此가 余의 論호려 호는 主題라."(李寶鏡(이광수), 〈論著〉「日本에 在혼 我韓留學生을 論홈」, 『대한흥학보』 12호, 1910.4.20, 9쪽)

훨씬 냉엄하고 열악했다.

　도쿄에 있는 일본 고학생의 자립 활동을 모두 열거할 수는 없으나, 그들이 자립하여
생활하며 미래의 위대한 목표를 이루기 위해 종사하는 직업들을 대략 좌와 같음.
　○ 신문 배달　이는 신문을 배달하는 일로, 노동 시간은 오후 10시부터 오전 8시까지
　　　　이며, 매달 급료는 6~7엔에서 10엔까지요. 배달은 두 종류가 있는데, 본
　　　　사 배달과 전문 매장에서의 배달이라.
　○ 신문 판매원　이는 신문을 직접 팔아서 생계를 유지하는 일로, 신문사와 계약하여
　　　　신문을 저렴하게 구매한 후, 철도 차 안이나 번화한 시가에서 종을 달
　　　　고 소리쳐 판매함이니, 한 달에 약 10엔의 수익을 얻을 수 있으되 (…중
　　　　략…)
　○ 우유 배달　이는 우유를 배달하는 일로, 그 노동 시간은 아침과 저녁 두 번으로 나
　　　　뉘며, 오전 2시부터 5시까지, 오후 4시부터 6시까지이니, 한 달 평균 급
　　　　료는 6~7엔을 넘지 않되 (…중략…)
　○ 필자생寫字生　이는 관청에서 필요한 문서를 필사하는 일로, 보수는 인쇄용지 한 장
　　　　에 2전 5리라. 따라서 하루에 40전 정도를 벌 수 있으나, 만약 속필을
　　　　하면 하루에 50~60전을 얻음도 있느니라.
　○ 인력거꾼　이는 인력거를 끄는 직업으로, 직업 중 가장 열악한 것이다. (…중략…)
　　　　그 노동 시간은 밤 10시부터 12시까지이며, 매일 평균 50전을 벌 수 있
　　　　지만, 친절한 손님을 만나면 1엔 이상을 벌기도 하느니라.

　이 외에도 활판공, 우편 배달, 관청의 잔심부름 등의 자잘한 직업들이 있으되, 다수
는 이상의 업을 취하느니라.[171]

171　"東京에 在한 日本 苦學生의 些細한 部分은 ――이 枚擧키 不能하나 但 其 自立自活의 方針으로 將來
　　偉大한 目的을 成就할 職業이 大略 如左함.

분명 유학생들이 고국에 돌아가 건설해야 할 수많은 일들이 있지만, 현재 그들 앞에는 당장 어려운 고학생으로서의 삶이 처연하게 드러난다. 신문배달, 인력거, 우유배달 등 각종 다양한 일들을 하며 어렵게 고학을 하고 있는 처지이니, 그들의 이상과 현실의 괴리는 훨씬 깊고 넓었다. 단순히 이상적으로 국가를 위해 이 어려움을 극복하고 미래를 생각하며 건설적으로 살라고 외친들 이는 허공에 부서지는 현실성이 부족한 허언이 되고 마는 것이다.

이러한 상황에서 유학생들은 국내 부모 유지들에게 자식을 유학 보내고 국가와 민족을 위해 지원하라는 당부의 말을 전하게 된다. "子弟의 新敎育이 必要혼줄노 忖度ᄒ거던 또 子弟를 海外 各國에 送ᄒ야 新鮮혼 空氣를 吸收케 ᄒ고 恢廓혼 壯志를 涵養케 ᄒ기를 厚望ᄒ노니 만일 父老 諸氏가 一片 決心으로 子弟의 留學에 注意ᄒ면 個人의 生活 計策과 社會의 公益事業과 國家의 前途 希望이다 玆에 在혼줄노 思惟ᄒ노라"[172]라고 하면서 유학생들의 입장을 고국의 부모들을 향해서 던지고 있는 것이다. 따라서 문학적 토대는 국가와 민족을 위한 당대의 당위적인 담론과 또 한편 현실의 처참한 괴리 사이에서 유학생들의 삶 속에 불현듯 끼어

○ 新聞分傳 : 此는 新聞을 分傳함이니 其 勞働 時間은 下午 十時로 上午 八時까지니 每月 給料는 六七圓으로 拾圓까지오 其 分傳은 二種이 有하니 本社 分傳이오 專賣店 分傳이라.(…중략…)

○ 新聞賣子 : 此는 新聞을 賣却함이니 直接으로 新聞社에 契約하고 廉價로 買取하여 鐵道馬車之房과 繁華市街之場의셔 佩鈴張聲하야 賣却함이니 一朔에 亦 拾圓의 利를 得호되 (…중략…)

○ 牛乳分傳 : 此는 牛乳를 分傳함이니 其 勞働 時間은 朝夕 二度에 分하여 午前 二時로 至五時오 午後 四時로 至六時니 每朔 平均 給料는 六七圓에 不過호되 (…중략…)

○ 寫字生 : 此는 官聽需用文簿를 寫字함이니 字料는 印札紙一張에 赤銅貨 二錢五里라. 然則 其 字料가 每日 四十錢에 不過하되 만일 速寫하면 每日 五六十錢을 得함도 有하니라.

○ 人力車夫 : 此는 人力車를 引함이니 職業 中 最劣하도다.(…중략…) 其 勞働 時間은 夜間 十時로 十二時까지니 生涯는 每日 平均 五十錢을 得호되 若 知士의 同感을 遇할時난 壹圓 以上도 有하니라. 此 外에 活版職工 郵便分傳 官聽小使 細細한 職業이 有호되 多數는 以上의 業을 取하나니라."(具岡, 〈演壇〉「日本 苦學生의 情形을 擧하야 我本邦同學 諸君에게 告하노라」, 『대한흥학보』 6호, 1909.10.20, 32~34쪽)

172 姜荼, 〈論著〉「內國 父老에 向ᄒ야 子弟留學을 勸告홈.(父兄의 常識은 子弟의 幸靑年의 留學은 家國의 福)」, 『대한흥학보』 7호, 1909.11.20, 15~16쪽.

들게 되는 것이다.

    고국 산하를 떠나 지팡이를 짚고 바다를 건넌 지 어느새 봄이 찾아왔다. 한가한 여유를 얻어 공원(히비야 공원)을 거닐었더니, 수많은 나무들이 푸른 빛으로 물들고, 온갖 꽃들이 아름다움을 다투고 있었다. 이곳에서는 나비가 춤추고, 새들이 노래하며, 시인들은 시를 읊고, 화가들은 그림을 그리고 있었다. 노부부는 어린아이를 안거나 업고, 남녀들이 짝을 지어 오가며, 혹은 앉아서 차를 홀짝홀짝 마시고 과자를 바삭바삭 씹으며 인생의 참맛을 즐기고 있었다. 이 장면을 바라보며 겉으로 떠오르는 감정이 솟구쳐 잠시 생각해 보니, 세상은 결코 아무 일 없이 평온한 것이 아니었다.

    새의 노래는 오늘날까지 수천만의 벌레들을 죽인 결과이며, 여전히 작은 벌레들의 목숨을 앗아가려 하고, 나비의 춤은 수백만의 꽃을 뜯어먹은 결과로, 여전히 아름다운 꽃의 향기를 빨아들이려 하고 있으니, 먹지 않고 자라는 생물은 현세에는 없다. 후세계는 단언하기 어려우나 슬프다. 저쪽 나뭇가지에는 나비를 잡기 위해 교묘히 거미줄을 쳐 놓고 기다리는 거미가 있으며, 이곳 나무 아래에는 작은 새를 잡기 위해 콩처럼 생긴 둥근 눈을 뜨고 웅크리고 있는 매가 있으니, 나비의 목숨과 새의 목숨이 진실로 바람 앞의 등불과 같구나. 한 번 덫에 걸리면 그 물체의 먹이가 되고 마니, 이러한 생각을 품고 추운 마음으로 바라보니, 나비의 춤과 새의 노래가 그저 하나의 비관에 지나지 않도다.

    아, 즐거움 속에 유희하는 저 인생은 과연 언제쯤인가. 현세는 약자의 슬픔의 장이며, 강자의 무대라. 누가 이 이치를 모를 것인가. 아, 알 자가 과연 누구인가.[173]

---

173 "故國 山河를 拜別ᄒᆞ고 釖을 杖ᄒᆞ야 海를 渡ᄒᆞᆫ지가 倏倏히 春을 當ᄒᆞᆫ지라. 閑餘를 傍得ᄒᆞ야 公園 (日比谷公園)에 步ᄒᆞᆯᄉᆡ 萬樹ᄂᆞᆫ 靑을 染ᄒᆞ고 百花ᄂᆞᆫ 美를 爭ᄒᆞᄂᆞᆫ지라. 此地에 蝶은 舞ᄒᆞ고 鳥ᄂᆞᆫ 歌ᄒᆞ며 詩人은 詠ᄒᆞ고 畵家ᄂᆞᆫ 繪ᄒᆞ며 老夫와 老婦ᄂᆞᆫ 稚兒를 抱或負ᄒᆞ며 男男女女히 伴을 作ᄒᆞ야 往往來來ᄒᆞ며 或坐ᄒᆞ야 茶를 굴덕굴덕 飮ᄒᆞ며 菓子를ㅣ 바ㅣ 속바속 嚼ᄒᆞᄂᆞᆫ디 人生의 眞味를 可히 賞讚할만 ᄒᆞ도다. 是를 目ᄒᆞ고 皮相의 感念이 湧出ᄒᆞ야 少許 默慮ᄒᆞᆫ즉 決斷코 世間은 無事平穩ᄒᆞᆫ 것이 안이로다. 鳥의 歌ᄂᆞᆫ 今日까지 數千萬의 蟲을 殺充ᄒᆞᆫ 結果어늘 尙且 微蟲의 命을 不仁코져 ᄒᆞ며 蝶의 舞ᄂᆞᆫ 幾百萬의 花를 切食ᄒᆞᆫ 結果어늘 當且 美花의 香을 吸收코져 ᄒᆞ니 食지 안이ᄒᆞ고 生長ᄒᆞᄂᆞᆫ 物은 今世界ᄂᆞᆫ 無ᄒᆞ도다. (後世界ᄂᆞᆫ 斷言키 難)然이나 噫라 彼邊樹枝에ᄂᆞᆫ 蝴蝶을 探取ᄒᆞ

한광호韓光鎬의 「춘일유원유사春日遊園有思」는 고국의 기대와 개인의 좌절감 사이의 괴리를 여실히 보여주고 있다. 고국을 떠나 바다를 건너온 지 몇 번의 봄이 지났다며, 새로 돌아온 봄에 히비야 공원을 거닐며 자신의 소회를 적고 있다. 히비야 공원은 동경에 위치하고 있는데 일본 최초의 서양식 정원으로 1903년에 조성된 곳이다. 즉 근대 서양식의 풍경을 보여주는 장소로, 그곳에서 한광호는 이방인 같은 자신의 모습을 발견하고 있다. 그 서양식 공원에서 남녀노소, 또 연애하는 연인들이 마치 다른 세계의 사람들처럼 그 봄을 누리고 있는 장면을 목격한다. 그러나 그 평온은 가장된 평온, 약자를 밟고 선 강자의 무대로서의 평온으로 묘사되고 있다. 나비의 목숨도 까마귀의 목숨도 모두 풍전등화라며, 약소국에서 온 한 유학생의 고민이 개입되고 있다. "今世界는 弱者의 悲場이오 强者의 舞臺라"라고 단언하는 한 젊은이의 탄식 섞인 고백은 국가의 장래에 대한 고민뿐만 아니라 구경의 대상일 뿐인, 누릴 수 없는 근대에 대한 소외감 역시 동시에 보여주고 있다.

가련하구나, 저 호걸아 살고 죽은 저 호걸아! 나는 새며 뛰는 짐승, 움직이는 온갖 물건 황금 같은 네 눈빛과 벽력 같은 네 소리에 놀라서 얼이 빠지며 두려워서 두려움에 떨었더니 오늘날 네 모습이 가련하기도 하구나. 산을 넘고 골짜기를 뛰어다니던 그 기개는 지금 어디에! 삼천 마리 짐승을 떨게 했던 그 위엄은 지금 어디에! 하룻밤에 천 리를 달리던 그 용기는 지금 어디에! 농가에서 키우는 개가 네 앞을 지나갈 때도 두려움은 고사하고 조롱하듯이 짖지 않나! 좁디 좁은 우리 속에 쇠사슬에 얽매여서 사람 손

기 爲ᄒ야 巧妙히 網絲를 設ᄒ고 苦待ᄒᄂᆫ 蜘蛛가 有ᄒ며 此 處 木末에ᄂᆫ 小鳥를 捕得ᄒ기 爲ᄒ야 豆와 如ᄒᆫ 圓目을 張ᄒ고 縮坐ᄒᄂᆫ 鷹이 有ᄒ니 蝶의 命과 鳥의 命이 實로 風前에 燈과 如ᄒ도다. 一次狙結ᄒ면 彼物의 餌가 되ᄂᆞ니 此意를 含有ᄒ고 觀寒ᄒᆫ즉 蝶의 舞와 鳥의 歌가 一個 悲觀에 不過ᄒ도다. 噫라 快樂이 遊息ᄒᄂᆫ 彼 人生은 果何時인고 今世界는 弱者의 悲場이오 强者의 舞臺라 誰가 此 理를 不知ᄒ리오, 嗚呼라 知者가 果誰오."(韓光鎬, 〈雜纂〉 「春日遊園有思」, 『대한흥학보』 4호, 1909.6.20, 55~56쪽)

에 죽은 고기 한 점, 두 점 얻어 먹으며 겨우 목숨을 이어가는 너, 범아! 서럽구나! 날래고도 굳센 산중의 호걸에서 노예로 스스로 편안해하는 개와 닭처럼 되니 너, 범아! 서럽구나! 끊어라! 네 이빨로 너를 얽어맨 쇠사슬을! 네 이빨이 닳아서 가루가 되도록! 깨뜨려라! 네 발톱으로 너를 가둔 굳은 감옥을! 네 발톱이 닳아서 가루가 되도록! 네 이빨과 네 발톱이 닳아 없어지고 네 용기와 네 힘이 쇠약해져 사라지거든, 네 심장에 있는 피를 뿌리고 죽어라!

소앙생嘯卬生이 평하여 말하기를, 진정한 모습을 그려낸 것이 마치 눈 앞에 펼쳐지는 듯하여, 읽다 보니 시간이 흐르는 줄 몰랐다.[174]

위의 글은 한시가 대부분인 48편의 〈사조詞藻〉 가운데 유일하게 한글로 쓴 이광수의 장문의 시이다. 실제로 이 글은 갇혀 있는 날짐승의 포효하는 생동감을 여실 없이 보여주는 묘사로 그 당시 편집진이었던 소앙생 조용은[175]으로부터 "畵出眞境讀不覺長"이라며 참된 지경에서 그림이 나오듯이 읽어도 긴 것을 깨닫지 못하겠다며 그 묘사력에 감탄을 금치 못하고 있다. 실제로 이광수의 이 산문시는 시 분야에서 연구가 되어오고 있지만, 그 내용적인 측면에서 보면 산문의 정

---

174 "可憐홀사 져豪傑아 살고 죽은 져 豪傑아! 나는 싀며 뛰는 즘싱 음자기는 온갖 물건 黃金갓헌 네 눈빗과 霹靂갓혼 네소리에 놀너여셔 喪魂ᄒᆞ며 두려워셔 失魄터니 오늘늘에 네의 景狀 可憐코도 서를시고 山넘고 골쮜던 그 氣慨는 只슈어듸! 三千獸族慴伏하던 그 威嚴은 只슈어듸! 一夜에 千里 가던 그 勇氣는 只슈어듸! 農家에 쏠탄기 네압흐로 지나갈째 두려움은 姑舍ᄒᆞ고 潮弄트시 줏지 안나! 좁고 좁은 우리ㅅ속에 쇠사슬에 억미여셔 사름손에 죽은 고기 한점 두점 엇어 먹고 가는 목슘니여가는 너ㅣ 브엄아 서를시고! 늘너고도 굿세인 山中의 豪傑노셔 奴隷에 自安ᄒᆞ는 기와 닭과 갓히 되니 너ㅣ 브엄아 셔를시고 너ㅣ 부엄아 서를시고! 싀어라 네니쌀노 너를 얼맨 쇠사슬을! 너니쌀이 다라져셔 가루가 되도록! 깃더려라 발톱으로 너를 갓운 굿은 獄을! 네 발톱이 다라져셔 가루가 되도록! 네 니쌀과 네 발톱이 다라져셔 업셔지고 네 勇氣와 네의 힘이 衰ᄒᆞ며셔 업셔지면 네 心臟에 잇는 피를 쑤리고 죡어이라! 嘯卬生評 曰 畵出眞境讀不覺長"(孤舟生, 〈詞藻〉「獄中豪傑」, 『대한흥학보』 9호, 1910.1.20, 33쪽)
175 송영순에 따르면 소앙생은 황실 유학생으로 『대한흥학보』 주필이라고 한다.(송영순, 「이광수의 장시에 나타난 서사성 연구」, 『한국문예비평연구』 38집, 한국현대문예비평학회, 2012, 97쪽) 또한 앞서 밝혔듯이 상해로 넘어가 독립운동을 했던 인물이기도 했다.

신을 발견하게 된다. 옥에 갇힌 날것의 강한 짐승이 자신의 발톱을 갈며 갇혀 있다. 이 범은 날 것의 살아 숨 쉬는 힘을 가진 짐승이다. 가둬져 있는 상황에서도 범은 날뛰며 들어오는 사육사를 죽여버리고 만다. 그러면서 이 짐승은 갇혀 있지만, 자신의 발톱을 끊임없이 갈고 있다. 이는 다양한 해석이 가능하겠지만, 한편으로 유학생 청년의 포부와 심정을 보여주는 일면이기도 하다. 앞에서 한광호가 근대 공원의 풍경 속에서 유학생이자 약한 나라의 국민으로서의 무력함을 느끼고 있었다면, 이광수는 옥에 갇힌 범을 통해 갇혀 있지만, 발톱을 갈고 있는, 아니 끊임없이 자신의 발톱을 다듬고 갈아야만 하는 조선의 유학생들의 처지를 비유적으로 드러내고 있는 것이라 할 수도 있다.

넓고 넓은 와세다 천하에 지나간 봄철이 또다시 돌아오니, 도쓰가무라戶塚原 언덕에 매화꽃은 황혼 달밤에 은근히 먼저 피어나고, 에도가와江戶川 변에 산벚꽃 붉은 빛 보기 좋게 한창 피어나는구나. 이때에 청년 학생들의 거동 보소. 신수 좋은 저 얼굴에 머리에는 대학의 사각모를 번듯하게 쓰고, 금단추 조끼 위에 학생양복을 말끔히 입고, 두둑한 책보를 단정히 옆구리에 바짝 끼고, 오뚝한 잉크병을 한 손에 비껴 들고, 대로 위를 어정어정 걸어가니, 대학생의 기개가 분명하도다. 땡, 땡, 땡— 울려 퍼지는 저 종소리에 급히 등교하니, 높고 높은 강단 위에서 교사의 설명이 펼쳐진다. (…중략…)

"학교에만 잘 가면 공부가 되나?" 우습다! 이같이 하루, 이틀, 일 년, 이 년이 지나 어느덧 육칠 년의 세월이 흘렀구나. 들으라, 학해고주學海孤舟의 유객遊客들아! 된장국, 김치죽을 그만큼 먹었으니, 이문목견耳聞目見의 학식이야 어찌 없겠느냐? 연령으로 논하건대, 이십여 세의 '성년' 혹 삼십 세 '입년卅年'으로 준신사의 자격이라. 그러하면 사회에서 마땅히 입신할 것이요. 학문으로 논하건대, 삼사 년의 '중등학과' 혹은 오륙 년의 '고등학과'를 거친 반 학사의 신분이라. 그만하면 언론계에서 마땅히 발언할 만한데, 무엇이 또 부족한가. 옛 사람은 혹 삼십여 세에 세계를 정복하였으며, 혹은 "남아男兒가 이십 세에 천하를 평정하지 못하면 후세에 누가 대장부라 칭하겠는가?"라 하였으니, 같은 인류로서 그들은 어떠한 사람이었으며 나는 또 어떠한 사람인가? 이십 세기 이전에도 그러한 인물이 있었는데, 이십 세기 이후에 또 어찌 없으리오. 생각하고, 또 생각하라.[176]

이승근[177]이 쓴 「와세다만필早稻田謾筆」은 유학생으로서의 고민과 자괴감 같은 것들이 수필 형식으로 담겨 있다. 와세다 교정 안에서 삼삼오오 모여 떠들고 노는 무리들과 만학도로 공부도 제대로 하지 않고 졸업도 못하는 인사들에 대해 비판한다. 물론 이러한 비판의 화살은 유학생들, 혹은 자기 자신을 가리키고 있다. "져 高崗에 올나 父母故國을 바라고 바라보니 賈生의 歎息과 申公의 泣血이 今日이 이 아니며 自首高堂에 親年이 隆邵ᄒ야 事親홀 놀이 漸少ᄒ고 風塵世界에 干戈가 阻絶ᄒ야 弟妹의 눈물이 枯橋ᄒ니 李密의 陳情과 杜老의 發狂이 此時가이 아인가. 우리도 그만 져 만학싱표를 써혀 놋고 九萬長天에 져 得意鴻싸라 不如歸不如歸라 신바시新橋車를 얼는 모라 聯絡船타고 釜山에 下陸ᄒ야 秋風嶺 너머 가쟈너"[178]라

---

176 "넓고 넓은 早稻田天下에 지나간 봄철이 또 다시 도라오니 戶塚原(도쓰가무라)頭에 梅花暗香은 黃昏月夜에 殷勤이 먼져 오고 江戶川(에도가와)邊에 山櫻花(사구라) 불근 빗보기 죳케 方暢ᄒ다. 잇째에 靑年學生들 거둥보쇼 신슈죠혼 져 얼골에 머리에난 大學校 四角帽子 번뜻 쓰고 金단츄 족 기우에 학싱양복 눌너 입고 두둑흔 칙보 즌난한 녑헤 밧쟉 게고 웃독흔 인크병은 한손에 빗겨들고 大道上 어정어정 걸어가니 大學生의 의표가 分明ᄒ다. 쎵, 쎵, 쎵 나난 져 종쇼릭에 급급히 登校ᄒ니 놉고놉흔 講檀우에 教師의 說明이라. (…중략…) 「학교에만 잘 가면 공부되나」 우습다 이 갓치 一日, 二日, 一年, 二年, 어언간에 六七星霜 되엿고나 들으라. 學海孤주 遊客들아 된쟝국, 김치죽을 그만치 먹어쓰니 耳聞目見學識인들 네엇지 업슬손가 年齡으로 論之ᄒ면 二十餘 「成年」或 三十 「立年」準紳士의 資格이라. 그러ᄒ면 社會上에 可히 立身홀 것이오. 學問으로 論之ᄒ면 三四年 「中等學科」或 五六年 「高等學科」片學士의 身分이라. 그만ᄒ면 言論界에 可히 容喙홀 것인딕 무엇이 또 부즉흔가. 古人은 或 三十餘에 世界를 征服ᄒ엿스며 或은 「男兒가 二十에 天下를 平치 못ᄒ면 後世에 뉘가 大丈夫라 稱ᄒ리오.」 云ᄒ엿스니 同是 人類로겨는 엇더흔 스람이며 나는 엇더흔 사롬인가. 二十世紀 以前에도 이러흔 사람 잇섯는딕 二十世紀 以今에 쏘 엇지 업슬이오 싱각ᄒ고 쏘 싱각ᄒ라."(李承瑾, 〈文苑〉「早稻田謾筆」, 『대한흥학보』 12호, 1910. 4. 20, 32~34쪽)

177 이승근(李承瑾)은 앞서 설명했듯이 1907년 1월 태극학회에 신입회원으로 등장하여, 그 해 7월에 일본 경무학교를 졸업했으며, 1907년 9월 와세다 대학에 입학한 인물이다. 따라서 「와세다 만필」은 3년 가까이 와세다 대학을 다니며 느낀 자신의 소회를 담은 글이다.

178 이승근, 위의 글, 34쪽.

고 하면서 고국과 부모, 형제를 생각하며 어서 만학생표를 떼고 고국으로 돌아가자고 재촉한다. 그러한 고민에는 "나는 어떠한 사람인가"라는 물음이 던져져 있다. 삼삼오오 모여 떠들고 노는 무리들과 그들을 바라보는 이의 괴리감이 끼어들고 있다. 와세다 교정 내에서 아무 생각 없이 어울려 노는 무리들은 자신들과 같은 유학생일 수도 있고, 일본의 청춘 남녀일 수도 있다. 어느 쪽이든, 필자의 마음에 들어차는 것은 고국의 무거운 무게와 청춘으로서의 감정일 것이다. 유학생들은 그 속에서 고민하고 비판하고 자성하며 자괴감을 드러내고 있는 것이다.

이는 유학생들의 이중적인 고민에서 배태된 현상이라고 볼 수 있다. 외부적 차원에서 당위적인 의무 및 고민은 바로 국가의 독립과 존립에 관한 문제였다. 이러한 당위적 고민 속에서 유학생들은 내부적인 갈등 역시 양산되고 있었다. 외부적이면서 당위적인 국가의 공적인 문제와, 내부적이면서 개인적인 유학생 스스로의 사적인 문제가 부딪치면서 유학생들의 감정의 표출은 시가 아니라 산문으로 드러나고 있었다. 이는 근대의 산문 정신의 강화로 해석될 수도 있을 것이다.[179] 고민과 갈등 속에서 내면의 감정은 한시의 함축이 아니라 산문의 배설로 나타나며, 한문이 아니라 한글을 통한 '지금, 여기'의 언어와 문체로 서사의 영역 속에서 해체되어 등장하게 된 것이다.

『대한흥학보』의 기행문이나 산문을 보면 이러한 고민들이 산재해 있으며, 이것은 당대 유학생들의 공통된 기반을 이루고 있음을 알 수 있다. 이러한 유학생들의 집단적 고민은 문학의 토대로서 존재하게 되며 그 고민과 자괴감이 산문의 양식으로 드러나고 있는 것이다. 유학생들의 이러한 고민은 개인적 차원에서 그

---

179 이광수의 「옥중호걸」의 경우, 한시가 실렸던 〈사조〉란에 실려 있고, 기존 논의에서는 이를 장시(長詩)의 장르로 구분하고 있다. 본 책에서는 「옥중호걸」이 시의 장르에 위치하면서도 산문적 성격을 들어 산문 정신의 발현으로 해석한 것이다. 그 이전까지 실렸던 한시의 경우와, 이광수의 「옥중호걸」은 전혀 다른 성격일 수밖에 없다. 전자가 한문을 토대로 한 함축을 전제로 하고 있다면, 후자는 시적인 리듬감을 가지면서도 산문화된 서사가 주된 맥락을 이루고 있다. 그러한 점에서 「옥중호걸」이 시의 영역에 속하지만, 산문 정신의 확장과 발현이라는 측면에서 논의의 대상으로 삼았음을 밝혀 둔다.

치는 것이 아니라 공통의 감정으로 가지고 있었으며, 이는 집단적 고민으로 자리잡고 있었음을 확인할 수 있다. 이러한 집단적 고민으로서의 공통감은 여기에 그치지 않고 근대문학의 태동으로 이어진다.

5) 〈소설〉란의 개념화와 문학 독자의 형성

7호부터 광고를 통해 〈소설〉란의 투고를 권장하던 『대한흥학보』는 진학문의 「요조오한四疊半」과 이광수의 단편 「무정無情」을 싣기에 이른다.

〈표11〉 『대한흥학보』에 실린 소설류[180]

분류	표제	필자	제목	문체	주제	호	날짜
소설 (5편)	소설	夢夢	요조오한(四疊半)	한글	유학생 고민	8	1909.12.20
	소설	孤舟	無情	한글(거의)	구여성 자살	11	1910.3.20
	소설	孤舟	無情(續)	한글	구여성 자살	12	1910.4.20
	잡찬	聽天子	海上	단어형 국한문 +한문(일부)	2명의 대화	11	1910.3.20
	잡찬	KM生	生存競爭談	한글	생존경쟁서사	13	1910.5.20

실제로 〈소설小說〉란에 실린 소설은 2편이었다. 「무정」이 11호와 12호에 2회 연재되면서 소설란의 총 연재 횟수는 3번이었다. 특이한 것은 〈잡찬雜纂〉란에 실린 2개의 글이 서사적 성격을 지니고 있다는 점이다. 〈표 11〉에 제시된 5편 모두 서사적 형식을 가지고 있으나, 〈소설〉란에 실린 3편의 글과 〈잡찬〉란에 실린 2편의 글 사이에는 차이가 존재하고 있다. 이 차이가 바로 『대한흥학보』가 개념화한 〈소설〉란의 정체성이라 할 수 있다.

〈잡찬〉란의 글을 보면, 먼저 청천자聽天子가 쓴 「해상海上」은 세계탐험가인 A와 그의 친구인 박물학자 B의 대화로 이루어진 글이다. 현실에 대해서 잘 파악하지 못하는 B에게 A는 "지금은 다만 못타이빨의 강물이몽골의 오르콘강 고대 로마의 원한을 안고 천추에 흐느끼며, 화림和林의 조용한 바람 소리가, 죽은 몽골의 여한을

---

180 〈소설〉란에 실리지는 않았지만, 대화체로 서사를 담고 있는 〈잡찬〉에 실린 2편의 글도 〈소설〉의 유사한 형태를 띠고 있어 포함하였음을 밝혀둔다.

품고 만세에 걸쳐 울부짖을 뿐이니, 참으로 가련하도다"라고 하면서 "어느 나라의 역사와 어느 사회의 흥망성쇠를 관찰하든지, 그 모든 것은 내부적인 정신상의 통일과 국민적 기상이 어떠한가에 따라 자연도태의 법칙 아래 스스로 귀결되는 것이요, 외적外敵의 침략으로 멸망한 자는 단 한 명도 없음은 이치가 그러하며, 운명이 그러한 까닭이니라"[181]라고 언급한다. 외국의 흥망성쇠를 보면 국민 내부적 문제가 있어서 멸망하는 것이지, 외부적 침략으로 멸망하는 경우는 없다는 한탄의 이야기를 내뱉는다.

순식간에 얼음 같은 혼은 서쪽으로 사라지고 별들만 희미하게 빛나는데, 모두가 밤이 깊어짐을 느끼고 돌아갈 길을 재촉하더니 문득 한 차례의 큰 바람이 거세게 불어오며 기운이 서쪽으로 멀리 날아가더니, 바다와 계곡의 억만 병력은 바다를 요동치게 하고, 날쌘 말의 삼천 철기병은 동서로 빠르게 진격하여 우주가 요동치며 하늘과 땅이 진동하더라.

이때 두 사람이 난파의 운명과 하백의 희생을 예견하고 전력을 다해 타움스뷔르로 향하니 천운이 다하여 A씨는 마침내 삼려대부의 막하로 돌아가고 B씨도 비록 한때는 수궁에 들어갈 뻔했으나 어느 구조선에 의해 구조되어 그 후 고국으로 돌아가 A씨의 죽음과 그날 밤의 광경을 하나하나 세상에 전하였다더라.[182]

---

181 "只今은 但 못타이쌀의 滔滔水가 古羅馬의 遺寃을 帶호고 千秋에 嗚咽호며 和林의 죠죠籟가 死蒙古의 餘恨을 숨호고 萬世에 怨吼홀 쑨이니 참 可怜토다"라고 하면서 "何國歷史와 何社會興遞를 觀察호던지 다 그 內部의 精神上 統一과 國民的 氣象如何에 從호야 自然淘汰法則下에 自○에 皈홈이요 未嘗不 外敵侵掠下에 滅亡혼 자는 一介도 無홈은 理의 所由며 運의 所宜"(聽天子,〈雜纂〉「海上」, 『대한흥학보』11호, 1910. 3. 20, 45쪽)

182 "須臾에 氷魂은 西沒호고 列辰만 熒熒호되 一同이 임의 夜深홈을 覺호고 皈路를 催促호더니 문득 一陣颶風이 淅瀝호며 氛氳이 西方으로 悠揚터니 海谷의 億萬貔貅는 海洋을 洶湯호며 飛廉의 三千 鐵騎는 東西로 驟進호야 宇宙가 籟籟호며 乾坤이 振駴터라.
此時에 兩人이 難船의 運命과 河伯의 犧牲을 豫期호고 全力을 盡호야 타움스뷔르로 向터니 天運이 盡호야 A氏는 맛참뇌 三閭大夫幕下로 皈호고 B氏도 비록 一時는 水宮에 入籍홀 번 호얏시느 某救濟船의 救出혼 빙 되야 其后故國에 皈去호야 A氏의 往生과 同夜의 光景을 一一히 世上에 公傳호얏

그러나 마지막 부분의 이야기는 이때까지 이야기를 뒤엎는 서사를 보여준다. 외부적 침략으로 멸망한 적이 없다는 결론 끝에 두 사람은 풍랑을 만나 급히 난선의 운명을 피하려 하지만, 결국 A는 죽고, B 역시 수궁에 입적할 뻔하였으나 겨우 살아나 A씨의 행적을 세상에 전하고 있다는 결말이다. 만약 뒷부분의 내용이 없었다면, 근대계몽기 단형 서사의 전형을 보여준다고 할 수도 있었다. 현재 국제 정세에 대해 두 사람이 대화를 나누는 단형서사의 형식이 많이 등장하고 있었으니, 이 글 역시 그렇게 볼 수 있었다. 그런데 마지막 부분에 외부에 의해 좌초되는 해상海上의 급박한 상황을 결말로 붙임으로써, 비유적 방식으로 당대 현실을 보여주고 있는 것이다.

〈잡찬〉에 실린 KM生의 「생존경쟁담生存競爭談」은 국제 정세와 국가의 당면한 상황을 적은 글로, 이야기 화자를 등장시켜 직접 독자를 호명하며 생존경쟁이 어떻게 벌어지고 있는지 서사를 통해서 설명한다.

> 옛적에 석가여래가 산중에서 도를 닦을 적에, 어떤 악마가 시험해 보려고 먼저 비둘기가 되어 날아와서 "아이고, 석가님! 매라는 놈이 나를 잡아먹으려고 쫓아오니, 저를 좀 구원하여 살려주시오." 하는지라. 석가가 불쌍히 여겨 비둘기를 자기 품속에 넣었더니 또 악마가 매로 변하여 날아와 "여보, 석가님! 내가 어찌 굶었는지 배가 고파 죽겠으니 방금 쫓아온 비둘기를 먹게 해 주셔야 살겠나이다." 하는지라. 석가가 생각하니, 비둘기도 불쌍하고, 매도 불쌍하였다. 할 수 없이 자신의 볼기짝을 베어 매에게 먹이고, 그리하여 매와 비둘기를 다 같이 구원하였다 하였소. 이것은 참으로 석가만이 할 수 있는 일이니, 다른 사람은 결코 할 수 없는 일이로다. (…중략…)
>
> 어떤 나라의 대관大臣들은 마음이 너무나 인자하여, 석가여래처럼 착한 나머지 도적놈이 와서 광산을 주어야 벌어먹고 살겠다 하니까 불쌍하여 "오냐, 주마." 이번에는 철

다더라."(「海上」, 46쪽)

로를 놓게 해 주시오. "오냐, 주마." 이번에는 사법권을 주시오. "오냐, 주마." 이번에는 군권을 주시오. "오냐, 주마." 이렇게 요락조락 다 주고 나니, 이제 남은 것이라고는 두 불알뿐이로다. 이만큼 주었으면 이제 그만 줄 법도 한데, 염치없는 도적놈은 달라는 것이 장기라, 지금은 네 처자를 달라. 네 계집은 내가 데리고 잘 것이고, 네 자식은 내가 종으로 부리겠다 할 것이니, 이때 가서야 분하고 절통한 생각이 나지 않겠는가! 아이고, 세상에 이런 흉악한 놈도 있단 말인가! 이를 어찌할 것인가! 참으로 눈 뜬 사람이라면 이 꼴을 차마 볼 수 없을 것이로다. 그런데도 하도 주다 보니 열이 나서, 처자야 어찌 되었든 또 주었소. 그다음은 무엇을 주나? 자기 목숨밖에는 줄 것이 없소. 비로소, 아이고, 내가 잘못했다. 못하겠다고나 해볼걸 못하겠다면 내 목숨밖에 더 달랬을까 하며 허희탄식嘘唏歎息 한들 무엇하겠소. 후세의 역적놈, 역적놈 하는 것은 오히려 곰국일세. 죽기 좋다고 오냐 오냐 한 까닭으로 몇 천만 인생이 송사리 같아서 여기서 죽고 저기서 죽어 울음소리와 원통한 기운 몇 천 리 강산에 사무치니 이것 기막힌 일이 아니오.[183]

---

183 "옛적에 釋迦如來(석가여린)가 山中(산중)에셔 道(도)를 닥글 적에 엇던 惡魔(악마)가 試驗(시험)ᄒ여 보랴고 먼저 비달기가(鳩)되여 날나와셔 아이고 釋迦(석가)님 매(鷹)란 놈이 나를 자바 먹으려고 쫏차오니 좀 救援(구원)ᄒ야 살여쥬시오 ᄒᄂ지라. 釋迦(석가)가 불샹이 여겨셔 비둘기를 自己(자긔)품속에 너엇더니 쏘 惡魔(악마)가 미가 되여 날나와셔 여보 釋迦(셕가)님 내가 웃지 굴멋ᄂ지 배가 곱하 죽겟스니 卽今(즉금) 쫏차온 비달기를 먹게 ᄒ여 주셔야 살겟나이다 ᄒᄂ지라 釋迦가 生覺ᄒ니 비둘기도 불샹ᄒ고 미도 불샹ᄒ지라. 헐 슈 업서셔 自己 볼기싹을 좀 버혀 미를 먹이고 미와 비둘기를 다 갓치 구원ᄒ얏다 ᄒ얏소. 이거ᄂ 참釋가나 할 일이지 다른 사룸은 못홀 일이외다. (…중략…) 엇던 나라 釋迦如來(석가여)ᄅ은 마음이 인자ᄒ야 釋가如來(석가여) 블쥐어지르게 착흔 쌰달으로 도적놈이 와셔 礦山(광산)을 주어야 버려먹고 살겟다 ᄒ닛가, 불샹ᄒ야 온야 주마 이번에ᄂ 鐵路(쳘노)를 락시오 온야 주마 이번에ᄂ 司法權(사법군)을 쥬시오 온야 쥬마 이번에난 軍權(군권)을 쥬시오 온야 쥬마 요락 조락 다 쥬고 지금은 두 불알만 남앗소. 그만콤 주엇쩌던 그만 두엇쓰면 죳켓지마ᄂ 염치업는 도적놈은 달나는 것이 長技(장기)야셔 지금은 네 妻子를 다고 네 계집은 내가 다리고 잘 것이오 네 자식은 내가 종놈으로 부리겟다 할 것이니 이재ᄂ 좀 분ᄒ고 절통흔 싱각이 나겟소. 아이고 흉흔 놈도 잇지 이를 엇지 ᄒ나 참 눈쓴 놈은 그 모양을 볼 수 업겟소. 그러나 하도 주기에 열이 나셔 妻子(쳐)야 엇더던지 쏘 주엇소 고 다음은 무엇을 주나 自己(자긔) 목숨밧게 줄 것이 전혀 업소. 비로소 아이고 내가 잘못이야 못하것다고나 ᄒ야 볼걸 못 것다면 닉 목숨박게 더 달냇실가 ᄒ며 嘘唏歎息(허히탄식)을 흔들 무엇ᄒ 겟소 後世(후세)의 역적놈 역적놈 ᄒᄂ 것은 오히려 곰국일세 죽기 죳타고 온야 온야 흔 쌰달으로 幾千萬(몃쳔만) 人生(인)이 숑사리 쯸틋 예셔 죽고 졔셔 죽어 우름소릭와 원통흔

생존경쟁이라는 이름으로 벌어지는 국제정세, 즉 우승열패의 냉혹한 현실을 석가와 도적의 이야기로 설명하고 있다. 이에 대해 이야기 화자는 "제군諸君 좀 생각生覺ㅎ십시다. 그러면 엇던 동물이던지 남의 밥이 안이 되랴면 아가리를 버리기 전에 도망질을 쳐야 ㅎ겟소. 그러치 안타 ㅎ실 양반이 잇것은 말슴좀 ㅎ시오. 답답ㅎ외다. 쏘 자미잇는 말삼이 나오니 자셔이 드르시오?"라고 독자를 호명하며, 이야기로 끌어들인다. 무엇보다 이 글에서 중요한 부분은 이 글의 원문에서 한자가 적힌 단어 옆에 한글을 병기하고 있다는 점이다. 유학생들은 한자 독해가 되니 이러한 한글 병기는 국내의 독자들, 또 한문보다 한글에 익숙한 독자들을 위한 것이다. 석가에게 와서 무엇이나 달라고 하는 악마의 이야기에 빗대어 생존경쟁을 설명함으로써 서사를 통해 현실의 상황을 좀 더 가깝게 느끼도록 만들고 있는 것이다. 이처럼 〈소설〉란에 속하지는 않지만, 서사적 성격을 지닌 이와 같은 글들은 비유와 우화, 풍자를 통해서 허구적 이야기를 현실의 문제로 치환해 내고 있다. 이렇게 외부의 문제를 다루는 소설에 가까운 서사적 글은 〈잡찬〉란에 배치된 데 반해, 유학생 내적인 문제를 다루는 글들은 〈소설〉란 안으로 끌어들이고 있다.

> 마지막에 함咸은 가장 열심히
> '개성의 발휘는 지금 나의 희망욕구의 전체인데 이 생각은 언제까지도 변함이 없을 것 같소' 하고
> 채蔡는 '허무주의로서 사회주의로 돌아오던 말, 자연주의로서 도덕주의로 돌아오던 말과 및 문예상으로서는 사실주의를 맹신하던 일이 꿈 같다' 하고
> 로맨틱 사상에도 취할 것 곧 일리가 있는 것과 주의主義 그것이 매우 우스우나 그러나 아직까지 무엇이든지 사람이 객기客氣를 가져야 하겠다는 말을 다한 뒤에

그윽운 幾千里(몃천리) 江山(강산)의 사못치니 이것 긔막힌 일이 안이오."(KM生, 〈雜纂〉「生存競爭談」, 『대한흥학보』 13호, 1910.5.20, 40~41쪽)

'이것저것 다 쓸데없소 술이란 것이 장취불성長醉不醒은 못하는 것이고 또 말하면 실지를 따르지 못하길래 이상이란 말이 존재하는 것이지마는 번연히 이런 줄을 알고 있다가도 참으로 실세간에 접촉할 때에는 한량없는 애감이 새삼스럽게 납디다.'

하면서 무슨 의미가 있는 듯 포켓에 손을 집어넣으면서 일어나 '시대의 희생'이란 소리를 여러 번 노랫조로 부르더라.

열한시를 치다. 하인이 자리를 펴고 가다.

불 쓰고 누운 뒤에도 두 사람의 이야기는 끊이지 아니하는데 본국형편에 관하여는 여러 번 물으나 채의 대답은 오직 '적자포복입정赤子匍匐入井: 갓난아기가 기어 우물로 들어간다'의 한 마디뿐이요 그대로 '그저 견디고 견뎌야 하오. 우리는 천생이 연애와 사상과 행위의 자유공권을 박탈당하였습니다. 그 중 사상으로 말하면 겉으로 드러나지 아니하니깐 얼만큼 자유가 있을까'하더라.

이때 야간 순례하는 경목警木소리가 캄캄한 속에서 들린다.

이튿날 아침 늦게 일어난 채는 조반이나 먹고 가라 하여도 '아니 늦었어'하고 세 살 먹은 어린아이를 가르치는 듯한 말로

'학교에 잘 다니고 선생 꾸지람 듣지 말도록 하시오. 무슨 일이고 자연이지 부자연은 없습니다.'

하면서 바쁘게 가니, 함은 새 고민 하나를 더하는 동시에 '스스로 비하하는 자야, 편안함에 안주하는 자야' 하는 생각이 채의 등을 향하여 나감을 금치 못하더라以上.[184]

7호에 소설 투고 광고가 나가자마자 8호에 바로 몽몽 진학문의 「요조오한四疊半」이 〈소설〉란의 첫 작품으로 등장했다. 이는 그야말로 유학생들 스스로의 이야

---

184 "마조막에 咸은 가장 熱心으로 / '個性의 發揮는 지금 나의 希望欲求의 全體〕」데 이 생각은 은제까지도 變함이 업슬것 갓소 / 하고 蔡는 虛無主義로서 社會主義로 도라오든 말, 自然主義로서 道德主義로 도라오든 말과 밋 文藝上으로서는 寫實主義를 盲信하든일이 쑴갓다하고 / 로맨틱 思想에도 取할 것 곳 一理가 잇는 것과 主義 그것이 매우 우수우나 그러나 아직까지 무엇이든지 사람이 客氣를 가져야 하겟단 말을 다한 뒤에

기였다. 마치 앞서 살펴보았던 유학생들의 감회나 고민이 그대로 투영되어 나타나고 있다. "二層위 南向한 「요조오한」이 咸映湖의 寢房, 客室, 食堂, 書齋를 兼한 房이라. 長方形 冊床위에는 算術 敎科書라. 修身 敎科書라 中等外 國地誌等 中學校에 씨는 日課冊을 쏘진 冊架가 잇는데 그녑흐로는 동써러진 大陸 文士의 小說이라. 詩集等의 譯本이 面積 줍은게 恨이라고 늘어 싸혓고 新舊刊의 純文藝雜誌도 두세種 노혓스며, 學校에 다니는 冊褓子는 열十字로 매인치 그밋헤 바렷스며, 壁에는 勞役服을 입은 쏘오리끼와 바른손으로 볼을 버틴 투우르궤네브의 小照가 걸녓더라"[185]라는 서두의 표현은 그 당대 유학생들이 하숙방을 그대로 묘사하는 듯하다. 주인공 함영호의 방에는 교과서들과 문예잡지, 그리고 노동복을 입은 막심 고리끼와 투르게네프의 소조小照 즉 화상畵像이 걸려 있는 것으로 유학생의 생활상을 그려낸다. 문학과 민중에 대해 고민하는 지식인이자 유학생의 방임을 보여주는 이 서두는, 함영호와 채蔡가 대화를 이어가면서 점점 암울한 현실이 맹렬히 개입되어 반전을 일으키고 만다. 마치 투르게네프 스스로 비판하며 썼던 「잉여인간의 수기」의 잉여인간처럼 의지가 약하고 시대에 휩쓸리는 지식인 주인공

'이것저것 다 쓸대잇소 술이란 것이 長醉不醒은 못하는 것이고 쏘 물하면 實地를 잘으지 못하길네 理想이란 물이 存在하는 것이지마는 번연히 이런 줄을 알고 잇다가도 참으로 實世間에 接觸할 째에는 限量업는 哀感이 새삼스럽게 납듸다' 하면셔 무슨 意味가 잇는 듯 포켓트에 손을 집어느면서 이러나 '時代의 犧牲'이란 소리를 여러번 노랫調로 불으더라.
열한時를 치다. 下婢가 자리를 펴고 가다. / 불쓰고 누은 뒤에도 두 사람의 이약이는 쯔니지 아니하는데 本國形便에 關하야는 여러번 물으나 蔡의 對答은 오직 '赤子匍匐入井'의 한마듸 뿐이요 그대로 '그저 堅忍하여 堅忍하여야 하오 우리는 天生이 戀愛와 思想과 事爲의 自由公權을 剝奪當하얏슴넨다 그 中 思想으로 물하면 것흐로 들어나지 아니하니깐 얼만큼 自由가 잇슬가'하더라.
째째 夜巡하는 警木소리가 캄캄한 속으로서 들닌다 / 이튼날 아참 늦게 일어난 蔡는 朝飯이나 먹고 가라 하야도 '아니 느껏서'하고 세살먹은 어린 아해를 갈으치는 듯한 물노 / '學校에 잘 다니고 先生 꾸지람 듯지 물도록 하시오 무슨 일이고 自然이지 不自然은 업슴넨다' / 하면셔 怱忙히 가니 咸은 새 苦悶 한아를 더하는 同時에 '自卑하는 者야 苟安하는者야'하는 생각이 蔡의 등을 向하야 나감을 禁치 못하더라(以上)"(夢夢, 〈小說〉「四疊半(요조오한)」, 『대한흥학보』 8호, 1909.12.20, 28~30쪽)
185 「요조오한」, 23쪽.

의 모습을 비판적으로 제시하는 듯한 인상마저 준다.

채蔡가 1년 동안 고국으로 돌아가면서 1년 간 만나지 못했다가 채가 돌아와 함영호를 찾으면서 이 소설은 전개된다. 두 사람의 대화는 유학생들의 일상처럼 소개되고 있다. 문학을 이야기하고, 이상을 이야기하지만, 현실은 두려울 뿐이다. 개성의 발휘가 자신의 희망욕구의 전체라 비장하게 내뱉는 함영호도 채와의 대화 속에서 시대의 희생과 고국의 형편 속에서 묵묵히 인내해야 할 뿐이

〈사진 14〉 진학문의 「요죠오한」

다. 현실과 이상간의 괴리 속에서 학교를 나가지 않고 집에만 처박혀 있는 함영호에게 채는 "學校에 잘 다니고 先生 쭈지람 듯지 말도록 하시오 무슨 일이고 自然이지 不自然은 업습녠다"라며 학교에 열심히 나가라는 말을 던지고, 이를 듣는 함영호는 또다른 괴리감과 답답함을 느끼고 만다. 그에게 채라는 인물은 "自卑하는 者", "苟安하는 者", 즉 스스로 저속해지고, 구차히 편안만을 추구하는 자로 비판의 대상이 되어버린다.[186]

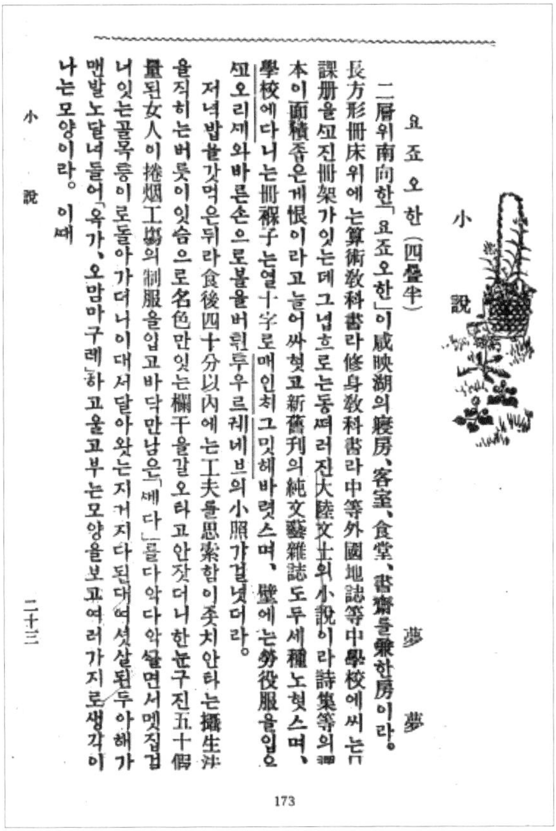

---

186 이유미는 「요죠오한」의 두 인물의 갈등이 당시 일본 유학생들이라면 경험했음직한 한 개인에게 드러나는 자아 분열 양상일 수도 있다고 지적한다. 즉 외부적 환경과 불화할 수밖에 없었던 유학생들의 글쓰기는 현실과 화합하지 못하는 시대적 산물로 파악하고 있다. (이유미, 「1900년대 지식인의 현실인식과 글쓰기 방식의 상관성 연구」, 문학과사상연구회 편 『근대계몽기 문학의 재인식』, 소명출판, 2007, 119쪽)

인류가 생존하는 이상에 인류가 학문을 유한 이상에는 반드시 문학이 존재할지니 생물이 생존함에는 식료가, 필요함과 같이 인류의 정이 생존함에는 문학이 필요할지며, 또 생할지라. (…중략…)

고로 금일 소위 문학은 지난날 유희적 문학과는 전혀 다르나니 지난날 시가소설은 다만 한가한 시간을 보내며 근심을 잊는 오락적 문자에 불과하며 또 그 작가도 이와 같은 목적밖에 없었으나 (모두 그러하다 함은 아니나 그 대부분은) 금일의 시가소설은 결코 그렇지 않으면 인생과 우주의 진리를 밝히고 드러내며 인생의 행로를 연구하며 인생의 정적情的(즉 심리상) 상태 및 변천을 공구하며 또 그 작가도 가장 심중한 태도와 정밀한 관찰과 심원한 상상으로 심혈을 주입하니 지난날의 문학과 금일의 문학을 혼동치 못할지로다. 그렇기 때문에 우리 한국 동포 대다수는 이를 혼동하여 문학이라 하면 곧 일개 오락으로 사유하니 참 개탄할 바로다. (…중략…)

대저 수억의 재물이 창고에 넘치며 백만의 병력이 국내에 나열하며 군함과 총포, 검과 창이 예리하고 무쌍하다고 하여도 그 국민의 이상이 불확실하며 사상이 탁월하지 않으면 무엇이 유용하겠는가. 그런즉 한 나라의 흥망성쇠와 부강빈약은 전적으로 그 국민의 이상과 사상 여하에 달려 있으니 그 이상과 사상을 지배하는 자가 학교 교육에 있다고 할지나 학교에서는 다만 지식이나 학문뿐이며, 그 외의 것은 배울 수 없다고 한다. 그런즉 무엇이오 말하기를 문학이니라.[187]

---

187 "人類가 生存ㅎᄂᆞᆫ 以上에 人類가 學問을 有ㅎᆫ 以上에ᄂᆞᆫ 반ᄃᆞ시 文學이 存在ㅎᆯ디니 生物이 生存ㅎᆷ에ᄂᆞᆫ 食料가, 必要ㅎᆷ과 가티 人類의 情이 生存ㅎᆷ에ᄂᆞᆫ 文學이 必要ㅎᆯ며,ᄯᅩ 生ㅎᆯ디라. (…중략…)

故로 今日 所謂 文學은 昔日 遊戲的 文學과ᄂᆞᆫ 全혀 異ㅎᄂᆞ니 昔日 詩歌小說은 다못 銷閑遺悶의 娛樂的 文字에 不過ㅎ며 ᄯᅩ 其 作者도 如等ㅎᆫ 目的에 不外ㅎ여시나(悉皆그러하다ㅎᆷ은 안이나 其 大部分은) 今日의 詩歌小說은 決코 不然ㅎ야 人生과 宇宙의 眞理를 闡發ㅎ며 人生의 行路를 硏究ㅎ며 人生의 情的(卽 心理上) 狀態及變遷를 攻究ㅎ며 ᄯᅩ 其 作者도 가장 沈重ㅎᆫ 態度와 精密ㅎᆫ 觀察과 深遠ㅎᆫ 想像으로 心血을 灌注ㅎᄂᆞ니 昔日의 文學과 今日의 文學을 混同티 못ㅎ도다. 然ㅎ거늘 我韓同胞 大多數ᄂᆞᆫ 此를 混同ㅎ야 文學이라 ㅎ면 곳 一個娛樂으로 思惟ㅎ니 참 慨歎ㅎᆯ 바ㅣ로다. (…중략…)

大抵 累億의 財가 倉廩에 溢ㅎ며 百萬의 兵이 國內에 羅列ㅎ며 軍艦銃砲劍戟이 銳利無雙ㅎ단덜 其 國民의 理想이 不確ㅎ며 思想이 卓劣ㅎ며 何用이 有ㅎ리오. 然則 一國의 興亡盛衰와 富强貧弱은 全히 其 國民의 理想과 思想如何에 在 ㅎᄂᆞ니 其 理想과 思想을 支配ㅎᄂᆞᆫ 者ㅣ 學校敎育에 有ㅎ다 ㅎᆯ

위의 글은 이광수의 「문학文學의 가치價値」라는 글로 앞서 「요조오한」의 함영호가 왜 채를 비판할 수밖에 없는지를 여실히 보여준다. 이광수에 따르면, 인류가 지知가 생기면 과학이 생기고, 생존하기 위해 음식이 필요한 것 같이, 인류에게 정情이 있으면, 문학이 생기며 또한 필요하다고 주장한다. 이러한 정은 학교 공부로 배울 수 없는 것이다. 일국의 흥망성쇠와 부강빈약은 모두 그 국민의 이상과 사상 여하에 달려 있으니, 그 이상과 사상을 지배하는 것이 학교교육에 있다고 하겠지만, 학교에서는 지智나 학學만을 다룬다며 그 외에는 얻을 수 없다고 단정하고 있다. 따라서 인생문제 해결의 담임자擔任者는 문학이며 문학을 통해서만 이러한 인생문제를 배울 수 있다고 설명하고 있는 것이다. 인생문제 즉 유학생들이 겪고 있는 이상과 현실의 괴리, 국가라는 당위와 개인의 현실 사이에서 오는 갈등은 정情의 영역에서 표출되고 있는 것이다. 이러한 갈등과 고민은 산문이라는 영역 속에서 드러낸 바 있으며, 「요조오한」 역시 그러한 문제를 문학의 영역에서 다루고 있다.

이광수 스스로 최초의 작품이라 말하고 있는 「무정無情」[188]은 「요조오한」과는 다르게 일본에서 유학하면서 느끼게 되는 고민과 괴리감과는 거리가 있는 듯이 보이기도 한다. 「무정」은 송림松林 한좌수韓座首의 며느리인 한 부인이 16살에 12살인 한명준에게 시집와서 모진 냉대를 받다 남편이 첩까지 얻어 그 첩이 안방까지 차지한 것을 보고 약을 먹고 자살하는 내용이다.

디나 學校에서는 다못 智나 學홀디오 其外는 不得ᄒ리라 ᄒ노라. 然則 何오 曰 文學이니라."(李寶鏡,〈學藝〉「文學의 價値」,『대한흥학보』11호, 1910.3.20, 16~18쪽)

188　이광수는 「작가로서 본 문단의 십년」이라는 글에서 "맨 처음 작품이요? 그것은 우에 말한 스물두 해 전인데 그 때에 일본 유학생들이 발행하든 大韓興學報라는 잡지에 발표한 『閨怨』이라는 소설입니다. 문체로 말하면 그 때의 것이 대개 古文體엿고 내가 口文體로 쓰기는 『無情』부터ㅡㄴ 것 갓습니다."라고 밝히고 있다. 『규원(閨怨)』은 이광수가 소설의 제목을 착각한 듯하며, 『대한흥학보』에 실었다고 회고하는 것으로 보아 단편 「무정(無情)」임을 확인할 수 있다.(이광수, 「작가로서 본 문단의 십년」,『별건곤』 25호, 1930.1.1, 52~53쪽)

'내가 이 집에 시집오기만 잘못이야, 이럴 줄 알았으면 일생 시집이라고는 아니 가고 어머님과 함께 있을 걸, 흥, 흥.' 이마를 치마로 가리고 앞으로 꺼꾸러진다.

'무엇이니, 무엇이니 하야, 다 쓸 데 있나……쓸데없어. 실컷 서방질이나……, 그래 그래 쓸데없어, 쓸데없지!'

'계집 아이 하나 믿고 살까?……죽었으면 편안한데. 이놈, 어디 얼마나 잘 사나 보자!'하고 부인은 머리를 들고 어깨춤을 추면서 곁에 누가 서기나 한 것같이 핏발 선 눈으로 견주어 보더니.

'네 이놈, 얼마나 잘 사나 보자!'하고 병에 넣은 약을 꿀걱꿀걱 마시고 입을 쩝쩝 다시면서 병을 내어 던진다.[189]

7년 만에 부부가 동침을 했으나 그 이유는 오로지 첩을 얻겠다는 승인을 받기 위함이었고, 이후 잘하겠다던 남편은 도리어 더 소원해진다. 그런데 그 이후 부인은 태기가 있어 무녀를 찾아가 보니 여자아이라 하고, 집으로 돌아오니 자기 방에 첩이 들어앉은 것을 보고는 뱃속에 아이를 가지고도 약을 먹고 자살하려고 한다. 그러면서 부인은 시집을 와서는 안 되었다고 땅을 치며 후회를 한다. 이렇게만 보면, 구여성들의 피폐한 일상을 보여주며, 남성들의 부덕함과 난봉적인 행위를 정면으로 비판하는 듯이 보이기도 한다.

한좌수는 항상 밖에 있기 때문에 집 안의 일을 잘 알지 못하고, 안에 있는 어머니는

---

189 "'늬가 이 집에 시집오기만 잘못이야, 이럴줄 알아시면 一生 싀즙이라구는 안이가고 어마님과 함씌 이슬썰, 흥, 흥.' 니마을 치마로 가리우고 압흐로 꺼쑤러딘다.
'무어이니, 무어이니 하야, 다ㅣ 쓸쩨잇나……쓸쩨업서. 슬컨 셔방질이나……, 그릭그리 쓸쩨업셔, 쓸쩨업디!'
'계딥 아히 하나 밋구살식?……죽어시면 편안흐디. 이놈, 어듸 얼마ᄂ 잘사나 보자!'하고 婦人은 머리를 들고 억기ㅅ춤을 추으면서 곗헤 누가 셔기나 한 것 가티 피션 눈으로 견주어 보더니.
'네 이놈, 얼마나 잘 사나보쟈!'하고 甁에 너은 藥을 쑬걱쑬걱 마시면서 입을 졉졉 다시면서 甁을 닉여던던다."(孤舟, 〈小說〉「無情」, 『대한흥학보』 11호, 1910.3.20, 40~41쪽)

이런 문제에 매우 걱정하면서, 가끔 아들을 불러서 훈계하나 아들은 그 말을 귀담아 듣지 않고, 감정은 점차 멀어져서 그의 아내를 보기만 해도 미운 생각이 나는 고로 작은 일에도 팔짝팔짝 화를 내었다.

명준이도 자주 집에 들어오며 가끔 아내를 어여삐 여기는 감정이 생기지만, 이는 잠시일 뿐이라. 자신도 왜 미워하는지 그 이유는 모르나 그저 미운 것이다. 그렇다면 이 감정을 없앨 수 있을까? 다만 발견치 않게 제어할 뿐이다. (…중략…)

명준도 열일곱이 넘자 역시 고독의 애상을 깨달아 그 아내에 대한 애정을 회복하려고 힘쓰더니 힘쓰면 힘쓸수록 더욱 소원하여 가는지라. 마침내 외박이 잦아지고 성내 출입이 빈번해지며, 얼마 지나지 않아 이웃 사람들에게 '외입장이'라는 별명을 얻고, 술집 상인, 창녀의 빚쟁이가 한좌수의 문에 자주 드나들며, 전답 문서가 날마다 날아가게 되니, 여인의 유일한 동정자인 시어머니도 점차 냉담해져 갔다.[190]

한명준에 대한 묘사 중 특이한 점은 12살에 결혼하여 아무 것도 몰랐다가 자신도 모르게 미운 생각이 자꾸만 든다는 표현이다. 또한 처를 어여삐 여기는 정이 생기기도 하지만 잠시 잠깐이고, 자기도 왜 미워하는지 모르면서 그저 미워진다며, 이는 개인 스스로도 어떻게 할 수 없는 불가항력적인 상황으로 설명하고 있다. 또한 17세부터는 스스로 더욱 힘써서 애정을 회복하려 하지만, 이는 노

---

190 "韓座首는 恒常 밧개 잇는 故로 仔細히 家內事情을 몰나, 안에 잇고 이런 方面에 注意ㅎ는 母親은 더단히 걱정ㅎ야, 잇다금 그 아들을 불너셔 訓戒ㅎ나 아들은 馬耳東風으로 듯지 안이코 情이 漸漸더 疎遠히 되야 其妻를 보기만 하여도 미운 싱각이 나는 故로 죠금한 일에도 팔작팔작 怒ㅎ더라. 明俊이도 次次함이 들어옴이 잇다금 其妻를 어엿비 녀기는 情이 싱기나 이는 暫時라, 自己도 왜 미워하는디 其 理由는 모르나 그저 미운 것이라, 누라셔 能히 이 情을 업시하리요, 다못 發現티 안이케 制御헐 짜름이다. (…중략…)
明俊이도 十七이 넘쟈 亦是 孤獨의 悲哀를 씨다라 其妻에 對흔 愛情을 回復ㅎ려 힘쓰더니 힘쓰면 힘쓸소록 더욱 疎遠ㅎ여 가는더라. 맛참뇌 外泊이 頻繁ㅎ며 城中 出入이 잣고, 얼마 안이하야 鄰人의게 「외입장이」라는 稱號를 엇고, 酒商, 娼妓의 債人이 韓座首의 門에 자조 出入ㅎ며, 田畓文劵이 날마다 날아나게 되니 婦人의 唯一同情者 되는 싀 母도 漸漸冷淡하게 되야 가더라."(孤舟, 〈小說〉「無情」(完),『대한흥학보』12호, 1910.4.20, 49~50쪽)

〈사진 15〉이광수의 「무정」

력한다고 되는 일이 아님을 보여 준다. 이러한 서술 속에는 한명준 역시 어쩔 수 없는 희생자임을 보여주는 것이다. 남자든 여자든 모두 희생당하는 상황, 정이 생기지 않는데 인간이라면 억지로 붙여 살 수는 없다고 개인의 목소리를 내고 있는 것이다.

사실 이광수가 단편 「무정」을 썼을 때는 실제로 고국에 돌아왔을 상황이었다. 1910년 명치학원 보통부 중학 5학년을 졸업 후 조부 위독 소식에 귀국했다가 이승훈의 초청으로 오산학교 교원이 되었다. 4월 조부가 별세한 후 6월 백혜순과 정혼했다가 7월 결혼하게 된다.[191] 「무정」은 바로 유학생이 고국에 돌아와 맞닥뜨리게 되는 현실이기도 했고, 본인 스스로의 일이기도 했다. 불운한 결혼 생활로 후회하며 보냈다는 이광수 자신의 전기적인 상황과 얽히면서 고국으로 돌아온 유학생 혹은 고국의 지식인 남성들이 겪어야 하는 개인의 욕망과 구습 사이에서의 갈등을 그대로 보여주고 있는 것이다.

이는 단순히 이광수 개인의 감정과 세태 비판으로 볼 수는 없는 부분이다. 『대한흥학보』 전체를 통해서 발견할 수 있는 유학생 지식인들의 공통된 고민과 갈등인 것이다.[192] 조국을 향한 애국 계몽의 이상과 근대화된 일본의 현실 사이에

191 노양환 편, 「춘원연보」, 『이광수 전집』 별권, 삼중당, 1971, 156쪽.
192 이는 일본에서 유학하고 졸업 후 고국으로 돌아가거나 상급학교로 진학을 하는 세대들의 공통

서 비운을 느낄 수밖에 없으며, 동시에 당위적인 이상과 개인적인 욕망 사이에서 또한 갈등할 수밖에 없었다. 이러한 가운데 유학생들의 자기 고민이 한글을 통해 산문 정신으로 발현되면서 이러한 고민이 소설 장르로 배태된 것이다. 앞서 등장했던 유학생들의 자기 고민이 산문으로 발현되고 드러난 주제의식들이 틀을 잡아 〈소설〉적 양식 속으로 들어온 것으로 볼 수 있을 것이다. 외부적인 문제에 대해서는 근대계몽기에 자주 등장한 서사적 양식을 따르고 있으나 〈잡찬〉으로 분류하고, 유학생 내부의 문제는 〈소설〉란으로 구분해내고 있다. 이는 유학생들의 집단적 고민이 개인적 차원에서 머무르는 상황에서 잠재적 작가로 재현되다가, 이것이 이광수나 진학문을 통해서 〈소설〉이라는 장르로 발현되었음을 의미한다.[193] 또한 이는 『대한흥학보』의 편집에 의해서 〈소설〉란이 개념화되고 있음을 보여주는 것이다. 즉 구분과 새로운 배치를 통해서 〈소설〉란의 정체성을 확립해 가며, 유학생들의 고민과 갈등이 발현되는 장으로 〈소설〉란을 자리매김하고 있다. 또한 이것이 가능했던 이유는 유학생들의 산문정신의 발현이라는 공통감이 존재했기 때문이다.

　이렇게 볼 때, 작가와 작품, 독자의 관계는 하나의 매체 속에서 상호교통하면서 초기 문단을 형성해 가고 있었다고 볼 수 있을 것이다. 즉 작가 역시 여러 독

된 고민이었다. 이광수를 예로 들면, 『태극학보』 제2호(1906.9.24)에서 대성중학교 우등생인 이광수의 소식을 볼 수 있으며, 제13호(1907.9.24)에서는 명치학원 중학부 입학 기사를 볼 수 있다. 즉 당시 유학생들이 중학교 입학부터 명치학원, 혹은 대학에 입학하면서 문견을 넓히고, 문학에 대한 생각을 펼 수 있도록 성장하게 됨으로써 『대한흥학보』가 발간된 시기에 맞물리게 된 것임을 확인할 수 있다.

193　사실 이러한 〈소설〉란의 운영은 『대한흥학보』에서 발견되는 주요한 특징이지만, 『대한흥학보』로 통합되기 전, 유학생 잡지인 『태극학보』에서도 소설이 등장하고 있기도 하다. 그 당시 〈태극학회〉의 회장이자, 『태극학보』의 주필이었던 장응진이 쓴 「다정다한」 등의 소설이 『태극학보』에 실리기도 했으나, 〈소설〉란 자체를 따로 빼내어 잡지의 편집 구성으로 넣은 경우는 없었다. 이렇게 『대한흥학보』가 〈소설〉란을 따로 둘 정도로 문학잡지로서의 역할을 담당하게 된 데는, 그 이전 유학생 잡지의 틀을 계승하면서 발전시켰고 이와 동시에 유학생들의 공통된 고민이 잠재되었다가 산문 정신으로 발현되던 상황과 맞물리면서 가능했을 것으로 보인다.

자들의 집단적 고민과 문학적 토대 속에서 형성되는 것이며, 독자라는 잠재적 작가들 가운데 소설이라는 장르를 통해 그 고민을 발현해 나간 것이다. 작가는 독립적인 존재가 아니라, 이러한 문학적 토대와 잠재적 작가일 수 있는 독자들의 공감 속에서 '상호교통'하는 가운데 등장할 수 있는 것이다. 이는 다시 말해 특정한 시간과 특정한 사회적, 문화적 환경 속에서 발생하는 공통된 관계 속에서 작품이 배태된다는 것이다.[194] 작가도 독자도 텍스트도 모두 독립된 개체로 존재하는 것이 아니라, 이러한 구조적 연관 관계 속에 존재하는 것으로 이해해야 할 것이다.

6) 통합 단체로서의 상호교통적 특징과 근대 산문정신

『대한흥학보』는 각각 존재하던 4개의 단체가 통합하여 만든 유학생 잡지였고, 유학생들의 잡지였던 만큼, 쓰는 자와 읽는 자의 구분이 크지 않았다. 즉 잡지에 투고하는 사람도 유학생이었고, 읽는 사람도 유학생이었기에 『대한흥학보』는 필자이자 독자인 쓰는 자 = 읽는 자가 교합되는 상호교통의 장이기도 했다. 같은 시대, 같은 고민을 하는 유학생으로서 서로의 고민과 학문을 나누며 국가의 장래를 걱정했던 지식인들의 면모가 그대로 투영되어 있는 것이다.

이러한 유학생들의 논의는 유학생 내부에만 머무르지 않고, 당대 조선에 있는 지식인들과도 교류를 이어갔다. 실제 『대한흥학보』의 구매 부수를 보면, 대략 2,000부 가량이었으며, 그 중 국내 총 구독자는 508명에 달했다. 또한 〈기서〉의 형식을 통해서 고국에 있는 독자들 역시 『대한흥학보』에 글을 투고하기도 했다.

---

194 루이스 M. 로젠블렛은 '상호작용'이라는 용어가 실제로 개념들 간에 분리가 되어 구분되고 있다는 점을 비판하면서 '상호교통'이라는 차원에서 문학을 이해하고자 했다. 즉 저자, 독자, 텍스트의 구분이 없이 그 '관계'를 강조하는 것이다. 특정한 독자와 텍스트 사이에 작품이 존재하며 특정한 시간에 특정한 사회적, 문화적 환경에서 발생하는 관계의 양상 속에서 텍스트를 이해해야 한다고 설명한다. 즉 이러한 '상호교통'의 관점에서는 각각의 개념의 분리 및 독자적 존재로 이해하는 것이 아니라, 각각의 관계를 통해 문학을 파악하고자 한다. (루이스 M. 로젠블렛, 김혜리·엄혜영 역, 『독자, 텍스트, 시―문학 작품의 상호교통 이론』, 한국문화사, 2008, 308~309쪽)

이는 유학 중인 지식인들뿐만 아니라 조선으로 돌아간 졸업생이나 혹은 일반 지식인들과도 상호교류하며 그들의 생각과 사상을 나누고 있었음을 알 수 있다.

유학생들은 다양한 방면에서 학술적 지식을 나누었으며, 문학 역시 그 가운데 하나로 자리잡았다. 문학에서 특이한 점은 초창기에는 〈사조詞藻〉 등을 통해 한시가 주류를 이루었다가 후반기로 가면서 〈문원文苑〉, 〈산록散錄〉 등을 통해 산문이 강화되고 있다는 것이다. 문체 역시 한문이 주류였다가 후반기로 갈수록 단어형 국한문체 내지 순한글체로 바뀌고 있다. 즉 시에서 산문으로, 한문에서 국문으로 바뀌면서 점점 문학란이 강화되고 확장되어 갔다.

이는 유학생들의 이중적인 고민에서 배태된 현상이라고 볼 수 있다. 외부적 차원에서 당위적인 의무 및 고민은 바로 국가의 독립과 존립에 관한 문제였다. 이러한 당위적 고민 속에서 유학생들은 내부적인 갈등 역시 양산되고 있었다. 외부적이면서 당위적인 국가의 공적인 문제와 내부적이면서 개인적인 유학생 스스로의 사적인 문제가 부딪치면서 유학생들의 감정의 표출은 시가 아니라 산문으로 드러나고 있었다. 이는 근대의 산문 정신의 강화로 해석될 수도 있을 것이다. 고민과 갈등 속에서 내면의 감정은 시의 함축이 아니라 산문의 배설로 나타나며, 한문이 아니라 한글을 통한 '지금, 여기'의 언어와 문체로 서사의 영역 속에서 해체되어 등장하게 된 것이다.

『대한흥학보』의 기행문이나 산문을 보면, 이러한 고민들이 산재해 있으며, 이것은 당대 유학생들의 공통된 기반을 이루고 있음을 알 수 있다. 이러한 유학생, 그 당대 지식인들의 집단적 고민은 문학의 토대로서 존재하게 된다. 유학생으로서의 고민과 자괴감 같은 감정들이 산문의 양식으로 드러나고 있는 것이다. 유학생들의 이러한 고민은 개인적 차원에서 그치는 것이 아니라 공통의 감정으로 가지고 있었으며, 이는 집단적 고민으로 자리잡고 있었음을 확인할 수 있다. 이러한 집단적 고민으로서의 공통감은 여기에 그치지 않고 근대문학의 태동으로 이어진다.

7호부터 광고를 통해 〈소설〉란의 투고를 권장하던 『대한흥학보』는 〈소설〉란을 개설하고 몽몽 진학문의 「요조오한四疊半」과 고주 이광수의 「무정無情」이라는 단편을 싣기에 이른다. 이는 앞서 유학생들의 고민이 한글을 통해 산문 정신으로 발현되면서 소설 장르로 배태된 것이다. 앞서 등장했던 유학생들의 자기 고민이 산문으로 발현된 과정에서 드러난 주제의식들이 틀을 잡아 〈소설〉적 양식 속으로 들어온 것으로 볼 수 있을 것이다. 이는 유학생들의 집단적 고민이 개인적 차원에서 머무르는 상황에서 잠재적 작가로 재현되다가 이것이 이광수나 진학문을 통해서 〈소설〉이라는 장르로 발현되었음을 의미한다. 즉 근대계몽기에 자주 등장하는 문답형, 우화 및 풍자형 서사들은 〈잡찬〉에 배치하고, 〈소설〉란에는 유학생들의 고민과 갈등을 표현하는 작품들을 배치하고 있다.

이는 『대한흥학보』 스스로 〈잡찬〉과 〈소설〉란을 구분하고 있으며, 이러한 배치의 과정을 통해 〈소설〉란을 개념화하고 있는 것이다. 『대한흥학보』가 상정하고 있는 〈소설〉은 외부의 국가적인 차원의 당위적 문제와 개인 내부의 갈등 사이에서 배태된 글들이 배치되고 있는 것으로 해석할 수 있다. 이는 유학생들의 산문 정신의 발현으로서 『대한흥학보』의 일방적인 편집의도가 아니라 그 이전부터 투고해오던 유학생들의 고민이 반영된 결과로 이해할 수 있다. 즉 유학생들의 집단적 고민이 〈소설〉란을 끌어오도록 원동력이 되어준 것이며, 이는 유학생들의 내면의 기저를 이루는 공통감의 영역으로 존재하고 있는 것이다.

이렇게 볼 때 작가와 작품, 독자의 관계는 하나의 매체 속에서 상호교통하면서 초기 문단을 형성해 가고 있었다고 볼 수 있을 것이다. 즉 작가 역시 여러 독자들의 집단적 고민과 문학적 토대 속에서 형성되는 것이며, 독자라는 잠재적 작가들 가운데 소설이라는 장르를 통해 그 고민을 발현해 나간 것이다. 작가는 독립적인 존재가 아니라, 이러한 문학적 토대와 잠재적 작가일 수 있는 독자들의 공감 속에서, 상호교통하는 가운데 등장할 수 있는 것이다.

결국 『대한흥학보』는 그 당대 유학생들을 규합하며 하나의 통합체를 형성했고, 이 가운데 유학생들 개개인의 고민들과 갈등들이 그 장 안에서 녹아들면서 집단적 고민이 독자이자 잠재적 작가들을 거쳐 새로운 근대소설이라는 장르를 배태시키며 발현된 것이라 볼 수 있을 것이다. 즉 근대소설의 형성은 작가의 탄생일 뿐만 아니라, 그것을 소화하고 향유하는 독자층이 동반자적으로 형성되었고, 동시에 이는 잡지의 독자층이 형성하고 있는 공통감이라는 매체의 특수한 상황과 매개되면서 확대 재생산된 것으로 볼 수 있을 것이다.

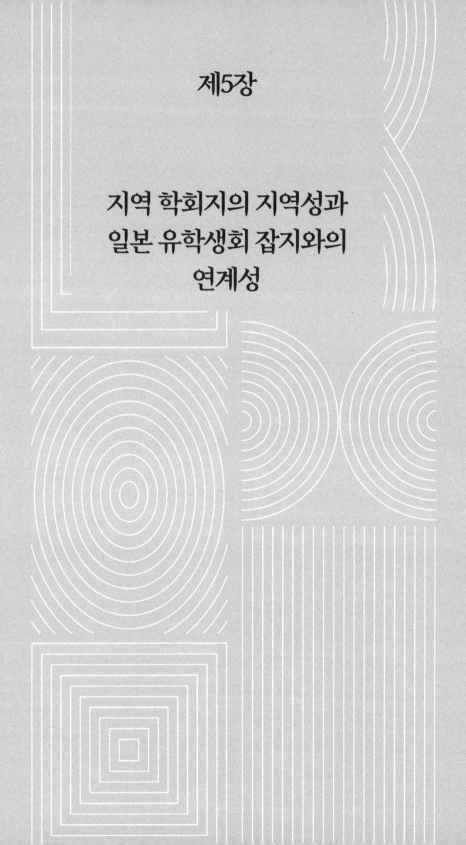

제5장

지역 학회지의 지역성과
일본 유학생회 잡지와의
연계성

지금까지 살펴본 것처럼 국내 지역 학회지는 출신 지역의 지역성을 특징으로 하여 학회지와 서사 문예를 발표해 왔다. 실제 국내 지역 학회지는 서울에 머물고 있던 지역 출신들이 설립한 것이었으나, 자신들의 출신 지역에 대한 지역적 특색을 갖추고 있었다. 이는 국내 지역 학회지가 그 출신 지역 지식인들의 연대를 위한 모임이기도 했지만, 자신들의 출신 지역을 계몽하고 교화하기 위한 목적 역시 지니고 있었기 때문이다. 이러한 국내 지역 학회는 단순히 출신 지역 내부에서만 머무는 것이 아니라, 일본 유학생회와도 긴밀한 관계를 유지하였다. 국내 지식인들이 일본 유학을 떠나게 되면서 지역 토대 유학생회에서 활동을 진행했다. 더불어 지역 중심의 일본 유학생회가 전체 통합 학회를 도모하게 되면서, 여러 지역의 특징들이 연대하고 통합하게 되는 결과를 낳기도 했다. 국내의 학회지의 지역적 특성이, 출신 지역 토대의 일본 유학생회 잡지에 섞여들기도 했고, 일본 유학생들이 다시 고국으로 돌아오면서 유학생회 잡지의 특징이 다시 국내의 지역 학회지로 스며들어오기도 했다. 이러한 일련의 과정들은 근대의 잡지 내부에서 지역성을 담보하면서도 새로운 서사적 실험을 가능하게 하는 계기가 되었다. 여전히 각 지역의 특징을 지니고 있되, 동시에 서로의 지역적 특징이 섞여들면서 새로운 문학으로 창조되기도 했다. 이러한 문학적 실험들은 새로운 문학, 근대의 문학을 추동해내는 역할을 했다. 따라서 제5장에서는 국내 지역 학회지와, 일본 유학생회 잡지의 특징을 전체적으로 정리한 후, 이러한 지역 학회지의 지역성과 일본 유학생회 잡지의 연계성에 대해 천착하여 한국 근대의 새로운 문학의 성립에 어떠한 영향을 미치고 있는지 살펴보고자 한다.

1. 근대계몽기 국내 지역 학회지의 지역성과
   지역문학의 근대적 태동

근대계몽기로 접어들면서 가장 큰 변화를 꼽는다면, 근대 미디어의 출현을 들수 있을 것이다. 인쇄 매체가 다양화되면서 초기적인 형태이기는 해도 신문 및잡지가 등장하며 미디어적 환경이 변화하게 되었다. 이는 단순히 신문과 잡지가 출현했다는 데 그치는 것이 아니라 새로운 커뮤니케이션 환경이 형성되기 시작했다는 것을 의미한다. 그 이전까지 인쇄매체는 상위계층과 하위계층을 구분하여 서로의 계층이 통합되지 못한 채 이중적으로 진행되어 왔다. 언어적으로는한문체와 언문체로 나뉘며, 계층을 구분하고 서로의 언어를 읽거나 이해하지 못하는 상황에서 인쇄매체는 점점 구분과 경계를 명확히 하여 구획을 긋는 데 일조하고 있었다.

그런데 새로운 근대 미디어는 여전히 구분과 경계가 있다 하더라도 계층을 통합하려는 시도와 새로운 커뮤니케이션 환경을 조성하기 시작했다. 이전에는 작가와 독자가 존재하고는 있었으나 소수적 접근에 불과했고, 직접적으로 교류하는 것은 어려울 수밖에 없었다. 또한 독자의 범위도 매우 한정되어 있었으며, 광범위하게 퍼져나가지는 못하는 상황이었다. 하지만 근대 매체의 등장은 이러한지역적, 공간적 한계와 계층적 한계를 넘어 근대적인 요소가 전근대적인 요소속에 섞여들면서 동시대에 "비동시성의 동시성"을 꾀하게 만들었다.

전환기로서 개화기에는 이러한 새로운 커뮤니케이션 환경에서 '계몽'이라는이름으로 다양한 실험이 이루어졌다. 신문은 열린 매체로서 다양한 계층과 소통하고 있었고, 잡지는 학회지 등의 이름으로 계몽의 대의 아래 새로운 커뮤니티를 형성해가고 있었다. 이러한 근대계몽기에 등장한 잡지들은 정치 집단의 기관지적 역할을 한 잡지, 지역 학회 단체의 잡지, 유학생 잡지, 상업적 잡지 등 매우다양한 형태로 출판되었다.[1] 이 중 지역 학회 단체가 발간했던 잡지는 서울을 중심으로 각 지역 출신들이 도모하여 출판한 것이었다.

앞서 제2장에서 살펴본 것처럼 1906년부터 1910년까지 발간된 지역 학회지를 보면, 평안남북도와 황해도를 중심으로 서우학회가 출간한 『서우』[1906.12~1908.5], 이 서우학회의 지역과 한북학회가 통합되면서 평안남북도, 황해도, 함경도 지역까지 모두 포함하여 성장한 서북학회의 『서북학회월보』[1908.6~1910.7], 전라남북도 지역을 중심으로 호남학회가 출간한 『호남학보』[1908.6~1909.3], 서울, 경기와 충청남북도 지역을 중심으로 기호흥학회가 출간한 『기호흥학회월보』[1908.8~1909.7], 경상남북도 지역을 중심으로 교남교육회가 출간한 『교남교육회잡지』[1909.4~1910.5] 등이 있다. 이 외에 강원도 지역을 중심으로 한 관동학회가 있었으나 관동학회는 따로 학회지를 출간하지 않아서 실제로 학회지를 발간한 지역 학회지는 총 다섯 지역이었다.

흥미로운 것은 각 지역 출신들이 서울에서 학회를 만들고 학회지를 발간했다고 해도 이 학회지를 읽는 실질적인 독자층과 학회의 구성원들은 실제 그 지역 출신이었다는 점이다. 출판과 인쇄가 용이하고 또 교육을 받은 지식인이 편집자로서 역할을 하기 쉬운 서울 지역에서 이러한 학회지가 출판되었다고는 해도 이 학회지가 겨냥하고 있는 실제 독자는 그 출신 지역적 토대로 상정되어 있었다.[2] 즉 신학문 교육을 받은 지역 출신 지식인들이 애국계몽적인 교육을 담당하면서 동시에 학회지를 편찬한 것인데, 이들은 자신들의 지역적 토대를 염두에 두고, 그 바탕으로 새로운 매체운동을 펼치고자 했다. 어쩌면 이러한 지역 학회지는 근대로 변환되어 가는 그 전환기에 최초로 지역적 잡지 매체 운동과 그 속에서 파생된 새로운 문학적 태동을 살펴볼 수 있는 계기가 될 수 있다. 동시에 지역문

---

1   1906년에서 1910년까지 집중하여 등장한 개화기 잡지에 관한 분류는 임상석, 『20세기 국한문체의 형성과정』, 지식산업사, 2008, 46~47쪽 참조.

2   각 학회는 서울에 모인 재경 출신들로 이루어졌으며, 또 각 학회는 서울에서 모인 만큼 서로간의 교류도 많았다. 즉 이들이 자신의 지역을 떠나 서울에 모이면서 서로에게 영향을 끼치고 있기도 했으며, 또 자신의 지역을 좀 더 객관적으로 바라보게 만드는 계기가 되기도 했을 것이다.

학적 특징을 살펴볼 수 있는 매우 귀중한 자료가 될 수 있다. 이러한 지역을 토대로 계몽 운동과 더불어 새로운 지역문학이 형성되어 가고 있었기 때문이다.

사실 이러한 지역을 중심으로 한 지역 학회지 운동의 핵심이자 목적은 국민과 민족을 계몽하는 것으로, 새로운 국가의 국민으로 소환하고자 하는 중심주의가 작동하고 있는 것은 자명한 사실이다. 그러나 이러한 새로운 국가, 근대의 국가를 형성하고자 하는 매체 운동 내부에는 지역적인 토대, 지리적인 지역을 기반으로 하여 고민하고 있다는 점에서 그 지역적 특징을 드러내고 있다. 지역적 분화 운동이 아니라 새로운 국민을 형성하고 새롭게 계몽시키고자 하는 의도의 내면에는 자신들의 출신 지역에 대한 고민이 있었고, 또 각 지역의 특성에 맞추어 국가와 민족으로 호명하고자 했다. 국민으로 부르고자 하는 계몽적 취지 아래에서도 이들 지식인들은 자신들의 출신 지역의 상황에 대해 고민하고 성찰하며, 그 지역에 맞추어 계몽 운동을 하고 있다는 점이 중요하다. 결국 국민으로 소환하는 과정 안에서도 각 지역의 특성이 드러나고, 그 지역에 대한 반성과 고민, 또 지역 독자들에 대한 기호성을 고려하는 것이 은연중에 드러나고 있기 때문이다.

또한 이 지역 학회지는 지역을 토대로 한 새로운 커뮤니티, 즉 커뮤니케이션의 장을 형성하고 있었다. 잡지 매체는 신문 매체보다 더 소수 집단에 집중된다. 근대계몽기 지역 학회지의 경우, 애국 계몽 운동을 전개하며 잡지의 독자층을 확장하고자 하는 의도가 보인다 하더라도 그 지역의 구독자, 그 지역적 토대를 기반으로 구성원들이 형성되어 있었다. 따라서 학회간의 교류나 지식인들 간의 소통이 있다고 하더라도 지역별 학회지의 독자들은 각 지역의 학회지 내부에서 잡지의 구독자이자 동시에 잡지의 구성원으로서 참여하고 있었다. 이 때문에 그 당대 지식인들이 근대를 어떻게 받아들이고, 또 새로운 문학적 태동에 어떻게 동참하고 받아들이고 있는지 잡지 매체에서 보다 더 명확하게 들여다 볼 수 있다.

특히 잡지 매체는 새롭게 근대적 미디어가 실현되었던 공간이기도 했다. 즉 근대로 전환되어 가던 시기에 지식인들이 이러한 근대를 어떻게 받아들이고, 내면화하고 있는지 이 잡지 매체를 통해서 살펴볼 수 있다. 따라서 잡지 매체의 의사소통적 구조 속에서 독자와 관계를 형성하며 텍스트가 어떻게 변환되어 가는지 재구해보고자 한다. 지식인 독자들은 이 지역 학회지라는 잡지를 통해 새로운 문학, 혹은 문예 텍스트를 받아들이고 그 개념을 어떻게 정립해 가는지, 그 과정 자체를 미시적으로 접근해볼 필요가 있다. 이러한 미시적 접근은 저자와 독자의 경계를 넘어서서 그 당대의 지식인들이 지역 기반 잡지 매체와 그 잡지 매체 내부의 텍스트들에 참여하고 만들어가고 있는지 밝혀볼 수 있게 한다.

사실 지역 학회지에 대한 연구는 잡지 관련 연구나 서지학적 연구가 많고 『서우』,『서북학회월보』,『기호흥학회월보』 등의 학회지에 집중되어 있으며, 그나마도 논의가 많이 이루어지지는 못하고 있다. 또한 잡지나 서지학적 연구가 주를 이루는 경우가 많고, 몇몇 문예 작품이나 특정 작가에 대한 연구에 치우쳐 있어서 지역 학회지라는 매체 내부에서 텍스트를 읽고 문예를 읽어내는 논의는 많이 미흡한 형편이다.[3]

텍스트는 그 매체의 상황과 분리되는 것이 아니라 매체·텍스트·독자라는 커

---

3   개화기 학회지와 관련한 주목해볼 연구로는 국한문체에 관련한 연구(임상석,『20세기 국한문체의 형성과정』, 지식산업사, 2008)와 잡지에 드러난 서사물에 관한 연구(문한별, 「근대전환기 학회지의 서사체 투영 양상 - 『서우』,『서북학회월보』를 중심으로」,『우리어문연구』 35, 우리어문학회, 2009, 431~456쪽; 「근대전환기 서사의 양식적 혼재와 변용 양상」,『국제어문』 52, 국제어문학회, 2011, 177~203쪽; 손성준, 「근대 동아시아의 크롬웰 변주」,『대동문화연구』 78, 성균관대 대동문화연구원, 2012, 213~260쪽) 등이 있다. 또한 서북 관련 지역성에 대한 연구로 장유승, 「조선후기 서북 지역 문인 연구」, 서울대 박사논문, 2010; 정주아,『서북문학과 로컬리티』, 소명, 2014 등이 있다. 또한 『기호흥학회월보』 관련 논의로는 서형범의 「근대적 인쇄매체를 통한 계몽의 담론화와 호명의 서술전략의 정합성에 대한 연구」(『한민족어문학』 70, 한민족어문학회, 2015, 387~422쪽)와 송민호의 「동농 이해조와 운양 김윤식(1)」(『국어국문학』 173, 국어국문학회, 2015, 181~206쪽)을 들 수 있다.『호남학보』 관련 논의는 임상석의 「근대계몽기 가정학의 번역과 수용」(『한국고전여성문학연구』 27, 한국고전여성문학연구회, 2013, 151~171쪽)과 정훈의 「근대계몽기 호남학회월보의 특성 연구」(『국어문학』 71, 국어문학회, 2019.7, 301~328쪽) 등을 들 수 있다.『교남교육회잡지』는 거의 서지학적 연구 위주로 이루어졌는데, 정관의 「교남교육회에 대하여」(『역사교육논집』 10, 역사교육학회, 1987, 95~124쪽)와 채휘균의 「교남교육회의 활동 연구」(『교육철학』 28, 한국교육철학회, 2005, 89~110쪽)이 대표적이다.

뮤니케이션 구조 내에서 살펴보아야 한다. 텍스트 역시 그 매체의 커뮤니케이션 내부와 연관되어 있으며, 그 당대 지역 지식인들의 소통 속에서 탄생하고 있기 때문이다. 따라서 각 텍스트 역시 하나의 독립된 개체로 보기보다는 매체의 내부 작동 속에서 볼 때, 좀 더 지역적 특징과 지식인 독자들의 관계를 보다 명확하게 확인할 수 있을 것이다.

따라서 제1절에서는 위의 문제의식을 중심으로 근대로 전환되고 있던 시대적 흐름 속에서 국가적 난관을 '계몽'이라는 키워드로 극복해보려 했던 각 지역 학회지의 특징을 살펴보고 지역별 토대를 중심으로 그 차이점을 분석해보고자 한다. 또한 이러한 학회지마다의 성격을 통해 각 학회지의 의도와 병행되어 나타난 문예적인 성향 역시 살펴볼 것이다. 이를 통하여 전환기의 근대 지식인들이 어떻게 시대를 받아들이고 그 시대의 역할을 감당하고자 했는지, 또 이 속에서 문예와 서사의 역할은 어떻게 진행되는지 천착해보고자 한다. 이러한 작업을 통하여 근대에 탄생된 문학이 사실은 수많은 시행착오와 시도들 속에서 서서히 자리잡아가고 있음을 계보학적 관점에서 살펴보고자 한다.

1) 지역 학회지의 주제 구성과 편집의 방향

1906년에서 1910년까지는 지역 학회지가 집중하여 등장한 시기였다. 또한 이러한 지역 학회와 학회지 활동은 대부분 계몽과 교육에 바탕을 두고 이를 통해 국권을 회복시키고자 노력했던 지식인들의 실천 운동이기도 했다. 이들 지역 학회는 문화적 계몽 운동에 뜻을 두고 일제의 침략을 막기 위한 방편으로 자강을 내세우며, 교육과 문화로 뜻을 모았다. 또한 이러한 지역 학회지의 출발은 서우학회였고, 이에 뒤를 이어 한북학회[1906.10], 호남학회[1907.7], 관동학회[1907.7], 기호흥학회[1908.1], 교남교육회[1908.3] 등 각 지역 학회지들이 출현하게 된다.[4]

이러한 지역 학회지들은 모두 '교육'과 '자강'이라는 기본 목적을 내세우고 있기 때문에 대동소이하다는 평가를 받고 있기도 하다. 사실 당대 지식인으로서 새로운 학문을 배워야 하는 당위성, 계몽에 대한 열망, 국가의 존폐에 대한 우국정신 등은 지역 학회지 모두에서 등장하는 특징이기 때문에 이러한 평가는 당연할지도 모른다. 그런데 각 학회지별로 미시적으로 분석해본다면, 지역별 특징들역시 감지된다. 각 지역을 토대로 각자의 로컬리티, 즉 지역성[5]을 기반으로 하여교육과 계몽을 설파하고 있기 때문이다. 또한 이를 표현하는 편집 역시 지역마다의 특징을 담지하고 있었다.

강원도 지역을 중심으로 성립된 관동학회는 학회지를 따로 발간하지 않은 관계로, 관동학회를 제외한 나머지 지역 학회지와 관련하여 정리하면 〈표 1〉과 같다. 학회 회원 수를 보면, 서우학회와 한북학회가 통합하여 성립한 서북학회가2,400여 명으로 가장 많았고, 서울, 경기, 충청남북도 지역을 중심으로 한 기호흥학회가 1,362명으로 그 뒤를 따랐다. 경상남북도를 중심으로 한 교남교육회는 624명, 전라남북도를 중심으로 한 호남학회는 405명이었다.[6] 학회지 발간부수의 경우, 『호남학보』와 『교남교육회잡지』가 3,000부, 『기호흥학회월보』가2,000부, 『서우』와 『서북학회월보』는 모두 1,000부 이상씩 발간되었다.[7]

---

4   백순재, 한국한문헌연구소 편, 「서우 해제」, 『한국개화기학술지 5』, 아세아문화사, 1976, 3~4쪽.
5   이 책에서 사용하는 '로컬리티' 즉 '지역성'이라는 개념은 좀 더 지리문화학적인 관점에서 해석할 수 있다. 즉 역사적, 지리적으로 지역을 서북, 기호, 호남, 교남, 관동으로 구분해오고 있는데, 이러한 지리학적인 구분 안에는 문화적인 차이 역시 존재하고 있었다. 정치적, 경제적 상황이 역사적인 시간을 통과하면서 자연스럽게 그 지리적으로 구분된 지역 내부에 스며들어 있었던 것이다. 따라서 각 지역별로 정치적, 경제적, 역사적, 문화적으로 차이를 내재하고 있는데, 이러한차이가 근대계몽기 지역 학회지를 통해서 조금씩 드러나고 있다는 점에 천착하여 논의하고자한다.
6   학회지에 등장하고 있는 학회원, 지회원 등의 이름을 개수한 학회 회원 수인데 여러 학회와 겹쳐진다고 하더라도 실제 구독했던 인물들은 훨씬 더 많았을 것으로 추정된다. (전재관, 위의 글, 182~183쪽)
7   『서우』와 『서우학회월보』의 경우, 회원 수에 비해 발간 부수가 적은 편인데 전체 부수에 대한 명확한 자료가 남아 있지는 않으나, 회원 수나 다른 학회지의 발간부수와 비교해 보면, 이 두 학회지 역시 상당히 많은 학회지를 발간했을 것으로 추정해볼 수 있다.

<표 1> 지역 학회지 관련 정리표[8]

	『서우』	『서북학회월보』	『호남학보』	『기호흥학회월보』	『교남교육회잡지』
학회명	서우학회	서북학회 (서우학회 +한북학회)	호남학회	기호흥학회	교남교육회
학회 설립	1906.10.	1908.1.	1907.7.	1908.1.	1908.3.
지역	평안남북도 황해도	평안남북도 황해도 함경남북도	전라남북도	서울, 경기 충청남북도	경상남북도
학회지 발간일	1906.12.1 ~1908.5.1	1908.6.1 ~1910.7.1	1908.6.25 ~1909.3.25	1908.8.25 ~1909.7.25	1909.4.25 ~1910.5.25
총 권	총 17호	총 25호	총 9호	총 12호	총 12호
회원 수	985명 (16호 기준)	2,400명	405명	1,362명	624명
발간 부수	1,000부	1,360부	3,000부	2,000부	3,000부 (10호 이후 2,000부)

발행 연도와 발행 권수로 볼 때, 『서우』와 『서북학회월보』[9]가 3년 8개월, 총 권 42호로 가장 많이, 또 가장 오랫동안 발간되었다. 다음이 총 12호를 발간한 『기호흥학회월보』와 『교남교육회잡지』였고, 각각 11개월, 1년 1개월 동안 발간하였다. 『호남학보』는 총 9호를 발간하였는데, 기간은 9개월로 가장 짧았다.

먼저 각 학회지에 실린 주제별 내용에 대해 살펴보면, 각 학회지의 내용적 특징이 드러난다. 각 지역학회별로 가장 많은 주제를 차지한 것은 단연 학회관련

---

8   학회 회원수와 발간부수는 전재관의 「한말 애국계몽단체 지회의 분포와 구성」(『숭실사학』 10, 숭실사학회, 1997, 153~193쪽), 김형목의 「기호흥학회 경기도 지회 현황과 성격」(『중앙사론』 12·13, 중앙대 중앙사학연구소, 1999, 59~84쪽), 정관의 「교남교육회에 대하여」(『역사교육논집』 10, 역사교육학회, 1987, 95~124쪽), 전은경의 「근대계몽기 잡지의 매체적 특징과 역사의 서사화 과정—『서우』를 중심으로」(『한국현대문학연구』 50, 한국현대문학회, 2016, 5~40쪽)를 참조하여 작성하였음.
9   『서북학회월보』는 총 25호까지 발간되었는데, 아세아문화사에서 출판된 『한국개화기학술지 7』에서 19호까지 영인이 되어 19호까지는 이를 저본으로 하였고, 서울대 도서관 귀중본으로 남아 있는 제20호, 제22호, 제25호를 연구대상으로 삼았다. 제21호, 제23호, 제24호는 아직 발견되지 않은 관계로 이들을 제외한 나머지를 대상으로 정리하였다.

글[10]들이다. 학회소식이나 회원 관련 내용들, 학회 축사 등의 분량이 많기 때문에 대부분 학회관련 글이 가장 많았다. 『서북학회월보』의 경우는 서우학회와 한북학회가 통합되면서 『서우』를 계승하며 이어졌기 때문에 학회 부분보다는 문예면이 훨씬 더 많이 등장하고 있다.

〈표 2〉 지역 학회지 주제별 분포[11]

순위	『서우』	『서북학회월보』	『호남학보』	『기호흥학회월보』	『교남교육회잡지』
1	서우학회(85)	문학,문예(141)	호남학회(67)	기호흥학회(125)	교남교육회(91)
2	문학,문예(77)	서북학회(103)	문학,문예(54)	문학,문예(118)	문학,문예(79)
3	교육(61)	신사상,산업(75)	교육(47)	신사상,산업(115)	교육(48)
4	정치,헌법,국가, 국민의식(46)	정치,헌법,국가, 국민의식(50)	신사상,산업(30)	교육(92)	신사상,산업(43)
5	신사상,산업(38)	교육(49)	구습타파, 우승열패(13)	정치,헌법,국가, 국민의식(12)	정치,헌법,국가, 국민의식(13)
6	외국 역사 및 한국 역사(17)	외국 역사 및 한국역사(30)	정치,헌법(7)	구습타파(3)	구습타파, 우승열패(8)
7	위생(17)	유학생, 학생, 청년(21)	한국역사(4)	국한문체(2)	왕실 소식(8)
8	제국주의, 우승열패, 구습타파(13)	유학 사상(18)	국한문 문체(3)	역사(1)	외국 역사(6)
9	유학생, 학생, 청년(10)	위생(16)	유학 사상(1)	학생(1)	계몽, 개화(4)

지역별로 보면, 평안남북도와 황해도를 중심으로 한 『서우』1906.12~1908.5와 이후 함경도 지방까지 통합한 후 발간된 『서북학회월보』1908.6~1910.7의 경우, 3년 8개월 가량 지속되며 가장 오랫동안 발간되었기에 가장 다양한 내용의 글들이 쏟아졌다. 문예 관련 글들도 상당히 많았으며, 교육, 신사상과 더불어 정치나 국민의식, 국가에 관련한 글들도 만만치 않게 등장하고 있었다. 이중 다른 지역 학회지와

---

10 『교남교육회잡지』는 총 12호가 발간되었다고 하지만, 7호와 9호는 현재 발견되지 못하고 있다. 따라서 현재 입수할 수 있는 아세아문화사의 영인본(7호, 9호 제외)을 대상으로 정리하였다.

11 지역 학회지 주제별 분포는 전체 주제 중 9위까지의 주제만 선별하여 정리한 것이다. 괄호 안의 숫자는 게재된 글의 개수이다.

변별되는 것은 유학생 관련 글과 위생 관련 글이 많다는 점이다. 이는 유학생이 많았던 서북 지역의 특성이 반영된 것이기도 하며, 이후 서북 지역 출신의 유학생회와의 교류도 짐작케 한다. 또한 『서우』와 『서북학회월보』의 21호까지 주필이 박은식이었기 때문에 역사 관련 내용들이 눈에 띈다.

다음으로 서울·경기 지역과 충청남북도를 중심으로 발간된 『기호흥학회월보』^{1908.8~1909.7}에는 앞서 『서우』나 『서북학회월보』보다 기간이 짧은 1년도 되지 않은 시간 동안 상당히 많은 양의 글이 발표되었다. 문예 부분에 대한 내용이 많았고, 신사상과 산업 부분에 대한 내용이 상당히 많은 것도 큰 특징이다. 특히 『서우』와 『서북학회월보』에 3년 8개월 동안 실린 신사상과 산업 부분이 총 113편이었는데, 『기호흥학회월보』에 11개월 동안 실린 신사상과 산업 부분은 총 115편으로 더 많은 것을 보면, 『기호흥학회월보』가 신사상과 산업 부분에 대해 심혈을 기울이고 있었음을 알 수 있다.

전라남북도를 중심으로 한 『호남학보』^{1908.6~1909.3}와, 경상남북도 지역을 중심으로 한 『교남교육회잡지』^{1909.4~1910.5}에서 주제별로 두드러지는 부분은 구습타파와 관련된 부분들이다. 구습타파와 우승열패, 개화 관련 내용들이 나타나고 있는데, 이는 특히 구세대들과 양반들, 구학만을 고집하는 유학자들에 대한 비판과 구습타파가 많이 등장하고 있다. 이 외에 『호남학보』에는 한국 역사만 등장하는 데 반해, 『교남교육회잡지』는 한국 역사는 없이 외국 관련이나 외국 역사만 등장하는 것도 하나의 특징이다.

각 학회지는 이러한 내용의 글들을 배치하기 위해 〈표제〉를 사용했는데, 이러한 〈표제〉의 명칭이나 글의 배치에 따라 학회지의 특징이 드러나기도 했다. 표제들은 크게 보면 논설 유형, 교육 및 학술 유형, 산문 및 서사 유형, 한시 및 시가 유형, 회보나 학회 관련 유형, 관보 및 법 유형 등 6가지로 나누어 볼 수 있다.

---

12 각 항목별 표제는 글 개수가 많은 표제를 순서대로 표기하였다.

표제유형	『서우』	『서우학회월보』	『호남학보』	『기호흥학회월보』	『교남교육회잡지』
논설	논설(論說) 별보(別報) 사설(社說)	논설(論說) 축사(祝辭) 별보(別報)	교육변론(敎育辯論) 본보축사(本報祝辭) 월보발간서(月報發刊書) 편차부문(編次部門) 본보독법(本報讀法)	흥학궁구(興學講究) 축사(祝辭) 본회취지서 (本會趣旨書)	휘설(彙說) 축사(祝辭) 지설(誌說) 본회취지서(本會趣旨書) 본지간행설(本誌刊行說)
교육 및 학술	교육부(敎育部) 위생부(衛生部)	교육부(敎育部) 강단(講壇) 위생부(衛生部) 학원(學園) 연단(演壇)	각학요령(各學要領)	학해집성(學海集成)	학술(學術)
산문 및 서사	잡조(雜組) 아동고사 (我東古事) 문원(文苑) 인물고(人物考) 애국정신담 (愛國精神談)	잡조(雜組) 문예(文藝) 인물고(人物考) 담총(談叢) 잡찬(雜纂) 문원(文苑) 가담(街談) 기서(寄書)	명인언행(名人言行) 수사규풍(隨事規諷)	잡조(雜組) 예원수록 / 잡조 (藝苑隨錄 / 雜組)	잡조(雜組)
한시 및 시가	사조(詞藻)	사조(詞藻) 가조(歌調) 가총(歌叢)		예원수록 / 사조 (藝苑隨錄 / 詞藻)	사조(詞藻)
회보 / 학회	회보(會報) 축사(祝辭) 시보(時報) 회록(會錄)	회사기요(會事記要) 회계원보고 (會計員報告) 회보 / 회사요록 (會報 / 會事要錄) 학계소식(學界消息)	본회기사(本會記事) 본회회록(本會會錄) 회원명씨 / 씨명 (會員名氏 / 氏名)	회중기사(會中記事) 본회기사(本會記事) 학계휘문(學界彙聞)	회중기사(會中記事) 부록(附錄) 관보초록(官報抄錄) 주의(注意)
관보 / 법	부칙(附則) *시보(時報)	관보적요(官報摘要) 부칙(附則) 설명(說明) 특별등재(特別謄載) 학부훈령(學部訓令) 특별의연(特別義捐) 특별경고(特別警告) 통신일속(通信一束) 잡록(雜錄)	*구분된 표지 없음 각학요령(各學要領) 수사규풍(隨事規諷) 교육변론(敎育辯論)	관보초록 (官報抄錄) 사립학교 규칙 (私立學校 規則)	

『서우』와『서북학회월보』의 표제별 특징을 보면, 먼저 교육 및 학술 유형에서 〈교육부〉, 〈위생부〉라는 표제를 따로 두고 있다. 이러한 구성 때문에 다른 학회지에는 거의 등장하지 않는 위생 관련 주제가 상당히 등장하고 있다. 또한 산문 및 서사면에서『서우』는 〈인물고〉, 〈아동고사〉, 〈애국정신담〉 등의 역사물들이 보이다가『서북학회월보』로 오면서 〈인물고〉만 남게 되는 것도 특징이다. 또한 『서북학회월보』로 오게 되면, 기존『서우』의 표제와 더불어 다양한 표제들이 실험되고 있는데, 이것은 주필이 박은식에서 김원극으로 바뀌면서 유학생 잡지의 영향을 받아 표제들이 변화하게 된 것이다.[13] 또한 유학생 잡지의 영향으로 다양한 산문과 서사류 표제가 사용되고 있으며, 시가의 경우 한시와 일반 시가류를 분리하여 구분하기도 했다. 문예적인 면에서 가장 다양한 시도를 하고 있는 것이 바로『서북학회월보』이기도 하다.

『호남학보』와『기호흥학회월보』는 학회의 특징을 살려 표제 이름을 붙이고 있는 것이 특징이다. 먼저『호남학보』는 총 6개의 표제 유형으로 나누어 이를 거의 지키고 있다. "제일 교육변론第一 敎育辯論, 제이 각학요령第二 各學要領, 제삼 수사규 풍第三 隨事規諷, 제사 명인언행第四 名人言行, 제오 본회기사第五 本會記事, 제육 회원명씨第六 會員名氏"으로 나누어 각 표제 유형별로 처음부터 구분하고 있다. 6개 유형 외에 "본보축사本報祝辭"는 "보補"를 넣어 따로 표제를 구분하고 있다.『호남학보』는 특히 제1호에 〈편차부문〉, 〈본보독법〉을 따로 두어 잡지의 편집 구성과 읽는 방법에 대해 따로 설명하고 있다. 또 산문 및 서사류에 〈명인언행〉을 넣어 역사적 인물에 대해 간단히 소개하고 있기도 하는데, 다른 지역 학회지와는 달리 유일하게 한시 관련 표제가 없어서 한시는 아예 실리고 있지 않다. 또한 관보나 법과 관

---

13 김원극이 필진이 되면서 기존의『서우』의 표제가 사라지고『태극학보』나『대한흥학보』의 표제와 매우 유사하게 변화하게 된다. (전은경, 「근대계몽기 서북 지역 잡지의 편집 기획과 유학생 잡지의 상관관계 – '문학' 개념의 수용 양상을 중심으로」, 『국어국문학』 183, 국어국문학회, 2018, 231~270쪽)

련한 표제는 따로 없이, 다른 표제들과 섞어 쓰고 있다.

『기호흥학회월보』역시 학회지의 특성을 살린 표제를 붙이고 있는데, 〈흥학궁구〉, 〈학해집성〉, 〈예원수록 / 사조〉, 〈잡조〉, 〈학계휘문〉, 〈회중기사〉 등의 표제를 두고 거의 매호 지키고 있다. 흥학의 이름을 기치로 내세우고 있기 때문에 〈흥학궁구〉 표제를 통해 논설을 싣고 있고, 〈학해집성〉에서는 지역 학회지 중 가장 많은 분과의 학문을 소개하고 있다.[14] 산문 및 시가는 〈예원수록〉 안에 통합되었으나 뒤에는 한시나 시가의 경우 〈예원수록 / 사조〉에, 나머지 산문이나 서사류 문예는 〈잡조〉로 구분하고 있는 것도 한 특징이다.

마지막으로 『교남교육회잡지』는 가장 일반적인 표제를 사용하고 있다. 이전 한문학적인 유형을 그대로 보여주고 있는데 크게 보면, 〈휘설〉, 〈학술〉, 〈잡조〉, 〈사조〉, 〈회중기사〉 등으로 나누어 볼 수 있다. 또한 회보 / 학회 관련 유형과 관보 / 법 유형을 구분하지 않고 표제를 사용하고 있다. 이러한 면은 『호남학보』와도 비슷한데, 『호남학보』의 경우는 논설 유형, 학술 유형 등의 표지에서도 관보 / 법 유형을 활용하는 반면, 『교남교육회잡지』는 회보 / 학회 유형의 표제와 관보 / 법 유형을 통합하여 사용하고 있다.

2) 각 지역 학회지의 문제의식과 지향하는 독자층

앞서 지역 학회지의 주제별 특징과 표제 구분 유형을 살펴보았는데, 이 항에서는 이러한 내용을 토대로 각 학회지에서 두드러지는 사상적 특색과 연관하여 비교해보도록 하겠다. 각 지역별 학회지에 드러난 지식인들의 고민과 문제의식은 결국 이 학회지가 지향하는 목표와 연관된다. 또한 이러한 지향점은 다시 서사 문예에도 그대로 담기기 때문에 이러한 차이를 살펴보는 것은 새로운 전환기를 맞이한 지식인들의 서사물을 이해하는 데 도움이 될 수 있다.

---

14 임상석은 분과 학문을 가장 체계적으로 갖춘 학회지가 바로 『기호흥학회월보』라고 평가내리고 있다. (임상석, 「기호흥학회월보」, 『한국근대문학해제집』 II, 국립중앙도서관, 2016, 40~42쪽)

사실 지역 학회지에서 강조하는 키워드는 '애국'과 '교육', '계몽'으로 요약될 수 있다. 또한 "1908년 8월 일제 통감부는 우리 정부로 하여금 사립학교령과 학교령을 제정 공포케 하여 탄압하기 시작"했고, 이 때문에 학회의 자강 운동은 '교육'에만 초점을 맞추어 진행할 수밖에 없었다.[15] 그러다 보니 대부분의 지역 학회지가 정치적인 내용이 아니라 교육적인 내용만을 실을 수밖에 없는 형편이었고 그로 인하여 지역 학회지의 내용들은 대동소이하다는 평을 받기도 한다. 그러나 그러한 기본 키워드 안에서도 각 지역 학회지는 저마다의 미세한 차이를 통해 자신들의 문제의식을 드러내고 있다.

『서우』는 가장 먼저 발간된 만큼 자부심과 국권 회복에 대한 책임의식이 매우 두드러진다.

우승열패는 공통된 이치라 이르기에 사회의 단체 성패로 문명과 야만을 구분하고, 존망을 판가름한다. 오늘날 우리가 이처럼 극심한 풍조에 맞닥뜨려, 나라와 개인이 스스로 보호하고 스스로 온전해지는 책략을 연구함에 있어서 우리 동포 청년의 교육을 개도하고 권장하여 인재를 양성하며, 대중의 지혜를 계발하는 것이 곧 국가의 권리를 회복하고 인권을 신장하는 기초이다. (…중략…)

오늘날 또한 이는 개명유신開明維新의 시작이기에, 나라 안의 새로운 문화의 창기가 반드시 이로부터 시작될 것이므로 하나의 빛이 이미 그 단서를 드러냈다. 그런데 이번 학회의 성립 또한 어찌 우연이겠는가? 이것은 전국 진보의 시작점이니, 이에 따라 나라 사람들의 귀와 눈이 놀라움을 느끼고 서로 감발심感發心과 경쟁의식을 일으켜, 내일은 삼남三南에 학회가 일어나고, 또 내일은 동북에 학회가 일어나, 백맥일기百脈一氣와 중류일원衆流一源으로 전국 대단체가 성립하는 것은 우리의 큰 희망이다. 이 목적을 달성하려면 본 학회가 완전하고 굳건하게 그 실효를 드러내어, 다른 방면의 기준을 세우는

---

15 조항래, 「『교남교육회잡지』해제」, 한국학문헌연구소 편, 『한국개화기학술지-교남교육회잡지』, 아세아문화사, 1989, 1~2쪽.

것에 달려 있으니, 오직 우리 사우社友의 책임이 더욱 중대함을 생각하고 힘쓰라.[16]

박은식 외 11인의 발기인의 이름으로 발표된 위의 글은 『서우』의 발간 목적과 관서 지역 지식인들의 자부심과 책임의식이 드러난다. 현 시대를 우승열패로 보고 동포 청년을 교육하여 인재를 양성하고 민지를 계발하는 것이야말로 국권을 회복하고 인권을 신장하는 기초라고 설명한다. 여기에 더하여 이러한 지역 학회지의 성립으로 말미암아 향후 전국적인 교육 단체 운동으로 퍼져가길 희망하고 있다. 이를 위해 서우의 책임론을 거론하고 있는데, 서우학회가 실효를 제대로 거두어야 전국적으로 이러한 운동과 학회 단체가 성립될 수 있다며 서우학회의 책임이 막중하다고 주장한다. 국권회복 운동의 중심 지역을 관서 지역을 상정하고 서우학회의 중심론을 내세우고 있다. 이러한 청년 교육의 일환으로서 역사 교육과 보통 교육을 시행하고, 유학자적 입장에서 유학의 개신을 주창하고 있다.[17]

이러한 『서우』의 입장은 가장 먼저 지역 단위 학회를 세우고, 학회지를 발간하면서 교육의 실제적인 실천으로 나아가려 했기 때문에 당연한 것이기도 하다. 또한 지식인만을 위한 잡지가 아니라 청년 교육, 국민 교육을 위한 계몽 잡지를

---

16 "優勝劣敗는 公例라 謂ᄒᆞᆫ 故로 社會의 團體成否로써 文野를 別ᄒᆞ며 存亡을 判ᄒᆞᄂᆞ니 今日 吾人이 如此히 劇烈ᄒᆞᆫ 風潮를 撞着ᄒᆞ야 大而國家와 小而身家의 自保自全之策을 講究ᄒᆞ며 我同胞靑年의 敎育을 開導 勉勵ᄒᆞ야 人才를 養成ᄒᆞ며 衆智를 啓發홈이 卽 是國權을 恢復ᄒᆞ고 人權을 伸張ᄒᆞᄂᆞ 基礎라. (…중략…) 今日 又 是開明維新之初頭인 則 國中新文化之倡起가 其 必自此而始焉故로 一條光線이 旣已現出其端緒어니와 今玆學會의 成立이 亦 豈偶然哉아 卽是全國進步之起點이니 此로 由ᄒᆞ야 邦人耳目이 聳其觀聽ᄒᆞ야 互相 感發心과 爭勝意로 明日 三南에 學會가 起ᄒᆞ며 又 明日東北에 學會가 起ᄒᆞ야 百脈一氣와 衆流一源으로 全國大團體가 成立홈은 吾人의 一大希望이니 此 目的을 達ᄒᆞᆫ者면 本學會가 完全 鞏固히 著其實效ᄒᆞ야 他方의 標準을 建立홈에 在ᄒᆞ니 惟我社友의 責任이 愈其重大라 念之勉之어다"(〈趣旨〉「本會趣旨書」, 『서우』1호, 1906.12.1, 1~2쪽)

17 권영신은 「한말 서우학회의 교육구국 활동」(『교육문화연구』11, 인하대 교육연구소, 2005, 61~72쪽)에서 서우학회가 의무교육인 보통 교육을 시행하고자 했다고 보며, 장유승은 「조선후기 서북 지역 문인 연구」(서울대 박사논문, 2010, 205~206쪽)에서 박은식이 유학자로서 문명개화와 교육계몽을 달성하고자 유학의 개신(改新)을 주장했다고 설명한다.

만들기 위해 국문을 통해 독자층을 넓히고자 한 것 역시 이러한 노력의 일환이다.[18]

　이러한 서우학회의 시작에 대해 대타의식을 가지고 책임론과 중심주의를 주장하는 것이 기호흥학회였다. 기호흥학회는 이미 서북학회, 호남학회, 관동학회 등이 활발히 활동하고 있던 시점에 설립하였기에 다른 학회에 비해 후발 주자였다. 이러한 뒤늦은 시점에서 기호흥학회는 『기호흥학회월보』를 발간하며 야심 찬 선언을 하게 된다.

　그러므로 학회는 모든 사회의 어머니라 말할 수 있다. 여러 강대국의 문명 진보가 이것을 근본으로 삼지 않았던가? 우리 한국의 학회는 서북에서 시작되어 양남兩南과 관동이 이를 이어갔으며, 이제 기호학회가 비로소 흥기하였다. 지리적으로 말하자면 기호 지역은 제국의 수도에 가까운 중요한 위치에 있다. 시詩와 예禮를 중요시하는 명문가와 문무 세족이 모두 이 지역에서 나왔으니, 당연히 이 지역 사람들의 수준이 표준적인 학계의 선두에 있어야 마땅할 텐데도 불구하고, 오히려 뒤처지는 이유는 무엇인가?

　18세기 이후에야 비로소 서부와 함께 나아갈 수 있게 되었고, 정치 사상과 문학 기예가 특히 발전하여 나라 안에서 표준이 되었으니, 이제 기호 지역 인사들이 한 걸음 늦었다고 해서 이를 탓할 수 있겠는가? 오히려 앞으로 실천할 곳임을 알아야 한다. 그러나 남북동서로 나누어 각자 깃발을 세운다면, 그 영향이 반드시 국민 교육에 어긋나고 당파가 쉽게 생길 것이다. 그러므로 학회의 중요한 점은 반드시 단체적인 발진發軔으로 시작해 통일된 조직으로 끝을 맺어야 하니, 이렇게 한 후에야 제국 중앙 학회라 부를 수 있을 것이다. 기호학회의 책임이 여기에 있지 않은가?[19]

18　국문보로 하층 사회의 지식을 계도하고자 한 노력은 전은경의 「근대계몽기 잡지의 매체적 특징과 역사의 서사화 과정」, 앞의 글 참고.

19　"故로 曰 學會는 諸社會之母也라 徵之列强에 文明之進步가 不以是爲本源乎아 夫 我韓之學會는 始自西北起ㅎ야 兩南關東이 繼之而圻湖學會가 始乃興焉ㅎ니 以地理上言之則圻湖는 帝國都府之肘腋也라. 詩禮名家와 文武世族이 皆出於此則宜其人民之程度가 有標準的學界之先導而顧不能爾爾乎고 瞠若乎後는 何也오 (…중략…) 乃至十八世紀 以後에 始得與西部幷驅而政治思想과 文學技藝가 尤有以上之ㅎ야 爲國中之標準ㅎ니 今 圻湖人士之遲一步를 奚尤乎將來實踐之地乎아 然이나 南北東西에 分

위의 글에서 보면, 서북으로부터 학회가 시작하여 호남, 관동이 그 뒤를 잇고, 기호흥학회가 지금 시작하여 흥하려 한다며, 특히 기호흥학회는 제국의 중심부이고, 이전부터 정치, 사상, 문예, 기예 모두 18세기 즉 조선시대부터 중심부, 즉 수도였음을 강조한다. 또한 현재 지역별로 학회가 나뉘는 것은 당연한 일이지만, 국민적 교육을 위해서 통합될 필요가 있다며, 이러한 제국중앙학회의 통합을 기호흥학회의 임무이자 책임이라고 보고 있다.

이러한 면은 기호흥학회가 가지고 있는 대타적 의식이라 할 수 있다. 늦게 시작한 만큼 서북학회에 대한 대타의식을 가지며, 역사적·지리적 중심부로서의 자긍심과 책임의식을 보여주고 있는 것이다. 이는 국권의 흥망성쇠까지 자신들의 책임임을 보여주고 있는 것이기도 하다. 단순한 대타의식, 비교의식이 아니라 스스로 책임지고 노인부터 청년까지 모두를 아우르며 제대로 된 교육을 통해 새롭게 국권을 회복하고자 하는 의지이자 행동이기도 하다.[20]

이에 반해 『호남학보』와 『교남교육회잡지』는 기호흥학회의 대타적 의식과는 다르게 전개된다.

(가) 학회는 대체로 옛 강단講壇의 뜻에서 나온 것이니, 우리 공자께서도 또한 글로 벗을 사귐을 허락하셨으며, 선비들이 서로 만나고 향음주례鄕飮酒禮와 향사례鄕射禮를 행하는 것 등이 모두 그에 속한다. 이는 옛 성현과 왕들이 교육하던 큰 법인데, 진나라의

割方面ᄒ야 各堅旗幟則其影響이 必有乖於國民的教育而黨派易生矣라 故로 所貴乎學會者는 必以團體的發軔而終底乎統一的組織이 可也니 夫如是然後에 可以謂帝國中央學會也라 試問圻湖學會之責任이 不在於是耶아."(金成喜, 〈興學講究〉「圻湖興學會의 責任」, 『기호흥학회월보』 3호, 1908.10.25, 7~8쪽)

20 "畿湖人士여 過去와 將來의 亡國도 幾湖人士의 罪오 興國도 畿湖人士의 功이라"(李鍾浩, 〈興學講究〉「各學會의 必要及本會의 特別責任」, 『기호흥학회월보』 1호, 1908.8.25, 22쪽)라며 국가의 존폐의 책임을 기호인에게 묻고 있다. 즉 과거와 장래의 망국, 흥국 모두 기호인의 책임이라며 이는 역사적인 부분에 대한 책임까지 담당하고자 하는 의지로 읽을 수 있다. 기호인사들의 책임의식과 대타의식은 전은경의 「『기호흥학회월보』의 '흥학'과 서사적 실험」(『한국현대문학연구』 56, 한국현대문학회, 2018, 240~246쪽) 참고.

분서갱유焚書坑儒 이후로 점차 폐지되어 행해지지 않다가, 2천여 년이 흐르는 동안 교육이 같은 규범을 따르지 못하고, 학문이 같은 문을 따르지 않아 지리멸렬해졌으며, 마침내 오늘날의 부패를 초래하였다. 동양에서는 우리 한국이 그 폐해가 가장 심하고, 한국 내에서는 호남이 특히 심하다.

아, 호남의 여러 공들이 오늘의 국가를 보며 이미 망했다고 여기는가, 아니면 아직 망하지 않았다고 여기는가. 국권이 이미 남의 손에 넘어가고, 민심이 이미 흩어졌으니, 이를 가리켜 망했다고 해도 가할 것이며, 임금의 자리가 아직 남아 있고, 종묘사직이 아직 보존되어 있으니, 이를 가리켜 아직 망하지 않았다고 해도 가할 것이다.

무릇 이미 망한 운명을 되돌리고, 아직 망하지 않은 기틀을 확립할 자는 오직 교육 하나뿐이니, 이를 통해 회복할 수 있음은 지혜로운 자든 어리석은 자든, 어진 자든 불초한 자든 모두 공감하고 아는 바이다. 따라서 우리가 학회를 설립하는 것 또한 부득이한 일이 아니겠는가.[21]

(나) 서북이 협력하여 하나의 학회를 최초로 창설하였고, 이어서 경기, 호남, 관동 지역에서도 차례로 발기하였다. 특히 관서의 경우, 그 성 부근에 학교가 300여 곳에 이르며, 올봄의 대운동大運動에서는 학생 수가 만여 명에 달하였다. 또한, 각 성과 각 군에서 학교를 설립하는 취지와 의연금의 액수, 그리고 국내외 유학생들의 보고가 각 신문에 매일 게재되고 있다.

그러나 우리 교남의 경우, 큰 고을인 웅주雄州와 거읍巨邑에서도 신설된 학교가 기껏해야 한두 곳에 불과할 뿐만 아니라, 심지어 이미 설립된 협성학교조차 창립된 지 얼

---

21 "學會는 蓋出於古講壇之義ㅎ니 吾夫子 ㅣ 亦許其以文會友ㅎ사 如士相見鄕飮酒鄕射禮 ㅣ 皆其屬也라. 此先哲王敎育之大法而自秦火以後로 寢廢不擧 ㅣ 二千有餘年에 敎不同規ㅎ고 學不同門ㅎ야 支離分裂ㅎ야 竟致今日之腐敗而在東洋則我韓이 爲尤甚焉이오 在我韓則湖南이 爲尤甚焉이라. 嗚呼. 湖南諸公이 其以今日國家로 謂己亡歟아 抑以爲未亡歟아. 國權이 旣移ㅎ고 民心이 旣散ㅎ니 雖謂之亡이라도 可也오. 君位 ㅣ 尙在ㅎ고 宗社 ㅣ 尙存ㅎ니 雖謂之未亡이라도 可也라. 夫挽回己亡之運ㅎ고 確立未亡之基者는 惟有敎育一事ㅎ야 可以跂冀는 此智愚賢不肖之所共諒悉則僕等學會之設이 亦豈得己者耶아."(강엽 외 발기인 6인, 〈本會記事〉「本會趣旨」,『호남학보』1호, 1908.6.25, 53쪽)

마 되지도 않아 교육의 수준이 어떠한지조차 알 수 없고, 학교의 재산을 탐하여 착복하려는 욕망이 들끓어 문호가 분열되고 파당이 대립하며, 서로 성토하는 글들이 신문 지면을 가득 채워 사회의 공정한 시각을 흐리게 하고 신문사의 붓과 혀를 더럽히고 있다. (…중략…)

아, 우리 교남의 인사들이여! 오늘날 교남이 가장 시급히 해결해야 할 문제는 바로 교육 두 자가 마치 정수리에 놓인 침頂門一針과도 같음이요, 길을 잃은 나루터에서의 보배로운 뗏목과 같은 것인즉, 이번 교육회의 제일보는, 자벌레가 몸을 펴고, 준조가 하늘로 날아오르려 함이라. 완고한 두뇌를 깨뜨리는 도끼와 어두운 꿈에서 깨어나게 하는 종과 징을 만들었으니 부디 이를 한번 읽어보고 깊이 음미해 보길 바란다.[22]

(가)는 『호남학보』에 실린 호남학회의 취지로, 공자와 유교의 학문이 오래되어 지리분열支離分裂하여 오늘날 부패하기에 이르렀는데, 그 동양 중에서도 우리나라가 가장 부패했으며, 우리나라 중에서도 가장 심한 것이 호남이라고 스스로를 평가한다. 이러하므로 국권이 이미 옮겨지고 민심이 이미 흩어졌으니 우리나라가 망했다고 해도 가하다며, 이러한 국권을 회복하고 일으키기 위한 것은 오로지 교육 한 가지 일에 달려 있다고 강조한다. 이렇게 볼 때 호남학회는 호남의 상황을 객관적으로 직시하고 있으며, 이러한 문제를 타결할 방법으로 교육을 제시하고 있다. 이러한 면은 자기 반성을 통한 방법 모색으로 볼 수 있다.

---

22 "西北이 協成ㅎ야 一學會를 首刱홈이 畿湖湖南關東이 次第發起ㅎ며 至若關西一路ㅎ야는 箕城附近에 學校數爻가 三百餘處에 不下ㅎ야 今春大運動에 校徒가 萬餘名에 達ㅎ얏고 外他各省各郡의 設校의 趣旨와 義捐의 金額과 內京外國의 留學信報가 各新聞紙上에 日日謄載ㅎ거늘 惟我嶠南은 雄州巨邑에도 學校新設이 一二에 無過할뿐아니라 甚至於達成協成學校하야는 創立未幾에 敎育程度는 不知爲何件事하고 校財貪攬에 慾浪이 跳起ㅎ야 門戶가 決裂ㅎ고 派黨이 角立ㅎ야 聲討二字로 滿紙長皇ㅎ야 社會의 公眼을 眩케ㅎ며 報館의 筆舌를 汚케ㅎ니 (…중략…)
嗟我嶠南人士여 今日嶠南의 急先務는 敎育二字가 頂門一針이오 迷津寶筏인즉 今此敎育會의 第一報가 求伸尺蠖이오 冲天準鳥라 頑固頭腦를 劈破ㅎ난 斧鉞과 黑洞昏夢을 警覺ㅎ난 鍾鐸을 作ㅎ얏스니 試 一讀味홀진져."(蔡章黙, 〈彙說〉「嶠南人士의 頑腦를 不可不 一打擊」, 『교남교육회잡지』 1호, 1909. 4. 25, 9~12쪽)

(나)는 『교남교육회잡지』에 실린 글로 채장묵의 「교남인사嶠南人士의 완뇌頑腦를 불가불 일타격不可不 一打擊」이라는 글로 호남학회의 자기 반성에서 더 나아가 강한 자아 비판을 보여준다. 교남교육회의 취지서를 보면, "惟我嶠南은 素稱鄒魯之名鄕ᄒ고 亦多英俊之子弟라 苟能以彬彬文學之質로 加之以新智之敎育이면 體用이 具備ᄒ고 質이 兼全ᄒ야 爲異日無窮之需用也어늘 第以守舊之見으로 差遲時變之觀ᄒ야 因循玩愒에 便作當秋求穫ᄒ며 臨寒求衣之想ᄒ니 寧不慨歎乎아."[23]라고 하여 교남 지역이 이전부터 이름난 인물이나 영준한 자제들이 많은데 여기에 새로운 지식의 교육을 더하면 무궁한 발전을 할 수 있으나 수구의 견해로 새로운 시대의 변화를 보는 것에 더디고 게을러 결국 현재와 같은 상황에 처하게 되었다며 스스로를 비판하고 있다. 위의 글에서도 서북이 학회를 시작하고 기호, 호남, 관동이 이를 이어 발전하고 있는데, 다른 학회와 비교했을 때 교남 지역만 학교 신설이 한두 개에 불과하다며 신랄하게 비판한다.

서우학회와 기호흥학회가 선구자적 의식과 중심부로서의 책임 의식을 보여주고 있다면, 호남학회와 교남교육회는 자신의 지역에 대한 반성과 비판으로부터 시작하고 있다. 지역을 기반으로 한 학회이기 때문에 더욱더 이러한 면이 부각되는 것이라 할 수 있다. 또한 재경 인사들이 자신의 지역을 떠나 서울 지역으로 왔기 때문에 호남과 교남은 이러한 지역적 토대의 문제점을 더 객관적으로 명확하게 바라볼 수 있게 했을 것이다.

이처럼 각 학회지는 지역적 토대를 바탕으로 지역 학회 운동과 잡지 운동을 펼쳐갔다. 또 이러한 지역 학회지가 대상으로 한 독자층을 살펴보면, 각 학회의 특징이 더욱더 분명하게 드러난다.

---

23   〈本會趣旨書〉「本會趣旨書」, 『교남교육회잡지』 제1호, 1909.4.25, 1~2쪽.

〈표 4〉 지역 학회지의 문체별 분류

문체	상세구분	서우	서북학회월보	호남학보	기호흥학회월보	교남교육회잡지
한문체	한문	68	121	16	168	154
	현토한문	33	23	75	31	25
	한문+현토한문	2		1		1
	현토한문+구절			1		
구절형 국한문체	구절형 국한문	68	105	15	53	32
	구절형+현토한문	12			5	
	구절형+한문	2	4			
	구절형+단어형					3
단어형 국한문체	단어형 국한문	173	231	104	201	88
	단어형+구절형	25	13	5	10	1
	단어형+현토한문	2	1			
	단어형+한문	1	4			3
한글체	한글	2	13		1	
	한글+단어형		4	9		
총계		388	519	226	469	307

지역 학회지별 문체를 살펴보면, 지역 학회지가 어떤 독자층을 지향하고 있었는지 알 수 있다. 학회지별로 가장 많은 문체 유형은 『서우』, 『서북학회월보』, 『호남학보』, 『기호흥학회월보』 모두 단어형 국한문체였다. 이는 문장 자체는 한글의 형식을 따르되, 단어만 한자로 적인 경우이다. 『교남교육회잡지』만 유일하게 한문체가 가장 많아서 문체적으로 보수적이면서 시대에 역행하며 뒤처져 있다는 평가를 받기도 한다.[24]

이에 대해 실제 비율을 살펴보면, 학회지별로 초점화된 문체를 알 수 있다. 〈표 5〉에서 보면 『서우』와 『서북학회월보』는 전체적인 비율로 볼 때도 단어형 국한문체의 비율이 가장 높았다. 한문체나 구절형 국한문체의 비율이 비슷하며 거의 2배에 가깝게 단어형 국한문체를 사용하고 있다. 한문체가 많은 이유는 회원명부와 〈사조〉란의 한시가 포함되기 때문인데, 일반 글의 문체 비율을 본다면, 단어형 국한문체의 비율이 훨씬 높았다. 문체적인 측면에서 봤을 때, 『서우』와

---

24   임상석, 『20세기 국한문체의 형성과정』, 앞의 책, 212쪽.

『서북학회월보』는 이전의 유학자들보다는 신학문을 한 세대들에 집중되어 있다는 것을 알 수 있다. 또한 일본 유학생들 중 서북 지역 출신이 많았던 것도 영향을 미쳤을 것이다. 즉 새로운 학문을 배운 신세대들, 또한 일본 유학생들과 활발히 교류한 지식인들이 이 두 잡지의 독자층이자 주체였음을 짐작하게 한다. 또이들이 지향한 독자층들은 새롭게 올라오는 청년 세대들을 교육하고 계몽하는데 집중되어 있었다.

〈표 5〉 지역 학회지의 문체별 비율

문체 비율	서우	서북학회월보	호남학보	기호흥학회월보	교남교육회 잡지
한문체	26.6%	27.7%	41.2%	42.4%	58.6%
구절형 국한문체	21.1%	21%	6.6%	12.4%	11.4%
단어형 국한문체	51.8%	48%	48.2%	45%	30%
한글체	0.5%	3.3%	4%	0.2%	
총계	388개	519개	226개	469개	307개

『기호흥학회월보』와 『호남학보』는 단어형 국한문체의 비율이 높기는 하지만, 그 비율과 유사하게 한문체의 비율도 높았다. 이를 통해 두 학회지 모두 한문을 사용하는 독자층과 단어형 국한문체를 사용하는 독자층 모두를 겨냥하고 있었음을 유추할 수 있다. 『기호흥학회월보』는 〈사조〉란을 통해 한시가 많이 실렸기 때문에 한문체의 비율이 더 높았던 것도 있다. 그렇다고 하더라도 『서우』나 『서북학회월보』보다는 한문체 특히 현토한문체가 2~3배가량 높다는 것은 이러한 한문 세대들을 독자층으로 지향하고 있다는 것의 방증이다. 이는 기호흥학회의 논설 등에서 밝힌 보통 교육과 더불어 그 부모 세대에 대한 교육도 필요하다는 주장에 대한 답이기도 하다. 즉 자식 세대를 교육하는 것뿐만 아니라 그 부모 세대 역시 교육과 계몽이 필요하기 때문에 한문체와 단어형 국한문체의 비율이 모두 높았던 것이다.[25]

『호남학보』의 경우 역시 단어형 국한문체와 한문체의 비율이 모두 높았는데, 『호남학보』에는 한시를 실었던 〈사조〉란이 아예 없었기 때문에 글의 비율에서 현토한문체 등의 한문체가『기호흥학회월보』에 비해 훨씬 더 높았음을 알 수 있다. 이러한 면들은『호남학보』의 주필인 이기李沂 등이 대한자강회 출신이었고, 또 호남학회에 참여한 인물들이 대체로 한학을 공부했기 때문이기도 하다.[26] 그와 더불어 특이하게도 단어형 국한문체뿐만 아니라 한글체가 의외로 등장하고 있다. 이는 학술적인 부분에서 가정학을 통해 모유 수유 및 소아 교육 등 여성 교육을 강화하고자 한 의도로 단어형 국한문체와 한글 번역을 함께 싣고 있기 때문에 나타난 현상이다. 결국『호남학보』는 한쪽에서는 한문체를 사용하여 기존 유학 지식인들을 끌어당기면서, 동시에 여성, 소아 등의 교육을 함께 담당하고자 단어형 국한문체와 한글체를 병행하여 사용하고 있었음을 알 수 있다.

『교남교육회잡지』는 유일하게 한문체 특히 현토한문체의 비율이 58.6%로 가장 높은 비율을 차지하고 있다. 단어형 국한문체가 30% 정도를 차지하고는 있지만, 학술이거나 법령 등을 그대로 옮겨온 경우도 많았기 때문에 논설 등 글의 대부분은 한문체를 활용하고 있었다.『교남교육회잡지』의 이러한 한문체 사용은 이 잡지가 지향하는 독자층을 가늠해볼 수 있게 한다. 즉 이들이 대상으로 삼은 독자층은 교남의 지역에서 여전히 무지몽매하고 구습을 좇고 살고 있는 구세대 유학자들이었던 것이다. 교남 지역의 구습과 고리타분한 구세대적 사고에 대해『교남교육회잡지』에서는 매우 비판하고 또한 스스로를 반성하고 있다. 이러한 면에서『교남교육회잡지』는 새로운 세대들에게 신학문을 가르치고자 하는 의도와 더불어 더 중요하게 생각한 것은 지역에 여전히 존재하는 구세대의 유학자들, 구습을 좇는 유학자들, 또 청년 세대라 하더라도 교남 지역에서 한학을 배

---

25 기호흥학회에 참여한 인물들이 다른 지역 학회들에 비해 고위 관리들이거나 높은 지위의 인물들이 많았기 때문에 한문체가 많았을 확률도 높다. (송민호, 앞의 글, 190쪽)

26 정훈은『호남학보』에 참여한 인물들이 모두 한문학을 배우고 과거에 입력하거나 한문 시문집을 발간한 경우도 있었다며,『호남학보』는 한문학을 공부한 유학자 혹은 한문학을 공부하였지만 신학문에 호의적이었던 신지식인들을 주요 독자로 설정했다고 보고 있다. (정훈, 「근대계몽기 호남학회월보의 특성 연구」,『국어문학』71, 국어문학회, 2019, 310~311쪽)

우고 있는 이들을 교화시키는 데 그 목적을 두고 있었다. 이러한 면은 서사 문예 면에서도 그대로 드러나게 된다.

3) 서사 문예와 지역 학회지의 '로컬리티'

그렇다면, 각 지역 학회지에 드러난 지식인들의 문제의식과 이를 토대로 한 지향하는 독자층을 바탕으로 이들이 어떻게 서사문예 속에서 로컬리티, 즉 지역성을 녹여내고 있는지 살펴보도록 하겠다. 각 지역 학회지에서 드러내고 있는 로컬리티, 지역성은 사실 그들이 목적하고 있는 지역 교육 및 지역의 변화와 밀접하게 연관되어 있다. 자신의 지역을 교육하고, 학교를 설립하며 새롭게 계몽하고자 한 학회의 의도는 결국 누구를 계몽하며, 이들에게 어떠한 방법으로 교육할 것인가에 대한 문제에 봉착하게 된다. 각 학회는 논설과 학술 등의 글을 통해 그들의 문제의식을 공유하면서 동시에 문예적인 방법으로도 독자들에게 다가가고 있었다.

각 지역 학회지에는 서사류와 시가류들이 다양하게 실리고 있는데 문예 관련 글의 구성은 〈표 6〉과 같다. 전체 글 분량 대비 문예 관련 글의 분포가 최소 약 20%에서 27%까지임을 볼 때 1/5 또는 1/4 정도 이상의 분량을 차지하고 있었다. 지역 학회지가 교육과 계몽을 위한 잡지이자 학회의 기관지였다고 해도 문예에 대한 지면을 상당히 할애하고 있었다는 것을 알 수 있다. 따라서 이러한 지역 학회지가 초기 단계였다고는 해도 문예 잡지의 기능까지 담당하고 있었던 것이다.

서사류와 시가류의 비율을 보면, 『서우』, 『호남학보』는 서사류가, 『기호흥학회월보』와 『교남교육회잡지』는 시가류가 더 많은 비중을 차지했으며, 『서북학회월보』는 서사류와 시가류가 거의 비슷한 비중을 차지했다.

분류	세부사항	서우	서북학회월보	호남학보	기호흥학회월보	교남교육회잡지
서사류	격언		10		12	4
	기행문		1			1
	대화체(문답체)	1	16	3	8	2
	문학 잡지		1			
	몽유	1				
	산문		9			1
	서사	3			2	
	역사 전기	36	26	50	10	
	우화	2	2		1(풍자소설)	
	전설	5				
시가류	한시 계열(문장)	25	69		84	68
	한글시가(가사 / 민요)	3	6	1	1	2
	시사(詩史)		1			
	총계	76(22.5%)	141(27.2%)	54(23.9%)	118(25.2%)	79(25.7%)

『서우』의 경우, 서사류가 48개로 총 63.2%를, 시가류가 28개로 총 36.8%를 차지하고 있다. 특히 『서우』에서 가장 크게 차지하고 있는 서사 문예는 역사 전기류였다. 이는 박은식이 주필이 되면서 〈인물고〉 등을 통해 역사에 대한 재인식과 역사적 인물에 대한 고찰을 피력했기 때문이다. 또한 이는 앞서 설명했던 국권회복을 위한 자강 교육과 보통 교육으로서의 의지가 서사적인 문예계열에 포함된 것이라 할 수 있다. 따라서 이러한 역사 전기류에 대한 표현 방법으로서 '전傳' 양식을 차용하는 것과 더불어 몽유 계열의 서사물을 활용한다.

　是夕之夢에 忠武祠故址를 尋往ᄒ니 一大將이 長劍을 伏ᄒ고 招余而前曰爾가 高句麗의 覇業으로써 一個余乙支文德의 功으로 認하ᄂ가 不然ᄒ다. 當時 高句麗의 民族은 天下에 最히 勁悍ᄒ 民族이라 所以로 彼楊廣의 白萬大衆이 水陸並進ᄒ야 壓於境上호

27　총계에 기입한 비율은 각 학회지에 게재된 전체 글 개수에 대한 문예 글의 비율분포이다.

디 全國人民이 毫不畏怖ᄒ고 各自奮憤欲戰ᄒ야 視大敵如無ᄒ니 此는 余所以藉手成功者라 余가 數千精騎를 率ᄒ고 敵의 百萬大衆을 追擊홀 時에 無不以一當百ᄒ얏스니 非其民族之勁悍이면 能如是乎아 向使高句麗民族으로 今日大韓民族과 如히 懦劣退縮ᄒ면 二個乙支文德이 其如之何오 雖然이나 今日 大韓民族이 卽 高句麗民族이라 昔何勁悍如彼며 今何懦劣如此오 ᄒ면 惟其敎育如何에 在ᄒ지라[28]

그 밤 꿈에 충무사 터를 찾아가니 한 대장군이 장검을 품고 나를 불러 앞에서 말하기를 네가 고구려의 패업으로써 일개 나 을지문덕의 공으로 인식하는가. 그렇지 않다. 당시 고구려의 민족은 천하에 극히 용맹한 민족이라. 그래서 저 양광수나라 양제의 백만 대중이 수륙병진하여 국경으로 압박해 오는데 전국 인민이 털끝하나도 겁내지 않고 각자 분노를 떨치며 싸우자 하여 대적을 보고도 없는 듯이 여기니 이는 내가 손을 빌려 성공한 이유라. 내가 수천의 매우 날쌔고 용맹스러운 기병을 거느리고 적의 백만 대중을 추격할 때에 일당백의 용기를 갖지 않는 사람이 없었으니 그 민족이 용맹하지 않았다면 어찌 이와 같을 수 있겠는가. 고구려민족으로 하여금 오늘날 대한민족과 같이 나약하여 물러난다면 을지문덕이 두 명이라 해도 어찌 이와 같으리오. 그러나 오늘날 대한민족이 즉 고구려민족이라. 예전에 어찌 저와 같이 용맹하고, 지금 어찌 이와 같이 나약하리오. 하면 오직 그 교육 여하에 있는지라.[29]

위의 글은 『서우』의 〈잡조〉란에 실린 「몽배을지장군기」라는 몽유 계열 서사이다. 사실 이 글에 등장하는 '나'는 을지공과 같은 인물이 현재 나라에 없음을 슬퍼했다. 고구려가 작은 지방이지만 수나라의 백만 대중을 격파하고 독립을 공고하게 할 수 있었던 것은 을지장군 일인의 공이라 생각한다.[30] 그런데 꿈에서 만

28 大痴子, 〈雜組〉「夢拜乙支將軍記」, 『서우』16호, 1908.3.1, 26쪽.
29 한글 번역은 전은경의 「근대계몽기 잡지의 매체적 특징과 역사의 서사화 과정」(앞의 글), 30~31쪽 인용.

난 을지문덕은 그렇지 않다며 '나'의 생각을 정면으로 반박한다. 그 당시 "일당백의 용기를 갖지 않는 사람이 없었"고 지금도 대한민족은 여전히 고구려 민족이라며, 오직 교육을 통해서 그러한 용맹한 인물을 키워낼 수 있다고 설명한다.[31]

이는 결국 『서우』에 담겨 있던 문제 의식, 즉 지식인들 스스로에게 영웅이 되어야 한다는 당부와 더불어, 교육을 통해서 이러한 영웅을 양성할 수 있다는 믿음을 보여주는 것이다. 이는 현재 나라를 걱정하며 고민하고 있는 서북의 청년들을 향한 메시지라고 할 수 있다. 새로운 학문을 접하고, 유학생으로서 일본을 다녀오며 다양한 체험을 하고 있는 서북의 청년들에게 꿈을 가지라고 전달하고 있는 것이다.

『서우』의 메시지가 새로운 세대로 성장하여 구국을 위한 영웅이 되려는 서북의 청년들을 향해 있었다면, 『호남학보』는 좀 더 어린 유소년들에 대한 보통 교육으로서 역사 전기물을 활용한다. 사실 『호남학보』는 문예면이 따로 없고, 또한 한시 등 시가류를 싣는 장도 아예 제외되어 있었다. 그런 상황에서 『호남학보』는 서사류가 총 53개로 약 98%, 시가류가 총 1개로 약 2%를 차지한다. 시가류는 원래 싣는 곳이 없지만, 여성교육이자 소아 교육을 위한 노래로 싣고 있다. 즉 여성 교육, 소아 교육에 치중한 『호남학보』의 문제의식을 보여주는 것으로 〈애자가愛子歌〉라는 민요를 실어 아이가 울 때 불러줄 수 있는 노래로 소개하고 있다.

유일하게 싣고 있는 서사류는 〈명인언행〉이라는 표제 아래 실린 역사 전기류 서사이다. 이 〈명인언행〉에는 제1호에 을지문덕부터 제9호에 허조까지 총 50명의 인물의 업적을 간략하게 소개하고 있다. 자세한 내용을 설명하기보다는 주요 업적이나 영웅적인 면만을 강조하여 간단하게 보여주며, 한 회에 여러 명의 인물을 소개한다. 또한 제1호에는 "유년필독서초幼年必讀書抄"라고 설명하며 유소년들이 반드시 이를 읽고 베껴 적으라고 강조하고 있다. 결국 이러한 역사 전기 인

---

30 「몽배을지장군기」, 25~26쪽.
31 「몽배을지장군기」 관련 자세한 논의는 전은경의 위의 글 25~34쪽.

물을 소개하는 것은 유소년들을 교육하기 위함이었던 것이다. 『호남학보』에서는 여성 교육을 위해 한글체를 사용하고, 역사 인물 서사를 가볍게 소개하여 유소년들이 베껴 써가며 공부할 수 있도록 지도하고 있었다. 이러한 역사 인물 서사를 소개한 경우는 『서우』였는데, 『서우』의 〈인물고〉가 유소년보다는 한문을 읽을 수 있는 청년 세대들에 집중되어 있었다면, 『호남학보』의 〈명인언행〉은 이보다 분량도 짧고 쉬워서 훨씬 어린 유소년들이 읽기에 용이했다.

서사류와 시가류를 거의 비슷한 분량으로 싣고 있는 『서북학회월보』는 지역 학회지 중 문예를 위한 표제를 설정하고 있을 뿐만 아니라 서사류나 시가류 모두 다양하게 싣고 있다. 이는 유학생 잡지와의 교류와 영향이 있었음을 보여주고 있기도 한다. 『서북학회월보』에 실린 서사류는 총 65개로 약 46%, 시가류는 총 76개로 약 54%를 차지하고 있다. 『서북학회월보』에 실린 서사류의 가장 큰 특징은 대화체 서사류가 많다는 점이다. 이는 유학생 잡지에 실린 대화체 서사물의 영향으로 보이기도 하는데, 실제 같은 인물이 투고하고 있기도 하다.

이장자耳長子의 「가담」『서북학회월보』17호, 1909.11.1이나 지언자知言子의 「숭고생개화생문답」『서북학회월보』18호, 1909.12.1 등이 대표적인 대화체 서사물의 예라 할 수 있다. 전자가 서로의 대화를 통해 축첩한 관리를 비판하고 고발하는 내용이라면, 후자는 숭고생과 개화생이 서로 토론을 하며 각자의 주장만 하다가 헤어지는 내용이다. 특히 후자는 숭고파들이 옛것만 숭상하며 현실을 보지 못하는 상황을 비판하고 있기도 하다. 즉 『서북학회월보』는 구세대와 신세대를 구분하고 옛것만 고집하는 이들을 비판하며 경고하는 내용을 보여주고 있는 것이다. 이러한 면은 첨예한 세대간의 갈등을 보여주며 구세대에 대한 비판을 대화체 서사류의 표현양식을 빌려 고발하고 있다.

시가류가 훨씬 더 많은 양을 차지했던 잡지는 『기호흥학회월보』와 『교남교육회잡지』였다. 그러나 재미있는 것은 많지 않은 서사류들 중에서도 "소설"이라는 제목을 붙인 것 역시 이 두 학회밖에 없었다. 『기호흥학회월보』의 실린 문예를 보면, 서사류가 총 33개로, 약 28%, 시가류가 총 85개로, 약 72%를 차지하여 시가류가 거의 압도적으로 많이 실리고 있음을 알 수 있다. 『기호흥학회월보』 역시 독자층을 양면화하여 청년층과 부모 세대로 구분하고 있는데, 이 학회지의 가장 큰 특징은 다양한 학문을 소개하고 교육하는 데 있었다. 따라서 이러한 문답류나 대화체를 활용하여 신학문을 소개하여 쉽게 새로운 내용을 이해할 수 있도록 교육의 수단으로서 사용하고 있기도 하다.

또한 실제 부모 세대와 유학자들을 경각시키기 위하여 성낙윤이 『골계소설』이라는 제목으로 풍자소설을 싣고 있는데 이는 "고전인 『한시외전』의 '당랑포선螳螂捕蟬'을 차용하여 새롭게 해석하고 풍자"하고 있다.[32] 실제 내용에서는 약한 자를 잡아 먹는 강한 자가 있다는 '약육강식'의 내용이 주제라면, 성낙윤의 글에서는 이를 역발상적으로 비틀고 있다. 결국 위협하던 존재들은 하나하나 더 큰 존재에게 잡아 먹히고, 살아보고자 주변의 비웃음을 받아가며 공부하고 노력하던 매미들만이 최종적으로 살아남아 복을 누리더라는 내용으로 끝을 맺는다. 기존 세대들에게 신교육을 강조하기 위한 방편으로서 고전을 응용하고 또 이를 역발상적으로 사용하고 있는 것이다.

마지막으로 『교남교육회잡지』의 문예는 서사류가 거의 없고, 시가류가 대부분을 차지하고 있다. 서사류는 총 9개로 약 11.4%, 시가류는 총 70개로 약 88.6%를 차지했다. 그런데 앞서 말한 바처럼 '소설小說'이라는 표제를 달고 북악산인 한계기가 「춘추몽」이라는 몽유 계열 서사물을 싣고 있다. 「춘추몽」 내부에 '북악산인'으로 스스로를 지칭하는 '나'라는 인물이 등장하는데, 이 인물이 현 시대에 진정한 유교적 가치가 흔들리고, 도리가 무너지는 상황에 대해 분개하다가 꿈에 공자를 만나 춘추 책을 받아온다는 내용이다.

사실 이러한 내용만 본다면, 이 글은 이전 유교를 숭상하고 완고하며 보수적

---

32 이와 관련한 구체적인 내용은 전은경의 「『기호흥학회월보』의 '흥학'과 서사적 실험」(앞의 글) 260~269쪽 참고.

인 교남의 구세대들이 주장하는 모습과 크게 다를 바가 없어 보인다. 그런데『교남교육회잡지』의 논조와 함께 읽게 된다면, 이 몽유 계열의 서사는 전혀 다르게 읽을 수 있다. 신교육 역시 구교육과 다르지 않으며, 유교의 가르침은 원래 새로운 학문을 배우는 데 두려워하지도, 거부하지도 않는다는 주장이『교남교육회잡지』에 한결같이 등장한다. 즉 이들의 주장 안에는 완고하고 보수적인 구세대들이 신교육을 받아들이지 않는 것과 새로운 교육이 필요함에도 이를 막고 있는 것에 대해 신랄하게 비판하는 문제 의식 혹은 자기 비판이자 자기 반성이 들어 있다.

(가) 즉 지금부터 일반 사회에 교육을 면려하여 용맹용감의 성질과 동심동덕의 단체를 양성하면 청년자제 중에 무수한 을지문덕이 배출되어 국권을 회복하고 국위를 오르게 하리니 아들이 그 공부를 장려하라 하고 이로 인하여 일편 붉은 종이에 팔개자를 수여하거늘 내가 거듭 절을 하며 받고 꿇어앉자 그것을 읽으니 그 글에 말하기를, "국성국혈이 강하게 이르면 적이 없다"이러라. 내가 이에 몸이 변하여 깨어나니 땀이 흘러 등을 적셨더라. 이에 그 일을 기록하여 우리 청년제군에게 고하느니라.

「몽배을지장군기」[33]

(나) 홀연히 집 안에서부터 제자 일인이 산인에게 크게 불러 말하기를 이 분 성인은 후세에서 존칭하기를 대성지성 문선공 공모시오 나는 공문공자의 문하에 의지하여 앙망하는 증모증자로라. 성인이 일부 서책을 군에게 믿고 전하라 하시기로 일부를 주니 장차 일부하야 현세에 뿌리고 전하라 하매 산인이 두려워 떨며 일부를 정중히 받으니 제목

---

33 "卽 自今日로 一般社會에 敎育을 勉勵ㅎ야 勁悍勇敢의 性質과 同心同德의 團體를 養成ㅎ면 靑年子弟中에 無數흔 乙支文德이 輩出ㅎ야 國權을 復ㅎ고 國威를 揚ㅎ리니 子其勉之ㅎ라 ㅎ고 因ㅎ야 一片絳色紙에 八個字를 授與ㅎ거눌 余가 再拜而受ㅎ고 跪而讀之ㅎ니 其 書에 曰 國性國血至强無敵이러라. 余乃轉身而覺ㅎ니 汗流浹背라 乃記其事ㅎ야 告我靑年諸君ㅎ느라."(대치자, 〈잡조〉「몽배을지장군기」,『서우』제16호, 1908.3.1, 27쪽)

에 대서특필로 써 있기를 춘추일부라 머리를 숙여 조아리고 감사 인사를 하고 나올 때 문처마에 부딪쳐 땅에 넘어지며 놀라 깨어나니 뜰에 산 살구가 가득하고 두견새가 간간히 울더라.

「춘추몽」[34]

(가)는 『서우』에 실린 「몽배을지장군기」의 마지막 부분이고, (나)는 『교남교육회잡지』에 실린 「춘추몽」의 마지막 부분이다. 두 서사 모두 몽유계 서사로서 위의 예문은 꿈이 깨는 부분인 각몽覺夢에 해당한다. (가)와 (나) 모두 주인공이 각자 꿈에 을지문덕과 공자를 만나고 서신 또는 책을 받고 꿈에서 깨어나고 있다. '입몽→몽유→각몽'의 구조 속에서 보면 두 작품이 유사하게 진행된다고도 할 수 있다. 그러나 독자 대상에 따라 내용도 형식도 다르게 전개된다. (가)는 마지막 문장처럼 "청년 제군에게 고하"기 위해 쓰였기 때문에 '나'가 을지문덕을 만나 대화하는 형식으로 진행된다. 또한 을지문덕 역시 현재 청년 교육에 힘쓰라는 직접적인 이야기들을 건네고 있기도 하다.

그러나 (나)에서는 고전을 차용하여 올 뿐, 구체적인 대화나 이전의 몽유록계 서사물과 별다른 차이가 없이 진행된다. 앞서 설명한 것처럼 구세대 유학자들의 논의와 비슷해 보이지만, 『교남교육회잡지』 전체 텍스트의 맥락 속에서 읽어 보면, 전혀 다르게 해석될 수 있다. 유교의 중심으로 돌아가면, 유교는 신학문을 배우는 것을 꺼려하지 않는다는 논조 속에서 읽어 본다면, 구세대들에게 유교의 중심으로 돌아가 새로운 학문을 배우는 것을 받아들이자는 주장으로 읽을 수 있는 것이다. 그렇게 보면, 이 「춘추몽」은 교남 지역을 변화시키고, 새로운 학교를

---

34 "忽然自室中으로 弟子一人이 大呼 山人曰 這位聖人은 後世에셔 尊稱키를 大成至聖 文宣王 孔某시오 我는 孔門에 依仰ᄒᄂ 曾某로라 聖人이 一部書冊을 君의게 信傳ᄒ라시기로 一部를 出給ᄒ니 將此 一部ᄒ야 現世에 播傳ᄒ라홈이 山人이 戰栗恐懼히 一部를 敬受ᄒ니 題目에 大書特筆曰 春秋一部라 頓首拜謝ᄒ고 退出홀식 爲門楣所觸ᄒ야 飄然什地而驚悟ᄒ니 滿庭山杏에 子規啼歇이러라."(북악산인(한계기), 〈잡조〉 「소설 춘추몽」, 『교남교육회잡지』 제2호, 1909.5.25, 41쪽)

설립하기 위하여 이 완고한 구세대들을 독자층으로 상정하여 이들을 설득하고자 했던 것이다. 이것은 자기 비판과 자기 성찰, 반성으로부터 시작하여 구학문인 유학 안에서 새로운 학문을 안으려고 했던 노력을 이러한 몽유 계열 서사로 표현한 것이다.

이러한 면은 『서우』에 등장했던 몽유 계열 서사와는 다른 특징을 가지게 한다. 『서우』의 몽유 계열 서사는 역사 전기적인 인물을 대상으로 깨우쳐 교육하여 새로운 인재를 양성하고자 청년들을 독자층으로 지향했던 작품이었다면, 『교남교육회잡지』의 몽유 계열 서사는 유학의 정도正道를 통해 신학문을 받아들여야 한다는 당위성을 구세대들에게 알리고 호소하는 구세대와 기성세대들을 독자층으로 상정한 작품이었다.

이렇게 볼 때 각 지역 학회지는 각 지역성을 토대로 그 지역을 변화시키기 위한 문제의식 내에서 문예면, 특히 서사류를 활용하고 있었다. 역사 전기류, 몽유 계열 서사, 대화체 서사류, 풍자 계열 서사 등을 활용하여 그들이 전하고자 했던 메시지를 '로컬리티'에 담아 전달하고 있었던 것이다. 여기에는 그 당대 지식인들의 고민과 실천이 치열하게 묻어나면서 지역 학회지와 새로운 지역문학의 태동을 이끌어가고 있었다.

4) '로컬리티'라는 전환기적 감수성

근대로 변화되어가는 그 전환기에 당대 지식인들은 자신의 지역을 토대로 지역 학회를 설립하고 그 운동의 일환으로서 학회지 활동을 진행했다. 이러한 지역 학회지 활동은 그 지역의 계몽과 교화, 또 새로운 신학문에 대한 교육을 위해 이루어진 것이기도 하다. 이러한 운동을 역동적으로 진행하기 위해서 각 지역의 학회지는 자신의 토대가 되는 지역에 대한 철저한 앎과 반성이 먼저 전제되지 않으면 안 되었다. 또한 그 안에서 지식인들은 누구를 대상으로 교육하고, 또 어떠한 방법으로 교육하여 계몽해야 하는지 고민하지 않을 수 없었다. 또한 이러한 고민과 실천 안에는 지식인들의 토대가 되는 '로컬리티' 즉 지역성이 스며들어 있었다. 따라서 이들의 치열한 실천과 문제의식 속에는 '로컬리티'라는 감수성이 깊숙이 자리잡고 있었던 것이다.

이들 각 지역의 지식인들은 자신들의 '로컬리티' 속에서 해답을 찾아가려 노력했다. 국권을 회복하고 자강하기 위한 방법으로 교육과 계몽을 선택할 수밖에 없었던 그들은 신학문에 대한 열망, 다른 지역 학회와의 비교 의식, 대타적 책임의식, 자기 반성적 태도와 철저한 자기 비판 등 매우 다양한 형태로 그러한 지역적 감수성을 드러내었다. 그러나 이들의 고민은 단순히 비교 의식이나 중심지로서의 우월 의식 혹은 중앙으로부터 배제되어 있던 '지방민'으로서의 비하 의식이 아니었다. 이들 지식인들은 모두 자신의 토대가 되는 '지역'을 고민했고, 그 '로컬리티'에 맞는 문제의식을 표출했으며, 반성과 비판, 독려와 실천으로 행동하고자 했다.

따라서 '계몽', '교육', '자강'이라는 비슷한 시대적, 전환기적 키워드 속에서도 각 지역의 지식인들은 자신의 '로컬리티'를 고민하며, 그 '로컬리티'의 감수성과 실천을 담아내고자 했다. 이렇게 볼 때 각 학회지가 모두 비슷한 교육과 비슷한 글들을 양산해 내고 있었다고 성급하게 판단할 수는 없는 일이다. 각 지역 학회지들을 미시적으로 천착하여 접근해본다면, 그 지역 학회지 내부에는 지역의 지식인들과 함께 고민하고 함께 해답을 찾아나가고자 노력하는, 실천하는 전환기의 지식인들을 발견할 수 있기 때문이다. 또한 새로운 문학, 근대의 문학은 이러한 실천적 지식인들 속에서 태동하고 있었으며, 그러한 지식인들의 로컬리티적 감수성이 새로운 문학을 이끌어가는 원동력으로 작동했던 것이다.

2. 지역 학회지와 일본 유학생 잡지의 연계성 및 새로운 근대의 망 구축

1905년 을사늑약 체결 이후 애국을 위한 구국운동의 일환으로 일본 유학생들의 수가 기하급수적으로 늘어났다. 이전까지 10여 명이 되지 않았던 일본 유학생 수가 1904년부터 158명까지 늘고, 1905년에는 252명으로 그 수가 뛰어, 1905년은 1895년부터 1910년까지 중 일본으로 새롭게 유학 간 한국인 수가 가장 많았던 해이기도 했다. 이때는 사비 유학생이 급격히 증가한 것인데, 일본의 국권 침탈에 따른 지식인들의 애국 계몽적인 운동의 차원으로 이해할 수 있다.[35]

실제로 1903년까지 재일 한인 유학생 수는 200명이 채 되지 않았다. 그러던 것이 1904년에 260명, 1905년에는 약 450명으로 갑자기 늘어나기에 이르렀다. 이렇게 기하급수적으로 일본 유학생들이 늘어나자 재일 한인 유학생들은 1905년 이후로 여러 단체들을 조직하기 시작했다. 유학생구락부, 태극학회, 공수학회, 한금청년회, 동인학회, 낙동친목회, 호남학계, 광무학회, 광무학우회, 대한유학생회 등 10여 개의 다양한 유학생 단체들이 조직되었다.[36] 이러한 단체들은 뒤에 대한유학생회, 대한학회 등으로 통합의 움직임을 보이다가 최종적으로 대한흥학회로 결합하여 일본 유학생 전체 통합 단체를 결성하기에 이르렀다.

그러나 이러한 여러 유학생 단체들이 조직되었다고는 해도, 실제 학회에서 잡지를 간행한 경우는 많지 않았다. 현재 확인할 수 있는 일본 유학생 단체들의 잡지는 『태극학보』, 『공수학보』, 『대한유학생회학보』, 『동인학보』, 『낙동친목회학보』, 『대한학회월보』, 『대한흥학보』 등 총 7종이 전부이다. 이 가운데 『태극학보』[37]나 『대한흥학보』에 대한 연구[38]는 상당히 진행되었으나, 나머지 잡지에 대한

---

35   김기주, 「구한말 재일한국유학생의 민족운동 연구」, 전남대 박사논문, 1991, 14~15쪽.
36   김기주, 앞의 글, 8·15쪽.

연구는 거의 이루어지지 못했다.[39] 이러한 상황이다 보니 일본 유학생 잡지에 대한 정리뿐만 아니라 서사물에 대한 정리 역시 미흡한 상황이다.[40]

---

37 『태극학보』에 대한 연구는 일본 유학생 잡지 중 가장 오래, 가장 많은 글이 실렸기 때문에 상당히 많이 진행되었다. 특히 「태극학보」에 실린 서사물에 대한 연구는 크게 보면, 장응진에 대한 연구, 일반 서사물에 대한 연구, 번역 소설에 대한 연구 등으로 나누어 볼 수 있다. 장응진에 대한 연구는 김윤재, 「백악춘사 장응진 연구」, 『민족문학사연구』 제12호, 민족문학사학회, 1998; 하태석, 「백악춘사 장응진의 소설에 나타난 계몽사상의 성격」, 『우리문학연구』 제14집, 우리문학회, 2001; 최호석, 「장응진 소설의 성경 모티프 연구」, 『동북아문화연구』 제22집, 동북아시아문화학회, 2010 등을 들 수 있다. 다음으로 해저기담 등 번역물에 대해 연구한 김종욱, 「쥘 베른 소설의 한국 수용과정 연구」, 『한국문학논총』 49, 한국문학회, 2008; 손성준, 「근대 동아시아의 크롬웰 변주」, 『대동문화연구』 제78집, 성균관대 대동문화연구원, 2012; 역사첩, 「과학과 계몽 사이: 1900년대의 「해저여행(기담)」과 동아시아 수용 계보－『태극학보』의 평역(評譯) 실천을 중심으로」, 『사이間SAI』 35, 국제한국문학문화학회, 2023; 최애순, 「대한제국 말기와 식민지시기 발명·발견 소재 소설의 행보－일본 유학생 집단 지식인의 '발명'에 대한 인식과 수용 양상」, 『현대소설연구』 91, 한국현대소설학회, 2023 등이 있다. 마지막으로 『태극학보』 서사물에 대한 연구는 문한별, 「근대전환기 서사의 양식적 혼재와 변용 양상」, 『국제어문』 제52집, 국제어문학회, 2011; 손성준, 「『태극학보』 '문예'란의 출현 배경과 그 성격」, 『사이間SAI』 27, 국제한국문학문화학회, 2019; 전은경, 「근대계몽기 상호소통적 글쓰기와 '서사' 양식의 실험」, 『대동문화연구』 91, 성균관대 동아시아학술원, 2015; 「『태극학보』의 몽유록계 서사와 근대문학으로서의 가능성」, 『어문론총』 89, 한국문학언어학회, 2021 등을 들 수 있다.

38 『대한흥학보』와 관련한 문학 연구는, 새로운 문학이라는 개념 성립에 대한 연구와, 진학문이나 이광수에 대한 연구로 나누어 볼 수 있다. 문학 개념 및 문학 장에 대한 연구는 이재봉, 「근대의 지식체계와 문학의 위치」, 『한국문학논총』 52, 한국문학회, 2009; 전은경, 「유학생 잡지 『대한흥학보』와 문학 독자의 형성」, 『국어국문학』 169, 국어국문학회, 2014; 장동석, 「'비(非)문학' 담론의 '합(合)'에 남겨지는 '결핍'의 자리, '새로운' 문학의 '장(場)'－『대한흥학보』에 나타난 '문학'과 '문학 아닌 것'의 관계성을 중심으로」, 『한국문예비평연구』 68, 한국현대문예비평학회, 2020 등을 들 수 있다. 또한 진학문이나 초기 이광수 글에 대한 연구로는 김영민, 「근대적 유학제도의 확립과 해외 유학생의 문학·문화 활동 연구」, 『현대문학의 연구』, 한국문학연구학회, 2007; 최태원, 「어느 식민지 문학 청년의 행방(1)－'몽몽' 시절 진학문의 일본 유학과 문학 수업」, 『상허학보』 50, 상허학회, 2017; 윤영실, 「노예와 자유－이광수 초기(1908~1910) 사상의 탈식민적 자유 관념」, 『춘원연구학보』 25, 춘원연구학회, 2022 등을 들 수 있다.

39 특히 『공수학보』, 『동인학보』, 『낙동친목회학보』 등은 2012년 아단문고 미공개 자료 총서(소명출판)가 나오면서 발굴되었기 때문에 간단한 서지적 사항에 대한 연구는 있으나, 서사물에 대한 연구는 여전히 미흡한 상황이다.

40 근대계몽기 일본 유학생 잡지 전반에 대한 연구나 서사물 전체에 대한 연구는 거의 진행되지 못했다. 다만, 학회지의 서사물에 대한 연구로 문한별, 「근대전환기 학회 수록 몽유 서사 연구」, 『현대소설연구』 46, 한국현대소설학회, 2011; 「근대전환기 우화체 서사의 특질 연구」, 『국어문

일본 유학생 잡지별로 연구하거나 각 서사 문예 장르별로 연구할 때와는 달리, 일본 유학생 잡지 전체에 대한 정리가 필요한 이유는 다음과 같다. 먼저, 일본 유학생 잡지 전체를 정리함으로써 서사 문예물에 대한 시기별 특징을 살펴볼 수 있다. 유학생 잡지들 내부에서도 다양한 서사 문예가 실렸으며, 이러한 서사물에도 모방과 유행이 분명 존재했다. 일본 유학생 잡지 전체를 살펴봄으로써 이러한 서사물의 유행과 유사한 형태의 변이들을 추적해볼 수 있다. 다음으로 유학생 잡지 간의 영향 관계를 뚜렷이 살펴볼 수 있다. 일본 유학생 잡지 전반을 정리함으로써 잡지와 잡지 간의 영향 및 그 상호관계에 대해 분석해볼 수 있다. 일본 유학생들 중 주로 활동했던 인물들의 관계를 통해 잡지 간의 소통 역시 집중해볼 수 있다. 마지막으로 출신 지역 중심의 학회지와 통합 학회지의 특징을 각각 살필 수 있음과 더불어 그 차이점까지 명확하게 천착해볼 수 있다. 출신 지역을 중심으로 이루어진 학회지의 특징과 통합 학회를 지향하는 학회지의 특징은 다를 수밖에 없다. 이를 전체적으로 비교·대조해볼 때, 그 차이점을 더욱 선명하게 조망해볼 수 있다.

결국 이처럼 일본 유학생 잡지 전체를 조망하는 것은 1906년부터 1910년까지 일본에 유학했던 유학생들이 그곳에서 잡지라는 미디어를 통해서 새롭게 형성하게 된 '사회적 공간'에 주목하게 하는 것이다. 마르쿠스 슈뢰르에 따르면, "근세와 근대의 역동성은 새로운 공간의 개척으로 이루어진" 것이며, "새로운 공간을 발견하기 위해 주어진 공간을 탈피하는 것"[41]이다. 일본에 유학을 간 조선인 학생들의 경우, 거리두기를 통해 도리어 새로운 공간을 만들어냄과 동시에

學』58, 국어문학회, 2015를 주목해볼 수 있다. 그 외 유학생들의 네트워크에 대해 연구한 전성규, 「근대 지식인 단체 네트워크(2)」, 『한국근대문학연구』46, 한국근대문학회, 2022와, 일본 유학생 잡지의 창간사와 발간사를 연구한 안남일, 「1910년 이전의 재일본 한국유학생 잡지 연구」, 『한국학연구』58, 고려대 한국학연구소, 2016; 「재일본 한국유학생 잡지 〈창간사, 발간사〉 연구」, 『한국학연구』64, 고려대 한국학연구소, 2018 등을 들 수 있다.

41   마르쿠스 슈뢰르, 정인모·배정희 역, 『공간, 장소, 경계-공간의 사회학 이론 정립을 위하여』, 에코리브르, 2010, 22쪽.

보다 자유롭게 자신의 '지역'을 품게 되었다. 즉 자신의 출신 지역을 타자화할 수 있는 거리인 일본이라는 공간에서 자신의 출신 지역을 바라볼 때, 물리적인 공간을 벗어났기 때문에 객관화되고 타자화된 자신의 지역을 볼 수 있게 된다.

이러한 출신 지역에 대한 새로운 시각을 제공하는 떨어진 거리에서의 사회적 공간을 형성하는 것과 더불어, 일본 유학생회 잡지 내부에서 또 다른 사회적 공간을 형성하기도 했다.[42] 사회적 공간이란 "텅 빈 추상적, 절대적 공간이 아니라 사회적으로 생산, 재생산된 공간이며 (재)생산을 둘러싼 복합적 관계들이 상호 교차하고 중첩되는 사회적 네트워크 내지 관계망"을 의미한다.[43] 즉 일본 유학생 내부에서 출신 지역을 넘어서서 통합 학회를 지향하며 새로운 사회적 공간을 형성하고자 했던 것은 출신 지역을 통합하면서도, 그들 내부의 사회적 네트워크와 관계망을 확장하며 일본 유학생으로서의 새로운 공간을 만들어내고자 했던 것으로 볼 수 있다.

따라서 제2절에서는 이러한 새롭게 형성한 사회적 공간으로서 일본 유학생 잡지를 통합적으로 재구해보고자 한다. 이를 위해 1906년에서 1910년까지 등장한 일본 유학생 잡지의 특징을 먼저 분석해보고자 한다. 비슷한 시기이면서 같은 인물들이 동시에 여러 잡지에 등장하고 있으나, 각 잡지의 편집 전략에 따라 조금씩 달라지는 지점을 포착하여 각 잡지의 성향과 서사물의 관계를 파악해 볼 것이다. 무엇보다 출신 지역의 토대에 따라 차별점을 보여주면서도 학회지가 통합되면서 이러한 특징들이 융합되고 새롭게 변형되는 측면들을 집중해보고자 한다. 더 나아가 이러한 일본 유학생 잡지에서 등장하는 다양한 서사적 실험

---

42 앙리 르페브르에 따르면, 사회적 공간은 하나가 아니라 여러 개의 사회적 공간이 존재한다. 또한 구체적인 추상으로서의 사회적 공간은 망과 경로, 관계의 묶음을 통해서 '실재적으로' 존재한다. 예를 들어 세계적인 차원의 소통망, 교류망, 정보망이 존재한다. 이러한 사회적 공간은 서로 침투적이며 서로 포개진다. (앙리 르페브르, 양영란 역, 『공간의 생산』, 에코리브르, 2011, 152~153쪽)
43 류지석, 「사회적 공간과 로컬리티」, 류지석 편, 『공간의 사유와 공간이론의 사회적 전유』, 소명출판, 2013, 143쪽.

들이 새로운 문학의 탄생에 어떤 기여를 하는지 살펴볼 것이다. 이를 통해 당대 일본 유학생들이 형성했던 새로운 네트워크와 관계망을 조망해보며, 이 속에서 탄생한 다양한 서사적 실험들이 근대의 문학을 어떻게 추동해가는지 그 과정에 천착해보고자 한다.

1) 일본 유학생 잡지의 특징과 편집의 방향

1906년을 기점으로 국내와 해외에서 학회지들이 대거 등장하기 시작했다. 일본으로 유학 갔던 인물들도 일본에서 학회를 결성하고 학회지를 발간하기에 이른다. 국내의 학회지가 계몽에 초점을 맞추었다면, 일본에서 유학생 신분으로 학회를 결성한 인물들은 타지역에서의 친교와 연합에 좀 더 주안점이 놓였다고 할 수 있다. 이는 유학생 신분이라는 특별한 상황이었기 때문에 친교에 더 무게를 둘 수밖에 없었을 것이다. 처음에는 일본 유학생들 역시 출신 지역을 기반으로 학회를 결성했다면, 일본에서 유학하는 지식인들이 많아지면서 연합과 통합 학회로 진행하기에 이른다. 이렇게 결성한 학회들의 학회지가『태극학보』1906.8, 『공수학보』1907.1,『대한유학생회학보』1907.3,『동인학보』1907.7,『낙동친목회학보』1907.10,『대한학회월보』1908.2,『대한흥학보』1909.3로 이어지게 되었다.

1906년 이후 재일 한인 유학생회가 출간한 잡지들의 순서를 보면, 가장 먼저 시작한 것이『태극학보』로 1906년 8월 24일 창간호부터 1908년 12월 24일까지 총 27호가 간행되었다.『태극학보』는 평안남북도와 황해도 지역 출신 유학생들이 결성한 태극학회의 학회지였다. 처음 발간할 때의 회원수는 총 62명 정도였으나, 이후 기하급수적으로 늘어나 1908년 6월 말에는 회원수가 220명에 육박했다.[44] 또한 귀국 학생이나 특별회원, 국내지부 회원들까지 포함하게 된다면, 1908년 10월 태극학회의 회원수는 600여 명까지로 볼 수도 있다.[45] 그만큼『태

44　1908년 6월 말 태극학회 회원수는 김기주, 앞의 글, 28쪽 참조.
45　김윤재, 「백악춘사 장응진 연구」, 『민족문학사연구』 12, 민족문학사학회, 1998, 185쪽.

극학보』가 재일 한인 유학생회 중 가장 오래, 가장 많은 글을 실을 수 있었던 잡
지였음을 확인할 수 있다.

〈표 1〉 일본 유학생 잡지 관련 정리표

학회지	태극학보	공수학보	대한유학생회학보	동인학보	낙동친목회학보	대한학회월보	대한흥학보
학회명	태극학회	대한공수회	대한유학생회	대한동인회	낙동친목회	대한학회	대한흥학회
학회 설립[46]	1905.9.15	1906.9~10	1906.9.2	1906	1905.10.10	1908.2.9	1909.1.10
총 호수	27호	5호	3호	1호	4호	9호	13호
출신 지역	평안남북도, 황해도	전 지역 (관비 유학생)	부분통합	전 지역	경상도	부분통합	전체통합
출간 연도	1906.8.24 ~1908.12.24	1907.1.31 ~1908.3.20	1907.3.3 ~1907.5.20	1907.7.1	1907.10.30 ~1908.1.30	1908.2.25 ~1908.11.25	1909.3.20 ~1910.5.20
발간 시 회원수	62명(1호)	51명(1호)	169명(1호)	73명(1호)	48명(1호)	195명(3호)	463명(3~5호) 본회회원
최종 회원수[47]	650명	60명	169명	73명	119명	348명	928명
발간 부수[48]	1,000 ~2,000부	1,000부	1,000부	·	1,000부	2,000부	2,000부

　다음으로 『공수학보』가 출판되었는데, 이는 1906년 가을에 결성한 대한공수
회에서 발행한 잡지였다. 1907년 1월 31일에 창간호가 발간되었고, 1908년 3월
20일 2권 2호를 끝으로 총 5호가 간행되었다. 사실 『공수학보』는 다른 재일 한
인 유학생들이 발간한 잡지와는 다른 성향을 보인다. 대한공수회는 원래 한국황
실특파유학생들이 결성한 단체였다. 즉 처음부터 국내 내장원이 학비를 지원하
여 일본으로 유학을 온 황실 유학생이자, 이후 관비 유학생으로 전환된 인물들
이 만든 단체였던 것이다. 따라서 대한공수회의 회원은 국내 전 지역에서 뽑힌
관비 유학생들이 그 대상이었다. 이 때문에 『공수학보』에 참여한 인물들은 다른
학회를 모 학회로 두면서 여러 곳에서 동시에 활동하는 경우가 많았다.

46　각 학회 설립은 김기주의 앞의 글을 참고하여 창립 총회 날짜로 표기함.
47　최종 회원수는 대한유학생회를 제외한 나머지 학회의 경우, 전성규, 「근대 지식인 단체 네트워크
　　(2)」, 앞의 글, 112~113쪽 참조함.
48　발간부수는 김기주, 앞의 글, 75쪽 참조.

위의『공수학보』의 창간호가 발간된 지 2달 후, 창간한 잡지가『대한유학생회학보』였다.『대한유학생회학보』는 1906년 9월 2일에 설립한 대한유학생회에서 발간한 잡지였다. 1907년 3월 3일 창간호를 발행하여 5월 25일에 제3호로 종간되었다. 사실 대한유학생회는 재일 한인 유학생들이 유학생회를 통합하고자 만든 단체가 아니라, 여러 학회들이 연합하자는 취지에서 만든 모임이었다.『대한유학생회학보』가 발간되던 당시 동경에서 유학하는 한인 유학생이 600~700명 가까이나 되었다.[49] 이러한 때 유학생회의 연합과 연대를 위해, 또 여러 상황을 나누고 결정하기 위해 만든 단체였기에, 각 다른 학회의 대표들이 모여 의견을 개진할 수 있는 모임이었다고 할 수 있다.[50] 이러한 취지에서 발간된 것이 바로『대한유학생회학보』였다. 따라서 여러 학회의 회원들이 모였기 때문에『태극학보』,『공수학보』,『낙동친목회학보』에 비해 발간 초창기 회원수가 많았던 이유이기도 하다.

같은 해인 1907년 7월 1일 대한동인회가『동인학보』를 창간하였다. 대한동인회 혹은 동인학회의 실제 창립은 1906년이었으나, 1907년이 되어서야 학회지를 발간하였다. 처음에는 계간으로 발간한다고 했으나, 창간호 이후 더 이상 속간호를 내지는 못했다. 대한동인회는 동인학교를 설립하고, 이와 연관하여『동인학보』창간호에 광고를 내기도 했다. 대한동인회에서 설립한 동인학교는 일본 유학을 목적으로 동경에 온 학생들에게 일본어를 6개월 동안 가르쳐주는 곳으로, 일종의 어학원과 같은 역할을 한 것으로 보인다. 다만『동인학보』는 창간호 이후 발행하지 못했고, 이후 대한학회로 통합되었다.

이 다음 발간된 잡지가 경상도 출신의 재일 한인 유학생들이 만든『낙동친목

---

49 「대한유학생회학보 취지서」,『대한유학생회학보』제1호, 1907.3.3, 1쪽.

50 『대한유학생회학보』에 실린 정기총회 회록(『대한유학생회학보』제3호, 1907.5.25, 96쪽)이나 연합친목회의 회록(같은 책, 97~100쪽)을 보면, 재일 한인 유학생회의 대표들이 각각 자신의 유학생회의 총대라는 이름을 걸고 회의에 참석하거나 연설을 진행했음을 알 수 있다.

회학보』였다. 낙동친목회는 대한공수회보다 먼저인 1905년 겨울에 설립한 경상도 출신 지역을 배경으로 한 한인 유학생 단체였다. 단체를 결성하고 2년 후인 1907년 10월 30일에 『낙동친목회학보』 창간호를 필두로 하여 1908년 1월 30일에 총 4호까지 출간하였다. 『태극학보』와 마찬가지로 국내 출신 지역을 기반으로 한 잡지였기에, 동향인들의 모임과 친목 도모가 주요한 목적이었다. 특히 질병이나 재앙이 있을 때 서로를 도울 수 있는 모임을 위해 만들었다고 명시하고 있기에, 그만큼 출신 지역인끼리의 사적인 성향이 강한 소수 단체의 학회지였음을 알 수 있다. 이후 『낙동친목회학보』는 이후 재일 한인 유학생들의 통합단체를 도모했던 대한학회에 흡수 통합되었다.

다음으로 통합 학회를 지향했던 대한학회가 발간한 『대한학회월보』는 처음 목적과는 달리 재일 한인 유학생들의 진정한 통합을 이루지 못했으나, 절반의 성공은 거둔 통합 학회의 잡지였다. 원래는 태극학회, 대한공수회, 대한유학생회, 낙동친목회, 호남학회가 모두 통합하여 하나의 단체를 이루고자 하였으나, 최종적으로는 태극학회와 대한공수회가 통합에서 빠지게 되고 나머지 학회들이 통합을 이루게 되었다. 그러나 태극학회나 대한공수회의 회원들 역시 대거 대한학회에 흡수되었기 때문에 어느 정도 재일 한인 유학생들의 통합 단체의 형태는 이루고 있었다. 『대한학회월보』는 1908년 2월 25일 창간호가 발간된 이후, 1908년 11월 25일까지 총 9호가 발행되었다. 통합학회를 지향했던 만큼 발간 초창기 회원수 역시 195명으로 상당히 많은 수로 출발하였다. 최종호인 9호에 가면 회원수가 323명까지 증가하게 된다.

마지막으로 『대한흥학보』는 최종적인 통합 학회로 결성된 대한흥학회의 학회지였다. 대한학회에서 부분통합을 이룬 상황에서 태극학회, 공진회, 연구회 등이 연합하여 재일 한인 유학생회의 전체 통합이 이루어지게 되었다. 1909년 3월 20일 창간호가 발간되어 1910년 5월 20일까지 총 13호를 발행하였다. 최종적인 통합 학회답게 발간 초창기 회원수 역시 가장 압도적으로 많았는데, 본회

회원만 총 463명이었다. 『대한흥학보』 창간 당시 그 당대 재일 한인 유학생의 수가 700~800명에 달했는데, 이러한 한인 유학생들 모임의 결합이라 할 수 있다.[51] 즉 재일 한인 유학생회의 대표로서 목소리를 담당했다고 할 수 있다.

일본 유학생 잡지의 편집을 살펴보면, 크게 논설, 교육 및 학술, 산문 및 서사, 한시 및 시가, 회보 및 학회 등으로 나눌 수 있다. 7개 잡지의 표제별 분류를 보면, 같은 인물이 여러 학회를 동시에 참여하고 있었기 때문에 비슷하게 진행된 부분도 많았으나[52] 한편으로는 학회지의 특징에 따라 약간씩 차별성을 보여주고 있기도 하다.

논설류의 경우, 『태극학보』와 『공수학보』가 〈강단〉을 사용했고, 『대한유학생회학보』, 『낙동친목회학보』, 『대한학회월보』, 『대한흥학보』가 모두 〈연단〉을 사용했다. 그 외 〈논설〉을 사용한 경우는 『공수학보』, 『동인학보』, 『낙동친목회학보』, 『대한학회월보』 등에서였다. 교육 및 학술의 경우, 『태극학보』와 『공수학보』가 〈학원〉을 사용했고, 나머지 학회들은 모두 〈학술〉을 표제로 사용했다.

문예류에서 산문 및 서사에서는 모든 잡지에서 〈잡찬〉을 사용했고, 『대한유학생회학보』, 『낙동친목회학보』, 『대한학회월보』, 『대한흥학보』에서 〈사전史傳〉을 따로 사용하고 있다. 〈문원〉에는 서사류와 한시, 시가 모두 싣고 있지만, 시가류는 대체로 〈문원〉에 싣고 있었다.

---

51 「보설」, 『대한흥학보』 1호, 1909.3.20, 2~3쪽.
52 같은 시기 국내 학회지와 비교해 보면, 일본 유학생 잡지의 표제들이 비슷해 보이는 것도 사실이다. 국내 학회지의 경우는 학회지마다 독특한 표제를 두는 경우가 많았다. 예를 들어, 『서우』의 "아동고사", "인물고" 등의 표제나, 『호남학보』의 "각학요령", "명인언행" 등의 표제, 『기호흥학회월보』의 "흥학궁구"를 들 수 있다. 그에 비해 일본 유학생 잡지들은 표제 유형에 따라 비슷한 표제를 활용하고 있다.

학회지	태극학보	공수학보	대한유학생회학보	동인학보	낙동친목회학보	대한학회월보	대한흥학보
논설	강단(講壇) 강단학원 (講壇學園) 연설(演說) 논단(論壇)	강단(講壇) 찬설(贊說) 논설(論說) 사설(社說)	연단(演壇) 평론(評論)	축사(祝辭) 논설(論說)	논설(論說) 연단(演壇) 축사(祝辭) 서(序)	연단(演壇) 논단(論壇) 논설(論說) 축사(祝辭) 보설(報說)	축사(祝辭) 연단(演壇) 보설(報說) 논저(論著) 시보(時報)
교육 및 학술	강단학원 (講壇學園) 학원(學園)	학원(學園) 학술(學術) 학해(學海)	학해(學海)	학해(學海)	학해(學海) 학술(學術)	학해(學海) 학술(學術)	학해(學海) 학예(學藝)
산문 및 서사	잡찬(雜纂) 문예(文藝)	잡찬(雜纂) 문원(文苑)	사전(史傳) 문원(文苑) 잡찬(雜纂)	잡찬(雜纂)	사전(史傳) 잡찬(雜纂) 잡록(雜錄)	사전(史傳) 사역(史譯) 잡찬(雜纂) 잡록(雜錄) 문예(文藝)	사전(史傳) 전기(傳記) 문원(文苑) 잡찬(雜纂) 산록(散錄) 소설(小說)
한시 및 시가	문예(文藝) 사조(詞藻) 가조(歌調)	사림(詞林) (기서(寄書))	문원(文苑)	잡찬(雜纂)	문원(文苑) 문예(文藻) 사조(詞藻)	문원(文苑) 사림(詞林)	사조(詞藻) 문원(文苑)
회보 및 학회	잡보(雜報) 잡록(雜錄)	잡보(雜報) 총보(叢報) 회보(會報) 휘보(彙報)	학보(學報) 회보(會報)	잡찬(雜纂)	휘보(彙報) 회보(會報) 회록(會錄)	휘보(彙報) 사진동판 (寫眞銅版) 회록(會錄)	휘보(彙報) 회록(會錄) 요록(要錄) 담총(談叢)

이렇게 볼 때,『태극학보』와『공수학보』의 경우 비슷한 표제를 활용하고 있음을 알 수 있다. 이는『태극학보』의 인물들이『공수학보』에 참여하는 인물들과 유사함을 알 수 있다. 또한『대한유학생회학보』와『낙동친목회학보』,『대한학회월보』,『대한흥학보』의 표제가 비슷하게 진행되고 있음을 알 수 있다. 특히 대한유학생회와 낙동친목회가 뒤에 대한학회로 통합되었고, 편집을 담당한 인물들 역시 그대로 계승되었기 때문에 비슷할 수밖에 없었다. 또한 대한학회로부터 대한흥학회로 이어지면서『대한흥학보』가 이전 학회들의 편집 체계를 가져왔다고 할 수 있다.

또한 표제 분류를 보면, 흥미로운 부분이 산문 서사와 관련된 표제이다.『태극학보』나『공수학보』등에서 서사 관련 표제는 〈잡찬〉, 〈문예〉, 〈문원〉 등이었다.

그러나 『낙동친목회학보』에서는 〈사전〉, 〈잡찬〉, 〈잡록〉으로 표제가 다양화되며, 『대한학회월보』에서는 '사역史譯'이 포함되고, '문예'가 서사에서만 사용된다. 『대한흥학보』에 와서는 표제가 훨씬 다양하게 변화한다. 〈사전〉, 〈전기〉, 〈문원〉, 〈잡찬〉, 〈산록〉, 〈소설〉까지 다양한 표제를 활용하여 산문과 서사의 종류를 구분하여 배치하게 되는 것이다. 그에 반해 한시 및 시가는 꾸준히 〈문원〉, 〈사조〉, 〈사림〉 등으로 단순화되었다. 다만, 한시 등에 대한 표제는 〈문원〉에 고정된 반면, 한글 시가에 대해서는 조금 더 확대되고 있었다.

같은 시기에 출간된 국내 지역 학회지와 비교했을 때 가장 다른 부분은 관보 등에 대한 기사이다. 국내 지역 학회지의 경우에는 관보나 법, 주의나 규칙에 대해 따로 표제를 두고 다루고 있었다.[53] 국내 지역 학회지가 회보나 학회 관련에 대한 표제와 관보 규칙 등을 실은 표제를 구분하여 심도 있게 편집을 했다면, 일본 유학생 잡지는 관보나 규칙 등을 싣는 표제 자체가 없었고, 학회 소식이나 관련 내용에 대한 표제만 다루고 있었다. 즉 일반인들이 관보나 규칙을 읽고 적용하고 계몽하는 취지가 아니라, 유학생 사회에서의 모임과 단합, 사상을 나누는 장이었음을 보여주는 대목이라 할 수 있다.

2) 일본 유학생 잡지의 취지와 문제의식

앞서 일본 유학생 잡지의 편집과 표제 분류를 살펴보았을 때, 분명 유사한 형태로 진행되는 듯이 보이지만, 일본 유학생 잡지마다 미세한 차이와 특징을 보여주기도 한다. 이러한 차이와 특징은 결국 각 학회지가 지향하는 목표나 학회지의 사상적 색깔에 따라 드러나는 것이며, 이에 따른 새로운 사회적 공간을 형

---

53 국내 지역 학회지의 경우에는 관보나 규칙에 대해 싣는 표제를 따로 두었다. 『서우』는 부칙, 시보, 『서우학회월보』는 관보적요, 부칙설명, 『호남학보』는 구분된 표제 없이 논설이나 교육에서의 표제를 그대로 사용했다. 또 『기호흥학회월보』는 관보초록, 사립학교 규칙, 『교남교육회잡지』는 회중기사, 관보초록 등이 사용되었다.

성하고 있다. 또 각 잡지의 목표와 편집 의도에 따라 서사 문예 역시 활용되기 때문에 잡지의 문제의식과 강조하는 키워드를 살펴보는 것은 매우 중요하다.

사실 일본 유학생 잡지가 국내 지역 학회지와 달라지는 것은 바로 일본에서 '유학'을 하고 있다는 점이다. 이미 목적이 타국에서 새로운 학문을 배워 본국에 돌아와 도움이 되어야 한다는 가장 중요한 대의가 있었고, 더불어 헛되이 재정적, 시간적 낭비를 해서는 안 된다는 의무감이 내포되어 있었다. 그러나 다른 한편으로는 타국 생활에서 어쩔 수 없이 겪게 되는 개인적인 어려움을 해결할 수 있는 유학생들간의 '교류' 역시 필요했다. 더하여 사회적, 정치적 행동을 함께할 수 있는 단체의 필요성까지 고민하게 되었을 것이다. 이러한 기본적인 공통점을 기저에 두면서도 각 학회는 출신 지역 토대나 관비/사비 유학생의 차이, 단독/통합 단체 등의 특질에 따라 미세한 차이를 보여주고 있다.

1906년 가장 먼저 등장한 『태극학보』의 발간 취지를 살펴보면, 위에서 언급한 '유학'과 '교류'를 그대로 보여주고 있다. 이 시대는 국민교육이 가장 중요한데, 이 국민교육은 두 가지 방향에서 강조된다. 하나는 일본에 유학을 온 한인 유학생들이 함께 공부하며 서로를 권면하는 것이고, 다른 하나는 이렇게 배운 지식을 동포 국민에게 전하는 것이다.[54] 『태극학보』는 이러한 지식을 함께 공유하고 연마하는 수단이며, 또 번역하여 동포에게 알리는 매개체로 역할을 감당하고 있었다.

『공수학보』의 경우에는 『태극학보』와는 조금 다른 양상을 보여준다. 『공수학보』는 대한공수회에서 발간한 잡지로, 다른 학회지들과는 달리 오로지 관비 유

---

54 "學識을 不修ᄒ면 戰國時代에 處ᄒ야 武藝를 不習홈에 無異ᄒ니 엇지 社會에 容立키 能ᄒ리오. 是故로 近日 憂國憂時의 士ㅣ 반닷시 國民敎育 四字로 標幟唱導치 아님이 無ᄒ나 (…중략…) 倚我 會員의 血誠所湧이여 一致團心으로 相勸相救ᄒ며 相導相携ᄒ야 一步를 退縮ᄒ면 數步를 更進ᄒ고 難關을 遭遇ᄒ면 百折不屈의 精神으로 勇氣를 倍進ᄒ니 此는 本會가 今日 漸次 旺盛ᄒ는 域에 進홈이요 時時 演說 講演 或 討論 等으로써 學識을 交換硏磨ᄒ야 他日 雄飛의 準備를 不怠ᄒ고 學暇를 利用ᄒ야는 各自 學習ᄒ는 바 專門普通으로 論作之飜譯之ᄒ야 我同胞國民의 智識을 開發ᄒ는 一分의 助力이 되고져 ᄒ는 微誠에 出홈이니 此는 本報가 創刊되는 盛運에 達ᄒ 者인ㅣ져."(「太極學報發刊의 序」, 『태극학보』 1호, 1906.8.24, 1쪽)

학생들로만 구성한 단체의 잡지였다. 『공수학보』에 참여한 필진들과 『태극학보』에 참여한 필진들이 겹치기도 했으나, 흥미로운 것은 회원들이 겹침에도 불구하고, 각 잡지의 성향과 편집의 의도에 따라 글의 방향성이 차이를 보여주고 있다는 점이다. 실제 『공수학보』는 관비 유학생들로만 구성되었기 때문에, 공부에 대한 부채감이나 당위성이 좀 더 강하게 드러난다. 마치 교류는 다른 학회를 통해서 진행하고, 『공수학보』에서는 관비로 유학을 함에 따라 학식의 나눔이나 학문적 토론을 통해 보다 새롭고 창의적인 학문을 창출하고자 노력한다.[55] '유학'과 '교류' 중 '유학' 즉 공부의 차원에서 『공수학보』라는 잡지를 활용하고자 한 것이다.

『대한유학생회학보』는 일본 유학생의 통합 학회지라기보다는 여러 학회의 연대 학회지로 볼 수 있다. '유학'과 '교류'라는 측면에서 보면, 『대한유학생회학보』는 '교류' 중에서도 여러 일본 유학생회의 연대에 초점을 맞추고 있었다. 「대한유학생회보 취지서大韓留學生會學報 趣旨書」에 보면, "不有親睦團結之力이면 其不辱留學之名義乎아"[56]라고 하여 친목하고 단결하는 힘이 없다면, 유학이라는 의로운 명예가 어찌 욕되지 않겠느냐고 강조한다. 즉 『대한유학생회학보』는 완전한 단체의 결합이나 통합이 아니라 하더라도, 급격히 늘어난 일본 유학생들이 단결하고 화합할 수 있는 장으로서 제시되고 있다. 또한 「연합친목회회록聯合親睦會會錄」[57]에 보면, 낙동친목회, 광무학회, 태극학회, 대한공수회, 광무학우회의 총대들이 각 학회의 대표로 나와 연설을 진행하는 등, 이러한 연대의 의미를 강화했다.

---

55 「共修學報 緒言」(『공수학보』1호, 1907.1.31, 1쪽)에 보면, "此에 因호야 方便의 策을 硏究함이니 마땅히 吾儕가 各各 筆硯의 勞를 執하여 學問的 思想과 討論的 陳述을 一切히 記述하여 文章을 蒐輯하고 棗梨를 剞劂하여 互相히 靜窓裝几에 揷置하였다가 晴閑한 餘와 覃思하는 際에 點檢抽出하여 一度 看過하면 前日의 衆論과 諸般의 新學을 折衷도 하며 領會도 하리니 此는 最히 備忘拾遺에 必要하고 또 吾儕의 蒐識淺量과 俚言俗談에 流出한 바 著作"이라 설명한다. 즉 학문적 사상과 토론적 진술을 기술하고, 새로운 학문을 종합하여 이러한 지식을 잊지 않도록 저술한 것이 바로 『공수학보』라고 언급한다.

56 「大韓留學生會學報 趣旨書」, 『대한유학생회학보』제1호, 1907.3.3, 1쪽.

57 〈會錄〉「聯合親睦會會錄」, 『대한유학생회학보』제3호, 1907.5.25, 97~100쪽.

『동인학보』는 대한동인회에서 창간호만 발간했기 때문에 1호밖에 없지만, 그 가운데 『동인학보』가 지향하는 바가 뚜렷이 드러난다. "동인同寅"이라는 단어에서도 알 수 있듯이, 신하의 신분으로 서로를 공경하는 동료를 의미한다. 이는 국가의 과업을 등에 메고 유학을 온 인물들이 서로의 학식을 공경하며 배우고 익히는 사이라는 것을 강조하는 것이기도 하다. 「동인회취지서同寅會趣旨書」에 보면, "我韓急務는 不外乎此二者而已오 況負笈海外者必先以此로 爲主觀的目的호고 其他所學所習者로 以公擴充之니 擴充之方은 必設一大法團호야 以其群精所湊와 衆智所集으로 互相交換然後에 乃可以完全이니 此는 同寅會之所由設也라"라고 하여 유학생으로서의 책무를 강조한다. 한국의 급한 과업은 정신을 결합하고 의무를 수행하는 것으로 책가방을 메고 해외로 나가는 자들은 반드시 이것을 주된 목적으로 삼고 배우고 익힌 것을 공공의 이익으로 확장해야 한다고 주장한다. 이는 반드시 단체를 통해서 이루어짐을 강조하고 있다.

『낙동친목회학보』는 『태극학보』와 마찬가지로 출신 지역을 기반으로 만들어진 학회의 잡지이다. 즉 경상도 출신 일본 유학생들이 모인 단체였기 때문에 좀 더 교류에 초점이 맞추어져 있었다. "盖以學業相勤과 疾厄相救로 爲目的也라 標其明曰 洛東親睦이라 홈은 以其慶尙道內人士之組織也라"[58]라고 하여 학업을 서로 권하는 것과 동시에 질병이나 위험한 상황에서 서로를 구제하고 돕는 것이 본 친목회의 목적임을 분명히 하고 있다. 경상도 내 인사들의 조직이기 때문에 낙동친목이라 칭한다고 덧붙이고 있다. 즉 타국에 유학을 온 인물들 중 동향들끼리 유학 생활 중 겪게 되는 어려움을 함께 나누고 돕기 위한 취지인 것이다. 따라서 동향끼리의 '교류'가 가장 큰 목적임이 강조되고 있다.

『대한학회월보』는 앞서 각 학회의 대표들이 모인 연대의 목적이었던 『대한유학생회학보』와는 달리 보다 강력한 연합을 추구하고 있다. 비록 태극학회와 공

---

58 〈會報〉「洛東親睦會略史」, 『낙동친목회학보』 제1호, 1907.10.30, 41쪽.

수학회, 연학회가 빠진 연합이었지만, 그 외의 학회들이 통합을 추구하면서 중간 단계의 통합 단체를 이룬 것이었다. 「대한학회취지서大韓學會趣旨書」에 보면, "祖先의게 傳染혼 病的 思想을 脫치 못ᄒ고 曰 甲會 曰 乙會라 ᄒ야 國民的 精神을 沒了ᄒ고 部分的 性質을 胚胎ᄒ니 豈不痛哉며 豈不懼哉아."[59]라고 하여 현재 유학생회의 상황을 조선의 부패한 당파 정치에 비유한다. 당파 정치가 한국을 망하게 할 것이라며 조금 더 정치적인 연합을 강조하고 있다. 이 하나됨은 한국의 정치적 상황에 빗대어 더욱 반성적인 목소리를 내고 있다.

최종적으로 통합 단체의 잡지로 등장한 『대한흥학보』는 부분 통합이었던 『대한학회월보』에서 더 나아가 진정한 통합 단체의 화합이라는 측면을 강조한다. 「대한흥학보 취지서大韓興學報 趣旨書」를 보면, 대한학회에서 완전한 통합을 이루지 못했던 상황을 반성하는 목소리가 크다. 단합된 단체를 결성하고자 했으나 세 학회가 통합되지 못하고 분립했다며, 일본 유학생계 전체의 화합을 이루지 못했음을 한탄한다. 그러나 일본 유학생들이 스스로 자생하여 학생 총단체를 조성하고 대한흥학회를 설립하였다며, 일본 유학생 최초의 쾌거라고 자찬하고 있다.[60] 따라서 『대한흥학보』는 모든 일본 유학생들의 통합이자, 일본 유학생 잡지의 통합임을 천명한다.

이렇게 볼 때, 일본 유학생 잡지들은 일본 유학생 단체들이 각 특징에 맞춰 발간한 잡지이면서 동시에 약간의 미묘한 차이를 내포하고 있음을 알 수 있다. 출신 지역을 바탕으로 한 잡지들의 경우, 좀 더 친교와 교류에 주안점이 있고, 관비

---

59 「大韓學會趣旨書」, 『대한학회월보』 1호, 1908.2.25, 2쪽.

60 "昨年 春에 聯合의 論이 始起ᄒ야 多少 部分을 合ᄒ야 大韓學會라 名稱ᄒ고 大團體를 組成코자 ᄒ얏더니 中間에 如何혼 關係를 因ᄒ야 太極學會, 共修學會, 硏學會가 各相對峙 分立혼지라 一般 留學生界의 大和氣를 導迎치 못홈은 實노 吾輩의 慨歎뿐 不啻라 內地 先進社會도 此에 對ᄒ야 悵失이 亦 不無ᄒ얏슬지로다. 何幸知誠의 發展과 學術의 開悟가 時日을 隨ᄒ야 進步홈으로 合群團體의 力이 不謀혼 中에서 自生ᄒ야 今者에 學生의 總團體를 組織ᄒ고 大韓興學라 命名ᄒ야스니 此ᄂ 日本에 留學生 歷史가 有혼 以來로 初有혼 盛擧라 홀지라"(「大韓興學報 趣旨書」, 『대한흥학보』 1호, 1909.3.20, 1쪽)

유학생의 모임인『공수학보』의 경우는 교류보다는 학식의 전달에 더 힘을 준다. 연합 학회의 경우에는 단순한 친교에서 더 나아가 학회의 정치적인 단합까지 강조하고 있는 것이 그 특징이다.

이러한 각 잡지의 미세한 차이는 각 일본 유학생 잡지에 실린 글의 주제에도 영향을 미치고 있다. 일본에서 '유학'을 하는 만큼 새로운 학문을 소개하는 데 많은 주안점을 두고 있는 것은 사실이다. 그러나 이들이 타국에서 연합하며 서로의 고민을 털어놓는 장으로 이 잡지들을 활용하고 있는 것도 부인할 수 없다. 이러한 상황에서 각 잡지는 잡지의 특징과 강조점에 따라 아주 미세한 차이를 보여주고 있다.

〈표3〉일본 유학생 잡지 주제별 분포[61]

순위	태극학보	공수학보	대한유학생회학보	동인학보	낙동친목회학보	대한학회월보	대한흥학보
1	문예계열 (197)	신사상,산업 (36)	문예계열 (30)	대한 동인회 (8)	문예계열 (25)	문예계열 (63)	문예계열 (103)
2	신사상, 산업(133)	역사 / 외국 소식(20)	신사상, 산업 (20)	문예 (5)	낙동친목회 (18)	대한학회 (44)	신사상, 산업(52)
3	교육 (54)	문예계열 (19)	대한유학생회 (11)	교육 (5)	교육 (17)	역사 / 외국소식 (39)	대한흥학회 (38)
4	유학생 (45)	대한공수회 (15)	교육 (10)	신사상(3)	신사상, 산업 (12)	신사상, 산업 (32)	유학생 (28)
5	태극학회 (43)	교육 (11)	국민의식 (8)	법, 정치 (2)	유학생 (12)	유학생 (22)	교육 (28)
6	애국계몽, 독립(42)	유학생 (9)	유학생 (6)	외국 소식 (2)	국민의식, 청년 (5)	교육 (21)	애국계몽, 독립(25)
7	외국 역사 (19)	애국, 계몽 (8)	법, 정치 (5)	국민정신 (2)	구습타파 (4)	정치, 법 (12)	역사 (14)
8	청년, 영웅의식(16)	국민정신 (8)	애국계몽, 독립(4)	유학생 (1)	제국주의, 우승열패(3)	애국, 계몽 (10)	국가,제국주의 (13)
9	국가, 제국주의 (15)	우승열패 (5)	구습타파 (2)	위생 (1)	역사 (3)	구습타파 (8)	위생 (7)
글 전체 개수	626	141	103	30	102	266	313

---

61 〈표 3〉은 전체 글의 주제들 중 가장 많은 순으로 9위까지 항목화하여 정리한 것이다. 괄호 안에 적힌 수는 주제별 글의 개수이다.

〈표 3〉의 일본 유학생 잡지를 살펴보면, 문예 계열, 새로운 사상이나 산업 소개, 교육 관련 글, 역사나 외국 소식, 유학생 상황이나 국민 정신에 대한 글이 많았다. 주제별로 볼 때, 대부분의 잡지에서 문예계열 글들이 많았음을 알 수 있다. 특히 문예계열 글이『태극학보』는 약 31.5%,『대한유학생회학보』는 약 29.1%,『낙동친목회학보』는 약 24.5%,『대한학회월보』는 약 23.7%,『대한흥학보』는 약 32.9%를 차지하고 있다.『동인학보』는 문예계열이 2번째이기는 하지만, 전체 글의 분포에서 볼 때는 약 26.7%를 차지했다.『태극학보』,『대한유학생회학보』,『대한흥학보』는 30% 전후로 전체 글의 1/3 정도를 문예계열이 차지할 정도로 그 수가 많았다. 이렇게 볼 때, 일본 유학생 잡지는 문예 발표의 장으로서 기능했음을 명백하게 알 수 있다.[62]

다음으로 일본 유학생 잡지는 타국에 '유학'을 온 지식인들이 발간했기 때문에 새로운 학문에 대한 소개나 서양 또는 일본의 새로운 산업에 대한 설명들이 많이 등장했다. 새로운 학문이나 산업을 소개하는 글은『태극학보』,『공수학보』,『대한유학생회학보』,『대한흥학보』 등에서 상위를 차지하고 있다. 특히『공수학보』는 문예계열이 3위였는 데 반해, 새로운 학문이나 산업을 소개하는 글은 전체의 약 25.5%로 가장 많은 부분을 차지했다. 이는『공수학보』가 유학생들의 교류나 감정의 토로 등에 초점을 맞추기보다는 관비 유학생으로서 '유학'에 초점을 맞추어 신학문이나 산업을 소개하는 데 주안점을 두었기 때문이었을 것이다.

국내 지역 학회지의 경우에는 각 학회 관련 글이 가장 많았다. 이와는 달리 일본 유학생 잡지의 경우에는 학회에 대한 글들의 비중이 상대적으로 적었다. 다만, 연합이나 통합을 위해 고민했던 학회의 경우, 학회 관련 글들이 많이 보였다.

62　다만,『공수학보』는 문예 계열이 약 13.5%로 순위에서도 3위였고 다른 잡지에 비해 그 비율이 적었다. 이는『공수학보』가 관비 유학생들이 모여 만든 구성원이 특수한 잡지였기 때문에 조금 더 '유학'과 '공부'에 치중될 수밖에 없었다. 그러나『공수학보』역시 공부나 학식을 전하기 위해서는 서사 문예 등을 활용하고 있었다.

예를 들어『대한유학생회학보』,『대한학회월보』,『대한흥학보』의 경우는 학회 통합과 연관하여 글의 개수가 높은 편이었다.『낙동친목회월보』의 경우는 경상도 출신의 친목에 상당히 큰 중점이 있었기에 역시 학회 관련 글들이 많았다. 또 학회 관련 글들과 더불어 유학생들의 연합과 통합을 강조하면서 일본 유학생과 연관한 글들도 상당수 많이 등장하고 있다. 이에 반해『공수학보』는 학회 자체에 대한 글은 비율적으로 적었다. 즉 학회보다는 새로운 학문에 대한 소개나 유학의 당위성에 대한 내용이 훨씬 더 중요하게 생각되었기 때문이다.

〈표 4〉 일본 유학생 잡지 문체별 분포

문체	상세구분	태극학보	공수학보	대한유학생회학보	동인학보	낙동친목회학보	대한학회월보	대한흥학보
한문	한문	114	26	18	4	18	40	87
	현토한문	44	7	23	4	25	48	10
	한문+현토한문							
	현토한문+구절					1		
구절형	구절형 국한문	83	30	31	8	19	41	12
	구절형+현토한문	1		2				
	구절형+한문			2		1		
	구절형+단어형	1						
단어형	단어형 국한문	350	53	10	14	31	75	188
	단어형+구절형	6	23	13		4	51	6
	단어형+현토한문							
	단어형+한문	1	1			2		
	단어형+영어					1		
한글	한글	19		3			9	8
	한글+단어형	6	1	1			1	2
	한글+구절형	1					1	
	총계	626	141	103	30	102	266	313

<표 5> 일본 유학생 잡지 문체별 비율

	태극학보	공수학보	대한유학생회학보	동인학보	낙동친목회학보	대한학회월보	대한흥학보
한문체	158(25.2%)	33(23.4%)	41(39.8%)	8(26.7%)	44(43.1%)	88(33.1%)	97(31%)
구절형 국한문체	85(13.6%)	30(21.3%)	35(34%)	8(26.7%)	20(19.6%)	41(15.4%)	12(3.8%)
단어형 국한문체	357(57%)	77(54.6%)	23(22.3%)	14(46.6%)	38(37.3%)	126(47.4%)	194 (약 62%)
한글체	26(4.2%)	1(0.7%)	4(3.9%)			11(4.1%)	10(3.2%)
총계	626	141	103	30	102	266	313

그 외에도 교육이나 유학생에 대한 내용, 외국 역사나 외국 소식에 대한 내용이 많이 실렸다. 교육에 대한 관심은 출신 지역을 토대로 한 잡지인 『태극학보』와 『낙동친목회학보』에서 두드러졌다. 이는 출신 지역에 대한 관심뿐만 아니라 국내 자신들의 출신 지역의 교육 상황이 열악함을 통감하고 교육을 강조하기 위함이기도 했다. 동시에 사비 유학생들의 잡지였던 만큼 고국에서의 후원이 중요했기 때문에 교육의 중요성을 더욱 피력했을 것으로 보인다. 또 국내 지역 학회지가 한국 역사 등에 집중했다면, 일본 유학생 잡지는 타국에서의 유학 상황을 감안하여 서양이나 일본의 역사, 현재 소식을 전달하는 것을 중요하게 생각했던 것으로 보인다.

일본 유학생 잡지의 문체별 개수를 살펴보면, 일반적인 개수로 볼 때 7개 잡지 중 1개를 제외하고 모두 단어형 국한문체를 가장 많이 활용하는 것으로 보인다. 일본에서 유학하면서 좀 더 서양의 학문에 가까웠기 때문일 것이다. 또한 『태극학보』나 『대한학회월보』, 『대한흥학보』의 경우는 한글체도 어느 정도 등장하고 있다. 그런데 이를 비율로 다시 적용해 보면, 조금은 다른 양상을 보인다.

〈표 5〉는 각 학회지의 문체별로 비율을 살펴본 것이다. 이 표를 통해서 살펴보면, 학회지마다 초점화된 문체를 확인할 수 있다. 앞서 『대한유학생회학보』만 구절형 국한문체를 많이 사용했고, 다른 잡지들은 단어형 국한문체를 많이 쓴 것으로 보였다. 그러나 〈표 5〉의 비율로 살펴보면, 다른 양상이 보인다.

『대한유학생회학보』와『낙동친목회학보』는 한문체가 가장 많이 사용되었다. 『대한유학생회학보』는 한문체 〉구절형 〉단어형 순이었고,『낙동친목회학보』 는 한문체 〉단어형 〉구절형 순이었다.『대한유학생회학보』의 경우 한문체와 구 절형은 합치면, 거의 75%를 육박하고 있음을 알 수 있다. 이 경우 좀 더 한문 지 식인들이 많이 활동했음을 확인할 수 있다.『낙동친목회학보』의 경우도 한문체 와 구절형을 합치면 약 63%를 차지하였고, 한글은 하나도 사용되지 않았다. 이 는『낙동친목회학보』가 경상도 지역 출신 유학생들로 구성되었고, 경상도 지역 이 좀 더 언어적으로 보수적이었기 때문에 이러한 경향이 발생했을 것으로 보인 다. 또한『낙동친목회학보』의 출신들이『대한유학생회학보』에도 상당히 참여하 고 있었기 때문에 이러한 부분의 유사성이 보이고 있는 듯하다.

『공수학보』의 경우에는 단어형 〉한문체 〉구절형 순으로 이어지는데, 거의 골 고루 분포되어 있었다. 한문체와 구절형 국한문체의 비율이 비슷해서 이 둘을 합치면 단어형 국한문체의 비율에 육박하기도 했다. 이는『공수학보』가 관비 유 학생들이 모여 만든 잡지였기 때문에 다양한 학회지에 소속되어 있던 인물들이 함께 글을 실으면서 문체 역시 다양하게 등장한 것으로 보인다.『동인학보』의 경 우에도 단어형 〉한문체 = 구절형으로 이어졌는데, 한문체와 구절형을 합치면 단어형의 개수보다 많음을 알 수 있다.

문체적으로 단어형 국한문체와 한글체 비율이 가장 많은 잡지는『태극학보』 와『대한흥학보』였다. 이 중『태극학보』는 단어형 〉한문체 〉구절형 〉한글체로 이어졌는데, 단어형과 한글체를 합치면 전체의 60%를 넘는다.『대한흥학보』의 경우에도 단어형 〉한문체 〉구절형 〉한글체로 이어졌는데『대한흥학보』가 단어 형 국한문체와 한글체를 합친 비율이 약 65%를 넘고 있으나, 한문체의 비율 역 시 약 31%로 상당히 높았다. 이는『대한흥학보』가 최종 통합 학회였기 때문에 다양한 학회의 인물들이 포섭되면서 한시 등 한문을 사용하는 필자들과 서북 지 방 출신의 인물들이 섞여들었기 때문일 것으로 보인다.

3) 일본 유학생 잡지의 서사 문예 실험과 사회적 공간의 형성

(1) 서사 문예의 실험과 근대문학으로서의 가능성

앞서 일본 유학생 잡지의 발간 목적과 잡지의 방향성을 분석해보았다. 3항에서는 이러한 잡지의 성향을 바탕으로 어떠한 서사 문예가 등장하고 있으며, 다양한 서사 문예가 어떻게 실험되고 있는지 살펴보고자 한다. 일본에서 유학했던 인물들이 잡지에 참여했던 만큼 서양과 일본의 새로운 서사 문예들을 접할 기회가 많았다. 그러한 상황에서 일본 유학생들이 선택한 서사 문예의 양상은 어떠했으며, 또 이러한 다양한 서사 문예의 실험들이 새로운 문학을 어떻게 추동하고 있는지 천착해보고자 한다.

〈표 6〉은 일본 유학생 잡지 7종에 실린 서사류를 분류표로 작성한 것이다. 일본 유학생 잡지 7종에 실린 서사류는 총 159개였다.[63] 이 중 가장 많은 서사류는 '전傳' 양식으로 대표되는 역사 전기류였다. 전체 서사류 중 역사 전기류는 49편으로 약 30.8%를 차지했다. 다음이 대화체·문답체가 22편으로 전체의 약 13.8%를, 번역소설과 소설이 각각 11편으로 전체의 약 6.9%를 차지하고 있다. 그 외 몽유 계열이 10편으로 약 6.3%, 우화가 6편으로 약 3.8%를 차지했다. 여러 가지 양식들 가운데서 근대계몽기의 대표적인 서사류 양식인 역사 전기류, 대화체, 몽유 계열, 소설에 대해서 좀 더 자세히 살펴보도록 하겠다.

〈표 6〉 일본 유학생 잡지의 서사 문예면 분류표[64]

분류	세부사항	태극학보	공수학보	대한유학생 회학보	동인학보	낙동친목 회학보	대한학 회월보	대한 흥학보	총계
서 사 류	기행문	1		2			3	5	11
	대화체(문답체)	7	2	4	1	4	4		22
	몽유	4		1	1	1	3		10

---

63   물론 일반 서사류에 포함하기에는 경계선에 놓인 글들도 있었다. 그러나 문예와 비문예의 경계선에서 좀 더 서사 문예류에 가깝다면 서사류에 포함시켰다.

64   전은경의 「근대계몽기 『대한유학생회학보』의 정체성과 문학적 상상력」, 『어문론총』 96, 한국문학언어학회, 2023, 104쪽 표를 참고하고, 『동인학보』의 서지사항을 추가하여 수정한 것임.

분류	세부사항	태극학보	공수학보	대한유학생회학보	동인학보	낙동친목회학보	대한학회월보	대한흥학보	총계
서사류	번역소설	11							11
	산문 / 수필	22		1				10	33
	세태비평	1		2				3	6
	소설(서사)	5		1				5	11
	역사 전기	22	5	2		3	9	8	49
	우화(재담)	2		2	2				6
서사류 총계 / 전체 글 개수		75/626 (12%)	7/141 (5%)	15/103 (14.6%)	4/30 (13.3%)	8/102 (2%)	19/266 (7.1%)	31/313 (9.9%)	159(개)

먼저 역사 전기물은 근대계몽기에 가장 많이 등장한 유형이다. 국내 지역 학회지와 일본 유학생 잡지 모두 역사 전기물이 서사류 중 가장 많이 실렸다.[65] 일본 유학생 잡지 중에서는『태극학보』가 가장 많았는데, 총 22편이 실렸고,『대한학회월보』에 9편,『대한흥학보』에 8편이 실려 있다. 국내 지역 학회지에서도 관서 지역을 중심으로 한『서우』와『서북학회월보』에 역사 전기물이 가장 많이 실려 있었다.『태극학보』역시 관서 지역 출신 유학생들이 발간한 잡지였기에 이들 잡지 모두 역사 전기물이 가장 많이 실려 있다는 것은 출신 지역에 따른 관심도의 유사성으로 해석해볼 수도 있을 것이다.

〈표7〉일본 유학생 잡지에 실린 역사 전기물 목록

잡지	호	날짜	표제	저자	제목	내용
태극학보	3	1906.10.24	學園	會員 朴容喜	歷史譚(第一回)	콜롬버스
태극학보	4	1906.11.24	講壇學園	朴容喜	歷史譚 第二回 클럼버스傳續	콜롬버스
태극학보	5	1906.12.24	講壇學園	박용희	歷史譚第三回(비스마ㄱ(比斯麥)傳)	비스마르크
태극학보	6	1907.1.24	講壇學園	朴容喜	歷史譚第四回(比斯麥傳續)	비스마르크
태극학보	7	1907.2.24	講壇學園	禪師 一愚 金太垠	三國 宗敎略論	비스마르크
태극학보	8	1907.3.24	講壇學園	朴容喜	비스마ㄱ比斯麥傳附	비스마르크
태극학보	9	1907.4.24	講壇學園	朴容喜	歷史譚 第七回 比斯麥傳附 續	비스마르크
태극학보	10	1907.5.24	講壇學園	朴容喜	歷史譚第八回 比斯麥傳續	비스마르크

---

65 국내 지역 학회지의 역사 전기물의 경우,『서우』에 35편,『서북학회월보』에 26편,『호남학보』에 50편,『기호흥학회월보』에 10편으로 총 121편이 실려 있었다.

잡지	호	날짜	표제	저자	제목	내용
태극학보	11	1907.6.24	講壇	朴容喜	歷史譚第九回(시싸(該撤))傳(一)	시저
태극학보	12	1907.7.24	學園	朴容喜	歷史譚 第十回	시저
태극학보	13	1907.9.24	講壇學園	朴容喜	歷史譚第十一回(시싸(該撤))傳(三)	시저
태극학보	14	1907.10.24	講壇學園	朴容喜	歷史譚第十二回(시싸(該撤))傳(四)	시저
태극학보	15	1907.11.24	講壇	朴容喜	歷史譚第十三回 Der Historiker	크롬웰
태극학보	16	1907.12.24	講壇學園	朴容喜	歷史譚第十四回 Der Historiker	크롬웰
태극학보	17	1908.1.24	講壇	朴容喜	歷史譚第十五回 Der Historiker	크롬웰
태극학보	18	1908.2.24	講壇	崇古生	歷史譚 第十六回	크롬웰
태극학보	19	1908.3.24	講壇	崇古生	歷史譚第十七回 크롬웰傳(前號續)	크롬웰
태극학보	20	1908.5.24	講壇	崇古生	歷史譚 第十八回 크롬웰傳(前號續)	크롬웰
태극학보	21	1908.5.24	講壇	崇古生	歷史譚 第十九回 크롬웰傳(前號續)	크롬웰
태극학보	22	1908.6.24	講壇	崇古生	歷史譚第二十回 크롬웰傳(前號續)	크롬웰
태극학보	23	1908.7.24	講壇	椒海	歷史譚第二十一回 크롬웰傳(前號續)	크롬웰
태극학보	26	1908.11.24	說苑	李寶鏡	血淚(希臘人 스팔타쿠스의 演說)	스파르타쿠스
공수학보	1	1907.1.31	學園	劉秉敏	熱心	수학자 오이넬, 전기 휘라데
공수학보	1	1907.1.31	學園	李康賢	植物研究의 旅行에 趣味	식물학자
공수학보	2	1907.4.30	雜纂	趙鍾觀	(연재) 彼得大帝傳	피터대제
공수학보	3	1907.7.31	雜纂	趙鍾觀	(연재) 彼得大帝傳(續)	피터대제
공수학보	4	1907.10.30	學海	趙鍾觀	(연재) 彼得大帝傳(續前號)	피터대제
대한유학생회학보	1	1907.3.3	史傳	崔生	華盛頓傳	워싱턴
대한유학생회학보	3	1907.5.25	史傳	文乃郁	讀美國 實業家 로지傳	미국 실업가 로지
낙동친목회학보	3	1907.12.30	史傳	碧人	成古思汗鐵木眞傳	몽고 선길사한 철목진
낙동친목회학보	3	1907.12.30	史傳	玩市生	俾士麥傳	비스마르크
낙동친목회학보	4	1908.1.30	史傳	玩市生	比士麥傳(前號續)	비스마르크
대한학회월보	1	1908.2.25	史傳	鄭錫鎔	哥崙布傳	콜롬버스
대한학회월보	2	1908.3.25	史譯	鄭錫鎔	(연재)哥崙布傳 (前號續)	콜롬버스
대한학회월보	4	1908.5.25	史譚	없음	金將軍德齡小傳	김덕령
대한학회월보	4	1908.5.25	史譚	玩市生	彼得大帝傳	피터대제
대한학회월보	5	1908.6.25	史譚	玩市生	(연재)彼得大帝傳 (續)	피터대제
대한학회월보	5	1908.6.25	史譚	없음	(연재)金將軍德齡小傳 (續)	김덕령

잡지	호	날짜	표제	저자	제목	내용
대한학회월보	5	1908.6.25	史譚	없음	鄭評事文字小史	정문부
대한학회월보	6	1908.7.25	史傳	玩市生	(연재)彼得大帝傳 (續)	피터대제
대한학회월보	6	1908.7.25	史傳	李哲載	亞里斯多德	아리스토텔레스 / 뉴턴
대한흥학보	1	1909.3.20	史傳	없음	閣龍	콜롬버스
대한흥학보	3	1909.5.20	史傳	一笑生	페수다롯지 傳	페스타로치
대한흥학보	4	1909.6.20	史傳	岳裔	마졔란傳	마젤란
대한흥학보	5	1909.7.20	史傳	岳裔	마졔란傳(續)	마젤란
대한흥학보	7	1909.11.20	傳記	吳悳泳	大統領 쩨아스氏의 鐵血的 生涯	멕시코 디아스 대통령
대한흥학보	8	1909.12.20	傳記	吳悳泳	大統領 쩨아쓰氏의 鐵血的 生涯(續)	멕시코 디아스 대통령
대한흥학보	9	1910.1.20	傳記	吳悳泳	大統領 쩨아쓰氏의 鐵血的 生涯(續)	멕시코 디아스 대통령
대한흥학보	9	1910.1.20	散錄	金洛泳	丹心一片(普佛戰記中의一齣)	프랑스 전쟁 기록

일본 유학생 잡지에 실린 역사 전기물의 총 개수는 49편이었다. 7종의 잡지 중『동인학보』를 제외하고 나머지 6종에 모두 역사 전기물이 실려 있다. 총 49편 중 2편을 제외한 나머지는 모두 서양이나 외국몽고의 인물을 대상으로 한다. 이는 국내 지역 학회지와 달라지는 지점이기도 하다. 국내 지역 학회지의 역사 전기물의 경우에는 대부분 한국의 역사적 영웅이나 인물의 행적을 담아내고 있었다. 그런데 일본 유학생 잡지는 일본에 유학하며 접하게 된 외국의 인물들을 대상으로 저술하고 있었다. 특히 서양 각 나라의 수상이나 대통령의 생애와 업적을 다루고, 신대륙을 발견하거나 과학자 등을 대상으로 하고 있음에 주목해볼 만하다. 국가의 어려움 앞에 강권적인 통치로 위기로 구해낸 인물들을 내세움으로써 서양 열강의 상황과 서양의 통치 방법, 정치 체계 등을 배우고자 함이었을 것이다. 이는 국내 지역 학회지가 한국의 역사적 인물을 통해서 국가적 위협을 이겨내고자 하는 것과 대조를 이룬다. 일본 유학생 잡지에서는 서양 열강의 인물들로부터 우승열패의 국제 상황을 객관적으로 배우면서, 구시대적 사고가 아니라 새로

운 학문과 사상을 통해서 난세를 극복하고자 했던 의지로 읽힐 수 있다.

또 하나 흥미로운 것은 단순히 인물의 전기나 생애 서술에서 더 나아가 변형적인 서술을 보여주는 글도 있다는 점이다. 『공수학보』의 경우, 러시아 피터대제의 삶을 연재하고 있기도 하지만, 색다른 형태의 역사 전기물을 싣고 있다. 이강현의 「식물연구의 여행에 취미」와 유병민의 「열심」은 영웅적인 인물의 생애나 국가를 위해 헌신한 삶을 보여주고 있는 것이 아니라, 평범한 사람이 공부하고 노력하여 성과를 이룬 경우를 다루고 있다. 여행을 다니면서 식물 연구를 하는 새로운 방식을 소개하기도 하고, 평범한 인물이 어려움을 딛고 열심히 공부하고 노력하여 성공하게 되는 서사를 강조하기도 한다. 이는 『공수학보』가 관비 유학생으로서 공부의 중요성을 강조하고 있었기 때문에 이러한 잡지의 특징이 반영된 형태라 할 수 있다.

다음은 대화체 서사물로 총 22편이 실려 있다. 대화체 서사물은 7종의 잡지 중 『대한흥학보』를 제외하고, 나머지 6종에 모두 실려 있었다. 대화체 서사물이 가장 많이 실린 잡지는 『태극학보』로 총 7편이 게재되었다. 다음으로는 『대한유학생회학보』, 『낙동친목회학보』, 『대한학회월보』에 각각 4편씩 실려 있다.

〈표8〉 일본 유학생 잡지에 실린 대화체 목록

잡지	호	날짜	표제	저자	제목	내용
태극학보	4	1906.11.24	講壇學園	傍聽人 友古生 崔麟	(奇書) 甲乙會話	갑과 을의 대화, 국가 정세, 청년은 공부해야 함을 강조
태극학보	5	1906.12.24	講壇學園	朴相洛 譯	(번역) 衛生問答	위생 관련 문답
태극학보	6	1907.1.24	講壇學園	朴相洛 譯	(번역) 衛生問答	위생 관련 문답
태극학보	8	1907.3.24	講壇學園	笑笑生 小菴 記著	北韓 聾盲 兩人이 自評	재담(맹인과 귀머거리)
태극학보	19	1908.3.24	文藝	隱憂生	師弟의 言論	스승과 제자의 대화, 개화된 상황에서 답답한 스승의 모습
태극학보	23	1908.7.24	文藝	十六歲夙成 人 金贊永	老而不死	아버지와 아들의 대화. 아버지 세대 구습 비판
태극학보	23	1908.7.24	文藝	耳長子	巷說	한국 정세 비판.(중국과 비교)

잡지	호	날짜	표제	저자	제목	내용
공수학보	3	1907.7.31	學海	李相穆	動物會話	동물학과 연관한 질문과 답변
공수학보	5	1908.3.20	雜纂	金聖睦	問答	교육과 공부를 통해서 애국해야 함을 강조
대학유학생회학보	1	1907.3.3	雜纂	최린 友古生	甲乙 自由問答	정치 / 자유 관련 내용.
대학유학생회학보	2	1907.4.7	演壇	○○○	辭我留學生社會分合同異說	객과 나의 대화 (유학생회에 대한 내용)
대학유학생회학보	2	1907.4.7	演壇	學凡朴勝彬 傍錄	擁爐問答	假癡生과 先憂子의 대화 애국과 계몽, 구습타파 내용
대학유학생회학보	2	1907.4.7	演壇	海外觀物客 李奎榮	搏虎者의 說	여행 중 호랑이를 잡는 자와의 대화 (단합과 애국 의지)
동인학보	1	1907.7.1	論說	韓溶	憲法의 國務大臣	헌법 내의 국무대신의 역할에 대한 질의 응답
낙동친목회학보	2	1907.11.30	論說	李昌煥	時哉時哉	교육, 학문 필요
낙동친목회학보	2	1907.11.30	文苑	申相悅	東遊問答	유학생 목적-교육
낙동친목회학보	4	1908.1.30	論說	李承瑾	政治問答	보통교육 강조
낙동친목회학보	4	1908.1.30	論說	南基允	因果說	교육 상공업 양성
대한학회월보	2	1908.3.25	演壇	朴海遠	新舊學辨	신구학문 협력 필요
대한학회월보	3	1908.4.25	雜纂	傍聽人 友古崔	甲乙會話	제국주의 비판
대한학회월보	3	1908.4.25	雜纂	金湖主人	正當防衛의 問答	제국주의 비판
대한학회월보	5	1908.6.25	演壇	柳承欽	在內外ᄒ 我國現社會의 狀態에 對ᄒ야 我의 所感	지역별 학회 통합 필요

대화체와 문답체 형식은 원래 한문 단편에서 많이 보이던 양식이기도 해서 당대 지식인들에게는 매우 익숙했을 것이다. 대화체, 문답체 형식에서는 새로운 학문 등에 대해 질문을 하면 답변하는 방식도 상당히 많이 보인다. 그 가운데 특징적 형식은 갑을문답 양식으로 갑과 을이 서로 대화를 하면서 서로 반대되는 의견을 내기도 하고, 함께 어떠한 대상을 비판하기도 하는 대화체 서사류이

다. 이러한 대화체 서사류를 많이 실은 대표적 필자로 최린을 들 수 있다. 최린은 『태극학보』, 『대한유학생회학보』, 『대한학회월보』에서 모두 「갑을회화」, 「갑을문답」을 싣고 있다. 최린은 스스로를 "방청인傍聽人"이라 칭하며, 들은 내용을 필사만 했을 뿐인 것처럼 표현한다. 갑과 을이 현재 한국의 정치성 상황과 국제 정세에 대해 날카롭게 비판하는 내용이 담겨 있다.

이러한 정치적 상황과 제국주의 현실에 대한 비판을 담는 대화체 서사물과 더불어, 신구 세대의 대립을 대화체를 통해 보여주는 경우도 있었다. 특히 『태극학보』에는 16세 학생인 김찬영이 「노이불사老而不死」라는 글을 투고하기도 했다. 『태극학보』에 실린 대화체 서사물을 모방하며 독자가 보낸 글에는 아버지와 아들의 대화를 실어 기성세대를 비판하고 있다. 이러한 기성세대에 대한 비판은 이전에 실린 은우생隱憂生의 「사제의 언론」에서도 드러난 바 있다. 신학문과 단발령 등 개화되어가는 시대에 고리타분한 스승이 이러한 현실을 이해하지 못하는 것을, 제자가 답답해하는 상황이 연출되었던 것이다. 독자인 김찬영 역시 이를 구세대와 신세대의 차이를 보여주며, 구세대를 비판하고 있는데, 편집자 역시 이 구세대가 적이라고 언급하기도 한다. 따라서 일본 유학생 잡지는 새로운 학문을 배우는 신세대들이 구세대들을 비판하며 자유롭게 자신의 생각과 사상을 풀어낼 수 있는 장이면서, 독자들과 소통하며 독자들도 문예면에 도전하여 참여할 수 있는 열린 공간으로 활용되기도 했음을 알 수 있다.

일본 유학생 잡지에 실린 서사물 중 특징적이라 할 수 있는 것이 몽유 계열 서사물이다. 국내 지역 학회지의 경우, 『서우』에 1편, 『교남교육회잡지』에 1편이 실려 총 2편이 게재되었는데 반해, 일본 유학생 잡지에는 총 10편이 실려 있어서 유학생 잡지에 상대적으로 더 많이 실렸음을 알 수 있다. 이 중 『태극학보』에 4편으로 가장 많이 실려 있었고, 다음이 『대한학회월보』에 3편, 『대한유학생회학보』, 『동인학보』, 『낙동친목회학보』에 각 1편씩 실려 있었다. 『공수학보』와 『대한흥학보』에는 몽유 계열 서사물이 실려 있지 않았다.

<table>
<thead>
<tr><th colspan="7" style="text-align:center">〈표 10〉 일본 유학생 잡지에 실린 몽유계열 목록</th></tr>
<tr><th>잡지</th><th>호</th><th>날짜</th><th>표제</th><th>저자</th><th>제목</th><th>내용</th></tr>
</thead>
<tbody>
<tr><td>태극학보</td><td>4</td><td>1906.11.24</td><td>講壇學園</td><td>崔錫夏</td><td>無何鄕漫筆</td><td>주인공이 꿈에 중국, 프랑스, 미국 방문하여 가르침을 받음</td></tr>
<tr><td>태극학보</td><td>8</td><td>1907.3.24</td><td>講壇學園</td><td>白岳春史
(장응진)</td><td>春夢</td><td>주인공이 꿈속에서 '쾌락, 용기, 활동, 신앙'이라는 4가지 단어와 깨달음을 얻음.</td></tr>
<tr><td>태극학보</td><td>20</td><td>1908.5.12</td><td>文藝</td><td>李奎澈</td><td>無何鄕</td><td>주인공이 꿈에 고국에 가서 노인들의 대화를 관찰함.</td></tr>
<tr><td>태극학보</td><td>21</td><td>1908.5.24</td><td>文藝</td><td>抱宇生</td><td>莊園訪靈</td><td>주인공이 꿈에 태백산 주인에게 가르침을 받음.</td></tr>
<tr><td>대한유학생회학보</td><td>3</td><td>1907.5.25</td><td>雜纂</td><td>柳承欽</td><td>上界司下土說
(年賀禮會議漏聞筆記)</td><td>상계의 임금 앞에서 신하들이 하토의 세계 정세 설명함.</td></tr>
<tr><td>동인학보</td><td>1</td><td>1907.7.1</td><td>雜纂</td><td>安瑛洙</td><td>夢中의 所聞</td><td>꿈에서 노옹을 만남. 어려운 시대 학업에 정진하는 것이 국민의 의무</td></tr>
<tr><td>낙동친목회학보</td><td>4</td><td>1908.1.30</td><td>文藻</td><td>蓬萊山人</td><td>夢白頭山靈</td><td>주인공이 꿈에 백두산령과 대화를 나누며 고국을 걱정함.</td></tr>
<tr><td>대한학회월보</td><td>2</td><td>1908.3.25</td><td>雜纂</td><td>吘然子</td><td>崋山靈夢</td><td>주인공이 꿈에 한라산령과 소년 둘의 대화를 관찰함.</td></tr>
<tr><td>대한학회월보</td><td>3</td><td>1908.4.25</td><td>文藝</td><td>弘村羅生</td><td>敎育者討伐隊</td><td>주인공이 꿈에 고국에 가서 교육 관련 연설을 들음</td></tr>
<tr><td>대한학회월보</td><td>4</td><td>1908.5.25</td><td>雜錄</td><td>(夢鄕筆記)
高元勳</td><td>自由裁判의 漏聞</td><td>꿈에서 이국의 재판 과정에 참여함. 강국과 약국 사이의 국제관계 보여줌.</td></tr>
</tbody>
</table>

　몽유 계열의 서사물들은 꿈에서 영웅이나 신선과 같은 노옹을 만나 가르침을 받는 내용이 일반적이었다. 이러한 양식은 사실 이전 한문 단편에서도 사용되던 형식이기도 했다. 따라서 일반적인 몽유 계열 형식에서는 꿈에서 만난 노옹에게 주인공이 일방적으로 가르침을 받는 형식이 대부분이기도 했다. 이는 국내 학회지인 『서우』에 실린 「몽배을지장군기」나 『교남교육회잡지』에 실린 「소설 춘추몽」 모두 가르침을 받는 내용이다. 전자가 꿈에서 을지문덕 장군을 만나 가르침을 받는다면, 후자는 꿈에서 공자를 만나 춘추 책을 받는다는 내용이다.

　일본 유학생 잡지에서는 일방적으로 가르침을 받는 내용도 있지만, 이러한 형식에서 변형된 형태도 눈에 띈다. 예를 들어 「무하향만필」은 주인공이 꿈에 과거로 타임워프를 해서 세계의 영웅을 만나기도 했고, 「무하향」에서는 꿈에 고국으로 가서 고리타분한 노인들의 대화를 들으며 고국의 현실에 한탄하기도 한다. 「자유재판의 누문」에서는 이세계異世界에서 강국과 약국의 재판 과정을 보며 국제관계와 현실을 비판하는 내용을 담기도 했다. 「몽백두산령」에서는 이전 상하관계로 가르침을 받는 형식에서 벗어나 노옹과 주인공이 대등하게 이야기를 나누며, 노옹의 지지와 칭찬을 받기도 한다. 이러한 측면들은 이전의 몽유 계열의 형식을 벗어나 다른 서사 양식과의 접합을 시도함과 동시에, 정치적 검열 때문에 은유와 비유의 방식으로 풍자와 비판을 서사적으로 녹여낸 결과이기도 하다.

이 가운데 장응진의 「춘몽」은 기존 몽유 계열 서사물에서 조금 더 서사적 경향을 더 띠고 있음에 주목해볼 필요가 있다. 「춘몽」은 꿈에 노옹이나 신선과 같은 다른 인물이 나오는 것이 아니라, 스스로의 독백이나 자신 내면과의 대화이자 토로를 보이고 있다. 즉 '나'와 '나'의 대화를 통해서 스스로 답을 찾아나가는 방식인데 이는 개인의 내면 심리를 세밀하게 보여줌으로써 새로운 서사 문예의 형식으로 나아가고 있었다.

앞서 보았던 다양한 서사 실험들을 거쳐 일본 유학생 잡지에는 소설이라 이름 붙인 서사물이 등장하고 있다. 의도했든 의도하지 않았든, 일본 유학생 잡지는 문예 잡지로서의 역할을 담당하고 있었고, 이 가운데 다양한 서사물들이 게재되었다. 또한 여러 일본 유학생 잡지에 실리면서, 각 잡지의 특징에 따라 변형되기도 했다. 이후 통합 학회로 진행되면서 이러한 잡지적 경향과 특징이 섞여들게 되면서 서사물들 역시 통합 잡지들 속에 서로 영향을 주고받으며 접합되었다.

〈표 11〉 일본 유학생 잡지에 실린 소설 목록

잡지	호	날짜	표제	저자	제목	내용
태극학보	6	1907.1.24	講壇學園	白岳春史 (장응진)	多情多恨 (寫實小說)	삼성 선생의 일대기(애국활동).

잡지	호	날짜	표제	저자	제목	내용
태극학보	7	1907.2.24	講壇學園	白岳春史	多情多恨(寫實小說) (前號續)	삼성 선생의 일대기(애국활동).
태극학보	13	1907.9.24	文藝	白岳春夫	月下의 自白	학정과 불의를 행하던 노인이, 난민들의 투석으로 아들이 죽자 회개함.
태극학보	14	1907.10.24	文藝	椒海生 (김낙영)	恨	유학생으로 왔다가 병들어 죽어가는 지인의 분노와 울분을 들음. 아들이 죽어감에도 지원해주지 않는 병인의 아버지에게 편지를 씀.
태극학보	16	1907.12.24	文藝	白岳春史	魔窟	황해도를 배경으로, 어린 신랑이 목매어 죽은 후, 부정과 문란함이 자행되는 조선 사회 비판.
대한유학생회학보	3	1907.5.25	文苑	夢夢 (진학문)	쓰러져 가는 딥	도박과 술에 취한 남편이 부인을 매질하고, 가족은 먹을 것 없는 상황. 집은 일본인에게 넘어감.
대한흥학보	8	1909.12.20	小說	夢夢	요죠오한(四疊半)	유학생인 채와 함영호의 대화. 현실과 이상간의 괴리를 느끼는 유학생의 고민.
대한흥학보	11	1910.3.20	小說	孤舟 (이광수)	無情	구여성 자살, 조혼의 폐해.
대한흥학보	12	1910.4.20	小說	孤舟	無情(續)	구여성 자살, 조혼의 폐해.
대한흥학보	11	1910.3.20	雜纂	聽天子	海上	세계탐험가와 박물학자의 대화. 외국의 흥망성쇠는 국민 내부적 문제. 결말에는 외부에 의해 좌초되는 해상의 상황 보여줌.
대한흥학보	13	1910.5.20	雜纂	KM生	生存競爭談	생존경쟁이라는 이름으로 벌어지는 국제정세를 석가와 도적의 이야기로 설명.

이렇게 등장한 소설류의 글은 총 11편인데, 이중 연재된 것을 포함하면 총 9편으로 볼 수 있다. 가장 많이 실린 것은 『태극학보』와 「대한흥학보』로 각각 4편씩 실려 있다. 또한 『대한유학생회학보』에 1편이 실려 있었다. 이중 소설이라 지칭할 수 있는 것은 장응진, 진학문, 이광수의 글들이다. 장응진의 경우, 역사적인

인물인 삼성 선생을 대상으로 삼으나, 역사 전기물이라 소개하지 않고 사실 소설이라고 명명하여 허구성을 내세우려 한다. 김낙영의 「한」과, 진학문의 「요죠오한」은 이전 대화체를 서사에 녹여 유학생들의 고민과 내적 갈등을 적나라하게 보여주고 있다. 또한 이 가운데는 구세대에 대한 비판 역시 강렬하게 보인다. 장응진의 「마굴」은 마치 희곡의 대사처럼 진행되어 대화체의 새로운 방식을 보여주고 있기도 하다.

진학문의 「쓰러져 가는 집」과 이광수의 「무정」은 소설적 허구성과 현실에 대한 비판을 매우 잘 엮어내었다. 유학생으로서의 고민과 갈등을 그대로 노출하게 되면, 일반 산문이나 수필의 형식과 유사해진다. 실제로 일본 유학생 잡지에 이러한 형식을 띤 산문이나 수필이 많은 것도 이 때문이다. 그런데 이 두 작품은 개인의 고민과 갈등을 허구라는 도구를 통해서 드러낸다. 즉 「쓰러져 가는 집」은 조선의 열악한 상황을 다 무너져가는 한 집안을 통해 보여주고 있다. 또한 「무정」은 조혼의 문제와 자유 연애에 대한 옹호를 남성 유학생을 통해서 드러내는 것이 아니라, 고국에 홀로 남은 부인인 구여성의 입장에서 보여줌으로써 모두에게 상처만 남기게 되는 조혼의 폐해를 여성의 자살을 통해서 명확하게 비판한다.

이러한 소설류들이 단순히 몇몇 작가들에 의해서만 등장했다고 말하기에는 어폐가 있다. 일본 유학생 잡지가 문예의 장으로서 기능하면서 다양한 서사물을 실험하고, 이를 읽고 쓰며 새로운 문학적 가능성들을 키워왔다고 보는 것이 합리적일 것이다. 예를 들어, 일본 유학생 학회들이 최종적으로 통합하여 발간한 『대한흥학보』의 행보를 보면, 좀 더 명확해진다. 다른 잡지에는 모두 실려 있는 대화체 서사물, 몽유록 계열 등은 7종 중 유일하게 빠져 있고, 대신 산문 / 수필류와, 스스로 표제로 명명한 소설류가 등장하고 있다. 단순한 대화나 문답의 형식이 아니라, 서사와 산문 안에 이러한 양식을 녹여 내어 새로운 문예의 양식을 만들어가고 있었다고 할 수 있다. 따라서 새로운 근대의 문학은 일본 유학생 잡지라는 문예의 장을 발판으로 삼아 다양한 서사적 실험을 해왔고, 그러한 실험적 과정을 통해 생산된 것이라 할 수 있을 것이다.

(2) '유학'과 '교류'로 대표되는 사회적 공간의 형성

그렇다면, 일본 유학생 잡지에 등장하는 서사 문예들의 특징을 보다 심도 있게 살펴보기 위해서는 재일 조선 유학생들의 학회가 어떠한 공간을 형성해내고 있었는지 명확하게 천착해보아야 한다. 앞서 일본 유학생 잡지의 가장 주된 특징으로 일본에 '유학'을 하고 있다는 점과, 외국에서 생활하고 있는 재일 조선 유학생들 간의 '교류'가 중요했다는 점을 짚은 바 있다. 이 두 가지의 키워드는 비슷해보이면서도 전혀 다른 사회적 공간을 형성하게 만들었다.[66]

먼저, 외국인 일본에서 유학하게 됨으로써, 재일 조선 유학생들은 고국으로부터, 또한 자신의 고향으로부터 떨어져 있게 되었다. 국내의 학회지들과 달라지는 지점이 바로 이 부분이다. 재일 조선 유학생들은 물리적으로 완전히 고국과 고향으로부터 거리를 두고 있는 것이다. 그러한 물리적 거리, 떨어짐은 고국과 출신 지역을 타자화시키게 된다. 떨어진 거리에서 바라보는 고국과 자신의 출신 지역은 물리적인 거리만큼 자유롭게 그 지역을 사유할 수 있게 만들었다. 혹은 고국과 출신 지역이 타자화된 만큼, 또 다른 새로운 공간으로 상정되었다고 할 수 있다.

이렇게 거리두기를 통해 타자화된 조선과 자신들의 출신 지역은 의무와 책임의 공간으로 드러난다. 문제점을 부각하며 비판하는 대상이 되기도 하고, 새로운 사상과 제도의 변화가 필요한 시혜의 공간이 되기도 했다. 이러한 공간의 상정 속에서 일본 유학생들은 조선과 자신의 출신 지역을 타자화하여 권력의 구도

---

66 앙리 르페브르는 사회적 공간은 여러 개가 함께 존재할 수 있다고 설명한다. 특히 이 무한한 다수의 사회적 공간은 서로 침투하며 포개지기도 한다고 보았다. 즉 여러 사회적 공간이 생성될 수 있고, 이 사회적 공간은 서로 중첩되거나 겹쳐지기도 하며, 서로 영향을 주고 받고 있음을 의미한다. (앙리 르페브르, 앞의 책, 152쪽)

에서 우위를 점하고 있기도 하다. 따라서 서사 문예 속에서도 고리타분한 구세대로서 비판의 대상으로 희화화되어 나타나기도 했다. 또한 새로운 문물이나 사상을 알려 가르쳐주고자 노력하기도 했고, 서양의 위인들을 통해 변화해 나가야 할 시대 속에서 방향을 제시하려고도 한다.

다른 한편으로, 재일 조선의 유학생들은 외국에서 생활하며 서로 간의 '교류'를 지향하기도 했다. 이는 통합 학회를 지향하는 방향으로 나아가게 된다. 애초 그들은 출신 지역 위주로 모임을 가지고 학회지를 출간했다. 그러나 재일 조선의 유학생들은 대표성을 가진 통합 학회의 필요성을 느끼며, 장시간 이러한 모임을 준비했다. 여러 번의 통합 과정을 통해 최종적으로 대한흥학회라는 전체 일본 유학생 단체를 결성하기까지 끊임없이 통합에 대한 담론을 제기해왔다.

이 대표성을 지닌 유학생 단체의 공간은, 앞서 보았던 조선이나 출신 지역을 상대로 타자화시켰던 사회적 공간과는 또 다른 미묘한 양상을 보여준다. 재일 조선 유학생 단체라는 대표성을 지닌 사회적 공간은 일본인 학생과는 다른 타자성을 갖는 공간이자, 또 한편 조선인으로서의 책무라는 점에서 권력 구도가 뒤집힌다. 이 공간에서는 고국 땅으로부터의 우위를 점하는 것이 아니라, 도리어 책임과 의무를 통한 감시받는 위치로 떨어지고 마는 것이다. 이는 한편으로 앞의 관계가 전복되어 반대의 위치가 되도록 만드는 공간이기도 하다.

이러한 미묘한 관계 때문에 재일 조선의 유학생들은 일본을 향해 단일화한 목소리를 내기 위해 통합 단체를 지향하며 새로운 사회적 공간을 형성해낸다.[67] 이는 일본 유학 생활 동안 대표성을 전달하는 것임과 동시에, 유학생 내부에서 '교

---

67 기든스는 새롭게 구성되는 사회적 장소에 대해서 다음과 같이 설명한다. "장소(locals)에서 공간은 상호작용을 위한 관련틀로서 이용 가능하게 되어 있지만, 그 반대로 이 상호작용 관련틀은 공간의 맥락성을 특수화시키는 원인이다. 장소로 구체화된 공간은 굳이 말하자면, '그 안에서' 일어나는 상호작용을 통해서, 즉 그 장소를 그 장소이게끔 만드는 상호작용의 종류를 통해서 자신의 특징을 가지게 된다." 결국 장소는 상호작용하는 공간이며, 구성원들의 목적에 따라 특별한 공간, 새로운 사회적 공간으로 형성되는 것이다. (마르크스 슈뢰르, 앞의 책, 130~131쪽)

류'라는 의미로 상호작용하는 공간이기도 했다. 이곳은 재일 조선의 유학생들은 스스로를 재현해내는 공간이었다. 따라서 일본 유학생 잡지는 유학생들 상호간의 소통을 드러내며, 책무와 자아 사이에서의 고민을 토로하는 장으로서 활용되기도 했다.

따라서 자아에 대한 고민이 드러나거나, 고국이나 부모에 대한 부담감이 표출되기도 하며, 내면의 목소리를 드러내는 서사 문예로 나타나게 되었다. 이는 대화체 형식으로, 혹은 몽유록계 서사물로 다양한 형태로 드러나다가, 이 모두를 내포한 근대의 새로운 서사의 양식으로 변환되어 나타나게 된다. 결국 일본 유학생 잡지는 의무와 책임이라는 사회적 공간과, 유학생들 상호간의 교류와 자아의 재현이라는 사회적 공간이 서로 맞물리면서 다양한 서사 문예들이 배태될 수 있는 문예의 장이 되었다고 할 수 있다.

4) 일본 유학생 잡지의 문예 잡지로서의 역할

1905년 을사늑약 체결 이후 애국 계몽운동은 급격하게 진행되어 일본으로 유학을 떠나는 지식인들의 수가 급격히 증가하게 된다. 이전까지 일본 유학생이 소수의 관비 유학생들이었다면, 1905년 이후는 사비 유학생들까지 급격하게 증가하면서 재일 한인 유학생의 수는 기하급수적으로 많아지게 되었다. 이러한 상황에서 일본 유학생들은 다양한 학회를 결성하기에 이른다. 1905년 이후 10여 개의 유학생 단체들이 조직되었는데, 이중 잡지를 발간한 단체는 총 7개였다. 이렇게 결성한 학회들이 발간한 잡지가 『태극학보』[1906.8], 『공수학보』[1907.1], 『대한유학생회학보』[1907.3], 『낙동친목회학보』[1907.10], 『대한학회월보』[1908.2], 『대한흥학보』[1909.3]였다.

일본 유학생 잡지들은 일본 유학생 단체들이 각 특징에 맞춰 발간한 잡지이면서 동시에 약간의 미묘한 차이를 내포하고 있었다. 출신 지역을 바탕으로 한 잡지들의 경우, 좀 더 친교와 교류에 주안점이 있고, 관비 유학생의 모임인『공수학보』의 경우는 교류보다는 학식의 전달에 더 힘을 준다. 연합 학회의 경우에는 단순한 친교에서 더 나아가 학회의 정치적인 단합까지 강조하고 있는 것이 그 특징이다.

이러한 미세한 차이점을 토대로 각 잡지들은 다양한 서사물을 게재하였다. 가장 많이 게재된 서사류는 역사 전기물이었다. 국내 지역 학회지에서도 역사 전기물이 많이 실렸으나, 대부분 한국의 역사적 인물이나 영웅의 일대기가 위주였다. 그런데 일본 유학생 잡지에서는 모두 서양의 인물들로, 서양 국가의 원수나 지도자들, 또 새로운 학문이나 신대륙을 발견한 인물들을 위주로 싣고 있었다. 그러한 가운데, 평범한 인물이 공부하고 노력하여 성공한 경우 역시 싣고 있어서 유학생으로서의 의지를 보여주고 있기도 했다.

다음은 대화체 형식이었는데, 제국주의나 정치적 상황을 비판하는 내용을 담기도 했으며, 신구 세대의 대립을 대화체 서사물을 통해 보여주기도 했다. 갑을 문답이나 갑을회화 등을 통해서 자신의 주장을 간접적으로 드러내기도 했다. 방청인이라는 이름으로 필사하여 비판의 화살을 피하고자 한 것이다. 또한 독자가 이러한 대화체 서사물을 모방하여 글을 싣기도 했다. 신구세대의 갈등을 대화체 서사에 재현하여 독자들과 소통하며 독자들도 문예면에 참여할 수 있는 열린 공간으로 활용되었다.

또한 국내 지역 학회지와 비해서 일본 유학생 잡지에 많이 실린 서사류가 몽유 계열 서사물이었다. 꿈에서 만난 노옹이나 신선에게 가르침을 받는 일방적인 관계가 아니라 다양한 변형을 시도하고 있는 것이 특징이었다. 꿈의 인물과 대등하게 의견을 주고 받고, 꿈 속에서 한국의 노인들의 대화를 들으며 비판하기도 하며, 다른 세계의 재판을 소개하며 약육강식의 제국주의 상황을 우회적으로 풍자하기도 한다. 여기에 더 나아가 장응진의 「춘몽」은 개인의 내면의 대화를 통해 답을 찾아가는 방식으로 고백과 독백의 새로운 형식을 보여주기도 했다.

마지막으로 일본 유학생 잡지에는 다양한 서사 실험들을 거쳐 소설이라 이름

붙인 서사물이 등장하게 된다. 장응진, 진학문, 이광수 등은 소설적 허구성과 현실에 대한 비판을 적절히 엮어서 소설의 형태를 갖춘 서사물을 게재했다. 유학생들의 고민과 내적 갈등을 대화체를 녹여 풀어내기도 하고, 조선의 열악한 상황을 한 집안에 비유하여 드러내며, 조혼의 문제와 자유 연애에 대한 옹호를 구여성의 자살을 통해 보여주기도 했다.

이러한 일본 유학생 잡지 속에 드러나는 다양한 서사물의 특징들은 재일 조선 유학생들이 형성한 사회적 공간에 의한 결과물이라고 할 수 있다. 먼저 '유학'에 초점을 둔 거리두기를 통해 타자화된 조선과 자신들의 출신 지역은 의무와 책임의 공간으로 드러났다. 문제점을 부각하며 비판하는 대상이 되기도 하고, 새로운 사상과 제도의 변화가 필요한 시혜의 공간이 되기도 했다. 이러한 공간의 상정 속에서 일본 유학생들은 조선과 자신의 출신 지역을 타자화하여 권력의 구도에서 우위를 점하고 있기도 하다. 따라서 서사 문예 속에서도 고리타분한 구세대로서 비판의 대상으로 희화화되어 나타나기도 했다. 또한 새로운 문물이나 사상을 알려 가르쳐주고자 노력하기도 했고, 서양의 위인들을 통해 변화해 나가야 할 시대 속에서 방향을 제시하려고도 한다.

또한 일본 유학 생활 동안 대표성을 가지며, 유학생 내부에서 '교류'라는 의미로 상호작용하는 공간을 형성하기도 했다. 이곳은 재일 조선의 유학생들은 스스로를 재현해내는 공간이기도 했다. 따라서 일본 유학생 잡지는 유학생들 상호간의 소통을 드러내며, 책무와 자아 사이에서의 고민을 토로하는 장으로서 활용되었다. 따라서 자아에 대한 고민이 드러나거나, 고국이나 부모에 대한 부담감이 표출되기도 하며, 내면의 목소리를 드러내는 서사 문예로 나타나게 되었다. 이는 대화체 형식으로, 혹은 몽유 계열 서사물로 다양한 형태로 드러나다가, 이 모두를 내포한 근대의 새로운 서사의 양식으로 변환되어 나타나기도 했다. 결국 일본 유학생 잡지는 의무와 책임이라는 사회적 공간과, 유학생들 상호간의 교류와 자아의 재현이라는 사회적 공간이 서로 맞물리면서 다양한 서사 문예들이 배태되었다고 할 수 있다.

이처럼 의도했든 의도하지 않았든, 일본 유학생 잡지는 문예 잡지로서의 역할을 담당하고 있었고, 이 가운데 다양한 서사물들이 게재되어 왔다. 또한 여러 일본 유학생 잡지에 실리면서, 각 잡지의 특징에 따라 변형되기도 했다. 이후 통합 학회로 진행되면서 이러한 잡지적 경향과 특징이 섞여들게 되면서 서사물들 역시 통합 잡지들 속에 서로 영향을 주고받으며 접합되었다. 출신 지역을 토대로 결성한 유학생회 잡지들은 각 지역 출신의 특징을 담아내면서 또 다른 유학생회 잡지와 통합되며 새롭게 창조되었다. 일본 유학생 잡지가 '유학'을 통한 책임의 공간과, '교류'를 통한 재현의 공간을 형성하면서 문예의 장으로서 기능했고, 다양한 서사물을 실험하며, 이를 읽고 쓰며 새로운 문학적 가능성들을 키워왔다. 따라서 새로운 근대의 문학은 일본 유학생 잡지라는 문예의 장을 발판으로 삼아 다양한 서사적 실험을 해왔고, 그러한 실험적 과정을 통해 생산된 것이라 할 수 있을 것이다.

- 「유학생 잡지 『대한흥학보』」의 문학 독자의 형성」, 『국어국문학』 169, 국어국문학회, 2014.12; 『미디어의 출현과 근대소설 독자』, 소명출판, 2017.
- 「『태극학보』의 표제 기획과 소설 개념의 정립 과정」, 『국어국문학』 171, 국어국문학회, 2015.6; 『미디어의 출현과 근대소설 독자』, 소명출판, 2017.
- 「근대계몽기 잡지의 매체적 특징과 역사의 서사화 과정」, 『한국현대문학연구』 50, 한국현대문학회, 2016.12; 『미디어의 출현과 근대소설 독자』, 소명출판, 2017.
- 「『서우』의 독자 글쓰기와 개인적 고백의 서사」, 『대동문화연구』 97, 성균관대 대동문화연구원, 2017.3; 『미디어의 출현과 근대소설 독자』, 소명출판, 2017.
- 「근대계몽기 서북 지역 잡지의 편집 기획과 유학생 잡지의 상관관계 - '문학' 개념의 수용 양상을 중심으로」, 『국어국문학』 183, 국어국문학회, 2018.6.
- 「『기호흥학회월보』의 '흥학(興學)'과 서사적 실험」, 『한국현대문학연구』 56, 한국현대문학회, 2018.12.
- 「근대계몽기 『교남교육회잡지』의 '로컬리티' 인식과 서사화 전략」, 『어문론총』 82, 한국문학언어학회, 2019.12.
- 「근대계몽기 지역 학회지와 지역문학의 근대적 태동」, 『어문학』 146, 한국어문학회, 2019.12.
- 「『호남학보』의 이중적 독자 정책과 서사 문예 전략」, 『한국문학연구』 62, 한국문학연구소, 2020.4.
- 「영남 출신 유학생 잡지 『낙동친목회학보』의 '지역성'과 서사문예 전략」, 『어문론총』 86, 한국문학언어학회, 2020.12.
- 「근대계몽기 『대한학회월보』의 편집 전략과 서사적 특징 연구 - 일본 유학생 잡지의 통합과 서사 양식의 접합」, 『배달말』 69, 배달말학회, 2021.12.
- 「근대계몽기 『대한유학생회학보』의 정체성과 문학적 상상력」, 『어문론총』 96, 한국문학언어학회, 2023.7.
- 「『공수학보』에 나타난 관비 유학생의 정체성과 서사 문예 활용」, 『한국문학연구』 74, 한국문학연구소, 2024.4.
- 「근대계몽기 일본 유학생 잡지 『동인학보』의 교육 정신과 서사 문예의 상관관계」, 『어문학』 164, 한국어문학회, 2024.6.
- 「근대계몽기 일본 유학생 잡지의 사회적 공간과 문예 잡지의 역할 - 서사 문예물을 중심으로」, 『어문학』 166, 한국어문학회, 2024.12.

참고문헌

1. 기본 자료

『공수학보』(『아단문고 미공개 자료 총서 2012』, 소명출판, 2012).

『낙동친목회학보』(『아단문고 미공개 자료 총서 2012』, 소명출판, 2012).

『동인학보』(『아단문고 미공개 자료 총서 2012』, 소명출판, 2012).

『대한유학생회학보』, 『대한학회월보』, 『태극학보』, 『대한흥학보』, 『서우』, 『서북학회월보』, 『호남학보』,
　　『기호흥학회월보』, 『교남교육회잡지』.

2. 논문 및 저서

강대민, 「대한유학생회학보에 관한 연구」, 『논문집』 5(1), 경성대, 1984.3, 357~377쪽.

강만길, 『고쳐 쓴 한국근대사』, 창작과비평사, 1994.

구장률, 「근대지식의 수용과 문학의 위치-1900년대 후반 일본유학생들의 문학관을 중심으로」, 『대
　　동문화연구』 67, 성균관대 대동문화연구원, 2015.9, 327~363쪽.

권보드래, 「한국 근대의 '소설' 범주 형성에 관한 연구」, 서울대 박사논문, 2000.

권영신, 「한말 서우학회의 교육구국 활동」, 『교육문화연구』 11, 인하대 교육연구소, 2005, 61~72쪽.

권정희, 「이광수의 일본어 소설 「사랑인가(愛か)」-'한국 유학생'의 일본어 글쓰기 연구」, 『인문사회
　　21』 29, 인문사회 21, 2018, 1589~1604쪽.

김기주, 「大韓興學會에 관한 考察」, 『역사학연구』 1권, 호남사학회, 1987.12, 53~94쪽.

_____, 「구한말 재일한국유학생의 민족운동 연구」, 전남대 박사논문, 1991.

김동식, 「한국의 근대적 문학 개념 형성과정 연구」, 서울대 박사논문, 1999.

김소영, 「한말 도일유학생들의 현실 인식과 근대국가론-〈공수학보〉와 〈낙동친목회학보〉 분석을 중
　　심으로」, 『한국 근현대사 연구』 제84집, 한국근현대사학회, 2018, 7~39쪽.

김영민, 『한국근대소설사』, 솔, 1997.

_____, 「한국 근대소설 발생 과정 연구-조선후기 야담과 개화기 문학 양식의 연관성을 중심으로」,
　　『국어국문학』 127, 국어국문학회, 2000, 313~332쪽.

_____, 「동서양 근대소설의 발생과 그 특질 비교 연구」, 『현대문학의 연구』 21, 한국문학연구학회,
　　2003, 439~468쪽.

_____, 「근대 유학제도의 확립과 해외 유학생의 문학·문화 활동 연구」, 『현대문학의 연구』 32, 한국
　　문학연구학회, 2007, 297~338쪽.

_____, 『문학제도 및 민족어의 형성과 한국 근대문학』, 소명출판, 2012.

김영희, 한국언론사연구회 편, 「『대한매일신보』 독자의 신문 인식과 신문 접촉 양상」, 『대한매일신보
　　연구』, 커뮤니케이션북스, 2004.

김윤규, 『개화기 단형서사문학의 이해』, 국학자료원, 2000.

김윤재, 「백악춘사 장응진 연구」, 『민족문학사연구』 제12호, 민족문학사학회, 1998.

김재영, 「근대계몽기 소설 개념의 변화」, 연세대 근대한국학연구소 기초학문연구팀 편, 『한국 근대 서사양식의 발생 및 전개와 매체의 역할』, 소명출판, 2005, 47~54쪽.

_____, 「『대한민보』의 문체 상황과 독자층에 대한 연구」, 『한국 근대문학과 신문』, 동국대 출판부, 2012.

김재호, 「근대적 재정국가의 수립과 재정능력, 1894~1910」, 『경제사학』 57, 경제사학회, 2014, 143~178쪽.

김재용 외, 『한국근대 민족 문학사』, 한길사, 2006.

김정기・박정숙 외, 『매스미디어와 수용자』, 커뮤니케이션북스, 1999.

김정녀, 「몽유록의 공간들과 기억─'역사적 공간'을 배경으로 선택한 작품을 중심으로」, 『우리어문연구』 41집, 우리어문학회, 2011.9.

김종욱, 「쥘 베른 소설의 한국 수용과정 연구」, 『한국문학논총』 49, 한국문학회, 2008.

김준형, 「근대전환기 패설의 변화와 지향」, 『구비문학연구』 34집, 한국구비문학회, 2012, 6, 87~116쪽.

_____, 「근대초기 신문의 야담 활용 양상과 고전소설의 변모」, 『고소설연구』 37, 한국고소설학회, 2014, 5~47쪽.

김진균, 「근대계몽기 해학 이기의 한문인식」, 『반교어문연구』 32, 반교어문학회, 2012, 259~286쪽.

김찬기, 「근대계몽기 몽유록의 양식적 변이상과 갱신의 두 시선」, 『국제어문학회』 39, 국제어문학회, 2007, 315~341쪽.

김형목, 「기호흥학회 경기도 지회 현황과 성격」, 『중앙사론』 12・13, 중앙대 중앙사학연구소, 1999.

김희태, 「한말 호남학회에 관한 고찰」, 동국대 석사논문, 1983.

노양환 편, 「춘원연보」, 『이광수 전집』 별권, 삼중당, 1971.

노춘기, 「근대계몽기 유학생집단의 시가 장르와 표기체계에 관한 인식 연구」, 『한민족문화연구』 40, 한민족문화학회, 2012.

류방란, 「개화기 기독교계 학교의 발달」, 권태억 외 『한국 근대사회와 문화』 1, 서울대 출판부, 2003.

류양선, 「박은식의 사상과 문학」, 『국어국문학』 91, 국어국문학회, 1984.5.

류지석 편, 『공간의 사유와 공간이론의 사회적 전유』, 소명출판, 2013.

문한별, 「근대전환기 학회지의 서사체 투영 양상─『서우』, 『서북학회월보』를 중심으로」, 『우리어문연구』 35, 우리어문학회, 2009.9, 431~456쪽.

_____, 「근대전환기 언론 매체에 수용된 서사체 비교 연구」, 『한국근대문학연구』 20, 한국근대문학회, 2009.10, 183~210쪽.

_____, 「근대전환기 서사의 양식적 혼재와 변용 양상」, 『국제어문』 제52집, 국제어문학회, 2011.

_____, 「근대전환기 학회 수록 몽유 서사 연구」, 『현대소설연구』 46, 한국현대소설학회, 2011.

_____, 「근대전환기 우화체 서사의 특질 연구」, 『국어문학』 58, 국어문학회, 2015.

박용규,「구한말 일본의 침략적 언론활동」,『한국언론학보』43(1), 한국언론학회, 1998 가을.

박찬승,「1890년대 후반 도일(渡日) 유학생의 현실인식」,『역사와 현실』제31호, 한국역사연구회, 1999.

_____,「1904년 황실 파견 도일유학생 연구」,『한국 근현대사 연구』제51집, 한국근현대사학회, 2009.

백순재, 한국한문헌연구소 편,「서우 해제」,『한국개화기학술지 5』, 아세아문화사, 1976.

_____, 한국학문헌연구소편,「서북학회월보 해제」,『한국개화기학술지』7, 아세아문화사, 1976.

_____, 한국학문헌연구소편,「태극학보 해제」,『한국개화기학술지』13,『태극학보』1권, 아세아문화사, 1978.

_____, 한국학문헌연구회 편,「『호남학회월보』해제」,『한국개화기학술지』17, 아세아문화사, 1976.

_____, 한국학문헌연구회 편,「『대한흥학보』해제」,『한국개화기학술지』21, 아세아문화사, 1978.

변영로,『한국근·현대문학사』, 명문당, 1991.

서은경,「'사실' 소설의 등장과 근대소설로의 이행과정」,『한국문학이론과 비평』47, 한국문학이론과 비평학회, 2010, 285~310쪽.

서형범,「근대적 인쇄매체를 통한 계몽의 담론화와 호명의 서술전략의 정합성에 대한 연구」,『한민족어문학』70, 한민족어문학회, 2015, 387~422쪽.

성원경,「고사성어 20-당랑포선(螳螂捕蟬)」,『한글한자문화』24, 전국한자교육추진총연합회, 2001.

손성준,「영웅서사의 동아시아 수용과 중역의 원본성-서구 텍스트의 한국적 재맥락화를 중심으로」, 성균관대 박사논문, 2012.

_____,「근대 동아시아의 크롬웰 변주」,『대동문화연구』제78집, 성균관대 대동문화연구원, 2012.

_____,「『태극학보』'문예'란의 출현 배경과 그 성격」,『사이間SAI』27, 국제한국문학문화학회, 2019.

송민호,「동농 이해조와 운양 김윤식(1)」,『국어국문학』173, 국어국문학회, 2015, 181~206쪽.

송병기,「개화기 일본유학생 파견과 실태(1881~1903)」,『동양학』18집, 단국대 동양학연구소, 1988.10, 249~272쪽.

송영순,「이광수의 장시에 나타난 서사성 연구」,『한국문예비평연구』38집, 한국현대문예비평학회, 2012, 83~112쪽.

안남일,「1910년 이전의 재일본 한국유학생 잡지 연구」,『한국학연구』제58호, 고려대 한국학연구소, 2016, 259~279쪽.

_____,「재일본 한국유학생 잡지〈창간사, 발간사〉연구」,『한국학연구』64, 고려대 한국학연구소, 2018.

양문규,「1910년대 신문·잡지 미디어와 근대소설의 탄생」,『현대문학의 연구』23, 한국문학연구학회, 2004, 199~229쪽.

역사첩,「과학과 계몽 사이-1900년대의「해저여행(기담)」과 동아시아 수용 계보『태극학보』의 평역(評譯) 실천을 중심으로」,『사이間SAI』35, 국제한국문학문화학회, 2023.

왕신, 「초기 재일유학생의 주권의식(1905~1910) - 『태극학보』, 『대한학회월보』, 『대한유학생회학보』, 『대한흥학보』를 중심으로」, 한국학 43(3), 한국학중앙연구원, 2020, 235~267.

유석환, 「근대 초기 잡지의 편집양식과 근대적인 문학 개념」, 『대동문화연구』 88, 성균관대 대동문화연구원, 2014, 303~331쪽.

윤영실, 「노예와 자유 - 이광수 초기(1908~1910) 사상의 탈식민적 자유 관념」, 『춘원연구학보』 25, 춘원연구학회, 2022.

이계형, 「1904~1905년 대한제국 관비 일본유학생의 성격 변화」, 『한국독립사연구』 제31집, 독립기념과 한국독립운동사연구소, 2008.

이경선, 「박은식의 역사 · 전기소설」, 『동아시아문화연구』 8호, 한양대 한국학연구소, 1985.

이광린, 「개화기 관서지방과 개신교」, 『한국개화사상연구』, 일조각, 1989.

이우성, 임형택 편역, 『이조한문단편집』 上, 일조각, 1996.

이유미, 「1900년대 근대적 잡지의 출현과 문명 담론」, 『현대소설연구』 26, 한국현대소설학회, 2005.

_____, 「1900년대 지식인의 현실인식과 글쓰기 방식의 상관성 연구」, 문학과사상연구회 편 『근대계몽기 문학의 재인식』, 소명출판, 2007.

이재봉, 「근대의 지식체계와 문학의 위치」, 『한국문학논총』 52, 한국문학회, 2009.

이재봉 외, 「로컬리티의 안과 밖, 소통과 확장」, 『로컬리티 인문학』 1, 부산대 한국민족문화연구소, 2009.4.

이재선, 『한국개화기소설연구』, 일조각, 1985.

이정찬 편역, 『유년필독』, 도서출판 경진, 2012(『幼年必讀卷一』(편집겸 발행 현채, 휘문관, 1907.5.5(〈유년필독 원전〉)).

이정환, 「타임슬립 소재의 영상화에 관한 연구」, 국민대 석사논문, 2012.

이종국, 「교과서 출판인 백당 현채의 출판 활동에 대한 연구 - 『유년필독』 출판을 중심으로」, 『한국출판학연구』 36(1), 한국출판학회, 2010.6, 75~104쪽.

이현종, 「기호흥학회에 대하여」, 『사학연구』 21, 한국사학회, 1969.

_____, 「호남학회에 대하여」, 『진단학보』 33, 진단학회, 1972, 59~79쪽.

임상석, 『20세기 국한문체의 형성과정』, 지식산업사, 2008.

_____, 「근대계몽기 가정학의 번역과 수용」, 『한국고전여성문학연구』 27, 한국고전여성문학연구회, 2013, 151~171쪽.

_____, 「『기호흥학회월보』 해제」, 『한국근대문학해제집』 2, 국립중앙도서관, 2016.

_____, 「『대한학회월보』 해제」, 『한국근대문학 해제집』 2, 국립중앙도서관, 2016.

_____, 「보호국이라는 출판 상품 - 「울산행」의 번역에 나타난 한일의 문체와 매체」, 『국제어문』 76, 국제어문학회, 2018, 118~149쪽.

임형택, 「『동패낙송』 연구 - 야담의 기록화과정과 한문단편의 성립」, 『한국한문학연구』 23, 한국한문학회, 1999, 307~351쪽.

장동석, 「'비(非)문학' 담론의 '합(合)'에 남겨지는 '결핍'의 자리, '새로운' 문학의 '장(場)'-『대한흥학보』에 나타난 '문학'과 '문학 아닌 것'의 관계성을 중심으로」, 『한국문예비평연구』 68, 한국현대문예비평학회, 2020.

장유승, 「조선후기 서북 지역 문인 연구」, 서울대 박사논문, 2010.

전성규, 「근대 지식인 단체 네트워크(2)」, 『한국근대문학연구』 통권 제46호, 한국근대문학회, 2022, 109~141쪽.

전은경, 『미디어의 출현과 근대소설 독자』, 소명출판, 2017.

_____, 「근대계몽기 서북 지역 잡지의 편집 기획과 유학생 잡지의 상관관계-'문학' 개념의 수용 양상을 중심으로」, 『국어국문학』 183, 국어국문학회, 2018, 231~270쪽.

_____, 「『기호흥학회월보』의 '흥학(興學)'과 서사적 실험」, 『한국현대문학연구』 56, 한국현대문학회, 2018, 237~273쪽.

_____, 「근대계몽기 『교남교육회잡지』의 '로컬리티' 인식과 서사화 전략」, 『어문론총』 82, 한국문학언어학회, 2019, 140~170쪽.

_____, 「근대계몽기 지역 학회지와 지역문학의 근대적 태동」, 『어문학』 146, 한국어문학회, 2019, 219~254쪽.

_____, 「영남 출신 유학생 잡지 『낙동친목회학보』의 '지역성'과 서사문예 전략」, 『어문론총』 86, 한국문학언어학회, 2020, 59~86쪽.

_____, 「『태극학보』의 몽유록계 서사와 근대문학으로서의 가능성」, 『어문론총』 89, 한국문학언어학회, 2021, 281~313쪽.

_____, 「근대계몽기 학회지의 독자인식과 서사적 실험-몽유록계 서사를 중심으로」, 『비교한국학』 29(1), 국제비교한국학회, 2021, 251~285쪽.

_____, 「근대계몽기 『대한학회월보』의 편집 전략과 서사적 특징 연구-일본 유학생 잡지의 통합과 서사 양식의 접합」, 『배달말』 69, 배달말학회, 2021, 499~533쪽.

_____, 「근대계몽기 『대한유학생회학보』의 정체성과 문학적 상상력」, 『어문론총』 96, 한국문학언어학회, 2023, 89~123쪽.

전재관, 「한말 애국계몽단체 지회의 분포와 구성」, 『숭실사학』 10, 숭실사학회, 1997, 153~193쪽.

정관, 「구한말 재일본 한국유학생 단체운동」, 『대구사학』 제25집, 대구사학회, 1984, 133~162쪽.

___, 「교남교육회에 대하여」, 『역사교육논집』 10, 역사교육학회, 1987, 95~124쪽.

정선태, 「근대계몽기 '국민' 담론과 '문명국가'의 상상」, 『어문학론총』 28, 국민대 어문학연구소, 2009, 63~78쪽.

정여울, 「20세기 초 몽유양식의 담론적 특성 연구」, 서울대 석사논문, 2002.

정종현, 「동경제국대학의 조선유학생 연구」, 『한국학연구』 제42호, 인하대 한국학연구소, 2016, 451~540쪽.

정주아, 『서북문학과 로컬리티』, 소명출판, 2013.

정진석, 『한국 잡지 역사』, 커뮤니케이션북스, 2014.

정충권, 「전통지식인이 바라본 근대계몽기의 교육과 문학-해학 이기를 중심으로」, 『문학교육학』 39, 한국문학교육학회, 2012, 33~59쪽.

정훈, 「근대계몽기 『호남학회월보』의 특성 연구」, 『국어문학』 71, 국어문학회, 2019, 301~328쪽.

조남현, 『한국 현대 소설사』 1, 문학과지성사, 2012.

조동일, 『한국문학통사』 4, 지식산업사, 2010.

_____, 『한국문학통사』 3, 지식산업사, 2011.

조상우, 「애국계몽기 한문산문의 의식 지향 연구」, 고려대 박사논문, 2002.

_____, 「해학 이기의 계몽사상과 해학적 글쓰기」, 『동양고전연구』 26, 동양고전학회, 2007, 7~35쪽.

_____, 「「몽배금태조」에 표현된 현실인식과 이상세계」, 『동양고전연구』 40, 동양고전학회, 2010.

조항래, 「『『교남교육회잡지』 해제」, 한국학문헌연구소 편 『한국개화기학술지-교남교육회잡지』, 아세아문화사, 1989, 1~2쪽.

조현욱, 「서북학회의 애국계몽운동(1)」, 『한국학 연구』 5, 숙명여대, 1995, 47~97쪽.

채휘균, 「교남교육회의 활동 연구」, 『교육철학』 28, 한국교육철학회, 2005, 89~110쪽.

천정환, 『근대의 책읽기』, 푸른역사, 2003.

최경숙, 「「大韓興學會」에 대하여」, 『부산외국어대학 논문집』 제3집, 1985. 2, 47~65쪽.

최성윤, 「〈조선일보〉 첫 연재소설 관해생의 〈춘몽〉 고찰」, 『정신문화연구』 35(3), 한국학중앙연구소, 2012.

최애순, 「대한제국 말기와 식민지시기 발명·발견 소재 소설의 행보-일본 유학생 집단 지식인의 '발명'에 대한 인식과 수용 양상」, 『현대소설연구』 91, 한국현대소설학회, 2023

최준, 『한국신문사』, 일조각, 1970.

최태원, 「어느 식민지 문학 청년의 행방(1)-'몽몽' 시절 진학문의 일본 유학과 문학 수업」, 『상허학보』 50, 상허학회, 2017.

최호석, 「장응진 소설의 성경 모티프 연구」, 『동북아문화연구』 제22집, 동북아시아문화학회, 2010

하태석, 「백악춘사 장응진의 소설에 나타난 계몽사상의 성격」, 『우리문학연구』 제14집, 우리문학회, 2001.

한국기독교역사연구소, 『한국 기독교의 역사』 1, 기독교문사, 2009.

한기형, 『한국 근대소설사의 시각』, 소명출판, 1999.

홍인숙·정출헌, 「『대한자강회월보』의 운동성과 지향연구」, 『동양한문학연구』 30, 동양한문학회, 2010, 353~380쪽.

황태묵, 「근대전환기 호남의 공론장과 유학적 관계망-호남학회와 『호남학보』를 중심으로」, 『한국융합인문학』 7(4), 한국융합인문학회, 2019, 61~91쪽.

前田愛, 유은경·이원희 역,『일본 근대 독자의 성립』, 이룸, 2003.

中村光夫, 고재석·김환기 역,『일본메이지문학사』, 동국대 출판부, 2001.

永嶺重敏, 다지마 데쓰오·송태욱 역,『독서국민의 탄생』, 푸른역사, 2010.

九鬼紫郎,『探偵小說百科』, 金園社, 소화 50년.

関肇,『新聞小說の時代-メデイア·読者·メロドラマ』, 訴曜社, 2007.

福田淸人,『尾崎紅葉』, 日本図書センター, 1992.

杉浦正,『新聞事始め』, 毎日新聞社, 1971.

山本武利,『近代日本の新聞読者層』, 法政大學出版局, 1981.

川戸道昭 外,『図説翻訳文学総合事典』第5卷, 大空社, 2009.

高本健夫,『新聞小說史-明治編』, 国書刊行会, 昭和 49. 12.

明治翻訳文学全集, 新聞雑誌編 35卷, シラー集, 1999.9.

竹村民郎, 大正文化のユートピア, 三元社, 2004.

嚴谷小波, 金色夜叉の真相, 黎明閣, 소화2년(소화3년).

伊集院齊, 大衆文學論, 樓華社出版部, 소화14년(소화 17년 재판).

亀井俊介, 近代日本の翻訳文化, 中央公論社, 1994.

柳田泉, 座談會 大正文学史, 岩波書店, 1965(1987 재판).

影山三郎,『新聞投書論』, 現代ジャナリズム出版会, 1968.

永嶺重敏,『雑誌·読者の近代』, 日本エディタースクール出版部, 1997.

伊藤秀雄,『黒岩涙香-探偵小說の元祖』, 三一書房, 1988.

伊藤秀雄,『黒岩涙香研究』, 幻影城, 1978 소화 53년.

吉田精一,『日本文学鑑賞사전-近代編』, 東京堂出版소화 35년(소화 43년 재판).

紅野謙介,『投機としての文学』, 新曜社, 2003.

Barthes, Roland, 김희영 역,『텍스트의 즐거움』, 동문선, 1997.

Bishop, Isabella Bird, 이인화 역,『한국과 그 이웃나라들』, 살림, 1994.

Bourdaret, Emile, 정진국 역,『대한제국 최후의 숨결』, 글항아리, 2009.

Chartier, Foger, 굴리엘모 카발로 편, 이종삼 역,『읽는다는 것의 역사』, 한국출판마케팅연구소, 2006.

Curran, James, 이봉현 역,『미디어와 민주주의』, 한울, 2014.

Faulstich, Werner, 황대현 역,『근대 초기 매체의 역사』, 지식의풍경, 2007.

Fiske, John, 박만준 역,『대중문화의 이해』, 경문사, 2002.

Freund, Elizabeth, 신명아 역,『독자로 돌아가기』, 인간사랑, 2005.

Hartman, Geoffrey H., Saving the Text, The Johns Hopkins University Press, 1981.

Hulbert, H. B, 신복용 역,『대한제국 멸망사』, 평민사, 1984.

Lefebvre, Henri, 양영란 역, 『공간의 생산』, 에코리브르, 2011.

Man, Paul de, 이창남 역, 『독서의 알레고리』, 문학과지성사, 2010.

McLuhan, Marshall, 임상원 역, 『구텐베르크 은하계 – 활자 인간의 형성』, 커뮤니케이션북스, 2001.

_____, 김성기・이한우 역, 『미디어의 이해』, 민음사, 2011.

Rosenblatt, Louise M, 김혜리・엄혜영 역, 『독자, 텍스트, 시 – 문학 작품의 상호교통 이론』, 한국문화사, 2008.

Shroer, Markus, 정인모・배정희 역, 『공간, 장소, 경계 – 공간의 사회학 이론 정립을 위하여』, 에코리브르, 2010.

정상균, 「퇴계 이황 선생 가사집 수훈가(垂訓歌) 중 지로가(指路歌) 上」(정상균가(鄭祥均家) 소장본), 『노인행복신문』, 2017.07.13.

   http://www.happyfreedomnews.com/news/articleView.html?idxno=4943

허성도 역, 『삼국사기』, 표점 교감본, 한국사사료연구소, 한국 지식콘텐츠 사이트.

   http://www.krpia.co.kr

한국학중앙연구원, 디지털천안문화대전.

   http://cheonan.grandculture.net/Contents?local=cheonan&dataType=01&contents_id=GC04500800

한국학중앙연구원, 안동시 디지털안동문화대전.

   http://andong.grandculture.net/Contents?local=andong&dataType=01&contents_id=GC02400436

한국학중앙연구원, 제천문화대전, 한국향토문화전자대전.

   http://jecheon.grandculture.net/Contents?local=jecheon&dataType=01&contents_id=GC03300942